漩水湾

寒江/著

陕西新华出版
太白文艺出版社·西安

图书在版编目（CIP）数据

漩水湾 / 寒江著. — 西安：太白文艺出版社，2015.9（2026.1重印）

ISBN 978-7-5513-0855-7

Ⅰ. ①漩… Ⅱ. ①寒… Ⅲ. ①长篇小说—中国—当代 Ⅳ. ①I247.5

中国版本图书馆CIP数据核字（2015）第234899号

漩水湾

作　　者　寒　江

责任编辑　申亚妮　卢虹竹

整体设计　高　薇

出版发行　陕西新华出版传媒集团

太 白 文 艺 出 版 社

（西安北大街147号 710003）

太白文艺出版社发行：029-87277748

tbwytougao@163.com

经　　销　陕西新华发行集团

印　　刷　天津旭丰源印刷有限公司

开　　本　787mm×1092mm　1/16

字　　数　367千字

印　　张　24

版　　次　2026年1月第1版 第2次印刷

书　　号　ISBN 978-7-5513-0855-7

定　　价　88.00元

活灵活现地写出了那个年代

——评寒江的小说创作

认识寒江已近十年。

大约 2006 年，有朋友给我拿来一部长篇小说《断云依水》，作者就是寒江。朋友告诉我，寒江是医学院的退休教授，写了一部小说，由于他大半生都从事医学，所以对自己写的小说缺点儿自信，想请人看看。一方面为他提些修改意见，另一方面也使他对自己的作品有个比较客观的定位和判断。

我答应了。

公正地说，我没有抱多大希望。原因是平素我接到这一类需要阅读的书稿很多，根据规律，凡请求帮助阅稿的作者，基本上都属于正在写作道路上苦苦探索的业余作者。由于他们一般都没有经历过长期的、甚至是严酷的写作锻炼，所以书稿质量通常都很一般。

再下来，我抽出专门的时间阅读了这部小说。阅读前心里先做好了准备，如果读三十页还品咂不出滋味，就变细读为粗读。如果粗读三十页后仍然品不出滋味，就干脆放弃。带着这样一种随时准备撤退的心理，我翻开了书稿。起初两页，不见滋味。耐着性子继续读，有了些感觉。再往下读，滋味更浓了些，却又总觉得还欠缺些什么。就这样若即若离地阅读着，终于住手时，才发现已经阅读了全书的近五分之一。

这让我大吃一惊。

《断云依水》总长约五十万字，我已经不知不觉地读了近十万字！

如果说我对这部小说很满意，那不是事实，但如果说我对它不满意，我为什么又舍不得放下它？为什么下意识中，我竟埋着头一口气儿读了近十万字呢？

细细地想，终于归纳出原因。等书稿全部读完，这些原因愈发凸显也愈发明确，于是我把它梳理成文字，作为阅读意见郑重地呈送作者。

《断云依水》读后

我不知道这是不是小说，但是就我个人的感觉而言，我更多地认为它是一部自传，或者至少是含有相当自传意味的一部长篇小说。

它有着非常突出的优点。

第一，作者记忆力太好了。几十年中发生的事情能够如此清晰地记忆着，甚至包括许多细节。某年某月某日中央发出了什么指示，当时人们政治学习都是些什么内容，人们的谈话都是些什么语调和方式，包括学习会上对某人进行批判时带有鲜明时代特点的语言和对话，等等，十分真实也十分详尽。作者对当年生活，尤其是对政治斗争疯狂地进入到普通人们生活中的一切，留下了至为深刻的印象，读来令人仿佛回到当年那些荒唐的岁月中去了。这非常难得。

第二，作者从本篇男主角周伊波的父亲解放前逃到陕西来谋生开始，详尽而周密地为我们展示了其后几十年生活中的一切。它写道南铁路工人的生活，写河南语言，都非常生活化。以后周伊波考上学校，考入医学院。这中间还有黄山芸的生活，包括黄山芸的姨夫闫泰岭被打成“右派”，以后又被判刑的遭遇；还有姨妈葛茹芝几十年来含辛茹苦的艰难生活，以及许许多多其他人的生活，都写得非常鲜活。对“文化大革命”的波澜也是如实写来。所有人在政治思潮的起伏中，不停地变换着角色。忽而人上人，忽而阶下囚……作者为我们展示了一幅“文化大革命”甚至更早时期中国政治气候和政治生活极端不正常，以及给广大人民造成的巨大苦难的场景。让人读后陷入深深的思索。

总的说来，这是一部非常有意义也非常有价值的书，也是一段中国历史的非常难得的真实记载。应当谢谢作者。

从纯粹艺术的角度来说说这部书的缺点。

最大的缺点是作者不善于剪裁。全篇写得过于琐碎，事无巨细的流水账式的写法极大地损害了这部长篇的可读性。

单纯从字面上看，作者的文笔基本无可挑剔，但严格地说，却不能算是文学语言，尤其是作者不善于写对话，对矛盾冲突产生后也不善于继续深入地进行展开性描写。这就使不少地方令读者失去阅读的愉悦了。全篇有很多政治学习及政治氛围中的对话，完全符合当时的真实，但无论如何，这是一部小说，它需要提取、剪裁、归纳和梳理，小说中许多极空洞极不着边际的人物对话，我们过来人完全清楚，确实是当初生活的真实状态，彼时整个社会环境和社会氛围确实就是这样的，但完全如实地照录，反而显得拖赘和冗长，反而形成不了艺术。所以整部作品存在着如何把握生活真实与艺术真实的问题。

……

意见送呈了，事情也就过去了。但我却时常想起这部小说。

为什么会时常想起它？

因为这部小说唤醒了我很多的回忆，也引发了我很多的感慨：生活的脚步迈动得多么迅捷，不过短短二十多年，人们就几乎全部忘记了极“左”路线带给人民的巨大痛苦，忘记了极“左”思潮带给中国的巨大灾难，甚至连可怕又可悲的“文革”都忘记了。如果不是读到这本书，那些我亲身经历过，而且给我留下过非常深刻印象的贫穷、愚昧、野蛮、混乱、恐怖、悲惨，都已经被我忘得光光的了！

而忘记意味着什么？

意味着我们将不会再去批评和警惕极“左”，将不会再惧怕和抵制“文革”，进一步忘记的结果，是历史上的大是大非将完全混淆，生活中的阴晴黑白会完全颠倒！

这多么可怕！

可以明显地感觉到，寒江完全不是刻意，而只是真诚地在回忆并书写着自己的青春生活，但恐怕他自己也没有想到，就是在这种不知不觉的无意中，他格外真实地为我们描绘和还原了当初的一切。不仅如此，他是以一种朴素的、浅淡的、不加任何修饰的方式在还原。这就尤为难得，尤为可贵，尤其有力量！

确实值得钦佩他，也确实应当感谢他！

只是，书稿还不成熟。他能够改好它吗？

以我个人的经验，写作水平是长期形成的，绝非一朝一夕之功，也因此，在一个很短的时间内克服掉自身的写作弱点，几乎是不可思议的。

但是让我完全没有想到的是，寒江硬是把书稿改好了！当再次捧读寒江修改完成的书稿时，无论是事件的剪裁、情节的构造，还是人物的塑造和语言的洗练，他都明显地完成了一次质的飞跃，这让我太惊讶了！

再后来，小说很快付印，顺利出版。

如果说对这部小说的出版我还有什么遗憾的话，那么遗憾有两点：一是出版时书名由《断云依水》改成了《古城驼铃》。《断云依水》未必好，改掉它我内心赞同，但是《古城驼铃》似乎更缺少了耐人咀嚼的韵意。而更大的遗憾在于：当今这个时代，出版的书籍过多过滥，对大多数读者来说，是没有精力也没有可能去分辨优劣的。他的这部作品在狂轰滥炸的喧嚣氛围中，很难不被淹没。

我为作者不平，也为这部小说不平！

这种不平的感觉寒江本人有没有，我不知道。能够知道的是，不管有没有，它都没有影响寒江在文学的道路上继续行走。《古城驼铃》出版五年之后，他又拿出了一部新的著作，这就是《漩水湾》。

和《古城驼铃》一样，《漩水湾》仍然是寒江在写自己的同代人，在写自己的青春岁月。不同在于：《古城驼铃》主要是写大学和大学之前的生活，而《漩水湾》则写的是大学毕业之后的生活。两部小说加在一起，八十余万字，可以当之无愧地称作长篇大作。更重要的是：两部小说一前一后，筋脉相连；既相互映衬，又相得益彰；更加全面地描绘了“老五届”（20世纪60年代入学、1966年至1970年毕业并分配）大学生的生活，也更加深刻和更加精彩地刻画出了他们磕磕绊绊走过来的那个时代。如果说改革开放以来，许多“老三届”知青纷纷以文学的形式将他们当初的生活表现出来，那么相比之下，“老五届”大学生们的生活却鲜有表现。而寒江用自己笔耕不辍的辛劳，也用自己含而不露的才气和厚积薄发的生活，终于为我们填补了中国文学在这个角落和位置里的空白。

要感谢寒江的是，当《漩水湾》书稿写成以后，我又一次成为这部书稿的首批读者。只是这一次我是抱着期待的心情在渴望着阅读它。值得一说的是，书稿拿到家后，我的妻子首先抢读了它。她已经读过了《古城驼铃》，非常喜欢。她读书的习惯是读得很慢，很认真，是一种真正的、一字一句的阅读。读《漩水湾》时，她中断了正在看的一部电视连续剧，每天晚上将自己关在书房里，一伏案就是几个小时。这期间我到铜川出差，给她打电话，问她看完了没有？感觉怎么样？她赞叹说：“太真实了，活灵活现地写出了那个年代！”

当我全部阅读了《漩水湾》后，我认同了她的赞叹，也发出了和她一样的赞叹。

认真细想，《漩水湾》究竟写了些什么呢？

几位大学生，被分配到陕南贫困的山区就业。按理说，县城医院的设备是那样的简陋，医生更是出奇的稀缺，但是这批学医的大学生却没有被分配进医院，去为焦渴地等着就医的病人看病，而是被分配到远距县城七十里外的农场去劳动锻炼和接受考验。他们不解、无奈，面对着诸多现实的生活难题无法解决，却又不得不硬着头皮朝农场走。就从这一天开始，他们流淌着汗水也夹杂着泪水，一步一步地走进了基层，走近了百姓，开始了酸甜苦辣的生活，也开始了五味杂陈的工作……

掩卷长思，整部小说中没有任何刻意的构思，没有任何惊天动地的事件，连那些活生生的、原本真实的事件和人物，作者也都是淡淡地写，朴素地写。但了不起的就在于：就是这样一种近乎散漫的散淡，却不仅吸引着我往下读，而且一边读一边感慨。

这种艺术力量从哪里来?

来自于真实!

来自于生活!

生活之树常青！生活是艺术之母！当我读完这本书时，脑子里本能地涌出的是这两句话。

寒江是那样一种人：心地善良，性格纯朴，为人忠厚，做事低调，具有知识分子所应当具有的优秀品质。至少我亲眼看到，无论是在《古城驼铃》的创作中，还是在《漩水湾》的创作中，他从来都是谦虚地听取，勤奋地思考，淡泊宁静地坚持笔耕。也正因为这样，他才最终为我们捧出了《漩水湾》这样的好作品!

《漩水湾》写的是“老五届”的一段生活，也写的是中国20世纪70年代的一段历史。他从一个作家的视点出发，不仅在生活的点点滴滴中撷取，而且在亲历的沟沟坎坎中发掘。那些我们曾经多么熟悉却又早已被遗忘的环境、氛围和生活，经过他的勾勒和渲染，被表现得那么细琐又那么真实，那么平俗又那么鲜丽。细想想，这当然和他长期锻炼所形成的文学素养分不开，但是更应当归功的，恐怕还在于他确实拥有这样一段扎实的生活，应当归功于他对这段生活不弃不离的思索和记忆。

岁月悠悠，往事难追。寒江却始终执着地在写，也始终执着地在追。作为比我年长几岁的兄长，我对他这种悠然自得却又锲而不舍的精神感触颇深。他是在追忆和书写往事，也是在追求和充实今天。我始终认为：对生活保持记忆和对历史坚持思索太重要了！一个人、一个民族如果不能正确地看清自己所走过的历史，也就不可能正确地认识和理解自己的今天，更不会充满自觉和自信地走向明天。在这个意义上，我给寒江“点赞”，并热情地向读者推荐《漩水湾》!

莫　伸

2015年6月3日

目录

引　言

有一个古老的传说：那年月，骄阳炙烤大地，久旱无雨，土地龟裂，草木枯萎，江河断流干涸，池塘湖淖见底，地上的动物四处逃生；离水的鱼儿或在淤泥中挣扎，或在岸边唏嘘；一些挨在一起的，费力地你一口我一口地把自己的唾沫吐在邻伴身上，相互滋润……

第一章

盛夏的烈日穿过破损的窗帘洒落在乘客身上。车厢里闷热，汗臭夹杂着腋臭，与旱烟味混合在一起，直往周伊波鼻腔里钻。他阵阵干咳，随手把月白衬衣的扣子解开，蹬掉解放鞋，又摘下眼镜在脸上抹了一把汗。这个刚出大学校门的年轻人，两鬓下长着一圈黑胡子，额头上深深的几条皱纹，一副老相。他在六年制的医学院里，苦熬苦等了七年，从小学到大学在校园里度过漫长的十九年，终于走出了校门，都说“铁树开了花”，可他还像条蔫黄瓜。近几年间，父亲周三铸被批斗和隔离审查了五六次，最后这次，在审讯中发生中风，在医院里被抢救过来，刚能说话，就又被隔离起来。专案组的人仍然认为他脑子里藏有秘密，猜测他脑子里有一种东西一直没有暴露，那就是“密码”。有人揭发他和台湾特务机关有联系，儿媳妇黄山芸的父亲从台湾派人和他联系过，靠的就是“密码”。还有人说，火车站广场上那个雕塑——“毛主席挥手我前进”，在修建时有敌特偷偷地把发射天线架到了毛主席手指头上，周三铸就是用的这个天线与台湾敌特联系。可是，这么重要的秘密怎么就从他嘴里掏不出来?

家里人不知他又被押往何处，是死是活。解放门饭店早已停发了他的工资，家里老小几乎要把嘴吊起来了。周伊波跟着母亲到父亲单位跑了几次问情况、领工资，均无济于事。他盼着能早日走出校门，自食其力。大学第六年年末，毕业年限到了，同学中的情侣们为了在分配工作时能提出个分到一起的“正当理由”，都纷纷领了结婚证。周伊波和黄山芸也随大流领了证，筑起爱巢。未曾料，教育部一直发不出红头文件，毕业分配一个月又一个月地被推迟。

一年后，这一天终于盼到了。毕业分配办公室里熟悉他们的工宣队师傅和老师，考虑到黄山芸已经怀孕七个多月的特殊情况，对他俩说：“把你们分到康安市了，派遣证过几天发！”他们听说康安地处秦巴山区、汉江岸边，虽路途遥远，却通公路有机场，两人已经知足了，急忙回家准备行装。可是，临到办离校手续时，派遣证上写的目的地不是康安市，而是江阳县，他们被人调了包。他们拿出地图找来找去，发现江阳县位于康安市和石涧县之间，是绿色线条边上一个小黑点。听说这个县不通铁路也没有公路，要去那里得先到康安或石涧，然后再在汉江上乘船走一两天水路。毕业分配办公室的人说：“派遣证上写的字，字字如板上钉钉，不可改变。”

这年月，每当危难临头，周伊波和黄山芸都只能先是叹息，继而说一句“既来之则安之，天无绝人之路”，互相宽慰着寻求对策。山芸执意要和伊波一起先赶到工作单位报到、领工资，边工作边待产。周伊波清楚妻子不可能留在古城待产，又担心她乘车颠簸。最后商定，他先乘汽车到石涧，再乘下水船到江阳打前站，她随后乘飞机到康安，再逆水到江阳会合。

汽车朝着秦岭一路长嘶，把路边成片的苞谷地、黄泥巴封顶的麦草垛和一个个村庄都甩在身后。未待周伊波细细回味逝去的大学时光，汽车就已从大峪口钻进了崇山峻岭之中，沿着峡谷从一个山弯盘旋到另一个山弯，再从半山腰的豁口穿出，如同被驱赶发狂的老牛，不住地发出嘶鸣，警告着从急弯背后可能撞过来的同类或者人畜。乘车的人都知道在这条路上因刹车不及或司机疲劳驾驶，曾经发生过难以计数的车祸。特别是到了冬季，汽车挂着铁链颤抖地在冰雪覆盖着的坡道上爬行，稍有不慎就可能坠入谷底。周伊波望着窗外，坡上丝带般曲曲弯弯的小路刹那间在林边消失，山坳里的农舍顶上炊烟袅袅，院落里牲畜依稀可见，溪涧、石桥一晃而过，远方的嶂峦云遮雾罩。

长途车里，有的乘客光着膀子、肩上搭着毛巾闲聊，有的把脚搁在行李上打盹。周伊波不知什么时候也迷迷糊糊地睡着了。待他醒来时已到了晚饭时分，汽车在一个河边的镇点停下，司机喊叫着："现在到了宁县，到石涧、康安的旅客在这里过夜。明早七点开车。"

岔路边停满了军车，大山沟里的这个县城，就是沿着河谷的一条小街。县城虽不大，却是交通要道，汽车要在这里中转加油，司机和旅客要在这里停歇。汽车的喇叭声、人群的喧闹声，让桥下的河水沸腾起来，发出"哗哗"的湍鸣。周伊波随人流过桥，来到不远处一个小旅店。服务员把他领进一间宽大的四壁木板房里。六张硬板床贴边放着，床上散乱地放置着厚棉被褥，被头上露出黑乎乎的被里。周伊波被告知：这里三伏天夜里都要盖被子，每张床铺八毛钱，国家统一定价，最低价位。他在此前没有住过旅店，不知道应该是什么价，只知道他带在身边的一套"红宝书"（注：精装《毛泽东选集》）国家统一定价才三块钱。他拿出派遣证先交查验登记，接着交了店钱，提着帆布袋出门，在街上的一个小食堂里花了一毛五分钱买了碗汤面条，把从家里带来的饦饦馍泡上吃了。在回旅社的路上，几个身着白汗衫黄军裤的年轻人骂骂咧咧地与他擦肩而过。

回到旅店，天已经黑严了。伴随着大卡车由远及近、再由近及远的轰鸣声，不时有光柱射进木窗。透过窗户他看见街道上稀寥的路灯和在狭小天空中眨巴眼睛的星辰。周伊波把帆布袋压在枕头下，将被里外翻，拉着一个被角盖到肚子上，倒头睡了。半夜时分，新入住旅客的吵嚷声把他惊醒。他伸手摸摸枕下的小包，就又迷迷糊糊睡着了。第二天清晨醒来时，房内闷雷般的鼾声此起彼伏。他到溪涧边洗漱完毕，接了一缸子水，把剩下的饦饦馍嚼碎冲咽了。当他赶到停车场时，司机正在招呼旅客往车顶装行李、系网绳。

汽车继续在大山里盘旋前行。中午时分，窗外的山势变得平缓，稻田和苞谷地越来越多，前方不远处出现一条宽阔川道，密集的房屋群落沿着山谷排开。再远处，崇山峻岭横亘在天际。邻座的老乡提高嗓门赞叹："好大的坝子!”周伊波向老乡打听后才知道，这崇山峻岭就是近来挂在嘴边的大巴山，汉江日夜奔流在大巴山下，流进长江，再流进大海。周伊波不解:“这么狭小的川道能算‘好大的坝子’?”然而，回想一天半的行程，确如豫剧里的一句唱词“走过一山又一山，山山不断”。他的心被群山紧紧地裹着，不由得凑了几句顺口溜聊发感慨:

五百里路峰挨峰，九百沟壑纵连横。
荆棘树丛石头上长，茅屋门前盆大的坪。
汽车长吼追星星，炊烟扑面雾伴行。
盘盘绕绕越秦岭，七拐八弯上云层……

客车路过石涧县城，路上行人三三两两，街道两边木楼瓦屋一个连着一个，但极少有三层以上的高楼。周伊波想象自己的目的地江阳县，至少会比这里热闹，会有比这里更大更平的坝子。

他按照路人的指点径直走向汉江码头，赶上了一个即将起锚的带有篷舱和桅杆的大木船。他踩着踏板上了甲板，一个年轻船工帮他把脊背上的红木箱放下来搁在船舱边，船舱里已经坐了十多个人。他坐下来擦汗，感受着江风带来的凉爽。

站在船艉舵位旁的船工，有五六十岁，手里拿着竹篙，当他看见舱前一个伙计把踏板收到船上，另一个伙计在船头也拿起了篙，就吆喝一声:“驾势（注：启程、开始)!”使劲地把竹篙顶在水里，船轻悠悠地离开江岸。当船头掉转，缓缓进入江心的航道后，老船工放下竹篙抓起舵柄，高高坐在船艉，两眼直愣愣地看着前方。两个年轻船工分前后站在前舱，有节奏地摇着左右两桨，水面荡起清漪，木船顺流而下。

青翠的山林中，不时传来鸟鸣，江面似镜，映出大山倒影，闪动粼粼波光，远处船上有人在撒网。此情此景让周伊波忘记了烦闷和疲劳，脑海里浮现出电影《刘三姐》里的漓江风光。那还是在高中毕业前，虽然高考临近，可是一听见同学传唱动人心弦的“多谢了，多谢四方众乡亲……”他就坐不住了。他曾梦想着，什么时候也能像刘三姐那样在小船上荡漾，陶醉在如诗如画的山水中。未承想，这样的幻境，竟然出现在眼前了。周伊波从跨着弓箭步摇桨的船工身后挪到船头，转身坐下，和善地赞美道：

“你们在这里生活，多美啊，有山有水！”

“美啥子？山水能当饭吃？”站在前排右舷的船工脊背黝黑，稍显年轻，他对周伊波的赞美不以为然，扯起嗓门回了他一句。

“靠山吃山，靠水吃水，还能亏着？”周伊波心想，“恁一定比俺强！”

前排船工瞥了一眼这个城里人，看他确实不是装傻取笑山里人，便无奈地告诉他：“这地方原本是鱼米之乡，吃喝不愁。可现在光景不好，地里庄稼歉收，江河里凡能存住鱼的地方，撒了网捞不到几条大的，就是有漏网的小鱼，也经不住人们隔三岔五用雷管炸、用鱼藤精闹。如今，大鱼小鱼都没有了。”

后排左舷船工年龄稍长，个头稍矮，他似乎觉得他的兄弟没有尽意，半开玩笑地补了一句：

“就连原先满山转的狼虫虎豹、熊鹿狸麂，都和土匪恶霸地富反坏一样，早就打得没有了踪影。”

周伊波小时候曾经拿着钓竿在家门口的城河里钓过鱼，前几年“长征”串联时见到过渔船撒网，但从来没有听说过炸鱼、闹鱼，确实不知道深山老林里竟然把生灵赶得这么绝。他生气地问两个船工：

“咋没人管？”

前排船工已经确认城里来的饱汉不知山里的饿汉饥，就耐着性子讲给他听：“前两年两派打得死去活来，把政府搞瘫了，现今管事儿的不是叫‘造反司令部’，就是叫‘筹委会’‘革委会’，当司令、当主任的，都是只管革命，管不了老百姓饿不饿饭。天不下雨，庄稼旱死完了。以前种茶树果树，年景好也罢、坏也罢，还有得收、有得卖。现在树都砍了，拿啥换粮食？”

船工的话让周伊波很吃惊。尽管城里也在搞革命，但凭粮本还能按月定量买口粮，自己家里就是缺钱。他从来没有想过地里长不出庄稼，乡下人没粮吃。

“哐嗵！”“哐嗵！”有节奏的划桨声和哗哗水声，一直伴随着他们的谈话和叹息。

“要过滩了！注意了，不要乱动。前面是九龙滩，是十里长滩!”船艉掌舵的老船工向旅客们喊叫着。周伊波赶忙坐回船舱边，他注意到远处的江面变窄，山势陡峭，山体直插水中，已经没有能行走的江岸了。

木船很快进入了陡壁构筑的“山门”，天空一线，幽暗的峡谷充斥着渗透肌肤的冷湿气雾，与外部世界的炎夏酷暑成两重天地。

木船被翻滚的江涛拥抱着冲向下游，两岸披着青绿的山体一个个被甩在身后。乘客如同骑在奔腾跳跃的骏马背上起起伏伏，左右两舷的木桨在船工手上加快了摇动频率。周伊波想起了李白“两岸猿声啼不住，轻舟已过万重山”的诗句。在学校里，对立两派的笔手在大字报上经常引用它，把本派比作轻舟，把对方比作猿猴。而现在，虽没有听到猿声，却是真正进入了诗的意境。

他不经意间一抬头，看见在不远处的陡壁上前后散列着一群人，如壁虎般趴伏在山石上。待木船近前，只见他们头上裹着白毛巾，赤裸着上身，迟缓地向上游匍匐前进，传出单调齐整的“嘿哟—嘿哟”声。这是周伊波第一次看到纤夫，这一幕让他脑海里响起俄罗斯民歌《伏尔加船夫曲》深沉优美的曲调和旋律：“哎嘿哟嘿，一把一把啊把纤拉，哎嘿哟嘿，拉完一把再拉一把，踏开世界的不平路，齐心合力把纤拉……”这是他在高中时跟着好友董国峻学的，而如今他听到的号子是那么高亢和单调，像是吼叫，既不优美也不浪漫，还撕扯得他心疼。立时他的眼前出现了一幅幅幻影，他仿佛又看见了冬季的冰雪，看见在古城长乐坡上赶车人使劲地甩着鞭子，马蹄使劲地快速向前扒着，雪片冰碴儿和着泥水四溅。一个十来岁的孩子穿着破衣烂衫，在马车旁使劲地前倾着身子帮爸爸把架子车往坡上拉。这些童年的印记，在周伊波脑海里死死地不肯退去。后来又有几个险滩迎面而来，每当瞥见那些趴伏在地的纤夫时，他就鼻子发酸两眼湿润。

渐渐地，江面又显现粼粼波光，山远水阔，船工划桨的节奏变缓，情绪也变得自在轻松，前排的那个船工忽然唱起了悠扬的号子：

大山大浪大木船，路窄水急九龙滩。
纤绳连在桅杆上，爬上绝壁拜神龛。

他刚唱了几句，就引逗得后排船工也唱了起来：

船工的号子纤夫的绳，蹚河爬坡比蠕虫。
汉江水急呀险滩多，扳船的人儿缺美梦。

前排的那个又应道：

饥食蕨根饮江水啊，草鞋踏着山影影。
年年岁岁崖头上走，何日雁来大路通？

号子在河谷中回荡。周伊波悟到，这些能连成串的号子，在过险滩时是顾不上唱的。等他们唱完，他又从船工的身后挪到船头，转身坐下对着他们，一连提了几个问题：“当船工多少年了？”“每月能挣多少钱？”“拉不拉纤？”

他们都很乐意回答他的问题，告诉他：“自小就跟着老辈人走水道！”“好歹每月还挣二三十块，比在家种地强多了！”“返回时走上水，也得蹚水爬坡拉纤。有时滩太大，还得请纤夫帮忙。在江河上行船和走旱路一样，少一步都到不了！”

又过了一个时辰，船临近了中途歇息地——汉王镇。

船艉平稳地朝下水方向摆动，掉转船头。老船工先抛了锚，右舷那个年轻船工，松开手中的桨，一步跳上船头，把绳索甩到河滩，又猴跃般地从船头跳下。船老大在舱外踩着船舷走到前舱，当伙计把绳索在石头上套好，便把踏板搭在舷上滑落下去。船客们叫喊着：“拢了！拢了！”

在汉王镇歇息一夜，第二天早上周伊波在街道上买了点吃的，又登上木船。

下午三四点时分，木船经过一个叫“肚脐窝”的地方，河道狭窄，水流湍急，木船仿佛行走在一个硕长的恶魔腹壁上，河床上的石条黑乎乎的，像是恶魔的腹直肌，神秘莫测。船头左右摆动几次突然旋转，几乎要碰上陡壁，只见前排船工拿起竹篙，配合着船艄舵手，神情自若地往石壁上轻轻一点，船头就又调整过来。木船绕过一个山弯前行不远，右侧出现一个比汉江略窄的河口，河口以上的支流叫竹河，如小家碧玉拖着一身绿衣，扭摆着身躯缓缓汇进汉江这个浩浩荡荡、带着粗犷和豪迈的英雄怀中。从竹河口向下数百米，两条河水交汇一起，形成了一条黄绿伴行的水带，船工们称它为鸳鸯水，在下游不远处又浑然一体，消失在大山背后。他们介绍说，船行这里就拢了江阳。县城在竹河口对面、汉江阳侧的佛爷山上，是一个地无三尺平的山城。周伊波从船舱边四处张望，只见江中停泊着几十只大大小小的木船；佛爷山脚边一长排高低错落的木板楼，半边悬空伸向河滩；层层叠叠的灰顶房屋，匍匐在山坡上；与佛爷山相对的山坡上，除过散在的平房和水田荒地外，只有一些稀拉低矮的树丛。眼前的景象和周伊波想象中的完全不同。他的心似乎沉到了河底，神情显得沮丧，待船客快下完时才慢腾腾地从甲板上提起红木箱，将双臂套进绳套。船老大走过去，从背后扶了他一把，叹着气说：“唉，外乡人，不容易！”

这话说到周伊波心里，他紧握着帆布包，小心翼翼地踩着踏板下了船，站在沙石滩上，呆滞地再次向远处张望。沙滩很宽，他在船上已经问过，从江边到河街，要斜着走一二里路，从河街再上五百多个台阶才能到县革委会，招待所在革委会侧边坎下。

夕阳在西边山顶闪烁，船客从河滩地如溪水般朝着河街的路道口流淌。几个背着背篓的老年船客，从周伊波身旁走过时，都是不管不顾地踏进水洼，溅起的水花弄了他一身，与他衣裤上的汗渍和在一起，顷刻间变化成灰白色的污斑。他用手抹了把脸，准备上路。突然，有一群十多岁的孩子，从旁边扑了过来。他们手中拿着绳索、背篓、背夹，竞相争抢他脊背上的红木箱和手中的帆布袋。其中一个大个头的男孩子，已经把箱子一侧绳套从他的臂上拉下来，试图往自己臂上套。周伊波慌忙拉紧箱子，厉声喊道：

“干啥？要抢人？”

他紧张地向周边张望，先前身边的船客都已经消失在远处的人流中。近处还有几个，也都被同样装束的孩子们团团围住，被撕扯着。他愤怒地用眼睛瞪着这群不速之客，手紧紧抓着帆布包，生怕里边放着的证件和几十块钱派遣费被抢走。

“我替你背！”“让我背！”“你是派来的大学生吧？”“最近来了不少，和你一样都戴眼镜！”“到招待所还是旅社？路都难走，你背不动！”孩子们嚷嚷着，争抢着。周伊波已经听懂了他们在说些什么，紧张情绪在消退。

“叔叔，我替你背到招待所，大件四毛，小件一毛！”高个头孩子向吊脚楼方向指指，以恳求的口气说。

周伊波明白了这是一群靠背脚挣点小钱的孩子，并没有任何恶意，紧张的情绪完全消散。如同观察周围的山水一样，他端详着这几个满头大汗、面黄肌瘦的孩子，心想，这么小就在外挣钱，可真不容易！对他们的粗鲁和殷勤，除了诧异外还有了些感动。可是，这些孩子都比自己矮一头多，怎么好意思让他们为自己背行李？更何况自己从来没有吝惜过气力，在中学时代，也多次在假期里当小工、卖劳力，从来没有雇过别人给自己当劳力。

“还是自己来吧，自己来，你们去找别人吧！”周伊波喊着，劝孩子们走开。

僵持了一会儿，几个小些的孩子陆续散去，而那个高个头仍然紧紧抓住绳套不放。周伊波把箱子放到地上，看着他那发黄的、带着一块伤疤的脸问：

“这么大的箱子你能背动？”

“叔叔，你是外乡人，不一定比我力气大，我天天背脚，你这个不算大。”

“十几了？”

“十四！”

“上几年级？”

“小学毕业。”

大男孩有问必答，周伊波突然觉得自己像是在做社会调查，又似乎在审查这个孩子给自己当劳力的资格，这不是他平日处事的风格。他一阵不安，转而微笑着答应了：

“好吧，你背累了，我换你。”

大男孩听到大学生说了“好吧”，就忙向远处的几个孩子喊叫。少时，一个低他一头的小女孩拿着一个木背夹小跑过来。她帮大男孩子把箱子捆好，和周伊波一起从后边把背夹往上托。大男孩从地上起身，手里扶着丁字形打杵（一种木质支撑用具），问了周伊波一句：“到招待所吧？”他看见周伊波很随和地点点头，就径直朝河街的路道口走去。

“哥，你过细哟！”小女孩喊着，提着大男孩留下的背篓走开。

周伊波跟在男孩后边，解放鞋的胶皮底踩在沙石上，脚板心灼热、垫痛。他刚过了河滩走上河街，就已经气喘吁吁了。男孩停下来，把打杵放在背夹下支撑着歇息，汗珠从他头上滴到脖颈。周伊波本想换换他，却已两腿发软力不从心了。

河街在佛爷山的脚背上，起起伏伏、弯弯曲曲，丈把宽的石板路上行人不多，街的两面多是二层木板阁楼，少有的几家商铺大都关门闭户。他跟着男孩拐过门前摊放着药材的中药店，瞥见斜对面墙壁上一条剥脱了几个字的红漆标语——“伟×的无×××文化大革×万岁！”墙根有几个穿着白汗衫黄军裤、操着关中口音的青年，互相推搡着大声喊叫：“把襄渝铁路修好，让毛主席睡个好觉！”“别乱喊，该回了！”他们的穿着和说话的神气，与周伊波在宁县街道上见到的几个年轻人没有两样。他判断，他们很可能是从古城来修铁路的中学生。

周伊波脚下的青石板，有的已经断裂、边角缺损，有的仍然规整光亮。他刚停下脚，就有几滴水珠落在额头，凉丝丝的。他不由得抬头观看，只见一条条粗细不同的橡皮管、毛竹管被棍棒支着从空中横过，穿入路边的木楼土屋。此时，背木箱的男孩已经一步一个台阶走到岔路口了。周伊波的脚底在石板上不住打滑，双腿肌肉酸软，两膝关节酸痛。他生怕被小男孩落下，鼓起劲紧追慢赶了一阵。男孩终于停在了招待所门前，用打杵抵住背夹大声长吼了一声“哎咳”。周伊波喘着粗气跟上来，帮小男孩放下行李，付了钱，看着他的背影消失在石坎下，才又放眼回望爬过的台阶和对面的高山，心里直念叨：“这么狭小的天地，能生根开花吗?”

在招待所登记处办完手续，服务员带他来到一个四人房间。房门开着，房内烟雾缭绕，门边有一张空床，门后和里边的三张床上都坐着人。周伊波把帆布包扔到空床上，卸下木箱。对面床上的人见状，起身把烟头往床头柜上按了一下熄灭，上前帮他把箱子塞到床底，关切地招呼道：

“刚到?”

周伊波冷淡地应了一声：“嗯!”

问话的年轻人头发稀疏却梳得溜光，额头几条皱纹很深，颜面皮肤细嫩却红白不匀，身体显得单薄。他看着周伊波试问道：

“你叫周伊波，对吧?”他看周伊波点点头，确认自己没有叫错，接着说，“咱一个学校，你从石涧下来？你那一口子呢?”

周伊波初来乍到心神不定，当眼前有人打招呼，还是校友，能叫出自己的名字，还知道分来的还有他“那一口子”，让他在诧异中感到一种亲切，忙抬头看看对方，并认真地回答：

“兵分两路，我走石涧，她走康安。”

“她坐飞机到康安吧?”他又问。

周伊波仔细打量着对面这个并不熟悉的校友，没再言传。

“我叫杨槐，老婆叫任佳，都是六五级的。她本来也想飞到康安，后来听说飞机太小，安-2型的，很颠，票也难买，就算了。”杨槐见周伊波没再回话，为表示对周伊波的好感，就又提高嗓门传送不久前打听到的相关消息，“都说你人很嫽；你那口子很灵，可惜出身不好。对不对?”他显出一副百事通的样子。

周伊波觉得有点尴尬和难为情，略显不悦地说：“老兄，你该不是专案组的吧?”

杨槐笑道：“专案组的倒不是，可你叫我老兄没错，论年级你是学长，论年龄我肯定比你大，咱农村娃上学迟。”他比周伊波低两级，但中央下发的红头文件要求把所有“文革”前入学的大学生“一刀切”，全部分配。

周伊波停顿片刻，从帆布袋里掏出在家时买好的一盒“黄金叶”，笨拙地撕开烟盒，抽出一支先递给“老兄”，又走向里侧，再抽出一支递给坐在同侧床上脑袋滚圆、肩宽体胖的中年人：

“来一支！贵姓？”

中年人接过烟捏在鼻前，边闻边说：“姓罗，古城知青办的！”他说话鼻音很重，音调低沉。

老罗刚说完，杨槐就接过话茬向周伊波介绍：“古城知青办罗主任，送知青来修‘三线’（注：毛泽东按战略地位把前线划为一线，中间地带以内划为二线，内陆依山为屏的腹地划为三线）！”紧接着又询问周伊波，“哎——老周，从咱们学校分来江阳的，有个叫罗紫丰的你认识吧？”

周伊波摇摇头说：“三届一千多人，一起扫地出门，哪能都认识？”

“你们六三级都拖成七年制了，在学校那么长时间，还不都是活字典？”

“人笨，记性差！”周伊波边自嘲边把脸转向老罗对面的年轻人，向他递烟。他看起来温文尔雅，年龄和身架似乎和自己相仿，但显得结实。他接过周伊波递的烟后，马上从口袋里掏出火柴盒划着了一根伸出去。

周伊波摇摇手说：“不会！”

他把划着的火柴缩回，点着周伊波给的那支，笑答：“其实，我也和你一样。”还要往下说，就被老罗的话打断了。

“这烟不错！你们都太客气，有啥会不会？抽吧，一学就会！”老罗坐直了，从茶几上拿起自己的精装金丝猴烟向周伊波晃晃，“社会上应酬少不了，你来我往才合规矩！”他在几个书生模样的年轻人面前，显得很有社会经验，一副尊长模样。

周伊波坐回自己的床铺，没有再去想罗紫丰是谁，他在学校里不是一个善于交往的人。

而杨槐不同，他在学校里被人戏称为“消息灵通人士”，也有人说他是“包打听”。无论褒义还是贬义，他自己都觉得名副其实。“怎么能不知道分到同一个县上的罗紫丰呢？”杨槐已经遗憾了一天，对周伊波说，“罗主任是罗紫丰的哥哥，罗主任昨天说起他，我急忙想不起来。”

老罗对杨槐给他“罗主任”的称呼内心自在，而表面却假作谦虚，对别人是否认识他弟弟并不以为然：

“我带知青娃娃来修铁路，做点婆婆妈妈的事儿。科级，就是个勤务员，不要叫主任。哈哈！”

“很大的官啦，科级在县上就是局长、部长级！”杨槐很在行地和老罗耍贫嘴。

杨槐将床头柜上碗里的馒头递给周伊波，让他先凑合吃点，告诉他招待所一天两顿饭，晚上不开灶。街上只有一两家小饭馆，早关门了，就是开门，也没有多少东西可买，连饼干白糖都没有。听说卖的白皮点心，咬不动、泡不开、摔不烂，具“全钢防震加防水”特征！

周伊波接过馒头朝着杨槐说：“我也真是饿了，那就不客气了！”

老罗对面的年轻人忙给周伊波倒了一杯水递过去。周伊波向他点头致谢。

杨槐向周伊波介绍：“这位老弟叫魏军定，古城工业大学毕业，这两天都谝熟了。”接着他又忽而高声、忽而神秘兮兮地向周伊波述说他来后的见闻。他听人说全国有三个县不通铁路也没有公路，江阳县是其中之一。这个县连年闹饥荒，年年饿死人；深山里有黑店，黑店里有“孙二娘”，和《水浒传》里的那个差不多，也卖人肉包子。他还说，前两年这地方两派搞武斗，把人和石头捆在一起往汉江里撂，把人和炸药包捆在一起点燃，叫“坐飞机”，还搞“吊半边猪”。

“这么凶残！把人整了，还要整猪？把猪吊起来干吗？”周伊波吃惊地问。

“瓜（傻）娃！就是把人的半边手脚绑在长竹竿上抬着游街！”杨槐觉得周伊波太孤陋寡闻了。

周伊波听得身上起鸡皮疙瘩，不仅觉得自己少见多怪，而且也觉得自己和黄山芸都太幸运了，就连学校里被剃半边光头的老师，甚至被关押挨打的父亲都太幸运了。

“老杨，你说得太夸张、太黑暗了！武斗那些事，哪个地方没有？古城还出动坦克呢！都是阶级敌人煽起来的，都过去了。我昨天和铁道兵师部首长、县革委会领导一起吃饭，他们说，这个县不算最穷，也不算最落后。你们来这儿，一定要发扬愚公移山精神，改天换地！样板戏里不是说‘火车一叫，粮食就到’吗？要先苦后甜，想吃土豆烧牛肉，就得先吃糠咽菜，不能一来就抱怨，一开口就渲染阴暗面！现在国际形势有些问题，背后有苏修前面有老美，直接威胁我国无产阶级专政下的继续革命。毛主席说，要准备打仗，要不怕牺牲，团结起来争取更大胜利。你们在这里不能鼠目寸光。要站在江阳望北京，站在巴山看星空。”老罗晃动着渗着汗珠的光脑袋，揉揉肿起来的眼泡，以一个政工干部充满忧国忧民的声调，矫正杨槐的错误思想，论述政治形势。

杨槐讲的江阳这些事儿，魏军定也听过，有的更稀奇古怪。他瞟了老罗一眼，厌烦他不着边际的空话，站在老杨一边分辩道：

“老罗，你和老杨说的是两码事儿。我们和你带来的那些学生娃不一样，铁路一修通他们就走了。我们是来当干部的，要在这里落户，担心以后干不成啥。”

“好我的儿呀，你还没睡醒！你臭老九还想当干部？老罗不是说了，咱是来改天换地的，要脱上几层皮，咱是愚公，子子孙孙没有穷尽。”杨槐加重语气对魏军定飘着凉话，魏军定一时无话可说。

老罗弹弹烟灰，从床上站起来，很严肃地指着杨槐说：“老杨，你这人真差劲！你已经把小魏征服了，这位周同志行李还没打开，你就又东一锤西一棒。现在学生连有人偷跑，铁道兵师部正在追查。你可别在这里瞎鼓捣，你们大学生里若有人当逃兵，可得追究你的责任！”他又朝周伊波说，“小周同志，不要听他的！毛主席说：‘越是困难的地方越是要去，这才是好同志。’”

“你少来这一套！这么大的人了，能把谁吓住？说空话不牙疼！”杨槐板着脸，把烟头摔在地上。

这几个临时聚在一起的人，不再在意原先谁是保皇派谁是造反派，归属哪一个“司令部”，说话都没有遮拦。周伊波一直沉默不语，杨槐说的这些破事儿让他心烦，馍没有吃完就放下了。当老罗把争论的话题引到他身上，逼得他不得不开口：

"'好同志'咱不敢当！'好同志'、红透了的，分不到这儿来。"

杨槐觉得老罗的话很腻歪，心里仍在别扭，而周伊波的话虽然淡淡的，却像是一杯去油腻的江阳大叶茶，随即对老罗反唇相讥道：

"老罗，别看你是专搞人思想的，还当个主任，我看你是瞎搞，说大话吓人顶啥用？学兵要是有人跑了，先得追查你的责任！"杨槐停顿片刻，又挖苦了老罗一句，"就你这水平，我还真看不上，我看老魏、老周，刚出校门都比你强！"

老罗带着鼻音生硬地回应道："是啊，你们墨水喝得多嘛！毛主席送你们上大学，人民的血肉喂养了你们，现在有资本了，不考虑回报了，是吧？"

"我好不容易考上大学，父母都是农民，省吃俭用供我，图啥？我来这儿回报，谁回报我爹娘？"杨槐走到老罗跟前，梗着脖子瞪着眼睛继续顶撞这个专搞人思想的主任。

老罗抬起光脑袋，眼睛使劲盯着杨槐，他熟练操持着政治术语，提高了嗓门说："干革命，就得舍小家顾大家，不能老是我我我，你太自私！"他想把眼前这个愣娃的气焰压下去。

周伊波初来乍到，眼前的环境确实让他始料不及。尽管心里烦闷，却根本没有去想另有什么去处，从未产生过类似杨槐那样的念头。他确实认为是党和人民培养了自己，离开父母和古城到外地为人民服务是天经地义的。可老罗说话的口气实在让他不爱听，在他的潜意识里，那些喜欢唱高调的人都是手电筒朝外的，他从感情上和老罗拉开了距离："老罗，坐下说，先别扣帽子！"他拿起馍又啃了一口，边吃边说，"民以食为天呀，雷锋说过，'活着不是为了吃饭，吃饭是为了活着'，如果我今晚连这个馍都吃不上，还咋睡觉？"

老罗刚坐到床边，就又站起来带着鼻音反驳道："我就不信少吃几口饭是多大的事儿！'苦不苦，想想长征二万五'，革命前辈吃草根树皮走到延安，靠的什么？靠的是毛泽东思想！毛泽东思想是粮食，是精神原子弹。有了革命精神，啥困难不能战胜？还怕饿肚子？"

老罗说的这类话，在大学校园里是能压倒任何风向的"东风"，经年累月都是强劲的。昔日一个同学说："精神变物质是需要条件的，你明天不要吃饭，把'红宝书'拿出来读，看行不行?"说了这一句话，挨了几个月批。周伊波当时赞同这个观点，却未敢说出来。如今，时过境迁了，他已经不在意说出来挨批不挨批："你明天不要吃饭，把'红宝书'拿出来读，看行不行?"他也把脸拉平了和老罗抬杠。

魏军定对老罗本来就没有恭敬，现在看他竟像个不食人间烟火的幽灵，即带着不屑的口吻说：

"老罗，你不要回古城了，陪着学生娃先在铁路上干两年，然后转到地方上来，我们都跟着你干!"

"行不行哇，老罗？说话呀!"杨槐紧追了一句。

老罗被将了一军，躺下不再说话。

杨槐不停地把烟抽进去，又一口口吐出来。他想着自己从小在关中农村长大，家乡一马平川，哪像这般天地狭小。大学毕业分来，户口、派遣证犹如无形的钢钉，把身躯牢牢钉死在这大山上，日后就要在这里待到生命终结。他一支烟抽完，刚坐下就又站起来，打破沉默："我从初中起就背着干粮上学、住校。一上大学，没有上几天课就开始跟着毛主席搞文化，闹革命。这么多年，自己辛苦不说，爹娘为我操了多少心？毕业了，还不能报效一点点，我没有脸啊!"他的声音里带着忧伤。

周伊波闭着眼靠在墙上，杨槐的话让他想起了自己的家。父亲去向不明、死活不知，家里已经快揭不开锅了。自己总想早一天挣钱养家糊口，也尽快实现当个好医生的理想。可是，来了才知道这里"如此这般"。妻子要带着一个即将出世的小生命过来，在这地方生孩子安全吗？县城连饼干都没有卖的，更不要说奶粉、奶糕了。孩子生下来，如果妈妈没有奶水，该咋办？两个年轻人，如同蒲公英的小毛毛飘落下来，能在哪里扎根？离校前，听说二班刘明智等人抗分，把户口留在古城另谋出路，大家都讥笑这类人是"逃兵"。自己鄙视"逃兵"，不可能当"逃兵"，可今后的路该咋走？与山芸在古城分别的前夜，俩人还互相打趣说对方有"阿Q精神"。在当下，若没有点"阿Q精神"能活下去吗？多年来，一些人总把"看出身，也看表现，重在政治表现"挂在嘴上绕口令，今天这样解释，明天又那样解释。可是，操弄别人政治生命的这些人，随着政治风云的起伏，自身的政治色彩也在“红”与“黑”之间几经变换。如今山芸已经不太在意有谁再拿她的出身说事儿。她还宽慰丈夫：“少想那些令人郁闷和愤懑的往事。哪里的母鸡都下蛋，即使走到天涯海角，别人能活咱也能活。”周伊波知道，几年来，可以说是从恋爱开始吧，他和山芸俩人的事，在做出抉择时，他都很有主见，山芸也总是心悦诚服地听他的，总是把心交给他揣着。而这半年多以来，在毕业后何去何从的问题上，他总是犹犹豫豫、惴惴不安。此时，他犹如游走在梦境里暗自念叨：“如果自己是光棍一条，咋都好说！”

突然，门外一个女子的咋呼声冲破了寂静：“杨槐！杨槐你出来一下！”任佳中等身材、偏瘦，有一张城里小姐润泽的面孔和白皙的脖颈，虽不漂亮，却也端庄，与杨槐很有夫妻相。

“你进来呀，进来！”杨槐在房内生硬地回答她的呼唤。

“你出来，出来！屋里又热、又闷，不方便！”任佳坚持她的要求。

杨槐板着脸，慢腾腾地把鞋穿上走出门外，对任住放缓了口气说：“周伊波来了，昨天不是还说起过？两口子都是六三级的，见不？”

“急啥？”任佳似乎对杨槐的话不感兴趣。她站在那里和杨槐个头相差无几，俩人贴近了说话，嘴巴好像挨在了一起：“走吧，外边转转！”

“黑灯瞎火的，手电筒拿了吗？”

“在这儿！”任佳掂掂手里的提包向杨槐示意，又碰了碰他的胳膊说，“先去看姐夫那个战友！”

“你姐夫说那人是‘死呆呆’（注：死板），找他有啥用？”杨槐不悦地迈开八字步，和任佳并行着朝招待所大门口走去。

老罗朝门外瞟了一眼，冷笑着骂道：“嘿嘿！别看老杨屁嘴硬，到了媳妇跟前照样尻子松（注：粗话，色厉内荏）。”

周伊波和魏军定都没作声。周伊波感觉很累，尽管没有一点睡意，也不想多说话。这时，从房外进来一个人，径直走到房中间，对着老罗亲热地叫了一声：

“哥哎！下午没出去？”

“紫丰，坐，坐！来一根！”老罗客气地递烟，招呼着来客。

周伊波觉得来人说话的声音很熟，睁眼一看，一个前额宽阔、鼻梁高挺、满脸堆笑的年轻人站在老罗床边。周伊波非常惊讶，把老罗叫哥的竟然是大名鼎鼎的李紫丰，真蹊跷了！咋能不认识他？原先三班的名人，年级宣传部长，后来又因“隐瞒家庭问题、散播反动言论”在“四清”运动中挨批、休学。周伊波忙起身：

“哎，李紫丰，是你！”

“啊，真巧！伊波，咱们有好几年没有见了。”李紫丰转过脸，热情中略显紧张，他俯视片刻从床上坐起来的老同学，还是把手伸了过去，“以后请多关照，多关照！”

周伊波也把手伸出来：“都知道你办法大，请你多关照！”

“好说，好说！找我哥有点事儿，咱们回头再聊。”李紫丰站在原地朝周伊波客气了几句后对老罗说，“哥，咱们出去走走吧！”

俩人刚走出门，李紫丰就又匆忙折回来，笑容可掬地对周伊波说：“毕业前，我和赵春碧结婚了，你肯定记得，她和你家那口子一样，都让老保整惨了。她对你俩印象可好啦，说了几次让见到你们代她问候。”说罢又贴近周伊波的耳边悄声说，“我妈去年改嫁到罗家，继父是延安时代的。我改姓罗，一定记住，请老同学忘记过去！”他使劲眨了眨眼皮，亲昵地朝周伊波身上轻轻拍打，转身离去。

周伊波陷入了沉思，李紫丰那张题名“血泪控诉”的大字报以及赵春碧被打成“反动学生”挨批斗的场景，又浮现在他的脑海之中。

房内就剩下周伊波和魏军定了。魏军定看周伊波在床上翻了个身坐起来，就上前搭话：

“老周，你爱人从康安坐机动船上来，是吗？”显然他对刚才周伊波与罗紫丰的见面寒暄并不在意。

“是啊！”周伊波答。

“哪一天？”

“算着该是今天到康安，还不知道那边买船票的情况。”

魏军定听罢，告诉周伊波：“从康安上来的机动船一天只有一班，票不好买。我爱人离开古城前就托人在康安买了票，今天中午到康安，下午就能上船；行到天黑，在半路上的镇点歇一夜，明天下午到江阳。要是以前咱们在古城认识，托人多买张票就好了。”他觉得有点遗憾。

周伊波又开始为黄山芸担心起来。他让魏军定去接船时叫上他，先搞清路径和船到的时间。他对魏军定的热情心生感激，振作精神坐起来说：

“以后俺到了医院，你身体上有啥事儿，就找俺！”

周伊波的话，让魏军定想起前天看病的事儿。他因扁桃体发炎去县医院，却找不见大夫。听说有的下乡了，有的正挨批斗不准看病。他说：“医院缺人，你们肯定能派上用场。我们工科毕业的在这儿能干啥？‘三线’地区，没有‘三线’厂，就连个汽车修配厂都没有。”他追悔前几年在无奈中度过的时光，“话说回来，我们进大学也没学到啥，只学了应用数学、机械原理、机械制图……没有到工厂见习过，连台机床都没有见过。”

周伊波听罢，安慰他说：“学机械的用途广，容易上手。俺在学校里待的时间虽长，学业仍然荒废，俺现在就是个‘虎’字牌万金油，哪儿痒往哪儿抹。非得跟着老大夫学一阵子，才能独当一面！”

魏军定从周伊波的谈话中，感觉到他是一个既率直又持重的人，不像杨槐那么口无遮拦不分场合，他愿把心扉向周伊波敞开。

周伊波看魏军定说话很诚恳，又没有第三者，就不由得也想把闷在心里的话发泄出来。

俩人从小学到大学的经历几乎相同，从戴上红领巾起就被称为祖国的花朵；入团后是早上八九点钟的太阳；刚上大学时意气风发，准备将来做祖国的栋梁，去解放全人类；而这几年风云变幻，变来变去又都变成了蠢材，变成了臭老九。俩人聊得很投机，互相有一种相见恨晚的感觉。周伊波心里清楚，他们之间说的这些话，要是老罗没离开，肯定会被他认为是出格，要是在学校里让某些人听见，很可能已经被密报到上面了。

这时杨槐哼着歌从外边走进来，一进门就大大咧咧地笑道：“和老婆在外边亲热完了！”他带着乡土气息的贫嘴，并不令人反感。

“说说具体情节！”魏军定就势笑着接了一句。

“嗨嗨！”杨槐看着魏军定停顿了片刻，又看了一眼累蔫了的周伊波，把想说的粗话过滤了，“老夫老妻了，哪像你们年轻人那么浪漫。再说到了这鬼地方，哪还有那份闲情！”他乐意以长者自居，在斗嘴中和别人黏糊。他收敛了笑容接着说：“任佳的姐夫有个战友在城关公社当武装干事，想从他那里打听点情况。他告诉我，县革委会管安排咱的那个人，那个尖嘴猴腮的家伙，姓郎，别人都叫他‘狼外婆’，人很不地道。”

魏军定不安地问：“就是在‘分配办’见到的那个郎主任？”

“对，就是那个牛皮哄哄的家伙，说话挺冲的！”杨槐反感地骂了一句。

“他好像对分来的大学生成见挺大，好像咱要来夺他的饭碗！”魏军定很不理解县革委会门楼那么高，里面的人为什么还那么狭隘。

杨槐继续通报他的信息：“他从兰州复员回来，先在江阳中学搞人事，咋日鬼的，没过半年就调到了县革委会。”杨槐停顿了一下，看周伊波和魏军定都很留心地听他说话，就又开始了另外的话题，“真奇怪，我和任佳回来时，碰见狼外婆和老罗、罗紫丰在邮局门口说话，好像还挺熟。”

“哎，老杨！你说的这个罗紫丰我还真认识。刚才他来找老罗，一见面我就对上号了。我俩是同一年入学的，后来他因病休学到了六四级。”周伊波刚知道了李紫丰因母亲改嫁，而改换了门庭从父姓，也知道了他和三班的赵春碧结成夫妻。在周伊波脑子里，现在的罗紫丰和以前的李紫丰对接不上，这个人确实是个“变色龙”，在江阳县，再没有人比他更了解李紫丰了。不过，周伊波想以与人为善的态度让自己不再提李紫丰的从前和这个人的“阴暗面”，从当下开始就按李紫丰的叮咛，改称他罗紫丰。

“我就说，还能没有谁认得他？你注意没有，他哥儿俩长得一点都不像。你看老罗那熊样，还当主任，一点派头都没有，可比他弟弟差远了！”杨槐消除了自己不认识罗紫丰的遗憾，又趁机对弟兄俩褒贬一番。

周伊波应付道：“人不可貌相，好人坏人、干大事儿小事儿，从脸上看不出来，有些猪头狗脸的还当大官呢！”

杨槐突然喊道：“只顾说他哥儿俩，差点忘了正事儿，让咱们明天早饭后到分配办开会，布告贴在县革委会门口。谁老往那儿跑？真看不见，也就算了！”

周伊波轻声道：“明天跟着你走就是了！”他十分疲倦，却仍然睡不着，他的心又飞回了古城，飞到了那个熟悉的茅草屋。

苏制安－2小型飞机从古城升空，在高空气流中颠簸了四十多分钟，越过秦岭降落在巴山北麓、汉江岸边的康安机场。这段飞行，虽然时间不长，却让黄山芸的胃肠翻江倒海。从飞机起飞到降落，她一直端着搪瓷痰盂呕吐着汤水，胎儿似乎不甘寂寞，也一直在肚子里翻滚。她庆幸没有按照婆婆的劝告多吃早餐。当机舱门打开、乘务员下达下飞机的指令后，人们按顺序往外走。山芸四周座位上的人已经所剩无几，她提好网兜起身。此时，一双纤细的手从过道边伸过来扶了她一把。她侧身投去感谢的眼神，过道上站着的女同志仪态端庄，个头不高，短发齐脖，略黑的瓜子脸上微微带笑，上身的白衬衣束在扎着皮带的黄军裤里，肩上挎着一个小包。黄山芸端详一阵，惊喜地喊道：

“泞泞，怎么是你呀？一副大干部派头，差一点认不出来了！”

文泞泞靠近七年未见的老同学，见她圆脸上有几团色素斑，散乱的头发后边还是俩“短刷刷”，肚子圆鼓鼓的，衣裤宽宽大大，形体怪异，装束比中学时代更不讲究。

“我们坐在后边。你一上来，我就觉得眼熟，心想这个女同志怎么像黄山芸？后来你一直吐，又引起我的注意，打量多时才肯定是你。机舱里一直‘嗡嗡嗡’，吵死人，颠得像坐在簸箕上，没法过来。你吐成这样子，是‘反应’还是晕机？”她指指老同学的大肚子问道。她标准的京腔中略带矜持，虽然面带笑容，却没有黄山芸那么惊喜和激动。

“早就不反应了！俺这老土，以前没有受过这么高的抬举，颠晕了！”黄山芸自嘲道。她侧身站稳，亲昵地笑骂老同学：“你个死鬼，这几年到哪儿去了，没有一点音讯？”她把头巾紧裹着的搪瓷痰盂牢牢地提在手里，在观望文泞泞时注意到她身后站着个浓眉大眼、长方脸庞、年龄稍长的男同志，也穿着白衬衣黄军裤，下巴几乎挨着泞泞的后脑勺。他一直在那里静静地听两个久别重逢的老同学寒暄，当目光和黄山芸碰到一起时，未等文泞泞开口，便礼貌地自我介绍道：

“常听泞泞提起你，我叫郑贵，泞泞的丈夫，幸会！”

黄山芸很少听到“丈夫”这样的称谓，新社会称呼夫妻的口头语都是“爱人”；也很少听到陌生人见面说“幸会”，最多说声“你好!”她觉得他的话语中带着官腔，不知道怎么和他搭话，笑着对他点了点头，即又朝着文泞泞问：

“你们这是出差?”

“说来话长，咱们先下去安顿好再细说。”文泞泞拿起黄山芸放在座位上的钢精锅等物件，扶着她小心地往外走。

他们一起到了行李提取处，郑贵去取行李。黄山芸告诉老同学自己没有托运的行李，缓步先到卫生间把痰盂洗净，出来和文泞泞找了椅子坐下，热切地聊起来。

黄山芸先主动介绍了自己的婚姻状况和现状：爱人是大学同学，他家庭原先属于红五类，这两年变黑了。她和爱人一同被分配到了康安地区的江阳县。自己已怀孕八个月，因古城和秦都两边家里都有困难，无法在家里待产，就决定到江阳报到、上班、生孩子。她乐观地朝老同学笑道：

“在医院里工作，还怕孩子生不出来?我那口子‘打前站’去了。”

文泞泞毫不怀疑学医的人不怕生孩子，她似乎更关心老同学家庭的政治状况。她清楚地记得，黄山芸在中学未能入团，问题出在家庭，后来像漏网之鱼一样，侥幸挤进大学。

“你父亲有音讯吗?”文泞泞在问话时一脸严肃，似乎不像是拉家常，倒像是在审问。

黄山芸平时总不愿别人提起所谓的“父亲”，也希望自己对他失忆，不再触碰“亲生父亲”这个伤疤。但她不能让久别重逢的老同学难堪，更何况人家知根知底。她苦笑着答道：

“说不定早死了，咋可能有音讯?”

“毕竟是亲骨肉，如果彼此都活着，谁还不想知道点对方的事儿?要是你父亲没有去台湾，母亲还活着，或者你也去了台湾，还能扛着个大肚子到深山里生孩子?”文泞泞似乎意识到自己的神情并不恰当，转而温和了一些，语调里还带着人性关怀，着实让山芸轻松了许多。而她说话的内容又是那么熟悉，那么可怕。黄山芸想起来，前些年挨批时，班里有几个不怀好意的人同样说过“父女毕竟是亲骨肉”之类的话，非要诱使她说自己如何如何思念父亲不可，然后再批她“没有站稳阶级立场，和反革命家庭划不清界限，想让反革命复辟”，等等。她从记事起，连这个人的影子都没有见过，可他们非要说她思想感情上和他有千丝万缕的联系，任凭她如何解释都没用。这类话仿佛是笼罩在她头顶上的一块乌云，压着她把头低下。几年不见了，文泞泞的装束变了，怎么腔调也变了？让人认不清摸不透。黄山芸忽然警觉起来，她扫了文泞泞一眼，反射性地装出开玩笑的样子，做出以攻为守的表态：

“你可得站稳革命军人的立场啊！”

文泞泞不以为然，仍然神情自若地说：“去台湾的并非都是坏人，也未必都是自愿的，原因很多，情况复杂。我们在工作中接触过这类事儿，有些孤身去台湾的军政人员很想家，千方百计托海外华侨、香港友人来大陆打听爹娘和儿女的消息。他们痛苦孤独，经常会对着亲人的照片以泪洗面。像你家这样的，多苦啊！二十多年音尘隔绝、月缺云残，彼此能不想吗？都是人呀！”她扫了黄山芸一眼，接着又问，“你姨夫还关在监狱？”

黄山芸注视着文泞泞，从老同学冷静而深沉的脸上看不出忧喜，没有了以前的活泼、明亮，猜不透这个一直在“又红又专”道路上高歌迈进的老同学心里到底在想什么。黄山芸点点头，叹息道：“刑期快满了，谁知道他脱胎换骨了没有，把全家都害苦了。”

黄山芸不想再谈这类话题，随即露出笑容，以赞赏的口气把话题转到对方身上：“在咱中学里，就你一个人上了军校，又到北京大机关里工作，是总参谋部还是国防部？说说你这几年的辉煌成就吧！”

文泞泞没有说明她所在单位，苦笑着答：“哪儿来的辉煌成就？”

“别谦虚了，你这个亲人解放军，在高楼大厦里，跟着大领导，咋能不辉煌？”黄山芸刚说完这句话，突然发现老同学沉默不语，脸色变得冷峻，即意识到人家的工作可能涉及军事机密，不能随便问，就朝远处等行李的郑贵扫了一眼，转头问道，“你们啥时候结的婚？”

“1967 年年底！”文泞泞也向远处望望，脸上现出微笑。

“文院长和阿姨一定为你高兴！我家搬到秦都以后，很少再回去。后来听说文院长受了伤，我赶去看望，可你家房门紧锁，小院里冷冷清清。”黄山芸一直记得在中学阶段，自己即将失学之际，是泞泞的父亲——职工医院的老院长，曾两次伸出过援手帮她解困。

“他已经去世了，我母亲还健在。”文泞泞脸上现出忧伤，声调很低。

黄山芸很惊讶：“咋回事？在我的印象中，他总是雄赳赳气昂昂的样子！”

“运动一开始，他就成了走资派，每次批斗过后，都浑身是伤。去年夏天这次，他撑不住了，一头栽到台下，送到急救室人已经不行了。”文泞泞情绪略显激动。

“他是医院里资格最老的转业军人，对吧？真想不到，怎么能这样？”黄山芸听说文院长去世了，除过伤心，还有不安和歉疚。

“有人揭发他有历史问题，说他在解放前与国民党‘过从甚密’，是国民党的代理人。实际上，抗战时期，他确实执行过一些特殊任务。有多少人清楚党的保密制度和组织纪律？有些事是说不出口的，也不能单凭查档案做结论！现在当权的、造反的懂得什么？想说什么就是什么，想做什么就做什么！”文泞泞的声音不高，话语却很坚定。她还说，“关于我父亲的情况，我和郑贵的领导都了解。”

黄山芸联想起公公在工作单位被人用“七节鞭”打得皮开肉绽肋骨断裂、倒在血泊里的场面，想起连十四岁的大表弟因受他父亲牵连，都得站在高凳上在大太阳下挨批斗的景象，心跳阵阵加快，不由得问道：

“你说，搞成这样，毛主席知不知道？”

“说不清！你不是问我们为啥到这儿来吗？”文泞泞接过黄山芸的话，脸上露出几丝苦笑答道，“转业了！”

黄山芸一听说文泞泞转业了，又像坐在颠簸着的飞机上，忙指着大厅门口的一个标牌问：

“就这地方？康安？”

“不是，是江阳。”文泞泞给了老同学一个意想不到的回答。

黄山芸总觉得自己由于家庭和命运一直在坑坑洼洼的土地上走走爬爬，而文泞泞不一样，她一直站在高处走在高处，怎能从中国最风光的地方也来到偏远山沟？但是，黄山芸感觉到，文泞泞有一种自己根本达不到的修炼，她看似淡然的神情中隐藏着丰富的内涵，有一种经过历练后的沉稳。黄山芸意识到老同学命运的大起大落一定与她父亲投下的阴影有关。一方面为文泞泞伤感，另一方面又为在未来的日子里多了个和自己命运相同、能说得上话的朋友而高兴。她情不自禁地拉起文泞泞的手说：“真想不到，咱们又到一起了！”她看文泞泞并不像自己那样在意和老同学重逢，就又降低了嗓门感叹道，“你们从军校毕业，又在北京大机关当了几年干部，现在来到深山里，实在太可惜！”

“你不可惜？不说这些。”文泞泞知道这个自小只知道埋头读书、抬头吃苦的同窗太单纯。她不想再与这个不谙世事、不清楚时代风云变幻的老同学过多谈政治。她把话题又转到家庭，问起供养山芸、山芋两姐妹上学的葛茹芝大夫：“你姨现在咋样？”

“她身体还好，就是忙，特别劳累。亏得早早下放了，要是留在古城职工医院，也不会有好果子吃！没有想到职工医院的人那么恶！”

“听说打人的都是职工医院的‘战友’，大多数来自你们古城医学院，个个‘响当当、硬邦邦’！”文泞泞说话的时候，能肯定老同学黄山芸和打人者不是同类，而且也能猜出几分老同学在大学的境遇。她看看老同学又望望远处，见郑贵已取到行李，即邀黄山芸和他们一起到康安军分区招待所。那里有人接待，还可以帮他们买船票，如果顺利，当天下午就可以离开。

黄山芸庆幸遇到老同学，没有一点客气，缓慢地跟着他们走出机场。

第二章

清晨洗漱完毕，周伊波见窗台上有张废旧的油印小报，信手拿起浏览。首先映入眼帘的是关于江阳县革命委员会成立的消息。消息说，县革委会成立后，领导江阳人民深入进行“斗批改”，推动了“文化大革命”向纵深发展，原县委和县政府“死不改悔的走资派和他们的黑爪牙”有的关了，有的下放劳动了，“吐故纳新”工作加快了。县区两级政权机构通过调整、改组、精简，得到了加强，一批“政治强、作风硬”的新生力量正在走向领导岗位。小报上还披露了某些“新生力量”的姓名和简历，其中身居要职的多是人武部干部和复转军人。周伊波看罢，将小报递给魏军定，说道：

“这儿和大学一样，一把手都是军人，枪杆子能镇住‘孙二娘’，一不小心也可能走火打死老百姓，俺心里扑里扑腾的!”

魏军定边看边顺口说道：“枪杆子里面出政权，‘孙二娘’怕，‘臭老九’更怕!”说完，把小报随手放到床头柜上，叫周伊波和杨槐一起去吃早饭。

吃罢早饭，周伊波和魏军定、杨槐、任佳相跟着走出招待所。任佳上眼睑肿胀，像是长了麦粒肿，眼睛使劲睁，可还是眯成一条缝，走起路来有些摇晃。杨槐上下端详她，提醒她：

“留心脚下，路窄，不要和我贴得太紧！”

任佳朝他撇撇嘴：“看把你香的！”

县革委会在原县政府大院里，大院坐落在佛爷山的中段，好像坐在老佛爷的大腿上。这个院落，传说是清朝乾隆年间山民们修的一座道观。大门南边二十米开外处，有一个高大的石牌坊，牌坊上片片斑驳，石刻文字模糊不清，而一块块被敲凿的新痕却历历在目。县革委会的黑漆大门前，有数级台阶和两座石狮；拾级而上，紧挨门槛有两个光溜溜的石门墩；高门楼中央原先悬挂道观名牌的地方，早已换上一块黑底匾额，上有烫金大字“为人民服务”。在大院正厅东西两侧，各有一道破旧的木牌坊，分开前后两座院落。前院中间通向正厅的过道边，左右各有两棵金桂，估摸都有百年以上树龄，四棵树冠遮蔽半院。向里走，有一个椭圆形积着污水的放生池。池后是一个鲜艳的花坛，原本是放置香炉的空地。过了花坛，就到了带有飞檐斗拱的第一个大厅。据说这个大厅原先叫灵官殿，早在“文革”前就分隔成县长、副县长的办公室，现在则挂上了县革委会主任办公室、副主任办公室的牌子。灵官殿墙外，有穿廊、回廊与两厢的各职能局、委、部相通；木牌坊遮挡着的后院，内有另一个大厅，以前叫八仙殿，一直是书记、副书记的办公地。

政工组占了前院左厢的一排房子，这个组延揽了原县委组织部和人事局的权力，安插了一批最能观测政治风云、最受上级赏识的人物。

但是，包括县革委会政工组组长郭聪敏、分配办主任郎学仁在内的这一组人马，对从古城和全国各地分来大山沟的这批近百名大学毕业生如何安排使用，却是心中无数。他们不能判断中央是为了和美帝、苏修打仗，把人才储备在原子弹打不着的地方，还是让这批臭知识分子来最艰苦的地方改造。根据以往的经验和对政策的理解，他们基本的估计是，要让这批人边工作边改造。预计有的人会“带着花岗岩脑袋去见上帝”；有的人会被改造得“一不怕苦，二不怕死”，一辈子在山里摸爬滚打。不过，这二者都是少数，知识分子的大多数是可以接受改造的，但很难缠。必须不断地敲打他们，让他们经过一个长期的锻磨过程，把立场从资产阶级一边转变到无产阶级一边。其实，这种估计并不是他们的创造，而是流行于全社会的普遍理念。可是，什么叫转变到无产阶级一边？怎么判断？郎学仁清楚地知道，自己说不清，组长郭聪敏也说不清。

凡是和县革委会政工组打过交道的人都会悄悄说，在这个道观里，普遍脸难看，话难听，事难办。然而，真正难缠的还是郭聪敏以下的“小鬼”。“小鬼”权力不大，脾气不小，办事缺乏灵活性。那些在大殿里办公的“神仙”，见到下边来的人还有个好脸，即使抓住你点毛病，可能还会“放生”，甚至有些倒了几年的走资派都被“放生”了，特别是在他们心情好时，或者有上级“神仙”打招呼时，办事更便当。

县革委会政工组，在接到上级下达的总体计划和指标后，相继收到了省内外有关大学派专人以机要件送抵或机密挂号件邮寄来的人事档案。根据上面“红头文件”的原则意见，在十天前已经开始了这项考验他们阶级觉悟和革命精神的运作，紧锣密鼓地筹划和安排这批大学生的就业。

周伊波跟着魏军定等人神情不安地来到分配办公室。杨槐叫住一名扎着小辫的年轻姑娘，告诉她周伊波是新来报到的。她认真查验了周伊波带来的派遣证、介绍信、户口及粮油关系转迁证后，即让周伊波在花名册上填写了他和黄山芸的姓名、年龄、性别、籍贯、毕业院校和报到日期，另外填写两份“干部登记表”，还告知他，另有些手续要到具体工作单位后再继续办。

会议室里，几个黑漆方桌拼在一起，桌前的几排条凳上已经坐满人。周伊波等人在后排靠墙的条几上坐下，两个老年工作人员谦恭地给他们递上一杯杯茶水，水面上浮着一层黄褐色的大片茶叶。

过了一会儿，三个以同样姿势端着相同搪瓷茶缸的人，从会议室门口鱼贯而入。他们个个威严，像是法官出庭。为首的中年人黄瘦高挑，突出的颧骨潮红，两颊明显凹陷，大热天还身着洗得褪色的浅黄军服，像是一个患肺结核的退伍军人。他后边两个年轻人都穿着带有部队番号的白汗衫，一个矮胖，一个匀称。他们端茶缸的左侧腋下都夹着个大本子，下垂的另一只手里也都拿着红塑料皮的毛主席语录。他们走到靠窗一边的空位跟前放下茶缸和物件，并排入座。

杨槐目随着他们，把头靠近周伊波，悄声说：“坐中间的那个就是狼外婆，大哈屄（注：坏家伙）！”

未等周伊波回话，任佳的嘴就贴到了杨槐的耳边，厉声警告：“把嘴闭住！”

狼外婆抿了一口水后开始讲话：“我叫郎学仁，新郎的郎，仁义的仁，是县革委会分配办主任！”

会议室里顿时安静了，大家都把目光集中在这三个“辉点”上。

“这位姓皮，皮球的皮，皮干事。这位姓邱，邱少云的邱，邱干事。‘皮球干事’，好记！”郎主任在介绍两位助手时，脸和脖子没有转动，只是先抖动左边的肘弯，又用右臂碰碰右侧的邻座。随后，他翻开一个小本子，朗诵般地说道，“伟大领袖、伟大导师、伟大统帅、伟大舵手毛主席教导我们说，‘知识青年到农村去接受贫下中农的再教育很有必要’，‘广阔天地大有作为’。我们欢迎你们到这里来工作和锻炼。”他接着的腔调像是背诵报纸：“苏修在北方陈兵百万，美帝在越南不断扩大战火，毛主席发出了‘要准备打仗’的命令，我们要和修正主义、帝国主义争时间。现在的一切工作，都要服从三线建设这个大局，配合部队把这大山掏空，把桥梁架起来，把连接南北的铁路大动脉修好，让毛主席他老人家睡好觉！”

周伊波觉得他的这番讲话，内容大意和在招待所房间里老罗讲得差不多，“让毛主席他老人家睡好觉”这句话和街头年轻娃喊叫的一样，感情色彩最浓，最好记。

郎学仁在讲了一段后，发现几个听众交头接耳，就停下来端起茶缸喝了一口水清清嗓子，然后再把嗓门提高，严厉地说：“你们在学校里是红卫兵，来到这儿是基干民兵，要一切行动听指挥，不要摆知识分子的臭架子，不要把我们社会主义的新江阳看得连旧社会都不如，把山区的贫下中农看成土匪、强盗。如果谁一来就散布失望情绪，结伙对抗革命政权，后果自负。我是当兵出身，喜欢直来直去，今天告诉大家，根据上级文件精神，所有分来江阳的大学生，都得先下基层锻炼一年，然后再根据表现，另行分配。”

他的话好像意有所指，这让杨槐心里一颤：“该不会是老罗向狼外婆鼓捣了什么?”

郎主任话音未落，会议室里就哄哄起来。

“坐了几天车船才来到这里，还不算基层?”有人大声发牢骚。

又有人接着问:“还要下到哪儿?咋锻炼?”

坐在左边的矮胖子皮干事越俎代庖道:“这里是县城。基层在农村、厂矿，还有铁路工地、三线建设民兵师、虹桥五七农场。”

“县医院算不算基层?在县医院锻炼可以吗?”周伊波不解地发问，他一想到黄山芸快要生产了，就急起来。眼下只要自己和山芸能分到县医院，让她在那儿把孩子生了，无论再待在哪儿唱“青春之歌”都无妨。

郎主任朝周伊波望望，语气生硬地说:“我们把话已经讲清楚了，不要故意耍嘴皮!县医院的老爷都要往下走，你去干什么?在三线建设地区，首先要学会服从命令听指挥!”

杨槐眨眨眼悄声对周伊波说:“你一来，我就告诉你了，得先改造，即使不脱胎换骨，也得脱一层皮。然后再说别的。”说罢，他看周伊波没有回话，就又调侃道,“你现在就想当大夫?灵魂问题还没有解决。”

周伊波觉得杨槐的心思和自己不一样。他最想返回家乡，现在就是让他到县医院，他也会觉得那里装不下他。

跨进大学的门槛后，周伊波多次听到老师说:“知识分子的思想改造是艰苦的、痛苦的、漫长的，要经过革命大熔炉的锻造，才能脱胎换骨。”经过几年的大学教育，他不知不觉地变成了一名把“改造”记挂在心的“知识分子”。“文革”开始后，他又渐渐习惯了“臭老九”的训词和称谓。但是，他根本没有想到，千里迢迢来到这个深山沟里，仍然没有到达革命大熔炉的底层，小县城依然不是炙烤灵魂、脱胎换骨的地方。

狼外婆讲完话，没有人再公开提问，只有惴惴不安的窃窃私语:“他说了半天空话!”“到底咋发配咱?”

正在此时，狼外婆又发话了。他说，县革委会已经根据实际需要，根据接收的档案和了解到的情况，把每个人要去的地方都定了。皮干事、邱干事负责发通知，如果有谁月内不去单位报到，就取消资格。工资从报到当天发起，按国家三类地区标准，每月四十二块五，一年后如果锻炼合格，就再涨十块。他说着说着，突然提高嗓门冷笑道：

“不少了啊，你们一工作，比我现在挣钱都多!”

他的笑声和表情，让周伊波厌恶，觉得他真像杨槐说的狼外婆。

皮干事念着名单，被念到的人起身去接通知单，再在本子上签名，返回原座位后才仔细看通知单上的几行字。

周伊波和魏军定、杨槐和任佳拿到通知单后全愣了，他们的通知单上都是一字不差地写着“暂分配到县虹桥五七农场劳动锻炼一年”。从古城医学院来的大学生，多数被分配到县虹桥农场，而罗紫丰和赵春碧没来开会，听说是分到江阳民兵师师部，通知单被一个陌生人代领了。

杨槐耷拉着脑袋，把纸烟掏出来点燃。其实，他心中真正的底线和周伊波一样，是县医院。他说自己是愚公，本是自我调侃，未承想一语成谶。

周伊波和魏军定倾身去看前排几个陌生人的通知单。这时候有两个戴着眼镜、穿着考究的男女，抱着个胖孩子进入会议室。俩人边张望边在后排挤着坐下，男生挨着周伊波。周伊波转脸看见，马上叫道：

“老侯，潘凤！你俩咋才来?”

原来这俩人和他是同级同学，属于对立派。戴黑边深度眼镜的男生叫侯承强，经常在围斗走资派的场合留下身影。周伊波还记得，有一次侯承强、李紫丰、齐麟一伙在大饭堂门口和自己的好友高塬激烈辩论，自己挤过去为本派战友解围，还与侯承强发生过冲突。戴白边眼镜的女生是他的妻子潘凤，她在医院生孩子那天，恰巧有个女生婚前在宿舍楼的厕所里生了个孩子。那时，这样落地的孩子前后有好几个，背地里大家戏称这些孩子为“所生”或“红小兵”，侯承强和潘凤的儿子冬冬曾被误传为“所生”。周伊波判断在老侯怀里抓着奶瓶的男孩就是“侯所生”。老侯和潘凤因为迟到，没有听到郎主任的讲话，还不晓得他那不容置辩的态度和必须服从安置的革命原则，对到农场劳动毫无心理准备。他俩在旅社里已经对别人说过几次：“千里迢迢来到深山沟，孩子缺奶，一路上买不到吃的，孩子饿得直哭。来到江阳好歹得分个县级单位，不然，咋活?”此时，潘凤听说他俩同样被分到虹桥农场，顿时气得喊叫起来：“孩子到那儿吃啥？还让人活不?”

老侯吃不准，像他们这种情况能否给予照顾。在他心里牢记着学校红战团刘森林司令重复多次的两句话，“有权就有一切”，“特殊情况特殊处理”。他已经没有了造反的气势，唯恐得罪了这些有权决定自己命运的人，胆怯地提醒妻子道：“小点声，小点声!”

周伊波看周围的人都不高兴，都在小声嘀咕，潘凤的话也让他思考同一个问题：“孩子在那儿咋活?”他觉得很茫然，随即站起来又对着面前的三个人问道：

“请问虹桥农场在啥地方？周围环境咋样?”

郎主任注意到这个满脸黑胡子的家伙，就是先前问过“县医院算不算基层”的瘦削书生，即刻生硬地板着缺血的脸答道：

“离县城七十里，离虹桥街五里，河边一个大院，院里有农工，有牲口，四周有田地，其他的我不清楚。农场嘛，至少有饭吃吧，也能装下你们!”

周伊波心想：“大院、农工、牲口、田地，还用你说？废话!”尽管对郎主任的解答不满意，但看他那冷冰冰的态度，就不想再问了。

周伊波刚要坐下来，杨槐就小声给他递话：“问问为啥不往县上分。”

于是周伊波就继续站在那里接着问：“听说县医院、城关镇医院都缺医生，能不能让我们先在县城有一段适应期，然后再到基层?”

“你叫啥?”郎主任觉得这个书生不明事理，有点故意找碴儿，开始生气了。

“周伊波!”他扫了一眼郎主任愈加难看的脸。

皮干事、邱干事都抬起头朝周伊波死盯了两眼，又低下头记着什么。

“哦，周伊波！不管你是波还是浪，我已经讲过了，你必须首先拿到工农兵发的批准书，才能在这里工作。不要说现在，就是大跃进年代，知识分子都得过这一关。谁不自觉过，就强迫他过，一年过不了就两年，两年过不了就三年。从资产阶级统治的大学来，从知识分子成堆的大染缸里来，不经过考验咋能证明你的阶级感情？特别是你们这些要当医生的，将来要给群众看病，难保不会害人，咋让人放心?”

郎主任的话让周伊波极不舒服。虽则这些话基本上是老生常谈，不是来自报章杂志，就是来自领导讲话，平时也不觉得难受。而这次，狼外婆加了一句“难保不会害人”，这就让周伊波觉得大受侮辱，实在忍不下去：

“咋就不让人放心？难道俺想害贫下中农？”

坐在周伊波周围的几个人也骚动起来：“我们这几年，学业本来就耽误了，再劳动一年，脑子里还能留点啥？只剩一个空壳壳！大学不是白上了？”

“安静！安静！”“让郎主任把话说完。”皮干事、邱干事站起来朝着骚动者喊叫，以增强震慑力。

郎主任等大家稍平息后，仍然气势汹汹地接着说：“县上的医院还轮不到你们去！毛主席号召砸烂城市老爷卫生部，我们已经接到通知，古城红十字会医院要下放几十名医护人员到江阳来，县医院、防疫站的空子给他们留着。”

杨槐看周伊波带头把大家心里想的提了出来，好歹狼外婆也做了回答。这一问一答摩擦出的火花，让狼外婆及皮球干事剑拔弩张。杨槐急忙掏出大前门烟，讨好地倾身伸头给三个“辉点”散发，又回过头来散给周边的男人。他一边散烟，一边满脸堆笑对狼外婆说：

“郎主任，我想问一个问题。”

狼外婆没有搭理他，只从桌上拿起他散的烟点着，然后转过脸说：“到民兵师的，由师上再安排到团里，从团里再下连队。”他抽了一口烟，回头朝杨槐看看，依然板着面孔冷冷地宣布：“现在散会！个别人有问题，散会后个别问；如果是提个人要求，就免开尊口！你们可以在县上多住几天，但是食宿自理。准备啥时走，提前告诉皮干事、邱干事，让单位派人来接。”

周伊波突然发现，杨槐虽吼叫得凶，但一遇事，真应了老罗那句话，“嘴硬尻子松”。周伊波把手边的烟捏起来，使劲地揉碎撒在桌上。

散会后，许多人都走了，剩下的人已经不多了。原先坐在后排的几个人都换到前排。老侯对着狼外婆满脸堆起笑容，也学着杨槐递过去一支烟，问道：

“主任，你看我们这小子刚过半岁，他妈妈缺奶水，到农场去买不到奶粉、奶糕，咋办？就是让家里买好寄到农场，转来转去也不方便。能不能照顾照顾，把我们留在县城？”

郎主任虽不买账，但语气有所缓和：“我不是说过了，谁要是再提个人要求，就别开口了。谁都有困难，昨天从江西来了两口子，女的挺着大肚子，要求照顾。你说说，是来锻炼改造的，还是来让照顾的？刚一来就要生孩子养孩子，用娃儿、用大肚子来要挟组织，难道是让你们来吃闲饭、享清福的？个人的小道理怎么就不能服从国家的大道理？好了，好了！别再说了！”他站起来，把椅子踢到后边，端起茶缸走了。

皮干事、邱干事端着茶缸夹着本子和红宝书跟在后边，鱼贯而出。

会议室里留下的人，仍然坐在原处议论着。老侯失望地说：“说也白说。”

周伊波渐渐平静下来，叹息着骂道：“唉，太蛮横了，真不是东西！”

魏军定的气也还没有消解，附和着周伊波斥责狼外婆：“大门上挂着‘为人民服务’，一口一个毛主席的指示、上级命令，嘴上冠冕堂皇，一肚子坏水！”

杨槐接过魏军定的话，也以生气的语调放出粗话：“叫他狼外婆太对了，你看他那㞞式子！”

“你小点声行不行？你才是个二㞞（注：二杆子、愣头青）！”任佳朝门外看看，骂了杨槐一句。

周伊波已经开始低看杨槐了，对他说的话有些厌烦，皱皱眉头扫了他一眼。

“狼外婆早走了，我看你老杨不过是个门里虎！”魏军定同样不满杨槐看客下菜，当面一套、背后一套的做派，飘了一句凉话。

杨槐有点恼羞成怒，把气往魏军定身上撒：“你行，你咋不替咱争？”

魏军定降低嗓门不屑地答：“我不行！我和你比不成！”

潘风抱着胖儿子一直用手绢擦泪，对着侯承强嘟囔。老侯低着头提着儿子的奶瓶和尿布，显得很委屈也很无奈，完全不能想象他在大学里风流过、叱咤风云过。

这时坐在会议桌最顶端的三男三女，都静静地关注着他们，似乎对宣布的方案并不特别在意。其中一位高个头的，向周伊波这边凑过来，他和老侯一样也戴着黑边眼镜，可看起来面目清秀，鼻梁高挺，虎背熊腰：“已经来了，再分到哪儿都差不多。我叫白芦，从古城农学院来。”他指指身边带着腼腆笑容的瘦削女子说，“她叫童希北，我爱人，都是学畜牧兽医的。”他又指着另外两对看起来同样结实和文静的同伴说：“他们是学水利和果木栽培的。对俺们来说，分到虹桥农场比去修路更合适。这个方案昨天就听说了。”

他的同伴插话：“我们学校还有分到内蒙古和宁夏的，这里比那边气候好，水好！”

一时间，大家的话就又多起来。周伊波边听边打量着眼前这几个命运相近者。学水利的两口子，男的方脸阔鼻，站起来高出周伊波大半头，似乎比白芦还粗壮，叫田大地；女的短发大眼，身材胖大，叫龙亦华。学果木栽培的两口子，男的个头比周伊波稍矮，窄额小眼，叫戈硕果；女的瘦弱，皮肤粗糙，中等个头，叫彭玉兰。周伊波、杨槐和魏军定都各自做了自我介绍。为了称呼方便，彼此不问年龄大小，都对男生看作是家长，以姓前加“老”字相称，而女生则在姓前冠以“小”字。周伊波脑子里还没有静下来，多种想法翻来覆去此起彼伏：狼外婆讲的也不都是错话。好朋友董国峻不是从北京到北大荒种地去了？高塬、窦坡不是回陕北高原上了？

魏军定也开始转变想法，他无奈地重复着一句话：“胳膊拧不过大腿！”

吃过午饭，周伊波和魏军定准备去接船。他们出门沿着石阶小道往山下走，在经过县医院门诊部时，周伊波停步向那个带有天井的四合院里张望，看见每个门上都挂着白布帘，墙壁上钉着科室名牌。门诊部看起来和游林县木梃公社卫生院差不多，前两年在那里参加过卫生教育革命。魏军定扭身指向后山，告诉周伊波半坡里一堆高低错落的灰色房子就是县医院住院部；再上方有一大片白色板壁和绿色帐篷的地方，是铁道兵师部和战地医院，要去那里还得过条大沟。他们经过邮局、新华书店、县文化馆，下到河街。药店、饭馆、旅店和百货商店都开着门。街上的行人大都戴着草帽，几个挑柴担的男人赤裸着脊背，而几个卖菜的女人却包着黑裹头、身着毛蓝粗布大襟衣和大裆花裤。

在通向河滩的道路边，几个十六七岁、说普通话的小青年在一个卖柿子的老婆婆筐前吵吵闹闹："这么涩，你还卖钱！"地上扔着几个咬破皮的硬柿子，一个小青年从筐里又拿出两个往地上边扔边喊："赶快收摊，不然就给你砸了！"

老婆婆气得直喊："咬一个扔一个，哪能个个都涩？你就是不吃，也不能乱撂啊！放到筐里我还可以回去喂猪，真造孽呀！"

"老婆子，这到底是给人吃的，还是给猪吃的？你还敢骂人？小心我把筐子踢翻！"小青年大叫着朝柿筐踢了一脚。

"我没骂人！"老婆婆吓得忙把柿筐往后拉。

周伊波看得真切，走到跟前正想批评这几个小伙子几句，突然发现其中一个是他的老街坊康孬蛋——康大娘家的二小子、康毛蛋的弟弟，与二妹妹伊鹃是同学，初中刚毕业。

"孬蛋！"周伊波大声叫道。

康孬蛋带着一种桀骜不驯的神气正在发横，本想对瞪着眼走过来的人也给点颜色，一听见喊他的小名，这才一怔，即刻就认出是自家门口的周家大哥，有些不好意思，忙迎上前问道：

"伊波哥，你咋在这儿？"

周伊波脸上露出笑容："你先说说自己！"

康孬蛋几个人争相告诉周伊波和魏军定，他们来江阳十几天了，所在"学生连"驻扎在汉江对面。在开始修路修桥前，指挥部先安排他们政治学习武装思想，每天上午开会，下午搞内勤，也可以外出转转。他说完自己的情况，不解地问周伊波：

"我们来修路，让毛主席睡好觉，你来干啥？"

周伊波告诉他们，自己大学毕业了，也为了让毛主席睡好觉。刚分来，还没有单位，等待再分配。现在去码头接船。临别时，周伊波劝道：

"孬蛋，可别再惹事儿，不然，毛主席可真睡不好觉了！"

几个小伙儿做着鬼脸，康孬蛋仍然带着调侃的口气说：“大哥，听见了！要让毛主席睡美！”

河滩上除过几个供筛沙民工歇息的牛毛毡棚外，就是大大小小的石头和沙石堆。俩人坐进棚里，一边观望着码头，等待机动客船到来，一边闲聊起来。魏军定感觉周伊波是那种一见面就能信赖的人，不会见风使舵，也不会背后日鬼。他主动述说了自己的家境：家在农村，年幼丧母，有一个姐姐在秦都棉纺厂当工人。后来父亲续弦，又有了个异母弟弟，姐姐就把他接到棉纺厂，在秦都上学、长大。

“真巧，我爱人的姨家也在秦都棉纺厂，可能就是你说的这个厂。”

“我姐姐是在细纱车间，她是在哪个车间？”

“她是大夫，在厂卫生所。”

他们聊得很投机，沙滩上一股股热风吹进棚里，却不觉得炙烤。约莫过了一个多小时，他们听见了远处传来汽笛声，即走出棚子向东张望，看见一艘小客轮从山背后冒出，逆水而上缓缓驶来。

周伊波跟在魏军定身后，疾步朝码头走去。他相信自己也摸清了接人的时间和路径，待接山芸时一定不会走冤枉路。机动客轮有五六只木船大，刚一靠岸，船舱里的人就陆续出来站在甲板上，准备沿舷梯往下走。一个身着浅色衬衣、短发过耳的女生一出现在甲板上，魏军定就朝她招手，女生随即也把手挥起。周伊波已经看出来，这个女生就是魏军定的爱人。她走下舷梯越过跳板，刚一着地，魏军定就把她手里的旅行袋接到手里，并介绍她和周伊波认识。她叫党晓春，有双和善的杏眼，个头略低身材略胖，说话声音柔和，语速很慢。

不经意中，周伊波又朝甲板上望了望。突然，他发现黄山芸拎着钢精锅、痰盂站在人群的后面。他喜出望外地朝她喊叫。她若无其事地朝船下看看，和身前一个女干部模样的人说着什么，身后是一个穿白衬衣、黄军裤的“干部”，这个“干部”在舷梯边接过她手中的物件。黄山芸已经注意到周伊波到了船边，也听见了他的喊叫，只是没有搭话。她高高隆起的肚子让本来丰满得像射箭运动员一样的身架，显得肥胖起来，两条小辫子垂到胸前，眼睛专注着脚下，慢腾腾地下了舷梯过了跳板，直到脚落在河滩地上，才长长地出了一口气。她接过身边“干部”手里的物件交给周伊波，向两位干部模样的男女介绍道：

“这是我爱人周伊波，已经给你们说过了，我的大学同学。”

军人模样的年轻人把一双大手伸向周伊波：“郑贵，解放军通讯工程学院毕业，在北京工作几年，现在转业到这儿。”他操着带有京味的普通话，握手有力，看起来严肃英武。

未等俩人的手松开，黄山芸就拍拍女干部的肩膀对周伊波朗朗笑道：“她是谁，你可能猜不出来！”

周伊波对着山芸的老同学笑道：“山芸太小看我了，文泞泞！你的名字可是如雷贯耳呀！”他已经从郑贵的自我介绍和三人的行色中猜出来了。

这位细眉小眼、身材不高却很标致的女干部微笑着向周伊波点点头：“幸会！”

此时，魏军定和党晓春走过来和他们打过招呼，先走了。

几个人正说着话，郑贵手中的行李就被守在那里等着背脚的大人、孩子抢了去。

郑贵懂得这是怎么回事，就发话：“行李已经走了，咱们后会有期，改日再聊吧！”

“招待所见！”周伊波答道，他不知道这两位转业军人的住处是由县人武部安排。

郑贵、文泞泞快步去追赶背脚的大人、孩子。黄山芸在河滩地上踏着碎步，周伊波提着物件陪在一旁，与前边的人们的距离愈拉愈远。黄山芸喘着粗气，诉说她在飞机上的奇遇和在康安的幸运经历，也说了在水路上的艰辛：

“别看这条船是机动的，走上水依然如老牛爬坡。到了急流险滩，男人和年轻妇女都得下船拉纤。昨晚天黑严了才开到了一个叫大道河的镇点，船老大打着火把送旅客下船找旅社。旅社没有小单间，只有十多人的通铺，厕所建在后院远处，出出进进，黑灯瞎火。折腾来折腾去，好不容易才熬过一夜。今天一大早上船，开了六七个钟头，才到这儿。”

周伊波心疼地看看妻子，提着物件没有作声。

他们从“老佛爷”的脚面起始，沿着石阶小路朝“老佛爷”的大腿上攀爬，走走歇歇，经过大约一个小时，才把佛爷山的数百个台阶一个个在脚下踏过。爬到招待所时，黄山芸已经筋疲力尽，再多一步都挪不动了。

她被安排和党晓春、任佳住在一个房间里。任佳忙为黄山芸打水端茶，介绍来县城后的见闻和有关再分配的信息，如同老相识一样。

吃罢晚饭，黄山芸不愿回闷热的房间，党晓春、任佳陪着她坐到花坛边的石台上歇息乘凉。周伊波和杨槐、魏军定站在招待所院子里闲聊。这时，有几个年轻人从招待所大门进来，老远看见就向他们招手喊叫。其中一个头脸硕大像个小冬瓜，身材虽高却是上粗下细，不太匀称。他身后跟着一个带着稚气的女孩，留着短帽盖（注：较土气的蘑菇样发型）。杨槐转身迎了过去，喊叫着俩人的名字：

“姚新宇！吴芳芹！啥时候来的？”

周伊波在学校里见过姚新宇，知道他是六四级的，属保皇派，在高塬被围攻那天，他也在场帮高塬与造反派对垒。周伊波不认识这个带着稚气的女同学吴芳芹。

在姚新宇、吴芳芹身后是侯承强和潘凤，他们抱着孩子慢慢走过来和大家打招呼。

“我和芳芹，中、中午到的，没有赶上开会，住在坎下二旅社。”姚新宇说话略带结巴，他指指跟过来的侯承强和潘凤，“那儿还有一批咱、咱的人。听说把咱都分定了！”

侯承强把怀里的孩子递给潘凤，郑重其事地问杨槐道：“咋办，老杨？”

“你说咋办？你想咋办？”杨槐反问道。

侯承强没有得到杨槐正面回答，又转向周伊波问：“老周，你们最后咋决定？”

这时黄山芸和党晓春、任佳也都转向潘凤，一边和她寒暄、逗着孩子玩，一边听着男人们谈论正事儿。

周伊波苦笑着对老侯说：“上午在分配办都听到了，农场是非去不可。先不说到那里咋干活儿，单说这七十里山路，咋走？我知道咱都没有问题。”停顿片刻后，他看看趴在潘凤肩头的小冬冬，又用手指点着身旁的黄山芸和几个女生说，“她们咋办？咋走？你那胖小子，得一直抱着，路上还要吃奶；我这口子，肚里有负担，我又不能替她扛。咋走？我还没来得及跟她合计！”他显得很无奈。

黄山芸尽管已经筋疲力尽了，可又怕自己成了丈夫和大家的拖累。听见周伊波的话，她沉思片刻后，冲着他说：

“你先别管我咋办，先听听大家说咋办。我今天累了，歇上两三天难道还不能恢复？”

吴芳芹摇着帽盖头逞能：“我身子骨利落，你问问老姚，在学校里无论劳动还是搞体育，我啥比他差？”

任佳也是一副不爱红装爱武装的样子，以女中豪杰的语调说：“既然非去不可，那就走呗，互相帮扶着，没有过不去的坎！”

潘凤听大家都这样说，犹豫了一阵后对老侯说：“我俩换着抱娃，慢慢走呗，早点晚点，总能走到。”她又转向黄山芸道：“你干脆在县医院待产，等生了再说，反正已经分配了，还怕不给发工资？”

“你们都走了，我一个人待在这儿等着生，还不急死？我可享不了这福！”黄山芸开始不高兴了。

任佳挪到黄山芸跟前，以一种善解人意的口气轻声说：“要不就雇人用担架把你抬着走？体质再好，可肚里还装着一个！你看这路，高高低低，七十里哇！”

“人家这地方不叫担架，叫滑竿！”杨槐早就想说话了，“在旧社会，山里头地主出门才坐滑竿！”

“别瞎说！老人、病人也坐！听说前几年，省上干部下来视察都坐滑竿，哪是光旧社会呀！”任佳不满杨槐对坐滑竿人的贬损，继续鼓动黄山芸坐滑竿。

黄山芸已经急了：“我怕把我摔到沟里，你们都不要再提我的事。如果决定去农场，你们前边走，我后边跟。不是吹牛，前几年串联，我还爬雪山过草地呢！”

“好吧，好吧！”“真行！”大家都赞许她这种大大咧咧的劲。

周伊波知道黄山芸自尊心强，在外边商量事儿的时候，老婆的事儿得老婆自己说，他不能多掺和。

两天后，住在招待所的几个男生，到二旅社找白芦、尚厚德、廖钦启等人商量去农场的有关事宜。

周伊波代妻子去了趟县人武部，本想把下一步的去向告诉文泞泞和郑贵。未承想，这俩人刚报到住下，就又接到原单位一封加急电报，急匆匆离开江阳回北京了。

县五七农场五十多岁的丁场长和四十多岁的苟会计，按县政工组的通知，带领八个农工到县城，给大学生们背行李，迎接他们到新家。

在清晨的江风中，这群没有重负的大学生乘船渡过汉江，爬上竹河嘴，顺着小道沿河而上。这条河源自川渝大山深处，它像是一个离开家门外出寻觅新生活的颇具风韵的山姑，穿着鸳鸯羽般的翠衣，挟着巴蜀乡亲的笑声和哭泣，时而平静时而喧嚣，一步三回头，绕过了数十个集镇小街，渐行渐远，最终在汉江的洪流中消失了踪迹。河道里偶尔见到漂流下来的原木和停泊在岸边的渔船。隔河相望，对面山坡上，不时有人影晃动，传出钢钎的敲打声。羊肠小道弯弯曲曲，常常这一段下到竹河边，那一段又斜插到几十丈高的山崖。五爪龙、车前草、蒿草和一些不知名的藤类、草类常常遮住了路面。路边偶尔见到小片竹林和带有 V 字形割口的漆树。

杨槐、任佳、魏军定、党晓春、姚新宇、吴芳芹等人跟着苟会计走在前边；侯承强抱着孩子，潘风、黄山芸吃力地跟在他们后边；周伊波提着装有铝饭盒、搪瓷痰盂的网兜和丁场长走在最后。丁场长狭长的脸上满布刀刻般的皱纹，竹背篓紧贴在他瘦小的脊背上，里面放着周伊波和侯承强的旅行袋。走着走着，后边几个人就和前边的拉开了距离。又走了一程后，丁场长打破沉默大声说：“对岸正修公路、打炮眼。下午点炮前一吹哨，这边就不能走人了，石头不长眼。”他看黄山芸走路很吃力，就把手里的竹棍递给周伊波：“让她支撑着，省点气力。”

周伊波转身向他道谢，并问道：“一直这么走？”

“一直走，再走五六十里有座铁索桥，过桥到乾河口。再顺乾河朝上走七八里，就拢了。急不得，放消停。前头就是石房店，歇口气，喝了茶再走，天黑前走拢没问题。”

四个人都听清楚了丁场长的话，没有再言传，也没有停步。

走着走着，路面逐渐变宽，也不再起伏。他们看见一排脊连檐接的吊脚楼伸向竹河，和在县城见到的房屋样式差不多。

石房店街道平平展展，由鹅卵石和长石条铺就，走起来舒坦多了。丁场长把他们带到县茶叶试验站（茶试站），让他们喝水歇息。

茶试站依山而建，原是旧社会一个外省的商贾会馆所在地，院墙全是青石垒砌，门边的镇馆石狮还展现着雄姿，门楼上会馆的题名依稀可见。周伊波对黄山芸说：“这些年在古城街上，再见不到这样齐整的石雕了，都砸坏了！”

进院坐定，丁场长领来站长跟大家打招呼；站上人端来茶水，杯子里卷曲的小绿叶缓缓下沉，水面上漂浮着一层毛茸茸的小黄花。周伊波把茶杯刚放到嘴边，就闻到一股清香，他喜滋滋地说：

“我第一次喝这么好的茶！”

黄山芸不在意地说：“我不懂好坏，以前只喝白开水。”

老侯去给胖小子冲奶粉了，潘凤附和着说：“好茶！好茶！”

丁场长告诉他们，这确实是当年最好的桂花茶。

他们歇息罢，从茶试站出门刚走几步，迎面碰见一长串负重的年轻人，先是扛木料的，接着是扛粮的，都穿着黄军裤，但上身有穿衬衣的，有穿背心的，还有打赤膊的。从装束和年龄上一眼就能分辨出他们都是学兵。周伊波几个人忙向路边靠靠，给这些准铁道兵让路。不料，几个学生走到老侯、潘凤跟前停了下来，把粮袋放在地上，边擦汗边紧盯着老侯抱着的孩子，似乎想说点什么。突然，一个干瘦低矮的学兵，瞪着眼睛以挑衅的口气对同伴说：

“你看这孙子，真他妈像头小肥猪！”

老侯既惊讶又生气，厉声问道：“小子，你说啥？”

“我说你这孙子肥得像头猪，你怎么着？”瘦低个子加重了语气，狠狠地又重复了一遍。

另一个稍胖些的带着满不在乎的口气给他的同伴助威：“不是猪孙子，就是个猪儿子！”还有人学着四川话说：“猪娃儿！猪崽崽！”

老侯把脸转向这个干瘦低矮的学兵和助威者：“你们是干吗的？想干吗？”

“听好了，我们以前叫红卫兵，现在叫学兵，你说想干吗？老子从古城来修路，看谁都不顺眼，就想打架！”

后边的学兵也都放下了粮袋，站在那里放浪起哄，有的边擦汗边瞪着眼向老侯这边挪步。

周伊波看这些人说话的样子，就想起了在大妹妹周伊燕下乡插队那个地方，曾经见到过几个痞子，都是打架成习、无端挑衅，身上不怕青紫、伤口不怕出血。

老侯一路上虽然在老婆跟前服服帖帖，但一直憋屈着，总想找个机会发泄情绪，心想：“当年，老子我也是‘打砸抢’过来的。这几年，让老婆管得住住的，可手底下这点功夫，还没有丢。你们这些毛孩子竟敢在老子眼皮底下撒野，是可忍，孰不可忍！”他此时觉得是时候了，忽地把胖儿子往潘凤怀里一塞，准备迎战。

潘凤正不知所措，周伊波忙过去把老侯挡住，并使劲推着他离开：“走吧，我们的路还远着哪，别跟他们计较！”丁场长也喝叫着制止那几个摆好架势准备打拼一场的年轻人。

周伊波推拉着老侯走了二十多米后才把手松开。几个准铁道兵在他们身后又一次放浪起哄、挑衅喊叫：

“看你俩那尖嘴猴腮样儿，咋不敢来比试比试？”“帝国主义夹着尾巴逃跑了！”

潘凤一直噘嘴吊脸，刚拐过一个山弯，就开始数落起老侯，边走边吼叫：“你能干得很嘛！你想让我在这大山里活守寡是不是？不想过了早点说！”

黄山芸也劝解道：“那帮人有气没处撒，个个刺儿头，正想找事儿，别理他们，都别生气了！”

周伊波附和着黄山芸：“说实在的，那帮小子太气人，谁不生气？可也真惹不起。”

丁场长补了一句宽容的话：“那些学兵都太小，不懂事，离家太早!”

几个人正说着话，迎面又走过来几个穿着一模一样的学兵，他们也都是斜歪着头，肩上扛着粮袋。领头的那个走到周伊波跟前猛地停下脚步，弯腰放下肩上粮袋，后边的跟着停下脚步。周伊波先是一惊，喝道：

“干什么?”

跟前的学兵气喘吁吁地瞪大了眼睛：“哥！你说俺在干啥？没偷没抢!”

“孬蛋!”周伊波又一次看见了老邻居小兄弟，他的神态和在柿子摊边耍横的样子明显不同，那时他很像前边走过去的一群。

潘凤、老侯、丁场长一看是熟人邂逅，没有遇麻烦，就起步先走了。黄山芸不认识孬蛋，她站在那里叹了口气，把毛巾递到周伊波手里，也走了。

周伊波对孬蛋简单述说了自己的去向，又叮咛了他几句，用手里毛巾给他擦了把汗，就和这个邻居小兄弟告别，赶路去了。

他们走出不到五里，小路就断了。在残断的路道下，男男女女、老老少少密密麻麻地站了一满坡，看他们的装束，衣服长长短短、破破烂烂、五颜六色，还有裹头的、打绑腿的，有的人着装像县城里的卖菜小贩，有的像电影里见过的少数民族老百姓，或脚蹬灌木枝条，手持镢头、铁锨、钉耙，或如同山羊一样牢牢地踩踏在裸露的石头上抬头张望。他们都是从各公社抽调来的农工，为把这条千年小路削平拓宽，正在挖石掘土。这是在河对面的公路修好前，为解决三线建设的运输问题，而采取的一项临时措施。然而，来到这里，小路被挖断了，再无路可走。有两个肩扛背驮、负重过大的脚客，不得不把货物卸下来，拆分成小件，分次从凹凸不平的斜坡上爬过去。另有一个背着实在不能分拆的大件在断口边徘徊一阵后再折回头，准备绕远道而行。

周伊波拉着黄山芸的手，侯承强抱着孩子，潘凤小心翼翼地两手着地，试探着从坚实些的地方下脚，胆战心惊地慢慢往前挪步。农工们全都停了下来，站在数米之外，直愣愣地观望这些不速之客，就像见到几头怪物一样，惊奇地喊叫着、笑着，大声地指手画脚，品头论足：“一个肥肥胖胖的娃儿，还有一个大肚子婆娘！”“看呀，好大的肚子！”“还拉着手，撅着尻子！”“都戴着二饼（注：眼镜）！”“哈哈哈哈！”“真造孽呀！”“哈哈哈哈哈！”

周伊波网兜里的那个痰盂，引起农工们的好奇，有人惊叫着：“好大的碗哟！”“真大哟，光光亮亮还带花！”

周伊波护着黄山芸好不容易爬过了危险地带，站上小路刚一停歇，他就提起网兜对着人群喊：“这是尿盆，尿盆，不是碗！”

老侯经过潘凤几次数落，激惹易怒的情绪转换成了对这群农工的嘲弄，他接着周伊波的话大声调侃：

“外国的大洋碗！外国人吃饭用的，要想买，得等铁路修通了！”

黄山芸听着周伊波的叫喊和侯承强的调侃，心里极不舒服，生气地说：“你们乱喊些啥呀？真乏味！”

潘凤接过冬冬，带头离开。她先没说话，等坡路稍变平缓，就又开始数落起了侯承强：“你那嘴还是嘴吗？总是臭气不断，就跟放屁一样！”

阳光已从对面山坡上消失，河谷上空的云朵五彩缤纷。潘凤和黄山芸慢慢地落在了后面。她们靠在石头上歇息的次数越来越多，潘凤已累得筋疲力尽，不住地抱怨：

“这一天顶上我十年走的！实在是累得谙谙儿（注：十分疲劳）了！”她看看手表对山芸说，“五点了！”

黄山芸的腿也早已累得发软，她感觉阵阵心慌，胃里特别不舒服，肚子里的孩子似乎比坐飞机那天踢腾得还要厉害。她有些担心，也有些伤感。她看着冬冬对潘凤说：

“咱大人受罪也罢了，可是咋能让孩子跟着受这罪？真对不起他们啊！”

丁场长招呼周伊波和老侯等在路边，他去农家讨要开水。

周伊波等黄山芸近前，关切地问道：“感觉咋样？”

黄山芸没有好气地说：“什么咋样，好着呢！”

大家喝罢水，又挣扎着起身，继续赶路。衣服湿了又干，干了又湿，冬冬把嗓子都哭哑了。

这一次，刚拐过一个山弯，一座横跨在竹河上空的铁索桥出现在他们眼前。丁场长喊道："乾河口拢了！"

周伊波看着和《东方红》电影里泸定桥差不多的铁索桥，听着桥下水浪拍击的声响，知道这是最后一道难关了，顿时兴奋起来，喊道："跨过去就是胜利。"

待大家都走到桥跟前，丁场长站在桥头的石礅子旁，他注意到两个女同志的眼神是惶恐的。黄山芸打量着这个在半空中晃动的铁索桥：从崖头桥墩伸出几根粗铁索，数不清的细铁条挂在铁索间，下面两根铁索上铺着不平整的旧木板。一阵"哗哗哗哗"的连续震荡声，吸引她把目光投向桥心，只见两个背着重物的山民，正从桥心向岸边移动。

丁场长招呼着大家单列上桥："来，我在这里挡着，等你们过去了，再让别人上。"

周伊波走在前面，见有桥板破损处，即转身提醒后边的同伴留神。黄山芸鼓足了勇气，紧跟在他身后。侯承强护着潘凤一点不敢怠慢，潘凤抱着孩子小心翼翼地盯着脚下。当大家都离开桥面，丁场长才快步跟过去。黄山芸和潘凤都长长地出了口气，环顾四周，竹河东岸山坡上，人群仍在施工，公路已经成形，她们现出欣慰的喜悦。

周伊波回头再望了一眼夕阳下的竹河铁索桥，同样有一种自豪和胜利在望的喜悦。这次跋涉，让他感动的不仅有结识多年的妻子黄山芸，而且还有不熟悉的同学潘凤，就连以前因为派性而对立的侯承强，都让他重新认识了。

丁场长从身后赶到前边，率先走上峡谷里的简易公路。刚修通的乾河公路紧贴着右侧山根，与竹河的支流乾河伴行。走在公路上，大家的神经都松弛下来。突然，身后不远处传来几声低沉的轰鸣。丁场长回过头，对大家喊道："竹河那边放炮了，马后炮，挡不住咱了！"

天擦黑时，在深山峡谷的一个宽阔处，一座大院落隔河相望，他们终于拢了。大院门边挂着两块牌子——"江阳县农业技术试验场""江阳县五七干校"。

农场大院门前的河面上有条四五米长、一米多宽的吊桥，被竹索和粗麻绳固定在两岸四根大木柱上。先期到达的一群人，站在吊桥边，朝着河对岸发出欢迎声浪，声浪伴着柴油发电机“嘟嘟嘟嘟”的轰鸣，飘过乾河。

农场的院坝只有半个篮球场大小，水泥地面，上面晾晒着谷物。进大门左首先是宽敞的灶房，接着是三间南北向的平房。院坝的里边是座带小阁楼的石木结构建筑，它的堂屋与大门相对，内有丁场长室、会计室和部分农工的宿舍。堂屋西边里角，斜竖着一个板梯，通上阁楼，阁楼开间很宽。进大门右首先是猪圈，接着是牛棚。再向里走，在院子一隅套着一个带天井的小偏院。偏院内的一小间工具房与丁场长室一墙之隔。越过偏院天井，是县人武部临时驻勤干部宿舍、人武部养猪场和简易公共厕所。

先期到达的男男女女尽管都长途跋涉了几十里路，但看起来还是热情洋溢，充满青春活力。他们都向后来的伙伴围拢过来，欢声笑语压过了大院东墙边猪拱槽的呼噜声和柴油发电机的噪声。

丁场长、苟会计和几个帮着背行李的农工，端着大茶缸、抽着旱烟从堂屋里出来，从他们的脸上看不到倦容。丁场长和苟会计走到大学生跟前打招呼。

丁场长笑着大声说：“条件简陋，先安排住下。明天放假休息，需要买啥子，就去虹桥街。后天咱们开个会，就正式开工了。”

“辛苦了，大家辛苦！”苟会计客气地问候大家，浓重清晰的巴山口音听起来很悦耳。他的个头比院子里所有农工都高，站在白芦身旁，俩人的身材还有几分相近，但是他的眉毛很淡，略呈倒八字，看起来有些阴沉，而白芦的眉毛很黑，外侧上挑，看起来很英武。

苟会计问候完，就到灶房去了。这时，两个农工打着赤脚挨过来。俩人个头都很矮小，模样相近，年龄相差大约五六岁。年轻的不足三十，小头小脸，嘴巴歪斜。他抽着旱烟，朝地上吐了一口唾沫，咕咕哝哝地问：

“堂屋放着的行李，那个大黑箱子是哪个的？”

因为发音含混，听起来有点费劲，大家看着他没有人回答。老侯愣了一阵后，急忙答道：“是我的。”

年长的那个农工面貌端正些，但光头秃脑，他带着气说："死沉，装些啥子嘛，那个小红箱轻得多!"他话说得很清晰，说罢抽口烟，也朝院坝地上吐口唾沫。

周伊波看着他们小小的个头，身体都不算强壮，想着他们在漫长的山路上替自己和同伴背那么重的行李，心生感激，忙说：

"你们都辛苦啦，多谢了!"

其他几个大学生也笑呵呵地向他们道谢。丁场长站在灶房门口，朝院中间注视了一阵，喊叫道：

"大老陈、小老陈，你们过来喝茶，让他们先休息休息!"丁场长知道这俩人有向别人讨要东西、占小便宜的习惯。

大老陈、小老陈磨磨蹭蹭地离开人群向灶房方向走去。

杨槐看看远处，突然对着跟前的几个同学问："你们说谁是这儿的实权派?"未等别人回答，他即以肯定的口气自答："苟会计!"

"你歇歇嘴吧，让他们快洗，洗完了好吃饭，他们都还饿着哪!"任佳不想让杨槐逞能，以免惹是生非。

党晓春也在催促："快洗！水都端来了!"

农场里一个穿着"百衲衣"的人，趴在猪圈的栏杆上用挖瓢把木桶里的饲料向猪槽里挖，嘴里"噜噜噜"喊着，不停地叫骂那些拱来拱去抢食的种猪。几个戴着草帽、端着饭碗、浑身上下脏兮兮的人，低着头从灶房里走出来，径直进到堂屋。他们都没有跟新来的大学生打招呼，甚至连正面看一眼都没有。

天眼看黑下来，院墙外的天际上现出山峰的模糊轮廓，院子里杉木杆上几盏电灯忽明忽暗。靠近堂屋的灯下，放着一个大黑漆桌，桌上已经放上苞谷糁稀饭、窝窝头和带有腊肉丁的咸菜。先期来的人不知是恢复了体力，还是出于对黄山芸、潘凤这两个"母袋鼠"一天走几十里路的佩服和好奇，都没有去休息，或站，或坐，围在她们身边凑热闹。

"老侯，老周！是这样，场里房子很紧。一路上苟会计都在介绍情况，来后也都看了，确实紧张。关于住宿，我们商量了一个方案，如果有意见，希望少数服从多数，行吗?"魏军定以群众代表的语调，向后来的四个同学通报关于住宿的安排。先期来到的同学，一个半小时前选他和杨槐代表大家与场方商量事情。侯承强和周伊波都点点头，静等着魏军定把话说完。魏军定停顿片刻正要继续说下去，杨槐就急急地插话："除过你们两家，我们都住到堂屋楼上。"

魏军定指指侧边的房子告诉侯承强，挨着灶房这间由他和小潘带着儿子住，又对周伊波说：

"偏院里还有一间，原先堆放工具，刚腾开，房子小了点，离厕所和县人武部的猪圈都很近，卫生条件不好，可是，上厕所方便，就安排你和小黄住。"

这时杨槐又插话道："老周，你看，你们住得与丁场长这么近，他要有急事想告诉大家，可以先通知你，你就上楼来给咱说说！"

周伊波、黄山芸觉得大家都是初来乍到，一路辛苦，先期到达的人还得协助安排住房，又特别考虑到"母袋鼠"上楼不方便，自己还能有什么意见呢？周伊波多年来已经没有这么感动过了。

吃罢饭，周伊波和黄山芸从堂屋里提出行李物品，进到偏院的那间房里。小窗户开在大院里，紧贴内墙，摆着一张老式旧木床，上面铺着稻草垫和竹席。

黄山芸从红木箱里取出结婚时用过的粉红床单和印有孔雀的薄棉被，简单收拾过后，就催着周伊波上床睡觉，她觉得十分疲倦。上了床她先是侧身朝里，后又仰卧，浑身难受，累得要死，却难以入睡，似睡非睡。周伊波起初觉得腰酸背疼，后来翻了两个身，就仰面朝着楼板，打起了呼噜。他一觉睡到窗纸发亮，悄悄下床拿着毛巾出门，到大院外的河边洗脸。

乾河近农场的半边清澈见底，并不太深。临公路那半边，在晨光里能看见深绿的水面下有成群的游鱼。向鱼群处抛一块石头，在沉闷的入水声中，鱼群迅即消失，周伊波判断那边是个深潭。公路上边的山坡上有条之字形小路，由低向高进入大山深处。再向乾河的上游看，天地变得愈加开阔，几十层梯田斜躺着层层缩窄。高山顶端满布灌木林，就像巫婆浓密的头发。在半山腰的梯田边，几间农舍掩隐在树丛里，影影绰绰。农场背面的山包上搭建着数十座排列整齐的组合式木房，从那里传出了嘹亮的军号声。

当周伊波洗漱完回到院子时，看见一些人在灶房门口和堂屋的台阶上，三三两两坐着，多数年龄在四十以上。他们或端着大茶缸喝茶，或抽着卷烟，木然地望着他。他认出来，其中有帮他们背行李的农工。他笑着朝他们点头，却没有人回应。

进了偏院，周伊波轻轻推门进屋，只见黄山芸嘴噘脸吊地坐在床边发愣。

“咋啦？这是……”

“你看看！”黄山芸指给周伊波看地上的一片水迹，从桌边一直延伸到红木箱边。

“咋回事儿？”

“抬头看！”

周伊波即仰头看楼板，糊在楼板缝的报纸湿了一大片。他大致明白了是怎么回事儿，就对着楼板喊道：“楼上的，用水小心点！”

他刚喊完，头顶楼板上就发出“咯咯吱吱”的声响，随之一条水线滴落下来，像是大雨天房檐的流水，俩人即刻把身子移向床边。不久，随着楼板咯吱声减小，水线渐成水滴。

“分明是故意捣蛋！”周伊波生气地跑到院坝里，站在丁场长的窗边向楼上叫喊，“楼上的！怎么回事？”

“你不要喊了，这得让他们场里解决！”黄山芸在屋里隔窗对周伊波说。

此时，楼板发出“咚咚咚咚”擂鼓般的声响。山芸判断，很可能楼上的水用完了，故意捣蛋的人又生出新法。

原先坐着喝茶抽烟的人，先冷漠地朝周伊波望望，而后，一个个拿起工具，淡然地往场门口走去。丁场长闻声从堂屋出来，对着猪圈边穿百衲衣的人大声说：

“老柴，你上去看看！”

这个和丁场长年龄相仿、脸庞棱角鲜明的瘦削老人，即刻放下挖瓢和饲料桶走向堂屋。片刻工夫，楼上的“擂鼓”声戛然而止，犹如夏天的一场雷阵雨，骤然间从天而降，又骤然间停住。

老柴从楼上下来，什么没说就又匆匆喂猪去了。

丁场长安慰周伊波道：“没事儿了，楼上的人听他的！”

“咋回事儿？”周伊波不解地问。

丁场长悄声告诉周伊波，老柴是江阳头号走资派、先前的县委书记，都叫他“柴老爷”。楼上这个叫洪仁德，当过农林局副局长，都说他是柴老爷的红人，批斗柴老爷最凶时，总拉他去陪斗。后来他媳妇跑了，谁都不知道跑哪儿了，俩十来岁的孩子到处游逛，走东家吃西家。不长时间，洪仁德就疯了。县革委会把县长、书记都集中到这个农场劳动改造，让老洪也跟过来，由农工和县人武部驻勤人员监管。可是，这号人“死猪不怕开水烫”，咋监管？前几天，小老陈骂了他一句“懒㞞”（注：懒家伙），他就到灶房拿了把弯刀，要砍小老陈，吓得小老陈满山跑。他啥也不怕，哪像当过局长的人？县政法组的人来过，说“要专政他”，可没派人来抓。现在只有老柴还能劝住。前两天，有人对他说“农场要来红卫兵了”，他就又开始骂人。丁场长让周伊波忍一点，也让转告大家：“小心点，先让着点，有收拾他的时候！”

周伊波觉得，不管老柴是多大的走资派，自己都应该对这个拿着挖瓢的人说声“谢谢”。周伊波走过去，直到走近他身旁，他才转过脸。周伊波看见，在他长满胡须的瘦脸上有一双深邃有神的眼睛。

“老柴，我叫周伊波，谢谢你！”

听到周伊波的道谢，他脸上现出憨厚的笑容，没有说话。周伊波似乎觉得他的憨厚不是本然的，和眼神不搭配。

周伊波回到屋里把刚才的情况讲给黄山芸听。黄山芸听罢，觉得这世上的事太神秘怪异，本想来到这个小山沟，苦也罢、累也罢，总比城里清静。可刚一来，就又有了“阶级斗争新动向”，遂感叹道：

“好像总有妖魔鬼怪跟踪咱，想躲都躲不开。”

周伊波生气地说：“别人把他当牛鬼蛇神，他把咱当牛鬼蛇神！”

黄山芸不满意周伊波的说法，就冲着他说：“他咋想的，你咋知道？”

俩人正心烦，忽听见丁场长在窗外喊："老周，你到楼上告诉他们，水烧开了，可以泡茶了，洗完喝完，就吃早饭。"

"听见了！"周伊波大声回应丁场长，小声对黄山芸说，"别不高兴了，我去楼上看看！"

"我和你一起去。"黄山芸说着话已经起身。

走进堂屋，周伊波看到板梯上没有扶手，就强行劝阻黄山芸："你看，别冒险了，回去吧！"

黄山芸站在楼梯跟前，向上望望，不乐意地转身出了堂屋。

周伊波爬上去，头刚从板梯口伸上去，就看见昏暗的阁楼中厅的南侧板壁上，有几个小木窗透着亮光。靠窗的地上，一床床被子整整齐齐排放在草席上，像在军营里那样，他数了数，是十三个。楼厅朝左有条走道，走道两侧各有几间房子，朝向院坝那间正是"流水"和"擂鼓"的发生地，房门开着。周伊波想看看那个瞎捣乱的人到底啥模样。他停在门口，见一个人靠窗坐着，留着中分头，显得无精打采，于是和气地对里面的人问了声："你贵姓？"

那人惊恐地朝他直直地观望，像刚偷了东西的贼一样，没有作声。

周伊波已经能肯定这个人就是洪仁德。他向洪仁德点点头，转身返回中厅。在厅的另一端，有一个挂着竹帘的门框。他扒着门框，揭开门帘先向里望望，光线昏暗看不清楚，随即掀帘进去。只见一条走道的两侧有两排地铺，走道顶头有个花布帘，挂在两根木柱上。周伊波看见几个男同学，在地铺上或坐着，或手撑着头侧面躺着，正在悄声聊天，没人朝他这边看。他轻轻地向前走了几步，喊道：

"厨房水开了，有泡茶的，快下去！"

魏军定、姚新宇这才看见他，忙抬头打招呼。杨槐趴在被子上伸手拉了他的裤角，让他坐下。他顺势坐在杨槐头边。

周伊波刚传达过丁场长的话，就听见顶头花布帘里面传出两声女高音："外边的，都起来了吗？我们要去倒尿盆了，小心洒到各位头上！"

"哈！哈！哈！"

话音刚落，任佳和吴芳芹就披头散发地端着盖了报纸的小盆子，从花布帘后面出来，目不斜视地向中厅方向走去。俩人像是医院里的护工端着病人的便盆那样，没有羞涩也没有尴尬。此时，也许谁也没有去想，端尿盆出去的人和外边地铺上的哪个人是一家子。

魏军定感慨道：“学医的，真行！”

田大地朝杨槐问：“在你们医生眼里，男女之间是不是仅仅只有雌雄的区别？”

杨槐揶揄地答：“连那点区别都算不上，仅仅在解剖结构上、在身体下边那个阴暗的地方，有点小小差异。”

姚新宇接着自嘲道：“穿上衣服什么差、差异都没有了。”

魏军定苦笑着把话岔开：“其实，我觉得咱们这些妇女，昨天都和咱一起爬过来了，的确没有差异。不管是学医的、不学医的，都挺能行，不过，有你们学医的在这儿，心里踏实不少。”

周伊波心里酸酸的，苦笑道：“俺自己心里都不踏实，最多顶上个‘万金油’（注：名牌清凉油）！”

杨槐忽然想起来一件事：“在县上时我打听到，这儿卫生院里有咱校六二级分来的两口子，我在学校还和这俩人打过交道，人家可不是‘万金油’。”

“这下好了，明天就去拜访，以后少不了麻烦他们。”周伊波心中的愁云被杨槐的一句话驱散了大半。

姚新宇、田大地等人都随声附和，要结伴上街。

周伊波回到偏院屋里，把在楼上所见和自己的感受告诉给黄山芸，她同样感到既酸楚又感动：

“人家都是新婚夫妻，哪个不想有个单独的小天地？可他们把方便让给了咱，还毫无怨言。”

第三章

黄山芸听说卫生院里有早年分来的校友，心里的石头似乎落了地。尽管她额头上被蠓子咬起了两个疙瘩，腿胀得紧绷绷的，还是不想在农场休息，再累也想去认认卫生院的大门，见见那里的医生，这几天肚子里的小家伙踢腾得太厉害。

同学们呼唤着走过吊桥，伴着乾河，沿着凹凸不平的公路慢悠悠地往虹桥街方向晃动。

虹桥区是全县十个区之一，下属几个公社。虹桥街由于不在大河、大道边上，主街没有县城河街和石房店街那么宽，更没有石砌砖垒、雕梁画栋的大院落。邮局、粮管所、区革委会、商店、裁缝铺、中药店散落在主街上。

医学院来的三家人打算先去卫生院。他们询问了路人，穿过被称作虹桥的破烂廊桥，来到上街头。一进卫生院的大门，杨槐就高喊：“张冠亚！张冠亚！”

1962 年入学的张冠亚，在上大二时被学校树立为先进典型。他之后进校的六三级、六四级、六五级同学，都曾邀请过他做报告，讲走“红专道路”的体会。1965 年 9 月，张冠亚为六五级做了一次报告。会后，见面熟的杨槐又去找他取经，就此俩人认识。“文革”初期，红战团一成立，杨槐就和几个同级学生去六二级动员张冠亚向保皇派反戈一击。后来，张冠亚和女朋友王芬娟参加了杨槐所在的组织，在一起“战斗”了一阵子。周伊波听到杨槐喊“张冠亚”，觉得这个名字挺耳熟，却怎么也想不起来在哪里听过。

一位年轻的女大夫听见喊声，立即从诊室掀帘出来，她盯着这几个陌生人答道：“他今天下乡去了，你们是……”

“哎呀，王芬娟！才两年，你咋把老哥都忘了？听说你在这儿，我千里迢迢来相会。医学院的战友，好好想想！”

“哦……是小杨呀！咋能把你个活宝忘了？”王芬娟先是一怔，很快就想起来了。她脸庞清秀，嘴巴鼻子都很玲珑。黄山芸觉得她长得很像文泞泞，但她的声调开朗、态度和蔼，个头也比文泞泞高。

杨槐大大咧咧地表示亲近：“还小杨呢，老得让你都认不出来了！”

“快别贫了，人家还忙着呢！”任佳略显不悦地瞪着杨槐说。

“那是我们家，你们先去坐会儿，我给这个病人把药开了就过去。”王芬娟指指后院正中一间敞门的房子说。

周伊波一听他们几个在学校都是“战友”，就把眉头皱了起来。黄山芸明白他的心思，摆摆手让他跟着杨槐过去。她一直不认为造反派的人都不好，也不认为保皇派和骑墙派的人都好。她认为谁参加哪一派原因复杂，既与此人对社会、对形势的认识有关，也与个人所处的小环境和自己的感受有关。那些血口喷人、坏了良心的，无论其身在何派都不是好人。

黄山芸没有跟大家去后院，她站在那里跟王芬娟说了几句话，就随大夫走进诊室。王大夫给身边的女病人开好处方，仔细做了交代，送出诊室。王芬娟已经从区上干部口中得知，县五七农场要来一批大学毕业生，只是不知道确切情况。她先和黄山芸闲聊了一阵，接着就详细询问黄山芸的孕情，进行望、触、叩、听检查。检查后，她告诉黄山芸，母体和胎儿都未见明显异常，只要在预产期前的这段时间稍加注意，不会有大问题。说罢，就拉着黄山芸走出诊室，去后院家里坐。

杨槐帮着倒水沏茶，王芬娟把茶杯端起递到每个人手上，随意寒暄了几句后就转身站在门口喊了几声。不大一会儿，一位穿着白大褂、一脸倦容的中年男人就出现在门边。

“这是何大夫，在江阳工作七八年了，咱的校友学长，也算返乡老知青。”王芬娟礼貌地向大家介绍这位招之即来的大夫。

何大夫脸特黑，胡须也很长，中等身材，看起来有些愚钝，他接话说：“学长不敢当，鄙人何建功不才，大学里不幸失足，肄业返乡半农半医，如同后娘养的，专职行医时间不长。”他说话的口音和用词都有点怪异，表情也显得拘谨不安。

“这些都是刚从古城医学院分来的校友！”王芬娟看了杨槐一眼，很放松地向何大夫介绍屋里的客人，半认真半调侃道，“毛主席派到农场的革命战士、红卫兵小将，等批倒斗垮那群走资派县太爷后，再加以重用！”

“哪有这本事哇！”周伊波立即很自量地说。

“你，我不知道！小杨可有！是吧？记得当年那架势，敢冲敢打，到我们年级煽风点火，豪气冲天，是冠亚和我的引路人，真不愧那个红袖章！”王芬娟把视线从周伊波转向杨槐，凝视着他，话语里带着嘲讽。

杨槐有些不悦了：“英雄不提当年勇，都快成娃他爸了，还红卫兵小将小将的，真没意思。”

何大夫一直站着，似乎对他们的谈话没有兴趣。他听到这里，一看没人接茬，即强作笑颜对着大家一一点头：

“欢迎各位，多指导！你们坐，那边还有病人！”说完转身离去。

王芬娟见在座的人都有些诧异，她猜想校友们没人知道60年代初发生在古城医学院学生中的一起案件，更不会知道案件中的一个重要角色就是这个神经兮兮的何建功。她站起来朝外面看看，见何大夫走远，就绘声绘色地述说起来：

何建功是五八级的，入大学不久，国家三年困难时期就开始了，他和另外三个同学散布消极情绪和自由主义思想，后来发展到对组织、对政府不满。未到毕业，他们就被定为“四兄弟反动集团”。一个来自古城的被勒令去饲养实验动物，一个来自陕北的上吊自杀，另外两个被遣送回原籍。这个何大夫，就是被遣送回原籍者之一。他家在江阳县城北，回乡戴着个“坏分子”帽子劳动改造。两年后，一位县领导下乡驻队，与他邂逅，还请他看病。后来这位县领导说：“江阳县能考上大学的凤毛麟角，全县没有几个医生是从省城医学院毕业的，我们将这个肄业生，废物利用行不行?”他让卫生局给何建功在县医院安排工作。据说这位领导就是正在农场劳动改造的走资派“柴老爷”。何建功在县医院工作一年后，找了个古城分来的助产士。结婚不久，“文革”就开始了。卫生局里造反派说他是“柴老爷”黑线上的人，硬要把他送返农村，而保皇派却坚决反对，一定要保留他医生身份。最后，他两口子都被下放到漩水湾卫生院。那儿很偏僻、很苦，卫生院里老有人揪他的辫子，打他的棍子。有了孩子后，老婆受不了，就和他离了。可是，离婚后，不知为啥，县上把何建功调来虹桥，女的还带着孩子留在漩水湾。

王芬娟的话让周伊波想起来，多年前在入学教育大会上，年级党支部书记田雨在谈及学生中存在阶级斗争的情况时，曾举了“四兄弟反动集团”的例子。按照“阶级斗争年年讲、月月讲、天天讲”的最高指示，田雨书记将这个案例至少又在年级讲过三次。两年前，一位陕北老者找到古城医学院“八一八”团部递交申诉材料，要求为他自杀的儿子平反。他说，把儿子划入“四兄弟反动集团”是冤枉的。团部把这个案子交给来自陕北的高塬和窦坡主办。为了搞清案情，他俩还到大巴山里找过其中一位当事人做笔录取证。为了加快办案进度，“八一八”团部也让周伊波协助找知情者。后来，周伊波因父亲被人打伤，家里事多，就退出了专案组。他听说，这个案子最终还是不了了之。周伊波觉得何大夫应当是被高塬、窦坡找过的那个大巴山里的当事人。

王芬娟还告诉他们，在这个偏远山区，没有几个人读过大学，那些裹头巾、打绑腿的人，根本不懂右倾、左倾、唯物、唯心、世界观、政治立场这些词儿。但是他们很讲实际，只要你医术高，能给他们治好病，给他们好脸色，他们就说你是好大夫，不会为难你。何大夫来虹桥这几年，请看病的人越来越多，名气也越来越大。

在黄山芸心里走资派有可能被解放被结合，“帽子”可能是暂时的。而“地富反坏右”五类分子的“帽子”一旦戴上，就很难被摘掉。自己吃苦不说，还要连累家庭。她想起自己的姨夫，又觉得何大夫虽然不幸，却还不是最不幸。

周伊波觉得这个话题很沉重，也离自己太远，于是，趁着王芬娟给大家添茶的空当，把话题转到黄山芸生孩子的事上：

“王大夫，她肚里的娃，可就托付给你了，到了日子，肯定还得请你！”

不等王芬娟回话，任佳就先替她应承了：“都是自己人，你还见外呢！”

杨槐也对着王芬娟嚷嚷道：“他们不远千里来寻名医，王大夫还能不感动？再说咱芬娟本来就不是摆谱的人！”

王芬娟笑骂道：“你小杨滚到一边，要是你两口子的事儿，我可是真不管。”她边说边招呼大家喝茶，还向几个校友介绍这个县上、区上的医疗卫生状况。姚新宇、吴芳芹一直微笑着听这位热情健谈的学长高谈阔论，没有插话。

一行人离开卫生院，在街上买了些日用杂品，相继回到农场。

天黑后，周伊波和黄山芸注意到，头顶楼板上除过正常的脚步声和“吱吱吱”的搓脚声外，再没有发生踢盆跺脚、往楼板缝倒水的恶作剧。

第二个夜晚，周伊波不太疲乏，他清楚地听见了天井边上猪圈里的呼噜声，也闻到了从门缝里进来的臭气。在黑暗中，黄山芸和第一夜一样，经常反射性地拍打着身体的不同部位，生气地嘟囔着：“这小蠓子，真厉害！”

又是一个早晨，吃罢早饭，丁场长在院子里喊叫了几声“上工了”，农工们和走资派分两批相继走出院门。院子里安静了一阵后，就又传出老柴吆猪、骂猪的声音。

在灶房前的小凳上，坐着一个编竹筐的壮汉，大约四十来岁，口衔着竹篾，手拿篾刀，穿着草鞋和褪了色的军裤，满身泥浆，像是刚从泥坑里钻出来，身边放着一捆劈好的竹条。周伊波到灶房打水时笑着朝他打招呼，蹲下来看看他已经编好的竹筐，摸摸他拴在背腰上的竹篓子。周伊波小时候在街上见到过这种物件，不过体积要大多了，是油贩子装油用的。

“这是做啥用的？”周伊波好奇地问。

“装泥鳅、黄鳝！”壮汉微笑着答。

“哪儿有黄鳝？”周伊波又问。

“水田里，犁地的时候就翻上来了。”壮汉答完反问道，“你姓周，对吧？”

周伊波点点头，惊诧地望着他。

“是老柴告诉我的，那个怀孕的女同志是你爱人，哦……”

周伊波又点点头，看壮汉欲言又止，就赞许地问：“你好手艺，给谁编？”

“给场里，场里用的背篓、挎篮、簸箕还有脚上穿的草鞋，都是自己编。”

周伊波看着他那一双结满老茧的手，问道：“干这营生时间不短了？”

壮汉答：“自小学的，后来不做了，手生了。”

周伊波又问：“后来干啥？”

“参军，后来转业到这个县城。来这儿后，又把这营生捡拾起来。”壮汉看着手头的竹筐，哈哈笑起来。

“你贵姓？”

“免贵，以后叫我老牛。在这里生孩子可是个大事，要当心！为什么不在你们大城市生？”问罢，他看周伊波没有作答，就断言道，“肯定有难处。”

周伊波感激地笑笑，打了开水离开，准备参加丁场长通知的会议。

老柴帮苟会计把各房间的藤椅、木椅都集中到堂屋，然后就又去喂猪了。

潘凤把树间绳上晾晒的尿布都收了回去，她抱着冬冬，最后一个坐到堂屋门边的木椅上，老侯已经先把奶瓶放在上边。会议由苟会计主持，他先介绍了丁场长的职务和经历，特别强调他的农场“斗批改”领导小组组长头衔；接着自我介绍他在农场干会计将近十年，现在是农场“斗批改”领导小组副组长，表明他第二把手、第二元老的资历和领导地位；接下来主要告诉大学生们，这个农场受县革委会政工组和农林局双重领导，既承担推广农业先进技术、培育水稻优良品种的工作任务，又有监督走资派改造的特殊政治任务。他说话不仅口齿清楚，而且层次分明，像是个经过培训的专职政工干部。最后，当他谈到这些来场的大学生时，加重了语气："按上级指示，你们来这里主要是在劳动中接受锻炼和工人阶级再教育。到明年这时候，将根据你们每个人的表现，正式分定单位。这一点，你们与走资派和黑帮不同。"说完，他巡视了一遍会场，似乎没有人在意他的语气，他有点扫兴，低下头慢慢地端起茶缸。

丁场长见荀会计停下来，即把手中的卷烟熄灭，慢腾腾地放下茶缸，开始讲话。首先他对大学生到农场表示欢迎，接着说大学生们以前可能都没有走过山路，恐怕有的人连山都没有见过，和自小长在山里的农工不一样，干不了的活不要勉强。还说，农场没有星期天，只在雨天休息。农忙时，下雨天也得干。如果一直不下雨，一般干十来天休息一天。大学生的工资和口粮，按县上划拨的标准，由场里统一办理。大家都在灶上吃大锅饭，一天两顿。由于青菜、部分口粮是自己生产的，所以每人每月从工资中扣十块钱伙食费就行了。每天早晨起床后，喝过茶开始干活；干一晌活后吃早饭，早饭后再干两晌，四点左右吃晚饭。休息日改善伙食，吃花样。

荀会计伸过头，在他耳边嘀咕了一阵。丁场长继续他的讲话，主要是给大学生们安排近期工作：男生跟着工人到山上砍竹子、伐树；再把竹子、料木背回来，准备翻盖猪圈、牛圈；猪圈、牛圈里的粪也到了挖起的时候，先码到门外沤肥，再背到山上点苞谷。女生分两组，一组主要是帮助解决人的伙食——烧火打杂，择菜洗菜，到外边菜地挑菜；另一组主要是帮助解决猪、牛的伙食，剁猪草，篾苞谷（注：剥苞谷粒），配饲料。总之一句话，"男主外，女主内"。他问大家："行不行？"大家都高兴地应和着说："行！"

丁场长面对这批生力军，兴奋得忘记介绍农场人员的情况，猛然想起，又补充了几句。场里工人总共十个，文化程度都不高，只有荀会计是初中毕业，剩下的基本都是睁眼瞎，他自己扫了盲，能读文件看报纸，尽管"文革"前是场长，现在还是场长，终究还是农工，一个大老粗。

苟会计皱着眉头，似乎觉得丁场长的一大堆话，没有多少革命性，政治观点很模糊。于是又插话：

“丁场长把生产上的事儿都说了，我再说说搞运动和政治学习。原先工人一个组，走资派一个组。现在再增加一个学生组，就由老魏和老杨负责，具体学习时间、学习内容，再听候安排。”

大家边听两个场领导讲话，边在心里合计着、预测着未来的生活和前景。

冬冬已经烦躁了一阵，使劲哭喊起来，潘凤把手腕上的上海表摘下来哄他玩，他愤怒地抓起来摔到地上，撕扯着他妈妈的头发。潘凤抱着冬冬站起来，在椅子旁小步走动，人们都把目光投向他们母子。

丁场长对侯承强说：“你去灶房，让范老头给孩子弄点吃的！”

苟会计瞥了一眼潘凤，不悦地说：“从明天开始，就按今天说的干了，个人的困难个人克服。现在散会！”

第二天早上洗漱完毕，喝完茶，丁场长就在院坝里吹起了哨子，喊叫出工。十个男生很精神地跟在六七个工人身后，过了吊桥向山坡小路走去。

院坝里，童希北和潘凤带着冬冬坐在苇席上，从簸箕里取苞谷棒，用硬物件搓下苞谷粒，倒进木桶里；黄山芸和任佳把堆在大门边的红薯蔓、萝卜缨、黄豆梗装到箩筐里，拉到党晓春、吴芳芹跟前的墩子边，让她俩剁。党晓春看着黄山芸挺着大肚子在眼前晃动，很为她难受，就指着旁边一个石条凳对她说：

“一会儿剁完我们自己去拿，急啥？你先坐下歇着，给我们讲讲孕期保健！”

“怎么，你们谁怀孕了？”黄山芸奇怪地问。

党晓春直率地答：“据我所知，除童希北外，当然还除潘凤，其余的都怀着。”

黄山芸诧异地又问：“几个月了？”

任佳以学医者的口气推断：“现在穿得这么少，还没有显怀，都超不过四个月，我反应刚过去。”

“都怀着孕，来的时候咋还走得那么急，把我和小潘甩得那么远?”黄山芸像大姐般地责怪着几个同伴。

“看你这样子，简直像随时都能生下来，可你同样走了几十里，还不吓人?”党晓春表达了对黄山芸的佩服。

“你预产期还有多长时间?”吴芳芹关切地问。

“不到俩月!”黄山芸平静地说。

党晓春带着羡慕的神情说:“学医真好，第一次怀孩子就心中有数。”

“哎，你俩给娃起名了吗?”吴芳芹好奇地问。

“还不知道男女，太早了吧?”黄山芸觉得给胎儿起名，不合时宜。但又觉得既然有人提起来，也不妨聊聊，听听别人的建议，就顺着吴芳芹的话说:“那你们就帮助起个吧，看生个男娃叫啥，生个女娃叫啥。”

“肯定是个男娃，肯定了!”任佳显得很有把握。

“那为啥?”吴芳芹又好奇地问。

任佳不屑地对老同学说:“你还傻着哪!你没有看中医书上写的，怀着女孩的产妇，肚子扁如盆;怀着男孩的产妇，肚子凸如鼎。”

吴芳芹以前多次让任佳奚落过，也不太在意说她傻。黄山芸打圆场道:“周伊波也喜欢看中医书，确实有这种说法，不过不是绝对准确。”

任佳不再坚持黄山芸一定怀着男孩:“那咱就帮着起吧，男孩女孩的名字都起，多起几个，他们用不上了，到时候咱们接着用。”

黄山芸笑道:“原来如此，还说是帮我呢!”

党晓春想了想，然后很认真地带头说:“你生孩子时，差不多到了桂花开、橘子红的季节，不如男孩就叫桂丹，女孩就叫橘红。”

几个人听罢都在沉吟，黄山芸皱了一下眉头道:“听起来桂丹、橘红都像是女孩的名字，男孩名字得带点刚健。”

任佳看看吴芳芹，一本正经地说:“破四旧嘛，生男孩就跟着妈妈姓，小党起的这男孩名，要是给小吴可就好了，很有男孩气。”

吴芳芹不知任佳葫芦里又卖啥药，疑惑地问:“那为啥?”

任佳把吴姓加在桂丹名前连在一起念“吴桂丹”，她还把右手压在左手背上，动动两个拇指，又动动小指，用浓重的古城口音说:

“你听，像不像这东西？”

党晓春看看她的手势，也重复念道：“吴桂丹，吴桂丹！”

黄山芸扑哧笑了，她觉得任佳的嘴有点刻薄，而吴芳芹的脑子又反应太慢。

任佳看看吴芳芹，仍然一本正经地说：“这普通话的‘吴桂丹’，听起来就是咱古城话的‘乌龟蛋’，地道的男孩名！”

大家都明白过来了，哈哈笑起来。吴芳芹也忍不住笑着对任佳轻声骂道：“你这个玩货，老拿我开涮！你能行，你给起个好听的！”

任佳想了想，拍了一下吴芳芹的肩膀说：“起就起，孩子是咱的未来，就像早晨一样。晨曦映着山，山好；映着水，水好。我说男孩就叫‘晨’，女孩就叫‘曦’或叫‘水’。”

任佳的话音刚毕，黄山芸就停下手中的活，眯缝着眼笑道：“这名字文雅，合适。可是我觉得最好还是留给你自己用。”她学着任佳对吴芳芹说话的口气：“破四旧嘛，生男孩就跟着妈妈姓，叫任晨，看有多好！生女孩叫曦不好听，容易和稀稠的稀相混。干脆叫水，跟着爸爸姓，那就是杨水。”黄山芸抓住了“把柄”，替吴芳芹回涮任佳。

吴芳芹看见黄山芸带着玩笑的表情，揣摩着几个字的谐音，已经明白了几分。她逐字拖着长音念道：“任——晨——，妊——娠——；杨——曦——，杨——稀——；杨——水——，羊——水——！”念罢高兴地喊了起来：“好哇，好哇！”古城医学院出来的学生，对许多专用术语的发音，由师生代代相传，往往和字典不同，如娠发音晨，而不是申，师出同门的学生，将错就错，保持相同特色。

“好吧！你看多有纪念意义，孩子无论什么时候都不会忘记在妈妈肚子里的日子，快记下来，留着用！”黄山芸爽朗地笑着对任佳说。

几个缺少医学知识的同学先是愣愣地听着，插不上话。党晓春后来弄懂了，就也跟着笑道：“以后在你们这些学医的跟前，听话要仔细，说话得当心！”她急切地又一次提议：“说正经的，以后得多给咱们聊点保健知识！”

任佳很诚恳地对大家说：“这主要靠我们黄师姐了，她在学校比我们多学了两年，你们看，她也实践在前！”

大家在一起干着活，时间过得很快。帮灶的同学也轮番从灶房出来凑一会儿热闹，又间断地通报：“饭煮好了！”“菜炒好了！”

到山上去的人都还没有回来，院子里女人们的笑声渐渐稀疏了。她们都不时抬头张望对面的山林和小路。黄山芸开始焦虑起来：他那个平板脚，走平路脚弓都难受，在这坡路上背东西，行吗？他身体比人家都单薄！

不知是谁突然间喊了一声：“回来了！”黄山芸抬头看山，见有人已经扛着东西从树林里走出来，刚下到之字形小路上。后边跟着的人，渐渐现出身影。从院坝里往山上看，越来越真切。前边走着的是五个农工，每人扛着一捆长长的毛竹。后边的学生，只有三个人和前边工人扛的一样，其余的人竹捆似乎较小。他们一手扶着肩上的竹捆，另一手都拿着根小棍。凡在拐弯处，后边的人都用小棍拄地，停下来待前边的人离开，才再起步。不多久，山路上的人影都消失了。院里的女人们，一个个急切地走到大门外边，站在那里目视着他们横过公路，又摇摇晃晃地走过吊桥。从看见他们身影的那个瞬间起，黄山芸就开始想，要苦苦在一起，自己怎么可能在古城生孩子，让他一个人到这里过这种生活？在这里生孩子有什么要紧？再说，在这里遇到这些同学，个个让她喜欢，没有谁问她的家庭出身、社会关系，更没有谁故意找碴儿。她又一次肯定了自己的决定。

男生们个个喘着粗气，跟着工人旁若无人地一个挨一个从门前转到西墙外。田大地、白芦、姚新宇肩上扛的毛竹和工人们的一样大小，其余人扛的毛竹要细短得多。周伊波跟着杨槐、魏军定走在最后。不久他们放下竹捆，用衣角擦着汗水，缓步走过来，脸上绽露出笑容，接受亲人们的夹道欢迎。

女生们各自给自己的男人端上茶水，除周伊波和老侯外，男生们在院坝里喝了水，相继上楼去了。随后，女生们从灶房里端着饭盆和菜碗也一个个跟上了楼。只有老侯是自己进厨房打饭，打好后还站在门前，招呼潘凤抱孩子回去吃。周伊波回到屋里，边吃边向妻子述说着在十多里外的林场里，如何砍竹子，一路上如何翻山越岭、下沟爬坡。

待周伊波吃完饭到院坝里时，魏军定已经等在那里了。饭后，他们还要去伐木，下午再扛料木回来。

魏军定返回堂屋，在楼梯口叫喊："上工了！吃完饭的赶紧下来！"

工人们已经前边走了，男生们晃晃悠悠地又沿着之字形小路往上爬，不久就隐没在小树林中。他们过了灌木丛，翻过两道梁，来到了林场。周伊波觉得浑身酸软、犯困，刚走到林场边，就平躺到了地上。魏军定走到周伊波跟前问：

"没事儿吧？"

周伊波答："没事儿，就是累了，歇歇！"

魏军定坐在周伊波身旁看看周围，老白、老田、老杨几个倚靠着树干随意坐在地上，老侯和周伊波一样仰躺在斜坡上。远处，有的工人在伐木，有的在修砍倒的杉木枝杈。大老陈喊叫着学生们过去，学生这边没有动静；他又喊了一遍，这边仍然没有动静。过了一个时辰，几个工人拄着棍子，每人扛着一根修砍好的杉木往回走。大老陈经过学生们身边时，咕哝着对魏军定说：

"料木给你们留在那儿了！"

小老陈跟在大老陈的后边，衣服垫在肩上遮着半个脸，边走边骂："一帮子懒虫！懒虫！"

田大地和姚新宇在路边听得真切，他们直起身，愤怒地看着他走下山梁。

坡上留下五根大杉木，两头粗细差别较大。旁边还放着一堆修过的竹棍。周伊波站在一根杉木的粗头跟前，招呼魏军定去抬这根杉木的另一头。魏军定和他争执起来：

"我已经歇好了，今天我扛粗头，明天咱俩换。"

田大地看见，即刻喊道："听我说，我、老白、老姚、老尚、老廖，我们五个扛大头，你们几个无论个子高矮都是细头，以后就这样。"

白芦几个高个头的大声呼应，表示赞同，邀身边瘦弱些的做搭档。

"老周，你看老姚等着呢，快过去！过去！"田大地过去接周伊波手里的料木，周伊波不肯松手，还在向魏军定摆手让他过去。田大地生气地骂道："你他妈的咋死犟？松手！老魏，你到那头，咱俩一根！你走前边，拐弯时慢点，前后照应着！"

周伊波看田大地把脸板起来，像是下命令，只好去抬姚新宇那根杉木的细头。他在前面刚扛起还没有站稳，老姚在后面就开始迈步向前。推力让周伊波脚底一滑，肩上的料木就滑脱在地，老姚的一头也跌落下来，滚动了几米被路边的树丛挡住，俩人都坐在了地上。老姚见周伊波险些让料木砸着，赶快过去把他扶起。周伊波慢慢站起来，活动了一阵，对老姚说："没事了，注意配合！"两个人重新抬起料木下山。

院子里干活的妇女挪到堂屋檐下的阴凉处。她们看见几个工人已经在院外放下料木进到院子，就急忙起身站到大院门口，可之字形的小路上还看不见亲人的踪影。她们焦急地正想问问是怎么回事，就听见小老陈摇晃着光头向丁场长告状：

"都是些懒虫，还没有干活就在山上困觉！"

丁场长不解地问："你说啥？"

大老陈向丁场长身边靠靠，提高了嗓门歪着嘴说："他们在山上困觉！"

"是累了，还是渴了？要不要送点开水去？"丁场长听罢，关切地问。

"不用了吧，休息好了就会回来。一天才走两趟，能有多累？"荀会计走过来瞟了丁场长一眼，平静地反对。

"饭不少吃，工资不少拿，就干这点活，还说累了渴了！"大老陈不满丁场长的话，对着荀会计嘟囔。

荀会计看看大门边的几个女生，憋着气转身走向堂屋。

女生们向山上顾盼，一直望到十个身影缓缓出现在之字形的小路上，才舒了一口气。当看见他们在转弯处掉头、步履维艰地慢慢挪动，她们的心又揪到了一起。"小心呀，脚一滑就会出大事！"这句话都到了她们每个人的嘴边，又都咽到了肚里。

男人们终于都平安回来了，她们和上午一样，一个个端了开水缸子向自己的人递过去，好像久别重逢一样；接着，又都拿出毛巾、肥皂，一起走向河边。

两个星期过去了，在院坝里女生们干活时笑声没有了，连大声聊天的也没有了。活计越来越多，可荀会计动不动就喊："几个人就剁这点?""不能光动嘴不动手哇!"男生在院外的劳动任务和工作量也在加大。男女生个个觉得腰酸腿乏、体力不支。最让大家感到窝火的是，除丁场长外，农场的人都把锻炼学生和走资派一样当作监督改造对象。收工后，院坝里还不时飘着小老陈、大老陈和对不上号的工人怪腔怪调的笑骂声。他们在楼上和院子里连个说悄悄话的地方都没有，小两口只能在门外小河边单独坐坐。大学生的不满情绪在上升。

周伊波把碗放下，坐在窗台边和黄山芸谈论这段时间的感受。说话间，忽然听见老柴在院坝里大声喊："老周、老侯，快来看看!"

老牛也对着侧院的窗子喊："老周，快来看看，老洪发病了!"

周伊波和黄山芸急忙往外跑，跟着老牛进了厨房。只见洪仁德倒在灶台边的地上，口吐白沫，翻着白眼，两手握拳，全身抽搐。周伊波蹲下去摸脉搏，观察瞳孔和呼吸变化，这时老侯也围过来。周伊波对老侯和黄山芸说：

"是低血糖休克还是癔病、癫痫发作?我判断不清!"

"让他平躺着，先掐人中!"黄山芸对周伊波说。

周伊波左手在老洪颧骨旁固定着，已经用右手拇指的指甲，使劲地掐他的人中穴。老侯拉着洪仁德的一只手，掐合谷穴。

"他吃饭了吗?"周伊波边掐边问范师傅。

"还没有!"范师傅答。

黄山芸转身走出灶房，回屋取了从古城带来助产用的饭盒和装银针的笔筒，又来到灶房。她把酒精棉球和银针递给周伊波，让他在洪仁德的人中穴和双侧合谷穴上扎了三根针。老洪渐渐停止了抽搐，眼睛慢慢睁开。

老侯回屋用冬冬的白糖，冲了一碗糖水端过来。周伊波用棉签和棉花擦去老洪嘴角的白沫。老牛接过老侯的糖水，蹲下去给老洪喂。很快，老洪自己坐了起来，人们陆续散去。

一夜大雨，到早上还没有停息，场里安排休息，午饭加两个菜改善生活。正午时分雨过天晴，大老陈、小老陈等几个工人就开始在灶房门口转悠了。小老陈边转悠边咕哝着："今天吃花样，吃他个鸟语花香！"

雨后山谷里的空气格外清新，鸟雀在树上叫得美妙动听。大学生们也都纷纷走到院坝里，观看云雾山色，体会四周的鸟语花香。周伊波听见小老陈咕哝着"吃他个鸟语花香"，就走过去和他开玩笑，问道：

"小老陈，吃啥子东西叫鸟语花香？"

小老陈听见周伊波问话，带着傻笑脱口骂道："吃你爸的那个𡲢！"

周伊波一下愣了，板着脸问："你说啥子，小老陈？"

这时，姚新宇走过来伸出一只大手，居高临下地按着小老陈的头问："你说的那个东、东西是这个吧？"他边问边在小老陈的头上揉搓了几下。

此时，小老陈脸上的傻笑转成了暴怒："你混蛋，我们工人阶级的脑壳，哪是你们臭知识分子摸的？"

"老子我、我今天就是要摸摸你这、这个工人阶级的脑壳，看你能怎么的？"姚新宇听他自称工人阶级更恼火了，还要抬手去摸，被周伊波挡住："跟他这个无赖计较啥？"

"你算什么工人阶级？简直一个工、工贼！"姚新宇气还没消，瞪着小老陈问，"谁是臭知识分子？"

大老陈老远看见弟弟和学生闹起来，匆忙从灶房边冲到院坝，梗着脖子晃动着半秃的脑壳，瞪着眼厉声喊叫："脑壳能随便摸吗？就是不让摸！你们想干么子？反了你们！"一副要打架的样子。

工人老龚等人也正挪动脚步，瞪着眼向姚新宇和周伊波靠近。

魏军定、田大地和尚厚德见状，抢先靠了过去。杨槐走到大老陈、小老陈面前掏出烟盒晃晃，问道："想抽烟，还是想挨抽？"

大老陈伸手要了杨槐的烟，拉着小老陈转身，其余几个工人也跟着离去。魏军定把姚新宇和周伊波往侧院推。洪仁德一直趴在窗口往下看，老柴趴在猪圈栏杆上不时把头扭向院坝，一直没作声。

这时，侯承强手提一个带着一段瓜蔓和几片黄叶的南瓜走进大门。

"老侯，买菜去了？"苟会计隔着几个人从远处高声问。

"地里摘的！想给小孩儿煮点南瓜粥。"老侯如实答。

"偷的，先放到灶房吧！"苟会计正有气无处撒，对着侯承强怒吼。

“快去拿家伙，准备吃饭了！”丁场长和平常一样站在灶房门边对着院坝喊叫。

这天晚上，丁场长召集场里工人在苟会计房里开会。他的房间比较宽敞。

丁场长和苟会计坐在靠墙的黑漆方桌两边，桌上放着搪瓷茶缸，其余七八个人分坐在床上或条凳上，抽着旱烟。丁场长说话的声音很大，显得非常生气：“这些大学生是来锻炼的，来帮我们干活的。他们在学校里是毛主席的红卫兵，毛主席没有说他们是臭知识分子，咱们敢说？他们工资高，就得多干活？他们从咱农场一出去就是干部，干本行。他们会写文章，你们谁会？他们会看病，给人看也给牲口看，你们谁会？大老陈、小老陈，你俩看不惯他们，来告状，这可以！可是，你不能骂人呀，你不止一次了。你还工人阶级呢，有你这样的工人阶级吗？”

小老陈和几个农工看丁场长大发脾气，都低头抽烟，不敢吭声。

苟会计打断丁场长的话说：“这些大学生缺乏劳动习惯，对山区人民没有感情，有的人还到地里偷东西。有困难可以打个招呼，为啥要偷鸡摸狗？”

丁场长听了苟会计的话，严厉地斥责道：“不就是一个南瓜嘛，还是为孩子！说啥子偷鸡摸狗，你太过了吧？”

苟会计并不理会丁场长说什么，他喝了口水继续说：“别看他们上过大学，狗屁不通！对咱们的态度还不如楼上那些走资派！毛主席让咱们工人阶级领导他们、改造他们，让他们转变立场，屁股和工农坐在一起，县革委会让咱管教他们，这是政治任务，我们有啥错？当然，要尽量不和他们发生冲突，避免武斗，但是也不能捧，不能惯。”

丁场长一点不退让，眼睛盯着苟会计声色俱厉地说：“说自己好，不要说得连一个疤疤儿都没有。说人家坏，不要说得连狗屎不如。”他看苟会计把头低下去，就稍放缓了口气，“毛主席他老人家教导我们说，‘春风杨柳千千条，亿万人民都舞摇’（注：原诗句‘春风杨柳万千条，六亿神州尽舜尧’），你也舞他也摇，这才成世界。江阳县，靠咱们几个背箩筐的，就能建设好？就咱这态度，人家的屁股能和咱坐在一块？”丁场长搜肠刮肚，把在县上开会时听领导讲的两句毛泽东诗词都用上，以增强和苟会计辩论的分量。

杨槐和任佳结束了戏水、散步回到院坝，刚走到堂屋跟前，就听见苟会计屋里的争论，便停下脚步听了一阵。俩人上了板梯，从走资派住的铺边走过，看见老柴和几个人都在看书、看报。好像他们都患了眼疾、耳病，楼下发生的事似乎全然不知，全然无动于衷。

周伊波从房里出来往天井里边倒水，见老牛从人武部驻勤人员的房子出来，随即打了一个招呼："休息啦?"

老牛点点头，问周伊波："干活累吧?"

周伊波也点点头说："累，还不太习惯！屋里坐坐?"

"好!"老牛微笑着，毫不犹豫地跟着周伊波进了屋门。黄山芸起身让老牛坐在窗下的椅子上，从保温瓶里倒了一杯开水递过去。

老牛接过水杯，看看屋里的陈设，说："这房子原先放了些旧农具，丁场长去县城接你们那天，我们才腾出来。门刚打开时，霉味很重，现在强多了。"

黄山芸感激地说："让你们受累了，我俩搞了特殊化。"

周伊波直观上觉得老牛不像干部，更不像坏人。觉得他很像古城医学院总务处的一位科长，这个科长平时很勤恳，造反派却硬说他是黑线上的瓜，顺藤摸瓜把他揪了出来，送到苗圃去当花工，当了花工还照样勤恳。周伊波觉得来到这个新环境，自己的眼角膜变混浊了，从眼前经过的人，很难看清他们的真面目。他不想向老牛提及和工人发生冲突的事，觉得自己没有雅量，只是想请老牛指点迷津。他指指楼上说：

"上边这个老洪，一天呆呆的，听说有精神病。可是老柴却能治他的病。这是咋回事?"

老牛常在院子里做篾匠活，把大学生们的一举一动都看在眼里。在他看来周伊波本是一个与人为善的人，并不想惹事。而黄山芸是一个能吃苦和开朗的女同志。现在周伊波没有顾忌地邀他来坐，他顺水推舟，也很想给他们点劝勉：

"你们当医生的，一定明白，治病要找到病根，老柴知道病根。其实，老洪的病我也能治!”

周伊波听了老牛的话好奇地问:“到底咋回事?”

老牛没有遮掩地讲了内情:“我在县上当了几年副县长，分管农业。老洪在农林局，我们这几个都互相牵连着。”

周伊波听老牛说他当过副县长，就清楚了他的身份及与老柴、老洪的关系:“现在你们个个都像农民，以前你们是咋当官的?”

“咱这样的人，本来就是农民，台上这身打扮，下了台还是这身打扮。就是衣服换了，皮肉骨头还是老样子。”说罢，他看周伊波和黄山芸还在等待他往下说，话路就稍稍拓宽，“当然，也有的人，衣服下面的皮肉看不清，骨头一压就弯。这种人就像水一样，放在盆里一个样，放在夜壶里又是一个样，夏天一个样，冬天另一个样。我们这十来个人，有的人先前在揪别人，后来自己也被揪出来。很复杂!”

周伊波觉得老牛的话，似乎是在他的角膜上滴了带有薄荷油的眼药水，有种清凉明目的感觉。黄山芸听着他们谈话，心里想到了她和周伊波议论过的一件事，于是插话说:

“老牛，据我看丁场长还是蛮通情达理的，你和丁场长、苟会计都能说上话，有件事想请你和他们说说，不知合不合适?”

老牛警惕地听听窗外，院坝里仍然没有动静，知道场里人还在开会和闲聊。他从被周伊波邀请进房门的一刻起，就有一种得到老百姓信任的感觉，这种感觉已经失去几年了。现在黄山芸又直率地请他帮忙，他心里涌动着既感动又感激的情绪。

“小黄，你先说给我听听，合适了我就传达;不合适，就在我这里打住。没有关系，说吧!”

黄山芸说了楼上八对新婚夫妻分居、男生女生都住通铺的窘态，也说了几个女生怀孕的情况，请求老牛能在丁场长那里替大家说情，也设法让苟会计不要反对。周伊波建议用木板在楼上隔出几间房子，让他们能按家庭分住。另外，老侯的孩子缺奶要添加副食，应该允许他们为孩子开小灶，适当地给他们点方便。

黄山芸和周伊波的话全是为别人说的，没有提及自己任何困难。老牛听罢，瞟了一眼黄山芸坐在床边高高鼓起的肚子，说道：“这些事，场里本应当想到。”他表示，他先和老柴交换意见，然后看怎么跟场里谈。他还给周伊波出主意，让他去买两只老母鸡，先放到猪圈里让老柴帮着喂，小黄在月子里不能只吃大灶，也要多开小灶、熬点鸡汤，不然没有奶水，孩子咋办？他还问周伊波“杀过鸡没有”，周伊波说“没有”，他就把手伸出来比画：“用左手中间俩指头先提起俩翅膀夹在手心里；右手把俩鸡小腿抓住交到左手小指钩住，也夹在手心；右手再把鸡冠子捏住递到左手，由拇指和食指捏紧；最后，右手把鸡脖侧面的毛拔掉，就可以下刀了！”

周伊波学着他的手势，有点犯难。老牛比画完，走到门外看看右侧墙边，说可以在那里垒一个炉灶，还说垒灶这事儿他是行家。老牛觉得自己被困在心里的道义和责任感，得到了一次释放的机会。

几天后，楼上学生们的通铺拆除了，在走资派的帮助下，靠在墙角的几捆晒席被打开，用绳索吊在房梁和木椽上，阁楼上围起了几个不带顶的粮囤，也像是不带顶的蒙古包，每家都用床单做了门帘。

老牛和洪仁德在周伊波的房门口垒起了一个石炭炉子，还让给大灶送石炭的人，卖几背篓石炭、木炭给周伊波。

丁场长在全场的会议上宣布，根据大学生的具体情况，可以适当做点小锅饭，灶房的小锅灶可以临时借给病号、客人用。

苟会计对几个工人说：“老丁坏了县上的规矩，向被改造的人妥协投降。”

过了白露，天气转凉，雨水也多了起来。为了赶节气，就是天上下雨也要穿戴雨衣斗笠上工。工人们和走资派不是下田上坡，就是在大院西墙外盖新猪圈。女生们的活路没有太多变化，男生们默默地把猪圈里的粪装到背篓里背到门外，再顺着踏板颤颤巍巍地上到粪堆顶上侧身倒下，粪泥沾到后脑勺和脖子上已没人在意。

又是一个星期天，虹桥街道逢场，有农民摆摊卖农产品。黄山芸上次到卫生院做检查时，王大夫告诉她，县上正在割资本主义尾巴，鸡蛋由供销社统一购销，不准私人买卖。但是，也有胆大些的农民，为了卖个好价钱，会悄悄地在街头等买主。这天上午，周伊波和黄山芸早早来到街头廊桥边，坐在桥凳上等待。赶场的人渐渐多了起来，有的挑着柴担，有的提着菜筐，有的背着仔猪篓，也有人拿着捆了翅膀和爪子的鸡公、鸡母。俩人仔细注视着从面前走过的每个赶场的农民，却一直没有见到有卖鸡蛋的迹象。等了约莫两个小时，黄山芸失去了耐性。于是，她与周伊波商量，再到卫生院去一趟，见见王芬娟大夫。

王大夫刚处理完一个病人，看见两位校友进来，忙起身招呼："预产期快到了吧?"

"快了，还有十来天!"

王大夫对黄山芸挺着大肚子走几里路到街上来，表示赞赏。她给黄山芸检查过后，带着些许忧虑说：

"胎心正常，按时间计算，胎头该入盆了，可是，现在还浮着!"稍顿了一下，又安慰道，"当然提前、推后半月都算正常。再等等看吧!"

黄山芸下了检查床后，她又叮咛道："有了动静，提前过来，卫生院条件要好些。万一来不及，就打电话叫我过去。"她说话的态度亲切真诚，让黄山芸感觉十分踏实。

王大夫掀起诊室门帘，邀请他们到后院她家坐坐。她说："上次你们几个从农场过来，张大夫下乡了，现在他正和一个叫胡德逊的同学说话。这人和杨槐同级，分到虹桥区整顿乡镇财贸队伍，才来几天，一起见见吧。"

在王芬娟家里，周伊波、黄山芸见到张冠亚和胡德逊。一见面，周伊波和黄山芸就看张冠亚很面熟。他们很快想起来，多年前在接受入学教育时，年级党支部书记田雨老师领着一个脸色黑黄、着装像个农民一样的人到班上来，请他介绍下乡巡回医疗的体会和思想感情变化。他那时刚上临床课，跟着老师去黄土高原的农村搞教育革命。那里卫生状况很差，连干净水都没有，整天吃洋芋蛋蛋，妇女坐在草木灰上生娃娃，娃娃生不出来，接生婆就拿秤钩钩着胎头往外拽。他正是那个曾经让他们毛骨悚然过、带着傻气的学长。现在他穿着白大褂，脸色红润，在刻着两条皱纹的额头和突起的眉棱骨下，一双眼睛看起来很精明，很有医生的派头，像换了个人似的。周伊波在学校里没见过胡德逊，他高个头，宽额、大眼、阔嘴，颜面皮肤粗糙，长相很像农场的老牛。

彼此寒暄过后，周伊波首先提及张冠亚曾经给大家讲述的农村怪事儿。

张冠亚一听就坐不住了，他说："都是真事儿，那会儿是你们年级老师请我去讲。可是，工宣队一进学校，一些人就对我揭发批判，非说我有意宣扬阴暗面，抹黑社会主义农村。"

周伊波对这类事心知肚明，不愿再谈论。见胡德逊不住打量自己，就主动和他搭讪：

"家在哪？咋这时候才分来？"

胡德逊没精打采地说："家在西宝县农村，老人是个病秧子，学校硬是不把我分回家。分到这儿，又不敢不来。来后在县城晃悠了一阵。"

周伊波仔细看看他那暮气沉沉的脸问："你是单身？"

胡德逊很爽朗地答："是呀，家在农村，地主成分，在学校里恋不上，算尿子了，单身汉自由！"

"江阳女娃水灵，咱老张都后悔结婚太早了。你可别急，好女娃排着队等你挑！"王芬娟开着玩笑宽慰道。

张冠亚没有回应妻子的调侃，看着胡德逊关切地问："你怎么不去找找那位，他不是校革委会副主任？你们都在一个战斗队待过，他应该知道你家的困难。"

胡德逊眯着眼问："你说的是黎升东还是齐麟？"

"我记不清他叫啥！"

"他们谁都不可能帮咱。俩人都是浮上水的，也喜欢别人舔，舔尻子多臭哇。"胡德逊还告诉张冠亚，"这次分配，工宣队掌权，不让学生头头参加，头头们自身都难保，咋帮别人？"

周伊波对黎升东、齐麟这些人早就嗤之以鼻。一听到胡德逊贬损他们，顿时和他在感情上拉近，随声附和道：

"有的人，天生有那种本事。好在世上这种人不多！"

"多，越来越多！你还没看透！"张冠亚觉得周伊波书生气太浓。

胡德逊不想再去回忆有关自己分配的烦心事儿，转而说些在县上听到的其他事儿："还有一种会投机的人，也是俺们红战团的，不知你们有没有听说过罗紫丰、赵春碧？”胡德逊看看周伊波和黄山芸，见周伊波点了点头，就继续说，“他俩的户口和粮油关系都挂在民兵师，实际上一个留在县政工组，一个分到县教育局。听说他们有家庭背景，县上还有人帮着活动。”胡德逊说起话来一会儿把眼眯起来，一会儿又把眼睛睁开，如果心灵里真有扇窗户，一定在说话时随着眼睛开合。

周伊波基于以前对罗紫丰这个人的认识和来到江阳后的见闻，不觉得太惊奇，感叹道：“这家伙能耐大！”

胡德逊还提到了郑贵和文泞泞，说这俩人从北京部队机关转业到江阳，一个分到教育局，一个分到人武部，都是有背景、有能耐的人。

黄山芸对郑贵和文泞泞的消息特别感兴趣，就问起胡德逊：“他们刚到江阳，就被急召回京，不知啥时候可再折腾回来？分到教育局和人武部做啥？”

“实际上，我在县城待的时间也不太长，只听说男的分到教育局当政工干事，和赵春碧是一个单位，他媳妇分到县人武部，在征兵办公室。”

胡德逊谈到的这几个人，张冠亚和王芬娟都不认识，插不上话。王芬娟转过脸对周伊波说：

“小周，你拿粮票去粮管所买点酒米（注：江米），再买点酒曲。等孩子生了，给小黄做点醪糟喝，醪糟能活血下奶！”

“咋做？”周伊波从未听说过醪糟可以自己做。

王芬娟说：“当地人说‘冷酒热窝’。让你们的炊事员教教，他们肯定都会。”

张冠亚听见妻子的话，即对胡德逊说：“他们每人四两油，还都放在大灶上，咋坐月子？你想办法在供销社帮他们买几斤猪油，过几天咱到农场看看，顺便带上。以前虹桥街上啥都能买到，铁道兵进山后，东西都让他们买空了！”

胡德逊面有难色，勉强答道：“这可是个难题，我试试吧！”

在远离家乡的大山深处，黄山芸和周伊波遇到张冠亚、王芬娟两位学长，让他们感到十分幸运，他们高兴地走出卫生院。

他们先到粮管所询问用粮票买酒米的事。粮管所的人告诉他们，酒米在当地产量很低，收购困难，储备有限，他们每年只在春节前限量销售。有的农民会在自家自留田里种一点酒谷，留着自用。如果谁想拿粮票买点，得自己到乡下找。

出了粮管所，俩人在街道的摊位上买了两只花母鸡，提着往回走。在快要出街口的地方，看见一家两扇木门锁着，一个老大爷靠在门槛上，紧张地左顾右盼。周伊波看见他面前摆着十来个鸡蛋，眼睛一亮，赶快走过去。

“多少钱一个？”

“九分！”

“我们看看！”

“一共十一个一起走，不零卖。”

“人家都是八分，你卖贵了！”周伊波蹲在老大爷跟前拿起一个鸡蛋，边看边搞价钱。

“不贵！”老大爷回应道。

黄山芸提着鸡站在旁边有点急了：“快买了算了！”

“好吧，那就一块钱买你这十一个。”

“不卖，我亏了！”

“差不多吧！”周伊波脱口说道。

黄山芸站在旁边发笑，老大爷又去用手数鸡蛋。一不小心，顺着斜坡从门槛下的缝隙滚进屋里一个。老大爷伸手试着从门槛上和门槛下往外掏，胳膊太短掏不出来。

“那好吧，给一块钱吧，里面的那个也是你的！”老大爷说。

周伊波没再说什么，付给老大爷一块钱，用手巾提了十个鸡蛋起身。

走出街口，黄山芸边喘着粗气边取笑他：“你真是好算术！算清了吧，九分一个，十一个多少钱？”

周伊波站定一想，十个是九毛，十一个九毛九，给他一块他还不卖，滚到屋里一个，他卖了，不由得撇撇嘴，笑道：“吃亏人常在！”

回到农场，吃罢晚饭，周伊波看太阳还老高，就对黄山芸说：“你把妈给的那几斤全国通用粮票拿出来，我到对面山坡看看，看能不能从那几户人家买几斤江米！”

周伊波脱下解放鞋，换上干活时穿的草鞋，接过黄山芸递来的钱和粮票，拿着帆布袋出了门。

他走了大约三四里路，爬到半山腰那几户人家，逐家问：“有没得酒米卖？用粮票买，全国通用的！”问到的人都很干脆地说：“没有！”他只好继续往远处走。过了一条沟，爬到了虹桥街背后的高山上，那地方梯田较多。他在一户农家门口停下来，喊叫着：“屋里有人吗？”

一个拿着旱烟袋的大约七十开外的老汉走出来：“这位同志，是区上来的，还是县上来的？有么子事？”

周伊波答：“我是下边农场的，想看看你这里有没得酒米，买三五斤，付钱也付粮票。”

老汉看看这个戴着眼镜的外地人，实实在在地说：“就是有也不好卖！现在粮票没得用，在粮管所买不到粮。”

这时从屋里走出一个人，在老汉背后说道：“老曾，粮票在粮管所咋个不能买粮？”

周伊波一惊，定睛一看，插话的人原来是在虹桥卫生院见过的何大夫，忙打招呼：“何大夫，您在这里？”

“到这儿出诊！来，小周屋里坐！”他还能记起来周伊波的姓，说起话来也不再拘谨和神经兮兮。

老汉忙给何大夫的熟人倒茶，解释道：“粮管所的人说，部队和民工的口粮多数从粮管所调配。现在除非有证明，不然，拿着粮票也买不到粮。你没看，现在街上菜少、货少，钱呀、票证呀，都不顶用！”

这时，何大夫捋了一把他的黑胡子，忽然悄声和周伊波谈起另外一个他感兴趣的话题：他刚到虹桥不久，古城医学院两个年轻学生跋山涉水来到虹桥外调。尽管这件事后来没有下文，不了了之，但他还是很感激很怀念这两位校友。王大夫、张大夫分来后，他对他们讲起过这件事，他们都不知晓，说这俩人很可能是另一派的。前几天，他见到周伊波后，就抱着一丝希望，想找机会问问。

而周伊波，当他第一次去卫生院听说了何大夫的往事后，就觉得高塬、窦坡到大巴山找的校友就是他。周伊波告诉何大夫，凡参加复查这个案子的人，都认为有冤情，但专案组的人都是学生，无力搞下去。高塬、窦坡毕业后分回了陕北。

何大夫听完，请周伊波有机会时转达他对这两位年轻校友的问候和感谢。然后朝着姓曾的老汉说："不啰唆了，她媳妇快生了，你卖给他，我回头给你开证明，让你的粮票能用出去，行不行?"

曾老汉按何大夫的吩咐，卖给了周伊波三斤酒米。周伊波谢罢他们，出了院子。

刚出门，周伊波一不小心，右脚就踩进了水田，草鞋陷到泥里。待拔出来看时，草鞋底已经断开。他把装米的帆布袋放在一块石头上，用清水把草鞋涮干净，掏出手巾把断裂处绑起来，一步一拐继续上路。走着走着，鞋底彻底断开。他索性把烂草鞋扔了，打赤脚走。他从来没有在坑坑洼洼的石头路上打过赤脚，脚被山石硌得疼痛难忍，心里暗自叫苦："真是倒霉!"

他一拐一瘸跕到虹桥街上，看能否买双新鞋穿上。不少人看见这个戴眼镜书生走路的样子，怕把蚂蚁踩死似的，"哧哧"发笑。他艰难地找到百货商店，可商店已经上了门板，只好先坐下来歇脚。这时，一个农民背着没有卖完的山货，手提着一串编制品从周伊波面前走过。

"哎，老乡，停一下!"他看见老乡手里提的一串东西里有个鞋样的物件，便高兴地问，"这是啥子?"

"麻窝子，鞋！用麻绳编的，很结实，买双试试!"

"多少钱一双?"

"一块五!"

周伊波没有还价，怕被别人买走似的，急忙挑了一双穿在脚上，虽然觉得硬邦邦的，但脚板着地时，已经不觉得硌得疼了。他沿着公路摇摇晃晃走回农场，一进家门放下东西，就一屁股坐在椅子上起不来了，他朝着山芸喊叫：

"我的脚哟，实在受不了!"

"从县上过来，走了一天都没听你吭声，出去一会儿就大喊大叫?"黄山芸忙抓起他的脚来看，只见两个脚板、脚面都让硬邦邦的麻窝子磨出了几个大血泡。黄山芸心疼地说：“真能干！要知道这样，咱就不去买了。我不信坐月子非喝江米甜酒不可。”黄山芸说完，拿着个脸盆出门。

她从灶上端回一盆热水，让周伊波烫脚。周伊波烫着脚，看着妻子高高耸起的大肚子，十分不安：“到了预产期，怎么还没有动静呢？怎么和书上说的不一样？”

过了秋分，秋雨绵绵。到虹桥卫生院里看病的人零零落落。这天，张冠亚坐在门厅里和药师聊天，王芬娟从诊室出来，问道：

“上次见农场小黄，离现在有十多天吧？”

张冠亚估摸着：“可能有了吧！”

“该不会是生过了？我往农场打了几次电话，总没人接。”

“有事他们会打电话，你不要瞎操心！”张冠亚认为妻子的担忧太多余。

“这样的雨天，他们出不了工。咱叫上胡德逊过去看看，咱这儿还有些鸡蛋。”

胡德逊接张冠亚的电话后，早早就戴着大斗笠等在街边。王芬娟一见胡德逊，就问：

“小胡，让你帮他们买的猪油呢？”

胡德逊抖动着手里的小布袋，难为情地说：“我实在没能耐，只买了两筒猪大肠罐头。粮食歉收，连瘦猪都收购不到，甭说肥猪了。”

张冠亚也对市场状况表示不满：“怪事！让卖活猪崽，不让卖生猪肉。不知猪肉都弄到哪儿去了？”

胡德逊猛然记起在区上听到的一句玩笑话：“守住带毛猪，还没腊肉吃？”遂感叹道：“他们农场还能不养猪？杀上一头什么都有了。”

“伙计，那是种猪，有管理法规，哪敢随便杀？”张冠亚更了解当地政策。

三个人走过泥泞的公路，在农场没有费事儿就见到周伊波和黄山芸。王芬娟在屋里扫视了一遍，见四壁空空，除过一个小红木箱和日常用品外，再没什么，感到非常惊讶：

“这生活条件太简陋了！”

“比楼上那些同学强多了！”黄山芸知足地说。

“小周，那你领他俩到楼上看看，我给小黄再查查！”王芬娟对三个男人说。

周伊波带着张冠亚和胡德逊上了阁楼。在二楼地铺上半躺着的走资派中，有个认识张冠亚的，坐起来淡淡地打招呼：“张大夫过来了！”

这个打招呼者，戴着一副眼镜，镜片有裂纹，镜腿上缠着胶布。张冠亚也淡淡地对着曾经的病人，喊了声老梅。周伊波已经知道，他原先和老柴并列第一号“县太爷”，因为平时架子大，喜欢训斥人，在县上挨批斗时也挨打最多。现在像换了个人似的，还能主动跟凡人打招呼。张冠亚来到这个区上两年，走资派、臭老九这些概念已经逐渐淡薄。虽然他也曾给农场的某些下放干部看过病，听到过一些关于他们的传闻，但对于眼下这些人的地位、环境变化，仍然不在意料之中。他跟着周伊波慢慢地挪动着步子，对床铺上望着他的人一一点头，说着“你好！”“你好！”“你好！”

掀开门帘进到里间，张冠亚和胡德逊更加惊讶地看见了两排“粮囤”，囤门互不相对，门上挂着布帘，从门帘后飘出不清晰的话语声。周伊波呼唤着：“杨槐！姚新宇！”

杨槐听出周伊波的声音，即刻从中间一个“囤”里钻出来，一眼盯见周伊波身后的张冠亚和胡德逊，惊喜地边叫着他们的名字，边把门帘掀起来：“请参观我家的‘羊囤’！”

姚新宇和吴芳芹闻讯出来，也进到杨槐的“羊囤”里。顿时，“羊囤”里塞得满满的，大家都席地而坐。

胡德逊带着羡慕的眼神说：“好热闹哇，我真该搬到这儿来住！”

任佳表示欢迎：“好哇，半个钟头就给你围一个。”

吴芳芹听任佳说罢，带着浓重的古城方言，照实说出自己的感受：“单身一人咋都好说，这么多家庭，男男女女住在一起多不方便，你还说搬到这儿来住！”

“咋个男男女女住在一起不方便？”胡德逊眯着小眼睛问。

杨槐、任佳都和胡德逊很熟，知道他又在耍调皮。

杨槐对着胡德逊笑道："就是不方便！一家挨一家，想放个屁都得憋着，不然就会家喻户晓。"

姚新宇"扑哧"笑出声来："憋不住了，就臭味共享呗！"

吴芳芹叱责道："一个个臭嘴，又开始胡说了！"

张冠亚意味深长地说："这真是江阳一景，一掀开门帘，就能看见里面演哑剧。"

胡德逊盯着任佳和吴芳芹说："夜里你们弄出点声音，就说进了老鼠。"

"去你的，坏家伙！"任佳装着生气，笑骂胡德逊。

大家正在说笑，王芬娟就从二楼厅堂连喊带叫走过来。

周伊波站起身给她让座："这儿有地方！"

张冠亚顺势起身说："不坐了，该回去了！"

吴芳芹迎着王芬娟说："来吧，也参观一下我们的'姚囤'！"

从吴芳芹的"姚囤"里出来，两位大夫又站在另外几家门口，和囤主人分别寒暄了几句就下楼了。周伊波和杨槐把他们送到场门口。

周伊波回到屋里，黄山芸告诉他，预产期早过了，可胎头还浮着。王大夫建议到卫生院去吊催产素引产，她担心再拖下去会胎盘老化，影响胎儿供血，对母子都不好。山芸说得很平淡，可伊波听完，出了一身鸡皮疙瘩。他以前在妇产科见习，虽然时间不长，却也见到过胎死腹中的血淋淋的场面。他抑制住内心的不安，带着决定的口气说："既然这样，明天咱就把用的东西带上，去引产！"

第四章

待产室在卫生院的后院，紧邻着手术室。王芬娟大夫再次给黄山芸测了血压、脉搏、骨盆径线、胎位、胎心，都在正常范围。只是孕妇下肢有明显压陷性水肿。王大夫宽慰黄山芸说："按你的身体条件，只要吊上催产素，规律宫缩一出现，过几个小时就生了，不要担心!"又对周伊波说，"小周，你跟我过去拿输液架和药品!"

出了待产室，王大夫先把周伊波领到何大夫的诊室，当着何大夫的面对周伊波说："虽然在我们这里做引产已经很多例，都没有出过问题。但小黄这次的情况有些特殊。"说到这里王大夫转向何大夫说："预产期过十多天了，胎头还不入盆，说不清原因。如果拖下去，对产妇和胎儿都不好。我们还做不了剖腹产，足月妊娠做引产相对安全，但也有一定风险。"

周伊波知道，在任何医院、在任何手术前，医生或院方都要和家属谈话，把可能只有百分之一概率的风险和意外结果谈出来，既表明医生和院方对手术的重视程度，也为了万一出现不幸变故时，分清责任和取得家属理解。但是，这次谈话，自己是孕妇家属，而且意外风险确实不小。周伊波稳定着自己的情绪，诚恳地说：

"王大夫，我们在这里遇到你们，已经非常幸运了。你说的这些，我同意。”

“何大夫，你今天一定不能离开卫生院，万一有事儿，你和张冠亚都要招之即来。”王大夫郑重地对何大夫提出要求。然后，她开了处方，让周伊波去药房取药。

加有催产素的葡萄糖盐水一滴接一滴从黄山芸的左侧肘静脉进入体内，周伊波站在产床右侧，一直握着妻子的手。他一会儿看看吊瓶的液面，一会儿问：“有感觉吗?”黄山芸总是回答：“没有!”

“已经两个多小时了，得先吃点东西吧？有茶鸡蛋，咱还在卫生院灶房订了饭。”

“那你就去把订的饭领回来，先把肚子填饱再说!”

周伊波从灶房取回饭菜，又剥了个茶鸡蛋放到碗里，端在妻子面前。黄山芸坐在产床上吃完，重新躺下。

这时，王大夫进来，看看饭碗又看看吊瓶问道：“吃罢了？现在感觉怎么样?”

黄山芸平静地说：“胃口不错，就是宫缩没增加!”

“看来催产素的量得加大，你的子宫可能对催产素不够敏感!”王大夫说完，就又开了处方让周伊波到药房取回。她调配好，替换了即将滴完的吊瓶。

“王大夫，你先回去休息吧，再等等看。”黄山芸从容地像是在说别人的事，她仍然觉得自己很幸运，有丈夫在自己跟前，卫生院里有几位学长，心里很踏实。

周伊波送王大夫走出待产室。在院子里，王大夫对他说话时皱起了眉头：“已经加大了催产素剂量，我和何大夫、冠亚再商量商量。”

他注意到了王大夫的慌乱，似乎遇到的问题，已经超越了她的知识和经验。此时，周伊波心里不仅不踏实，而且开始发毛。可是，又该怎么办呢？往县医院送，七十多里刚修出来的毛路，无论找人抬还是找解放军派军车送，路上的风险都很大。山芸经过两个月前那次从县城到农场的折腾，早说过“哪儿都不去了”！周伊波觉得还是要依靠这里的学长。他学着黄山芸的口吻对王大夫说：“再等等看吧!”

回到待产室，周伊波拉了把椅子坐在黄山芸旁边，看她闭着眼没有动静，就把她的手放好，让她安静地休息。不大一会儿，伊波听到她发出细微的鼾声，觉得妻子睡着了，她这些天太疲乏了。此时，一种从未有过的疼惜和爱怜涌上他心头。妻子虽是一个聪明要强的女人，但从恋爱开始，面对政治压力和在处理对外的“大事”上，她就觉得有了依赖，即使她有自己的不同观点，也很少任性坚持。而在生活上，她总是像姐姐一样照顾他，心甘情愿跟着他吃苦，把他这样一个不起眼的小人物当成“最亲的亲人”，时时刻刻怕风吹走了，水泡化了。可是，她自己从小到大，经历那么多风雨，永远失去母爱、远离父爱，枯叶般随风飘荡。正因为这样，她才那么知好、知歹，不去投机索取，不轻易接受别人施舍、怜悯，不爱别人说她“多可怜啊”。她跟了他，跟了一个从草根族里出来的穷学生，从没有对他提过任何钱物方面的要求。然而，作为丈夫，想到过要给她什么吗？周伊波看着妻子端庄的面容，感到莫大的愧疚。今天又遇到这么大的困扰，是高坎还是劫难？他不敢想象会是后者。他一阵心酸，很少流泪的眼睛湿润了。他揉揉眼睛，忽然注意到黄山芸的眼角上挂着两颗晶莹的泪珠，嘴巴嗫嚅着。

“怎么了山芸？”周伊波把她摇醒。

“哎呀，刚才做了个梦，太清晰了，多年都没有梦见过我妈了！”黄山芸说着说着哭出声来。

“别哭，山芸，咋回事？你说呀！”周伊波劝道。

“你让我哭完行不行？真想好好哭一场！”黄山芸啜泣着，“我妈说：‘孩子，你日子过得太艰难了，跟我走吧！’我说：‘不行啊妈妈，我离不开伊波！’我妈说：‘妈妈都不要了，伊波就那么亲？’我哭着给妈妈下跪，嘴里还在说‘妈妈，不行啊’，妈妈正要拉我，你抢先把我拉走了。这时我就醒了。”

不等山芸说完，伊波的眼泪就像房子漏雨一样滴在了山芸的脸上。

下午三四点钟，在第二瓶液体将要滴完的时候，山芸感觉到规律性宫缩频繁增加。周伊波去告诉王大夫，她正在诊室和何大夫、张大夫商量下一步对黄山芸应该采取的措施。听到黄山芸的产程进展情况，三个大夫都松了一口气。王大夫说：“走，我跟你去看看！”

王大夫戴上薄橡胶手套检查，“宫口已经开三四指了”，她自言自语说。通常初产妇还得再等几个小时，用了催产素可能会缩短产程。

经过几分钟的间歇，山芸下腹又一次出现痉挛性阵痛。她闭着眼睛没有出声，只是把伊波的手抓得更紧，把脸从一侧转向另一侧。王大夫脱掉橡胶手套，又摸了一下黄山芸的脉搏，听了一次胎心，说：“问题不大！”

张大夫从外边走进来，提醒王大夫：“这瓶液体滴完，不要拔针，继续吊葡萄糖盐水，等胎盘娩出后再说。”

王大夫触摸着黄山芸的腹部答：“我明白！”接着又不解地说，“胎位正，头盆相称，宫缩规律。怎么宫缩来了胎头就下沉，宫缩停了就又浮起来？”

张大夫走到王大夫身边，在黄山芸的腹部感受了一下她说的情况。他也说不准“是因为前置胎盘堵住了宫口，还是由于脐带过短，牵拉胎头不能入盆”。只是叮咛周伊波继续观察，及时报告新情况。他还告诫黄山芸多吃点东西，宫缩时呼吸放松，注意保存体力，按时排尿。

周伊波刚把两位大夫送走，就又听见何大夫在门外喊他：“小周，房檐底下给你放了个煤油炉，还有油壶和钢精锅，可能晚上用得着。”

待周伊波出门看时，何大夫已经不见了。

山芸的呻吟声更大了，也显得更痛苦，她头上流出的汗水把枕巾浸湿了一片。

天已经渐渐黑下来，虹桥底下湍急的水声，扰得伊波心烦。他看见妻子越来越痛苦的样子，自己的心脏就像掉到了乾河里，受着激流的击打。他边给妻子擦拭额头的汗珠，边焦急地思索教科书上相关的理论：“为什么宫缩来了胎头就下沉，宫缩停了就又浮起来？”

王大夫又穿着白大褂从门外进来，带着稍显紧张的情绪问：“现在怎么样了？”

周伊波答：“疼得很厉害！”

“宫缩来得更紧了，这是好现象。我来看看！”她戴上橡胶手套，经过常规消毒，再次查看宫口开启情况，兴奋地对周伊波和黄山芸说，“全开了!”

周伊波随着王大夫的话语和表情变化而松了口气。

话音刚落，黄绿色的羊水就顺着手术巾流下来，滴在地上的白色搪瓷桶里发出滴滴答答的清脆音响。王大夫注意到羊水不带血，心里踏实许多。她既兴奋又紧张，忙对周伊波说：“破膜了，快去叫张大夫来帮忙!”又问黄山芸：“小黄，你感觉咋样?”

黄山芸有气无力地答：“肚子不胀了，疼得轻点。”

张大夫急急忙忙走进门，对着周伊波喊道：“马上就见到你的小宝宝了，可等到时候了!”

两位大夫交谈了进展情况后，刚刚舒缓的情绪又紧张起来。王大夫不解地说：“还是宫缩来了就能摸着胎头，宫缩过去就又升上去，仍然固定不了。”她让张大夫再听听胎心，再把糖盐水续上，让周伊波帮着测血压和数脉搏。

“血压 96/60，脉搏 102。”周伊波间隔一段时间，就主动报一次，“血压 100/62，脉搏 95。”时间又过去了两个小时，输液瓶的液面明显下降，但胎头下降仍然不明显。起初张大夫只是说“胎心过快”，后来直接说出了次数，“每分 170 次”“每分 175 次”。

王大夫心里十分焦急：“已经没有羊水了，胎儿出现窘迫症状。不能拖得时间太长，得想想办法!”

“胎头能看见，只是下不来，可以排除前置胎盘。我怀疑是脐绕颈致脐带过短，影响胎头沉降。”张大夫说出他的判断。

王大夫表示赞同：“我也这么想，她到康安是坐飞机，起起伏伏；从县城过来又是一路颠簸。胎儿在肚子里肯定会剧烈翻滚，很容易就会缠到脖子上。那该怎么办呢?”

“还得寄希望于她自己，实在不得已再冒险做剖腹产，咱的手术不过关呀!”张大夫有些无奈。

“还有没有别的办法？另外的辅助措施?”周伊波费尽心机去想自己实习时的见闻，忽然灵机一动，“能不能等她宫缩来了，顺着宫底往下推压?”

“那怎么行呢？子宫壁那么薄，里面有胎儿，搞不好就会子宫破裂、胎盘早期剥离。一旦造成大出血，就不可收拾！”王大夫反对周伊波的提议，觉得太不科学。

但周伊波的话提示了张大夫，他想了想对王大夫说：“小周的意见还是可以考虑的。你想，现在宫口开全，头盆相称，说明产道没有问题。只要从上面加一个外力，可能会促进胎儿降生。”

王大夫把张大夫的话仔细琢磨后，觉得在这个节骨眼上，试试周伊波的提议，应该是比等待和拖延要好。于是她就改变了自己的意见，补充道：

“我记得去年省上巡回医疗队来，一个肠梗阻病人术后腹部伤口裂开，他们给病人腰上扎了一个敷带，把肚子紧箍起来。冠亚，你去隔壁把那个带子取过来，让小周帮她扎上。”

黄山芸躺在那里，除过应对剧烈的疼痛外，已经顾不了别人在说什么。这时她的生命，还有腹中那个和她血肉相连的新生命，已经完全托付给周围这几个人了。

张大夫从手术室把敷带拿过来递给周伊波，这条宽宽的带子中段四五十厘米长是单层，从中段向两端，各连接着分开排列的多层窄带。扎好敷带，周伊波按王大夫的吩咐，等黄山芸宫缩来时把手贴在敷带上缓缓地往下推按。

周伊波站在木墩上弯着腰，一次又一次地向下推挤。

黄山芸痛苦的呻吟变成了与死神搏杀的号叫，她哭喊着：“伊波，救孩子要紧，用劲呀！”

周伊波觉得黄山芸每一次痛苦的呻吟和喊叫，都像在抵挡恶魔撕扯她的脏器。同时，他自己也似乎感受着一种撕心裂肺般的痛楚。他在紧咬牙关时，已经咬伤了两侧颊黏膜。

“小黄，再用点劲，出来了！”王大夫大声叫着给她鼓劲。

黄山芸似乎用尽了最后一点力气，拼命地往下憋着劲。

王大夫满头满脸汗水，注视着产程的每个变化，先让她用劲，接着就权威性地喊叫：“出来了，放松！哈气！”

“没事了，谢天谢地谢大夫！”一个小生命终于出世了，周伊波把心放了下来。

小婴儿像受刑的囚犯一样，口唇面色紫青，离开母体后紧缩着肢体躺在母亲脚边的器械架上。张大夫注意到脐绕颈的情况，立即把止血钳和剪刀递给妻子。王大夫迅即在两把止血钳间把脐带剪断，急霍霍地说：“脐绕颈两个圈，还打了一个结。快，先让他哭！”她迅速用吸痰器把婴儿口中的黏液吸掉，随即提起一双小脚在婴儿屁股上拍打了几下。片刻，一阵清脆连续的哭声像美妙的音乐一样响起，完全缓解了产房里的紧张气氛。

“给你俩报喜，是个男孩！”张大夫高兴地对周伊波和黄山芸说。

其实在小婴儿刚刚降生的瞬间，周伊波已经看清是个男孩，而且注意到他前额上有几条很深的皱纹，松弛的皮肤上沾着黄色胎脂。但当他低头看着头发蓬乱、面色蜡黄的妻子时，就又是一阵心疼，完全不在意这个刚刚降临到人世间的小婴儿是男是女、是胖是瘦，只是感叹“终于度过了一场劫难！”

忽然，黄山芸又在轻声呻吟。王大夫让张大夫处理婴儿脐带，自己赶快回身。她看着山芸疲倦的神情和松软的肢体，立即让周伊波再给山芸测血压和对着墙上的挂钟数脉搏。周伊波告诉王大夫，血压、脉搏都在正常范围。

王大夫继续紧张地守候在黄山芸的脚边，直到胎盘和胎膜完全娩出，没有过多出血，才起身长长地舒了一口气。

“太危险了，太玄了，太感谢了！”周伊波对两位大夫和学长不知说什么话好，说完就去提垃圾桶想帮助收拾产房。

王大夫挡住他：“别客气！你摸不着地方，还是守在这儿，继续观察血压、脉搏。”

两位大夫回去休息时，已经过了午夜。

山芸仍静静地躺在产床上，感觉浑身像瘫了一样不能动弹。这时小婴儿又一次在襁褓中哇哇哭叫，像是山野里秋虫的奏鸣。

“他又哭了，你怎么不去看看？脉搏、血压还用得着老量？快把他抱过来！”山芸有气无力地责怪伊波。

“新生儿要是不哭，可就坏了！王大夫不是打着让他哭？你还记得有一个实习大夫，只记住了老师说‘小孩不哭就打屁股’，结果呢？他打了产妇的屁股！”伊波说了段调皮话，想逗山芸高兴。

“你以为好笑是不是？快把孩子给我抱过来看看！”山芸板着脸挣扎着自己坐了起来，声音里带着亲近孩子的渴望。

襁褓里的婴儿闭着眼睛不停地咂嘴，周伊波抱起他轻声骂道：“就你这个牛鬼蛇神样，快把你妈妈的命要了！”他刚把小婴儿递到山芸手上，就催促道，“看一眼就行了！你躺下，我去给你煮荷包蛋。”

黄山芸把孩子抱在怀里，不满地对周伊波发出指示：“别站在这儿！快去把奶瓶烫烫，给他弄点糖水。他一定是饿了，跟着咱受这么大的罪，你还要数落他。”她慈爱地看着孩子，仔细端详着他的眉眼，轻声说：“饿了？啊！让爸爸给你弄喝的去。”

第二天，农场的同学们估摸着黄山芸已经生了，派任佳、吴芳芹先去虹桥卫生院打探。她们在街上碰见胡德逊，约着他一起来到卫生院。

三人还没有进产房，王大夫就告诉了他们那个吓人的场面，带着后怕感慨道：“真要命啊！当时真怕过不去了！”

三人赶快走到产房向黄山芸和周伊波道喜。任佳抱过小婴儿问吴芳芹：“你看像谁？

不等吴芳芹答话，黄山芸即以不满的口气抢先说：“周伊波说像牛鬼蛇神。”

“那就像他，真的像他！”吴芳芹盯着小婴儿笑起来。

“一个小牛鬼蛇神，小臭老九！”任佳重复着黄山芸的话。

胡德逊对着小婴儿喊叫：“哦，你爸是臭老九，你是臭小九！”

任佳注意到黄山芸头上包着的丝巾，称赞道：“这颜色挺好！”

黄山芸有些得意地说：“看来周伊波还有点审美能力，这是他前几年到湖南串联时给我买的。”

通过几次接触，胡德逊已经和周伊波、黄山芸熟识了，便对着大家笑道：“没有审美能力，老周咋能在女人堆里把这么好的女子挑出来？”

周伊波故意一本正经地说："人和丝巾都是碰上的，审美能力谈不上。"

吴芳芹说起话来嘴比较笨，不太会开玩笑，她只是摸摸黄山芸的额头说："小心别受风，在这儿多住几天，回去时我们来接你。"

黄山芸马上说："千万别接！才五里路，说不定过一两天就能出院，我自己走回去没问题。在这里住着，太麻烦王大夫他们。"

任佳和吴芳芹回到农场，告诉大家黄山芸生了个男孩，有惊无险，母子平安。大家都像自己家里添丁一样高兴，听说黄山芸急着回农场，就又打电话询问王大夫，她何时能出院，商量着抬担架的事。

王大夫觉得对于产妇和新生儿来说，卫生院吃住条件不如农场，既然有人来用担架抬她回去，就同意她第三天出院。这天，刚刚吃罢下午饭，卫生院厅堂里一下拥进来十多个男女大学生。他们把两根大毛竹上网了麻绳的简易担架摆放在诊室门口，铺上被褥。几个女同学又进到产房扶着黄山芸出门。胡德逊抢先从周伊波手里接过小婴儿。在厅堂里，黄山芸和周伊波看见这些同学像农村接亲一样，这么轰动，感动得一时说不出话来。大家劝黄山芸躺到担架上，可她无论如何不肯。她装着害怕的样子，大惊小怪地边笑边喊："哎呀，我可是怕把我颠到沟里，你们还是省点劲吧！"她执意不到担架跟前。

王大夫知道黄山芸是怕别人为她受累，劝道："人家农村人，在卫生院里生了孩子的，回去都要坐滑竿。一辈子能有几次？再说，他们都来了。"

任佳也劝道："听说月子里得下病，一辈子好不了。"

僵持了一阵后，周伊波又对她说："还是躺上吧，大家把担架都拿来了！"

"不行，绝对不行！"黄山芸态度坚决。

"你是病人，身体虚！"

"我不是病人，身体虚走慢点。哪里听说生了孩子不能走路？"她说着话，边走边跟几个大夫和药房的人挥手告别。

大家拗不过她，只好随她走出院门。她觉得腿有些发软，头有点发晕，随即停下来包上头巾，放缓了脚步，慢慢地往回走。几个女同学簇拥着她，她喘着气，一路上断断续续地讲述那个晚上惊险的一幕。周伊波与

提着行李袋、被褥，扛着空担架的男同学走在后面，闲聊着农场的事和山里的风情。

胡德逊用一只手臂夹着襁褓走在最前面，另一只手轻快地前后甩着，越走越快。黄山芸两次停下她的讲述，向他喊叫：“胡德逊，你慢点走，别把俺娃的鼻子捂住了！”然后，朝姐妹们眯着眼笑笑，小声说道：“俺生个娃不容易！”

为了给山芸下奶，周伊波在自家的石炭炉上炖了鸡汤，又按照老牛“冷酒热窝”的口传，把三斤酒米蒸过摊凉，然后撒上酒曲，装在瓷盆里送到灶房，让范师傅在晚饭后放在锅台上。三天后，周伊波在盆边闻到了浓郁的醪糟味，高兴地把盆子从灶房端回家。他从盆中往钢精锅里舀了两勺，兑上水煮好，端给妻子。山芸把孩子放到床里，端起碗喝了一口叫喊道：

“哎呀！这哪是醪糟，简直是醋！”

周伊波不高兴地说：“醪糟哪有不酸的？放点糖就行了，用不着这么大惊小怪！”他挖了一小勺糖，放进山芸碗里。

黄山芸又喝了一口，挤着眼睛小声说：“真是享受不了你这醪糟！你耐酸，我不耐。为这点东西，让你费神不小，不怪你。”

周伊波无奈地接过碗，放在自己嘴边尝尝，说道：“的确酸了点，不过还能接受。”

“那就留给你喝吧，你喝多了也能下奶！”黄山芸调侃道。

周伊波带着自责和遗憾说：“可惜啊，男人只能为庄稼下奶。”

黄山芸假装一本正经地说：“你还记得咱们中医见习时，那个老师说过一句话？‘穿山甲王不留，产妇下奶不发愁，和尚吃了也管用，奶水顺着腔子流’。醪糟和中药一样，你多喝点，说不定还能给我帮忙呢！”

周伊波知道山芸不仅是取笑他，也是在宽慰他，不安地说：“你只吃大灶，营养跟不上，你已经瘦多了。”

“你不是给我开小灶了？现在奶水已经有了，等以后孩子胃口大了，咱再想办法。鲁迅说过，他吃的是草，挤出来的是牛奶。咱这地方比草好的东西有得是。”山芸说笑着，她觉得自己和孩子都是死里逃生，天无绝人之路，再活下去，更不成问题。

过了霜降，天阴冷潮湿。这天中午，天下着大雨，不能上工。周伊波正在把湿尿布往炉台边压，魏军定一手拿着个毛竹笔筒一手提着个烘笼，从偏门进来。

周伊波忙打招呼：“军定，有事儿？”

“是啊！这是晓春让给你儿子编的，怕尿布不好干！”魏军定把烘笼扣在炉口上。

周伊波高兴地说：“我正在寻办法，屋里有个木炭火架，把火盆一去掉，就能当烘烤架。”他摸着烘笼，条子细密、扎实，赞叹道：“还是你这个好！”

魏军定把手中的笔筒递到周伊波手里。笔筒的底部是毛竹的一个骨节，筒的外圈呈七边形，外皮的绿色已经刮掉，浅黄色的筒壁上面镌刻着山石、两株松树，一排娟秀的小字——贺周伊波、黄山芸喜添贵子，下角上刻着魏军定、党晓春的名字，看起来十分雅致。

周伊波看罢，真诚地说：“你真巧手哇，真像是工艺品，根本不像初学。把字都刻上了，我收下。实在感谢！”

魏军定见周伊波对他的处女作如此欣赏，也十分高兴，忙谦虚地说：“这都是老牛编东西剩下的边角料，手艺也是他教的。真是初学，你过奖了。”魏军定正要离开，又想起一句问话：“哎，对了，晓春还让问，给孩子起名了吗？”

“先叫个铁丁吧！还没有来得及写信征求他爷爷的意见。”

“这名字就好，做一颗永不生锈的螺丝钉。”魏军定称赞道。

“这里有铁兵，咱就叫铁丁，壮丁的丁。当一个结结实实的普通一兵。”

俩人正说着话，只见白芦头戴斗笠，一手提竹篓一手拿竹竿从侯承强房门口往这边走。走到偏门口把竹竿放下，摘了斗笠，从竹篓里抓出一条草鱼放在周伊波脚边，笑声朗朗地说道：

“钓了几条，两条大的给侯冬冬和你们的儿子！”

魏军定弯腰去看，竹篓里的鱼将近半尺长，还在动弹，张口喘气。

周伊波好奇地问：“好钓吗？”

“鱼不少，就是太精，鱼钩不好使，不然还能多钓几条。大门口潭子里都是草鱼，老牛让我跟他到水田去抓泥鳅黄鳝，他有办法。”白芦兴致勃勃地说完，又匆匆拿起斗笠、钓竿走了。

魏军定跟在白芦后边刚要下台阶，就又转身对周伊波说：“政治学习时间马上到了，可能还是苟会计领着读报。”

政治学习结束的时候，天也放晴了。大学生们都站在院子里闲聊，等着丁场长派工。杨槐煞有介事地对周伊波说：

“他每次不是念语录，就是读报纸，就他一个人嘴忙。听的人不是打盹就是喝茶，可是，谁都不能不参加。昨天你提前走了，人家还在会上尅你俩哪。”

“尅啥呀，说具体点！”

“他说，学不学是立场问题，听懂听不懂是水平问题。最后都要做鉴定，记入档案。”

周伊波无奈地说：“来开会不能抱孩子，万一孩子哭起来，影响了开会，他照样说你是态度问题、立场问题。再说，一屋子旱烟味，满地黄痰，咱都受不了，孩子能受了？”

杨槐以嘲讽的口气说：“苟会计昨天在会上还说，要活学活用毛泽东思想，养‘忠心猪’，种‘革命粮’。要学平原地区养猪过千斤，种粮一亩超万斤。”

周伊波不屑地说：“别说在这号试验农场，就是北大荒那条件，都搞不出‘忠心猪’‘革命粮’！我中学同学在黑龙江军垦农场干过。”

杨槐气哼哼地骂道：“让他搞去，真能和谁搞出一头千斤猪，他就成精了！”

任佳走过来轻声对杨槐和周伊波说：“你俩少发点牢骚！他们正在找碴儿哪！”

周伊波仍然带着气说：“全心全意接受改造，一起谈心，不是发牢骚！”

任佳见杨槐不再吭声，就转换话题问周伊波："你儿子有二十天了吧？"

一说到儿子，周伊波就高兴起来："过三周了，像是气吹起来的，明显胖了。"魏军定接话："有苗不愁长哇！"

杨槐朝着任佳眨着眼说："咱这苗，得到开春后才能破土，真急人啊！"

任佳朝杨槐的胳膊打了一掌，无声地命令他闭嘴，转身继续对周伊波说："前两天在厕所门口看见黄姐，脸色好多了。"

周伊波回应任佳的话："一出满月就上工，中间回去喂次奶就行了。"

这时，小老陈从堂屋走到院坝，向几个学生靠拢。他似乎忘记了和大学生发生过冲突，站在周伊波身后抽着烟偷听，刚听到几句，就转头训斥道：

"你们这些城里女人，实在太娇气，生了娃儿还要休息满月呀？山里女人，屄子红赤赤的（注：当地粗话，意为下身流血）就下地干活了！"

周伊波对他一直反感，转身骂道："你咋说话？你是浑屄还是傻瓜？"

任佳没有发火，只是不满意地反驳道："女同志要在城里生孩子，产假比满月还长。"

小老陈咂吧着旱烟袋，不屑地晃动着愚蠢的小脑壳，冷笑着解释他刚说过的话："娃儿不是养大的，是哭大的。男人一辈子流汗，女人一辈子流血。谁流汗流血能不干活？"

杨槐觉得周伊波和任佳还没有搞懂小老陈，这号人并非无知，而是无赖。总是给他递烟讨好，不解决问题，必须要像姚新宇那样对待他才行。于是他瞪着眼睛把手臂高高地抬起来，对小老陈说：

"你是说，你妈生你那阵子，屄子红赤赤的就下地干活了，是不是？你这人就是欠打！"

小老陈收敛了笑容，边后退边回骂："你妈，你妈屄子红赤赤！"

杨槐并不想真打，扬起的手慢慢落下。

周伊波情绪平静下来细想，觉得小老陈说的话可能是实情，并非故意骂人。

周伊波往山坡上背粪的重量，比不上农工，也比不上姚新宇、田大地、白芦那几个大个子，却不比杨槐、魏军定和侯承强等几个人差，背篓里的粪土足有一百二三十斤。从山坡上下来时，他看见路边的野苋菜、荠菜，总要顺手摘几把嫩叶带回家。

铁丁要出满月了，黄山芸从灶房领回二斤面粉，把切好的野菜和炒过的鸡蛋调拌成饺子馅，又把小红木箱擦干净，放在床上，在箱面上擀饺子皮。她包了几十个饺子后，肩膀已经疼得抬不起来。

“伊波，我右侧肩胛骨这块儿特别难受，给我揉揉！”黄山芸向周伊波求助。

周伊波刚把手伸过去，她又发出了第二个指令：“算了，算了！快看看炉子上的水开了没有？”

没等周伊波做出反应，她已经把放饺子的硬纸板端到了锅台边，看见锅冒着大汽，揭开锅盖就把饺子倒了进去。

周伊波知道山芸的急脾气，就不再去管她。他把铁丁抱起来飘着凉话：“说风就是雨，宁愿让肩膀疼，也要过嘴瘾，小心烫了嘴！”

“赶快准备两个碗，捞出来送到楼上，先让他们尝尝。铁丁过满月，表一点谢意！”

周伊波这才明白了她包饺子的用意，忙放下铁丁，饺子一捞进碗，就端起出门。

很快他就返回来，告诉山芸大家都吃上了，老牛也过去凑热闹，都夸饺子样子好，味道好。

黄山芸听罢高兴地对周伊波说：“你要是一插手，可就不是这味道了。剩下的都是你的，快吃吧！”

周伊波看看碗里所剩无几的饺子，说道：“快把筷子拿起来，咱一起庆祝！”

铁丁满月过后，周伊波、黄山芸才分别给古城家里各位亲人写信报喜。在离开古城前，山芸曾给妹妹山芋写过一封信，已经三个月了。

这三个月山芋天天盼着能再收到二姐的信，可她一直得不到只字片语，简直要急疯了。她以为是寄丢了，到大队部问过几次，队上的干部说，知青的信他们都格外小心，一接到就会随时派人送过去。这天，她终于接到了二姐的来信：“山芋：平安到达阳江后，暂分在虹桥农场劳动；生一男孩，母子平安。你咋样？多保重！二姐。”

虽然字迹很草，而且像电报行文那样简短，但这二十来个字，对山芋来说却是抵得万金。她揪着的一颗心，终于舒展开了。她翻来覆去地读着这些并不意味深长的字句，眼泪像断线的串珠一样流淌下来。

十多年来，在山芋脑子里，母亲的形象逐渐被二姐取代。虽然，二姐只比她大四岁，但在山芋心里自己和三个表弟是一代，二姐和姨是一代。她已经记不清楚，二姐和自己是怎么从山东老家来到古城的，可在脑子里却经常闪出二姐带着她在棉纺厂烟囱下捡炉渣的情景。她的旧衣服破了，是二姐给缝补；新衣服有姨买的，也有二姐和姥姥做的。自己的装束和邻居家的小女孩没有区别，可是二姐穿的，都是姨夫的旧衣服，装束像大男孩儿一样。在月经初潮时，是二姐告诉她其中的奥秘，解除了第一次鲜血顺腿而下时的紧张和不安。1968 年年底，在来宝千县插队时，又是二姐去给自己买了新枕巾、洗漱用具和胶底棉鞋……母亲去世后，山芸的一举一动，都是山芋绝对效仿的样板；山芸的每一句话，在山芋心里都成了绝对真理。不管唱歌时歌词里说谁最亲，在山芋心里肯定是二姐最亲。即使山芸因情绪不好对她发脾气，她也从不顶嘴。而且，还总是责备自己笨得不能理解二姐，说话不让二姐高兴。这样，山芸每当对妹妹发过脾气或说了过头话后，看着妹妹顺从和难过的样子，又总是后悔和道歉，有时还自责地流泪。多年以来，这种局面没有发生根本改变，彼此逐渐都习惯了，这种习惯也成了姐妹之间表达关爱和直率交流的特有方式。

宝千县柿沟公社红星小学的两个代课老师，一个返城不归，一个招工到了西宝市火车站。红星大队在重新选拔代课老师的时候，群众推荐了黄山芋和另外一位同样插队两年多的男知青。这天，黄山芋一收到二姐的来信，就去和这位男知青商量，看能否替她上半月课，她要进秦岭巴山看二姐。这位代课老师说，离放寒假不远了，希望她再坚持半个月，后边的事他可以替代，并且还向她介绍一位跑康安货运的司机朋友。

一辆军用卡车沿着乾河边的简易公路逆河而上，军车在农场对面路边停下来。苟会计打开驾驶舱的车门，从副驾驶座上下来。他绕过车头，向司机摇摇手中的雨伞，走下公路。这次他到县城汇报工作，返回时乘坐一辆顺车，沿着刚刚修通不久的江渝公路，在车上摇晃了三四个小时，到达农场时，下午饭刚开。蹲在灶房门口的大老陈一看见苟会计回来，忙起身去端茶，小老陈进到灶房给他端饭，其他几个工人有的去打洗脸水，有的过去问路途情况。苟会计情不自禁地对农工们夸耀道：

“县革委会让铁道兵师部派车送我！”

大老陈惊讶地问：“铁道兵师部派车，路通了？”

“是啊，通了！路刚一通，我就先开了洋荤。”

大老陈又问：“坐多久？”

“从中午到现在，有四个来小时。”

小老陈把饭送到苟会计手里，连声喊道：“真快！太快啦！”

苟会计不太赞同小老陈喊的“太快啦”，纠正道：“比牛跑起来快点。路还不太好，摇晃得让你直想呕，车也累啊！”

这时小老陈忽然想起了什么，眨巴着小眼睛笑道：“对，车也累，那汽车的尻门子挣红没有？”

“我没有看见！”苟会计不太想回答他这么低级的问题。

大老陈逞能地说：“尻门子在爬坡时才红，车攒着劲硬往上拱，才能看见红不红！”

老龚笑话道：“汽车又不是畜生，哪来的尻门子？那是车灯！等火车路修好了，车头一次拉四十八节车皮，爬大坡也能一口气上去，不会累得‘呼哧呼哧’往上拱。”

小老陈不屑地回老龚说：“日妈的，我是跟你说笑。你去年问我，汽车吃啥子，吃不吃草。我现在倒要问问你，火车吃啥子？”

老龚和几个人都只顾吃饭，没有人对他的话感兴趣，苟会计也进堂屋了。小老陈没趣地自言自语道：“背时的，都不知道？吃煤！一次拉七十二节车皮，跑在那龟儿子铁（注：铁轨）上！”

这几个月冬冬明显瘦了，体重和身长都没有增加，见人就哭，而且总是撕扯着潘凤的衣领不放。潘凤和侯承强常常为孩子争吵，有时夜深了，俩人的吵闹声和冬冬的哭声混在一起，吵得满院子不安宁，可是没有人去劝架。第二天，老侯脸上准有几道伤痕，问他怎么回事儿，他总是说："刮脸刀划的！"

戈硕果已经多次向农场提出来，他爱人彭玉兰身孕已经有六个月了，上下楼不方便，请求农场在楼下为他们安排住宿。丁场长和苟会计一直没有回话，后来苟会计向丁场长提议，把侯承强和潘凤住的这间大房子，在门里从中间用晒席一隔为二，两家共同从一个门出入。丁场长先把这个解决办法告知戈硕果，看看他的反应。戈硕果和彭玉兰知道农场的状况，觉得这个方案已经是费了思索的，场领导和工人们不可能去挤拼为自己腾出房子。

丁场长担心侯承强和潘凤对这一方案会有抵触。没想到，当他和他们谈这件事的时候，这俩人都非常痛快地答应了。平时，同学们都觉得这两口子有些自私，可这次他俩的表现，却出乎意料。丁场长在政治学习时，表扬了侯承强和潘凤对场里的体谅，对同志的关心。工人们很快帮老侯把屋里的床铺靠到墙壁一侧；帮戈硕果、彭玉兰在墙壁另一侧支了张床；然后拉一张大晒席进屋，把晒席的上缘吊在房梁上，下缘触在房子地面中线位置，后墙上的窗户，也被晒席从中间分开；晒席两面，用两家的箱子和家具支挡着。戈硕果、彭玉兰与侯承强、潘凤成了共用一窗一门的最紧密的邻居。

一周后，侯承强带着一大包衣物到丁场长房子，说是他穿不着的，让丁场长和几个工人试试。几个月来，学生和工人的关系一直紧张，丁场长总在调解着双方的关系。学生里有人主动给工人送东西这还是第一次，丁场长代表工人们表示感谢。

又过了几天，潘凤抱着冬冬去丁场长房子："丁场长，你看这娃已经瘦得皮包骨头了，副食添加不上。再说，他现在能到处爬，我一会儿都不敢离开，他不像铁丁，躺着不动。守着他，影响我参加劳动，不是吗？"她讲述了儿子的身体状况和自己的实际困难后，提出送儿子回古城家里。丁场长觉得她讲的都是实情，要求合理。于是，没有迟疑地批了她和老侯半个月假。

侯承强和潘凤临离农场前，抱着冬冬去看了黄山芸和铁丁：“俺们房里的锅碗瓢勺、任何东西，用得着的就去拿。”

黄山芸和周伊波感谢他俩的好意，希望他们在古城家里把孩子安顿好。

潘凤应和道：“我早想好了，如果安顿不好，我就让老侯一人先回来。”

两周后，果然只有侯承强一个人回到农场。

立冬后，太阳很少露脸，寒风从山口沿河道灌进来。大自然少了生机，一些生灵缩回安宁的栖息地，另一些仍在寻觅躲藏之所。枯黄的残叶，当空飞舞，也有零零落落的执拗者，仍在枝头支撑。在农场对面，原先隐藏在林中的小路、农舍看得分明了。院墙外几棵丝绵树（注：杜仲树）的黄叶，随着晨风吹进院坝，落在周伊波的脚下。他站在院子里望着山林，等着楼上的人下来，准备一起出早工。尽管他已经贴身穿上了那件有窟窿的紫色高领绒衣，外边罩着黑制服，却仍然感觉寒气逼人。

“老周，你今天不上工了。昨晚县上紧急通知，有几个区发生疫情，让你们医学院来的男大夫，火速赶到县卫生局报到，参加防疫队。这是政治任务，场里的农活再忙都得让路。我刚给老侯说了，也给老杨、老姚说了，赶快到灶房领点干粮，今天一定得赶到县里。”苟会计从堂屋里出来，对周伊波郑重通知。

“什么疫情？”周伊波问。

“啥子经呢？好像是脑炎、气管炎！”苟会计拍拍脑壳，吞吞吐吐地答道。

“好吧！”周伊波在院坝里发了一阵呆后，扭身往回走。

黄山芸在屋里已经听见。一听到有这么紧急的任务，心就跳了起来，开始考虑给伊波准备什么衣物。见他进来，即问道：

“里外换洗的各带一件，行吗？”

周伊波气呼呼地答道：“你看着办吧！”

“你气啥？不能好好说？就说下月给你去买衣服！以前给你买啥，你都死活不要，现在有气了？”黄山芸正为周伊波没有几件换洗和御寒的衣服难受，听他话中带气，也火了。

“我气他们胡扯淡，什么脑炎、气管炎？乙脑的发病季节过了，气管炎还能发生疫情?”

“天说冷就冷了，很可能发生流感。你想，流感可以合并气管炎、肺炎。病情若不能控制，不就成了疫情？你咋能一听气管炎，就说人家是胡扯淡?”黄山芸根据尚在记忆中的流行病学知识，进行分析，反驳周伊波。

周伊波沉默了一阵，觉得黄山芸分析得有道理，可能自己的判断和反应出了偏差，就转了话题辩解道：

“这些人说风就是雨，一个电话就让人立即出发。现在家里，一个鸡蛋都没有，我还等着去赶场呢!”

“这点事还用着你操心？孩子睡了，我自己可以去。鸡蛋买不来，我就买点别的替代。再说，这么多人，谁赶场去还帮不了点忙？在学校的时候，最高指示半夜发布，哨子一吹，你就得往起爬，你敢有气？让上街游行，还不是敲锣打鼓、唱着歌去!”

黄山芸的几句话，让伊波心里平静许多，心想：“是啊，这些年的政治任务，哪次不重要？哪次不是像救火那么急？谁敢马虎?”

姚新宇在院坝里喊：“周伊波领窝窝头了!”

周伊波拿起提兜和门边的小竹竿，走出家门。

天阴沉了两天，雪花终于飘落下来。快到收工的时候，丁场长转到场院后边，朝山上吼叫了几声，让大家提前收工。在坡上干活的人们陆续回来，院坝里的喧声渐渐息了。

黄山芸站在院坝里感叹，老祖宗定下的节气，在大巴山里和在古城一样，到了时令就有变化。她记得上一年十一月下旬小雪过后，古城就开始飘雪花，她陪着周伊波在风雪中去找寻父亲的关押地，始终没有找到。两周前，她接到周伊波从茅关区打到农场的电话，他说在省界附近疫情严重，确实是流感。此后就再没有消息了。她不知道他们在这种天气里咋搞防疫，咋到农户家去。她看着对面山坡上白茫茫一片，心里十分担忧。回到屋里，她看铁丁还没有醒，即又从房里出来，用铁钩从炉底把烧乏的石炭往下钩、往外扒，清理出一筐橘黄色炉渣，提起竹筐去大门外倾倒。

在西墙外，新的牲畜圈已经盖好。她把炉渣倒在圈旁的坑里，惆怅地抬起头，下意识地朝乾河口方向望去。尽管她知道伊波此时不可能回来，但还是想看看他离家时走的那条路。此时，她看见两个人，似乎是一对男女，在飘舞的雪花中，沿着公路朝她这边行进。由于晚间给孩子喂奶和听猪圈里的呼噜声，她白天里常感觉昏昏沉沉，她闭着眼停顿片刻，又睁开眼转身挪动着步子。在进院门时，她不经意地回头朝路上那对男女望望，他们已经来到吊桥跟前。那男的身着军装，女的身架有点熟悉。还未等黄山芸回过神，军人身边的女人就带着哭腔大喊起来：

“是二姐吧？二姐！”

山芸倚在大门框上定睛细看，果然是妹妹山芋。她虽然穿上了冬衣，但在傍晚的寒风中，仍然像落了花的蒲公英那样细削，山芸止不住泪水夺眶而出。

“谢谢你，谢谢！”山芋向身边的军人挥手告别后，迅即提着包袱走过吊桥，一头扑到二姐怀里。

姐妹俩脸上沾着雪水，雪水和着泪水往下流，脖颈冰冷冰冷。

“那人是谁呀？”山芸端详着妹妹，接过她手中的包袱问。

“在铁索桥跟前，我下车碰到他，问虹桥农场，他说，他回团部，刚好路过。”山芋破涕为笑。

“多远啊，路上几天时间，出了事咋办？”山芸十分惊讶，也十分心疼。

“太运气了！”山芋高兴地边答话边跟着姐姐经过院子走进房子。

一进门，山芸就帮妹妹脱下外衣，擦干手脸，又倒上热开水，招呼她坐下休息。山芋把小外甥从床上抱起来，亲昵地望着，用手指动了动小家伙的脸蛋，他噘噘嘴哭了起来。

“他饿了！”山芸坐到床边，抱过儿子，解开衣襟喂奶。

“真好玩！”山芋喝水时看着小外甥吃奶的贪婪样子，异常兴奋。她忽然想到，家里还少一口人：

“我伊波哥还没有下班？”

“他下乡防疫去了，最近不能回来。先说说你是咋来的？”

山芋平静地告诉姐姐，自己如何在知青朋友的帮助下，在古城汽车运输大队坐上开往康安的顺车。第一天住在宁县旅店，第二天中午在新修通的康江公路的岔口下车。每见到一辆去江阳的军车，就去恳求司机，让带她到江阳找姐姐。终于她又扒上了一辆顺车，到了江阳县城。在县城旅店住了一夜，按信封上的地址问清了方向，一大早就去汉江码头上了大渡船。用同样的求助办法，在江边搭上了开往成渝的军车。可是，不知道该在哪个岔路口下车，结果坐过了头，向南多走了二十几里。又找了个回头车……

山芸听妹妹讲述时，一直低头看着铁丁吃奶，没有抬头，她能想象在两三天时间里，大卡车如何穿行在秦巴山区的崇山峻岭里，一路上，妹妹会有多少艰险，要吃多少苦啊！她心里涌动着阵阵酸楚，眼眶里闪着泪花。

吃罢晚饭，山芋从包袱里取出铁丁姨姥姥带来的小儿常用药品和铁丁奶奶做的棉衣。展示完后，又说了些家里的变化：姨家的厨房已经快倒塌了，找不到人修，她回去后和大表弟长长及他小学的两个同学用了两天时间才修好；姨夫八年刑期坐满，已经“新生”了。但是，“反革命分子”帽子不摘，每月发二十元生活费，留场给犯人看病，每两个月可以有三天探亲假。上个月第一次回家，可是三个儿子都不理他，经过姨劝解，只有长长开始叫他爸爸。

“姥姥身体咋样？”山芸心事重重地问。

“饭量还好，就是糊涂了，除过家里人，以前的熟人她都不认识。姨让她把大小便拉在便盆里，她总是拉在地上，有时候还拉在裤子里。姨在墙角堆了炉灰，叮咛那仨小子，谁先见到谁先打扫。当然，主要还是长长打扫。姨托人帮忙，请求厂里给长长安排了个岗位，能上班挣钱了，也能抽空照看姥姥。”

“姥姥怎么变化这么快？那屋子不就成厕所了？长长才十五岁，还是个孩子，就能上班？”山芸一听，心里马上烦乱起来，连续发问道。

“二姐，你不是十二岁就在家里伺候妈妈，还拉着车去医院给她看病？姨一直让长长学你。他如果现在不上班，初中一毕业就得下乡。要是走远了，家里咋办？”山芋解释道。

“姨肯定累得够呛！姨夫不是能回家探亲了？以后，像修厨房、大扫除这类事，等他回来干。”山芸对姨夫给家庭带来的灾难仍然耿耿于怀，为茹芝姨和大表弟抱不平。

“姨确实累得够呛，每天下班回家，都是先给姥姥换洗，然后收拾房屋，再去厨房做饭。经常还有人到家里叫出诊，就是半夜叫，姨再累，都没有拒绝过。正是因为她在厂里人缘好，大家才肯帮她给长长安排工作。”山芋又述说了姨的辛苦。

山芸沉思片刻，接着问：“你大伯那边咋样？”她也挂牵着周伊波家里，不知道公爹现在的处境。

山芋告诉山芸：“大伯已经被放回家了，现在一条腿拖在地上，走路抬不起，想说的话说不出来。专案组的人得不到想要的口供，又怕出人命惹麻烦，就先放他回家，随时听候传唤。大妈接信得知有了孙子，见人就说，她喜得龟孙（贵孙），家里要改变背运了。”

这几年，伊波的父母一直把山芋看作是山芸的娘家代表和另一个闺女，只是在言谈中，回避骂儿女的粗话，多了客气的成分。伊波的两个妹妹，觉得这个姐姐平易厚道，比和嫂子在一起还随便。而山芋也早已不把自己当外人，特别是她和李栓栓的一段恋爱给周家添乱之后，山芋觉得自己的感情与这个家庭更加亲密了。那是在几年前，伊波介绍他的玩伴李栓栓与她交朋友。李栓栓及其继母对山芋的个人条件都很满意，而当其继母得知山芋的父亲在台湾后骤然翻脸，激烈反对他俩继续“交朋友”，还把这一要闻抖搂给街坊邻居及周伊波父亲的工作单位，进而衍生出周伊波父亲与台湾特务联系的重大疑案。山芋虽无辜，却为此事深感内疚和不安。

山芋在农场里，每天帮姐姐抱孩子、洗尿布，到灶房打饭。山芸出工期间，只在该给铁丁喂奶时才回屋看看，比伊波在家时还省心省力。在一起干活的几个女同学，又开始不停地请教她孕产期和哺乳期的卫生保健知识。她不仅和这些姐妹们关系更融洽了，而且丁场长和苟会计也在全场的会议上表扬她比往常干活卖力。

山芋每天都能和姐姐在一起，到了晚上可以和姐姐山南海北地聊天，这是她多年以来最惬意的时候。她想：要不是伊波哥把姐姐夺走，自己就能和姐姐一直待在一起。转念又一想：自己对婚姻没有兴趣，但姐姐结了婚，变得开朗了，还有了可爱的儿子，还是不能怪伊波哥。

早上起来，漫山遍野都披上了银装。院坝对面山上的小路、林子、房舍都被雪掩盖了，景物的轮廓模糊了。乾河结冰了，水还在流淌。雪疙瘩压在河边吴茱萸的枝干上，枝条随着凛冽的寒风摆动，雪块吧嗒吧嗒往下掉。丝绵树挺直的树干上疤痕累累，在雪色的映衬下格外刺眼，那是刮取树皮留下的。

老柴在院子里留下一排排脚印。他趴在猪圈的栏杆上朝圈内凝视了一阵，又走出大门朝四周看看，转回大院。

山芸让山芋盖着被子和铁丁围坐在床上，自己到院坝里扫雪。老柴看见她，朝她点点头，转身朝灶房走去。黄山芸扫开通向灶房和大门的路，直起腰望望对面白皑皑的大山，又开始惦记和牵挂周伊波。

彭玉兰挺着肚子，拿着扫帚也出了门："你早哇，小黄！妹妹来了，有人帮忙了！昨晚多大的雪啊，她来得可真是时候！"

"谁说不是？这地上太滑，你可得小心点，最好别扫了，让别人干！"黄山芸正给彭玉兰说话，就听见铁丁在屋里"哇啊哇啊——"哭起来。

"他饿了，得喂奶了！"黄山芸忙拿着扫帚回屋。

她刚给铁丁喂了几口奶就听见院内"哎呀"一声尖叫，接着是老柴的声音："快来人，老戈，快！"

随后是戈硕果闷声闷气地训斥："谁叫你干这来着？谁叫你干这来着？这活是你干的吗？快回屋！"

"哎呀！肚子疼，疼得厉害！"彭玉兰的叫声很清晰地从窗子传进山芸的耳朵。

黄山芸把奶头从铁丁口里拔出来，又把他交给山芋，匆忙跑出去。彭玉兰正被戈硕果扶着进屋。黄山芸赶到跟前，关切地问：

"怎么回事，老戈？"

戈硕果不高兴地说："摔了一跤！"

黄山芸帮着彭玉兰把鞋脱掉，慢慢扶上床，看着她痛苦的样子，着急地问道：“玉兰，现在感觉咋样？”

“裤子湿了，小肚子又疼又坠，难受！”

黄山芸一听，就慌了神：“老戈，你把她招呼好，我去丁场长房里打电话叫医生！”

“苟会计屋里那部好用！”戈硕果提示黄山芸。

黄山芸敲开苟会计房门，急切地说要借电话用用。

苟会计一副蓬头垢面的样子，打着哈欠说：“昨天夜里，就打不通了，可能电话线让雪压断了！”

黄山芸没等他说完，就转身往门外跑，要去请王芬娟大夫出诊。刚跑到大门口，就被老柴拦住：“不敢把你摔了，还有孩子呢。”

此时，楼上的男生女生都闻声来到院子，魏军定和田大地急匆匆跑出大门，朝虹桥街方向奔去。

彭玉兰早产了，提前了两个多月，大家议论纷纷：“小女孩，刚五斤！”“体质比铁丁差多了！”“小铁丁在他妈肚子里太享受了，都不想出来！”“小彭这女子，早早到人间受罪来了！”“在这里生娃、怀娃都危险，到了该生的时候生不出来，不到生的时候掉了下来！”

农场里怀孕的女生们，预产期虽说都在第二年开春后，却都认为必须提前计划和安排。杨槐和姚新宇参加防疫不在家，任佳和吴芳芹俩人商量，要提前在冬闲时向场里提出请探亲假，还是得回古城生孩子。

时令到了冬至，在院坝里很少再见到太阳。山芋来农场二十多天了，她觉得在这儿的山沟里，比在宝千县的山梁上还阴冷。白天，当二姐去上工时，自己和小外甥待在屋里，不时还会想起宝千那边的学生娃。可是，她在那里没有家的感觉，很少有人真正关心她的冷暖饥饱。现在能和二姐在一起，天气好坏已经不重要了。

山芋等山芸收工回来，说出想了好几天的话：“二姐，我不想回去了，就让我在这儿帮你看娃吧！”

“我正想给你说呢，最近楼上的同学都在请假，准备回古城。这段时间虽冷，可是雨雪少，路上好走。你如果能和他们一起回去，我就放心了。再说，你离开宝千时间太长，怕对你有影响，万一遇到招工，人家说你逾期不归，表现不好，你又要吃亏。”

山芋委屈地哭了：“咱们在学校里表现还不好？可是我入团了吗？你入团了吗？不但没有，而且还挨斗。”她停顿片刻又说，“我下乡到宝千，你分配到江阳，是根据表现吗？”她以前几乎没有对二姐的话提出过异议，而这次却一反常态。

山芸拿毛巾给妹妹擦擦脸，制止她说下去：“别说了！家庭出身咱无法选择。可争取机会得靠自己。学校是学校，农村是农村，在学校里，别看读了书的人多，睁着眼睛说瞎话的也多。农村不一样，农民实在，你努力了他们能看见。”山芸没有想到，看起来缺乏社会性、脑子不开窍的妹妹，竟然有自己的政治见解。她不想让妹妹对周围环境和人生看得太消极。

“我还没有见上伊波哥呢！”山芋遗憾地说。平时，山芋的任何大事，都征求二姐的意见，二姐拿不定主意时，就让姐夫表态。时间长了，伊波在山芋心里是个威严、多识、决策家里大事的长者，她比伊燕、伊鹃两个妹妹更有长兄如父的感觉。实际上，伊波在自己的两个妹妹眼里，只是周家正统的继承人和顶门杠。随着岁月的流逝，伊燕、伊鹃和兄长的共同话题越来越少，留在她们心里的多是和兄长在一起的童年往事。她们成长中的心事，和父母谈、同学谈，轮不到和兄长谈。

“谁撵你现在走？任佳和吴芳芹得等老杨、老姚回来才能动身，到时候伊波也回来了。”山芸向妹妹说明自己的想法。

几对男女的请假条交给丁场长后，他说要让苟会计请示县政工组。十天后，苟会计说，县上只批准了女生，男生都不准离开。大学生们只好认了，一边悄悄骂苟会计和县政工组的老爷们，一边到附近铁道兵团部里去打听有没有去县城的顺车。

黄山芸请任佳和吴芳芹回去时把山芋带上，吴芳芹高兴地说：“老杨和老姚回不去了，俩大肚子正愁路上没人照顾呢，这下好了！”

黄山芸听吴芳芹耍幽默，哈哈笑起来，她想起来给胎儿起名字那件事儿，那时吴芳芹总吃任佳的亏，现在嘴皮子已经油了。

第五章

丁场长通知，农场全体人员到堂屋里召开年终总结大会。这次是大学生与工人和走资派坐在一起开会。人到齐后，丁场长把茶缸放在空着的条凳上开始讲话："现在开会！毛主席说'形势大好不是小好'，要'抓革命，促生产'，要'备战、备荒为人民'。今年夏天天大旱，人大干。秋天遇洪涝灾害，咱战天斗地。水稻、苞谷、红薯、洋芋都有好收成。到后山砍竹伐木，修了新猪圈、储藏室。如今，粮食增产了，猪娃儿丰收了！"说到这里他把黄山芸和彭玉兰看看笑道："人娃儿也丰收了！成绩巨大，是'文化大革命'的伟大胜利，是毛主席革命路线的伟大胜利，也是大家共同努力的结果！"

他的话引得工人们大笑起来，大老陈带着淫笑加重语气插言道："对，对！是大家的结果。"

在欢快的气氛中，丁场长突然收敛了笑容，庄重地说："还有一件大事要宣布，昨天接到县上通知，是正式文件。"工人们和大学生都停止了小会，那些靠着墙和板梯的走资派们，始终在抽烟、喝茶，没有人插话也没有人发笑，只是有人略略抬头瞟一眼丁场长。丁场长脸上绽出笑容，停顿片刻后才大声喊道："老柴和老梅解放了，通知他们到县上报到。"他眼睛看着老柴说："那头黑白花花，老跟你闹情绪，又不吃食了，明天把它宰了，为你俩送行；也欢迎参加防疫的同志回来，县上说防疫战告捷，他们辛苦了几十天，已经返回县城，休整两天就回来。"

大老陈、小老陈、老龚等人惊异地瞪着眼睛，直愣愣地盯着板梯下静静抽烟的老柴和老梅，像是盯着两只被围猎在沟底的山豹子。

苟会计作为农场抓革命的负责人，多次说丁场长是右倾机会主义，丁场长听不懂，也不分辩。他没等丁场长说完就急不可耐地插话道："中央的'十六条'上说过，'文化大革命'就是要斗垮民愤极大的走资派。犯过错、改正了就是好同志，能回到毛主席革命路线的，都应当让他们出来工作。柴书记、梅县长属于改造好的，他们来农场几年，学习认真，劳动吃苦，瞧得起泥腿子。"他转脸对着即将重回老林的"山豹子"说："柴书记、梅县长二位，在这里让你们大材小用了，受了委屈，要多多包涵。回县上后不要忘了咱农场。在座的还有些人，很要不得，不认真改造，像是来镀金、走过场的，资产阶级立场根本没有转变，这是要吃亏的！"

在苟会计讲话时，老梅朝他不住点头，而老柴似乎脑子开了小差，始终一个姿势抽烟。

丁场长皱着眉头把苟会计看了两次，他刚说完，丁场长就提高嗓门讲了一些大学生的优点和成绩，从猪草剁得细，到救治洪仁德和给工人们捐赠衣物，等等。根据人员变化，他调整了劳动分工，喂猪的事由老牛接替。

黄山芸的衣襟让奶水浸湿了一片，乳房早已胀得难受，一散会就急急忙忙往家转。

冬月的傍晚是清冷的，寒风吹在猪圈棚顶石瓦片的缝隙里，回旋出尖锐的哨音。老柴把柴油机发动起来，电灯在院坝里忽闪着，他又趴在猪圈栏杆上观望。这次，他没有对着这些畜生叱骂，只是吧嗒吧嗒抽着旱烟，瞧着这群可爱的家伙抢食。

忽然，他看见三个身影拖着沉重的脚步进了大门，疲惫地站在院坝里朝他打招呼：

"还忙啊，老柴！"

老柴迎过去对着几个年轻人大声喊道："辛苦啦，快把行李放下！"以前他在院坝里除过对几头公猪大吼外，还从未喊叫着对人说话。然而，现在不同了，他转过脸先对着灶房，又对着堂屋用更大的声音吆喝道："防疫的同志胜利归来，快给他们烧水煮饭！"

老柴明显是在给堂屋的人下命令。话音刚落，堂屋里就跑出来五六个人，苟会计跑在最前面，后面跟着大老陈、小老陈、老龚和丁场长。

"老侯怎么没回来？"老柴发现回来的人少了一个，走到周伊波跟前关切地问道。

"卫生局给我们放半月假，他要回古城接小潘。"周伊波对老柴和跑过来的人说。

黄山芸闻声出门，到周伊波脚跟前把他的帆布包拿起来，见他络腮胡已和头发连在一起，鼻眼两边只露出窄窄的一块脸面。

苟会计走过去和杨槐、老姚、周伊波一一握手，还客气地说："你们辛苦了，立功了，回来好好休息！柴书记、梅县长对你们很关心，他们都'解放'了。"

苟会计又走到黄山芸的身边关切地问道："老周回来怎么住？让他过来和我搭伙？！"

"谢谢，不用了。老侯、潘凤那里空着，小潘临走时说了，她那儿的东西我可以借用。就让我妹妹住过去，过几天她就走了！"黄山芸礼貌地谢绝了苟会计少有的热情和亲近。

老柴笑呵呵地对这几个大学生说："明天我就走了，以后去县城一定到家里喝茶！"

"明天农场谁送你们？"周伊波关切地问道。

"他们都很忙，不用他们送，县上有人过来接！"老柴和蔼可亲地扫了一眼远处的农工，客气地说。

站在老柴身旁的洪仁德指指门外结结巴巴地插话："车……吉、吉普车，就、就停在河对面。我、我明天也回去。"他侧身拍拍站在周伊波身后的黑瘦小青年，对周伊波亲切地介绍："这是我儿子，来帮我背行李，明天我也回县上，让柴书记帮着安排点事儿干，给他端茶送水也行。"

周伊波转身端详，认出洪仁德的儿子竟是数月前在汉江边抢着为他背行李的那个辍学大男孩。

“你妹妹还跟着你在河坝里跑?”周伊波记起他到江阳第一天的事儿，在汉江边还有个十来岁的小女孩，帮这个大男孩捆箱子、拿背篓，叫他哥哥，喊他“过细”。

“妹妹没了!”大男孩待搭不理对着周伊波说了一句，就把头转向父亲。

周伊波转到他面前，不安地问:“谁领走了?”

“领走倒好了，发高烧死了，快别问了!”大男孩不耐烦地又把脸转向老柴。

洪仁德和老柴似乎没有听见周伊波和大男孩的对话，继续给大家打着招呼。周伊波从来没有见到他俩这样笑过，他分不清这俩人是发自内心的爽朗，还是麻木的傻笑。他虽然对他们突然离开觉得诧异和留恋，但此时最让他意想不到的是大男孩的一句“发高烧死了”。他想对大男孩说点什么，可就是找不出合适的词儿。他走近老柴，心神不定地脱口说道:

“这么快，说走就走?”

山芸不认识大男孩，对他没有太留意，只顾和杨槐、老姚寒暄，一听见伊波对老柴说了句不得体的话，马上转身就势开了个玩笑:

“还说快呢，你没看老柴胡子都熬白了。”她拿着帆布包，推了周伊波一把往偏院走，边走边说，“你也和老柴差不多了，不说把胡子刮刮，真成了小老头!”

周伊波回头朝院子又看了一眼，才露出笑脸，对妻子做着怪相:“大夫老了好哇! 在乡下常有人问我:‘有几个娃儿，娃儿挣钱了没有?’”

刚进家门，山芋就迎上来高兴地和姐夫打招呼:“伊波哥回来了?”

“咦! 小丫头什么时候来的? 怎么一点音音儿都没有?”伊波惊喜地看着山芋问。

“快一个月了!”山芋拿起热水瓶给伊波倒水。

黄山芸反怪周伊波道:“你也不打个电话回来，咋告诉你?”

“一天到晚走村串户，吃在队上歇在队上，队上哪有电话?”周伊波说着话就趴到床上去端详睡熟的儿子。

“你还没有洗手换衣服，可不要摸他！鼻子、嘴巴离他远点！”黄山芸担心周伊波从疫区回来给孩子传染上病，紧张地警告他。

“哎呀！我们离开疫区时，那衣服上的虱子黑压压一片，摞了几层，到县上才洗了澡，换洗了衣服，衣服还拿开水烫过。不然咋和人家领导一起开会?”周伊波知道黄山芸是认真的，先是故意夸张地开玩笑，紧接着说了让她放心的话。

黄山芸出门去灶房询问加餐的事，也到彭玉兰那边看看潘凤家的床铺。

伊波边喝水边关切地询问山芋在宝千的情况。

“刚调到红星小学教低年级，很少再到地里干活！”山芋像是学生回答老师的问题。

“当老师，就得把字好好练练，至少要写规矩、写清楚。你写的字，你姐和我都不认识，得费劲猜！”以前伊波见到过山芋寄到医学院的信，不由自主地表达起不满。

“我现在练仿宋体，板书很清楚，还给学生娃教画画儿。他们都喜欢我上课。可是，都不怕我，有的小男孩还在课堂上向我做鬼脸，摸着下巴，学大人的话，说‘黄老师瘦了，下巴尖了’!”山芋想让伊波知道她的进步和工作状态。

“这多好！你姐以后就少操心了!”伊波脸上露出欣赏的笑容。

“我来时还带来了学生们的画儿，二姐已经看过了。”山芋得到哥哥的肯定，非常高兴，正准备去取装订在一起的学生画本，见山芸端饭进屋，忙接上放在窗台。

“我看过了，特别是‘黄老师哭了’‘黄老师笑了’‘黄老师瘦了’那几张，我看了都想哭。他们画得好，说明你教得好，是一个好老师，快把画拿出来让你哥看看!”山芸在夸奖山芋时和数落她时一样，不含蓄无保留。

伊波一页页翻看着那些大小不一、在泛黄的麻纸上的稚嫩画作，不住点头。

“快吃饭吧，吃完继续看！”山芸把米饭递到伊波面前。这时铁丁已经睡醒，刚哭了一声，山芋就把他抱起来。伊波正要过去看，又被山芸挡住：“先吃饭，有你抱的。山芋，刚才我把潘凤屋里的床铺整理好了。一会儿你早点过去，免得老戈和彭姐还得给你留门，彭姐还在月子里。”

周伊波觉得，他走了一个多月农场里发生了这么多事：小姨妹来了；彭玉兰坐月子了；老柴、老梅解放了；苟会计态度格外热情，换了个人似的，等等。他知道，所有的事，山芸都能一条一条向他细说清楚。所以，吃饭时他只是说说自己这一路上的见闻和防疫经历。

他说：“深山老林里的老百姓可真苦！苏修骂咱们几个人穿一条裤子，大姑娘光身子待在家里，咱们以前不信。这次，我可是亲眼见了。老乡盖的那被子就跟豆腐渣一样。高山村寨里疫情很重，都是一家一家睡倒，防疫站的人叫它‘窝子病’。有流行原因、传染原因，我看主要还是因为饥饿、寒冷。”

“那你们咋处理？”黄山芸惊奇地问。

“病情重的，免费发给他们解热镇痛药、消炎药。动员没发烧的、病轻的，去挖贯众、野菊花，熬大锅汤。”周伊波简要地谈着。

“晚上咋吃、咋住？”黄山芸关切地问。

“无论到哪个队，都是让队干部领路，由他们给安排。一般还都能吃上苞谷糁、洋芋蛋、腌咸菜。经常是老乡一家挤在一起，给我们腾张空床。实在腾不出来，也有围着火坑坐一夜的时候！”周伊波平静地述说着自己第一次正式当医生的体验。

山芸听着伊波的述说，想象着风雪中他们跋山涉水、送医送药的景象，眼睛又湿润了。她知道她的伊波再苦、再累、再饿，都是这样平静地述说，他不但不会言过其实，而且会把一些痛苦的细节掩盖起来，不告诉别人。她真想过去捧起他那张瘦削的脸好好端详端详，摸摸凹下去的两颊。

山芋正准备去潘凤的房里休息，又听到哥哥述说防疫经历，就静静地站在门边等他说完。她想象不出哥哥讲述的是什么样的情景。以前，家里一些事情发生后，常常要经二姐绘声绘色地再加工，她才能产生和大家一样的联想。在过去的几年里，她就是这样从哥姐身上汲取了一些社会经验和吃苦精神。

山芋出门后，周伊波仍坐着喝水，听着她的脚步远去，才问山芸：“她的个人问题有没有眉目？”

“队上有个知青追她，她还没表态，我一听就觉得不成！”

“咋不成？”

黄山芸不屑地说：“她带来一张照片，小眼睛，塌鼻子，扁嘴巴，咋看咋不顺眼。我问：‘他有多高？’她说：‘不到一米六。’比她低点。”

周伊波知道山东人喜欢大个头，山芸的姐姐对自己一米七的个头挑剔过，后来无论谁评议别人高矮，他都觉得不爽：

“不能总是以貌取人，主要得知道心咋样，有没有能耐。我听说，有不少革命老前辈，自己长相差、个头低，可照样有魅力，找的媳妇都漂亮、高大。”

“比山芋还低，站到一起多不般配！”

“又不是跟你过，你那么挑剔干啥？”伊波对山芸在婚姻大事上为妹妹做主，早有看法。

“你这人说话不对劲！”黄山芸把脸拉下来，生气地说。

“你说话对劲？低个子男人就不能找对象了？就不能爱比他高的女人？”伊波觉得和山芸的分歧虽算不上原则问题，却也是一个审美观问题、思想方法问题。

山芸不想让不愉快的气氛持续太久，于是就把口气软下来：“我确实不该太挑剔，可是咱妹妹这么好的身材，这么好的人品，就让她找这么个人吗？她也说要找一个像她哥这样的好人，可是，哪里去找？”

伊波心里何尝不清楚，是自己太爱较真，故意抓山芸话里的“把柄”。他知道山芸在缓解气氛，即故作严肃地回应：

“你少给我戴‘二尺五’！”

山芸看伊波平静了，继续说道：“自李栓栓那事过后，她对个人问题一是没信心，二是无所谓。咱这家庭出身，本人又是下乡知青，她心里的标准越降越低了。你说，咱就那么贱，真的嫁不出去，是个男人都行？”

伊波抱怨道："一遇事，你总先着急，先发表意见。"

"她有自由恋爱的权利，却不会用，脑子里没有条件，没有标准。咱不替她着急、不帮她把关，就让她随便答应人家？这可是一辈子的大事啊！"山芸觉得有些委屈，辩解道。

"我同意找对象不是为完成任务，得有个大致条件、基本标准，但不能绝对化，要几个方面权衡。"实际上伊波对山芸述说的这位知青，也并非觉得适合山芋，只是觉得山芸说话有些绝对。

山芸又向伊波转述了古城家里的情况。俩人议论了一番后，话题转到近期农场的变化、几个孕妇请假回家和山芋返回的事："任佳和吴芳芹已经请了假，我想让山芋和她们一路回去。"

"老杨和老姚都说把卫生局给的半月假用上，要陪着媳妇回去，过了年再来。咱铁丁太小，经不起路上折腾！"伊波在说到老杨和老姚也能回家时有些伤感。

"他们一走，留在这里过年的没有几个了。"山芸无奈地说。

伊波端脸盆出门，把擦洗过身子的水倒进天井。回屋换了内衣躺在床上，觉得浑身酸痛。他把手搭在妻子手上，闭着眼睛懒洋洋地说：

"告诉山芋，回到家里不要把这里说得太吓人，咱都很幸福！"

"又阿Q了，是吧？"山芸柔声地说。

魏军定、田大地、尚厚德、廖钦启几个，分别在虹桥铁道兵汽车连送爱人乘顺车离开。两天后，周伊波送山芋和杨槐、任佳、姚新宇、吴芳芹乘顺车上路。

周伊波送走山芋返回，见山芸正在倒水服药，他紧张地问她："怎么回事？"

几天以来，山芸右侧乳房胀痛，奶水减少。铁丁饿得哭叫，孩子越发使劲地咂奶，她就越发感到疼痛。她一天三次吃四环素片，还用棉签蘸着酒精，抹掉乳头腺管口上胶冻样的小栓子。但是，这些处理不但没有见效，反而胀痛变成了跳疼，局部红肿加重，她着急地对伊波说：

"这可咋办？以前咱在医院里见过，乳腺炎发展成了乳腺脓肿，就非得切开排脓不可。咱铁丁咋办呀？"

“那还等啥？得赶快到卫生院打针！”伊波看看从古城带来的四环素片即将吃完，同样担心她病情加重，再影响孩子吃奶。

“我对青霉素过敏，你说医院还能有什么针剂能消炎呢？”山芸问。

伊波说：“卫生院里有啥药，我咋知道？得打电话问问。”

伊波到丁场长房内打过电话回来，对山芸说：“除青霉素外，还有链霉素、庆大霉素、卡那霉素！”

“关键是要给孩子喂奶，这些药的副作用都很大，可能让肾脏、听力受损。”山芸看着还在睡觉的铁丁，顾虑重重地说。

“那你说咋办？”伊波看着黄山芸既痛苦又顾虑重重的样子，也没有了主见。

“我要知道咋办，还问你？”山芸着急地反问。

“用中药试试？从家带来的那本《杏苑拾零》，上面好像还有个方子。”周伊波先是想去买消肿散结的药膏外涂，忽然又想到父亲曾给过他几个家传秘方，是爷爷给人看病用过的，其中有一个是治乳疮的，据父亲说，非常应验。但伊波从来没有机会验证。

“只要不打针，不妨试试。”山芸知道周伊波受父亲影响，喜欢中医、中药。以前下乡搞教育革命时，看见他用过中成药，嘴上还常念叨“四诊八纲”“虚实寒热”“汤头歌诀”，却没有见他给病人开过汤剂。虽然自己不太信服中医中药，但也并不排斥。为了孩子，在这个时候她愿意试试。

伊波从小红箱里找出那个小本子：“你看，就这个汤头，都是清热解毒、活血化瘀和止疼的。”上面有蒲公英、金银花、桂枝、鹿角霜、乳香、没药……还写着“蒲公英剂量要大，鹿角霜不能缺”等注释。

山芸眼睛在小本上扫了几行，说道：“我只在中医课上学那一点，现在只能听你摆布，任你折腾了。”

伊波从虹桥街上按处方把中药抓回来立即熬上，待熬好放凉，再把药汤滗出，让山芸连喝了两次。

到了晚上，山芸惊奇地感到乳房已经没有了跳疼，睡觉时还能够侧卧。第二天起床，又发现肿胀消了许多。她高兴地对伊波大加夸奖：

“可真神了，我算服了！”

伊波对这个秘方的神奇疗效也感到惊讶，特别是从对中医将信将疑的黄山芸嘴里说出“服了”，更让他高兴：

“瞎猫逮个死老鼠！你把另一服喝完，再看变化。”他的情绪放松下来和山芸逗笑，又装出老中医的口吻，宽山芸的心。

果然，三四天后山芸的乳腺炎痊愈。由此山芸改变了对中医的看法，还主动去提醒彭玉兰用中药保健，向她介绍验方。

自老柴、老梅走后，苟会计召集会议少了，会上的口号、意见少了，对大家的要求也松了。而且他还和丁场长商量，年底时给工人们每人分点东西，算是对他们的年终奖励。农工们的家，大都在虹桥区下属的公社，平时雨雪天或傍晚，家里不时会有人过来“喝茶”，他们自己也能忙里偷闲回家打个转身，顺便带点小东小西回去。只有丁场长家在县城附近，一般都是利用到县上开会的机会，顺便回家看看。全场的人都知道他两袖清风，从不占农场的小便宜。离春节还有半个多月，苟会计和工人们都陆续带着被农场“淘汰”的“劣质种猪”肉、洋芋、红薯和新米回家过年了。

院坝里安静下来，既没有上工下工的呼喊，也听不到老柴骂叱笨猪、骚牛的喊叫声了。“死不改悔的走资派”老牛，给猪、牛添加饲料时总是静悄悄的，院坝里几乎见不到其他走资派的身影。周伊波估摸着，大概是丁场长睁只眼、闭只眼，让他们都开溜回家了。

一天下午，周伊波到场门口倒垃圾时，正巧有一个农民拿了一条三四斤重的大头鲇鱼和一条带泥的莲藕过来卖。他把这个农民带到屋外，让黄山芸付钱买下。

除夕下午的晚饭，丁场长吩咐范师傅多加了两个肉菜，并且帮范师傅按人头分好，站在院子里喊叫着让大家去灶房端饭。

伊波和山芸商量，晚饭后邀留场的几个同学和老牛到家里来做客，一起过除夕，用山芋来时带的两瓶西凤酒招待和感谢大家。

田大地、魏军定、尚厚德高兴地接受了邀请，其余几个同学和老牛都婉言谢绝了他俩的好意。

从灶房领来的三盘菜经山芸再加工，成了藕蒸米粉肉、胡豆腊肉、辣子炒鸡蛋、红烧鱼块、醋熘莲菜、醋熘洋芋丝等六盘过年菜。

天擦黑，山芸就把两盏带罩的煤油灯点着，放在窗台上。工人们回家后，晚上发电机已经停开多日了，一到晚上，大院里就黑乎乎的。

屋中央的小桌上菜已经摆好。周伊波邀三个人入座，山芸把一瓶酒打开，均分倒进四个碗里。

魏军定马上说：“碗怎么少了一个？”

田大地也接话：“黄姐代表半边天，你也坐下！”

山芸答：“伊波陪你们，我照看孩子不能沾酒！”

尚厚德把面前的酒碗端起，加到了魏军定和田大地的碗里：“我从不沾酒，我来看酒。”

“那你怎么不给老周加上？”田大地不满地问。

“我怕他扛不住！”尚厚德看着周伊波瘦削的样子，担心地说。

“伊波力气不行，喝酒也不行，少喝一点，表达我俩的心意！”山芸也帮伊波说话。

“啥不行？活没少干，饭没少吃，酒也不能少喝。”田大地边说边把另一瓶酒打开，加进周伊波的碗里。

石炭炉上的水锅发出咝咝的响声。山芸走到屋外，天地就像被寒风冻凝了一样，四周悄无声息。从偏院门口朝远处望，在没有月光和星斗的天宇下，高山影影绰绰。就是这些高山，让天地变得狭小，路途变得遥远，让山里人与外界世代隔离。她算着山芋回去的时间，不知道妹妹在哪里过年，不知道姐姐一家咋样，还有姥姥和姨、婆婆、公公，真是天各一方……她眼眶湿润了。

铁丁的哭声，让她转身回屋。此时，桌上的菜还没人动，而碗里的酒却已经减半。田大地的话多了起来：

“为咱远方的老人，干杯！”

“碰！碰！碰一下！”周伊波双手端碗，先和田大地碰了一下，又和沉默不语的魏军定碰了一下。

尚厚德在碗里倒上醋，加了开水放在桌前。

“你白长这么高，还不如老周和老魏。”田大地嘲笑罢尚厚德，对着周伊波喊，“来，要喝呢，别心疼你的酒，为你的儿子、为我老婆回去也生儿子，干杯！”

周伊波听到田大地说生儿子，顿时像醒悟了什么似的，立即端碗起身，对坐在床边黑暗处给铁丁喂奶的山芸说：“老婆，敬了远方的老人，哥们儿互敬了，这一次是敬你的，当着哥们儿的面谢你为我生儿子！”伊波说完，喝了一大口。

“自己想喝就喝，不要这么多事儿。只顾自己喝，还找借口。”山芸装着不领情，面带笑容示意他坐下。

“黄姐，你可是给我们楼上的婆姨们立了榜样，这几个月我们家小薛，没有一天不夸你。”尚厚德听见周伊波和黄山芸的对话，很有感触地说。

“老尚，我早看见了，酒你一口没喝，怎么说开胡话了？”山芸不习惯听人夸奖，根据从中学到大学的经验，当面夸奖者，十有八九都言不由衷。

“黄姐，在这些女同学里你是学长、是大姐，不光是小薛夸你，我那口子也夸。老魏，你们小党夸不夸黄姐？”田大地很赞同尚厚德的话，望着魏军定问。

魏军定已经把酒杯举起：“经常夸。来，让我们再碰一下，这是大家敬黄姐的！”

随着魏军定的话音，田大地、尚厚德和周伊波都端起了碗，互相又碰了一下。

黄山芸连连道谢：“真不敢当！不敢当！”

尚厚德把留在瓶里的酒，分到每个人碗里。没有人划拳，也没有人敲打“老虎、杠子、虫”，他们只是喊着为老人、为老婆、为下一代、为他们在深山里相识。“干！”“碰！”很快碗里的酒就喝完了。

尚厚德看见田大地已经语无伦次，周伊波和魏军定的话越来越少，就提议道：“咱第一次在山里过年，过得很特殊，我不能沾酒，也很尽兴。最后，就以水代酒，再碰一次！”

田大地醉醺醺地说：“你老尚是个狗熊，下次放不过你，捏着鼻子灌，使劲灌！”

“好啦，咱该回去了，他们也该休息啦。”尚厚德先把田大地拉起来，又去扶魏军定，他左右两手臂各架着一个走出屋门。

周伊波坐在小凳上没有起身，黄山芸目送他们摇摇晃晃走出偏院。

周伊波见山芸进来，仍然没有动弹，只是有气无力地说：“心慌，胃里难受！”

黄山芸给他倒了半杯醋让他喝上，她曾听说，醋能解酒。

周伊波喝完醋，又说：“想上厕所！”

黄山芸端着煤油灯，扶他到厕所门口。他在茅坑上蹲了片刻，觉得没有便意，又起身走出。刚走到天井边的水道口，就“哇”的一声，吐了一地。山芸让他蹲下，给他敲打着脊背。她本希望他们多吃点菜少喝点酒，但是，四个人里有三个都是一醉方休。她轻声埋怨了伊波几句：“自己没有酒量，还喝得那么实在，真不作假！”

周伊波吐完，觉得舒服多了，任凭妻子嘟囔，不做辩解。山芸埋怨过丈夫，又觉得不能全怪他，忙进屋端了杯开水让他漱口。

初二中午，田大地、尚厚德、魏军定从虹桥街上回来，在院子里见到周伊波，告诉他，初三至初五晚上古城京剧团要来虹桥慰问铁道兵，演出革命样板戏《智取威虎山》，主要演员都是名角，还有尚长荣，演出地点在铁道兵团部。

周伊波一听就兴奋起来，又听说主要演员里还有尚长荣，就生怕漏掉这次机会。他立即回屋把这一演出的消息告诉黄山芸，山芸听罢迷茫地问：

“尚长荣是谁呀？”

“你真不知道哇？是京剧名旦尚小云的儿子！在我小时候，尚小云到古城演出，爸爸用买一袋面的钱买了张票，带着我去看。一提起京剧，爸爸就手舞足蹈，像喝醉了一样。旧社会过来的人，大都和他一样，老脑筋，就喜欢看老戏，崇拜那几个名旦，咱爸不止一次说过，四大名旦个个唱得好，实在太好！一直到前些年，我才知道他们唱的都是‘封资修’，扮演王公贵族、才子佳人与无产阶级争夺舞台。”周伊波看妻子不置可否，就似是而非地卖弄起来。

“既然他们唱的都是‘封资修’，那名旦的儿子来唱戏，还值得看？”

黄山芸本来就犹豫大冷天是否带着孩子在寥天野地里看戏，经周伊波这一说，她就更不感兴趣了。

“儿子和老子划清了界限，他没有跟老子学青衣，而是唱了花脸，不唱‘封资修’，唱革命英雄，成了革命文艺战士。不像梅葆玖，还跟着他父亲学娘娘腔。”周伊波继续似懂非懂地在妻子面前装内行。

黄山芸觉得周伊波越说越离谱，就反驳道：“学青衣唱娘娘腔，就是‘封资修’？你说《花木兰从军》《穆桂英挂帅》是革命戏还是反革命戏？我小时候，俺山东农村演吕剧《刘胡兰》和《李二嫂改嫁》，我姑姑都是演主角唱娘娘腔，有时我姑有事儿不能上台，堂叔就男扮女装替她。难道他们演的这些戏都是反革命戏？都叫‘封资修’？”

周伊波一听黄山芸的姑姑和堂叔在这两部戏里都演主角，脱口问道：“哎，你们家那种情况，人家还让他们演正面角色？”

“俺家啥情况？贫下中农！在俺农村，群众、干部都认俺家是好成分。在俺老家，家里有人去台湾不算大事儿。哪像在古城，特别是在咱那个大学里，才怪得出奇，谁都喜欢揪别人的家庭问题，他揪你的，你揪我的，揪住不放！同样的家庭，姐姐咋没事儿？再说，也不是封建社会，一人犯罪还满门抄斩不成？”山芸觉得伊波说话的语气让她不舒服，更让她不舒服的是，他对报纸杂志上的流行语、时髦话，总有特殊兴趣，不时还会流露出一种政治上的优越感，尽管在他父亲被揪斗后，原有的观念意识逐渐淡漠，但言谈中总有与自己不合拍的地方。她以前想直言不讳地说出来，可总没有合适机会。这次，话赶到嘴边，她干脆一吐为快，借机拉刮（注：影射、批评）伊波。

“你可别冤枉人！我只是设身处地想你小时候的生活环境，你就冲着我来了。现在咱俩都穿了连裆裤，成了拴在一条绳上的蚂蚱，你还这样说！”周伊波委屈地为自己辩解，黄山芸的话让他心里很堵。在他看来，社会上的多数人都是人云亦云，都只根据报章杂志、广播电台来的名词概念，来评论个人出身和家庭问题，而他更多的是凭着良知，从实际出发来看待这些事儿。不然俩人怎么能走到一起？但他确实认为自己的家庭与山芸的家庭不同，自己父亲的政治历史问题是被人陷害的，落实了政策就可以改变，是暂时的；而山芸父亲的问题，是特别重大的，固定不变的。尽管她的父亲看不见、摸不着，却是如影随形，老跟着她的脚步走，始终甩不掉，山芸本人确实很无辜。

“非得出身好的人才能演正面角色？‘封资修’的儿子就不能演样板戏？”山芸继续发着牢骚，把压抑在心里的闷气，继续借题发挥出来。

“驴尾巴和棒槌一点关系没有，可是有些人硬要把它俩挂拉到一起，更何况父亲与儿子、哥哥与弟弟这种关系。”周伊波不想和山芸斗嘴，也不想让话题太沉重，他一再解释自己的本意，脸上又露出笑容，把话题引向演出本身，“这山沟里，连普通文化生活都没有，别说这种高级艺术了。革命文艺战士来慰问铁道兵，咱跟着去沾点光还不行？”

“还把你浪漫的，还高级艺术！他们来演场样板戏，到山里蜻蜓点点水，就成了革命文艺战士？要是真心实意，就到工厂、农村待上个半年、一年的！”黄山芸看看怀里的铁丁，对看戏仍然不表现出兴趣。然而，她除过不赞同周伊波对才子佳人戏的非议，不满意他对演样板戏的演员称革命文艺战士外，在言辞里没有任何对样板戏本身的贬损。她清楚地知道，对样板戏说好还是不好，是立场问题、原则问题，甚至是对党中央的态度问题，说话的时候得小心把握。

“管他们是不是革命文艺战士，人家总是千里迢迢来了，也不要你的钱。到时候，咱把铁丁裹好，还是去看看吧。”周伊波一再说服和鼓动着黄山芸。

“好吧！”黄山芸勉强点头表示同意。

周伊波还去邀请丁场长初三晚上一起去看革命样板戏，丁场长说：“京剧我听不懂，要是演汉剧，还可以去看看。”

初三下午吃罢晚饭，太阳刚落山，留场的学生们就拿着长条凳来到农场后山铁道兵团部大操场。戏台临时搭在操场边上，戏台中央前上方的横幅上写着“春节军民联欢晚会”；两侧的木柱上分别写着两幅大标语——“热烈欢迎古城慰问团！”“感谢毛主席感谢党中央！”戏台四周挂着红旗。台下已经摆好座椅，周伊波把条凳放在离座椅不远处，铁丁穿着棉衣、棉裤，外边裹着斗篷，还包着小棉被。黄山芸刚坐下准备给铁丁喂奶，就听见包被里“噗噜”一声，不由得惊叫道：

“坏了，这可咋办？”

“什么‘坏了’？”周伊波问。

“铁丁拉了，三天了，在家里一直端他，他不拉，偏偏这个时候拉，还不拉个一塌糊涂！”黄山芸着急地说。

“啥大事儿，把你惊慌失措的。拉出来了还不是好事儿？回去清理就是了！”周伊波满不在乎地说。

“看把你轻松的，现在不赶快把那屎片子换掉，孩子多受罪啊！”黄山芸伸手去解包带和斗篷。

周伊波埋怨道：“这么冷的天，你只管讲卫生，就不怕把孩子冻着了？”有了孩子后俩人磨嘴的时候慢慢多了起来。

在俩人吵嚷和收拾屎片子的时候，解放军官兵已经入座；从山上各条小路赶来的大人、孩子也已经把台子两侧和操场周围的空地站满。军民双方的领导讲过话，现代革命京剧《智取威虎山》就在锣鼓声中开始。小铁丁偎在襁褓中，自始至终没有哭闹。

回到家里，黄山芸和周伊波一起议论剧情，都对演员的演技赞不绝口。山芸带铁丁睡下后，伊波仍久久地坐在床边。他脑子里浮现出父亲在大槐树下打着拍子哼唱京剧的身影，似乎又听见母亲在哼豫剧《朝阳沟》。这晚，他很想让父母进入自己的梦境。

回家探亲的同学陆续回到农场。杨槐在偏院向周伊波和黄山芸讲述古城见闻。他去了医学院一趟，现在学校里没有一个学生，附属医院和基础部的许多老师都被派到626医疗队，到乡下搞巡回医疗。学校里空空荡荡，革命大批判气氛很淡很淡。

杨槐的讲述，让周伊波想起了前两年“复课闹革命”的场景。他带着嘲讽的口吻道：

“咱们离校前很想上课，想让老师们多讲点，可他们都不愿再教了，嘴上总挂着一句话：‘领导说，不怕你们专业知识学不好，就怕你们革命大批判搞不好，你们将来一定是最最最优秀的医生。’一个个言不由衷！”

黄山芸接话：“他们让斗怕了，哪有心思教书？借着领导的话哄学生，那是不得已，现在下乡恐怕也是不得已。”

“我看不全是不得已。现在，革委会把大部分人的问题都挂了起来，帽子提在群众手里。老师们不是怕再给戴帽子，而是经过革命洗礼，都乐意下乡为贫下中农服务。有的双职工，老人瘫痪在床上，孩子刚断奶，都想方设法克服困难，双双要求下乡为贫下中农服务，积极得很。”杨槐尽可能多地转述学校的大好革命形势和老师们的革命自觉性。

“那些搞基础的、教外语的，下乡能干啥？”黄山芸觉得杨槐的话有点唱高调。

“去宣传群众卫生运动，普及卫生常识，有的老师通过自学，已经当上大夫了，沙蹈矩就是这样。我从学校拿了一份《626战报》，上面有报道，你看看。”杨槐边说边掏出一张叠在一起的小报，“他这个赫赫有名的黑帮，英语说得滚瓜烂熟，可贫下中农听不懂，一点用没有。后来，他学会了针灸和采中草药，成了受农村群众欢迎的医生。”

“真不简单！”黄山芸平静地赞扬道。她没有说起沙蹈矩曾是六三级一班的英语老师，还让她朗诵、翻译过《狼和小羊》的短文。为此，“文革”一开始就被人借题发挥，受到诬陷。

“还有，附属医院妇产科反动学术权威郑秉，在毛泽东思想的鼓舞下，给贫下中农妇女切除了巨大卵巢囊肿，解除了病人长达十余年的病痛。”

周伊波对《626战报》上介绍的这两位老师都有较深的印象，也用“真不简单”表达自己的看法。

杨槐没听明白这俩人的真实想法，不愿让这俩同学认为他“为黑帮说话”。于是又转变了口吻：

“也难说这些人的表现是不是用来掩人耳目。听说他们解放前都在国外留过学，谁能知道他们是不是潜伏特务？”

周伊波觉得这次和杨槐聊天，特别不投机，随即带着讽刺的口气说：“再成立专案组，继续调查，揪回学校狠批猛斗，看他交代不交代？”

杨槐本想再说说在县上又见到罗紫丰的情况，看俩人脸上一点笑容都没有，就起身告退了。

这次杨槐送任佳回古城过罢正月十五回到县上，在招待所一住下就想先去看望官复原职的老柴和老梅，再去看分到县政工组的罗紫丰。说来也巧，他刚走出大门，迎面就碰上罗紫丰端着两个菜碗过来。杨槐马上亲切地叫道：

“紫丰啊，早早就上班了？你和赵春碧年过得好哇！”

“好，都好！这不，老婆还等着我的回锅肉呢！”罗紫丰得意地笑着说。这时他忽然看见一个矮胖的中年妇女走在杨槐侧后，即刻热情地招呼：“涂大姐，年过得闹热吧？”

“年在你那边，我都过完了。你这是往哪儿去？”涂大姐问。

“给老婆送肉，从咱们大灶上买的，回去一道吃！”罗紫丰像女人似的抛了个媚眼，大声对涂大姐说。

涂大姐看见他身边还站着一个大学生模样的人，即用时髦的流行话夸了罗紫丰一句：“你真是个模范丈夫！”她离开时特意做出优雅的甩手姿势，迈出从容的脚步，显出一种职业妇女的仪态。

罗紫丰对着涂大姐的背影喊道：“梅主任才是模范丈夫，我比他差远了！”

罗紫丰见涂大姐走远，就转身对杨槐说：“县革委会梅主任的老婆，县妇联主任。梅主任会上会下常说：‘我是个大老粗，到底多大多粗，妇联主任知道！’其实谁不知道？大老粗正直坚挺！”罗紫丰故意把“政治坚定”说成“正直坚挺”，“哈哈”地一阵坏笑。

“我就是想去看看老梅、老柴，原先床铺挨床铺，天天在一起。你刚才咋不介绍我认识涂大姐？”杨槐说起数十万人之上的县领导，让人觉得那么亲近，确实像是风雨同舟过的战友。

“容易！回头我把你领到她办公室，今天梅主任去专区开会了。走吧，到我家坐坐，一起吃午饭，随便吃点。你可能听说过我老婆，还没有见过吧？走！”罗紫丰显得非常热情，他知道了杨槐和老县长、老书记是患难之交，肯定有特殊感情。以后，也许可以通过他进一步和领导密切关系。他从上高中起，就一直在琢磨“厚黑学”，然而，上大学后不但没用上，还让他在社教运动中挨了批。刚步入社会，他脑髓里的弯弯道道就又开通了。

“走，去给嫂夫人拜个晚年！”杨槐毫不迟疑地接受了罗紫丰的邀请，转身和他一起向教育局走去。

一路上罗紫丰不住地跟熟人打招呼，笑着喊着：“回去给老婆送肉！”

杨槐在罗紫丰家里第一次见到赵春碧，一起吃午餐时，杨槐和罗紫丰都表示以后要互相关照，让彼此的关系胜过兄弟。当说到分到农场的同学时，赵春碧关切地问：

“听说黄山芸在农场生孩子差点把命要了，是吗？”

杨槐带着责怪的语调答：“是啊，多危险！老周这个人太固执，现在社会在变，像他那么傻、那么闷的还有几个？让老婆到山里来生孩子，指望谁？不看看这条件！”

“我和他们两口子都比较熟，以前觉得人还不错。现在，人都在变，变成啥很难说！”赵春碧说话时，面颊有点抽动，这是在学校挨批斗时留下的毛病。

“春碧说他‘人挺好的’，你说他‘太固执’，实际上这家伙不太识时务，花岗岩脑袋，将来还会有麻烦，还会碰钉子，你瞧着吧。”罗紫丰递给杨槐一支烟，态度严肃地强化对周伊波的负面评价。

杨槐没有再附和罗紫丰，他虽然说了周伊波的坏话，但对他的总体印象并不负面。于是，转身从提兜里取出一条牡丹烟放下，说：

“我看你哥和郎主任烟瘾都挺大。你俩留在县上，肯定让他们费了不少心思！”杨槐自在街上见到罗家兄弟与郎学仁亲密接触的那一刻起，对他们之间的关系就已经心知肚明。

“郎学仁和我哥以前是战友，他了解我家的情况，也知道我俩都有病，从古城出来的时候，开了诊断证明带着。”罗紫丰不想让杨槐觉得他留在县上全靠“关系”。

“哈哈！我知道，你能胡日鬼（注：胡闹、搞旁门左道）！”杨槐弹弹烟灰笑起来。

“你别笑，我俩都一直吃着药，我是癔病，她精神受过创伤。发作时，相当严重。要是去搞医疗，那后果不堪设想。”他看杨槐还在笑，就说，“将来离开农场时，你言传一声。”

姚新宇回场后，拿了一包大枣来看望周伊波和黄山芸：“来，尝尝这调胃品！”

“这又不是花椒大料，咋能调味?”黄山芸接过红玛瑙般光鲜的陕北酒枣，端详着问道。

周伊波不等姚新宇开口，就接过话茬:“是胃口的胃，不是味道的味!大枣健脾养胃。”

“这枣还有醪糟味，真稀罕，多谢多谢!”黄山芸又关切地问，“小吴生了没有?”

“已经生了，唉，是个丫头!”姚新宇的话中带着遗憾。

“还封建呀!闺女长大了和妈妈贴心，我妈还不是生了我们仨闺女!”黄山芸发自内心地认为男女都一样。

“农村习俗，妯娌间比着，老人们对生个啥很在意，谁生个女娃，光是眼神都让她受不了。恐怕大多数城里人也是这样，不信你问问老周!”姚新宇不承认自己封建。

“我父母不在意这个，我也没有特意想过。”周伊波觉得自己从小在家里受气挨打比俩妹妹多，从来没有男孩子的优越感。有铁丁几个月了，给父母写过两封信报喜，可他们连一封都没回，也许他们连当爷爷奶奶的兴趣都没有了，更不会想“生孙子好，还是生孙女好”了。

黄山芸一想到吴芳芹一个人留在婆家带孩子，不由得有些担忧，问道:“小吴的心情还好?”

“我把她送回娘家了，有她妈照顾。她娘家那村子比咱这县城都大，能买到炼乳、奶糕；她哥还喂了两只奶山羊。要是跟我回农场来，一路上还不把孩子折腾死?就算能折腾到县上，她自己没奶，来了又咋办?”姚新宇表明吴芳芹已经脱离了苦海。

周伊波和黄山芸曾经预言，离开江阳回古城的男男女女，都会在古城拖延一段时间。但是，出乎他们预料的是，不仅杨槐、姚新宇回来了，而且侯承强、潘凤和他们的儿子冬冬也回来了。

侯承强在那段下乡防疫的日子，已经打听清楚全县卫生部门的人员构成和发展计划，特别是了解到县防疫站缺少人手。防疫虽不是医疗卫生工作的主业，县防疫站人员也没有县医院医生那么光鲜，但毕竟平时都待在县城，负责领导指挥全县的防疫工作，只在特殊情况下才下乡。加之，中专毕业的严站长对几个参加防疫的大学生印象好。于是，他就找机会和严站长交换了意见。严站长让他和潘凤从古城返回时，一起见见。

一见面，潘凤就把严站长尊为长者，教着儿子喊“奶奶”。

“叫严姨就行了，多大了，一岁多了吧？叫姨，姨——”严站长亲切地逗着冬冬玩。

“姨——”冬冬看着严站长和蔼的面孔，大声喊叫起来。平时冬冬见了生人桀骜不驯，又哭又吼，常常让潘凤感到难堪，未承想这次如此乖巧。

严站长笑起来，她的两个女儿已经送到康安老家，知道带着孩子在江阳工作有多难。她抬头问侯承强：

“我这边确实需要人，你俩商量好了？”

侯承强沉思了片刻后说道：“很感谢站长的好意。到茅关一趟，才体会到了预防工作的重要。我俩都愿意来，只是小潘现在还带着孩子，下乡不太方便！”

“这个没有关系，孩子小的时候，咱们站上都会照顾。都是女同志，都有体会。女同志多在办公室值班，多搞搞内勤；男同志多往乡下走走，走顺了，山路比平路好走。小潘，你看怎么样？”严站长向侯承强解释，并征询潘凤的意见。

潘凤早就有了自己的想法，现在就是让她到县医院当医生，她还嫌累、嫌麻烦。于是，顺势说道：

“我觉得您考虑得挺周全，那就来呗。”

为了让这件事办成，减少点来自农场方面的阻力，严站长还为他们想了一个分两步走的运作方案。她对办成这事很有把握，因为既有本部门工作发展需要的因素，也有上级单位人缘上的机窍，那就是县革委会政工组组长郭聪敏，是她康安县老乡，平素来往频频。办这种事，不要说郭聪敏，就是他手下的郎学仁，办起来都有“说法”、有“办法”。

侯承强和潘凤把大件行李寄放在防疫站，随身带了些近期必须用的食品用品，抱着冬冬坐顺车回到农场。

过了惊蛰，大地萌动，除高山塬塬上的背阴处和深沟里仍残留的积雪外，半坡上已经点缀了绿纱。人身体的阳气似乎也在上升。

这段时间，牛圈里有几头牲口不好好进食，还有两头发烧、拉稀。丁场长安排白芦和周伊波喂牛、放牛，给牲口诊病。周伊波对兽医一点不懂，但他很愿意给白芦当下手。几天后，病牛都痊愈了。

白芦告诉周伊波，这些牛患的是感冒和胃肠炎，兽医在诊断治疗疾病时，同样可以把中医、西医的治疗方法合二为一。但是，给人治病和给牲口治病仍有很大差异，比如人有七情六欲，身体健康受思想情绪影响，而牲口就不是这样。牲口主要是望诊、闻诊，有时也听、也触，但不能问诊。“你问它什么？问：‘畜生，你哪里不舒服？’它听不懂。你也不能给它切脉，咋切？”白芦滔滔不绝，像给一个初进兽医课堂的学生上课，“在治疗上，兽医不用补药和贵药，也不用热性药。用的中草药多数属于清凉解毒类，当然该用青霉素，该打退烧针，该吊液体的时候，同样免不了。还有，兽医给牲口用的药量大，得拿盆子拌，要和着饲料一起喂。”

周伊波没有料到，老白还真有一套，不但有实践经验，而且也能讲一套理论，真是藏在深山无人识啊！

白芦在农场里很少与人闹矛盾，在公众场合经常面带笑容。周伊波在和他的接触中，发现他不吃灶上带荤腥的菜，也从不给猪看病，他说“那东西太脏”。周伊波从戈硕果那里得知，老白和童希北都是回族，来自宁夏回族自治区。童希北的父母是中学教师，白芦的父母是牧民，都年过七十。毕业分配时，有人举报老白有宗教迷信思想和反动言论，导致他俩未能按民族政策照顾回银川。

白芦和周伊波在一起，除过谈论两个人都喜欢的中医外，就是聊天、拉家常，有时老白也莫名其妙地空对空地议论天地神灵，比如“天大无边空空如也，空如梦幻，人生到头来都是一场空。神灵召唤芸芸众生从善怀远，不要尔虞我诈，不要舍生忘死地沽名钓誉，更不能有杀生夺命的恶念”。在周伊波眼里他也许有点迷信思想，但他根本不关心政治，从不谈论政治，不谈时局。这样的人怎么可能有反对中央“文革”的言论呢？要说，他算是个政治白痴，不然怎么享受不到民族政策带来的好处呢？

一天下午，白芦和周伊波把牛群赶到乾河下游一片竹林旁，俩人在坡地和小溪边寻找草药。周伊波拿着根茎叶相近的几种小草问他：

“哎，你看，这是藿香还是紫苏？这是香附还是麦冬？”

白芦端详后答道：“我也分不清，回去对着中药草手册再仔细认认！”

周伊波终于找到一种药用野菜：“你看，这东西我认识，小时候挖过，它叫野蒜，能治痢疾。”

“这个我也认识，中药名叫薤白，还能止咳化痰。当然也可以和辣子炒在一起当小菜！”白芦回应道。

周伊波和白芦在一起，不仅能享受到当牧童的鲜活和快慰，而且也感受到他对兽医和中草药有一种执着的热爱。周伊波回到家里，把采挖的一大把野蒜交给黄山芸处置。山芸把它洗好、炒好放到小盘里。周伊波凑到跟前边闻边喊：“三月的小蒜，香死老汉！”

转眼又两个月过去了，午后的太阳灼人。午休时间，周伊波和黄山芸来到乾河岸边，给铁丁洗澡。白芦和童希北出门早，已经在河中游了一阵。白芦见铁丁脱得光溜溜的，坐在水里不哭不闹，即近前逗着他玩，高兴地对周伊波和黄山芸说：“我教他学游泳！”边说边从周伊波手里接过铁丁，走向童希北。

黄山芸有些担心，急得喊叫：“才七八个月的孩子，学什么游泳？在水边洗洗就行了！”

白芦和童希北只管一手握住铁丁的胳膊，一手托着铁丁的肚子，让他的两只小脚在水里上下踢腾。俩人比在水里抓住条扁嘴鱼还高兴。

白芦带着遗憾的神情对童希北说：“咱们要有个男孩该多好，长大了我教他学游泳、打花拳，要是能调回去，还可以教他学骑马。”

童希北脸上的笑容消失了，带着忧伤说：“关键是得调回去！还能在这儿生孩子？我爸妈一直在宁夏那边找人帮忙。回自己的家乡，还非得先调档审查，真想不通。”

在齐腰深的水里，白芦和童希北满不在乎地用手托着铁丁向下游移动，黄山芸心里很紧张，用胳膊碰碰周伊波说：

“快过去，把娃接回来！”

“没关系，这点水怕啥？再说又是白芦！”周伊波平静地说。

黄山芸看见他们俩心不在焉，边说话边把孩子当玩意儿耍，越走越远，大声喊叫起来："老白，小童！快过来！"

白芦和童希北慢慢回身，蹚到了周伊波和黄山芸跟前，把孩子交给他们。童希北边往铁丁身上撩水，边乐呵呵地说：

"胎儿在娘肚里就会游泳。有的民族，女人把孩子生在水里，小孩子天生喜欢水。"

白芦一本正经地说："要是我能有个儿子，从小就让他好好锻炼，培养他'上天如雄鹰，下海似蛟龙，魂盖大地，气贯长虹'。"

周伊波称赞道："老白壮志凌云！"

童希北不悦地看看白芦："你又说哪儿去了？别扯远了！"

黄山芸把铁丁从水里提出来，周伊波用带来的旧布单把身上的水擦干包起来。

黄山芸见白芦和童希北穿好衣服走进院子，悄声地对周伊波说："你没觉得老白神神道道的？"

那天戏水过后不到十天，丁场长就从虹桥街邮电所取回了一封银川来的信。又过了几天，县上就来电话让场里通知白芦和童希北，到县上办理调动手续。

俩人临走前，把剩下的一袋牛肉干，留给了周伊波和黄山芸，还说是小铁丁给他俩带来了好运，他们回银川后，会给他们写信。

黄山芸打趣地用手指点着铁丁缺少毛发的脑壳说："你这个没有良心的，爹妈天天抱你喂你，怎么没有给俺们带来好运？"

周伊波为白芦和童希北回到家乡与亲人团聚而高兴。周伊波细想，老白平时的神神道道，似乎是他内心深处某种秘密的流露，他平时的话语，显然和"斗私批修""阶级斗争一抓就灵"这些口号有不和谐的味道。俩人在铁丁跟前所表现出的童真，正是在掩饰他们怀才不遇的心境。两只在暴风雨中受伤的候鸟，跌落到巴山深处，伤愈后又起飞去寻找他们记忆中的窠臼，也许那个窠臼已变得未必适合他们生存。

这天，周伊波把粪肥背到山上，坐在树荫下望着远处的几重山峰和天上的白云出神。他想起了古城的家，想起了父亲、母亲，不由自主地流出几滴热泪。

第六章

据说大巴山区的上空，是太平洋暖风和西伯利亚寒流在大陆的一个重要交汇区。因此，这里冬季雪厚，夏季雨大。这个月的一场暴雨，让新修通的公路连连塌方，每隔二三十米就出现一大堆泥土，滚在路上的山石，有的如桌椅大小，有的如汽车大小。还有的路段，一个山体整个坍塌下来，全部覆盖了刚修出的路面。连小河沟都变得狂野起来，大河挟带着泥石和各种漂浮物咆哮奔腾。

这两天，从简易公路上又传来汽车的笛声。有人看见蒙着帆布的绿色邮车从农场门前经过。来山里后，周伊波经常忘记“今朝是何年”，但仍然习惯性地渴望报纸。多年的学校生活，让他晓得报纸不仅在大字标题下传达路线方针政策，而且也常在字里行间隐藏着弦外之音。尽管新闻到了这里都成了旧闻，他还是隔三岔五到楼上走资派那里借几张旧报翻翻。苟会计和工人们对报纸和信件都没有兴趣，报纸无论新旧，只要有社论，能在开会时读读念念就行了。农场的报纸、信件，一般都是丁场长到虹桥办事时顺便从邮电所取回。自老柴走后，取报的事儿很少再有人提醒他，他也经常忘记。

这天中午，周伊波到灶房打水时碰见丁场长，对他说：“公路和水路都通了，有邮车上来，白芦和童希北离开农场快两个月了，还没有见到他们的来信。”

傍晚时分，丁场长从街上回来，一进大门就站在院坝里对着两个信封上的大名喊叫：

“老周、小黄，有两封信！”

听见喊叫，周伊波对黄山芸说：“我猜有老白一封！”

黄山芸说：“我猜有文泞泞一封，这俩人都挺怪，见面时热热火火，分开后冷冷冰冰！”

周伊波出门走到丁场长跟前接过信端详，一封是来自西宝市宝峪峡水库工程指挥部的，另一封是来自宝千县柿沟公社红星小学的。他回屋把一封递给山芸：“山芋的！”另一封留在自己手里：“伊燕的！”

黄山芸接过妹妹的信，刚看了两行眼睛就模糊了，没等把手绢掏出来，泪水就涌流出来。她擦去泪水一口气把信读完。

原来山芋的信上说，这几个月有三次招工的机会。第一次走了一些出身好、表现好的，第二次又走了几个在农村经常打架、偷鸡摸狗的。最近是第三次，山芋上了推荐名单。但是，招工单位硬是因家庭问题而对她拒招。事后大队和公社干部还把这件事反映到县知青办：“按本位主义，我们真不想让小黄走；但按表现，她第一批就应被招收。现在连第三批都不行，对她太不公平，群众都为她抱屈。”县知青办的人表态：“以后会注意加强对招工单位监督，全面贯彻阶级路线。”山芋得知后，很受感动。

山芸觉得虽然第一批、第二批、第三批招工都没有妹妹，但她在大队已经有了良好的群众基础，名字也在上级单位备了案，以后的希望会越来越大。她看罢山芋的信，见周伊波仍蹙着眉头盯着伊燕的信，就急不可耐地催促道：

“还没念完？伊燕咋样？”

伊波把伊燕在信中说的情况转达给山芸：她这半年先在宝峪峡水库工地劳动，后来被抽调到工程指挥部当广播员，和“大干部”们在一个锅里吃饭，生活条件比民工好。各县民兵师、民兵团来办事的，即使见了指挥部的小人物，也都像见了大领导一样。她有一种扬眉吐气的感觉，很爽。

还说，她谈了个对象，以前和她在一个公社插队的，有文艺和体育特长。

“她的感觉不错呀！咋从你脸上看不出点高兴样，还严肃成这式子？爸爸的情况不好？”黄山芸猜想，可能公爹又有了新问题。

周伊波紧锁双眉，把视线又落在了信纸上：“爸爸每天待在家里等着传唤、交代问题。腿脚一直不好，走路时一条腿拖着；忘性也大，走到火车站一里路不到，就不知道咋回家了。”

“审查这么长时间了，人都成了这样子，还呼来唤去，到底有多大问题？他们该把脑袋打开看看！”山芸愤愤不平地发牢骚。

周伊波心里乱哄哄的，不知说什么好：“毛主席说，‘要重证据，重调查研究’。唉，走着瞧，善有善报，恶有恶报！”

“你一会儿是毛主席说，一会儿又是善报恶报，能扯到一块吗？”黄山芸觉得周伊波的话，牛头对不着马屁股。她觉得他心里肯定还有事儿。

周伊波确实还有一件事没有讲出来，憋了一阵后缓缓说道：“你还记得那个黎升东吧？院革委会副主任，六五级的，我见过他打人，一皮带就把魏旗抽趴地上。伊燕信上说：‘从你们学校分到西宝市有个黎升东，抽调到水库工地卫生站当医生。一天上午大家都去上工了，他把卫生站的门关起来，跟一个小护士乱搞。有人早埋伏在周围，从墙缝里一看见屋里有敌情，就踹门进去，当场抓了现行。黎升东把脸丢尽了，趁人不注意喝了敌敌畏。工地上派马车送他到县医院抢救。马车摇晃了几十里路，还没到县上，人已经硬了。’你说，这叫不叫恶有恶报？整咱爸爸的人，将来也会得报应。”

黄山芸听到黎升东就这样死了，十分吃惊。她带着惋惜的口气说：“那个凶神恶煞般的黎升东，怎么一下子就从地球上消失了呢？你说，工地上咋就不派个汽车去送？黎升东的确很缺德，可毕竟是条人命啊，报应太厉害了吧？说不定他和小护士已经领了结婚证呢！”

与黄山芸脸上的惊讶和痛苦不同，周伊波脸上现出的是冷漠，甚至是冷酷，他觉得黎升东这类人在地球上越少越好，他是死有应得。他反问黄山芸道：

“狼越来越多，你倒成了东郭先生。工地上的人还不知道他俩领没领结婚证？你咋净替这种人着想？黎升东拿皮带抽打那么多人，把魏旗都快打死了，他想过人家也是一条命吗？把爸爸打得中风的那帮人，想过人死了不能复生吗？”

黄山芸火了：“你别乱扣帽子！我已经说了黎升东很缺德、很坏。就算他乱搞，也判不了死刑吧？这几年，揭发出来那么多流氓成性的人，有的还是大干部，你听说哪个有羞耻感？哪个自杀了？掌权的把生杀大权当儿戏，根本不用动皮带，只要一挥手，多少人就栽了、死了。他们想过人死了不能复生？自己能悔罪自杀吗？”

周伊波见黄山芸和他较真，也觉得自己的话狠了点，妻子的话有些道理，就不再回话。

黄山芸转而与他探讨黎升东自杀的心理动机：“你说，他那么厉害一个人，怎么还知道丢脸？为这事就能去寻短见？”

周伊波已经平和了：“他爸爸是老干部，他平时目空一切，专横跋扈。忽然有一天，他爹倒了，自己把人丢尽了，从里子到面子全都没了，你说他还有啥活头？这种人没有理想支撑，思考问题片面极端，说他厉害，其实是在得势时。一旦背时，比母鸡还胆怯，如果再遇到大点的事儿，很容易精神就崩溃了。”他按照自己的逻辑，分析黎升东心理变态的缘由。

虹桥五七农场接到县革委会十天前发出的《关于在本县锻炼大学生劳动期满再分配的通知》。通知说：“在无产阶级文化大革命深入发展的大好革命形势下，在本县锻炼大学生的再分配工作开始进行，县革委会遵照上级文件精神，根据党的知识分子政策和实际工作需要，将锻炼期满、鉴定合格的大学生分配到适当岗位。此项工作主要由县政工组负责组织，各有关单位配合落实。要求上述人员在等待分配期间，继续‘抓革命、促生产’，做好本职工作。”

苟会计在向大学生传达县革委会这份文件前，已经起草和上交了大学生的考核鉴定报告。

这天，周伊波刚听罢文件传达，即问杨槐：“老柴的名字咋没有在领导小组里？”

杨槐站起来离开座位，从大老陈身后向周伊波摆摆手，让他出外说话。周伊波看见杨槐神秘兮兮的样子，态度又很诚恳，就跟他走到堂屋外。

“你咋啥情况都不知道？老柴升官了，调到专区当副书记了。他和老梅不睦，分属两派，老梅这派在县上势大，他走为上策。”杨槐觉得这些事情并非新闻，不是只有他这个包打听才知道的，而是江阳县尽人皆知的基本常识，接着又关切地对周伊波说：“你得托胡德逊在虹桥商店或铁兵服务社搞点烟酒，去县上活动活动，别傻啦!”

周伊波沉默片刻，随后“噢”了一声，若有所思地又转回会场坐下。他对于老柴、老梅的变化没有特别在意，更没有想过在他们得势时去套近乎去巴结，总觉得那样做很掉价。他从过期报纸上零零散散地知道，各级革委会实行“军、干、群”“老、中、青”结合，由于“工人阶级必须领导一切”“枪杆子里面出政权”的体制，已进入革委会的干部，有不少人又在“三、五、六运动”中被清理出阶级队伍。另一方面，原来栽了的、快被踩死的，又会突然间奇迹般地复苏和升迁要职。谁知道社会咋变？谁能看清谁哭到底、谁笑到底？无论外界咋变、别人咋变，自己一介书生，仍是一块难变的石头。

一天，农场突然接到县革委会政工组的电话通知，鉴于侯承强、潘风在农场的表现（包括请假探亲超时过长等），决定推迟其再分配，调至城关镇朝阳大队继续劳动锻炼。

大学生们普遍觉得这是个不祥之兆，心里惴惴不安。可这俩人接到通知后，并未提出非议，也没有再和别人说什么，过了两天就在铁道兵汽车连找了辆顺车，带着孩子和行李走了。农场里没有人明白其中的玄机，尽管在山沟里和山外头一样，到处都有玄机。

又过了几天，魏军定、戈硕果、廖钦启也接到县革委会政工组传唤。

在县革委会政工组，分配办郎学仁主任向他们宣布了再分配方案：戈硕果和彭玉兰分配到县农林局，魏军定、党晓春分配到县茶厂，廖钦启和莫莎芝分到茅关中学。据说，在他们的工作分配问题上，县分配领导小组组长、县革委会代主任梅竹起了关键性的作用。梅竹在农场时，对戈硕果的印象是不张不狂、不拉帮派、尊重工人阶级；彭玉兰平时任劳任怨，在农场院坝扫雪时早产，毫无怨言。对魏军定、党晓春的印象是，能以大局为重，吃苦耐劳，团结同志。梅竹对廖钦启和莫莎芝的印象是勤勤恳恳、少言寡语，不惹是生非。县农林局需要懂得果木栽培的大学生，戈硕果、彭玉兰刚好对口。这个县上的土特产品以茶叶为主，但县茶厂加工工艺落后，用传统的炒锅和老式揉茶机生产的茶叶质量差，势必要进行工艺流程改造和机械更新。魏军定和党晓春觉得到茶厂工作，尽管不是理想单位，也很难再有专业对口单位了，毕竟是在县城，交通和生活条件胜过基层，魏军定也表示同意。而廖钦启和莫莎芝分到江阳县最南端接近成渝的这个区，心情并不太好，他一再向郎主任交涉，希望能分到江阳中学教历史或其他文科课程。但郎主任把口封得很紧。当天晚上廖钦启带着托人在军人服务社买的前门烟，去了一趟郎主任的家。郎主任把烟收下，拍着廖钦启的肩膀说："知足吧，茅关是个好地方，是县城外最大的镇点，已经通了公路，将来铁路也经过这里。"说到最后，还婉转地告诉他，"这是梅主任对你的照顾，过了这个村就没有这个店了。"

杨槐在农场里焦急地等待通知，一见魏军定、戈硕果、廖钦启回来，就赶忙找他们打听情况。几个人都没有多说什么，只说"还可以吧，比老侯、小潘强多了"。他没有再和谁商量，第二天清晨，天刚麻麻亮，就去铁道兵汽车连找顺车。到了县城，他在罗紫丰的引导下找了该找的人。三天后，分配办根据革委会领导的指示，结合杨槐和任佳的实际困难，分配这对夫妻去大坪煤矿当保健医生。大坪区紧邻城关镇，山势低缓，公路穿行其间，大坪煤矿在公路边的小丘上。在煤矿卫生室工作可以不出诊、不下乡。但是，那里的煤炭含硫量、含氟量高，小孩从幼年开始牙齿就变黄变黑。杨槐觉得只要孩子不带在身边，这些事儿对他和任佳都无大碍。

杨槐刚从县城回来，丁场长就通知周伊波、尚厚德到县革委会谈分配。

8 月天，一大早就骄阳似火。俩人在铁道兵汽车连没有找到顺车，索性迈开双腿，边走边挡车。一路上，没见到一辆去汉江边的。俩人在山影和树荫下走得很消停，和一年前相比，走在即将铺上柏油的汽车路上，也觉得很惬意。周伊波感慨，终于熬到头了，要正儿八经地去当医生了。等公路、铁路开通了，想回家看看爹娘就容易多了。他兴奋、激动，走了七八个小时还不觉得累，赶到县招待所时天还没黑。

第二天早上，在去县革委会的路上，周伊波看见前面十来步远处一个熟悉的身姿。只见他长袖高高挽起，雪白衬衣束在半截裤里，挺着胸脯，迈着潇洒的大步，与在农场里戴着破旧草帽、浑身黄泥、低头缓步的样子相比判若两人，像是刚化装过一样。周伊波定神又看，确定没有看错，就惊喜地对尚厚德说：

“你看，前边是老梅！”

“噢，真是他！”尚厚德把视线从远山转向周伊波指着的人，疾跨几步赶上老梅，亲热地抬手从后边拍了一下他的肩膀，大声喊了声：“嗨，老梅！”

周伊波这时也走过去，站在尚厚德身旁。老梅停下脚步回头先把尚厚德望望，又把周伊波看看，态度漠然而又严峻，一句话没说，似乎两个突如其来的陌生人冒犯了他，他在用沉默抗议着。他扭过头甩开手臂，疾步向革委会大院走去。在老梅附近的几个路人回头把俩人看看，似乎在说：“你们什么来头？怎么敢直呼其姓，还拍县太爷肩膀？”尚厚德和周伊波一下愣在了那里，觉得自讨没趣，十分尴尬。停了片刻，尚厚德拉周伊波站住，用了“两报一刊”社论的一个题目发泄自己的怒气：“走资派还在走！”说完还不解气，又补了一句，“走资派就是走资派，刚解放就神气起来！”

周伊波也生气地说：“你就拍了他肩膀一下，你咋不拍他的屁股？现在拍他马屁的人多了，人家是梅县长、梅主任、梅老爷，叫他老梅不高兴！”

周伊波并不解其真意，自从他们表现出对老柴、老牛亲近以后，老梅对他们就有了成见，不仅仅是因这次在大庭广众之中、众目睽睽之下拍了他的肩膀，没有对他尊称。

在分配办公室的会议桌边，他俩静静地等待着郎主任到来。大约二十分钟后邱干事过来告诉他们，郎主任正和领导商量问题，让他们再等一会儿。周伊波想起一年前狼外婆在这里盛气凌人的样子，心里一阵不安。他小声对尚厚德说：“听杨槐说，狼外婆客气多了，给他分的地方还可以。”

周伊波主要是宽慰自己。

尚厚德粗声粗气地说："管他妈嫁给谁，只要不对咱乱点鸳鸯谱就行！"在招待所门外的那场不愉快，还没有从他心里消退。

尚厚德话音刚落，郎主任就带着邱干事、皮干事走进会议室。三个人和一年前的架势一样，手里拿着的东西及坐的位置也一样。郎主任先开口：

"同志们辛苦了，经过劳动锻炼、接受工人阶级再教育，思想觉悟一定大大提高了。组织上经过研究，决定派一批觉悟高、条件好的同志，去群众最最需要的地方，也是党最最需要的地方。在这批人里，有你们二位及你们的爱人。"

"啥地方？"周伊波觉得他的话有点不对劲，不知道他的葫芦里究竟装着什么药。

"直接说吧！"尚厚德也急于想知道结果。

"皮干事，你把方案给他俩念念吧！"郎主任说。

皮干事即刻从公文夹里抽出一张红头信纸，念道："尚厚德，漩水湾中学；薛勤谨，漩水湾小学；周伊波，漩水区卫生院；黄山芸，花莲公社卫生所。"

周伊波在防疫期间熟记了十个区名，知道了各区的大致方位、自然条件、经济状况。他知道漩水区在茅关区以东方向，与四川搭界，土地贫瘠、路道"危乎高哉"，卫生院条件比茅关区、虹桥区都差。也曾听说，何大夫就是从县医院戴着坏分子帽子先下放到这个区，后来又从这个区调到虹桥卫生院的。

尚厚德在农场近一年，还没有听说过这个区，问道："漩水区在什么地方？"

"在县城东南，先东走三十里到平顶寨，过江上岸再进沟，沿漩河向上六十里。要是从虹桥走，向东直接翻山七十里。"郎主任答。

"这个区有几个公社，多少人口？"周伊波接着问。

"你去就知道了，全县这么多地方，谁能全搞清楚？"郎主任有些不耐烦了，又朝尚厚德说，"尚厚德同志，你先到对面宣传办等等，咱们一个一个谈。”

皮干事起身带着尚厚德出门。

“那里啥时候能通公路?”不等郎主任说话，周伊波就又问，“有修路计划吗?”

邱干事看郎主任没有回过神，即代他回答：“现在还没听说!”他似乎更了解那里的情况。

这个方案令周伊波意外，没有沿着前边同学的“车辙”走：“我怕到那里不能适应。能不能让我们先在虹桥卫生院?”

“你这个同志，怎么又是提问题，又是喊困难?漩水最缺医少药，是最需要去的地方，你想不想去为那里的贫下中农服务?我记得去年就是你，带头提怪问题。自己不想服从组织安排，还影响大家的情绪。我们不能一边读毛主席的书，讲斗私批修，一边打个人小算盘。组织上不会迁就个人主义。”郎主任似乎对周伊波有很深的印象，说话的语气很重，向他示意，“你胳膊拧不过大腿。”

周伊波看郎主任又显露出狼外婆样子，尽管明白他是以势压人，还是平静地做着解释：

“我们这几年，专业知识没有学好，来这里又一直在农场劳动。现在去当医生，最多能看个伤风感冒。没有老医生带一段，怕出问题，人命关天呀!再说，到哪里不是为贫下中农服务?”

邱干事低头记录，皮干事摇着扇子，俩人都不插话。郎主任觉得周伊波不好对付。他也清楚，皮、邱干事见到过他抽屉里另一份“革命工作需要”的名单。如果自己过分失态，过于不近人情，两位干事有可能背地里败坏他的名声。

郎主任又一次把目光落在周伊波脸上，放缓了语调：“在漩水农村，就连伤风感冒都没有人看。再说，你们都拿了医学院的毕业证，绝不至于只会治伤风感冒吧?农村有句俗话，‘医生治得了病，治不了命’，再好的医生，都不能包医百病。只要尽心了，群众就没说的。”

周伊波原先曾奢望过进县医院，那里大学生没有几个，空缺很大。但是，后来听说省城红会医院的大夫去了。所以，他上县里来前和黄山芸商定的目标是通了汽车的区，卫生院大些，有一定工作条件，类似于虹桥卫生院这样的单位。自己勤勤恳恳、踏踏实实地锻炼了这么长时间，无论劳动还是防疫，都没有偷奸耍滑，开会、政治学习基本没有缺席。他觉得和黄山芸商定的目标不高，而郎主任的方案，离自己的目标太远，也和其他人的去向相差甚远，于是平静地回绝道：

“郎主任，我不去漩水！”

郎主任一脸的不痛快，但他知道从农场来的大学生个个都有点红卫兵脾气，内部抱团不说，与新上任的县老爷也都算是患难之交。他硬压住火说：“这样吧，你回去和你爱人再商量商量，微调可以，大动不可能。过几天再来谈谈。下一次就得定下来，不能这样扯了。”他转头对皮干事说：“传尚厚德！”

周伊波出门时，猛然觉得郎主任与自己谈话的这种态度和方式以及呼唤尚厚德的声调，像是对待黑帮。

尚厚德在宣传办等候时认识了罗紫丰，罗紫丰不停地给他倒水、点烟、聊天。据罗紫丰透露，有人反映农场大学生抵制政治学习，对工人阶级不尊重，和走资派划不清界限。尚厚德能猜到反映大学生问题的应该是苟会计。

郎主任没有让尚厚德过多发表意见，只是说：“按这个方案，回去和你爱人合计合计，下次接通知，就是来县城办手续。”

尚厚德告诉狼外婆，合计不合计都一样，漩水不是绝对不可去，但不能以谎言为依据，做出惩罚性决定。他既不想与狼外婆争辩，也不想求狼外婆高抬贵手。反正是当教师，到哪儿都是在学校里上班。

尚厚德回招待所把他和狼外婆谈话的情况，告诉了周伊波，还提及罗紫丰说的事，并说：

“我从内心深处感谢罗紫丰，他把咱当自己人。”

“我去问问罗紫丰，看谁这么卑劣，胡说八道？”周伊波气愤地对尚厚德说。

“别去了，万一让狼外婆知道是他走漏风声，还会给他添麻烦。”尚厚德劝道。

周伊波不能肯定罗紫丰是否真的在乎老乡情分，也不愿让狼外婆把他看成“内奸”，就此作罢。

周伊波和尚厚德回到农场，俩人的心情不完全相同。周伊波沮丧地把在县上的经历告诉黄山芸，感叹道：“古人把‘士大夫不为良相，则为良医’作为理想追求。谁能料想，在这个‘英雄辈出’的时代，成了精的是狼外婆这类人，咱想当啥都当不成，只能当狗熊往高山上走，路越走越窄。”

黄山芸从未曾想当良相，做良医的梦想在学校里已被“批白专道路”的棍子打散了，如今只是想在一个有基本条件的医院里，做点力所能及的工作，环境好点，让孩子少受点罪。可如今，命运根本不掌握在自己手里。

周伊波一夜没有睡好，第二天一早起来对黄山芸说：“我思想上很矛盾，翻来覆去试图说服自己。”

黄山芸已经预料到了他想说什么：“又是一部‘阿Q正传’!”

“咱们都吃过国家的助学金，不是党和人民培养，我说不定还在挖土方、拉架子车。而你哪，说不定早当上拖拉机手、纱厂工人了。真是这样，咱俩也碰不到一起。既然已经走进了大山，到哪里还不是大同小异?”周伊波经过前思后想，把得出的结论和盘托出。

黄山芸同样是一晚上没有睡好觉。以前，很多事都是周伊波说行，她就行了。自怀了孩子后，特别是铁丁出生后，她的想法多了。这次，周伊波的“阿Q正传”俘获了她，她赞同地说：

“我想起来杨槐拿的那张《626战报》，上面提到的郑秉，我以前在附属医院见过她，人又瘦又小。医院总抽调她到克山病区，一待半年多。三个小孩，长年累月由她爱人和婆婆带着。她和那些医疗队员，还受着克山病的威胁。咱要去的地方再苦，都不会一发病，吐口黄水，就一命呜呼，对吧?”

“对，多走山路对身体还有好处!”周伊波赞同地回答。

“你也别把话说过了。咱这一代就算豁出去了。可是，有了铁丁，让他从小到大和咱们一起受罪，我心里咋也不甘。”

“孩子还小，让他跟着咱慢慢长吧！生活苦点，总不至于没有碗饭吃。去就去吧！”周伊波在宽慰着黄山芸，但他并不知道在未来的路上有多少花、多少刺。

尚厚德已经见过老牛，述说了在县上的见闻和分配方案。老牛听罢，直率地说：“老梅那人上了台，可不得了，他一贯是按个人意气办事，跟老柴不一样！”

老牛又来到伊波的小屋，对小两口劝道：“让你们到漩水，就去吧。那里艰苦，更缺医生，老百姓稀罕你们。山高皇帝远的地方天地宽阔，鸟也能高飞。”

“你去过那里？”周伊波好奇地问。

“去过，调到县上前，在那里待了七八年哩！”老牛显出知情的神态。

“那里人吃啥？”黄山芸问。

“啥子都吃，稻米、苞谷、洋芋、红薯、胡豆，多了！还有板栗子、墨李子、蕨根、泥鳅、黄鳝、大头鱼、王八鳖！”说起漩水，老牛津津乐道。

“看你说的，我们还分了个好地方！”周伊波高兴起来。

“那看你怎么想。让我想，县城有啥好？满城到处吊着裤带（注：橡胶水管），上面坎上撒尿，坎下就跟下雨一样。就说河街那条路吧，算是城里最好的了，好到‘下雨可以捞鱼，晴天坑里卧驴’。满城里没有几棵树，夏天石瓦房晒得干热，烤得你在屋里待不住，河道里一吹热风，你连汗都出不来。再说，‘道观’里老梅那些人，都是些变了脾性的东西，哪像漩水？如今，漩水还有原始人，纯朴！还有绿水青山，养眼！一条河从镇子背后流过，石头路高高低低、起起伏伏，走起来省力，下雨还不积水。”老牛对县城和漩水做着对比，对县城尽兴贬损，对漩水赞美有加。

“漩水有没有地方病？”黄山芸主要操心这件事。

“不瞒你们，我见到的，有粗脖子病、打摆子病、红眼病。”老牛按自己的理解把在基层见到的地方病列举出来。

周伊波用尚能记住的概念，对老牛解释道：“实际上只有粗脖子才算是地方病，叫地方性甲状腺肿；打摆子和红眼病都不算。打摆子就是疟疾，蚊子把疟原虫带进血液引起打摆子；红眼病就是眼结膜炎，由细菌或病毒引起，主要是卫生习惯问题。”

黄山芸不太在意地点点头，似乎在说：“这些都是卫生常识！”

老牛经过周伊波的一番讲解，对地方病有了新的认识。说到红眼病，他想起了一件滑稽事，他对俩年轻人笑道：

“有一次，我跟老柴下乡。刚走到一个山梁，老远就看见老乡们迎着太阳欢迎，一个个都把手放在额头前敬礼。老柴喊，‘老乡们把手放下，不要客气’，他们还是不放下。走到跟前一看，原来都是泪汪汪的，个个红烂眼。俗话说是‘万箭射珠’，眼睫毛扎到眼珠上，很难受，看东西时都要眨巴眨巴眼。他们和老梅一样，‘眨巴眼看太阳，一手遮天’，到后来，眼睛就瞎了。你们要能治好红眼病，就功德无量了。去吧，我听说老丁可能也要换个地方，一个老同志，当场长时间太长了，该有些进步。他文化低，太复杂的地方拿不下，说不定哪一天也会去漩水，和你们又走到一起。”

老牛边说，周伊波和黄山芸边笑，周伊波还接着他的话对黄山芸说：“在医院实习时，大家都说‘金眼科、银外科’，我还真对眼科有兴趣，做过好多例内翻倒睫矫正手术，病人术后，炎症消了眼睛不红了，还变成双眼皮，漂亮一大截！”

两天后，分配办通知田大地和姚新宇到县革委会谈话。谈话的地点、参加人和程序已经形成了统一模式。邱干事宣读分配方案：“田大地、龙亦华分漩水区农技站，负责农业水利技术工作；姚新宇分漩水卫生院；吴芳芹分猴山卫生所。”

末了，郎主任还问了姚新宇一句：“听说你对工人阶级不够尊重，使劲揉搓工人阶级脑壳？”

姚新宇上县前已经从尚厚德那里得知，以前摸小老陈脑壳这件事，已经受到县政工组的关注，很可能进入了自己的档案，也许会伴随自己到生命终结。所以，听到这样的问话，他不像尚厚德和周伊波那么激动。他平静地答：

“有这事，咋么的？拿这事来惩罚我？这个方案我不接受！”

郎主任对他俩仍然是那两句话："回去和你爱人再商量商量，微调可以，大动不可能！过几天再通知你，到时就得定下来，没人和你这样扯了！"

连续十多天高温，赤日炎炎，简易公路上几乎见不到过往的军车。接到电话到县城一次，来回一百四十里。姚新宇和田大地汗流浃背地从县城回来，一副疲惫不堪的样子。周伊波联想到自己前几天上县的情景，脑子里闪出电影《南征北战》里解放军两条腿跑过国民党汽车轮的画面，不由得对黄山芸感叹道："山里人的两条小短腿，强过了铁道兵的汽车轮子，大太阳下不怕爆胎！"

田大地和尚厚德觉得他们两家的分配方案，尽管和前边几对同学相比相差很大，但是比起医学院的四个还是要好，至少都在漩水街上。近一年来，大家朝夕相处，互相关照，不知不觉已经有了很深的友情。要各奔东西了，一想起来心里还很有些失落。既然命运又一次让他们向一起靠拢，几个人都产生了"往一起走"的想法。

一场暴雨让持续多日的酷热缓解了。立秋后，即使秋老虎在日间肆虐，到了晚上也会让人感受凉意。周伊波这几天经常回想郎主任说过的"微调可以，大动不可能"这句话，考虑下次见面如何回答。他对黄山芸说：

"到漩水区工作符合他们的大原则，要求两口子分在一个单位应该是合情合理的'微调'。"

黄山芸表示赞同："咱俩不分开是最后底线。"

周伊波和姚新宇再次接到通知：到县分配办谈话。

山上草木经过雨水的冲洗，翠绿馨青。一早出门，姚新宇就觉得空气很湿热，太阳到了顶头后，满身已经湿透。他一路上摇晃着宽大的上身，喘着粗气，不住摘下草帽扇风。路上不断有大大小小的水坑，周伊波一不小心，脚陷到淤泥里，军用鞋的帆布帮子上，糊满了泥浆。他手拿毛巾不住擦去头上脸上的汗珠。走到即将日落西山时，公路即将转个大弯，朝着竹河对面望，能清楚地看见石房店一长排吊脚楼，脚下的竹河没有完全转清。再走一段，向前拐个小弯，就能看到县城了。若下到渡口，过了汉江，这一天的“拉练”就可以结束。此时，俩人都放慢了脚步，公路近处和竹河岸边空无一人，只有河对面的山道上还有背脚的人影晃动。姚新宇停下来掏出“斯大林大烟锅”和一片烟叶，卷好塞到烟锅里用火柴点燃，吧嗒吧嗒地抽起来。这时，周伊波猛然听见山上石头滚落的声音，迅即抬头向山上望，看见高处一片树丛倾斜，旁边大片山体正在向下滑动，不由得一惊，拉着姚新宇的衣服高声叫道：“快跑，塌方！”在奔跑中，先是听到石头从身后跌落滚入竹河“噼里啪啦”的声音，紧接着是“咚”的一声低沉巨响，周伊波感觉到脚底下强烈的震动。他们拼命奔跑了几十米远才停下来。回头张望，只见原先站立的地方，已经被泥石和草木覆盖，在公路上重新出现一个小山包，公路被完全阻断。身后滚落下来的大石块，有的离周伊波只有几步远。姚新宇惊叹道：

“我咋一点都没有听到响动！”

“你在咂吧着烟想事儿！”

“那个小山包差点变成咱俩的新坟！”

“可不是嘛，那才冤呢！”

“多亏你耳朵尖！”

“咱俩命大！”

俩人有惊无险，庆幸逃脱了一场突如其来的灾难，已经忘记饥饿和疲倦，天黑前在县城住下。

第二天在县政工组分配办，还是先安排周伊波和他们谈话。郎主任问：“你回去商量得怎么样了？准备办手续？”

“我上次反映的困难，领导怎么考虑？”周伊波反问。

“你说的困难是个普遍问题，在做方案以前就考虑过了，不要向组织上讨价还价！”郎主任答。

“我们俩同意到漩水去，现在只有一个要求，请把我俩分配在一个单位，我们还带着个不满周岁的孩子，互相得有个照应。”周伊波亮出了底线。

“县上有个规矩，可能整个康安十大县都是这个规矩——两口子不分配在同一单位。”郎主任仍然坚持原分配方案，一点不松口。

“为啥？”周伊波不解地问。

“有许多事例证明，两口子在一个单位，会把主要精力放在追求小家庭生活上，怎么搞好工作？也许有少数人能搞好，可别人又会说他们开夫妻店，影响同志关系。”郎主任讲得头头是道，根本不容分说。

在周伊波眼里，面前坐着的根本不是“为人民服务”的勤务员，而实实在在是个挡道的狼外婆。他参加防疫工作时已经看到，公社卫生所的条件比区卫生院更差，那里的卫生所根本没有国家干部，大都是两三个赤脚医生或乡村中医支撑门面，大多数时间，他们是执行区卫生院下达的下乡打防疫针、宣传计划生育的任务，出诊看病主要是开中药方。而且，公社干部写工作计划、汇报材料，甚至个人的大批判稿，都经常让有点文化的代课教师、赤脚医生替他们干。不要说让一个外地来的女医生带着孩子待在那里，就是两个外地人一起分到那里，都很难待下去。分配办简直不近人情，太缺德。周伊波被激怒了，但他还是忍住没有发作，他问：

“你们为什么不能把我爱人放在区卫生院？”

“听卫生局说，在漩水卫生院里，几个女同志弄不拢，三个婆娘一台戏，再多一个还不乱成一锅粥？”郎主任答。

“现在上上下下男人和男人闹起来的比女人少吗？”周伊波觉得郎主任的回答没有道理，心想，“像你这样的男人，连婆娘都不如！”

“你去还是不去？”在僵持和沉默了一段时间后，郎主任准备下最后通牒。

“我已经告诉你了，我和黄山芸无论分到区上或者分到公社，都要在一个单位。最后再退一步，你们实在不能打破惯例，硬要把两口子分开，那就把我放到公社，让我爱人到区上。不然，我就去康安找柴书记评理！”周伊波撂了几句话，就生气地踢开椅子走了。

周伊波出门后，郎主任对邱干事说：“他最后这个意见可以考虑。你去给卫生局打个电话，如果他们同意，就这样定了。万一他真跑到康安去，就复杂了！”

邱干事出门不到十分钟就转来回话：“卫生局老郑说，大学生能同意到漩水，已经很不错了！”

郎主任让邱干事通知周伊波到政工组办手续，让皮干事去院子里找姚新宇到会议室谈话。

姚新宇的态度和周伊波一样，坚持如果和吴芳芹不分在一起，就留在农场继续劳动，把人逼急了，就到康安找柴书记告状。这样，姚新宇没有多费口舌，就和吴芳芹一起分配到猴山公社卫生所，那里离漩水镇三十多里，更远更高。

姚新宇和周伊波还没有离开县城，田大地和尚厚德就来县城办了去漩水的手续。这样，漩水区成了当年江阳县境内接收大学生最多的地方。

县分配办按每位脚夫每天五元、两天十元的标准，给每个大学生补助十元钱的行李搬运费。

在农场里，大家合计着去新单位的最短距离和最合理的路径：直接向东翻山越岭路道艰险，但要近几十里，特别是对姚新宇到猴山公社来说，不再经过漩水湾，路途由最远变最近。如果绕道县城，能搭一段便车，接着的路道也比较平缓，但必须乘船过两次汉江，步行延长三十里，时间延迟一至两天。经过反复商议，三个单身汉坚持押运行李直接走小道，周伊波和黄山芸决定带着孩子绕道走。

由于农村大多数劳力都抽调去修铁路，连区粮管所找青壮劳力卸粮都不易，更别说找人背脚翻山越岭去猴山和漩水湾了，即使碰巧有顺路帮忙的，一天没有二十元都不干。拖了几天，终于，在丁场长和老牛的协助下，他们按每人每天十五元的价格从区粮管所借用了四个脚夫，搬运费超标部分由大学生们自己掏腰包。

刚过处暑的一个大热天，四个脚夫一大早就带着背架和干粮来到农场，他们把四家的东西上架捆扎好，拿着打杵起身，默默地弓着腰身走出大门。

此时，从院外传来了汽车连续的喇叭声，周伊波联系去县城的军车在路边等候。周伊波、黄山芸和田大地、尚厚德、姚新宇告别了虹桥农场，走向另一个未知的世界，去迎接另一种生活。

丁场长和老牛、范老头、老龚、苟会计站在场院门口，一直望着他们走远。

从此农场收工时，再没有了大呼小叫的喧嚣，在乾河吊桥上再见不到大学生们晃动的身影，在小河里也再没有那些戏水游泳的年轻人。

第七章

经过在农场一年的体力劳动，取得了革命工作资格的三个大学毕业生，跟着脚夫一步一颠、翻山越岭，终于在当天午后到了漩水区猴山公社。姚新宇像棵移栽来的新品种树苗，孤零零地种在了那里。而田大地、尚厚德，则跟着脚夫又下行近三十里，终于在天黑前到达漩水区革委会大院。区农技站和区革委会相邻，在人们的印象中，站上的人和区上的干部在一起工作、生活，他们都是一家人。靠近大院门口的一排石瓦房平时都空着，只有在召开区、社、队三级干部会议时，才作为临时客房用。区革委会华秘书先招呼一行人喝茶、吃饭，之后把已腾出的一间宽敞房子让农技站干部田大地住，安排中学教师尚厚德住一间客房，三个脚夫住另一间客房。第二天早上，两个脚夫把周、黄二人的行李背到区卫生院，把尚厚德的背到中学，然后转回区上。吃罢早饭，田大地把搬运费递到一个年岁大的脚夫手里，拍着他的肩膀说：

“背都压弯了，辛苦了！”

脚夫忙答：“从初一背到十五，背落太阳，背出月亮，成了营生。等公路修通，有了车，不辛苦了，也没钱挣了。”

脚夫走后，田大地、尚厚德和华秘书聊了一阵，就一起去中学报到，接着到街上和卫生院转了一遭。俩人都觉得这里虽不是世外桃源，可总是个能过日子的地方，从未有过的好心情涌上他们心头。

实际上，漩水湾尽管与北京的权力中心有千山万水阻隔，尽管革命风暴借助中央文件、《红旗》杂志、《人民日报》刮到这个地方的时候往往要推迟很长时间，但每次到达时都不是强弩之末，甚至还会如潮汐般掀起浪头。这阵子，漩水区级机关职工和各公社干部正在学习和传达贯彻县委《关于批修整风、推动江阳县农业学大寨运动的通知》精神。卫生院里所有人，包括七十多岁的中医梁晨风老先生在内，每天上午都集中在阁楼一层中厅内进行政治学习。卫生院门口挂牌“政治学习停止营业”，有些人不看牌子，照常进门找大夫，院里人谁看见谁挥手，让他到下街药铺，那里卖药的“看病拣药一把抓”。

每天清晨，卫生院阁楼侧后方的公厕忙碌一阵后，阁楼前的水沟边又齐刷刷地蹲着几个人刷牙；洗漱完毕后又都提着暖水瓶，横穿街道到对面小院的灶房打开水，转回来再泡上一缸茶，坐下来读报纸，学习讨论红头文件。

这天上午，邝景申院长传达上级最新指令。他用浓重的关中口音说：“中央又出了‘政治骗子’，他自称‘小小老百姓’，其实是‘大大野心家’。革命干部，特别是知识分子，如果不整顿思想作风，不提高思想认识，就会上当受骗，滑到修正主义的泥坑里去。基层单位出不了‘大野心家’，会产生‘政治骗子’。咱卫生院是最大的区级机关，是一个书越读越多、越读越臭的地方。这是区上领导对我说的。”

他说完这段话，把平时很少佩戴的眼镜拉到鼻尖，睁开充血的一双小眼朝周围看看，两眉宇之间蹙成个“川”字，喊叫大家谈感想。在座的人除副院长郭廓大夫认真地听他说话外，其他人不是只顾喝茶，就是闭着眼睛养神。

邝景申60年代初从古城卫校分来，比他的校友——在这个卫生院做中药师的王明利低三级。分到江阳后，正赶上反对右倾机会主义运动，卫生局缺人手，被留在局里搞政工；“文革”开始后又当上了县卫生系统造反派头头，在县城叱咤风云一时；两年多前遭人报复被贬黜漩水，老婆孩子仍留在县城。他的医学知识根本谈不上水平，下放到漩水后为了应急，死记硬背梁晨风老先生的单方验方，活学活用几个赤脚医生的奇招妙法。尽管他政治学习时脸上显得严肃狰狞，但平日总是一副乐哉优哉的样子。多数时间，他不是去漩水河里游泳、钓鱼，就是到供销社、邮电所和小学闲逛。他内心深处，一天都不想在漩水待，只是无可奈何。

邝景申一会儿骂骂咧咧地吼叫着，一会儿摆出独立作战的架势，可总是把人撼动不起来，没有一个人发言，似乎都只长着耳朵。可是，他得定期向卫生局和区委汇报，要汇报政治学习时间是否保证，会上发言人和发言内容。这是他的政治表现和业绩，与以后的升迁息息相关。

他一遍一遍地环视着周围，最后把视线落在王明利的半秃脑袋上："老王，文件上说，要坚持唯物主义，反对唯心主义。在院里你最关心政治，给大家解释解释，啥叫唯物主义，啥叫唯心主义？"

王明利知道邝景申故意刁难他，这个问题肯定老邝自己也不知道，于是反唇相讥道：

"你是领导，无论马列主义还是毛泽东思想，在院里你都是水平最高的，还用得着我解释？"

王明利古城卫校毕业后分到江阳，又直接来到漩水湾。几年过去，关中老家父母相继病故，于是他就在漩水小学找了一个姓叶的民办教师，永远把家安在了漩水湾。由于年龄、资历都比邝景申老，又有媳妇家的"地方势力"，就敢和老邝斗嘴，不太买老邝的账，甚至还低瞧他。

邝景申瞪着豹眼继续将王明利的军："我说不来才问你呀，你可能在全县都是最爱学习的一个，报纸一来你就和老郭俩人抢，天天有事儿没事儿都是一壶茶一张报，政治挂帅呀！"

"你是批评我，还是表扬我？"王明利不得已，只好想当然地随便解释，"好！领导指示了，我就说几句！简单说来唯物主义就是突出政治，就是思想第一；唯心主义就是只拉车不看路，低头搞资本主义……"

其实，邝景申根本不屑听王明利说什么，只是不想冷场，让他"抛砖引玉"。他知道在座的只有郭廓和石琦能说个道道，未等王明利说完，邝景申就把脸转向郭廓："郭医官说说！"邝景申学着梁晨风老先生平日对郭大夫的称呼，表示尊重。

“说不了！”郭廓淡然地笑笑。

邝景申知道郭廓的保护层很厚，不像王明利那样能被他挤压出点水来，但他还想让郭廓给个面子，即转变话题：

“你经常有京城的书信，说点最新消息，没有人抓你的辫子。”

“啥消息都没有，还是听你和老王的高见。”郭廓忙起身笑笑，摇摇手又坐下，做出政治上无知的样子。他穿着讲究，个头不高，略显窄长的脸庞上透出精明，说起话来一口浓重的京腔。两年来，他对邝景申经常在传达上级指示的时候借题发挥、含沙射影已心知肚明，他看见在卫生院里如果谁要是不听老邝的，老邝肯定抓谁的小辫子，给谁穿小鞋。他和爱人石琦在这里的名声，都是被这个看起来高大而内心却狭隘、龌龊的人搞坏的。在邝景申调来之前，他们和毛锐相处颇好，但之后就不同了。老邝两边拨弄，让相互设防，再煽动院内院外几个男男女女掺和进来，在小火星上添加干柴。一旦火烧起来，他就对外散布“三个婆娘一台戏”。然后他再灭火，积累“阶级斗争一抓就灵”的业绩。在郭廓看来，搞批修整风、抓政治骗子，原本就该抓邝景申，他就是个被抓的典型。郭廓已经想明白了，绝不会再上老邝的当，也不想和他硬来。最好的策略就是在谈政策理论问题时装傻，给他软钉子。

对这样的沉闷气氛，邝景申已经无计可施了，准备改变方式。他停顿片刻后灵机一动，提出由他给大家讲一个故事，再继续政治学习。所要讲的故事，是他不久前去县上开会时听到的。在县上能见到不少老熟人，大家都没有前几年那么讲派性、那么严肃和认真了。在会议中间休息或晚间休息时，与会人员甚至包括领导在内经常还讲点笑话，有酸的，有甜的，也有政治性的。有些政治笑话，很奇特很敏感，据说都是从三线建设人员和省城下放的医生那里传出的。他准备讲给大家听的，既能拿到桌面上、又有革命意义，还能动脑筋。他站起来伸伸懒腰，打了个哈欠后把熊掌般的双手叉在腰上，开始讲起来：

“故事发生在二战结束后的一列国际列车上，车厢一边面对面两排座位上坐着素不相识的五个人——从窗子向走道，一排是法国姑娘、德国小伙、美国老头，另一排坐着英国军人和苏联军人。在过一个长长的山洞时，车厢内一片漆黑。突然，从哐哐当当的车轨声中，透出几个清晰的接吻声，接着是‘啪！啪！’两记响亮的耳光。等过完山洞后，法国姑娘若无其事，德国小伙表情痛苦，美国老头得意扬扬，英国军人和苏联军人异常愤怒。你们猜，在过山洞时，这两排座位上发生了什么情况？”

石琦大夫，一个细皮嫩肉，看起来小巧玲珑、平易温和的年轻大夫，她和院长共事两年，还是第一次听他讲这么滑稽新奇的故事，一下子乐得笑了起来，忙抢答：

“太简单了！德国小伙占了法国姑娘的便宜，挨了苏联军人的耳光。”

“那为什么法国姑娘若无其事？”邝景申逞能地瞪着豹眼，似笑非笑。

“外国人嘛，习以为常了！”石琦早在中学时代就听说过，外国男女碰在一起，无论是否认识，几个眉来眼去过后，就可以随处拥抱、接吻。

“不对！不对！老邝讲的故事，得考虑当时的政治背景，德国战败，其余的都是战胜国，美国人狡猾投机，在二战后期才介入战争。再猜！”郭廓端着茶缸准备进屋里添水，此时他一听见爱人错误的答案，立即停下来纠正，不再沉默。显然他早已在什么地方听过这个乏味的故事。

梁晨风老先生嘿嘿轻声笑笑，无神地看着王明利的脑袋自言自语道：“我没有见过火车，也没有见过外国人，不知道啥样子。”他开会时总是坐在自己的房门边默默听着，他已养成了少言寡语的习惯，偶尔说上几句不合潮流的话，也没人会纠正他、批评他。老先生头发很短，下巴上的胡须很长，发须都已全白。他从医近六十年没有出过大山，在50年代，曾被卫生局的人请到县城看过病，不到一年时间就声名鹊起。但在那里总有人要纠正他的旧观念老思想，让他忍受不了。他转回漩水湾后，再没有离开过卫生院。现在虽然老了走路很慢，但脑子清楚，对内经、温病、伤寒、本草和四诊八纲非常熟悉，汤头歌诀记忆精准。同样，他对陈年旧事、旧社会的习惯用语也念念不忘，说起年龄、经历，他总是说民国哪一年不说公元，对郭廓大夫尊称郭医官。他在自己的宿舍里给人号脉看病，无论区上、街上的干部职工，也无论是乡间的匠人农家，无论贫富贵贱，他都一个态度一样表情。病人一进到房间看见椅子空着，就直接坐下，把手摊开放在桌面的棉垫上，让他号脉。他闭着眼睛先用右手摸过病人左手的心、肝、肾，再换左手摸病人右手的肺、脾、命。号完脉把手缩回时，总要“唉”一声睁开双眼，让病人张口转向光亮，再道一声“好”，表示基本清楚了。看罢舌质舌苔，最后再边问话边开处方。病人把处方拿到手里，寒暄两句，就出门拣药。一天到晚病人不断，一年四季除过过年回家几天，几乎天天如此，乐此不疲。他把病人悄悄放在桌下的洋芋、豆角、葱蒜送到灶房，和大家一起吃了。家里人想他时，下山来待上个把小时，放下点吃喝，再拿回点零用钱和积攒多时的腊肉、鸡蛋，就离开了。新旧社会政府的人、街上的人、乡下的人都只把他当成个治病机器，当成个济世救人的善人，没有谁和他有过节儿，也没有谁找过他的麻烦。近来，找他看病的人都静静地等在前厅里，一直等到他开完会，才去他屋里开方子，怕给他惹麻烦。

王明利一直没有听明白老邝所讲故事的情节，但他能听出来，故事内容肯定不是革命的。他皱皱眉头，眉宇间鼓起一团肉疙瘩，眼周全是褶子。他若有所思地提醒邝景中：

“老邝，现在可是在批修整风，你讲下流笑话，还替美帝国主义说好话，立场得站稳！何建功那个驴日的说过‘祸从口出’，你可要警惕呀！”

王明利尽管经常看报，但只是看看大标题，记下几个政治术语。他没有学过地理，不知道地图咋看，甚至不知道地球是椭圆的，也没有学过历史，不知道二战是啥意思。但他知道美国是帝国主义，苏联是修正主义，上级领导的话和报纸文件上的字，是他判断是非的标准。

邝景中平日很看不起王明利这个来自关中道的老同志，说他像从四川买到灶上喝刷锅水长大的架子猪，吃饱了肚皮就乐不思蜀，满足于在漩水湾当上门女婿，庸庸碌碌半辈子。邝景申读过林副主席语录中关于“大节、小节”的论述，知道紧跟伟大领袖毛主席的战略部署、贯彻好上级指示是大节，大节好是当干部的关键；越大的干部，小节不好越没关系。他不在乎别人对他小节的不满和批评，讨厌外人管他的闲事。此时，王明利说他讲下流笑话，还拿立场说事儿，与坏分子何建功类比，觉得是对他的公然挑衅，即刻回应道：

“王光头，你说何建功到底是‘祸从口出’还是思想立场问题？你得好好反思反思！”

坐在石琦身边的小张，听得一头雾水。她叫张茶花，是花莲公社七一大队的妇女队长。因为有初中文化，又积极肯干，还有个哥哥在县上当干部，公社就一直把她当作好苗子重点培养。这一年多，上级下文件要求在大队建合作医疗站，大队实在选不出合适人，就又请示公社让张茶花兼做赤脚医生，派她到卫生院里先学会打针、换药、量体温，以后再跟着大夫学看病。她到卫生院后，一碰见熟人就自豪地说：“贫下中农是我，铁姑娘队长是我，赤脚医生还是我！”此时此刻，她有点犯傻。她没有听懂邝景申讲的故事，既听不出是革命的，也听不出是下流的，悄声问身边的女护士陆雪飞：

“啥叫接吻？是脱裤子那种事？”

陆雪飞“嘿嘿”一声，摇摇头没有作答。她是月亮滩人，“文化大革命”开始那年从康安卫校分到漩水卫生院做护士工作。邝景申来后，又让她在西药房取药发药。她人长得俊俏，也很绵善，却内向寡言，一直没有谈过对象。

石琦听见小张的问话，硬憋着没有笑出来，心想：“那点时间，脱裤子能来得及吗？真蠢！”她凑到陆雪飞的头前轻声说：

“就是你们说的打啵，亲嘴！”

小陆红了脸，她确实不是装。尽管她到康安上过两年学，真没有听谁说过接吻俩字。

而小张此时也听清了石琦的话。一旦懂了，她脑子里又产生了骄傲情绪，还觉得小陆故意造作：

“这么大人了，啥没见过？啥没干过？还矫情，装小孩，不就是换一种说法。”

“哈哈！哈哈！都猜不出来吧。是狡猾的美国佬亲了自己的手背，故意嫁祸德国人，战胜国苏联老大哥借机扇了对面德国鬼子一个耳光！”邝景申轻狂地边笑边说，他对美国佬在人斗人中的鬼精很欣赏。

小张想起了自己亲历的事，不解地说：“真打了个啵，又算多大个事儿，犯得着给人家个耳光？”

邝景申也想起了自己亲历的事，振振有词地说：“要是互相认识、两相情愿，倒也不算大事儿，最多算小节！友好国家的人互相接吻，体现国际主义精神。要是敌对国家的人，就另当别论！”

石琦听着听着，到后来实在听不惯邝景申和小张的说法，就插话道：“敌对国家之间，也要把帝国主义分子和普通老百姓区分开，自己国家的人也看和谁在什么场合，不能随便搂着就啃！”根据她对邝景申的了解，她说的这些话，他一定会多心。让他多心去，不怕他给小鞋穿。

王明利认为邝景申讲的是个真实故事，非常赞赏苏联青年在黑暗中出手快、出手准：

“那个年代的苏联人有血气、厉害，可不像现在，赫鲁晓夫见了美帝国主义就害怕，只想着搞‘土豆烧牛肉’，那算啥共产主义？”

一提起土豆烧牛肉，邝景申又想起什么，突然来劲了：“这土豆烧牛肉，上海人说起来，可就香得不行了，咱关中人听了，就再也不敢吃了！”

在座的人都没听懂。王明利瞪着眼睛问邝景申：“是吃不上，还是不敢吃？”

“上海人说土豆烧牛肉是土豆烧牛牛儿。关中人听了还不吓一跳？土豆烧小孩的鸡鸡儿谁敢吃？”邝景申说到这里，大家还在诧异地瞪着眼睛看他，只有王明利笑骂他：“怪驴，哈（坏）家伙！”

邝景申正准备言归正传，前面门厅里突然有人急迫地喊叫：“大夫，大夫！大夫在哪里？”未等开会的人应声，一个年轻农民已经冲进院子里，对着阁楼中厅说：“我来请大夫出诊！赶快跟我走一趟！”

随着喊声，卫生院门厅几个等着看病开药的也拥进来看热闹。此时田大地、尚厚德正站在中药房外的春凳（注：在厅堂里靠墙或窗下放置的、和椅子宽窄高矮相仿的长条凳）边，他们打算等院内的声音平息，再进去接洽。

邝景申和郭廓从阁楼中厅走出去。邝景申对年轻农民说：“有病先到街上药店找先生看看，我们正在批修整风，中午前不看病。”

“我女人一口一口呕血，病得不轻，走一趟吧！”年轻农民哀求着。

郭廓认出来，这人他接待过，不悦地问："你上次来，我都听你说了，她可能肚子里长了肿瘤，得上县查查，你咋不听？"

"花莲卫生所王达福说她是气滞血瘀'老鳖背砖'，一直用破药。可是越吃包越硬，肚子越大，每天疼得坐不住、躺不住。昨天还从嘴里往外蹿血，脸颜色蜡黄，后来跟白纸一样。请院长去看看吧！"

"啥地方？"邝景申耐着性子问。

"松岭，花莲沟上去二十里，不远！"年轻农民期待地看着他。

尚厚德和田大地也近前倾听，尚厚德着急地对田大地说："要是老周早点到花莲上班就好了！"

田大地闷声闷气地说："他也不一定能行！"

邝景申心想，叫出诊的人总是夸大病情，骗着大夫走一趟，真严重了，我去不顶用，在座的人谁去都不行。他想先把这个年轻农民应付走：

"赶快把人抬下来！我们正在学中央文件，上级对政治有要求！给女人看病的毛大夫就要回来了，快抬下来让她看！"

"等不及了呀院长，去个人先止止血，别让流干了！"年轻农民哀求着。

邝景申好像没有听见，走回中厅继续读红头文件。

年轻农民突然翻脸，大发雷霆："我是贫下中农，松岭大队支书！你们为不为贫下中农服务，光坐在这儿开会，顶屁用！"

一句"顶屁用"把邝景申的脾气引爆，让他又回到造反时的状态。他又走到院子里，瞪起豹眼：

"你到区上问问学中央文件是不是'顶屁用'！批修整风是不是'顶屁用！'你胆子不小！还想拿贫下中农吓人，告诉你，老子也是贫下中农，祖祖辈辈都是贫下中农！"

自称大队支书的年轻农民在院子里跳蹦着，指着邝景申骂："你个混蛋，你给谁当老子？你听着，花莲那个草包医生可是到卫生院培训过的，就是你教的，要是我女人出事了，我要了你这豹子脑壳！"

"你吓唬谁？你敢动动，我一个电话，民兵就捆你去县城！"邝景申毫不示弱。

年轻农民继续发出警告："咱就看谁捆谁！"

郭廓带着折中的口气劝解道："不是前几年了，还想搞武斗？快回去把人抬下来，你们那地方太高，没哪个医生能爬上去！"

院子里人越围越多，卫生院隔壁乔家母女也悄悄地扒住墙头看，这人是乔婆婆娘家那个大队的，姓曹，如今当干部的都很厉害。年轻农民正吵着，就有人跑到他跟前，抓住他的手说：

"哥，快回去吧，嫂子已经走了！"

年轻农民一听，立时掉头往门外跑，边跑边喊："卫生院的大夫都不是人，把人耽误了，回头再算账！"

院子里的人散去后，政治学习也结束了，邝景申转回自己宿舍等着开饭。郭廓见前厅有两个干部模样的年轻人坐在春凳上，忙过去问个究竟。

郭大夫问明情况后，把脚夫送过的行李从诊疗室提出来，与来人一起进了阁楼，踏着没有扶手的板梯上到二层，又顺着楼道咯吱咯吱走到楼头靠右手的门边停下：

"这间是黄大夫的，对面这间是小陆的。隔壁这间是杂物库房，花莲来进修的小张在里边摆了张床。"

闷热的房间内，床和一张旧桌子已摆放好。从窗外传来漩河的哗哗水声，房顶的木椽子上大片石瓦，一块摞着一块，从瓦缝中透进一道道亮光。

楼道尽头有个小阳台，阳台下后方是垃圾堆和厕所。

田大地和尚厚德都没有作声，呆站在那里四处看。他们显然觉得卫生院的安排不合适。黄姐带着孩子，且不说这房间小，三面透风、房顶透亮，单走那个没有扶手的板梯就有多危险，孩子会自己走路了咋办？经过农场一年相扶相帮，尚厚德、田大地都和周伊波、黄山芸友情深厚，他俩也知道龙亦华、薛勤谨把黄山芸当成生活顾问，视如大姐，如今又都被发落一处，怎能不代他们先问个清楚？俩人把刚刚发生的医患纠纷和眼下的陋房结合起来联想，认为卫生院的人不厚道。他俩都清楚，周伊波总是把人往好里想，很容易被说服，来了肯定会说："领导有困难，咱就将就吧！"所以，一定得帮他们问问。田大地问郭廓道：

“楼下没有空房了?”

“楼下没住人的，就剩下西药器械库房和两间手术室了!”郭廓大夫难为情地答。

尚厚德接着问:“听中学老师说，街对面带天井的院子也是卫生院的?”

郭廓如实地回答这两位步自己后尘而来落户的年轻人:“那边除过灶房和中药库房，就是两间病房。一来病房不能当宿舍安排；二来那病房里死过人，街上人都说那里闹鬼，连那个院门都不进。你们说，咋可能安排你们的乡党到那地方住?”他知道，这俩年轻人不仅和新来的大夫是熟人，而且将来也要和自己打交道。

尚厚德和田大地出了卫生院，在漩水街上转了几个来回，和街边带孩子、做针线的中老年妇女们拉了几阵子闲话，已经知道这个街上吃商品粮的人口很少，大多数人是农业户口，白天都到坡上干活。无论靠工资吃饭的还是靠土地吃饭的，有了孩子都放在家里由老人照看。所以，街上既没有托儿所，也很难雇上保姆。可是，县上区上都规定，国营单位的职工一律不准带着孩子上班。他们盘算着，今后如何在这里生活，自己爱人返回时要不要带孩子过来?

开往县城的军车颠颠簸簸地在简易公路上行进，黄山芸带着铁丁坐在副驾驶座上，遥望着对面竹河岸上的小道，一年前长途跋涉去农场的情景又浮现在眼前：肚里怀着孩子，如同母袋鼠一样走过几十里崎岖不平的小路。与那时相比，这种颠簸该算是享受；到了工作单位后要拿起听诊器给人看病，比拿着刀剁猪草更有价值。周伊波木僵地站在卡车上，毫无表情地看着民工们慢悠悠地提着簸箕，拿着板锄清理路面上坟茔般的土石堆，把道路拓宽。当汽车摇晃着眼看要撞到他们身上时，才抬腿离开辙道，站在一边观望。眼前的场景对周伊波没有新鲜感，他几次往返县城，都能见到这种场面。他内心不停地在翻腾：这次去漩水，七十里路乘车到县城，后边九十里没有汽车，没有向导，也没有同伴。往深山里走，路到底多宽多窄?路上有没有劫匪?大人孩子在哪里吃饭喝水?无论别人怎么说，自己毕竟没有走过。

将近中午时分，军车抵达汉江码头，码头上等待摆渡的汽车排起长龙。周伊波跳下卡车，从山芸手里接过铁丁。为赶时间，他们决定改换即将起锚的付费小渡船，不再跟着卡车上摆渡轮船的甲板。山芸的奶水已经不多，一路上给铁丁喂了几次水，孩子饿得哭闹不停。过江后，他们先到河街找了个小食堂坐下。周伊波见食堂墙上贴着毛主席的最高指示："红薯好吃，我爱吃。"他自言自语道："红薯好吃，我也爱吃。"便走到柜台跟前问一个年轻女服务员：

"有红薯吗？"

年轻女服务员冷冷地答："没有！"

"墙上不是贴着最高指示，为啥没有？"

"啥都不为，就是没人种！"

"那你这里有啥吃的？"周伊波又问。

"自己看吧！"年轻女服务员回身指指墙上的一块木牌。

周伊波看见木牌上先是两行醒目的毛主席语录："按人定量，忙时多吃，闲时少吃，忙时吃干，闲时半干半稀，杂以番薯、青菜、萝卜、瓜豆、芋头之类。"语录下边的价目表，字迹歪歪扭扭，横看竖看都辨认不清。

周伊波索性不辨了，直接问道："你这里有什么干的？有什么稀的？有什么菜？"

"好好往下看，写啥子卖啥子！"年轻女服务员嗓门很高，仍然没有直接回答他。

黄山芸忙抱着铁丁近前，仔细看了一阵，说："买两碗汤面、两个馒头，炒盘青菜吧！"年轻女服务员即刻收钱，放开喉咙喊厨师煮面炒菜。

周伊波对她说话的态度很不满意，抬头看看墙上贴的毛主席语录，生气地对她说道：

"你们也太不严肃了，把毛主席随口说的什么话都当最高指示贴出来，毛主席还说过，他爱吃辣子，一天不吃就拉不出来，你们怎么不写？写出来，来吃炒辣子的不是就多了？"

年轻女服务员使劲瞪着他，和他吵起来："你以为这是我写的？上面发什么我们贴什么！你狗抓老鼠子，多管闲事！”

“你卖我买，也不是白吃，你横啥？”周伊波真的生了气。

黄山芸很不满意周伊波和一个女服务员争吵，她冷冷地说：“不吵了，行不？”

一个上年纪的女服务员走到周伊波跟前笑着拉他坐下，然后进厨房把饭菜端出来放在桌上。

俩人先给铁丁喂罢，再轮换着把饭吃下，把馒头装好，喝足水，再把空水瓶灌满，就又上路了。

周伊波提着铁丁的用品，黄山芸抱着铁丁不时从河滩走上山道，又从山道下到河滩。几只寂寞的木船，在汉江上有气无力地晃动，干焦的山坡上空无一人，开阔的河谷里听不见船工号子和汽轮的笛声，而单调的铁锨、沙石、铁网的撞击声显得特别刺耳。沿着河滩小路沙石成堆，路边间断支着数十个铁网，每个铁网跟前都有两三个筛沙的战士。他们个个头戴草帽，身穿白背心或白汗衫、黄军裤，有的在背心、汗衫上还印着部队番号。周伊波从他们的神情中，能判断出这些人不是正规的铁道兵，而是建设三线的学兵。他放慢脚步，听见有人说：“美国兵又轰炸河内，咱们还不如去越南打仗！”飘至耳际的是关中口音。黄山芸看见一个铁筛子旁的遮阳小棚空置着，就停脚进去给铁丁喂水。学兵们好奇地围拢过来，手持铁锨观望着这两个有些异样的过客。一个学兵用古城话问道：

“乡党哪儿人？”

周伊波用同样口音作答：“古城！”

“古城哪达？”一个学兵刨根问底。

“古城医学院分来。你们是哪个连队的，河对面还是这边？”周伊波记得他的老邻居孬蛋说过，他住在河对面。周伊波觉得这群学兵和一年前碰到的不一样，在河街和石房店的那些，个个带着野性。他心里纳闷：“这群学生，是本来就好，还是解放军把他们调教好了？”

学兵爽快地回答：“住在对面，过来筛沙！”

黄山芸已经给孩子喂完水，听到周伊波和学兵啰唆，开始不耐烦了：“大热天，你有啥急事非要这个时候问人家不可？”

“我是想问问他们认不认识康孬蛋，想让他们给他带个口信!”周伊波向山芸解释，又转脸朝着几个学兵点头告别，“好吧，不问了，再见。”

一个看起来比较斯文些的学兵听到康孬蛋，即刻问道：“是古城铁中来的康孬蛋吧?”

周伊波把铁丁接到手上，抬起头看看这个学兵，答道：“是啊!”

学兵们一听到康孬蛋，脸上笑容顿消。那个看起来斯文些的学兵，把草帽摘下来拿在手里，又盯着周伊波看了两眼，“哇”地哭叫起来：

“大哥，你是周大哥吧？去年我和孬蛋在街上碰到过你，你还记得吧？他走了，不在了!”

另一个学兵伤感地用河南话说：“大塌方，孬蛋让埋了，就在竹河嘴对面的黑崖山!”

“啥？啥？你们说啥?”伊波连续问了几遍，没有人再回答他的话，几个学兵默不作声地转身，又各就各位开始干活。炙热的河风又吹起单调的铁锨、沙石、铁网的撞击声。周伊波和黄山芸退回遮阳小棚，把那个斯文些的学兵叫过去，详细询问他一些情况。

这个学兵说，当年他们出发前，被告知是进山当铁道兵的，为了争取当一名解放军，有的同学把指头咬破写血书表决心。可是，到江阳后才知道，他们这批学兵，都不在编，不发领章帽徽，也不享受部队待遇，由铁道兵带领干活，曾经和民工一起挖隧道、运土、筛沙，进深山伐木，到粮库里扛粮，到镇子上买菜……都住在江边简易房中，蚊子咬得浑身是包，有人还打起了“摆子”。一日三餐，很少有青菜和肉食，经常半夜肚子饿得咕咕叫，大家牢骚很大。孬蛋说过：“等路修好了，回古城美美地咥上几顿!”话音刚落，就是一个多月前那场大雨，造成公路上多处泥石流，在黑崖山跟前还发生山崩，一瞬间就把挖隧道的几十个民工和学兵全埋了，康孬蛋就是在这次灾难中牺牲的。事后，康大娘来江阳，从那座大土堆边挖了一包黄土裹在儿子的衣物里，连同二百元抚恤金，一起带回古城。

周伊波含着两眶热泪静静听完。他想起了一年前和孬蛋在县城不期而遇的情景，也想起了自己结婚前，母亲请儿女双全的康大娘来家帮忙套缝被褥的事儿。他多次听说过山体塌方压死人，也听说过在竹河嘴跟前的一次大塌方活埋了几十人，因塌方量太大不好清理，连公路铁路都不得不改线。虽然生生死死的事以前听过不少，斗死人打死人的事屡见不鲜，对死人的事已经有了很强的耐受力，可这次，康孬蛋遇难的消息着实让他十分震惊。他心脏“咚咚”直跳，碰撞着胸壁的肌肉，撕扯着肋间的神经。毕竟这次死的人里有自己的近邻兄弟，他不久前还站在面前说话，怎么就这样永别了？

山路还是那么陡峭，那么狭窄，山芸不时提醒伊波别心不在焉，小心脚下，生怕他有闪失。后来，她干脆把孩子接了过去。走了近四个小时，他们看见汉江对面半山腰上有一排吊脚楼，高山上有寨墙，他们判断这就是平顶寨，必须在这里过江。

汉江的水流在这里比县城一带湍急。他们在码头与十多个从各条山道上汇拢来的人一起坐上渡船。小船逆流划向江心，再掉头飞速斜穿对岸。山芸坐在舱里一阵眩晕恶心，铁丁也吐了两口奶。

他们在太阳的余晖中过了汉江，赶紧顺石台小路爬上平顶寨街道，找旅店住下。此时，街上无一处可以买到吃喝。俩人抱着孩子央求在旅店服务的一位伯娘帮忙做点吃的，另外付钱。

这位伯娘看见两个年轻人一身疲惫，还带着个哭闹的孩子，说了声“好造孽”，然后就让周伊波跟着她去灶房，把两碗半稠苞谷糁端回。她告诉他有两口子在这里吃住，晚饭煮好了，却迟迟不来吃。

几步之遥的一间房里，一男一女高一声低一声地争吵，都是关中口音，女人不时地发出哭腔：

“这些年，你一个大男人尿不顶！你知道我和娃咋活？你以为我愿意送她回去？说实在的，把娃甩给你妈我还不放心哩！”

男人在安慰女人，也在为自己辩解：“我知道，可我又有啥法？我戴着‘帽子’，不能出远门！咱俩离了，想去看你没借口！你让我咋办？这回，我一接信，就借着出诊赶过来。”

女人的语调变得柔和起来：“怪你也没用，只是让你知道我在漩水湾不容易，里里外外受气。”接着又是调情的声调：“晚上不是搂着孩子，就是抱着枕头……”

“邝景申可是一头角猪，配种的，他还不让你闻到臊味？”男人想起来曾经整过自己、后来下放到漩水卫生院当院长的前卫生局干事邝景申，向前妻飘凉话。

“你个混蛋，那还得看我愿不愿意！”她似乎想起来了什么，带着气说，“男人没有好东西！都是角猪！”

接着这个男人有气无力地说：“我早被排除在外了，不顶用了！”

“你今天算个男人，顶了……”女人断断续续的话语显出温柔，渐渐只有喘息，后来房子里不再有声音。突然，女人发出一声尖叫：“老何，你咋咧？咋咧？快穿上，到卫生院去！”

“唉，揪心疼！快！我口袋里有药！”男人声音痛苦而低沉。

“老何！没事儿吧？你等着，我就拿！”喊声过后，是倒水声，桌子、茶杯的撞击声。

过了一阵，男人说话的声音大了些：“现在好多了，老毛病了，不碍事。”

“还是到卫生院去看看吧！”女人恳求道。

“都是熟人，让他们知道了不好！”男人坚持不去。

服务员伯娘听到里面房子有人尖叫，就叫着周伊波一起过去看看。他们在有喊声的房门前停下来，静听房内动静。

听见门外有声响，一个披头散发的女人就从房里出来，看着呆站的俩人，连问：“做啥？站在门口做啥？”

周伊波见她面容姣好、身材高挑，有点像赵春碧，但赵春碧有一种鲁迅笔下“豆腐西施”的造作。这个女人眼神略显紧张，问话的态度粗放，穿着骚泼，倒像是《水浒传》里写的那个潘金莲。

周伊波尴尬地答：“不做啥！用不用帮忙？”

“帮啥忙？你能帮忙？”“潘金莲”看着这个清瘦的年轻人，若无其事地反问。

服务员伯娘不高兴地说：“你俩在屋里吵嚷，听见你喊‘咋咧？咋咧？到卫生院去’，我怕出大事儿，给我这小店惹出麻烦。用不用我去叫个大夫？”

房里的男人听见，就提高嗓门喊了一句："不用了，谢谢啦！毛锐，告诉他们，药带着，吃过了，不用再叫大夫。"

这声音很熟悉，周伊波已经听出来了，发出喊声的是虹桥卫生院的何大夫："是虹桥的何大夫吧？我是农场的周伊波！"周伊波隔着窗子试问，在儿子出生前后那段时间，他几次得到过何大夫的帮助，能记住他的声音。

"谁呀？小周？快进来坐！"何大夫已经恢复常态，他听说在农场锻炼的大学生都分配了，没有想到会在这个店碰见周伊波。

毛锐忙阻止周伊波，自己先进屋整理片刻后才又出门请他进去。

此刻见面，何大夫热络许多，也随和许多，他向前妻介绍周伊波的时候，已经称其为周大夫，似乎是江阳医务界的一位熟人：

"周大夫和他爱人黄大夫都是大学生。你在漩水湾又多了两位同事。"

毛锐听罢冷冷地表示欢迎，并自荐道："本人姓毛名锐，尖锐的锐。欢迎啊！"

周伊波故意奉承道："毛大夫好姓，和毛主席一个姓！名字也很厉害。"

毛锐不以为然地说："不敢说是毛主席的毛，毛主席是孙悟空，神通广大。我只是猪狗身上一根毛，就算是孙悟空身上的毛，也是人家愿意把咱变成啥，咱就是啥。"

"让变啥就变啥、让干啥就干啥，是雷锋精神。毛大夫以后多指教！"周伊波话语客气，他已经明白了眼前这个女人与何大夫的关系。

"咱专科毕业，在漩水湾当接生婆，人不人鬼不鬼，能指教你们大学生个啥？""潘金莲"骂骂咧咧地介绍自己。

"俺们初出茅庐，何大夫和你都是老师，还请多关照！"

周伊波话里的"初出茅庐""关照"，让毛锐觉得很怪异、很陌生。她板着脸仔细对这个初次见面的大学生打量了一番，看他说话真诚，心里倒也觉得舒服，不由得感慨道：

"看起来，你和漩水卫生院那俩货不一样，尽管他俩狗嘴里也装象牙！"

何大夫见她在陌生人跟前开口就骂同事，觉得很失礼，也很失策，便劝道："少说人家的不好行不行？让周大夫、黄大夫自己慢慢体会去吧。"

此时，周伊波突然又想起来狼外婆说过的"三个婆娘一台戏"。他能清楚地判断，毛锐说的"那两个货"就是指从北京分去的郭廓和石琦，他从王芬娟、张冠亚那里听说过这两口子，说这俩大夫为人挺好。周伊波不愿让毛锐觉得他已经听到点什么：

"听你的口气，漩水卫生院里还挺复杂？"

"复杂！我要有办法，早离开了，跟着老何背时呗。"

周伊波很想知道漩水湾的更多信息，顺便又问："听说那里生活问题很大，工作忙不？"

"生活倒也过得去，工作不算忙。关键是心里不畅快。老何走了，我和他离了多年，可他的黑影子一直留在漩水湾，连娃上学都受人欺，总不能把娃也毁了！我把娃送给她姥姥，昨天刚回来，约着老何过来说说娃的事，跟他要生活费！"毛锐直爽地述说自己的处境。她说话时何大夫一直不插言。

周伊波起身准备回自己的房间："何大夫，多注意身体，该休息了。毛大夫，咱们来日方长，慢慢再聊，我得过去了。"

何大夫从半躺的姿势直起，坐在床边恳切地说："你们年轻人有后劲有前途，好好干，过两年啥都会了。"末了，他带着恳求的眼神又说："周大夫，我和毛锐在这儿见面的事儿，别告诉别人！"

"不会，你放心。"周伊波平静地回答。

"明天一起走吧，我路熟！"毛锐对周伊波说话时，嘴角已经上挑，现出微笑。

周伊波朝俩人分别点头："那太谢了！"

毛锐、何建功在平顶寨小旅店里过了一夜，第二天一早就过去招呼周伊波、黄山芸去厨房吃早饭。一起说了阵话，分别把账结了，离开小旅店。何大夫和毛锐一出门就形同路人，默默地背道而驰。何大夫朝汉江渡口方向走，很快不见了踪影。黄山芸抱着铁丁，周伊波拿着随身用品，跟在毛锐身后，从漩河口沿小路进沟。

漩河只有在发大水时才能行船，去漩水湾的道路不宽，路人相遇，仍得侧身相让。但这里没有开山修路的民工，没有喧嚣，没有炮声，没有断路，行人寥寥。路两边，经常伴有浑身伤疤的漆树。在农场时，周伊波已经学会辨别枝叶形态相似、树干颜色相近的椿树和漆树，知道椿树皮表光堂，枝叶有香味，到了春天香椿发芽还能吃得一时；而漆树，却是皮表粗糙，枝叶带臭气，不但吃不得，有些人还闻它不得，尽管用途很大。坡地上的茶树、橘树散散落落。庄稼就像秃子脑壳上密疏相间的毛发。他们一口气走出一二十里，一条小河挡住去路。小河水清流缓，约半人多深，宽不足十米，一条竹索悬空跨过，高高固定在两岸的木桩子上。竹索上一个滑动套扣连着根长长的粗麻绳，牵拉着一条小木船。对面远处，一院灰砖青石赭色门窗的老房子坐落在山坡上。毛锐告诉他们，这地方是平顶寨区建国公社革委会，解放前是个地主庄园，院主在漩水河两岸种大烟，用大烟换洋枪，勾结四邻地方武装和解放军对着干。江阳县一解放，这个院主就被枪毙了。

毛锐招呼他们先从岸边跨到河水里的石头上，再上船坐下。船工在岸上慢腾腾地朝着船舷轻推了一把，抬腿跳上船板，拿起竹篙在水里点了点，船轻轻摆动几下就过了河。毛锐付了三人的过渡费一角五分钱，扶着黄山芸下船，继续赶路。

又走了大约十里路，来到一条小街道上，路有四五米宽，由青石和鹅卵石混搭铺就。街两边的房舍虽然破旧，却都是高墙粗柱宽檐，门前两层石台，门前窗下不时见到蜷卧着各色大狗，听见动静也只是懒洋洋地眯着眼望望。门槛上呆坐着的孩童和老人，都直愣愣地望着他们走过。几条脏兮兮的半大黑猪摇头甩尾，在路边拱来拱去。毛锐自言自语道：“人都吃不饱，还喂这么多畜生！”

黄山芸战战兢兢地搭话：“我最怕狗怕蛇，一见到这些东西，就浑身起鸡皮疙瘩！”她紧抱着铁丁，走在毛锐和周伊波中间。

毛锐宽慰道：“白天走大路狗不咬人，石板路上没蛇。”她告诉他们，此地叫月亮滩，解放初叫月亮乡。进入此地，即到了漩水区花莲公社地界。在江阳县像这样的小街道不算少，传说，古时候犯了王法的官员和读书人，逃到深山老林里避难，有的就落户在这里。就是到了抗日战争时期，日本人占了北京以后，不少南下的大学教授，也都在这里落过脚，有的人一住几年，把这里当世外桃源，这小街道还繁华过一阵。可如今，大不一样了。

她没有说怎么大不一样，似乎是不言自明。周伊波、黄山芸只是听着，再没向她提出新问题。毛锐停顿片刻，朝路边的房屋前后看看，转变了话题：

“再往前走不远，有个中药店，抓药的覃先生也能看病。卫生院和公社商量，吸收他当了赤脚医生，把药店改成合作医疗站。周大夫以后就是覃先生的领导啦！”

周伊波、黄山芸仍然懵懵懂懂，他们在农场里不仅没有听过毛大夫说的县史，也从未接触过合作医疗站、赤脚医生，不清楚药店和合作医疗站有什么区别，穿鞋的医生和赤脚医生有什么不同。周伊波诧异地问：

“谁是谁的领导？这地方归我管？”

毛锐似乎没有听见，继续径直往前走。很快他们就来到了中街的合作医疗站。房子里只有一个老者，正在柜台上给一个农民抓中药，一看见毛大夫领人进来，忙放下手中的戥子，笑呵呵地迎出来：“毛大夫，稀客！快坐，喝茶！”他拉出几把椅子，麻利地在小茶几上摆开洗净的茶杯，从大茶缸里倒出三杯茶，向不同方位移动。显然他在这里经常接待过往客人。

“覃先生，这两个医生才真是稀客！从古城来的医生，都是大学生。他姓周，分到花莲卫生所；她姓黄，分到漩水卫生院。”毛锐把身边两个准医生介绍给这位五十开外的赤脚医生，又以不容置辩的口气提出要求：“你先给娃儿去找点浆粑，煮好端来，娃饿得哭几回了。”毛锐说话虽然经常带刺，但周伊波感到，她迥异于县政工组那些人，也比农场里许多人通情理。

黄山芸坐在朝里的一把椅子上，掀开衣服先让铁丁咂着她的干奶，抬头笑了笑没有说话。

覃先生憨笑着看看两位带孩子的陌生人，忙出门对坐在石礅上的一个老婆婆说了几句话，即转回来说：“一袋烟工夫就好，我让内人去煮了！”

他不断地为每个人添加茶水，热情地对毛医生带来的两位陌生人说，“两位带着孩子，不远千里到这穷山沟里来，没啥招待的，让你们受委屈了。以后我又多了个领导，多了个老师，请多多指教啊！”

周伊波扫了一眼柜台后面一长排中药架，接话道：“您是老中医了，还得多向您请教。”

“我对西医一窍不通，中医也是点把点，能看个小伤小病。”覃先生短发花白，笑起来露出残缺的黑牙，透出山里人的朴实。他见从大城市来的医生平易谦虚，就越发客气，转脸对着毛锐说：“你看周大夫说话的神情，像不像你家何大夫？何大夫走了这么多年，大家都一直惦记着。”

毛锐听了，立即纠正道：“他可是阶级敌人，人家周大夫是革命青年，不能乱比！”她知道覃先生的话，既是恭维，也发自内心，但她不能在两个新同事面前失原则，日后让人抓把柄。

周伊波和何建功有过多次接触，知道他的底细，虽没有把何建功和阶级敌人连在一起，却也不乐意听覃先生拿自己和他相提并论，他端起茶杯调侃道：“哈哈，我可不是革命青年，也不是阶级敌人，是小资产阶级，是‘城市老爷卫生部’培养出来的臭老九。”边说边走到柜台边拿起中医处方阅看。

“哪能这么说哇？”覃先生既诧异又尴尬地笑道。

“没错，报纸上广播里都这么说！”周伊波边说，边翻看几张签着‘覃禄贵’名字的处方。当他看见用药大同小异的几张处方上，都写着“柴胡、连翘、金银花、甘草，四环素四片入药同煎”时，忍不住皱起了眉头。

覃先生的视线一直没有离开这位古城来的医生，见他紧锁双眉，忙说：“上个月，漩水湾邝院长组织培训，教大家开中西医结合处方，有错吗？”

周伊波心想，四环素是化学药，和中草药放一起煎煮，成分不会破坏吗？脱口问道：

“中西药放一起煎煮以前没有见过，会不会产生不良反应？”

覃先生显得有些不安，看了看毛锐，轻声道：“邝院长就这么教的，大概不会错!”

毛锐嘲讽道:“这是老邝的发明,院里几个人都问过他,他总是回一句话,‘少见多怪’!”

黄山芸听明白后,瞪了周伊波一眼,略显不满地说:“别初来乍到就哇里哇啦!”

周伊波忙转移话题,指着覃先生的签名“覃禄贵”说:“我少见多怪了!你这个姓,我也少见多怪!我原以为你姓秦岭的秦!”

覃先生一听,就乐呵呵地把祖上传下来的、讲了无数遍的故事又讲了一遍:“是啊,这个姓只在深山里才有。覃和秦同音,还确实有一段说辞。传说秦朝时候,贾姓是大家族,做大官的人多。后来有人犯了王法,秦始皇要诛杀九族,吓得贾姓族人越过秦岭、逃到巴山深处隐姓躲灾,为了永葆宗族香火和亲缘关系,进山的贾姓人统统改为覃姓。贾字拆开为西目八,覃字拆开为西曰十,十比八多了俩数,香火延续嘛!到了明朝末年,八大王领兵路过巴山去四川征剿,大王屙屎抓了一把火麻叶擦屁股,麻叶上的小刺有毒,扎得他痛痒难忍。于是他就抓了几个老百姓问罪。一问,都姓覃。先杀了再说!他放话,从第二天开始要把姓覃的斩尽杀绝。姓覃的人被抓去后,都改口说姓贾,这才又逃过一劫。所以,覃、贾本同宗,两姓不通婚。”

正说着,一个五六十岁、穿着灰黑色大襟衣的老婆婆端着个钢精锅进门:“浆粑好了,老覃把碗拿出来盛上,让他们都尝尝鲜!”

覃先生没有介绍他的内人,她默不作声地先给每人盛上一碗浆粑端上,又帮着黄山芸喂孩子。铁丁吃起来,一口接着一口,周伊波和黄山芸也都从未吃过这种酸酸甜甜的金色面糊。毛锐告诉他俩,这种东西是用刚摘下来的嫩苞谷磨碎发酵,想吃多少、挖出多少,加水煮滚即可。虽说是山中特产,可一般人家都舍不得吃,只有收成好的年景、宽裕人家才舍得。

三个人听完覃先生讲的故事,也喝足水,吃了浆粑,便起身告辞。当走上月亮滩街头的一座拱桥时,毛锐说:“别看现在这小山沟里没有多少水,这天说变就变,有团黑云就会下场大雨,大水冲下来能翻过桥面。有一年低山大晴天，高山下暴雨，突然间，一阵洪水下来，一对刚领了结婚证的新人在沟边被冲倒。待洪水过后，两具尸体发现夹在石头缝里。在山里走路、出诊，一点不敢大意，进沟的小道上，还得小心蛇和野物。”她还告诉他们，往上走三十里还有几条深沟，每条沟上去纵深二三十里，有几百户人家层层叠叠地分布在沟沟垴垴，都归花莲公社。她和老何走遍了花莲公社低山的月亮滩大队、七一大队、锋利大队和几个高山大队。再过段日子，这些地方的人喊出诊，恐怕就不是她的事了。毛锐的话，让周伊波在脑子里勾画着自己的未来：“他俩的昨天，就是我俩的明天。”

走到七一大队地界，梯田成片。路人凡认识毛大夫的，都争先和她打招呼。无论停在哪家歇息喝茶，主人都先把狗子吼到背处，再笑脸把他们迎进屋里，把茶水双手递上。周、黄二人几次相视而笑，似乎忘记了疲劳，有了惬意的感觉。

到了锋利大队，缓坡地越来越少，刚爬上一个陡坡，一条峡谷豁然出现在眼前，多层小瀑布白亮白亮，水声汩汩。从站立处朝下望，有座廊桥悬在峡谷半空，桥顶的泥瓦、木檐，清晰可见。再往下走，只见几根粗木柱从对面山石凹洞里斜伸到廊桥下的横梁底。周伊波觉得这座廊桥比虹桥街头那座更壮观。他们沿石阶下到廊桥边，桥的廊楣上有“花莲桥”三个大字。三个人上桥坐在长条凳上歇息，凉风吹拂片刻，汗全落了。周伊波顺着峡谷上望，溪水顺谷流淌，草木青翠，一条小路掩隐在半山草木之中，山石上挂着片片野菊花，还有一枝红灿灿的野百合花独独地从石缝中挺出。他前几年沿着汉江南行串联时，见到过这种花，家在陕北的同学说，这花就是山丹丹，学名野百合花。周伊波不由得诗意萌动，立时凑了几句：

秦雾川云绕花莲，
廊桥峡谷半空悬。
野菊千朵崖头挂，
石缝一枝山丹丹。

他诗意未尽，毛锐已经起身。他忙过去从黄山芸手里接过铁丁，紧跟在毛锐后面。离开花莲桥上了对面陡坡，在左手一侧紧邻漩水有座白墙大院，墙上写着“农业学大寨”几个红漆大字。毛锐朝大院指指：

“花莲公社！周大夫以后就是这里的主人！”

周伊波和黄山芸都顾不上接话，他们迈着沉重的脚步，走上了一个坑坑洼洼、两边处处污水、臭气弥漫的窄街。进街有个铁匠铺，炉火正旺，一个系着围裙戴着墨镜的人在铁砧上敲打着烧红的铁具，叮当作响。铁匠铺对面一间房门边挂了一个白底黑字的木牌——花莲公社卫生所。周伊波和黄山芸瞅了一眼那深褐色如同烟熏过的木板墙壁和门窗，门面还没有月亮滩合作医疗站大，门里昏暗，一个身影在房中晃动着。毛锐介绍说：“卫生所里也只有一个叫王达福的赤脚医生，和月亮滩医疗站的覃禄贵情况差不多，都是在大队分口粮。一个人又拣药又看病，确实忙不过来。”毛锐捂着鼻子匆匆走过花莲街，不想和谁再打招呼。周伊波和黄山芸紧随其后。

漩水在一个叫鸟翅膀的山弯下边，转了半个圈，缓缓流向北方。这一处被大山和河流环抱的山窝镇点就叫漩水湾。

刚走进下街，就有路人和两边坐在门槛上的闲人与毛锐寒暄、打招呼，她也边走边转动着头颈应付着。

毛锐已经看惯了街上人一张张没有睡醒的、脏兮兮的脸，习惯了街上人见面说梦话、说粗话、说家长里短；她也知道住这里，就是在家里放个屁都能臭一条街；从外边来个人，满街道都是生人味。这么多年，她什么都不在乎了，谁家不生娃？谁家女人不看病？就是在卫生院里，好说好了。要是闹翻了，谁能把老娘咋样？在这大山沟里好歹混了十多年，男人离了，还怕谁？如今女儿也送走了，更不怕谁！一回到自己的窝边，一想到这几年疙疙瘩瘩的事儿，她的心情就又开始变坏。

街道上有人在喊：“卫生院又出事了！”她装作没听见，照样走自己的路，心里在想：“无论多大事儿，都和我毛锐无关。”

走到上街石台，路边一个坐在小木椅上纳袜底的中年妇女，先对着毛锐用尖尖的声音招呼道：“毛大夫，回来了！今天上午还有两个叔叔在这里坐，说你们下午就要到了！”中年妇女脸色瓷白，像抹过粉一样，穿一件浅灰色大襟上衣，显得干净利索、富态。她是花莲公社贺全盛文书的老婆，姓肖。

“肖姨吃过饭了吧？”毛锐也随便应付着问道。

“啥时候了，还不吃饭！”一个六十来岁的老婆婆坐在肖姨身边，她放下手中的水烟袋代答。然后，又起身拉起身边一个四五岁的小姑娘，对她说：“你也该回家了，你看，又来了个小弟弟！”说话的老婆婆姓屠，是小姑娘郭俊俊的保姆。她看着趴在爸爸肩头的孩子，又说：“从县上来，真不容易！”

刚走到卫生院门口，毛锐止步，对着上街头大声喊叫起来：“万秀荣，万老婆子！快下来做饭！”

“来了！来了！”一个瘦小的老婆婆应声出门立在街上。

“我在县上就打了电话，说今天下午回来，你给我做饭了没有？”毛锐厉声问。

万老婆子胆怯怯地满脸堆笑：“一把火的事，一袋烟工夫就好！”

“要是老邝回来，你就像跟屁虫一样，让你老头早把酒都准备上了！赶快做，还有俩人，看见了吧？都饿一天了！”她气冲冲地说完，走进大门厅先朝几个房子看看，见都没有人，才转身招呼俩新来的大夫坐在长条春凳上歇息。院里人已经听见毛锐的喊叫声，一个接一个从自己的宿舍里出来。

“邝院长，我帮你接来俩大夫，也是顺便！你赶快催万老婆子做饭，做好点，还有小孩，都快饿死了！”毛锐对着老邝吼叫几声，接着就进了院子，站在楼头沟边开房门。

邝景申近前以一院之长的口气对两位新来的大夫说：“欢迎二位到来，一路辛苦！先洗洗，我去让炊事员赶快做饭。”

中药师王明利一直没有孩子，他每次一见到别家的小男孩都想抱抱，可是无论哪个孩子一看见那张咧着的大嘴和半秃的脑壳都拒绝他。这次，他嬉笑着伸手要去抱铁丁，吓得孩子大声哭叫起来。那个叫郭俊俊的小姑娘见状，走过去拉拉铁丁的小手，哭声立即停息。

小陆和小张端来洗脸水和茶水；郭廓、石琦操着京腔问了他们路途上的情况，又告诉他们分到区上和中学的两位同志早上已让脚夫把他们的行李送了过来，中午还亲自到宿舍看过。还说，周大夫到公社报到后，那边还会给他安排房子住。周伊波一路上已经多次被呼唤大夫，逐渐习惯了这个久违了的称谓，他两年前在医院实习时，曾被病人和护士叫过大夫。

黄山芸洗了把脸，端起茶水边喝边给铁丁喂，周伊波和郭廓已经聊起来。

邝景申走出大门，约两袋烟的工夫过后，转回院来：“吃饭了！周大夫、黄大夫！饭好了，快过去吃饭！”

石琦进到小院里对着毛锐的房门也喊了两声：“毛大夫！饭好了，邝院长叫过了！”

随着喊声，毛锐出门往水沟里泼水，应道：“听见了！”

石琦领着俊俊，小陆抱着铁丁，陪着新来的两位大夫走进街对面的小院，这是卫生院的另一部分。石琦指指一进门的左右两间木板房说：“这是两间病房，窗子临街不太安静。”再往前走是一个不大的天井，天井里本来养着一头从四川买来的良种猪，打算养到年底改善院里职工的生活，因夏天气温高、气味不好，脏兮兮的，邝景申让拉到万老婆子家代养，天井里只留下一个猪食木槽。天井两侧是中药库房，从库房窗子看进去，里边堆满了麻袋和柴柴草草。

过了天井，斜着朝上走八九个石台阶，就到了卫生院灶房门边。灶房宽大，石柱土墙，水泥锅台。墙壁中央也有毛主席语录：“按人定量，忙时多吃，闲时少吃……”但灶房通风不好，饭做好了，柴火烟气散不出去，门边铁桶里的刷锅水散发出酸臭味。灶房门前的砖石平台上，放置一个黑漆方桌。据说在旧社会上，这儿是房主待客的地方。平台另一头有个小门，门外顺坡修砌了一个戴着“大檐帽”的半圆形石头井，井壁上长满青苔和毛茸茸的虎儿草，蹲在井沿边就能舀到从石缝渗出来的泉水。

万婆婆给他们用新米在吊罐里闷了足够三个人吃的白米饭，用菜籽油炒了腊肉土豆丝和韭菜鸡蛋。饭菜端上桌以后，陪着过来的人陆续离开。毛锐对着邝景申飘凉话：

“今天院长开恩，我也是跟着两位新人沾光，吃饭像过年一样。”

邝景申对黄山芸说：“先安顿下来，把户口粮油关系办好，工资关系由卫生局韩会计代转，不用你们操心。当紧的是要在街上找个保姆看孩子，早上送去，晚上接回，中间可以让保姆把孩子抱回来吃奶吃饭。”又对着周伊波说：“你的户口粮油关系也落在区上，但工作主要受花莲公社领导。如果开展业务有困难，区卫生院可以协助。”

黄山芸和周伊波都觉得邝院长很通情达理，关心下属，和脑子里想象的完全不同。万婆婆看院长和毛大夫都对新来的两位大夫热情、客气，自然不敢怠慢，一再问：“吃饱了没有？要不要添饭？”

毛锐心里最清楚，剩下的饭菜还有人等着。平时下午饭一般都吃稠苞谷糊，少搅多熬，锅底沾上厚厚一层锅巴，刮下来带回去就是万老头的晚餐；刷锅水和有意让发霉发馊的饭菜，是她拿回家喂猪的；白米大肉这样的美食，肯定是留在人散去后孝敬院长邝景申的。

吃罢饭，毛锐引领着他们抱着孩子慢慢爬上木楼，帮着铺床收拾停当，稍坐片刻就下楼休息去了。听见毛锐离去的脚步声，小张、小陆和石琦才走进两位新大夫的房子看望。小张见小陆端过来一个加满煤油的玻璃罩灯，即返回隔壁自己房间取了手电筒放在铁丁手边。石琦见房中还没有暖水壶，就让小张到她房子里提一个上来。她还叮咛黄山芸到供销社看看蚊帐卖完没有，说这里蚊子、蠓子太多，影响晚上睡觉。石琦深知带着孩子长途跋涉来到一个穷乡僻壤有多难，为了让这两位步自己后尘而来的异乡客有足够的思想准备，她告诉他们，漩水湾只有电话线和广播线，没有电灯线。一到天黑，到处漆黑一团。全区不出煤炭，做饭烧柴，取暖烧木炭。各单位都吃大灶，几乎每天都是两顿苞谷糊，偶尔有碗大米饭。遇到赶场，才能买点农产品，垫补垫补。报纸和邮件由脚夫背来，县城比省城的晚两三天，漩水湾的比县城要晚四五天，遇到冰雪大雨天气，往往十天半月看不见一张新报纸。她还主动介绍了自己和卫生院的基本情况：她和郭廓是北京医学院六六级的，来漩水四年，来后一年多生了俊俊，带在身边。她在卫生院里主要看内科，郭廓主要看外科。本想多开展些业务，但总提不起劲。因为没有电，用电的设备无法运转。卫生院不仅没有 X 光机和心电图机，就连基本的血尿常规化验都开展不了，只有最普通最简单的诊疗物件，如血压计、听诊器、高压锅、剪子、镊子、刀子等。来卫生院的病人，有一半是看中医拣中药的，这部分工作主要由梁晨风老先生承担。县卫生局除过每月拨给编制内人员的工资外，再能划拨下来的业务经费少得可怜，业务维持全靠中西药的购销差价。解放以来，卫生局里没有一个领导来过这个挨近四川的偏远地区的卫生院。

石琦拉着小张、小陆走后，周伊波、黄山芸议论了一阵，周伊波觉得卫生院的人个个都不错，特别是石琦大夫很直爽，一点都不复杂。几个女同事在一起，怎像传说的“三个婆娘一台戏”？他对妻子说：“虽然咱们老遇到倒霉事儿，却总会有好结果，甚至遇到险情都能化险为夷、转危为安。走到哪里总能碰见好人。”而黄山芸则不这么看，她呲了他一句：“别高兴太早，在漩水湾，生活刚刚开始。”

第八章

由于过度疲乏，晚上睡下后，夫妻俩竟然都没有听见蚊子嗡嗡。当铁丁哭闹时，妈妈只是反射性地给孩子喂奶，轻轻地拍拍。早上醒来，黄山芸才觉出来胳膊发痒，再一看铁丁身上已经起了几个大包，气得她来不及找武器，挥手对着肚子滚圆的蚊子拍打过去，一连拍死几个，都带着血沾在墙壁上。她用尿布擦擦手，看着翻来滚去的儿子，心里一阵隐痛。

早上八点多，万老婆婆把水烧开，过街喊叫大家去灌开水；到了九点多，她又在大门边喊叫“开饭了”。正如毛锐所言，交给万老婆婆一张饭票，从灶房端出来的只是大半碗苞谷糊、半盘洋芋丝。周伊波觉得饭菜的量只有农场的一半，吃完了没添的，肚子还半饿着。黄山芸给铁丁喂罢奶，试着想再喂他几口饭。然而，铁丁的嘴巴一沾勺子，就把吃进的一点吐出来，将身子趔到一边。黄山芸无言地盯着碗里粗糙的玉米糁，发愁着孩子以后的吃喝问题，也发愁着找保姆的事儿。

吃罢早饭，她想到的第一件事，就是赶快把墙壁的缝隙、窗纱上的小洞糊严。当然，刁钻的蚊子也可能从房顶石瓦缝和门帘边钻进房子。对付这些小东西，除过挂蚊帐就再无招数了。谁让又住得离厕所、垃圾堆这么近，从古城到农场总是住在容易招惹蚊蝇的地方。她把铁丁塞给周伊波，去中药房向王明利要了几张旧报纸，又到石琦的屋门口向她要了瓶糨糊，转身走向板梯，身贴墙壁、眼盯脚下，小心翼翼上楼。回到房里，她把需要糊的地方都糊好，又取出在农场积攒下的几十块钱，下楼找周伊波。周伊波正和田大地、尚厚德两位“场友”在大门厅聊天。她和他们打招呼，叫上他们一起去供销社买急用的东西。

田大地、尚厚德都给家里发信，让龙亦华和薛勤谨返江阳时不要带孩子。他们还提醒周伊波、黄山芸：“在医院里，要多留心，情况复杂！”周伊波觉得他俩的话和自己最初的印象反差较大，但心里还是有些忐忑。

肖姨仍坐在街边做针线，一看见田大地、尚厚德就先打招呼：“两位叔叔又到街上来了，这两位同志昨天下午跟毛大夫上来，你们几个都认识？”

尚厚德比田大地爱和人搭讪：“他俩也是大夫，以前都在虹桥农场！肖姨，吃过饭了？”

“老汉在公社吃，我一个人，吃饭不算事儿！”肖姨把手中的活放下，站起来说话，特意表明她是公社干部家属。她虽然没有读过书，但毕竟是从山外来，见过世面，不想让人把她看成土生土长的山里人。她对着尚厚德说罢，又朝向黄山芸：“看这位大夫多好的面相，有福啊！俩人都大学毕业，都是医生。”在她的眼里，这群人是高人、富人，也是非常幸运的人。在整个漩水区几万人口里，才有几个有本事能挣钱的大学生？以前街上有过大学生，卫生院里现在还有两个，但一次降临漩水几个，还是头一回。看样子，这几个人像是正式派来的正经干部，不像毛大夫、何大夫，还有那个供销社死了的乔会计，都是被发配来的，也不像前几年过路去四川的红卫兵。

“肖姨说话好听，有啥福啊？什么手相、面相的，不信这些！”黄山芸客气地拒绝肖姨的恭维。她有点看不惯这个养尊处优的女人，也最不爱听那个带着迷信色彩的福字。还是在她上高小时，在她最苦的时候，老家农村里就有人说过类似的话。“都是在挖苦人！”她心想。

肖姨近前拉拉铁丁的小手。铁丁长在农场，抱他的人多，不怯生喜人逗，一个劲地看着这个婆婆。肖姨高兴地问：

“这孩子几个月了？”

“十个半月！”

“多乖啊，脑门跟他爸一样大，聪明！就是瘦了点，脸蛋、下巴再多点肉就好了。”肖姨逗着铁丁，扫了周伊波一眼，品评着父子的头脸。

周伊波看肖姨很喜欢铁丁，也觉得她干净、开朗，不等和黄山芸商量就脱口问道：

“肖姨，不知道你愿不愿意帮忙，帮着带带孩子？”

肖姨立即带着夸张的神情说：“我要是身体好，多少娃儿都带上了。心子经常像个兔子，直想往外跳，有时候又像要滚到沟底，气直往下掉，身体不争气啊！多乖的娃儿，我真想带，可实在不行！你们再去问问乔家婆婆，看她能不能带。她很困难，缺钱用，家就在卫生院紧隔壁。”肖姨前一天见到田大地、尚厚德，知道了分来的大学生都有小孩，已经想到他们中会有人请她带孩子，已经准备好了一套回绝的话。周伊波一提出请求，她立即就推开了，提及乔家婆婆，只是她的过路话，她知道乔婆婆是个病壳壳，连自己都顾不住，还能带孩子？

周伊波带着遗憾答道：“那好，我们先去买东西，回头再找乔家婆婆问问。”

走下石坎，尚厚德又一次感慨他和田大地商定不让爱人把孩子带来的正确性，他说：

“都听到了吧？和昨天说的一样，‘心脏不好，身体很虚’！找她根本不行。黄姐有奶，还能让铁丁吃个半饱。要是薛勤谨，自己没有奶，保姆再找不好，孩子咋活？咱咋工作？”

尚厚德的话让黄山芸心里一阵酸楚，心想，别人都能靠家里帮助，我不行啊！自己从小没有父母，姨家、婆家都乱成一团，三个表弟没有成人，姥姥痴呆，姨夫还在劳动教养。公爹偏瘫在家，半死不活，婆婆既要挣钱养家还得照顾公爹。谁能帮我照看孩子？还说“有福”，我的福在哪里？回到现实，连给孩子找保姆都成了大问题，先别说谁合适谁不合适，先得问问人家愿不愿意。周伊波觉得自己有点莽撞，自己贸然对一个生人提出请求，人家咋能轻易应承？如果再有合适人家，还是得先请卫生院的人去做个铺垫，或陪在一起面商。

周伊波边走边仔细地把街道端详了一遍。他觉得这条街和石房店街、虹桥街、平顶寨街，甚至和县城的河街都大同小异，都是依山傍水，都有吊脚楼，街道两边都有收购站、供销社、邮电所、小食堂，都有猪哼哼狗困觉、老人孩子坐在门槛看热闹，心里并不觉得很陌生。

尚厚德、田大地在供销社选购了各自需要的日用品，有些物件尽管从质量、外观上都不太满意，但尚能凑合。而黄山芸和周伊波想给孩子买点副食品，却落了空；最想买的双人蚊帐也没有买到，原先在农场用的那个，因为窟窿太多，在整理行李时扔掉了。周伊波看黄山芸满脸愁苦沮丧，就说：

“那就先买个单人的挂上！”

“你看看，这么小个蚊帐，三个人咋挤在一起？”

“那你就和孩子睡在里面，我睡在外边，等有卖的再说！那个小虫虫，我不怕它！”

黄山芸气呼呼地说：“你的皮厚？让屋里的蚊子都叮着你咬！”话虽这么说，但又有什么办法呢？总不能一张床上挂两个蚊帐吧？沉默一阵后，她还是决定把单人蚊帐买下：“那咱俩都睡在外边，蚊帐是铁丁的！”

他们拿着买好的东西原路返回，在上街的岔路口寒暄着分开。

回到卫生院，周伊波先到宿舍把单人蚊帐的四个角用绳子牵着固定在墙上。

黄山芸抱着铁丁去找毛锐，想和她说说找保姆的事儿。

毛锐正在房间收拾东西，准备下乡，一见黄山芸抱着孩子站在门口忙让进门里，正要倒茶，即被黄山芸挡住：

“不了，我只问句话，看你能不能帮上忙，就是找个看孩子的。”

“这事儿可真不好办！”毛锐脸上现出难色，忽地又舒展双眉说，“待我问问肖姨看，昨天在路边做针线的，五十出头，还和咱们打招呼了！”

黄山芸一听又是说肖姨，即刻就失望了：“问过了，她心脏不好，看不了！”

毛锐看见小陆从厕所出来走过门前，故意提高声调说：“啥看不了？死老婆子泼烦！还不就是更年期那些屁事儿！”等小陆进了前边门厅，即放低声音，挑明肖姨不看孩子的缘由在石琦身上。以前肖姨给石琦照看郭俊俊，起初相处很好。后来肖姨老叫石琦开这药那药，这个月要补血，下个月要补气，自己还不出钱。郭廓让王明利从中药房拿药给她，把账都记到他名下。一个月一个月过去，哪是个头哇？王明利给老邝说了，老邝让郭廓把欠账清了，以后买药要拿现钱，逼得石琦和肖老婆子翻脸。她确实说过以后再不给人看孩子了，特别是不给卫生院的人看。而实际上她心里还想看个小孩，既岔心慌，还能挣钱。但这女人死要面子，想占便宜的事儿一般都是拐着弯说，就是想再带孩子，也会先装出不愿意。

黄山芸听了毛锐的介绍，也担心找肖姨看孩子，会影响与石大夫的关系，就又试探着问道：

“你说隔壁乔家婆婆咋样？”

毛锐对乔家更了解，她告诉黄山芸：“乔婆婆才真是有病，成年累月病病歪歪，干不了活。多年前，她在县上得了肺结核。到漩水后，熟人问起总说“钙化了，痊愈了”。谁知道呢？这儿又不能照 X 光、拍胸片。她的小女儿琪琪初中刚毕业，就下乡到‘七一’插队，隔三岔五回家住；大女儿兰兰十五六了，住在松岭她三舅家，离街上有二三十里。女娃很聪明，啥活都会干，就是个哑巴，腿也有点毛病，走起路来有些颠跛，小时候发烧乱打针留下的。”毛锐知道找乔家也不是个理想的选择，然而，街上居民中农业人口有劳力者，都得出工参加农业学大寨，属城镇户口闲在家者少之又少。如果找不到合适人，向乔婆婆提出，让兰兰来看娃儿，她肯定会答应。

黄山芸心里七上八下，“十五六”“很聪明”“啥活都会干”，可她不会说话，腿有毛病；再说，乔婆婆的肺结核到底好了没有，到底有没有传染性？铁丁还不会走路，得让抱着，又正在学说话……不找乔家，不找哑巴，又找谁呢？总不能不工作！她沉默片刻后向毛锐请求道：

“毛大夫，那就请你带我去和乔家婆婆见个面？”

“请谁带你去都行，就我不行！石大夫经常给乔老婆子看病，叫她跟你去吧！”毛锐一反常态，陡然变得严肃起来，让黄山芸一头雾水，不知伤了她哪根筋。

“谢谢了!”黄山芸告辞出门。

黄山芸见了石琦，从她那里知道，乔婆婆已故的丈夫原先在县商业局当干部，后来下放到漩水供销社当会计。老乔人看起来英俊潇洒，可就是见人一句话不说，别人也冷眼看他，连乔婆婆自己都瞧不起他。后来满街的人都知道他是个右派分子。前两年，供销社派他到九道梁上去烧木炭，据说那儿太冷，又缺粮，他就在那儿上吊了。毛锐的前夫何建功，还有花莲公社文书贺全盛，都是从县城下放到漩水的，政治上、历史上都有些问题。平时，为避嫌，坏分子老婆毛锐和右派老婆乔婆婆见面不搭腔，别说登门聚首了。肖姨本来和乔会计还都是湖北老乡，可她看自己命贵，怕乔家的晦气和乔婆婆的病传给她，两家只隔半条街却很少来往。石琦觉得，乔婆婆的男人已经死了几年，找她家的哑巴闺女抱抱孩子，孩子不会受到政治影响；乔婆婆身体虚弱，并非是“肺结核”引起的，再说，她已经抱不动孩子了，不用担心接触传染。

石琦陪着黄山芸和周伊波走出卫生院，转个身走几步就进了乔家的邻街房门。门里摆了一张旧方桌、两把藤椅和一个黑漆立柜，房内空无一人。向里的套间是乔婆婆的卧室，从卧室后墙还开了个门，通向小小的后院，小院内左侧是厨房，顶头茅厕与卫生院的厕所相毗邻，右侧低矮的院墙与卫生院隔开。乔婆婆坐在后院里择菜，石琦和黄山芸过去和她聊起来。

周伊波没有跟进，他坐在藤椅上静静地等着。这时他忽然注意到，在老旧破损的黑漆立柜上有几串模糊的白字，像是汉语拼音。近前细看竟然是英文：柜上框中央横批的文字是正写“Time is now”（时间在当下）；他歪着头分辨，两侧的英文字转了九十度组成一副对联，左联“Now or ever”（现在或未来），右联“Time is money”（时间是金钱）。他结结巴巴地念出声音，边念边想，她家里还有人懂英语，还把时间看得如此珍贵。中国民间也流传着“一寸光阴一寸金，寸金难买寸光阴”的谚语，这个谚语是真理，自己以前在学校里追求过真理，把诸如“时间就是生命”“让有限的生命更有效，就是延长了生命”这样的句子记在小本上。他记不清是哪个伟人说过，“无端地浪费别人的时间就是谋财害命”“天才是把别人用来喝茶喝咖啡的时间都用来工作”。可是，如今山里山外的人，谁还会再去想时间有没有浪费？谁在谋财害命？虽说“Time is now”（时间在当下），可有谁能把它抓住？他想起了《钢铁是怎样炼成的》关于因虚度年华而悔恨、而羞耻的一段话，想到为给孩子找个保姆都要费这么大劲，想到这些年的虚度光阴和碌碌无为，想到大把大把的时间流逝走了，生命一天天无谓地消耗着，顿时觉得身上开始发热，心里一阵猫抓似的难受。转念又一想，这也不是我甘愿的呀，“时间在当下”不就是要活在当下？人首先得活着，才有资本说浪费不浪费生命。你老乔上吊死了，时间和金钱对你还有什么意义？

周伊波又阿Q了自己一次，情绪慢慢平静下来。

黄山芸、石琦在小院里已经和乔家婆婆说好，工钱参照石琦给屠婆婆的，每月十二元。让松岭下来赶场的人带话给兰兰，让她尽快从三舅家返回。

此时此刻，黄山芸只想着咋能让孩子快长大，在前进路上少点曲折多点光明，少摔跟头。她对周伊波感兴趣的那些空空洞洞的英文字符视而不见。

乔家婆婆把客人送到外屋，气喘吁吁地笑着和周伊波打招呼：“要是俩大夫放心，等兰兰一回来，就把娃儿送过来！”她声音里带着哮鸣，显得很憋闷。

周伊波看黄山芸的表情，知道谈成了，忙从藤椅上站起来对乔家婆婆说：“添麻烦了！”临出门前又回头问了她一句，“这立柜上的洋文是咋回事？”

乔家婆婆一听就紧张起来：“是兰兰他爸，刚从湖北分到江阳那阵子，让人做了一套家具，漆上了洋文，后来他用纸糊了。前几年，供销社的人来抄家，把纸撕开，没有人认识，说‘像五脚蛇（注：壁虎）一样’。你看，还用石头砸了几个坑。”

周伊波在卫生院吃罢早饭，起身去花莲公社报到。他从上街走到下街，从下街口爬上鸟翅膀，绕过一个山弯，走进花莲小街，在那里又听见从铁匠铺传出的叮当声。当他靠近如同烟熏过的木板墙壁时，一个戴着老花镜、双颊凹陷、满脸黑斑、包着裹头的老人正在门口对着阳光观看一个病人的舌头，边看边用针管往舌头上滴药水，病人朝地上吐了两口唾沫，跟着大夫进屋。

周伊波走进花莲公社卫生所，对已站到柜台后的老者问道：“您是王先生吧？”

老者戴着黑框老花镜，露出残缺不全的黑牙，满是皱褶的脸上带着诧异：“我是王达福，这位同志面生，我记不清在哪儿见过？”

“咱俩没有见过，我是才分来的医生，听说过您的大名！”周伊波看了他一眼，又看看他手里的针管微笑着回答。

王达福忙把手中的注射针插进链霉素玻璃瓶的橡皮盖内，谦卑地招呼新来的“领导”进柜台里坐：“哎呀，我这是有眼不识泰山，快进来喝茶！”

一缕阳光斜照到柜台上，屋里比从街上路过时看到的要亮堂许多。周伊波和病人一起靠墙坐在门口的条凳上，示意王达福继续看病，自己先坐等一会儿。周伊波打量着周围：一架木梯紧挨着墙搭在半截阁楼上，阁楼的栏杆上挂着衣物。柜台正后方有两个中药架，侧面有个西药架，摆设和月亮滩大队合作医疗站的样式相仿，只是地面更窄狭，医生更老。

王达福把拣完的中药包好，从柜台里走出来示意病人和他一起再到门外看舌头。看罢回身，让病人站到柜台后脱裤子打针，病人的裤子脱到了腿肚。王达福给病人打完针，把手里的酒精棉球顺手扔到楼梯边，对病人说：“回去把药熬着喝了，明天烧就退了！”

老年病人交了药钱，拿起靠在门边的烟袋正要离去，又转身看了周伊波一眼，叹了口气说：

“我们曹支书媳妇，你说她‘老鳖背砖’，卫生院大夫请不动，前天口里呕血，享福去了。大夫治了病，救不了命，走了少受罪。唉！”

王达福没有再接话，只对病人说了声：“你路上消停！”回过神来微笑着面对新来的领导。

周伊波探询着问王达福道：“王大夫，你刚才往病人舌头上滴啥子？看啥子？”

王达福很自信地答：“做链霉素过敏试验，看舌头有没有红肿。如果做青霉素试验，就滴眼睛。”

周伊波听后，觉得有些莫名其妙。但这次准备等搞清楚再说，不再下车伊始就哇里哇啦。他转为笑脸，亲切地问：

“晚上就在楼上歇？不回家？”

王达福表功似的答道：“每夜晚都有人看病拣药，有时候还出诊。给邝院长把好门户，有一半病人都挡在这儿，不再去漩水湾。平时，我就住楼上，家里有急事儿，才回去！”

“平时咋吃饭？”

“下边有个油坊，空着，饿了就在那儿做点。我不想到公社搭伙，粮票米面都没得交。”

听罢王达福的回答，周伊波觉得他也实在不容易，客套了几句后，就请王达福带他去公社报到。王达福立即连声说：“好，好，我找钥匙，门锁了就走！”

出门后，王达福按照对长者和领导的礼仪，非让周伊波走前：“周大夫，脚下小心，穿油坊有条近路！”

周伊波还在想着王达福做链霉素、青霉素过敏试验这件事儿。他很费解，想问清楚，因为搞不好要出人命的。他停下脚步，一定要让年长几十岁的王达福和他并行，并客气地问：

“你刚才在舌头上，能看见变化吗？”

“嗯，哦，看不清，有、有过敏才能看清！”王达福先哼唧了几声，又吞吞吐吐道。他心里清楚，除过中医知识从药书上学得，西医的多是从别的赤脚医生那里来的，自己没进过卫生学校，也没经过专门培训，确实不知道正规操作。为了摆脱尴尬，他停顿片刻后，又辩解道：“在手腕上打泡泡很困难，滴舌子滴眼睛方便些。邝院长说，‘这样也行’！”

“简直是开玩笑！”周伊波觉得王达福在糊弄，在狡辩，简直是草菅人命！他们根本不晓得为什么使用青链霉素必须做过敏试验，不晓得发生过敏反应的严重性，更不懂得皮试的规范程序。什么病叫老鳖背砖？哪有这样的诊断？他突然觉得，自己虽然学业荒废了，长时间和医疗工作不沾边，但基础知识、基本医疗技能还记在心里，这是王达福无法企及的。

王达福不再作声，带着周伊波拐了个弯，等进了一个半掩的破门后才开始说话：“以前在这儿榨桐油，是公社收购花莲大队的。后来，上级批评公社带头搞资本主义，就扔下了。”

幽暗的油坊里凉飕飕的，光线从房顶石瓦缝漏进来，照在锅台上。一条暗渠从高大的木转轮旁边流过，发出哗哗的声响。他们顺着水渠出了油坊后门，下到公社大院，又沿着房边石台，来到贺文书的房间。周伊波已经知道坐在办公桌后边正在和两个年轻男女说话的人，就是漩水湾街上那个肖姨的丈夫。他厚厚的嘴唇上衔着一根黑卷烟，照样能自如地说话，虽然脸和他妻子的一样胖大，但却是黧黑色，松弛而满布皱纹，似乎皮下没有多少肌肉和脂肪填充。他看见王达福领着一个戴眼镜的年轻人进门，就放下手中的钢笔，嘴里仍然衔着卷烟招呼道：

“周大夫，听说你来了，请稍坐一会儿，待我把这个手续办了，咱们再细聊。王大夫，你先忙去！”他对周伊波的态度和说话的口气，不像是对待初次见面的陌生人。

王达福脸上一直保持着尴尬的微笑，对周伊波说了句：“你坐！”就转身离去。

贺文书取出口中的卷烟，往一片锡纸上弹弹灰，以怀疑的目光审视着桌边一个穿着半新红花大襟布褂、大约十八九岁的女青年，问道：

“女子，你们建国公社能种水稻，他这个队在花莲沟山垴垴上，很穷呀，你是自愿的?”

坐在女青年身边穿白布褂的男青年，听见贺文书喊大夫，没听清大夫姓什么，即朝着坐在床铺上的陌生人问：

“你是邝大夫?”

“不是!”周伊波微笑道。

“那你是不是郭大夫?”男青年又问。

“也不是!”周伊波又答。

“你别乱打岔，我问她‘是不是自愿的’，你也听着!”贺文书不高兴男青年注意力不集中。

女青年抬头看看陌生人，又看看贺文书，认真地回答：“自愿的!”

“你俩咋认识的？”贺文书边翻抽屉里的东西边问。

女青年碰碰身边男青年，男青年胆怯地对贺文书说：“我把他妈叫姨，他把我妈也叫姨，是我妈和他妈介绍的。”

“哦，你俩是姨娘亲，你上来多长时间了？”贺文书继续问。

女青年迟疑了一会儿，答道：“六七天。”

“这么短时间，有没得感情？”贺文书盘根问底。

女青年没有说话。

“有！”男青年费力地憋出了一个字。

“真有感情？”贺文书审讯般的问话，让俩领证者更加紧张。

周伊波心想，这不是明知故问？全凭家长意愿，没有恋爱过程，就几天时间哪来的感情？转念又一想，在延安时代，大干部小干部凡是光棍，想要媳妇，大多是组织安排，都没有恋爱过程，谁还问“真有感情”，就连当下的古城，在介绍对象谈婚论嫁时，有多少人讲真感情？都是问政治面貌、家庭出身、经济状况如何如何。

女青年注意到贺文书在等着她回答，就瞟了小伙子一眼，带着些许羞涩和抱怨，吞吞吐吐说：

“有感情，感情了三回，开始我不同意，后来他硬来，就发生感情了，两天一回。”她不敢向公社领导撒谎。

“小伙子，她说的当真？”贺文书对具有山里人特色的表达方式完全理解了，并快速做出反应。

“是！”小伙子憨笑着勉强承认，他不想在公社干部和陌生人面前多说那些和女人在一起的事。

“那可不行！人家女子不同意，你硬来，把生米做成熟饭，这是犯法！”贺文书板着脸，端起茶杯站了起来。

女青年一看贺文书站起来，怕他出门，急忙说：“我同意，生米做成熟饭我也同意，他家里有困难，我妈让我来冲喜！”

小伙子也求情道：“贺文书，我办事那天请你上去喝喜酒，下次到街上赶场，给你家送条猪后腿！”

“那好吧，结了婚可得好好过！要是闹离婚，我可不给你俩办手续！”

贺文书回头把茶杯放下，露出笑容，从抽屉里取出两张结婚证填好，盖上公社的印章，分别递到男女青年手里。

周伊波近前扫了一眼结婚证，丈夫的姓名叫方国宝，妻子的名字叫寇金秋。

俩人回望了这位大夫一眼，欲言又止，急匆匆地走出贺文书房门。

贺文书转身去提保温瓶，歪头把周伊波打量一番，然后爽朗地笑出声来："哈哈，基层工作跟县城不一样，恐怕和你们那儿更不一样！"

"姓寇的女娃似乎很勉强，证咋就办了？"周伊波问话时多少有些犹豫。

"睁个眼，闭个眼！高山上的生产队太穷，不少男娃娶不起媳妇，有的家又怕女娃子嫁远了受欺负，老人看着行，就行！生米做成熟饭很平常。过去山里还有圆房的风俗，十来岁就可以结娃娃亲睡到一起。现在按婚姻法办事，不到年龄不能领证，睡到一起不能让人看见。"贺文书说起话来，油滑世故，周伊波以前不喜欢和这种人交往。

贺文书接着向他详尽地介绍了公社机关的人员构成及管辖范围，还介绍了九个大队六千多人口的生活状况，特别强调了社员群众的卫生状况。上级要求在每个生产大队都建立合作医疗站，由于没有合适人选，没有钱买药，这项任务完成不了，就连公社卫生所都是有名无实，公社跟前靠王达福撑着，月亮滩那头靠覃禄贵撑着。他们都上年纪了，还要出诊，上县购药。自己家里一有事儿，就得把药店门关起来。贺文书说，他多次给县上、区上要人，这才派来个吃商品粮、拿国家工资的大夫。他希望周伊波来后，先从生产队物色几个年轻人进行培训，一来补充卫生所之需，二来按上级要求把各大队的合作医疗站都建起来。如果能到县卫生局要点经费回来，可以把那个废弃油坊拆了，给卫生所好好盖儿间房。他要求周伊波先和王达福一起在老房子看病，有人叫出诊就跟着下乡，晚上可以住队上，也可以回漩水湾住。不管干得好坏，先要态度好。不管在学校里是不是红卫兵，到了这里必须老实稳重，绝不能给别人提意见，搞"造反有理"，也不要提这条件那要求。前几年从古城来了几个大学生，在县上勾结机关干部和居民，狠狠地闹腾了一阵子，还抢了武装部的枪支弹药。可是，等中央文件一下来，就被军人平息了。闹腾的人有的带着伤回古城，有的命丢到江阳，就地埋葬，说到底还是“枪杆子里面出政权”。漩水湾离县城太远，两派力量也都不大，武斗一直没有搞起来。基层干部斗大的字认识不了半升，报纸看不懂，就算能读下来，有哪个能分清真马列、假马列？工农干部嘴上说的，都是开会听的，见了群众忘了一半。同事之间除了个人恩怨，有多少路线分歧？公社机关里大部分是复转军人，朴实、单纯，他们平时只和农民打交道，很少接触知识分子，对知识分子的坏印象都是来自传说。他们都怕在文化人跟前说错话，让抓把柄。所以，他们就是说错了，也不要去争论，在一起共事，好说好了。不要让人家觉得你了不起，看不起人。他说，在漩水湾有个老相识，不听他的劝告，自恃有点文化，总爱提意见，终了没有好下场。而自己头脑清醒、唯命是从，就事事顺畅。前几年在县城，搞他外调的人，临行前还和他一起喝酒，到外省跑了一趟回来告诉他，他所谓的“历史问题”都是空穴来风。

周伊波已经感觉到，他是个能顺应潮流的小知识分子干部，已在工农心里深深扎根。而他与周伊波第一次见面就如此耐心劝导，既是出于对一个比他后来的外乡人的关怀，也是出于对一个大学毕业生将在自己身边工作的担心，怕周伊波对他这个躲在“石头缝”里度日子的小文书不尊重，想警告周伊波：“我是有能量的。”周伊波一直在静静地听，听到后来，他开初对贺文书的负面印象——为人不厚道、工作不认真等，逐渐淡化，倒觉得他比他的爱人——漩水湾街上那个肖姨可亲、通情达理，还能感觉出他也是个有实权、想做事的人。

周伊波从贺文书房子里出来，经过油坊回到卫生所，和王达福又聊了一阵，就离开了。

穿过漩水湾下街，刚上坎走到肖姨家门口，就听见肖姨、屠婆婆几个妇女围在一起神情激动地大声议论着什么，似乎街上又出了大事。周伊波停步听了几句。有的人说：“松岭地方野，人也蛮，曹支书的媳妇死了，总不能让卫生院的大夫抵命吧？”还有的说：“把人捆错了，本来要捆老邝的，他上县了！”“我看，都没有好东西！”“好不好有领导，不能捆人呀！”

周伊波已经听清了，赶紧往卫生院走。

卫生院里弥漫着紧张的气氛，院里所有的人包括梁晨风老先生和炊事员万老婆子都待在门厅里面面相觑。在诊断室里王明利正在愤怒地向区委华秘书控诉花莲公社松岭大队一伙社员的暴行：他们一进大门，先问老邝在不在，一看老邝不在，就抓住郭廓吼叫，还用绳子捆了他的胳膊，硬是往他头上缠白布，连推带搡地把他押走了，要押他到亡灵前磕头。石琦大夫坐在诊疗室呜呜地哭着，一句话不说。

华秘书连着说了几个："太不像话！简直是土匪！"又说，"我现在就给花莲打电话，让贺文书马上通知武装干事、治保干事去处理。让他们先把人放了，等区上领导从县上回来，再查办。"他对区革委会所在地发生绑架大夫的事，一再表示歉意。

在门厅里，王明利向华秘书介绍了新分来的黄大夫和刚迈进卫生院大门的周大夫。他对两位新来的大夫说："这种事在漩水湾不常见，这儿是个好地方，不要失望！老田同志和老尚同志，到县上接爱人去了！"他个头较矮，身材匀称，一副和蔼可亲的面孔，虽然只有二十多岁，但说起话来，给人以少年老成的印象。

华秘书走后，石琦已经不哭了，可嘴里不停地骂着嘟囔着："什么好地方？鬼地方！死不了活不旺的鬼地方！"

黄山芸多次安慰她，让她别着急。周伊波也打电话到花莲公社，向贺文书询问进展，贺文书让他们都放心，说："彭干事已经去松岭了。"

小张喜欢小孩，一直抱着铁丁逗着玩。可是，铁丁看到卫生院里吵吵嚷嚷，吓得又哭又闹，就再也不要她抱了。黄山芸接过孩子，在小院里四处转转，想想心事。

乔家婆婆扒住墙头对她说："明天一早兰兰就从松岭下来，已把话带上去了。"

从这天傍晚开始，石琦大夫病倒了，来了病人黄山芸开始接诊。

郭廓第三天上午被放了回来，灰头土脸，一身泥浆，脸和前臂有几处瘀斑，肌肉筋骨无大碍。他一直沉默着，什么也不说，连石琦都问不出来自己的丈夫在松岭受到什么虐待，也不知道公社干部怎么让大队支书放人的。郭廓不是因为受了皮肉之苦和惊吓，而是觉得自己从事的职业太没意义，为这些人服务太不值，似乎心灵深处被扎了一刀。

石琦见丈夫回家，并无大碍，即给区上和公社打电话表示感谢，也希望华秘书、贺文书为医生做主，处理松岭大队以支书为首的一伙人。她刚挂了电话，电话铃声又响起来，她随手拿起听了两句，即转身喊叫："周大夫接电话！"

贺文书在电话中说，彭干事从松岭大队回来时，有个社员跟着下来，想请新来的周大夫上去，给他哥看病。

周伊波一听让他去出诊的大队，正是把郭廓捆走、过了两夜的松岭，心里有些发毛。可是，人家是公社干部带着下来，指名让自己去的，还敢不去？好在是通过贺文书传唤的。他放下电话，先和黄山芸商量了一阵，又请石琦借一个药箱给他。

石琦边去库房取新红十字皮箱，边嘟囔道："你说，松岭的事儿咋就这么多？人又野蛮，连支书都不讲理。周大夫，你可一定小心！"她让王明利和小陆给配些常用药品和常用诊疗用品装到药箱里。

周伊波默默地背起药箱出门。黄山芸无奈地对着周伊波的背影喊了几遍："路上提高警惕，一定过细！"

托彭干事和贺文书请周伊波出诊的这个老者，前两天在卫生所打针时，见到过周伊波，听说新来的大夫还是王达福的领导，又听侄儿说，在贺文书办公室也见过这个大夫。在他心里这个新来的大夫，就是他哥方老大的大救星。

周伊波跟在这个包着裹头、穿长袖黑褂、手里拿着长烟袋的老者方老二身后，从花莲桥头进沟，循沟而上。刚踏进主路，老者就转身非要按当地礼俗让大夫走在他前面。

周伊波说："我怕蛇。"

方老二说："蛇不咬人，是吉祥物。"

周伊波又说："我认不得路。"

方老二说："我给你指嘛！"还硬把药箱接过去背上。

周伊波看老者面善，又是通过贺文书牵线搭桥请他，戒备心已去掉了八九分，就依了他，跨到前边。刚抬腿走了两步，一条短竹棍样的活物自高坡飞速滑下，恰从周伊波脚前掠过。周伊波一惊，朝下望去，碧绿色的棍状物竟是一条大蛇，正快速往草丛里钻。

方老二轻松地说："竹叶青，欢迎你哩，我哥有救了！"

周伊波心里有些紧张，问道："路上有没有野兽？"

"高山上还有。前几年，公社给基干民兵发枪，找野物练习打靶，快打完个尿了！剩下点吧，主要是麂子、山狸，还有豹子，白天都不敢出来。就是到了晚上，野物碰见人，你站着不动，用手电一照，它就跑没影了。"

周伊波开始对方老二的话有了兴趣："还有啥野物？"

老者说："以前还有猕猴。现在咱这一带的大树都伐了，百十里外，林子密些的地方可能还有。以前你走在路上，那些猴精会从树上跳下来，向你要吃喝。后来，来了帮河南人，要猴的，抓了几个拿着鞭子抽打，把小猴子驯得乖乖的。一敲锣，只要喊一声'猴乖乖跳起来'，它就跳起来翻跟头，喊一声翻两个，它就把鞭子看看，再使劲翻两个。后来，那些河南人就干起了买卖猴了的营生，成笼成笼地往外运。现在，路边就剩鸟了，净吃庄稼，糟践人！"

老者的话让周伊波有些伤感，他想起了另一个河南人——他的父亲，他不是要猴的，他是让人当猴要的，让人拿鞭子不断抽打。几次关进笼子，放出来了，还让人牵着，至今还不知道是谁在卖、谁在买。大自然让猴变成人，社会又让人变成猴，山林中的猴少了，社会上的猴多了。

方老二前晚去方老大家看老哥哥，方老大肚子鼓包，疼得直叫唤。他想起在卫生所见到的新来的大夫，又听侄子方国宝说，他在贺文书房里领证时，也见到过这个新来的大夫。这天一早，方老二下山请大夫路过曹支书家，正碰见公社彭干事在曹家发脾气，他好说歹说，曹家人才让挨过打、在地上跪了几个时辰的郭大夫起身下山。

方老二随后跟着彭干事去了公社，请贺文书说情请大夫。现在大夫请到了，方老二觉得自己好大的面子。他没有在周大夫跟前提及在曹支书家看见的事儿。周伊波也不想在一个陌生农民面前斥责他们支书捆人的恶劣行径，走累了就停下来，呼哧呼哧喘几口粗气。

方老二轻松地跟在大夫后边，只想找话说："旧社会上，请个大夫到岭上去，要用滑竿抬，抬上去得先给大烟抽！"

周伊波有些烦了，停步转身说："给你们看病，你们还要害大夫！"

"哎呀，大夫，这你就不懂了，抽大烟可受活了！"老者咂咂嘴说，"都是老皇历了。后来，禁止了。深山里种点巴点（一点点），当药材！"

周伊波终于憋不住了："旧社会，有没有捆大夫的？"

"古今都没有，如今有的人不讲礼性，发浑！"方老二能听出来周大夫意有所指，随即不点名地批评曹支书，表明他和捆人的不是一类。

一会儿攀登，一会儿走缓坡，踩着石头过小河，午后时分他们才来到一片毛竹林侧面的一个大院边，一条黄狗摇着尾巴叫着跑过来。

"回屋去！"方老二对狗吼了一声。狗掉转头往回走，还回头望了一眼。方老二又和蔼地对周伊波说："不怕，不怕，那边走！"大声对着靠边的屋门喊："大嫂，大夫来了，省城来的！"

有人已经带话回家，一个老妇人红着眼喜滋滋地从屋里出来迎："劳烦了，毛主席派人来了，老汉命大，有救了！他二叔，你先回去歇着，有事再叫你！"

周伊波对方老二挥挥手，转头进屋坐在桌边。当屋的地灶里柴棒还在烧着，吊罐里的水已经烧开。老妇人将搪瓷缸里的茶锈擦拭又擦拭，把茶水倒上。虽说是九月天，在高山上屋里屋外都充斥着凉气。周伊波听见老妇人的话，心里有些忐忑，他边打量着这个简陋土屋，边打开药箱检查了一遍，起身对老妇人说：

"伯娘，茶先凉着，带我先看病人！"

老妇人听见，忙领大夫进里屋。

屋外，天还没有黑下来，可屋里的一切已经模糊了，老妇人把带罩的煤油灯掌起。只见茅草捆起的枕头上乱蓬蓬的一窝头发和一张瘦削的脸。病人紧闭双眼，痛苦地呻吟着。他似乎听见了老妇人迎客的话，用极弱的声音说：

"治得了病救不了命，别劳烦了！"

周伊波掀开破烂被褥，一股臭味扑面而来，病人的肚子高高隆起。他边观察边向老妇人询问病情，老妇人说，老汉有痔疮多年了，经常屙血。按花莲桥王大夫说的，喝过蜂蜜，还让老黄狗在尻门子上舔过，都效果不明显。家里缺粮，前阵子，饭里掺和了漆树籽，他饿狠了，就狠劲吃。往回，吃了就有了力气。这回，吃了肚子鼓包，满床打滚，呕吐不止，几天都屙不出屎来。吃过王大夫几服中药，还是不屙。这几天滴水不沾，从前天起，尿没有了，疼得轻了，可人也蔫了。

这是周伊波出校门后的第一个病人，在来松岭的路上他曾向方老二问起患者病情，方老二说不太清楚，只说是大哥本身就是病壳壳，还说要省钱给儿子娶媳妇，冲喜。当周伊波见到病人听了病史后，以前学过的鉴别诊断知识迅即浮现在脑海中，“望触扣听”“望闻问切”等基本诊断程序应景启动：病人反应迟钝，眼窝及两颊凹陷，腹部有条索状包块，听不到肠鸣音；心律不齐，脉搏时断时续、细数微弱、难以计数，血压几乎测不出……他不能够全面准确地做出诊断，但初步判断病人患机械性肠梗阻，已出现肠麻痹，水电解质紊乱，病情危重。如果不赶快通便和补液，可能会很快出现肾衰竭、肠坏死、败血症等严重并发症。他判断，如果病人此时是在卫生院，至少可以先补液、灌肠，再考虑手术和解除梗阻的其他办法。

“赶快把病人送到卫生院吧，不能再耽误了！”周伊波焦急地对老妇人发指令。

老妇人手足无措，无奈地说：“天已经黑了，山高路陡，抬不下去了。你死马当成活马医吧！”

此时从外屋进来一男一女，男的手捧一碗中药。周伊波搭眼一看，正是在公社贺文书房中见过的那两个年轻人——方国宝和寇金秋。他已经清楚了他们之间的关系。

“人都成这样子了，中药还能行吗？又生啥花点点？”周伊波流露出不屑的神情，他自己在想，也是在向病家发问。

“王大夫点点极多，兴许还有作用！”方国宝以为周伊波在夸王达福。在他心里，有一段王达福给他治病的经历，一年前他的腿上长脓包，王达福先用五谷虫（蛆）在脓包上爬，又用花椒水洗，终于给他治好了。他还是要把熬好的中药给父亲喂下去。

方老大扭动了几下，药全洒在被子上。

周伊波对方国宝闷头傻脸的样子非常不满，没好气地对这一老两少说：“弄点菜籽油来，给他喂两勺试试！”

寇金秋到厨房里拿了油瓶子回来，方国宝接过去倒了一汤勺，使劲给病人往嘴里灌。

周伊波让方国宝和他一起，扳着病人侧翻，把臀部挪向床边，让寇金秋端了半盆水搁在脚边。他打开药箱，拿出一副轻薄的橡胶手套，用药棉和纱布蘸水擦拭了病人的肛门外边，还让寇金秋在他戴的一只手套上滴了几滴油。他慢慢地把指头伸进病人肛门，试着把堵在直肠下端的粪便往外掏。然而，费尽了力气，才抠出两三块铁硬的“羊屎蛋蛋”。他停了下来，把手套脱掉扔进水盆里，从药箱里找出一个五十毫升的粗针管，抽了一管油，从肛门往里注射。

病人晃动着身体，用微弱的声音哀求：“让我少受点罪吧！”

屋外已经万籁俱静，几个人都走到外屋。老妇人对儿子说：“国宝，当初，几个人都劝过曹支书，让把他媳妇往卫生院抬，他就是不听，还怪人家不上来。现在人殁了，能怨人家？咱也大意了，太迟了。现在就去找你二叔、三叔，让他们连夜绑个担架，明天一早就往下抬。”又对寇金秋说，“你到地里掰几个苞谷回来烤烤！”

寇金秋回到屋里，把掰下的苞谷放到地灶的火灰里，见周大夫依然坐在椅子上连水都不喝一口，就安慰道：

“大夫尽心了，要是那天我俩不去领结婚证，先把爸爸抬下去，就对了。”

方国宝不认为是自己的过失：“王达福说，等这两服药吃完，肠子就通了。再好的药进不到肚里，咋能起作用？药进肚里起作用，还不得等几个时辰？爸爸自己喝不进，喝了就吐，能怪谁？”

苞谷在地灶里烤熟了，老妇人拿起一个递到周伊波手里：“过得很寒碜，让大夫受难为！”

周伊波接过去，毫不在意苞谷上沾着的木炭灰：“吃稀罕，城里没有！”他肚子早饿得咕咕叫了，边吃边走出屋门。

夜幕降临，大山睡了，四周黑沉沉的。然而，山风阵阵，天上有星光，小溪醒着，野物在林中流窜，房屋的小窗户透着亮光。周伊波很无奈也很寂寞，冷风让他释去一天的疲倦。他在想，这些山民的先人，也许是为躲灾避难，才落户到这个不受骚扰、只有上苍能看到的地方，可以结娃娃亲、姨娘亲生儿育女，如今，可以在一起待几天、“感情”三回，就轻而易举地领证结婚，比城市条条框框少多了。城里那些讨不到媳妇的光棍要是知道，该有多向往。可是上苍管不了这些山民的吃饭看病问题，不能指引他们脱离天灾人祸，有时候星空上还飞下陨石、冰雹、洪暴，让山民们遭受灭顶之灾。他脑子里还翻腾着在方家听到的奇闻逸事：把蛆丫子放在脓包上，它就能把脓吃掉吗？黄狗舔尻子，真能治痔疮？狗是自愿的还是训练出来的？

他一会儿站在院子中央，一会儿到屋里靠近病人看看，母子和媳妇都趴在病人脚头睡着了。到了后半夜，病人翻腾了几下，几个人都揉揉惺忪的睡眼，围拢到跟前，病人伸手抓了周伊波一把，出了两口长气，就直挺挺地躺着不动了。周伊波手指挨在病人鼻下，没有任何气息；翻开眼皮，用手电照照，瞳孔已经放大。他把被子给死者盖好，离开床边。三个亲人先是叫着喊着，接着放声大哭，一片凄凉。

周伊波在竹林边踏着步，望着透亮的小窗户，眼眶里满是泪水，他内疚地问自己：“我算是个合格的大夫吗？”在学校里经常听到的是：“不怕专业学不好，就怕大批判搞不好！”“宁要社会主义的草，不要资本主义的苗！”如今，社会主义的草从城市长到山村，成了草包，在病人面前束手无策。

天刚蒙蒙亮，周伊波就背起药箱离开了方老大家。他深一脚浅一脚，跌跌撞撞，顺着来路下山往回返。大约早饭时分，就到了漩水湾街口。街上店门刚开，路上行人很少。周伊波老远看见小张抱着铁丁从上街石阶下来往下街走，铁丁哭叫着向石阶上看，小手使劲拍打着小张肩膀。一个穿着灰土布衫的半大姑娘，颠跛着跟在小张后边“啊，啊”地叫着，伸着胳臂逗他。

周伊波判断这个半大姑娘就是乔兰兰，他迎过去和小张打招呼。小张说："卫生院的几个大夫，昨天抢救病人一晚上没有合眼，我和兰兰帮黄大夫照看铁丁，你看，他死活不让她抱！"

"啥病人？救过来没有？"周伊波急切地问。

"大出血，没救过来！"

铁丁一看见爸爸，就像见到救星一样，一手使劲推小张，一手抓住周伊波衣领不丢。

周伊波没有再和小张谈论卫生院发生的事，他接过铁丁，心疼地对着泪汪汪的儿子说："你不让姐姐抱是吧？那咋行呢？妈妈得上班呀！"

他们走上台阶，过了肖姨家门口，周伊波就示意兰兰先回家休息。他告诉小张，自己肚子饿着，请她到灶上帮着搞点吃的。

他进到卫生院，一看黄山芸不在诊疗室，就抱着铁丁上楼去了。

小张从灶房端了一碗盖着酸菜叶的锅巴，送到楼上，告诉他："就剩这些了！"

周伊波把铁丁放在床上，狼吞虎咽地把饭吃完，就又抱起铁丁下楼，走到手术室门口，见黄山芸正和石琦大夫在手术床边擦拭，俩人脸上没有一丝笑容，白大褂上布满血痕，手术台下堆着待洗的白单巾。俩人看见周伊波站在外边，都悲哀地说：

"死了！""没救过来！"

周伊波也没精打采地说："我那个病人也死了，没救过来！"

黄山芸停顿了一下，匆匆出门向厕所方向的拐角处走去，她准备把黎明时分放在那里的带血药棉、纱布等掩埋掉，这是她想到的最后一件收尾工作。可是，待走过去，只见污物桶空着放在那里，心想，不知哪个勤快人已经处理过了，于是就把空桶提了回去，脱掉带血的白大褂，泡在水里，在脸盆里洗过手、擦干，转身抱过铁丁和周伊波一起上楼。

回到屋里，她坐在凳子上边给铁丁喂奶，边含着眼泪讲述她和石大夫接诊和抢救一个大出血病人的经过。

昨天傍晚，从松岭垴垴上抬来一个产妇，怀孕八个多月，下身流血不止。经过她和石大夫检查，胎儿已经死在宫腔里，还是横位，一只小手掉出来了。她们知道必须取出死胎，才能止住出血。但是她在学校里根本没有见到过这种情况，不会取。石大夫和郭大夫毕业前根本没在妇产科实习过。毛大夫不见踪影，院里人都说即使她在家也处理不了，她就是个接生婆。院里没有血源，也没有配血条件，大家都束手无策，只能先把葡萄糖盐水吊上。石大夫给县医院打电话求助，请他们派人来支援。但是县医院值班领导说，九十里山路，体力好的人也得走十个钟头，就是走，不等天亮怎能出发？于是，石大夫就让县医院妇产科主任，直接在电话中传授处理要点：基于漩水卫生院条件，可用拉直的避孕环当锯条，把胎头锯掉，和胎身分开，再分别取出。最后把胎盘完全剥离下来，打麦角让子宫收缩压迫止血……石大夫让黄大夫给她当助手。她戴着手套，捏着“锯条”，战战兢兢地伸进宫腔里，可哪是胎头哪是胎肩根本分不清。好不容易，终于断头成功，费了老大劲才把胎头、胎身、胎盘一个个取出来。但是产妇流出的是血，输进去的是水，手术做完了，几个人眼睁睁地看着产妇把血流干。

“她还有一个不到两岁的男孩呀！她爱人抱着孩子在外边哭，我和石大夫在房里哭。”黄山芸说着说着又哭了起来，“你说，我们咋就这么无能？”

铁丁看见妈妈哭，吓得也哇哇哭起来，不再吃奶。

周伊波也把自己去松岭的经历简要讲给妻子，俩人都陷入极端痛苦之中。他们以前在医院见习、实习时遇到过不少病人，也见过危重病人抢救无效死去，但同一天，两个病人分别在他们夫妻面前死去，这还是第一次。

黄山芸把铁丁放到床上，出门走到楼头阳台栏杆边，往乔婆婆家小院看看，准备送铁丁过去。只见乔家小院绳子上搭满了洗过后仍带着血痕的白纱带，凳子上摆满棉花团。

第九章

黄山芸抱着铁丁刚走出卫生院，乔婆婆就和兰兰从屋里迎出来。兰兰哇里哇啦叫喊着接过铁丁，抱起来就往下街方向一拐一颠地快走，铁丁在她怀里大声哭闹。

“让她慢点，这样不行呀!”黄山芸看着兰兰的背影焦急地对乔婆婆说。

“黄大夫莫怕，莫怕孩子哭，过两天就好了。在农村，孩子都是哭大的!”乔婆婆边安慰，边拉黄山芸进她家说话，“兰兰她大舅昨天闭气了，人上年纪了，身体底子不好。还劳烦周大夫跑了一趟。卫生院里过世的那个女人也是松岭的。那个山垴垴上事儿多，有邪气！大夫贤德，都尽心了。”

“我还得过去上班!”黄山芸不想听乔婆婆闲扯，忽然想起她家院里晾晒的那些纱布棉花，问道，“乔婆婆，卫生院厕所边那个污物桶是你清洗的?”

“是的，桶里那么多白生生的纱布、棉花，扔掉多可惜！到河里涮洗涮洗，比家里笼布还干净!”

“谁还用啊？都要烧掉埋掉!”黄山芸不满地说。

“卫生院里不再用，我捡拾起来，乡里人来了，就送给他们了！”

“乔婆婆，你以后不要再捡拾这些东西了，除过血，经常还带脓，很脏，会染上病的。”黄山芸看着乔婆婆衰弱的身体，心想，“这么不讲卫生，身体咋能好？孩子真不该让她们带！”

周伊波到公社见到贺文书，汇报了他到松岭出诊的情况。贺文书安慰他说，病人没有救过来，家属和队上都对大夫没有任何责怪。毛主席说，人固有一死。死人的事是经常发生的。医生看病，有看好的，也有看死的。如果大夫都是神医，病人都救活了，山沟里还挤得下？过去，娶媳妇看身材，找能生的，生娃多的女人是英雄。如今，政策变了，夫妻睡觉也得按计划，谁不按计划，怀着个活的也得取出来。当医生，尽心尽力了，有服务精神就是一个好医生，按主席说的，他就是高尚的人，有益于人民的人。让周伊波觉得和前次谈话一样，他的话是真心话，可是他把人的生死看得太马虎了点。能听出来，他所说的尽心尽力的医生，既包括自己也包括王达福，这让周伊波不快，心想：像王达福那样，经常瞎说、乱治，也算好医生？他对贺文书解释道：

“好医生要讲科学、有技术，只会开个中药方子，连最基础的知识都不懂是不行的。”

贺文书抽着旱烟，自以为是地点头，应道：“我也是这个意思！各大队的合作医疗站，基本上都没有搞起来，我一直在考虑从下乡知青和小学老师里挑人。公社每天都有人下去，你跟着他们多往队上跑跑，一来熟悉熟悉农村，二来看看有没有好苗子。”

从这天起，周伊波开始在公社交粮票、交钱搭伙吃饭，在花莲卫生所上班，跟着王达福学认中药，学用戥子，也学着用脚蹬着铁辊子碾磨槽里的药材。有时，他也给王达福讲些西医西药常识，纠正已经发现的问题。晚上回到卫生院，在梁晨风老先生闲下来时，他就把白天见到的典型病例和王达福开的处方说给梁先生听，请他评点。当妻子和儿子在蚊帐里睡熟后，他坐起来把煤油灯捻子往上转转，悄悄翻阅身边的中医书。

一天，彭干事按毛主席“备战备荒为人民”“要准备打仗”的最高指示和上级要求，准备去七一大队对基干民兵上军训课。周伊波得知后与他商量，想借机会宣讲合作医疗，物色培训对象，他答应了。

彭干事仍保持着战士走路的身姿，走在平路上，即使只有十米的路，他也把戴着上海表的左腕甩到面前，骄傲地看上一眼。走在坡地上时，见新来的医生跟在身后，就逞起能来，如急行军般三步并作两步，很快上到坡顶等在那里。周伊波背着红十字皮箱气喘吁吁，累得满头大汗还是赶不上。到了坡顶，俩人一起坐下歇气。周伊波摸摸他的手腕，故意以羡慕的口气说："上海表都戴上了？很高级呀！"

"大医生挣大钱还光着手腕，叫艰苦朴素！"彭干事也与周伊波开玩笑。

周伊波微笑着向远处石头上的"农业学大寨"红漆大字张望，随后问道："你们这儿咋学大寨？可能和平原地区不一样吧？"他在来江阳的船上，听到船工对砍茶树、修梯田很不满，不知道当地干部怎么想。他想让武装干事感觉出，来自外乡的医生也关心当地农业发展，和公社干部有共同话题。

彭干事一听"学大寨"，陡然发起牢骚："你看这几条梯田，像不像腰上的皮带？能种庄稼？地下刨出的洋芋蛋和梅李子差不多大。高山上搞毁林开荒，也喊'学大寨'。'学大寨、学大寨，暴雨一来，啥都没得'，'苦干实干，下力饿饭'！"

"正因为饿饭，才让以粮为纲，不是吗？"周伊波想与他探讨自己脑子里的疑问。

彭干事起身站在石头上居高临下地讲他的道理："还有一句话，叫'多种经营全面发展'，江阳这地方土层薄，种茶树果树最好。砍了祖祖辈辈务好的茶园果林种庄稼，都长成鸡九毛了，年年吃返销粮。"

周伊波没有想到自己的一句问话，引发这位公社干部如此多的议论和牢骚。

"你说得挺有道理。橘子、茶树、中药材这些东西，古城一带都没有。你们可以给江阳农业局建议，少修些田，多种些树！"周伊波觉得彭干事有自己的想法，是因他当过兵，在外见过世面。江阳领导长期待在一个地方"不识庐山真面目，只缘身在此山中"。

彭干事叹口气说："你是外乡人，待不了几天就走了，我才敢对你说。在其他人跟前，我才不说。我们这地方比你们古城复杂，比部队上更复杂。谁敢给'农业学大寨'泼冷水？你提一星点意见，就会说你觉悟低，立场不稳。"

周伊波已经意识到，其实，山区人和城市的是非观念、正误标准，在很多问题上差不多，不正统的异议就是"泼冷水"，就是思想觉悟低。彭干事的话也是对自己的提醒，今后在公众场合，对政策性问题尽量少发议论。

俩人沉默了一阵，继续背着手左一拐右一拐爬坡。不多一会儿，来到一个宽阔的缓坡地带，长着大片结穗的苞谷。只见一群男男女女席地而坐，正在歇气。彭干事乐呵呵地和他们打招呼：

"满坡的老苞谷、嫩苞谷，都辛苦了！"

坐在路边石头上的一个中年男人喊叫他："老彭，快坐过来给我们谝个经！"

"说段你媳妇去部队探亲的事！"坐在中年男人旁边的一个年轻姑娘眯缝着眼挑逗他。

彭干事回头看看周伊波，对大家喊道："周大夫从省城来，医生、大学毕业，他的经文多，让他给你们好好谝！"

中年男人一本正经地说："周大夫，这个女娃子肚子下边难受，你赶快给她锥一针！"说罢，扑哧笑出声来。

彭干事笑吟吟地说："今天要上去开会，改日周大夫到豆苗家去，看过病了再锥！"

叫豆苗的姑娘先看了看呆滞地站在那里的年轻大夫，接着笑骂着扑向中年男人："你个背时的，我要撕烂你的嘴！"俩人搂在一起顺坡滚打到苞谷地里。众人笑得前俯后仰。

彭干事没有再搭理被他戏称为老苞谷、嫩苞谷的社员，领着周伊波继续往山上走，边走边对周伊波进行民俗启蒙："我们山里人日子苦，文化落后，一打情骂俏，烦恼都忘了。不过，这不是好习惯，也算是四旧。你们外乡人可能看不惯，我刚从部队回来时，也不适应。"

周伊波只是看见他们“打成一片”，并没有听懂说话的意思，但他记得贺文书的提醒，“外乡人得尊重当地人，不要随便说人家的不是”，即回应道：“入乡随俗嘛!”

刚转过一个山口，就看到前面山包上有个大院。从大院里传出阵阵童音歌声。那曲调既熟悉又怪异，他顿时感到一阵亲切。他快走几步来到院子跟前立定，仔细倾听。这曲调竟是在小学五六年级时跟着宋婵婵、董国峻学过的《赶牲灵》，但是，歌词变了，那时宋婵婵羞答答唱的那几句“哎呀，你要是我的哥哥呀……”如今唱成了“哎呀，毛主席在我心里呀……”还有“走头头的那个骡子哟，三盏盏的那个灯”如今唱成“宝塔山的那个宝塔咯，顶顶儿连着那个天”。

周伊波听到歌声结束，心里热乎乎的。他对彭干事说：“你们这地方文化不落后呀，把酸歌唱得火辣火辣，把苦歌唱成甜歌!”

彭干事赞同地回应道：“老师们有文化，觉悟高，接受新事物快！过去山高皇帝远，现在天天把毛主席挂嘴边。”

七一大队队部和小学只隔着一堵矮墙。彭干事上军训课前，让周伊波站在院子里先给队干部和基干民兵见面，并宣讲开办合作医疗的意义和措施。有几个干部还没等他讲完，就向他推荐能用草药治蛇咬伤、狗咬伤、跌打损伤的社员。周伊波注意到，他周围有人不时在揉眼睛，揉过后还把手靠在眉毛边。这让他想起来农场老牛讲的“眨巴眼看太阳，一手遮天”的笑话。他一宣讲完就告退，怕占用彭干事的时间过长。

周伊波刚走到七一大队部院外，有两个“一手遮天”的干部就撵过来，让他看看自己的眼病，问好不好治，还说他们队上“乱箭射珠”的人很多。

七一小学建在一个废弃的祠堂里，半边院墙已经倒塌，留下的也是断断续续的半截残壁，墙根长满荒草。校园有篮球场大小，正中的大石瓦房是教室，歌声虽已停止，可学生还在教室里继续上课。院坝地上蹲着七八个学生，手拿小棍习字做题，等着换班上课。一个十来岁的男孩，从地上站起来看着脚下的粉笔字“星”“晶”，大声背诵“天上星亮星星，我在大山望北京”。周伊波从校门口走到孩子们跟前，边听背诵，边看着写在地上的字，问道："这俩字一样吗?"

男孩答："不一样!"

"那怎么都念星呢?"周伊波又问道。

男孩不屑一答："老师说，夜空中眨巴眼的都是星星。哪个和哪个能一样?就像人间一样，眨巴着眼一手遮天的都是烂红眼，可哪个和哪个一样?"

周伊波自言自语道："有道理!"心想，"同一件事，不同的人往往有不同的说法，听起来似乎都有道理。"

他又靠近旁边一个稍小些的女孩。她一手拍打着身子，一边口中念念有词。细听，小女孩在念"一一得一嗷嗷，二二得四嗷嗷，三三得九嗷嗷嗷……"

周伊波不解地问："学娃子，你背乘法歌，为啥还嗷嗷?"

小女孩指指教室，要着调皮："老师背着娃儿上课，娃儿一哭她就'嗷嗷'，念完一句乘法歌，就'嗷嗷'一声拍一下娃儿，跟她学呗!"

周伊波顺着小学生的手势，透过木窗棂又一次向教室里望，确实上课的女老师在脊背上背着个婴儿。

操场两端有几间房，是老师的住房和猪圈。厕所在操场的边角。此时，一个中等身材、平头大脸的小伙子站在左端房门边，一手提着马蹄钟，一手拿着木把铜铃，对着陌生人微笑着问道："你是周大夫吧?"他看周伊波有些诧异，就热情地自我介绍说："我姓覃，是月亮滩医疗站覃先生的儿子!"

周伊波一听是覃先生的儿子，就和他聊起办合作医疗站的事，希望他把七一大队的赤脚医生兼起来。

覃老师看看马蹄钟，先把铜铃摇起。铃声刚过，教室里就喧闹起来，小学生陆续走出，背着孩子上课的女老师也走出教室朝覃老师走过来，并和陌生人打招呼：

"这位客，面生!"她的声音如铜铃般清脆，面容娇媚。

"陈老师，这是省城来的医生，大学生!"覃老师代答。

"啊，陈老师。"周伊波好奇地打量对方，问道，"刚才学生唱的陕北民歌是你教的?”

“教得不好，不是陕北人，唱不来。”陈老师谦虚地说。

周伊波夸奖道:“老远就听出来是陕北民歌，够味儿。”

覃老师接着周伊波的话说:“陈老师为学这首歌，做饭、哄娃睡，甚至半夜三更做梦都在唱，起初我还以为半夜鸡叫呢!”

“背时的，你太夸张! 我说了，唱不来。睡不着的时候哼哼几句，梦中可没有!”陈老师不否认自己勤学苦练。

“她可是唱出了对毛主席的真感情，甘愿奉献一切，可惜离得太远!”覃老师明知陈老师经常说怪话，有两副面具，故意在生人面前捧她。

陈老师转脸盯着周伊波问道:“省城里的大学生都能免费到北京见毛主席? 你也见过?”

“坐火车串联不花钱。见过，毛主席的车从身边过，看了一眼!”周伊波哪能忘记他曾经引以为荣的那一刹那。

“你真有福，毛主席活一万岁，你至少要活一百岁! 我今天也借你点福，沾点喜庆了!”她以异样的眼神望着周伊波。

周伊波听不出来这个农妇打扮、伶牙俐齿的山村教师是开玩笑，还是真心祝愿。他不再接话，抬头看看远处的菜地和猪圈，问道:

“这儿老师就你们两位?”

“两个萝卜一个坑! 和你们吃公粮的不一样，靠队上养着。”覃老师瞟了陈老师一眼说道。

陈老师自我介绍说，她娘屋在七一大队，男人是县医院的挂号员，她见了卫生系统的人心里就热乎，人不亲行亲。

覃老师想起来周大夫问他办合作医疗站的事，他又看看马蹄钟说:“我喜欢医术，陈老师也在县医院待过，打针、包扎都不生，平时学校里谁有个头疼脑热、碰伤跌伤的，抓把草药就治了。在这儿设个站，你也能勤来走走，就看大队上啥意见!”覃老师说完，再次摇起了铜铃，又一拨学生跑进了教室。覃老师向周大夫挥挥手，把钟和铃放在窗台，进教室了。

陈老师听明白了他们先前谈话的内容，“嗷嗷”地拍了一下孩子，把背带松松，以肯定的语气说:“大队能有啥意见? 那几个背时的，还不是都听公社的！公社不催，他们连我俩的工分和口粮都兑现不了！”

突然，有人发出关中腔在背后不远处喊叫：“周大夫，真勤快，刚一来就下乡！”

周伊波回头望去，未料想是邝景申从猪圈后边的小路走上来，便奇怪地问道：“咦！邝院长，你不是上县开会去了，咋来这儿？”

邝景申连说带笑地答道：“这不是刚回来！在县上碰见陈老师的爱人，让我帮他给孩子带点东西，还有点其他事儿，来这儿歇歇脚。”

“走吧，屋里喝茶！周大夫真是贵人，带来喜气儿！”陈老师热情地招呼两位大夫。

周伊波听邝景申说，他和陈老师还有其他事儿，扭头看太阳已经斜到西边，就告辞先走了。

回到公社，下午饭已经吃过。炊事员老黄冷冷地对周伊波说：“还剩了一碗锅巴，想吃菜就自己炒！我还有事儿。”说罢，就离开灶房走了。

周伊波没有觉得犯难，他拿了两小棵白菜到门外小溪边洗过，放在案板上切好，往炉膛里加了一把干柴把火引燃。看地上塑料桶里有清亮亮的大半桶油，就倒了一铁勺进锅里。可是烧了很久，锅里的油只见起泡出沫，不见冒烟。他索性把菜放进锅里炒，炒来炒去，青菜叶上一直油亮油亮。周伊波夹起一筷子放在嘴里尝，满嘴满舌都是怪味，舌根、喉咙发麻。他忙舀水漱口。

此时，老黄进门，见状哈哈大笑：“你把桐油倒进锅里了？要拉肚子的，那是别人寄放的。”

周伊波觉得很扫兴，没有再说什么，端起锅巴出门蹲在房檐下吃罢，放下碗就走了。

周伊波回到卫生院，见郭廓在门厅里坐着，就对他说起到七一大队开会和在七一小学碰见邝景申的事儿。

郭廓代人受罚不止一次，这次又代老邝挨打、跪灵牌，心底的积怨早就想找机会发泄出来。他一听说老邝去七一小学，就做着怪相借题发挥道：

“今晚上他在七一小学‘喝茶’，得喝到明天了！老邝这个萝卜，在漩水湾到底有几个坑，谁也说不清！”他边说边拉着周伊波坐进诊疗室。

周伊波确实累了，也觉得难得有机会与郭廓单独坐下聊聊。早听人说，漩水卫生院复杂，但平时看不出来郭廓与老邝、老邝与毛锐、毛锐与其他人，究竟有多深的恩怨、多少矛盾和多复杂的关系。他隐约觉得毛锐像是老邝在漩水湾的一个“坑”：

“他看起来对毛大夫挺关照的！”

郭廓打开了话匣子：“邝景申和毛锐、何建功都在县城工作过，听说在那段时间，他们矛盾很大，老邝死揪住何建功的小辫子不放，把这两口子整到这儿，逼得他们过不下去。也许老邝经过几年有良心发现，也许还有别的想法，调漩水湾后，他对毛锐总是关怀备至、温和有余，经常对她说：‘卫生院里你最辛苦，为啥下乡总是你？’挑得毛锐开始心理不平衡。有人来叫她出诊，她就说：‘去找北京来的大学生，他们本事大。’而在漩水湾街上又说我俩‘大学毕业了，还是个饭桶’！她如今神出鬼没，到处流窜，到吃饭时候就回来了。邝景申自己嘴上喊‘抓革命、促生产’，可三天两头不是下河捞鱼，就是到田里抓泥鳅，天一黑就到外边找酒喝。可他每次到区上、县上开会，都喊叫‘三个婆娘一台戏’。我和石琦原本也是经常出诊的，他这样一来，我们就索性顶着不出了，哪怕是待在中药房帮着老王拣中药都不下去。”郭廓一说起老邝和毛锐就来气，越说气越大。

周伊波想让妻子协助自己开展眼睑内翻倒睫的矫正手术。黄山芸说，这个手术不大，所需器械都很小，得先问问石琦看院里有没有。

黄山芸每当想起那例因死胎而大出血去世的产妇，脑海中就浮现出她那张蜡黄的面孔和在痛苦挣扎中不愿闭上的眼睛，耳边回荡着她的亲人们悲悲切切的啜泣和孩子的哭喊。她反思着自己业务上的无能和失职，但她没有心灰意冷，没有失去工作乐趣和动力。她和石琦商量，等邝院长一回来，就向他提出从邮局订《中华内科》《中华外科》《中华儿科》杂志，再让县新华书店为他们代购妇产科和外科手术图谱，希望通过努力，掌握一些农村常见疾病必需的手术治疗方法。

石琦借着黄山芸和她商量订杂志的事儿，向她介绍了卫生院的财务管理办法和存在的问题：卫生局韩会计每月下拨十来个人的工资款和少量的业务款。卫生院的会计由石琦兼，出纳由邝景申本人兼。但老邝身为院长兼出纳，却经常不按财务制度办事，买酒买烟、买礼品送人都要让石琦给他走账。为这事，他们之间已经闹了几次冲突。石琦给区上和卫生局都反映过。区上说，卫生院业务管理上的事，不属他们管。卫生局说，基层工作不容易，得给些自主权。实际上，邝景申从这里买的土特产，都是送给县上领导的，具体送谁搞不清楚。石琦说，只要是她当会计，不该报的就是不报，国家的钱绝不能乱花一分。

黄山芸从内心深处产生了对石大夫的敬意。

薛勤谨、龙亦华、吴芳芹如同在海滩上产崽后回归大海的海龟一样，相约从古城走进大山，游至漩水湾。吴芳芹、姚新宇经过漩水湾没有多停，到卫生院与周伊波、黄山芸打个照面，在区上借宿一晚，第二天就赶往猴山新家。

一天傍晚，薛勤谨、尚厚德和龙亦华、田大地相约来到卫生院厅堂里，和周伊波、黄山芸聊天。田大地和尚厚德先说了在县上听到的消息，一则是县政工组人员大换班，狼外婆升任教育局副局长，皮十事调漩水区革委会当政工干事，借调在政工组搞宣传的罗紫丰正式分配至县革委会办公室，给原县长现革委会副主任梅竹当秘书，他爱人赵春碧分配到教育局当干事；二则是从古城下放来的一位中学校长新任卫生局局长；三则是农场的丁场长调漩水湾当书记，即将上任。农场里大部分走资派都解放了，但是，老牛因患肝癌，前几天在县医院去世了。

他俩刚说完，周伊波怕耳朵没有听清，急忙问道：“谁在县医院去世了？你说的是老牛？”

“是老牛！”田大地点点头。

“不会搞错吧？就是整天坐在灶房门口编筐编篓的老牛？”黄山芸接着又问。

尚厚德进一步肯定：“没错！只是不知道他走资派的帽子摘了没有？”

“摘不摘还有意义吗？咋是他呢？”黄山芸心情很沉重，悲伤溢于言表。

“咋没意义？政治声誉呀！别看他一天到晚闷头干活，到底是在县上当过领导的人，心里明明白白!”周伊波一阵酸楚，“他心里苦，气都郁结在肝上，肝气郁结太久了才得肿瘤。”他想起了老牛帮他垒炉子、买石炭，帮着解决了阁楼上的同学不住通铺的问题。

此时，龙亦华从春凳上站起来走近黄山芸，劝道：“别太难受了，还有更伤心的事呢，你俩可要忍住点!”她转回春凳坐下，压低声音讲述了在古城从几个农学院老校友那里听来的噩耗。

几个月前白芦和童希北怀揣调令离开江阳。那些天不热不冷、无雨无风，客车在秦岭里盘绕了两天，眼看就要出山进城了，谁能想到那辆车竟然在大峪口翻到沟底。童希北颅骨和内脏破裂，没来得及送医院抢救就去世了。白芦受轻伤，在古城住了一个来月医院后，带着妻子的骨灰回到银川。到家后他就像傻了一样，每天夜里都要在院子里站几个小时，仰望着天上的星斗，似乎在寻觅着什么，有时还把手伸出去，嘴里呜里呜啦说个不停。后来，他对家里人说，他想安静，就像过斋月一样，谁也不要问他吃喝，他把自己锁在房子里。十天后，当家里人打开房门时，他匍匐在地的身体已经是具僵尸，面前是童希北的骨灰盒和一本《古兰经》。家里人在报案之前，把《古兰经》收拾起来，换成了毛选，书里还夹一字条，写着“敬祝毛主席万寿无疆，林副主席永远健康”。有同学去参加葬礼，回来说，他们父母都年过七旬，白发人送黑发人那个场景真让人心碎肠断。

黄山芸刚听完就失声哭起来，周伊波两眶热泪。提起大峪口，俩人不约而同地想起盘盘绕绕的公路和峡谷里湍急的溪流，以及下游的天然泳池。那是数年前暑假里大学同学的游玩之地、欢乐之地，怎么成了朋友的蒙难之地？周伊波想起和白芦一起放牛、一起认草药、高谈阔论的时光。黄山芸想起白芦和童希北在乾河里跳来跳去、手托着铁丁学游泳、把钓来的鱼送给他们母子熬汤喝的情景。这么活脱脱的两个人，怎么就从地球上永远消失了？铁丁看见妈妈哭，吓得“哇哇”叫起来。黄山芸赶快把声音收住，擦去眼泪，抱起孩子拍拍。

龙亦华平静地说：“我已经难受过了，死去的哭不回来。不哭了，都好好活着。自从出了大学门，头上就戴了臭老九这个紧箍，臭老九活得难受，再难受也还要活，现在都有了孩子，就更得好好活。”

薛勤谨接着龙亦华的话说：“有孩子和没孩子的人想法不同，有孩子的人，为孩子能委曲求全，该装就装，该拍就拍。你看人家潘凤和侯承强两口子，这次在县上碰见了，他们看起来很滋润。在农场等分配的时候，县上说他们劳动不过关，调城关公社继续劳动。刚去城关公社报过到，卫生局就出面把俩人借调到了防疫站。转单位、转人事关系，也就是在办公室之间转一张纸的事儿。听说那个严站长看好他们，严站长在县上挺有势的。”

尚厚德看看铁丁，半开玩笑地对周伊波说：“你俩为了孩子，也得跟人家学学！”

周伊波脑子里仍然浮现着老白、小童和老牛的身影，没有作答。

黄山芸看看丈夫，一本正经地说：“别说他学不会，就是我，也学不会！”她猛然又想起了老同学文泞泞，转话题问道：“从北京部队转业来的小两口，女的比较瘦，听没听过他俩的情况，还好吧？”

周伊波觉得黄山芸为别人操心太多：“部队转业干部，有啥好问的？文泞泞刚一来，就分到县人武部，郑贵到教育局当政工干事。咱年级的赵春碧——能人罗紫丰之妻也分到教育局了，咋能不好？”

尚厚德接话说：“我知道这两口子，女的小巧，男的潇洒，听说他老爸还是北京一个大脑脑，去年他们刚报过到，就又回北京待了一段时间。但愿这男的能在教育系统成气候，把狼外婆挤下去。”

“我和文泞泞是中学同窗，去年从康安过来，一路聊了那么多，她怎么没说老公公是个大脑脑？嘴真紧！大脑脑的孩子能从北京来到大山里，太稀罕了，也真不容易！”黄山芸的话里带着遗憾、赞赏和恻隐的味道。

周伊波还暗自庆幸把狼外婆调到教育局而不是卫生局，不然，他就一屁股把自己坐死了。

月光从大门照进厅堂，几个场友聚在一起有说不完的话。谈兴正浓时，一个沉重的步子一脚踏进门，站在门边朝这群人仔细打量一番，先“啊”了一声，接着似笑非笑地说道：

“我以为来了一堆病人，原来都是老九，知识分子聚会，区上以前提醒过‘不要搞帮派活动，警惕小团体主义’！”邝景申说话时嘴里喷出酒气，舌头有些僵硬，而态度却严肃认真。

大家都没回话，周伊波看他走进楼里，骂了一句：“狗嘴里吐不出象牙！”

沉默了一阵后，尚厚德起身说：“不早了，回头再谝！”

“回头到你们那儿谝！”周伊波、黄山芸把两对场友送出门。

第二天早上起床后开始政治学习。邝景申先传达了县革委会组织的农业学大寨参观团赴外地学习的情况。外地先进经验概括起来有几句话，那就是“以社会主义历史阶段的基本路线为指导，以阶级斗争为纲，先治坡后治窝，先生产后生活”。县革委会梅副主任说：“今年夏天全县下了暴雨，把去年修好的大寨田毁了一半。但是，我们走大寨路的决心决不动摇。从现在开始，全县动员抢修梯田，包任务到户，到各单位每个人，农户一家一亩，机关单位每人二分。”卫生局和漩水区委根据县上指示，要求漩水卫生院“每星期一、三、五上午开门看病，一、三、五下午上山修田。其他时间，把合作医疗、赤脚医生、计划生育等工作继续抓紧抓好”。说到计划生育，邝景申将中指、食指一张一合比画着说：

“现在，康安县各区卫生院都配备了‘鸭子嘴’，正继续往公社卫生所配发。”他瞪大眼睛突然对着几个女医生发问，“咱卫生院有这玩意儿吗？不锈钢的！”

起初无一人听明白他说的是啥意思，后来石琦顿悟：“扩阴器，妇科检查最常用的，还能没有？没有扩阴器咋上环？除非宫颈下垂到外边，不然，咋能看见？”

在座的人除梁晨风老先生外，全都哈哈大笑起来。邝景申确实不是故作幽默，虽然他常在酒后与酒友拿人的下半身说事儿，但他对那个部位的医学知识，确实只知道皮毛。一看大家都在笑话他，脸上有点挂不住，就转而对着石琦以报复的口气说：

“县委现在还要求各单位各部门学习毛主席的哲学思想，让结合实际学、带着问题学，石大夫、郭大夫给大家抛个玉吧，先讲讲一分为二与合二为一，我洗耳恭听！”

“我只知道一分为二是把一个分成两个，合二为一是把两个合成一个。

例子我想不出来，让黄大夫帮着举一个，刚从学校出来，概念清楚！”石琦转向黄山芸求助。

黄山芸初来乍到，连医院里的人名都还叫不全，第一次参加政治学习，觉得气氛比在学校和农场里都活跃。院长虽然话说得蠢，却是个活宝，不像是背地里搞阴谋的人。她咳嗽两声，朝大家环视一圈，看大家都在等她发言，于是就把浮现在脑海中的实例说了出来：

“关中道上渭河把黄土地一分为二，到后来汇入黄河合为一体，这是一个例子。拿人来说，任何人都有优点也有缺点，这也是一分为二。”后边一句，她话刚说出口，就哆嗦了一下。她突然想起在大学里有同学，因问别人“毛主席有没有缺点，能不能一分为二”，就差点被打成反革命分子。她停下来又环视一遍，看大家对她的话并不在意，才松了口气。

邝景申似乎没认真听她说什么，黄山芸刚说完，他就又一次大声说：“要结合咱们的行业来说，比如，像江青同志说的男人提供一个精子，女人提供一个卵子，就能制造一个人，这就是合二为一；母亲把孩子生下来，一个变成两个，叫一分为二。一分为二、合二为一在不同环境会发生变化，比如我在县城，白天和老婆一分为二，到晚上就合二为一。到了漩水湾就是另一回事了。哈哈！对不对？”

郭廓的笑脸上带着讥讽，口中连说：“真精辟，真精辟！”

“什么真精辟？下流，污蔑江青同志！”石琦不屑地斥责道。

王明利先朝着石琦笑道：“污蔑江青同志？帽子大了点！”然后转向邝景申嘲笑道，“不过，你驴日的说话，总能结合自己的特长，随时能创造发明！”

其他人都只是抿着嘴笑，不接话不发言。大家本以为这次政治学习该结束了，正要起身准备去吃早饭，不料邝景申把脸黑了起来，眼睛盯着郭廓，一反欢快的神态：

“这段时间，大家都很辛苦，可问题也出现不少，特别是有人怕出诊，请不动，惹得干部和贫下中农生气，逼得他们采取了过激行动，造成恶劣影响。新上任的卫生局姜正宗局长听到来自漩水湾的情况反映，对我们的工作提出严厉批评。他说：‘漩水卫生院医生对贫下中农缺乏阶级感情，贫下中农处罚他们活该。根据外地经验，以后有人喊大夫出诊，要先问是不是贫下中农，是不是干部。碰见贫下中农和干部，千万马虎不得。凡是阶级弟兄、阶级姐妹，一定要全力以赴，医护人员步子要放快，药量要给足，刀口要切小。该通知区上的，要及时通知，争取组织的支持，免得犯立场性、原则性错误。'这是局长的原话，大家都记好了。"

邝景申的眼睛一直没有离开郭廓，似乎乱子是他惹下的，卫生院的名声是他破坏的。郭廓对邝景申的眼神和这段讲话非常反感，心想："你老邝怎么这么会推卸责任？我替你当了冤大头，你邝景申连句安慰的话都没说。新上任的局长咋也这么浑？事情没搞清就给人扣屎盆子。"他憋了一阵，老邝刚说完就站起来骂道：

"真他妈的胡扯！还有是非没有？"

"你骂谁？大学生把嘴放干净点！"邝景申也站了起来，把眼睛瞪得滚圆。

"我骂谁，你知道！我告诉你邝院长，他们把我搞伤了，我连平路都走不稳，你看着办吧！"郭廓说完，提着小板凳回自家房子。

石琦也把小竹椅提在手里，对着邝景申严肃地说："你说话要尊重事实，不能信口开河。你这样当领导，让我们咋在这里待下去？"

邝景申哑口无言。

黄山芸改变了邝景申是个活宝的印象，开始觉得这个卫生院"庙小风大"。

晚上，周伊波回来，黄山芸向他转达了上午卫生院政治学习的情况。他们都为郭廓抱不平，说到"鸭子嘴"，俩人都禁不住笑了起来。而姜正宗这个名字，周伊波觉得很耳熟，心想，该不是母校胜利中学那个姜校长也来支援三线建设了？

黄山芸在与石琦的交谈中，获悉卫生局的财政很困难，区卫生院除过能按人头领工资外，连业务经费都很难保证，公社卫生所更得靠药品购销差价来维持。

这些日子，周伊波几乎天天下乡。他既有努力去干的愿望，也看见了邝景申和县卫生局新局长高高扬起的鞭子。他在花莲公社的角色近乎区卫生院派往那里的特使，既下乡出诊、防疫，也负责各大队合作医疗站的筹建，他感到压力很大。在乡下，他碰到最麻烦的病症是高烧不退，使用解热镇痛药没有明显作用。回到卫生院，他向梁晨风老先生请教。梁老先生让他对这类病人按暑湿症治疗，用三仁汤加减，并告诉他，中医看病要结合季节时令和气候变化，根据个人身体特点，及时调整方案选择用药。后来，他经手的一些时令病患者，都取得显著疗效。这令他十分兴奋，他对中医的兴趣更加浓烈。

一天傍晚，漩水卫生院来了三位县防疫站人员，其中一位是两个多月前进入防疫站的侯承强。他们按上级指示，到全县偏远地区普查梅毒，主要是指导基层卫生院、卫生所开展工作。他们说，这种性病二十多年前在人口流动较频繁的大城市和文化落后的偏远地区流行过。后来，由于社会的进步和诊疗水平的提高，这种性病在大城市已经根绝。但是，在偏远山区，由于生活习俗和卫生条件限制，梅毒仍然存在，多数处于隐匿状态。

漩水区普查梅毒工作先从花莲公社开始。

周伊波给公社贺文书汇报后，通知覃禄贵、王达福以及在七一大队插队的三个知青都到公社集中，也让住在卫生院学习的小张返回公社，一同接受县防疫人员专项培训。侯承强作为县上的专家，给参加培训人员讲解了引起梅毒的病原体——梅毒螺旋体的致病性、受损组织器官的病理变化及引起的症状，最后讲述了本次普查的要求和具体操作程序，讲得清晰明了。不仅接受培训的赤脚医生和知青对他仰视，就连周伊波也对他刮目相看。

周伊波对老侯称赞道："到底术业有专攻，在县上有人指导，提高真快！"他为老侯高兴，认为他曲线再分配这步棋走得值。

老侯看他态度诚恳，对他说："在茅关区参加防疫时，严站长最先看上的还是你，对你示好你不做反应。后来，又听严站长说，老同学罗紫丰对你印象也特好，给老梅和郎学仁说过几次，'周伊波和农场里另外几块好钢，都应该放在基层最艰苦的地方再锻炼，炼成党和人民的贴心人，将来能成大器担大任'。"

周伊波对罗紫丰的为人很了解，老侯的话让他清楚了再分配的一些内情，反问道：“罗紫丰不想成大器担大任？他咋不来漩水湾？”

“周大夫，先给我查查吧！”王达福悄悄地走到周伊波跟前请求道。

周伊波很诧异：“你咋回事？”

“我旧社会上，干过哈哈事儿（坏事），干过那种活路。”王达福吞吞吐吐，态度却很诚恳。

周伊波没有听明白：“哪种活路？抽大烟？”

“屌头上那种！以前走东家串西家，在病家过夜，不知不觉就染上了，回到家里让老婆子也染上，后来她楼板（上腭）烂了，连鼻梁都塌了。我比她强，可一直肾亏。真不是好玩的，那事儿早就不干了。”王达福显得有些紧张和不好意思。

“真不干了？”周伊波眯着眼，以怀疑的声调又问道。自从和王达福第一次见面，就觉得他有点像《智取威虎山》里的小炉匠，神态猥琐。

“小炉匠”微笑时用手遮着黑残牙，变得爽朗起来：“早收心了，不花骚了！”

老侯听见他俩的对话，以专家的口气接话说：“只要你多年前就不花骚了，原先的螺旋体就和你一样老了，不具传染性，不会再害人。即使有点不舒服，也是后遗症。你如果不放心，可以用油西林（注：油剂青霉素）治一个疗程。”

“还是给他查查再说吧，他相信你！”周伊波对老侯请求道。

老侯答应了，给王达福先做了体检，又做血清学反应测试，最后的回答是：“不用再治了，肾亏不亏，回去问你老婆！”

县普查队在漩水的工作还没有搞完，县防疫站就又派人送来了小儿麻痹糖丸，让老侯他们借着基层卫生人员集中培训的机会，指导各公社把发放糖丸的工作做好。因为小儿麻痹糖丸是脊髓灰质炎减毒活疫苗，必须在两三天内发送到适龄婴儿家里，严格按要求用冷开水溶解后服用。

三个多月以来，周伊波已经出诊数十次，在公社参加过几次三级（公社、大队和小队）干部会，不少干部、社员已经认识他，特别是松岭、七一、月亮滩大队的干部对他比较熟悉。他自己承担了松岭、七一两个大队的发放任务，把其余七个大队的发放任务，分配给覃医生、王医生和小张。

这天一大早，周伊波把提前准备好的窝窝头用开水泡过吃了，带上手电筒、粮票和零钱（按公社规定在农民家里吃饭，一顿饭交半斤粮票、一角五分钱），背起装着疫苗和登记册的药箱出发到松岭大队。在那里他先见了大队曹支书，说了他的任务和计划安排，请他给予支持。周伊波懂得，在乡下，支书和队长不仅是公社信任的人物，也都是能呼风唤雨的人物。曹支书作为全社最穷大队的支书特别显出愈穷愈革命、愈桀骜不驯的特征，尤其是他妻子刚去世，心情尚未转好，必须特别尊重他，客气地面对他。出乎意料，曹支书明白了周伊波的来意后，帮他设定了行走路线，让一个十多岁的男孩为他带路。周伊波已经走远了，曹支书还站在门口对着他背影喊：“别赶得太急，今天搞不完，晚上我给你安排吃住。”周伊波在公社见过他几次，他不仅把周伊波当成医生，还把他当成公社干部。

周伊波先爬到山垴垴上，那里的十几户人家，他挨家挨户走访、发放。这些人家，屋里除过小饭桌、床铺、吊罐，很少再有其他陈设，比此前见到的方老大家、茅关防疫见到的农家，房内陈设更简陋。他不知道他们平时怎么维持生计，到了冬天怎么抵御寒冷。走到最后，他发现在山崖边一个不规整的山洞里，洞口挡着个破门。经过打问，才知道这户的女人因难产死在漩水卫生院，男人姓孙，下山去给孩子找人家还没有返回。周伊波这才知道，原来黄山芸和石琦没有抢救过来的产妇家就住在这里。山垴垴上的人，见到医生有更多笑脸，医生让做的事他们都毕恭毕敬地照办。

周伊波让领路的孩子先返回家，帮着给别的小队带个口信，说“发送糖丸的来了”。

他自己独自慢慢边往下走边发放，经常还没到农户家，就有人站在路上等着。他们已经知道，无论办合作医疗站，还是接受防疫普查和吃糖丸，都是共产党给他们办好事，都是毛主席从天上抛洒甘霖。待他又转回曹家院门时，天色已经昏暗。他准备让支书为他安排个吃饭和住宿的地方，等第二天再进行松岭大队剩下的两个小队和七一大队五个小队的糖丸发放。

门口的狗子刚叫唤了几声，曹支书就走了出来，他显得很平静，虽没有笑容，却也不可怕。他仍然让那个十多岁的男孩子为周伊波引路，到吃住的处所。周伊波相信曹支书肯定能把他安排到一个政治上、安全上都可靠的基本群众家里。

男孩把周伊波领到坎下半里路左右的一个院门口，喊了一声“表嫂”，就有一个年轻农妇从屋里走出来，含笑着给周伊波打招呼，边伸手接药箱边对孩子说：

“告诉你叔，都弄好了！”

屋正中靠墙的方桌上已经点起带罩煤油灯，摆好了两盘菜。周伊波进屋刚坐下，年轻农妇就把泡好的茶水端了上来：

“大夫先喝茶，米饭焖好了，我就去盛。”

“不急，先喝水！”周伊波心想，在这么贫困的队上还能吃上白米饭，这是什么家庭？他把衣服口袋里装着的半斤粮票和一角五分钱取出来，压在一个小瓶下，四处打量着这个看起来虽不富足却干净、宽敞的石瓦房。进门一边是厨房，一边是套间，头顶还有阁楼，桌边架着板梯，阁楼显然是腿脚麻利的年轻人住的。他忽然发现，在套间门头上方贴着一张烟熏发黑的双喜剪纸，于是问道：

“什么时候结的婚？”

农妇近前带着苦笑答道：“前年 12 月 26 日，大队曹支书请人选的日子，说那天是毛主席生日，吉利，由曹支书主婚。”她看上去二十出头，却显得老成，头发上盘，五官端庄，系了个盾牌样的紫黑色围裙，局促地搓着双手，一双大眼睛闪烁顾盼，说完就又进灶房把米饭盛好端出来。

周伊波忙起身接碗：“再等等，等你家里人回来一起吃！”

“大夫，快吃吧，没有人了，这是曹书记专门叮咛给你准备的。上面来人他都有安排，他说爹亲娘亲不如党的干部亲，到松岭来的干部都是衣食父母。”少妇平静地把周伊波的手拨开，在他面前放下碗，温柔地说道，“山高坡陡，来一趟多不容易，辛苦一天了，快吃吧！”说完，又进了厨房。

周伊波已经拿起筷子，隔着屋门朝厨房放声说：“小表嫂，你在忙啥？

过来一起吃！”

“我吃过了，添把柴就过去。”少妇朝堂屋探探头，过了片刻，来到桌边，面对大夫坐下，静静地看着周伊波一筷子一筷子地把菜夹到碗里，低着头慢腾腾地拌着米饭往嘴里送。她一看见大夫抬头，就立即脉脉含情放眼过去，无声地传递凡是男人都能明白的话语。

周伊波在虹桥街、漩水湾和花莲桥从没有见到过如此水灵可人的少妇，也从未这么近距离地被妻子以外的女性这么凝视。他放下筷子，看着少妇问道：

“你家里几口人吃饭？”

“原先有三口，现在就我一个人。”

周伊波感到很诧异，对她的话来了兴趣：“那两个呢？”

少妇似乎有一肚子话憋着，想等人倾诉。他一问，她就搭上了腔。

原来她叫陈小翠，娘家在观音寨，归属七一大队，有一个姐姐叫陈大翠，就是七一小学那位陈老师。母亲原是北平的一个大学生，抗战年代和几个同学南下四川，路过月亮滩时，没料到那里是土匪恶霸曾志安的天下，母亲被劫掳做了土匪头子的小妾。江阳解放时曾志安被打死，后来母亲就嫁给了在观音寨教书的陈先生，五年里生下两个女儿——大翠、小翠。两位老人历经磨难，已经过世多年了。陈小翠说，自小家里再困难，她的父母都逼着她和姐姐好好读书，所以她俩都读完了高小。她的丈夫姓方，叫方初亮，是她高小的同学，土生土长的松岭人。前年冬月，她从七一大队嫁到松岭，过门后就和初亮一起参加了民兵连，到汉江边竹河口去修公路，饭虽不能放开吃，却比在家好很多。在那里头一回看电影、看文艺演出，还认识了几个解放军和学生连战士，听了几箩筐的新鲜事儿，心里乐开了花。可是，谁都没有想到，今年夏天，一场暴雨过后，大太阳下竟然山崩地裂，半拉山垮下来把几十个民兵和学兵都埋了。挖了两天，连一个人都没有挖出来。最后，公路改道，在大土包前修了个“死难民兵学生纪念碑”。

周伊波突然想起了他的老邻居——小兄弟康孬蛋，忙问道：“是在竹河嘴对面、黑崖山边？”

“是的!”陈小翠眼里噙着泪水。

周伊波随口问道:“给补了多少钱?”他还记得学兵们说,康孬蛋牺牲后,康大娘来江阳了一趟,留下眼泪和足迹,带回去一包黄土、一身军装和二百元抚恤金。

“人殁了,补多少算多少!民兵团分两次给了三十块,回松岭后,队上又多给了几十个工分,每个工分八分钱。”从陈小翠语调中听不出抱怨和对补偿多少的想法。

江阳地方太穷,政府有困难,老百姓能这么体谅,让周伊波深受感动。他心想经济补偿少点,多给些荣誉,精神上多些满足,也可让蒙难家属多些安慰,又问道:

“发荣誉证书了?”

“没有。民兵团的领导说,塌方死的人有不同情况。方初亮平时没有特殊表现,家里成分又不好,不能按因公牺牲对待,更不算烈士,墓碑上不列姓名,有么子证书?”

“他家是啥成分?”

陈小翠看周大夫问话的神态带着关切和同情,就告诉了婆家的成分:“地主!”

“你们这地方地面宽,多少亩地够上地主?”

陈小翠把眼角的泪水擦去,停顿了一下,很平静地说:“我也不太清楚,地主分子是初亮的爷爷,听说原先那些地,是爷爷和他兄弟一起从老辈手上接下来的家业,关键是他还种过鸦片。定成分时,他兄弟,就是坎上方家大院那一支,到山外去了一年,可能是卖货。这样所有的家业都算在初亮爷爷名下,种地的是地主,贩毒的兄弟定成贫农。贫农也罢地主也罢,老兄弟俩活着的时候吵架打架,斗起来比外家人还凶,现在都过世了。初亮的爸妈原先跟着我们,初亮出事后,瞒不过婆婆,她当月就服农药陪儿子走了,公公后来就去对面山包上,跟他大儿子过。”

周伊波仔细打量着陈小翠问道:“你一个人就这么过下去?”他看这个少妇秀丽端庄,虽略显风骚,却不流俗,算是深山里的老鸹蒜(注:野百合花)。

“我在这里守孝，靠体力挣工分，大队上经常安排点接待，多给点关照，生活上过得去。走着看吧！”陈小翠边说话，边收拾桌上的空碗菜盘，又从厨房里端出一个装着半盆热水的木盆，放在大夫脚边，温柔地说道，“周大夫洗脚，累了一天，脚走疼了，泡泡就松快了。”

“这怎么使得？太客气了，你快坐下歇歇！”周伊波一阵心跳，忙摆手、缩脚。

陈小翠没有起身，他觉得接下来，她可能要帮他脱掉鞋袜，心想：“今夜要在这儿犯错误了，曹支书想害我。”

陈小翠显得愈加可亲，起身盯着大夫：“我去找条毛巾，水还太烫！”她看这位大夫确实与以前来的贵客不同，从心底升腾出一种渴望。在套间门口的灯影处，她以请教的口气说：“初亮都不在了，队上还动员我去上了环，队长说，长时不用就粘到一起了。周大夫，这话当真？”

“哎呀！”周伊波痛苦地喊叫了一声，把手中的搪瓷茶缸松开，落在盆中，洗脚水从盆中溅到地上。

陈小翠手里提着带花的新毛巾急忙从套间出来，不安地问道：“周大夫，咋啦？”

“我头疼，头像要炸开一样！”周伊波一手捂头，现出痛苦神色。

陈小翠忙不迭地把药箱提到大夫跟前：“你快找药！”

周伊波皱着眉头，把药箱打开，在里面翻了两下取出手电筒，遗憾地说：“我这是老毛病了，非得吃一种药才能过去，今天没带！”说罢，急忙穿上鞋子起身，“实在疼得受不了，我得赶回去！”他背起药箱出门，借着月光走下石台。

陈小翠还没有反应上来，大夫就离开了。她在院子里朝远处连喊了几声：“周大夫，路上过细！”

周伊波下到一处平展些的地方，回头望了望。他能感觉出来，那个既可怜又可爱的山里妹子，确实想继续倾诉她的辛酸，也想奉献出自己一腔真情。他耳边又响起了陈小翠的话：“干部都是衣食父母！”可是，女儿大了，当爹的还能和女儿睡在一张床上？

他在明媚的月色里喝醉酒般摇摇晃晃往山下走，在白天里看似庙里金刚般龇牙咧嘴的山峰，在夜空中显露出观音般的影姿，路边夜色中的灌木丛像是被踩在观音脚下的一堆堆小鬼。他不时打开手电远近照照，使劲咳嗽几声，用竹棍敲击着山石。虽然深一脚浅一脚，却没有慌乱，没有烦恼。他脑海里像过电影一样，翻腾着一天里的经历，山林里的乡亲都是有血有肉的人，他们都有七情六欲、知冷知暖。然而，他们活得那么艰难，像陈小翠这样的人活得还那么孤独和无助。

待他走回卫生院时，已经筋疲力尽，王明利正要关大门。黄山芸听到他上楼的脚步声，忙给他开了房门。她趁孩子睡着，还在挑灯夜读。周伊波告诉妻子自己在山上的这段经历，山芸先是抱怨丈夫的冒险夜行，接着就调侃道：

“曹支书一看你就是个好色之徒，投你所好！”

周伊波嬉笑回应：“也许人家这地方就是这风俗，只要你同意，我也入乡随俗了！”

“你敢！”黄山芸轻轻点着丈夫的脑壳，装出威胁的腔调。

周伊波抓着妻子的手说软话：“我真不敢，这不连夜往回赶！”

“应该说你有阶级觉悟，党培养的好医生，吃苦耐劳，不贪女色！”黄山芸先给丈夫戴起二尺五，转而认真地说，“也许曹支书原本是想半夜害你！”

“说实在的，曹支书没有那么多心计，人家小媳妇也不是女色，是个善良人，要不是家里有你这个西施，今晚我真待在那里了，犯错误就犯他一次！”

“你敢！”黄山芸说罢，俩人就紧紧地拥抱在一起。

第二天，周伊波又上松岭，先把剩余两个小队的糖丸发放任务完成，接着又到邻近的七一大队，走遍了各小队有适龄婴幼儿的家庭农户。

由于连日劳累，这天一回到家歇下来，他的口腔里就像火烧一样，几颗大牙根和右侧面颊疼痛起来，痛苦的样子就和在陈小翠家里佯装出的一样，他赶忙吃了黄连上清丸。到了半夜，周伊波觉得疼痛不仅没有减轻，而且愈加剧烈，右侧牙龈和颜面肿胀起来。他不得不让山芸起床，敲开小陆的房门，让她从药房取出四环素和止痛片。服药后，周伊波一小时一小时挨着，疼痛并无明显减轻。他又让山芸取出银针，给他扎在合谷穴和颊车穴上，不断行针，好不容易熬到天亮。

起床洗漱完毕，周伊波搬了把藤椅放在院坝，让郭廓、石琦和黄山芸一起为他会诊。他两手抱头张嘴对着阳光，郭大夫用压舌板，分别撑开他左右侧颊，仔细查看牙齿变化，发现右侧一颗磨牙有小块破损，一颗阻生智齿引起牙龈肿胀，随即用镊子夹着酒精棉球触碰涂擦，疼得周伊波“啊啊”地哆嗦。

“右第二臼齿牙髓炎，右阻生智齿合并牙周炎。”郭大夫结束了检查，说出他的诊断，并把压舌板递给黄山芸让她验证。

黄山芸看罢表示赞同，又把压舌板递给石琦。石大夫很相信丈夫的观察和诊断，说：“我不看了！”

“那该怎么办呢？消炎止痛药都吃了，一点用都不起！”黄山芸焦急地说。

郭廓胸有成竹地说：“吃药对牙髓炎起不了多大作用，一旦发生，就是在大医院也很麻烦，最彻底的治疗就是拔掉！”

周伊波把抱着头的手放下来托住下颌，无奈地说：“疼得饭不想吃、觉不能睡，什么事都不想干，快拔掉算了！”

“郭大夫，那你给他拔掉吧，免得他受这么大罪！”黄山芸听郭廓的口气这么肯定，相信他有诊治牙病的经验。

石大夫忙回身进手术室去找拔牙器械，等她从手术室出来时，端着的弯盘和其中的钳子、镊子等金属器物，已倒上浓酒精火烧消毒过。

周伊波重新把头抱起，石大夫端着弯盘侍立一旁，围观的人又增加了王明利和陆雪飞。郭大夫拿起针管，把针头刺向牙龈，朝里注射麻药普鲁卡因。周伊波又哆嗦一下，嘴里增添不少苦水，他低头吐在地上的痰盂里。过了一阵，郭廓拿起一个与镊子长短相近的“小铲刀”，开始把病牙和牙龈分离，又疼得周伊波叫起来。

郭大夫不知道是自己的麻药没有打好，还是牙齿本身的原因，只能大声安慰周伊波“长痛不如短痛”，继续自己的手术。过了一阵，郭大夫把“小铲刀”放下，看看弯盘里的钳子，抱怨道：“就这一把，上下左右牙都用这把，很难操作。给老邝说过再买几把，不同部位要用不同的牙钳，他总说‘哪有那么讲究，毛主席教导我们说，要节约闹革命’。”

郭大夫拿起钳子夹住周伊波的病牙开始摇晃，起初只是手腕左右摆动。病人张着嘴从喉咙里发出痛苦的“啊啊”声，但牙齿还是不松动。后来郭大夫的手腕和身体同时晃动，病人的头和藤椅开始随着晃动，终于一小块牙体掉了下来。周伊波擦了把头上的汗珠，吐出口中的血水，苦笑着说：“简直是上刑！”停顿了一下，又转变口气安慰郭大夫道，“比昨夜那种疼，还是轻些！”

“真是！怎么受这么大罪？”黄山芸和周围几个人似乎比病人还紧张。

“黄大夫，你来试试！他的牙根太深了，比一般人的都牢固！”郭大夫显得疲惫和无奈。

黄山芸觉得郭大夫的动作太粗蛮，像是对着个教具一样，早想叫停，于是接招：“好，我试试！”她接过牙钳轻柔地摇了两下，周伊波“啊啊”的声音反比先前更大，他是向她表示“我实在受不了”。她于是停下来，与郭大夫商量道：“已经拔掉了一块，放出点脓血，局部炎症也许能缓解，再吃点药观察观察？”

未等郭大夫回答，周伊波就要往起站。这时，王明利到西药房，从陆雪飞处拿了一支止痛药杜冷丁递给郭廓：

“要是我，肯定耐不住，打一针吧！”

“耐住耐不住，都照样疼！”周伊波表示，自己也不是铁打的，只是无奈。

郭廓挖苦王明利道：“你一喊‘我怕疼，我老实交代’，就不疼了。”

据说前两年，街上有人看王明利长得像个坏人，拉出去吓唬过他一次。他很识时务，大声求饶，喊爹叫娘，很快就被放了回来。

周伊波左手捂脸，右手摆动两下，谢绝王明利的好意，起身疲倦地往阁楼里走。他知道卫生院的杜冷丁进量很有限，也有成瘾性。

几天后，周伊波的牙疼有所减轻。他打算借上县购药和向卫生局递交改建卫生所报告的机会，顺便再到县医院口腔科看看。

这几个月，王达福已经去县城买过两次药。在县上，他都是到亲戚家挤着住。药买好后，自己装包、捆扎，然后自己背回一麻袋，其余的再请脚客帮忙。既没有差旅费，更没有食宿补贴。

周伊波已经深切感受到区社两级卫生单位的经费匮乏，办一切事都必须从节俭出发，量入为出。这次他要上县购药，也得和王达福一样，吃住不花卫生所的钱。于是，他出发前就先给魏军定打了电话，问他能否在厂里安排个住处。

魏军定很爽快地答应说："没问题!"

他又问老魏："需要带点什么?"

老魏想了想说："如果方便，就带两把藤椅、一个木盆来，听说漩水湾这东西做得好，县城没有。让脚夫顺便带过来。"

周伊波从漩水湾竹木器加工厂把两样东西买出后，先放在卫生院诊疗室。山芸已帮他找了接送邮件的脚夫，说好运价，打算第二天早饭后出发。

这天半夜时分，一阵敲门声把楼下的人都惊醒了，王明利起来开门。敲门的是一对老夫妇，让赶快派人到漩水河对面给他们的儿媳妇接生。王明利把他们引到邝院长屋里，介绍了情况。邝景申揉着眼睛问：

"啥成分?"

俩人异口同声说："贫农!"

有了上次拒绝松岭大队曹支书叫出诊、惹出麻烦的教训，老邝不敢怠慢。但他自己不会接生，也不愿叫郭廓和石琦两口子。他走到楼外，朝毛锐门上看了看，房门紧锁，外出未归。于是，上楼叫醒黄山芸说明原委。小铁丁被惊得大声哭啼。老夫妻俩跟上楼对着黄山芸苦苦哀求，并说帮她抱奶娃子一起走。

黄山芸没说什么，只让周伊波帮她取出背带把孩子背上。周伊波要陪着她一起去，她坚不应允：

"有俩老辈子陪着就行了！你不是还得到县城买药?"

几个人在手电筒的光亮中手扶墙壁，顺着板梯从楼上下来。下弦月挂在西天，小院清亮，穿过院子，黄山芸背着孩子进到诊疗室把红十字皮箱收拾停当后，出门交到老夫妇手里。

老邝已经回房睡觉，周伊波送几个人走出大门，不安地看着妻子的身影远去，山风吹来孩子阵阵哭声。

周伊波的眼睛开始模糊，他不想再上楼歇息，看看放在诊疗室的货件，心想：“自己在农场能背一百几十斤的粪土上山，现在背上二三十斤竹木器又算什么？山芸非要请脚夫帮忙，真是多此一举。”

于是，他从诊室将两把藤椅取出，上下相对摞在一起，在上面椅腿间放置木盆和装药的麻袋，在下边藤椅上绑了两个让双臂能穿过的套环。捆扎好后，手提竹棍，起身上路。

大地还在熟睡，凉风习习，路上空无一人，偶尔从远处山坳里传出几声狗叫。连绵的大山静静地耸立在月色下，现出铁样身姿。他从漩水湾街道出来，一口气过了花莲桥、锋利大队、七一大队，离开自己熟悉的环境越来越远。刚走到一个峡谷的转弯处，月亮就躲到了山背后，道路变得昏暗，漩河水流的震荡声响彻四周。周伊波头皮发紧心里发怵，他忽然想起在江阳招待所听到的一则传闻：深山野道上有“十字坡”和“母夜叉孙二娘开黑店”，开始后悔自己的冒失。他挥动着手里的竹棍，大声吼着歌曲壮胆，硬挺着往前走。

来到月亮滩，天还没有放亮。远处弯弯的拱桥影影绰绰，桥下流水哗哗啦啦。他想起第一次路过月亮滩街时，毛锐讲的骇人听闻的故事：山洪暴发时水似猛兽，顷刻间可以漫过小桥，吞噬路人。他打了个寒噤，迈步走向小桥。脚步刚踏上桥顶，突然十几束绿莹莹的亮光伴着连声狂吠，向他靠近，吓得他站在桥上摇摆身体，挥舞竹棍，敲打石阶。狗群被清脆的击打声和摇摆着的庞然大物震慑，停止在距桥十多米的路道上不敢再向前。由于桥下激流的阻隔，它们无法绕到他身后袭击。他向前走一步，它们就吼叫着向后退一步；他后退一步，它们就发出更剧烈的吼叫声向前一步。人与狗僵持着，保持着固定距离。以前，他见到过很多狗，都是在白天，无论大小和皮色，都给人以温顺、胆小和慵懒的感觉，或蜷卧在房檐下，或夹着尾巴远离路人。即使有嘴贱的，对着生人叫两声，只要主人轻吼或骂上它两句，它就会乖乖地躲到一边。真没有想到，这些由狼驯化而来的畜生，到了夜晚野性就又显露出来。此时如果自己再多走两步，一旦离开小桥，它们一定会扑上来把他撕成碎片。他把藤椅支在护栏上，靠在那里歇息，警惕地盯着这群挡路的“街痞”。一直等到天亮，街道上有了人声人迹，这群恶狗才一个个散去。后来，有几个脚夫手提打杵过来，周伊波提着神跟着他们穿过街道，继续赶路。

路上，他停下来几次在路边农家歇息喝茶，却没有一家有食品可买。直到平顶寨附近，才有一家农户从谷糠里取出保存多日的橘子，按双倍价钱卖给他了二斤，他边吃边走。到了平顶寨，所有饭馆和商铺都关门闭户，全部职工下乡修田。他只好下坡过江，往县城赶。直到晚上八点多钟，才在县城见到魏军定。魏军定和党晓春见他背了那么多东西走了近百里，感到十分意外和抱歉。他们本想让脚夫上县背药时，顺便捎去几把藤椅，没想到给老同学添了如此大的麻烦。他们把留着的饭菜热好，招呼伊波吃过，送他到工人宿舍休息，几个工人与他一见如故。

周伊波进到卫生局局长办公室，一眼就认出了坐在办公桌后边的老者，胖墩墩光光头，正是自己母校胜利中学的老校长姜正宗。周伊波没有忘记，在中学里他是一个人人皆知的老革命。在他主持下，胜利中学的几个老师都被定为右派分子，山芸的姨夫闫泰岭在他当政时期，不仅被定为右派分子，还被定为反革命分子判刑入狱。

周伊波在局长对面坐下，做了自我介绍，特别提到自己是胜利中学六三届毕业生。他不敢让局长知道黄山芸和闫泰岭之间的亲属关系，心想：“绝不能说漏嘴，不然，以后麻烦事儿就多了。”

姜正宗一听这个年轻的麾下，曾经是自己的学生，一时亲近许多，忙说：“在我的印象中，毕业生中就你们那一届升学率最高。年轻人变化大，人的模样我记不准，只要是好学生，一提名字我就能想起来。”

周伊波与他套近乎后，汇报了自己的工作环境，向他申请改建卫生所的经费。

姜正宗问：“要多少？”

周伊波拿出申请报告，说：“五千块！不足部分公社想办法！”

姜正宗摸着光头笑笑：“按说，不算多。只是到了年底，局里没钱了。好，给三千吧！我签个字，你把报告交给韩会计，我让她下个月就拨下去。”他批完又说，“今天下午到我家吃晚饭，在这儿碰见我的学生，可真不容易，得好好聊聊!”

周伊波恭敬地答：“不了，姜老师！我在朋友家吃晚饭，饭后去你家认个门。”

从卫生局出来，周伊波在教育局门口与郑贵不期而遇，他还是那身转业军人装束，潇洒中带着矜持。虽仅在汉江码头见过一面，但彼此都喊出了对方的名字。周伊波说了自己上县的原委，代山芸问候文泞泞和他。

“泞泞最近吃不好睡不好，困乏无力，我岳母已从古城过来陪她。征兵很快就开始了，这是她的重点工作，她本想到时候跟着体检组去漩水湾看看黄山芸，现在怕不行了。”郑贵的神情中带着忧虑和遗憾。

周伊波关切地说：“让她先在县医院查查，如果只是一般慢性病，中医调理更易奏效。我们那儿有位老中医，医术高超闻名全县，如果能吃一段他的药，没准就好了。”

俩人聊得很开心，郑贵刚说过“再会”，就又停步，转身轻声地告诉周伊波：“北京传来消息，林彪驾机叛逃，摔死在蒙古。9月份的事，还没向下传达，你知道就行了。”

这个消息让周伊波听傻了，心想：“怎么会是这样？他是毛主席的接班人呀，咱可喊了无数遍‘林副主席永远健康’！这年头，谣言满天飞，咱老百姓‘月月都上当，当当不一样’，真的假的?”但他知道，郑贵来自北京大机关，家里有大脑脑，这个消息他不能不信。当他离开郑贵时，神情突然紧张起来，好像眼前刚发生过坠机事件一样，连革委会墙上那排大字，似乎都变成了飞机坠落时砸出的印痕。直到他听见有人结结巴巴地念出声时，他才意识到那是一排标语。两个背着空背篓的少年，把“高举红旗狠抓纲，团结一致向前闯，苦干实干两三年，誓叫江阳变昔阳”，念成“高举红旗狼抓网，团结一致向前马，苦干实干两三年，言叫江阳变日阳”。

周伊波打问清楚局长的住处，晚饭过后就去了姜家。姜正宗虽是支援三线干部，但由于他在抗战时期曾以伪保长的假面目掩护过革命者，给八路军送过鸡毛信，革命资格老，在江阳县享受县委书记级别的待遇，能带家眷住大房。周伊波径直走进他家小院，喊了一声：

“姜老师!”

姜正宗走出房门招呼：“小周，快进屋坐!”

一个同样肥硕的老年妇人端着一小盆洗碗水紧随其后，准备倒进天井的下水道。“这是你师母!”姜局长给周伊波介绍他的夫人。师母耳背，没有回头，也没再进屋。

四把藤椅围在方桌四周，姜局长拉了一把让学生坐下。周伊波一看，这四把藤椅与他给老魏买的一模一样。他想起了石琦讲给黄山芸的那些话：“邝景申经常用公款给县上领导买礼送礼，然后拿白条报账。”

姜正宗把他追忆过多遍的往事，又绘声绘色地讲给在深山里巧遇的学生听：“你还记得那个叫夏宏雷的保卫干事吧？前几年他带着学生造反，把我和郭书记打得死去活来，还让我给他下跪。后来他到外边搞武斗，被人打残，至今不能起床。他老婆，就是卫生室那个挺风流的护士，姓李的，和他离婚了，后来找了个医学院的大夫，搬出中学。原先和她搭伴那个大夫——闫泰岭，还关着。夏宏雷和姓李的也害了人家，没有真正抓着闫泰岭什么，不知为啥判了他八年。要我说，老闫这人主要是自大骄傲，不过就是在淮海战役抬抬担架、救几个伤员，还摆老资格，让人烦。语文教研组原先的组长，你记得吧？那个老右派，叫吕易居的，死了；白丽红、云腾、米迟，一个个都调走了。最近学校改成技工学校，换了牌子，胜利中学散伙了!”说到最后，姜局长亲切地看着周伊波，以商量的口气说：“有点小事儿想麻烦你，不知行不行？听说你们漩水湾九道梁出天麻，你师娘血压不稳，你回去帮我买上几斤，下次来的时候带上，我把钱先给你。本来有些事，我也可以让老邝帮忙，你看，他给我买的藤椅、木盆、樟木箱子，死活不肯收钱。这个同志，很热情，可我不能老麻烦他。”

周伊波不好说老邝用的是公款，也不好说“我工资低，你把买药的钱先让我带上”，尽管他清楚自己和局长本是两条路上的大小两部车，只是在人生陌路的岔道口上不期而遇。他还是觉得，局长能念及师生关系，能破例给花莲卫生所批了三千元基建费，就应当心存感激，还是要把局长托付的事儿挂在心上。于是笑答：

“只要有卖的，我一定给您买回来！”

周伊波在县药材公司买了两麻袋中药材、中成药，在医药公司买了两箱常用西药，找地方寄放好，他给贺文书打了电话汇报，贺文书一听基建费批了，放下电话就让炊事员老黄找个人去县城背药。

周伊波把公事办完，牙又疼起来。他去了县医院门诊部，口腔科大夫检查过后遗憾地说：

“撬成这样子，把好牙都损伤了。”说罢打上麻药，选好器具，不多时，就把残段和牙根取了出来。

回到漩水卫生院，周伊波先问了山芸那晚出外接生的情况。

山芸淡淡地说了几句：“接生还顺利，就是到河对面，走那个吊桥太危险，桥面上板子糟了，有的地方脱了，脚踏空了一次，一屁股坐在桥上！”

“太可怕了，掉下去还得了！”周伊波惊叹道。

黄山芸不以为然地说：“回来时天已经大亮，看清楚就没事儿了。说说你上县的情况吧！”

周伊波没有说他一路上的经历，只把在县城见到郑贵的情况说给了她。

黄山芸听罢，立即与文泞泞通了电话，问候了文伯母，希望泞泞尽快到县医院检查，欢迎她到漩水湾来看中医。

周伊波把在县城的见闻和北京传来林彪叛逃摔死的消息，悄悄告诉了郭廓和田大地、尚厚德。他还说起县革委会那个怪异的“学大寨”标语，可没有一个人能笑得起来，他们都被林彪摔死在蒙古的消息震蒙了。

郭廓敏锐地感觉到，又要搞运动了。他把林彪叛逃摔死的消息转述给了妻子。石琦在上班时又说给了王明利和陆雪飞。王明利在邝景申跟前说漏了嘴，原本是保密的消息，却在卫生院里传开了。

邝景申盘问王明利消息的来源，王明利急忙为自己洗脱：“可能来自老郭，他家在北京。”

邝景申紧追不舍：“那篡改县上‘农业学大寨’口号的是谁？”

“这事儿，肯定是小周！”王明利最怕政治问题牵连到自己。

“这么嚣张，一个恶毒攻击林副统帅，一个篡改革命口号，污蔑‘农业学大寨’！”邝景申显得十分生气。

他还未来得及给区委汇报，就开始在卫生院追查“谣言”的源头：“周大夫，你在县上都听见了什么？”

“我听姜局长说，原先他当校长的那所中学，已改成了技工学校，有的老师调走了，有的改行了，有的死了。”周伊波有意回避邝景申的问题。

“你是不是把县委学大寨的口号给篡改了？”

“我看见县革委会墙上的大标语变样了。”

“变成什么样？”

“变得缺胳膊少腿，过路人都念不下去。”

邝景申似乎抓了周伊波一个把柄：“我不信，墙上的字能变成这样？”

“信不信由你！我是觉得应该补修了，一直坏下去，影响不好。”

他又开始盘问郭廓：“郭大夫，你最近有北京那边什么消息？”

“信里说的家事，需要汇报吗？”郭廓回答得很不客气。

邝景申在郭廓跟前碰了一鼻子灰，就当着他的面又追问王明利：“哎，光头！关于林副主席的那个消息，你到底听谁说的？”

王明利在从中药房朝门外看，见郭廓正用眼睛瞪他，就摸着自己的光头，大声朝邝景申喊：“就是听你说的呀！”他惹不起郭廓两口，也恨老邝故意挑唆。

邝景申被倒打一耙，非常生气：“我啥时候对你说的？”

王明利现出狡猾的笑，用半真半假的腔调说：“就是那一天，咱俩碰在厕所门口，我急着尿不想听，你还非要对我说！”

“你血口喷人！”邝景申生了真气。

王明利以一种报复和要弄的口气说：“都是跟你学的！”

邝景申把声音压低，把语调放缓，以领导的口吻教训王明利道：“老王，你个糊涂虫，脑子里缺根阶级斗争的弦，心坎里没有装毛主席、林副主席。你要再跟着别人瞎说，我把你告到县上。”

自此，这件事不了了之。

第十章

进入三九天，冰雪凝固了大地。几天来，在漩水湾街道边的阁楼板壁上、花莲桥的木柱上、月亮滩的石崖上都贴上了红色、黄色的征兵宣传标语——“没有一个强大的人民军队，就没有人民的一切!”“枪杆子里面出政权!”“一人参军全家光荣!”一年一度的征兵工作，给深山里的年轻人一次改变命运的机会，完成这项政治任务的氛围给生产队和机关学校增添了暖意。

漩水卫生院接到县卫生局和区委通知，要全力支持即将到来的征兵体检工作，配合县征兵体检队对报名应征青年做好体格检查。

县体检队第三分队，在完成了平顶寨区适龄青年的体检工作后来到漩水湾。这是他们的第二个工作点，也是最后一个。体检队的骨干力量来自县医院，其他人来自各区卫生院，都在县上经过集中培训。

文泞泞跟着这个组，主要负责体检组与区上的联系，核实待检人员数目，检查工作条件、工作流程以及医务人员的生活安排。

她一到漩水湾就拖着沉重的双腿，先去跟黄山芸打了个照面，留下她在平顶寨街上临时买的两盒鱼肉罐头后就到区委大院了。她打算在漩水湾的任务结束后，再请梁晨风老先生看病。

胡德逊参加社教工作队，在虹桥区完成整顿财贸队伍后，被分配到虹桥卫生院当医生，他也被抽调到征兵体检队从平顶寨来到漩水湾。他同样在第一时间先到卫生院看过周伊波、黄山芸和小铁丁。然后，他还去看望了毛锐，这是何建功大夫托付他的事情。他喜欢多结识人，多交朋友，与各诊室、中西药房不认识的同人都一一打了招呼。

周伊波和姚新宇被临时抽调参加征兵体检。周伊波分配在外科组，与胡德逊和县医院刘大夫在一起。外科组设在区委大会议室，门上挂起厚棉帘，地面铺上了苇席，四周放了几盆木炭火。体检开始，适龄青年每十人一组，按名单被喊进大会议室。先脱光衣服，赤身裸体检测身高、体重。达标者，再排队跑步。

胡德逊对着一排冻得浑身哆嗦的光身青年，亮开嗓门喊着口令："跑步走！一二一！"受检者踏着杂乱的步子，有的双臂夹在两肋，有的双手抱胸，有的手捂着会阴，有的双臂一起向前向后摆动。十人中只有一两人能按着口令节拍、双手前后摆动，脚踏在点子上。跑了两圈后，胡德逊又喊起了毛主席语录："下定决心，不怕牺牲，排除万难，去争取胜利。"跑步者只在喊口号时，能让声音整齐划一。这种场面，胡德逊和刘大夫在平顶寨经历过了。大夫要在受检者跑动中，发现躯干和肢体的明显缺陷，提早将他们淘汰出局。其余的人再逐人逐项查体，看胸廓有无畸形，脊柱有无明显侧弯，有无严重O形、X形腿，有无足内翻、外翻、平跖等。

皮干事从门外掀开门帘进来，喊叫："贺鸿运，马上出列，立即走人！"

一个跑步时能踏在点子上、浓眉大眼、宽额头的青年走到门边，找到衣服穿上，在皮干事监视下，低头走出会议室。他一副学生打扮，显得很机灵。

周伊波见过他，知道这个机灵小伙是花莲公社贺文书的小儿子，在花莲公社七一大队下乡插队。皮干事几次批评区征兵办公室的工作人员政审不严，缺乏党性原则，明明知道贺某人是个历史复杂、政治右倾的下放干部，还要把他儿子列进体检名单。皮干事从县政工组调漩水区后，与各公社文书接触最多。花莲贺文书本是个小心恭谨的人，对区政工干事从不敢怠慢，只有一次因摊派任务太重，和皮干事在电话中争论了几句。自此，皮干事不仅经常找他的碴儿，而且还殃及他的儿子。

胡德逊和刘大夫在体检间隙，到室外去抽烟换气。周伊波则在房内熟悉体检标准，没有离开。不料，又过了不足半小时，他就头疼起来，阵阵恶心。胡德逊从外边进来发现他的脸色不对，赶快扶他出门。经冷风吹拂周伊波觉得头疼有所缓解，就又回到外科检查室。胡德逊看他脸色仍然难看，怕他支撑不住，就去和刘大夫商量“能否把他调整到室外检查”，刘大夫很同意胡德逊的建议。俩人与站在“标准对数视力表”前检测视力的姚新宇说了周伊波的身体状况和他们的想法。姚新宇毫不迟疑地随胡德逊走进外科体检室，把周伊波喊出来。

周伊波被姚新宇拥着来到视力表前，一股暖流涌上心头。

姚新宇拿起小竹棍晃晃说：“检测方法和标准，很容易掌握。只是有点新要求，我得给你先做个示范！”

“不就是让他们站在五米处，在视力表上从上到下，每排挑几个 E 字，让他们说出开口方向。还能有啥新要求？”

“你先看看再说吧！”姚新宇说。

一个青年出列，脚踩白线，左手拿硬纸片遮起左眼，右眼向前盯着视力表。

姚新宇指着第三行的一个 E 字大声说：“跟着毛主席！”

受检青年伸出右手，向上摆动着说：“北上！”

姚新宇再指一个 E 字，又大声说了一声：“跟着毛主席！”

受检青年又伸出右手，向下摆动着说：“南下！”

姚新宇示范完，嘿嘿笑了笑说：“区上领导讲，既要把革命精神贯穿在体检的每一个环节，也要考虑到应征青年的实际情况，比如有的人眼睛没问题，就是分不清左右，一定让他说左、右，他就和你瞎折腾。不如让他们说‘向东’‘向西’。”

周伊波听了不舒服，反问道：“连左右都分不清，还能参军打仗？区上哪个领导出的馊点子？”

“皮干事，今早他跟马队长商量出来的。你别管了，照办就是！使劲喊使劲叫，挺开心！”姚新宇不以为然。他在深山老林里憋了几个月，憋着的闷气似乎全都在喊叫声中释放了出来。

周伊波接过“指挥棒”，每指一个 E 字，就学着姚新宇的调门大声喊一声：“跟着毛主席！”

待指到最后一行时，多数受检者都是说：“模糊了，看不清！”

后来，他看见皮干事出现在院坝里，就把他喊到跟前，说他这个“新点子”有问题。

皮干事以不容置辩的口气说：“要当兵，就要树立‘毛主席挥手我前进’的信念，首先学会服从命令听指挥，啥子看清看不清？看不清也得服从！让向左就向左，让向右就向右，让下火海就得敢跳油锅。革命的道路曲曲弯弯，从这座山的沟底到那座山的垴垴，左一弯右一拐，折腾过来折腾过去，才能翻山越岭，走向光明的未来。我们在部队时，首长说，毛泽东思想出在山沟里，长期生活在大城市的人很难理解这一点。就这样吧，理解的要执行，理解不了也要执行！在漩水湾，这事儿归我管，由我指挥，服从我的命令！”

真是秀才见了兵，有理说不清。周伊波不再和他争，学着姚新宇的样子放开嗓门喊：

“跟着毛主席！”

“向左！”

“跟着毛主席！”

“向右！”

……

征兵体检这几天，因为天气不好，到街上赶场和看病拣药的人都很少。闲来无事，石琦和黄山芸凑在一起，不谋而合地想到一件事，那就是想为胡德逊和陆雪飞两个单身男女穿针引线。石琦探询了小陆，她表示：“可以先聊聊，彼此了解后再说能否‘进一步’。”

黄山芸得知这个情况，晚上等周伊波回来，就让他也问问胡德逊，看他对找对象有什么想法。周伊波一听，二话不说，就去找胡德逊。胡德逊同样表示：“可以先聊聊。”

征兵体检一结束，胡德逊就来到卫生院。

石琦对小陆说："你把药房钥匙留给我，有取药的，我替你照看着，你俩好好谈谈！"

黄山芸对胡德逊说："你看多好的姑娘，漩水湾水土好，姑娘水灵。你要是抓不住，还有人在悄悄等着。"她注意到，区委华秘书三天两头来找梁老先生看病，很注意陆雪飞，而陆雪飞似乎不在意他。

胡德逊和陆雪飞从上午一直谈到下午饭时间，大家都觉得有戏。而俩人走出房门时，都尴尬地微笑着，没有说什么。待胡德逊走后，陆雪飞才对石琦和黄山芸说：

"他什么都好，就是家庭成分没法接受！"

后来胡德逊对周伊波说，这是个讲家庭成分的时代，走到哪里都摆不脱它的羁绊。他已经有过太多类似的经历，对恋爱和结婚已经没有太大兴趣，即使一生打光棍，都觉得无所谓。

黄山芸心里为胡德逊抱不平，她想起了妹妹山芋，可惜离得太远，又是下乡知青。她早就悟出来，可能性不大的事儿一定得谨慎，不然对双方都会有伤害。然而，这次给胡德逊和陆雪飞牵线，又干了一次草率的事儿。

黄山芸已经给梁老先生打过招呼，说自己有个好朋友从县城来区上参加征兵工作，也想请他看病。这天，黄山芸带着文泞泞一进到梁老先生的房间，他就起身欢迎："恭候多时，请坐下慢慢说。"

文泞泞很不习惯一个老者这样对她，坐下来又站起来，直到老先生坐下，她才归位。她告诉老先生自己的病情："经常郁闷烦躁，心慌气短，食无味，寝不安，肝区胀，大便溏。"

老先生看了她的神色后开始诊脉，他闭着双眼，食指、中指、无名指在她手腕的寸、关、尺部位上下弹动，足足过了十多分钟才睁眼看病人的舌象，然后慢条斯理地对泞泞说：

"中医认为，人体自身规律得与环境适应，要'天人相应'。如果人硬是和天地闹别扭，'不法天之纪，不用地之理'，则灾害至矣。你在县上机关工作，和黄大夫一样都来自大都市，见识广，不用我多说。你的病由情志不畅所起，‘悲哀忧愁则心动，心动则五脏六腑皆摇’，肝气郁结引致心肾脾胃功能失调、阴阳失衡。得好生维护，仔细调理。在这里先吃十天汤药，回县城后再坚持吃一段时间成药，特别注意排除引起精神刺激的外界因素，加固心理防线，这病才能彻底治愈，不然有可能衍生大病。”

文泞泞觉得梁老先生的话句句说到点子上，非常切合她的实际，一再表示要遵照梁老先生的嘱咐，积极治疗，争取早日康复。

她第一次来到基层卫生院，没有想到在她心里那么优秀的老同学，竟然在条件如此简陋的小医院上班。她跟着黄山芸顺着板梯上楼到住房，见房中除过桌凳、床铺外，几乎没有其他陈设。漩河哗哗的水声从门窗外传来，寒风顺着石瓦缝往下灌，文泞泞冻得直打哆嗦，叹息道：

“真是寒舍啊，这房子你们怎么待得住？”

黄山芸平静地答：“晚上睡觉时，把能盖的全压上了！白天待在诊室里，有木炭火盆。”

俩人在楼上待了一会儿，就又下楼坐在诊疗室，没人看病时就聊聊家长里短和高中毕业后的变迁。聊到郑贯，黄山芸想靠实周伊波听到的传闻：

“听说你那口子家里很有背景，该不是虎落平阳了？”

文泞泞告诉她，郑贯的父亲比自己父亲资格老，年龄也大几岁，一直在中央机关工作。后来他站错了队，不只是挨批斗，还关进了监狱。她和郑贯所在的军事机关本来还安稳，自从军人参加“支左”后，就乱套了。后来部队机关裁员，上面换几个，下面换一批。军令如山，只要裁到你，通知下达立即走人。今天，还戴着领章帽徽，过了一夜到天明，全得摘下来。不在于你年轻不年轻，也不在于你能干不能干，而在于上级需要不需要你。部队和地方一样，你不能太强，也不能太笨，重要的是识时务。去年，他们刚来到江阳，就又接通知让返回北京，交代和一个老首长的关系。上级被揪出来了，让下级揭发问题。毕竟和首长在一起工作多年，不能说什么都不知道。好吧，揭发点鸡毛蒜皮的事儿，算是交了差。说到父亲这个话题，文泞泞联想到黄山芸的家境，感慨道：“你的父亲和我的父亲，虽不站在一个阵营，相互也未必是敌人，他们都没有为日本法西斯卖过力，都不残害老百姓。他们当兵都是为了保卫长江、保卫黄河。我父亲说，他在太行山时，经常还和国民党的军官打交道，商谈打日本。本来都是兄弟，后来翻脸了。到台湾去的军官里，现在还有他的朋友，说不定还有你的父亲。由于工作关系，我在香港接触过一些国民党的军政人员。他们通情达理，希望国家昌盛，思念大陆亲人，并不像我们平时说的那样。毛主席说：‘党内有党，党外有派，敌中有我，我中有敌。’社会和人一样，并没有一个好坏的绝对标准。再说，事物又都是可变的，在咱们这个大革命年代，变化多快呀。今天这个政策，明天那个政策，今天打倒这个，明天打倒那个，打倒了自己爬起来，别人也可以把他再扶起来。咱们谁敢想，连毛主席的老战友都变成了敌人，连他的接班人都叛逃了。”

黄山芸听着文泞泞的话，紧张得浑身直起鸡皮疙瘩，真怕有人听见。她一再提醒老同学：“小点声！”这么多年，她从来没有听到过哪个人敢这样说话。尽管相信老同学不会说假话，但林彪的事还是小道消息，前几天邝景申还在追查谣言。她们之间的谈话要是让谁偷听到一句，再打个小报告，那可就闯祸了。

俩人正说着，堂屋里忽然传来张茶花的喊叫声：“黄大夫，黄大夫！”

黄山芸以为来了急诊病人，忙起身出诊室。只见小张抱着满脸是血的小铁丁走进卫生院大门。黄山芸见状一惊，近前观察：

“这是咋回事呀？”

石琦和文泞泞都围过去。

小铁丁睁开眼一看见妈妈，就又哭又号起来，哭声中伴着剧烈咳嗽。乔兰兰吓得站在门边不敢进大堂。

小张说，她刚才准备到下街办事，刚出门就见铁丁从兰兰胳膊上摔下来，头磕在地上。兰兰把铁丁抱起来就往下街跑，怕卫生院的人听见孩子哭叫。小张见状，赶过去把铁丁接上，一看他脸上到处是血，还在用小手抹，就赶紧往回抱。

黄山芸仔细把铁丁的头脸检查了一遍，发现前额发际边有一个小血口和瘀斑，并无大碍。

石琦去取了消毒纱布、胶带、碘酒、酒精、镊子和剪刀过来，帮助黄山芸包扎处理。

起初，乔兰兰抱着铁丁在街上一哭，黄山芸就听到了，就有一种撕心裂肺的感觉。后来，她强迫自己忍住，逐渐习惯了充耳不闻。可是，这次一看见儿子脸上的血迹，她就又难受起来。她对文泞泞苦笑着说：

“从农场过来的几个同学，都把孩子放在古城家里，让老人帮着照看。可是，我不行，古城谁能帮我？我姨和婆婆都自顾不暇。只能这样！”

“我没有想到你们这个区上没有电，没有煤，商店里连饼干、奶粉都没有。孩子在这儿多受罪。我这次来，什么都没给孩子带，实在不好意思。”文泞泞没有想到老同学的生存环境如此艰苦，心中不安。

黄山芸抱起铁丁晃动着说：“可别这么说，听说你要来，还担心你的身体能不能支撑，走这么远，还说带东西！”

文泞泞看着铁丁亲昵地依偎在妈妈怀里，安慰老同学道：“这个时候只要不生大病，再过一两年就好带了，让老人帮忙，当妈的心里也轻松不了。”她注意到大门边站着的那个面黄肌瘦的小女孩，心生恻隐，沉思片刻，接着说，“孩子还咳嗽，我在这儿帮你照看几天，让这女子也歇息歇息。”

“也好，我去给兰兰妈妈说说！”山芸笑答。

兰兰已经几个月没有回松岭三舅家了，一听说让她休息几天，当天下午就离开了漩水湾。

文泞泞每天一吃过早餐，就从区委大院来到卫生院，先让梁老先生把脉开方，接着带铁丁在厅堂里玩耍，在小街道过这种无所事事的生活，本身就是治疗。她长期以来生活在紧张、严肃的圈子里，神经一直绷着，从来没有这么放松惬意过。转眼十天过去了，她觉得体力有所恢复，就告辞老同学和梁老先生返回县城了。

黄山芸到乔家送孩子，没有想到乔婆婆两眼肿得跟桃子一样，兰兰不在家，小女儿乔琪脸上也挂着泪珠。

“怎么？你惹妈妈生气了？”黄山芸问琪琪道。

乔婆婆招呼黄山芸坐下，哀伤地带着哭腔说：“兰兰，她死了！”

“咋回事？你可别这样骂孩子！”

“是真的，有几天了，公社人说是从山上滚下来摔死的！”

“咋没听见你家有动静？”

“她三舅回来过，琪琪也上去过，当天就埋了。人已经死了，大队和公社的人不让吭声。”

黄山芸听乔婆婆说话，似乎有隐情，就紧追着问：“是怕你们伤心，还是顾及名誉什么的？”她猜想在那荒蛮野僻的地方是否发生了奸杀之类的丑事，不可告人。

“黄大夫，你出去可不要对人说，他三舅交代过，千万不敢说，是顾及名誉，公社干部的名誉。”

“公社干部把人糟蹋了？”

“黄大夫，不是糟蹋，是事故，是牺牲！是你非要问，我才说的啊！那天彭干事带了松岭几个基干民兵上山，说是民兵训练，实际是打猎。他们看见山头下面有树枝摆动，心想是麂子，没有看清就打了两枪，赶到跟前一看是兰兰，手里还拿着一根柴棒棒，砍刀丢在一边。”

“把人打死了，还不让说！”黄山芸气愤地喊出声来。

“她姨，人家说她听到枪响，吓得滚下坡摔死的！”

“她不是个聋娃子吗？能听见枪响？”

“她姨，公社给补了钱，大队给补了工分，说是事故，是牺牲，咱也不想再惹麻烦了。就是太对不起你，孩子看不成了，我浑身上下没有一点劲。”乔婆婆有气无力地说完，几乎要瘫倒在地。

晚上，周伊波从花莲回来，黄山芸气呼呼地向他述说乔家的事。周伊波在花莲只听说彭干事正在党内挨批判，还扣了他三个月工资。有大队干部反映他反对农业学大寨，说‘越学越哈（注：坏，糟糕），越下力越饿饭’。在周伊波心里，彭干事是个二杆子，他因为参过军，见过世面，敢放炮，说出来的话，经常是另一股味道。他还是个武装干事，管枪，打来的猎物大家分着吃。平时没人计较他说些啥。

直到山芸告诉，周伊波才知道彭干事在党内挨批判的真正原委，他愤怒地说：“不清不楚，这么快就埋了，一条命，三个月工资就打发了？”

黄山芸很无奈地接话说：“这地方，山高皇帝远。别说一个聋哑人，就算是一个能听见能看见的正常人，都说她是自己摔死的，有谁怀疑？就算有怀疑，能咋？”

乔兰兰之死，又让他们面临保姆难题。周伊波说，他先去找贺文书，让他做做肖姨的工作。老贺当文书处世灵活机动，遇问题总能想出办法。见几个大队干部议论他：“上面的政策像月亮，初一、十五不一样；老贺的对策像太阳，早上晚上不一样。”

黄山芸不同意周伊波的想法：“不必拐弯抹角，直接再去请肖姨一次。贺文书管不了她的事，遇事她比老贺更有主见。”这段时间，黄山芸在接诊看病时，也听到过不少人说起这一家。他们说，老贺解放前是湖北老河口的生意人，后来沿着汉江到康安，与这位肖姓女子在青楼萍水相逢、情意相投，后来俩人落户江阳。前些年，有人跑过老贺的外调，怕他是国民党的潜伏特务，虽没有落实什么问题，还是把他从县商业局下放到花莲公社。现在，他们一个儿子留在县城，一个儿子在花莲插队。看这个女人的扮相做派，最多说她以前在大都会待过，见过小世面。到漩水湾后，她也断断续续地给卫生院几个大夫带过娃儿，喜欢占点小便宜，让人觉得泼烦。现在她只是一个家庭妇女，既不当干部，也不是社员，既不对革命政权构成威胁，也和周围群众没有很大过节儿。每天多数时间，都是坐在门边看景。街上的人都知道，她这个人“耳根软、嘴巴碎、脑子活、没定准”。跟她谈事儿，在她喜笑颜开时，容易谈成。

这天一早，黄山芸把文泞泞拿来的两盒鱼肉罐头装在袋子里提上，抱起铁丁来到肖姨门口。肖姨一见，忙把铁丁接过去，让黄山芸进屋说话，俩人三言两语就把话说清了。

肖姨摸着铁丁的头说：“你看，多乖的儿娃子，让那个聋子摔得满头是伤，从上街哭到下街，多可怜呀。我再困难，也要给你和周大夫帮这个忙，多好的大夫，还有这个小乖乖，看见他，我就没病了。”肖姨真心实意地答应给铁丁当保姆。

不管别人说她有多泼烦、多讨人嫌，在黄山芸心里，肖姨是个理想的保姆。当她再走过乔婆婆家门时又想起兰兰，生出一股无名的忧伤。

卫生局拨的三千元基建款到账后，贺文书把建卫生所当成给自家盖房，拉着周伊波商议过后，就去找街上懂建筑的人帮助设计。把设计方案拿给公社书记、主任过目后，他就以公社革委会的名义下发了一份《关于落实毛主席“把医疗卫生工作的重点放到农村去”的伟大指示，支持改建公社卫生所的通知》，向各大队下达送木料、石瓦的任务指标，还让各大队通知本队四类分子，自带干粮到公社参加义务劳动。

卫生所改建工程开工后，由他直接安排指挥。一有空闲，他就叼着旱烟袋蹲在铁匠铺门口，脚边放着个大茶缸，边抽烟喝茶，边朝着对面工地吆三喝四。仅仅用了一个多月时间，在旧油坊的废墟上就盖起了六间高高大大的土坯石瓦房，包括中西药房、诊疗室、医生寝室，还将旧油坊的锅台和水道加以改造，建起一个新厨房。

不久，公社曾副书记的妻子中药师罗大夫就从平顶寨卫生院调入花莲卫生所，主管药房；张茶花也结束了卫生院的培训，回卫生所当起了医生。卫生所有了人气，有了活力。眼明手快的罗大夫参考区卫生院和漩水湾药店的陈设，添置小件，改造老家具，将里外装饰一新，卫生所很快旧貌换新颜。

“在卫生局姜局长大力支持下，在漩水卫生院邝院长的直接领导下，花莲公社革委会同志克服困难、群策群力，改建公社卫生所，培训赤脚医生，发展合作医疗，取得显著成绩。这是‘无产阶级文化大革命’的胜利……”邝景申上县开会前，连夜写了一份工作汇报。上县后，在听传达中央文件期间，交到姜正宗局长手里。姜局长看了第一行就眉开眼笑，连说：“花小钱，办大事！看来我支持对了，老邝领导有方，我那个学生也能干。”

县委领导向各区级干部传达的文件是中共中央办公厅发出的《关于林彪叛国出逃的通知》，《通知》说，林彪于 1971 年 9 月 13 日仓皇出逃，狼狈投敌，叛党叛国，自取灭亡，出境时已于蒙古境内温都尔汗附近坠毁。林彪、叶群、林立果等全部烧死，成为死有余辜的叛徒、卖国贼。

由于是绝密文件，要求逐级传达，所以这一令人错愕惊诧的消息迟滞了数月才通过正规渠道进山。等老邝从县城返回、召集卫生院职工开会时，大家早已不把谣言当谣言了，听他传达文件等于热剩饭。

王明利刚听完，就板着脸故意质问老邝：“你不让我听信谣言，你咋还传达谣言？你驴日的口口声声说：‘林副主席永远健康！’是啥感情啥立场？”

大家听不出他是当真还是笑骂。邝景申由于前段时间发狠地追查谣言来头、向上汇报，搞得人人自危。此时大家都用异样和不屑的眼神看他，他如“黄泥巴掉到裤裆里，不是屎也是屎”。为了转移视线，他对着王明利笑起来：

“哎老王，你和林彪一样，头上没几根毛，他是‘语录不离手，万岁不离口，最想当皇帝，做梦上月球’，你是‘茶缸不离手，烟锅不离口，最想吃面条，梦中喊大肉’。”

大家一听，哄然大笑。王明利把烟袋锅往桌上敲敲，冷眼正色道：“你驴日的和林秃子一样变得快，真是个变色龙！”

黄山芸觉得邝景申确实像个变色龙，再难听点的比喻——一个披着兔皮的狐狸也恰当。自己偷鸡摸狗，还一副正人君子模样，一有风吹草动就要查谣言，把几个熟人坐在一起聊天，说成“搞小团体主义”，还到区委告黑状，真不是东西。和在大学里的小人不同的是，在卫生院里没有谁真正迎合他。

春节快到了，漩水湾街上与往常没有两样，连逢场的日子都见不到卖肉食和鸡蛋的，只有三三两两卖木柴和竹木家具的。卫生院里的医护人员，总是喊叫灶上的饭菜不够斤两，有孩子的一听见孩子说饿就慌了神，只有从自己嘴里抠出点接济孩子。铁丁已经会走路了，一岁几个月了还在吃奶。黄山芸瘦了一圈，比在农场时体重减轻了十多斤，经常有头晕心慌的感觉。她和周伊波商量，该给铁丁断奶了。但是，断了，该给他吃什么？说断却又断不了。

为了笼络人心，邝景申曾到半坡上找过肉食加工厂厂长，请他们在收购活猪时，帮卫生院收购一只活羊。这天，厂长派人把一只公山羊牵到卫生院交给邝景申。

他把羊的四蹄拴起来，倒挂在厕所房檐的椽子上，在羊头下面的地上放了个搪瓷盆。接着，他手握尖刀狠劲地往羊脖子上一抹，抓着羊头在羊毛上把沾在刀上的血擦掉。殷红的鲜血从羊毛上流下来滴落在搪瓷盆里。羊痛苦地叫了几声，挣扎了一阵就不动了。他又从地上捡起尖刀，在一条羊腿上割开一个口子，嘴对着口子一口口吹起来，直到皮肉分离，把全身毛皮扒光。

石琦对黄山芸说，自她分到漩水湾工作以来，这是第二次感受到老邝为大家谋福利。原先只知道毛锐在肉食加工厂有面子，不知道邝景申在肉食加工厂也有面子。而她和郭廓很少到外边拉扯，无论在供销社还是肉食加工厂，什么紧俏东西都买不出来。

黄山芸说："我到现在还不知道加工厂的门朝哪儿开，老周也一样，咱们都吃不开。"

这天下午，黄山芸把配发的一大碗炖羊肉分出一半给肖姨端去，说是让肖姨和铁丁一起吃。肖姨推说家里不缺，可还是留下了。黄山芸在肖姨家给铁丁喂了奶，出门。刚巧石琦从邮电所取了报纸邮件过来，把两封信递给她。她打眼一看，一封是山芋来的，一封是周伊波的中学好友董国峻来的。

山芋给山芸带来的是噩耗——姥姥去世了。这让她又陷入了伤感和痛苦之中。山芋的信中说，她在宝千县一接到电报，立即从乡下往秦都家里赶。回到家才知道姥姥去世的过程：那天，姨正在上班，方方去卫生所说，姥姥闭着眼睛，手扶床沿静静地坐在便盆上，喊不答应。等姨回去一看，姥姥已经断气多时，手脚凉了，胳臂、腿都硬了。姨夫平时每月只能回家两天，有特殊情况也联系不上。姨从未遇到过这样的事儿，找单位领导，领导说他们只解决职工本人的问题，不解决家属问题。下放到这个单位几年，厂里不少职工已经知道这个大夫家里有严重政治问题，连上初中的儿子都站在凳子上挨过批斗，一般人都怕沾染。家里有事儿，姨也不愿声张，不想求人。于是，她就让长长赶快去古城请周妈。伊波的母亲得信，马不停蹄赶到秦都，帮着给姥姥换上老衣，陪着姨把姥姥的尸体送到古城殡仪馆火化安放了。等姨夫得知消息回来，姥姥已经过了头七。山芋还说，她也去了古城周妈家里。周伯已经被放回家了，走路不稳，问东答西，总说怕冷。周妈让问问，能不能在山里帮周伯买几张狐狸皮，给他做件皮袄。

黄山芸泪眼婆娑，思绪又回到了十多年前，姥姥带着她和妹妹从山东老家千里迢迢到古城投靠茹芝姨的岁月。姥姥教她做针线活，给她讲陈年旧事。特别是一想到前几年，班上红卫兵要抄家，让交“四旧”那件事儿，心里就有说不出的愧疚。那时自己害怕，回家告诉姥姥，姥姥为了让外孙女免灾，连结婚戒指都摘下了。她想姥姥，也很想家，眼泪如断线的珠子朝下滴。

周伊波晚上回家，见到董国峻来信，信皮上标明是从虹桥农场转过来的。

董国峻在信中说，伊波和山芸在婚姻家庭大事方面走在他的前面，夫妻彼此了解，能充分交流，感情是真挚的、充实的，令他羡慕。一个人政治上、经济上遇到的困难，是能够克服的。而由于性格上的软弱，以及在事业与婚姻二者轻重权衡上的摇摆，致使爱情从身边悄悄溜走，难以再追回了。自己对一个背着沉重家庭包袱的好同志、好姑娘没有明确表态。而她出于自尊和怕连累对方，留下倩影悄然离去。当他有了新女友时，她才又以一个老同学的姿态写信表示祝贺。新女友寒梅是同一单位的工人，出身于一个普通市民家庭，政治可靠，朴实、善良、正派，而阅历、知识欠缺，思想偏狭，彼此间经常产生误会和感情纠葛，令他十分痛苦，他很想听听挚友的想法。周伊波知道他说的“好同志、好姑娘”就是大学同学邓苗苗，她的父亲是某省最大的走资派。为了进保密单位，国峻放弃了“亲密”。

董国峻在信中还说，不久前他出差到古城，刚好碰上老同学温经纬结婚。按约定时间去家里参加婚宴，带去一条被面和二十元礼金。出人意料的是新娘子没接回来，患病的母亲二目无神地端坐在床上喘气，温经纬里外招呼。几日后，他在离开古城前，去和温经纬辞行，终于见上新娘子。新娘子很俊俏，父亲是军官，似乎在温家的鸡窝里落下一只金凤凰。新娘子说，结婚那天，单位革委会突然通知传达落实中央文件精神，她是单位骨干，不得不把个人和家庭的事儿放在革命工作之后。

周伊波皱着眉头把信看完，正待发议论，山芸即又递上山芋的来信。

周伊波看罢山芋来信，什么都不想再说了，他低着头，沉默着。

沉默片刻，黄山芸哽咽着说："我想家，想姥姥！"

"我也想家！我见供销社墙上挂有收购来的狐皮，如果价钱合适，回去时买几张，也算给老爹一件称心礼物。"

春节在没有鞭炮、没有欢歌的气氛中度过，熟人见面露出微笑，道一声"给你拜年"，回一声"年在你那里"。卫生院因为邝景申回县城过年，炊事员老婆子做的饭还不如平时。贺文书的长子从县城回来，老二从队上回家，全家团圆。肖姨做了蒸盆子、炒腊肉、黄焖鸡等一桌菜，非要黄山芸和周伊波一起去吃年饭。他俩推辞不掉，去坐了一个时辰就借故返回卫生院。

卫生院阁楼上地面、四壁全是木板，无法烧柴做饭。为了在过年时刻给铁丁加餐，感受过年的味道，周伊波从院坝角落里找到一块厚石板搬上楼，放置在当屋，把煤油炉架在上面，添油、点火、炒菜。不料风吹火起，引燃了从菜锅升腾的油烟，火冒两尺高。要不是山芸眼疾手快，立即盖上锅盖、扭灭煤油炉，后果不堪设想。

在漩水湾度过的第一个春节，既与在古城不同，也与在农场不同。

过了正月十五，邝景申从县城回来，黄山芸把她和周伊波的探亲假条交给了他。

邝景申看罢说："先放我这里，我批了不算，还得花莲公社和区革委会批，区上同意了再报县卫生局，局长批了，管大印的才能办通行证、介绍信。"

"怎么这么麻烦？"黄山芸不耐烦地问。

"要我说，你们就不要回了。确实很麻烦，你问问老田、老尚就知道了，通行证、介绍信不仅路途上用，回古城办暂住证更麻烦。"

"回自己家看父母，怕我们是坏人不成？"

"我说你们这些书呆子，缺乏组织观念，没有社会知识！你是不是好人，得靠组织证明，你在这边工作，外边能了解你多少？就算父母，与子女长期不在一起，互相又能了解多少？"

黄山芸心想："车轮子话转着说，咋说咋有理！我从小和父亲分开，我说不知道他是啥人、在干啥事，谁都不信，凭啥让我受他牵连?”她觉得非常郁闷：“咱不说这些，无论多少手续，你先批了，剩下的我去办就是。我们离家一年半了，想家了!”

“才一年半就想家了? 我们那时，来了三年都没回过家。大禹治水三过家门而不入。既然想走，那就抓紧把今年计划生育工作任务完成了再说。”

石琦告诉黄山芸，邝景申从未很爽快地给下属批过假，而他自己无论去哪里，都是抬腿就走，不用请假，也很少告诉别人他的行踪。

贺文书在公社主持召开计划生育动员大会，参加会议的有各大队、生产队主要干部和妇女队长，公社副书记兼革委会主任做动员，他主要强调计划生育是国家的大政方针，是毛主席的最高指示，除过少数民族外，全国城乡所有人都要积极执行，想通了要执行，想不通还要执行。谁违反计划生育政策就处罚谁，可以撤职，可以开除公职，可以罚他的款、拆他的房。有破坏计划生育行为的，还可以把他抓起来送监狱。他讲话时会场上鸦雀无声，气氛凝重。他刚讲完，会场里就吵吵嚷嚷起来。

“安静点，让卫生所周大夫也讲讲!”贺文书在桌子上敲着烟袋锅，对着台下大声喊。

周伊波没有在这样的场合讲过话，对县上发的《计划生育宣传提纲》只翻阅过一遍，心里没谱。他硬着头皮上台说道：“中华大地不冷不热，适合生育。传统观念多子多福。所以，中国几千年来都是世界人口大国，人多势众。毛主席说‘人是第一个可宝贵的……只要有了人，什么人间奇迹都可以造出来’。他老人家以前鼓励生，谁能生就评她‘生产模范’‘母亲英雄’。后来一看，不行啊，一年生一千多万，比世界上一些小国家的人口还多。人多了教育跟不上，娃儿没学上；粮食跟不上，就得饿肚子，本来一块浆粑俩人吃，现在四个人、五个人分。有些家庭吃了上顿没下顿，活着不是干受罪? 现在，国家关于人口的方针变了，现行政策是‘生一个不少，两个刚好，三个超标’。提倡优生优育，怀孩子和种瓜种豆一样，也讲天时地利人和，要生就生个铁蛋蛋、钢蛋蛋，不能一生出来就病病歪歪，长大了报名参军，喊立正站不直，喊稍息弓着腰，这怎么能行?”

他讲完后，贺文书又补充发挥了一段：“同志们都知道，苏修老大哥外强中干，别看他们在边界上挑衅、很凶，可是在家里硬不起来，干床上的事儿他们不行，想多生都生不出来。咱们这地方天气温和，男人外柔内刚，女人感情丰富。到我这儿登记的，证还没有拿到手，早就‘感情’过了。现在咱把话说清楚了，党的政策是硬的，按书记刚才的话办，想通了要执行，想不通也要执行。回去告诉社员们，有了两个娃的，达到指标的，都要上环。如果上没管住嘴，下没管好腿，一不小心让小鬼子进了‘村’，又怀上了，那就赶快到漩水卫生院刮掉。谁要是敢把小鬼子生下来，那就做好破肚开肠的准备，让大夫把肚里的水管子扎住，让她变得跟男人一样，还要罚款，让全家跟着受罪。要是女人不上环，也不扎下水管，就扎男人的，男人扎上了可就跟皇上跟前的太监一样。”他要求各生产队干部回去后，结合实际再做动员，把底摸好。凡是已经有两个孩子的妇女，名字一律要登记造册交到公社，按通知时间到公社卫生所，接受区卫生院派来的女大夫给上节育环。

花莲卫生所中药师罗大夫和经过卫生院培训的张茶花，都参加计划生育突击月的工作。罗大夫早早为诊疗室的检查床铺换上干净的白床单；太阳刚出来，小张就带着七一大队十多个年轻妇女来到卫生所。她们坐在条凳上，边议论边等候卫生院的女大夫。她们顾虑最多的问题一个是：晚上和大掌柜困觉，铁环环把二掌柜挡到外边，大掌柜不愿意咋办？第二个问题是：上了环还不顶用，万一不知晓怀上了，等小孩生下来，头上长了个铁环环、鼻子耳朵上嵌了个铁环环取不下来，咋办？小张把听到的问题记在脑子里，准备等区卫生院大夫来了代她们问问。

这天，本说是毛锐和黄山芸两人结伴到花莲上环，但是，前一天毛锐仍在乡下。黄山芸吃罢早饭仍等不见她回来，把孩子送到肖姨家后，即跟着周伊波来到花莲。

张茶花把花名册递给黄大夫看，忘记转达年轻妇女们提出的问题。黄大夫看罢，又传到周大夫手里，让他在门口叫名字，走出一个叫进一个，让小张进去给她帮忙。

上过环的人，满脸愁容地从诊疗室出来。不多时，十多个妇女都被上了节育环，前后跟着茫然地往家走。为首的一个白净些的中年妇女，走到花莲桥头停下脚步，和身后的几个说了几句话，又带头顺着桥的侧边下到河坝里。她们四周张望，见没有路人，又都拥到花莲桥正下方。几个人站在两头挡着，中间站着的解开裤带齐刷刷地蹲下去，她们试图用屙尿、屙屎的办法把带上的铁环冲下来。屙罢，有人手里拿了小树枝在地上拨着找，边找边问：

“咋找不见？有谁看见大夫是咋放进去的？”

一个矮个子妇女说：“我趁周大夫不注意，扒住门从门缝偷望了一眼，看见黄大夫一手拿个‘鸭子嘴’，一手用铁棍棍挑个小铁圈从大腿中间放进去。”

“环环放进了哪个洞洞？”那个脸庞白净些的妇女问。

“隔着门缝哪能看清？”矮个子妇女瞪了问话的一眼。

“母鸡屙屎、屙尿、下蛋都是一个洞洞，还能有几个洞洞？”矮个子旁边的高个子不屑地反问脸庞白净的。

“人和鸡能一样？你撒尿和生孩子是一处？听我家大掌柜的说，生孩子的这个，长时间不放尿筋（注：阴茎），就粘到一起了，撒尿的那个粘不住。”那个白净些的瞪大眼睛反驳。

一个脸庞发黑的妇女接话说：“生孩子和屙屎在一处，我听见接生婆总喊：‘屙！使劲！’该不是放在屙屎的洞里？”

“别说隔着门缝看不清，就是你自个儿，上了那背时的床，冷冰冰的‘鸭子嘴’往进一放，撑得你难受，连痛痒都顾不上，谁还管是哪个洞洞？”那个从门缝看的矮个子仍为自个儿辩解。

白净些的妇女又说：“听说，安环就像吞了金戒指，把肠子都能压穿，一干活，血就顺腿流。”

一个粗壮些的妇女听后，立刻紧张起来：“大夫给你们安，一下子就安上了，可是，给我安了半晌，也许她看我肚子大，多安了两个，照你这么说，我以后咋下地干活？”

白净些的妇女瞪着眼睛提议：“不安了，回卫生所去！让她们给咱取出来，我愿意受罚！”她扎好裤带，率先往回转。

几个妇女跟着她，又返回卫生所，找黄大夫说理。

黄山芸收拾停当，正和卫生所几个人说话，七一大队上了环的妇女一拥而入，把她围拢起来。可是，她们一看见大夫的眼睛，就又变得斯文起来，没有人喊叫也没有人发话。黄山芸正莫名其妙，那个脸面白净些的开了口，让把安进身子里的铁环环再给她们取出来。她一开口，其余人也哄哄起来。

黄山芸看着这群老实本分的年轻妇女，不解地问："为啥子？"

她们你一言我一语把心病和疑问说了出来。

黄山芸一听就笑了，尽管人类生殖繁衍过程和动物并非一样都出于本能，并非所有人都可以无师自通，但她根本没有想到，对医学工作者来说极为普通的人体解剖、生理常识，对山区劳动妇女来说却是云里雾里的东西。男女交媾怀孕生子对他们来说既寻常又神秘。她开始耐心地给她们讲解一些怀孕和生殖的基本知识。讲了一阵后，又结合上节育环说道："小小的金属环在宫腔内可以像一堵墙一样，阻止游来游去的精子找卵子相会、拥抱，抱在一起的也很难在内膜上扎根。个别人刚安上，可能会有轻微不适应，有少量出血，过几天就好了，对人体一般不会造成损伤，更不会影响正常生活。"

听了大夫一番解释和劝说，妇女们豁然开朗，如同拨雾见天，脸上的表情逐渐放松。尽管有人还有疑虑，小声嘟囔着什么，却不再慌乱，没人吵闹。

张茶花见这群妇女从卫生所大门又走到花莲桥头，就指着她们的背影生气地对罗大夫说：

"主要是吴队长那个儿媳妇捣乱，瞎搅和！"

"你说那个白脸婆？她男人不是个瓜（傻）子，咋能和她生孩子？"罗大夫猛然想起了一个传闻。

张茶花以不屑的口气答："借种下地呗！"

"借谁的种下谁的地？"罗大夫不解地问。

张茶花悄声告诉她："白脸婆从九道梁嫁到吴家，就为一口饭，她娘家那地方，风水不好，地上不长庄稼，年年春天饿死人。七一大队水田多，吴队长家不缺粮，缺人脉。白脸婆在吴家生的那两个孩子，就是和公公扒灰（注：通奸）扒出来的。不管算是吴队长的孙子还是儿子，延续香火呗。”

罗大夫听罢，严厉地说：“这种女人，她要再带头搅和，就到区上告她破坏计划生育！”

周伊波忙劝：“怪不得她们，是咱事先没有讲清楚，宣传不够，她们都够听话了。”

黄山芸根据花莲公社对育龄已婚妇女动员上环和安排情况，隔三岔五到卫生所去上环。两个月过去，这个公社育龄已婚妇女的上环率已经达到百分之八十以上。

周伊波在这段时间里，除过参与动员和组织安排外，还经常被叫出诊，到病家看病。他已经掌握了普通感冒和其他当地常见病如胆囊炎、肠蛔虫病、肠胃炎、疟疾等的诊治方法。他还为金星大队两个因骨髓炎导致的寒性脓肿患者、七一大队一个中风偏瘫的患者，定期去换药和做针灸。逐渐地，乡下认识他的人越来越多，常有人下山赶场时给他带来青菜，有的递上茶叶，还有的背来木料，都被他一一谢绝。有一次，松岭大队的方老二背着个半新的黑漆樟木箱子来找他，说：“樟木越来越少，东西放进去不生虫。一点心意，留下吧！”周伊波摇摇头让方老二背走。他知道这里老乡有多苦，他不忍心占老乡的便宜。

一天，贺文书把周伊波叫到办公室问道：“周大夫，最近听到不少对你的表扬，咱书记说：‘这么好的同志咋还不是党员，也不靠拢组织？’让我问问你。”

周伊波答道：“我以前申请过，不够条件，后来也就不想了。”

“谁说不够条件？啥条件？我看你够了，比我都强！”贺文书的态度认真，口气坚定。

周伊波从没有想过自己比哪个共产党员强，在大学里，党支部老师说自己“政治上不成熟”，自己认可，还带着自卑。后来，不自卑了。到了江阳，在县城，在虹桥农场，又来到漩水，遇到的干部里大多数都是党员，如果和邝景申、郎学仁、老皮这些人相比，自认为确实比他们强。而且，根本不想和他们坐在一条凳子上。

“贺文书，我确实不够，差得远，希望多锻炼几年，接受组织长期考验！”他敷衍道。

“写吧，对你不费事儿，写好交给我！”贺文书以长辈的口气恳切地说。

“等我回古城探亲回来再说吧！”周伊波的口气分明是应付。

周伊波回卫生院把这事儿告诉黄山芸，妻子很不满意丈夫的态度：“你看人家党里的人，组织上都护着，连老彭用枪打了人，都遮掩过去了，给他个纪律处分，如同脱了一件衬衣。要是你我遇到这事儿，还不得扒上几层皮。”

“正因为老彭、老邝这些人都是党员，我才不想申请！我不犯老彭那样的错误，谁能扒我几层皮？”周伊波还在坚持自己的想法。

此时，黄山芸想起了龙亦华这天去卫生院对她讲的一些情况：“丁场长来当书记这段时间很倚重老田，工作干得很有起色，已经把老田纳新了，还在继续培养他。”

其实周伊波知道，几个月来老田经常跟着丁书记下乡，对漩水以后的发展提出了不少好建议。比如，当他看到漩水上游有一处半岛形地貌，犹如伸向河坝饮水的牛头，就建议从牛脖子处钻洞，建小发电站。他还建议，从漩水区向虹桥区修条公路，只要修二三十公里，就能经由虹桥通向县城。周伊波觉得，从工科大学毕业的提出这类建议，甚至直接从事水利和公路建设工作是正事，就和他看病一样，绝对不能走当官的路，在这样的环境中越发不应当考虑入党。他不悦地说：

“培养他将来当县长？当走资派？你没有看看那些当权派，有几个好过的？别糊涂了，他入让他入去，咱不入！”

黄山芸虽不赞同丈夫的说法，却没有充足的理由说服他，便急躁起来：“人家贺文书和丁书记一样，是对你好，别不知好歹，你不想写就算了。”

周伊波把眼睛瞪了起来：“人家老田想在这里扎根，要干一辈子，咱有私心杂念，有朝一日还想把孩子带出山，没人家那么高尚。脑袋这样想了，还又想着入党？这不是欺骗组织？”

“谁让你欺骗组织？别把话说得那么难听！”黄山芸又争了一句，不再说话。俩人就此偃旗息鼓。

终于，邝景申允许周伊波、黄山芸离开漩水回古城探亲了。俩人一个背篓背着行装，一个背篓背着儿子铁丁，沿着崎岖的山路向县城行进。经过两天的艰辛跋涉，终于落脚在曾经住过的县革委会招待所。

休息一夜，在招待所吃罢早餐，俩人带着孩子先去县武装部征兵办公室见文泞泞。

文泞泞埋怨他们不先来见她，就住进招待所：“武装部有客房，部里不少人都去过虹桥农场，我问过他们，都说认识你俩。再说，我在武装部分了两间房，郑贵在教育局有办公室，也支着床铺。你们还花钱住招待所，不是太见外了？”

“下次吧，带着孩子，不定啥时铁丁就哭闹起来，住在你们大机关，不方便！”山芸解释道。

“也罢，下次来就不要客气了！”文泞泞说完，就带他们去家属院见她母亲，文母一直想知道老邻居收留的这个山东女孩如今变成了啥样子。

下午上班时间，周伊波走进卫生局办公室开证明，既是身份证明，也是交通和住宿的介绍信。这次请假的过程，让他强化了个人身份的认证意识。确如邝景申说的，出门在外，谁能知道你是好人坏人？坏人脸上又没贴字！毛主席说“阶级斗争无时不有处处有”，出门人受怀疑、甚至先抓起来审问，时有发生。可是，各级革委会都没有发过身份证。来到江阳，卫生局也未发过工作证，自己的名字只在集体户口本和人事档案里。可谁又能让你带集体户口本和人事档案上路？所以，必须由主管自己的县卫生局开证明，证明这次流动是经过组织批准的，是合法的，而且随时随地能受到监管。因此，开证明、盖大印是件特别不能疏忽的大事。周伊波在去茅关防疫时就听人说过，局里管章子的行政秘书是县革委会梅主任的女儿，和她爸妈一样，她爱摆架子，喜欢恭维。周伊波直到掀开办公室的门帘前，还在犯难地琢磨“哪句话能让她痛痛快快开个证明盖个章”。

办公室门开着，门里空无一人。周伊波等了一阵，正待出门，一个光光的圆脑袋探头进来。

“姜老师!”周伊波仍然以老师称呼局长。

姜正宗先是愣了片刻，很快眉开眼笑，招呼道:“是小周啊，我想起来了，不是批了你们小两口半月探亲假，是回来销假吧?”

“漩水那边工作一直离不开，现在来找梅干事开证明，就准备走!”周伊波笑答。

“小梅家里有事，今天没来上班。其他人都支农去了。最近，阶级斗争又有新动向，我收权了，无论谁开证明，最后都由我掌印把子。不然，出了问题还不是我的责任?你到我办公室，我给你开路条、盖大印。”姜局长说话很认真，也很爽快:言下之意:“你是好同志，我放心!”

走进局长办公室，姜正宗刚坐下就问:“小周，上次请你代买的天麻，买到没有?”

“姜老师，我正要告诉你，我回去问过，漩水区只在九道梁上有人种，那地方与四川搭界，离漩水湾九十里。我托过人了，可一直没买到。我一直记着。”周伊波感到非常抱歉。

“没关系!本来我是让人从县药材公司买，他们说，紧俏药材定点定量供应，发出去的都带有指标。以后再说吧!”姜正宗脸上略显不快。他拿出钢笔和便笺迟疑片刻，平时他没有亲自给属下开过证明。他想起了当年在日寇占领区做地下工作、当伪保长时开路条的行文，于是写下“江阳至古城各关卡及公检法单位:我县漩水湾花莲卫生所医生周伊波系良民，现携妻儿回古城探亲，请让通关，并允许在沿途及古城家中留宿，有效时间从即日起半月。特此证明，此致敬礼!江阳县卫生局”，写完从抽屉里取出卫生局的公章盖上，在章子旁的空白处，清楚地写上签发时间。

周伊波、黄山芸二人带着孩子从汉江码头乘船离开江阳，顺流而下，大半天时间就到了康安。在街上找了个饭铺，买了些适合孩子吃的，自己将就着填饱肚子，赶紧去长途汽车站买票。刚走到车站跟前，未料想碰见了穿着警服的大学同学顾衣锦。他是陪同本单位一位领导到康安出差，结束公干后刚买了返回古城的汽车票。当他知道不期而遇的两位老同学也要买汽车票返回古城时，忙引领他们到售票窗口，把第二天的票买上，又帮着拿行李到自己下榻的小旅馆。

周伊波拿出证明，办理了入住手续后与老同学聊了起来。他俩在大学期间同住一个宿舍，在周伊波看来顾衣锦处事冷静温和，“文革”开始后他担任团支部书记，在运动中，即使对黄山芸这样的黑五类也没有明显的过激行为，后来又都成了同一派别的战友，自然亲近许多。大学毕业分配时，顾衣锦和女友苏莘莘一起分到了省公检法单位。周伊波向老同学叙说了江阳县及漩水湾的环境和自己的生活状况，对自然环境的恶劣、工作条件的简陋和生活状况的艰难流露出不满情绪。让周伊波未曾想到的是，顾衣锦听了他叙说后的第一反应是：“我俩要是能分到你们那地方就好了！”他悄悄告诉周伊波，他们分到省公检法后，很快就落实到具体工作单位——马家峁劳改农场，地处陕北的一个偏僻山乡。在那里除过给少数管教干部看病外，大部分时间和精力是用在犯人身上。在犯人面前医生必须和其他管教干部一样不苟言笑、严肃冷峻。在那里表情问题是立场问题、原则问题。劳改犯不能乱说乱动，医生同样不能乱说乱动。工作是单调的，生活是乏味的，环境是沉闷的。他们从古城带去了个收音机，一天，在听完新闻节目后，顺手一拨竟然有英语广播，就好奇地听了一阵，想试试自己学过三年的英语，是否全退给了老师。的确是这样，连一句都没听懂。就在此时，有人从窗外经过，听见收音机传出的外语，随即汇报给了领导。接下来的几个月，俩人就开始接受讯问、批斗，交代“为什么要收听敌台”“都听到什么内容了”，到头来确实什么都交代不出来，管教干部还得找医生看病，这件事才不了了之。他说，秦巴山区尽管艰苦，但双腿在山路上小溪中可以自由徜徉，脸上的表情肌可以任意舒展。他这次到康安出差，还顺便看望了分到康安的几个老同学。苌安全在麻风病村上班，他那里的病人多数处于恢复期，但还有一些处在急性期，皮肤溃烂流水，有传染性。医生和病人接触，必须戴皮手套、穿皮靴。医生办公室门口拴着大狼狗，病人找大夫看病得老远喊“报告”。在麻风病村里男女病人住在同一隔离区，各人住自己的小房间。白天可以在院子里一起晒太阳，但不准肢体接触，不准偷情。有一次，有个病人耐不住寂寞，偷偷跑到外边街道瞎逛，还拿着麻风村内部流通的钱币，在街上食堂买饭吃，害得麻风病村的全体医护人员出动，满街道搜寻抓捕，将病人所到之处全部喷药消毒，病人所接触的物品，包括钞票在内都要置入高压锅消毒，把人都快折腾死了。顾衣锦觉得即使这样，医生与麻风病人的关系也没有敌我之分，也可以不紧绷神经，不必要随时提高革命警惕。顾衣锦还说，他这次外调，还去过康安卫生局查档案，在那里听说唐韶不久前从山南县调到了康安老城卫生院。于是，他就设法找到唐韶家。在他看来，唐韶已经失去了精神头，看不见了大学时代的张狂。唐韶对他说，山南虽是老家，但因为前几年他带人回去造反，搞得太猛了，现在走资派重新上台，又反过来狠整他。他实在待不下去，这才费尽心机找人、托关系，像逃亡一样离开家乡。他现在这个家，一贫如洗。娃想吃酸豇豆，喊了几遍“我想吃虫虫”，娃他妈才给捞了一根。然而，唐韶说，只要身体好，平平安安，就把根留住了。三班傅安深、林樱桃两口子才算可悲。傅安深分到康安县防疫站，林樱桃分到卫生局当干事，是局里培养的苗子。可是，没过多久就发现林樱桃的子宫里长了肿瘤，康安医院初步认定是恶性、晚期，让她到古城做进一步检查，这一去，就永别了。

周伊波静静地听着顾衣锦讲述，他脑子里浮现出在大学里和苌安全、唐韶在一起的情景，那时候他们都是不可一世的风云人物。还有傅安深和林樱桃两口子，在毕业分配方案定了后，他们硬是找分配办和工宣队，以贯彻阶级路线为名，咬下别人换成自己。然而，这么短暂的时间，他们就遭如此厄运，老天是否给他们的报应太过了？周伊波心生恻隐。他觉得同学们走出校门各奔东西、各行其道，山高水长、天阔地远，相比之下自己的境遇真不算太差。他和黄山芸很想去看望苌安全、唐韶，可是带着孩子，一路奔波劳累，实在没有力气和时间，不得不作罢。

回到古城家里，伊波把在路上买的一瓶茅台酒和千里迢迢从深山里带回的几张狐狸皮交到双目呆滞的父亲手里。多年不见了，父亲周三铸眼皮浮肿，说话时嘴角还有些抽动，脸庞上已经没有任何刀削般的棱角和硬汉的神态。他接到儿子第一次送到手里的礼品，即刻老泪纵横，静静地坐在椅子上端详。他告诉儿子，自己这次被放回来，是因为身体支撑不住，毕竟是中风过的人，再关下去就要出人命了。因为没结案，每星期得让伊鹊陪着去一次解放门饮食中心店，进行思想和表现汇报。

周妈见到了周家的第三代人，她异常兴奋，紧紧抱着铁丁不撒手，掏出五元钱让伊鹃去马路边给铁丁买好吃的：“快去快回，别在外边耽搁！”

伊鹃小学毕业后，没有上学也没有下乡，一直待在家里照看弟弟伊涛，料理家务。在提倡子教三娘、与父母划清界限的时代，父母在女儿跟前的权威渐失，父亲说一不二的年月已经逝去。当老两口注意到小女儿开始在外边结交男朋友时，也只能忧心忡忡地把来找她的年轻人骂称勾魂的。母亲把伊鹃支出去买东西，也是想把闷在肚里的话，和盘托给长子和儿媳妇，想让他俩找机会劝劝妹妹，告诉她社会复杂，不要太早谈婚论嫁，以免上当受骗。

山芸对婆婆的话，没有做出积极回应。她觉得这个社会变化太快，人都在跟着变。将近两年没有见面了，小姑子脑子里想些什么，别人看不见，怎么劝？

伊波听罢母亲的话，沉思了一阵就起身出门。他想到街边等等小妹，和她在外边聊聊。这是为父母分担忧愁，尽长子的责任，也是为伊鹃好，不是多犯难的事儿。

伊波刚走出小区大门，就隔着马路看见伊鹃正在城河岸边和一个二十来岁的年轻人说话。心想，这个人可能就是妈妈说的勾魂的，怎么一出大院门就被勾上了？不由得火起。他向前走了几步，就大声喊叫起妹妹的名字：

“伊鹃！伊鹃！”

伊鹃中断了谈话，疾步穿过马路，神情自若地站在哥哥身旁，板着脸问：“有啥事儿？”

此时，伊波原本想对妹妹和颜悦色说出的道理，突然间变成严肃的命令：“回家去，以后少与不三不四的人来往！”

伊鹃瞪了哥哥一眼，憋着气站在马路边停顿片刻，然后猛地爆出一句话：“你一回来就扮演不光彩的角色！”

伊波回道：“你还小，没有社会经验，爸妈怕你上当吃亏！”

“我的事儿，上当吃亏自己受。你的事儿，也别连累我！”伊鹃终于说出了自己心里的话。

伊波觉得妹妹的话很奇怪，停下来轻声问道："我啥事儿连累你了？"

"啥事儿？你装糊涂？你爸历史上的事儿，你丈人在台湾的事儿！"伊鹃用眼睛瞪着哥哥，连珠炮似的怒吼。

"你真浑，真长大了，好个'你爸'，真是划清界限了！我丈人和你八竿子都打不着，咋能连累了你呀？"伊波气得真想扇妹妹个耳巴子。

俩人都憋着一肚子气，不再说话，一前一后，甩开臂膀往家走。

回到家里，伊波没有把妹妹在路上的话说给任何人听。伊鹃把五块钱甩给妈妈，说她不知道买啥好。父母似乎觉得有人撑腰了，高一声低一声数落着伊鹃又懒又不会办事。伊鹃手牵铁丁，摇着小铃铛，似乎什么都没有听见。

狭小的屋里吵吵嚷嚷的噪声，让山芸心烦。第二天一吃完早饭，她就一个人带着铁丁去革命公园转。公园里已经安装了许多游乐器械，她先抱着儿子走到转马跟前。小朋友们骑在大马、小马上，伴着音乐不停地转动着。山里头的孩子根本没有听说过，更没有见过这样的玩物和场所。小铁丁带着羡慕的眼神，惊喜地看着撒欢的小朋友。山芸一心想给儿子在短期内多些补偿，她先买了张转马票，扶着儿子坐上。可是，儿子刚坐上就吓得哭叫，死活要下来，气得山芸大声吼叫："你给我坐上，别动！"铁丁低头弯腰使劲抱住马头，边转边哭喊，直到铃响马停、山芸进去把他接下来时，他还在啜泣。山芸一阵酸楚，心想，在山里长大的孩子，比城里孩子失去的太多了，城乡差别啊，到共产主义才能消除，那是什么时候呢？

晚上，外屋妈妈和伊鹃睡一张大床，爸爸和伊涛睡一张小床。套间小房里，山芸和孩子睡一头，伊波睡一头。孩子入睡了，伊波静静地躺在床上，盘点着几天来的见闻；山芸听见爸妈在外边先是叹息，后是打鼾。她生怕把铁丁吵醒，稍觉孩子有点动作，就轻轻拍打两下。她想起自己在山里的房子和床铺，虽然睡下能透过石瓦看星空，冬天里八面透气四处进风，却很宽敞、很宁静。

正在此时，一阵敲门声响起："派出所的！""查户口！""快开门！"

周妈立即拉了一把拴在床头的拉线，把电灯亮起，接着穿衣起床去开屋门。屋门刚开，两个身着警服的男人和一对穿便装的男女，就站到了低矮的屋里，警察喊叫着：“把户口本拿出来！”“几口人？”

穿便装的女人手里拿着手电筒朝房子角角落落四处照过，又掀起床单朝床底下照照。此时，穿便装的男人已经拿着手电筒进到套间，朝床上的人脸照了起来。铁丁在睡梦中被惊醒，吓得哇哇直哭。

“干什么的？”拿手电筒的男人吼叫着。

照外屋床底的女人，跟进套间蹲在尿盆边，掀开床单又打亮了手电。

周妈忙答：“我儿子、媳妇，从康安回家探亲！”

“报临时户口了吗？”外屋一个警察问。

周妈回话：“还没来得及！”

照床底的女人厉声说：“不报户口，就是黑人黑户！”

周伊波气得从床上跳下来，顶撞了一句：“我从小在这儿长大，巷子里谁不认识？啥子黑人黑户？”

“废话少说，你现在是干什么的？”穿便装的男人不耐烦地又问。

“医生！你是干什么的？”周伊波推开这个拿手电筒的男人，挤出套间门。

“臭知识分子！我是查你家户口的，证明拿出来看看！”拿手电筒穿警服的男人粗鲁地叫喊着。

山芸起身从小包里取出证明，让伊波拿给那个穿警服的人看。

他仔细对着江阳卫生局姜局长亲自开的路条端详了一阵，讥笑道：“良民，良民！”那声调和态度就像电影上日本兵查看进城农民的良民证一样。

周伊波愤怒起来：“这是我家呀，我回家看父母，父母证明我是他们的儿子，这还不行？还要查证明、报户口？”

另一个年长些的警察严肃冷静地答道：“当然，名字不在户口本上的都要查，不报临时户口哪儿都不能住，这是上级规定，明天赶快去报！”他向同僚挥挥手，示意可以结束了。

周伊波还是觉得他们的言行太不近情理，就又追问道：“你们不是看过证明了，明天还要去报？”

“是的，把证明带上，报临时户口！怎么听不懂人话？”警察的忍耐是有限度的，年长些的警察也露出真容。

后面年轻些的警察走出屋门时撂了一句：“老实告诉你，你家是重点监控对象，不要乱说乱动！”

周伊波奇怪地向走在最后、穿便装的女人问：“凭啥？”

“你们自己知道！”她冷冷地答。

屋里灯亮着，山芸抱着铁丁进套间上床，她长长叹了口气，自言自语道：“岂有此理！”

周三铸骂骂咧咧地嘟囔，早已语无伦次。

周妈平静了一阵后，对儿子、儿媳说：“咱这巷子里有鬼，经常串来串去，去派出所、办事处汇报，说东家长西家短。那一对穿便装的，经常在火车站广场瞎转悠，还跟人打架骂仗，我碰见过好几次，谁知道都是些啥人？”

老伴儿的身体远不如以前，两个女儿和小儿子又都让当妈的操心。周妈希望大儿子去托托人，想办法留在古城，家里遇事也能有个支应。家里的实际状况，伊波看在眼里，心里十分不安，母亲的话让他动了跑跑调动的念头。他听说无论城区还是郊区的医疗卫生单位、教育单位都青黄不接，都需要二三十岁的这批大学毕业生。他用了两天时间，到几个单位实地考察用人情况，询问过进人的程序，但没有一处有正面回应。他很扫兴，冷静细想，自己缺乏办事能力，家庭也没有好背景，想调动工作只是白日做梦。

在古城家里住了一周，洗却了疲劳，山芸和伊波带着孩子来到秦都姨家。

离别一年半后，山芸带着个会走路、学说话的小乖乖回来，茹芝姨和几个表弟见了自有说不出的快乐。山芸看见桌上摆放着的姥姥遗照，几次掉泪。姨说，日子总得往前过，生活也有了转机，不能总是悲悲切切。姨还告诉山芸，姨夫虽还戴着反革命帽子劳教，但毕竟刑期结束，新的劳教单位离家近了许多，他两个月能回家一次，每月的二十元零花钱能省下来点买了日用品带回家。姨听山芸说了山区的情况和在古城家里的感受后，提出让铁丁留在秦都，白天把他送进厂托儿所，傍晚再接回家，三个舅舅可带着小外甥玩。这样，不仅有利于孩子成长，还能让山芸和伊波腾出时间，好好在业务上进取，将来才可能有出路和前途。

茹芝姨刚料理完姥姥的后事，还没有轻松几天就提出给外甥女帮忙，这让山芸过意不去。再说，山芸也不觉得在漩水湾那样的深山沟里，还能争取到什么好出路好前途。孩子稚嫩的笑脸、大脑壳上稀疏发黄的毛发和从小嘴里发出的奶气奶声，让她有说不出的疼爱，看一眼听一声就心头颤抖。她实在不忍心让这个小宝贝与自己分开。而伊波却赞同茹芝姨的想法，劝山芸再冷静地想想，不妨离开秦都几天试试。

就这样，俩人在姨家待了一周，就恋恋不舍地离开了亲人和孩子。

回到县城，假期还未满，俩人先去征兵办公室见到文泞泞，泞泞安排他们住进了县武装部客房。

下午郑贵回家，文妈妈泡好茶，几个人围在小桌四周聊起来。黄山芸先说了姨家的近况和小铁丁留在秦都托儿所由姨代管的过程。文妈妈直夸她记忆中的葛茹芝大夫："你姨真是个少见的贤惠女人！"

周伊波也谈了自己在古城的见闻和家里的情况："各大单位都住着解放军，不知道都干些啥，也不知道找谁说理。我父亲的案子几年了，把人抓去审，审了放，放了再抓，抓起来边打边审，审不下去了，把帽子棍子都提到手里，再把人放回家。"

郑贵相信周伊波说的都是真话："北京大案小案堆积如山，专案组重重叠叠，办案人员坐火车、坐飞机来来回回搞外调，犯案的人都没有地方关了。有问题的人哪是一小撮？成了一大堆！咋管得过来？"

"说点轻松的，你们听说没有，有的大学开始招生了？"文泞泞觉得他们谈论的内容太沉重，有意转移了话题。

黄山芸、周伊波都说自己孤陋寡闻，国家大事只知道广播里、报纸上的。

郑贵、文泞泞你一言我一语，转达北京同学的一封来信：一年多以前中央召开过一次教育工作会，学习贯彻毛主席"学制要缩短、教育要革命""资产阶级统治我们学校的现象再也不能继续下去了""培养医学生，小学毕业再上几年课就行了"的最高指示，讨论怎样评价新中国成立后的中国教育，对“文革”前毕业的大学生怎么定阶级成分。有人说这批人是毛主席革命路线培养起来的，另有人说他们是资产阶级教育出来的。争论归争论，臭老九的帽子能不能摘，还得等毛主席说话。这次会后不久，中央就批转了北大、清华关于招生的请示报告，同意他们从工农兵中招收一批学员，只要有初中以上文化就能上大学，不用考试，主要靠领导推荐，学校审查同意。学员入学后要参加学校管理，用毛泽东思想改造大学，简称“上、管、改”。这样，中央的这一伟大战略部署就由北大、清华先行先为，第一批新学员已经入学两个多月。

黄山芸不相信中央会做出这样的决策，觉得太离谱了：“以前正规高中毕业，考大学优中选优，再把几十门课读完，多不容易！真照你们说的，以后的大学不就成了文化补习班？”

周伊波将信将疑：“真的？这批人来了咋上课？”

“另编教材因材施教，破除旧有的条条框框，另起炉灶。”郑贵听似平静的语调中，隐含着一股不满情绪。

文泞泞眯着眼笑道：“在北大有郑贵一个亲戚，他教数学，从二分之一加二分之一教起，举例说，到食堂买馍，先买了半个，后又买了半个，问‘一共买了多少’，回答‘食堂不卖半个’。招到俄语系、英语系的学生，头一个月学‘毛主席万岁’‘无产阶级专政万岁’，第二个月学‘缴枪不杀，解放军优待俘虏’，鹦鹉学舌呗！”

郑贵觉得这是个严肃的话题，不能当成玩笑。教育工作者传承人类的文明、民族的传统，传递社会赖以继续发展的薪火。可是，上层还在讨论包括教师在内的文化人是资产阶级的还是无产阶级的，是修正主义的还是革命的，是要改造的还是要团结的，是要打击的还是可以依靠的，还要用离奇的方式操弄大学，中国到底要向何处去？他掏出纸烟独自抽起来。他在部队里养成一种习惯，凡是政治话题，脑子里想的不随便说出来；工作上的事，领导发布了命令就毫不犹豫地去干。虽然到了地方，又是在亲友跟前，已经放松很多，但还是不想把心里话全讲出来。他转移了话题，向周伊波打听县委机关一个人的情况：

“老周，县委宣传部的老罗，罗紫丰，他说和你是大学同学，你们很熟?”

“你怎么想起来问他?”周伊波反问道。

“他爱人和我是同事，都在教育局上班。她也是你们同学，对吗?”郑贵又问。

“都认识，以前还打过交道!”周伊波冷冷地答道。

“这个罗，经常到教育局找小赵，碰上我就坐下聊，他还邀我去过他家。这人很能写，经常在《康安日报》上发文章，也能说，说地委柴书记很欣赏他，也很欣赏你们从农场分到漩水湾的几个。”郑贵试探着说了几句略带褒义的话。

“你就听他吹吧！他这人有些手腕。”周伊波直言不讳，他了解这个人在大学的为人，也知道到江阳后罗紫丰还在政工组捣老同学的鬼。

文泞泞不认识罗紫丰，对郑贵提起的话题没有兴趣，就转身和山芸小声聊起自己中学的事儿。

郑贵其实早已反感罗紫丰。一是罗紫丰和郎学仁走得很近。自郎学仁从政工组分配办主任调到教育局副局长位上，对下属就是一副狼外婆嘴脸，特别是对从北京来的这位年轻转业军人充满妒意和警惕。而罗紫丰一到教育局就去找郎学仁，关起门一聊半天；更让郑贵反感的是，罗紫丰两次在赵春碧办公室吵吵闹闹。郑贵听清了周伊波的话音，对老罗的评价转向明朗：

“老罗这个人忽冷忽热，翻脸不认人，有一次来局里，揪着小赵的头发摁在门后打。”

“为啥？一起来到这么苦的地方，还闹腾啥?”周伊波很为赵春碧不平。

“他们没孩子，又很想要孩子，都说是对方的事儿。小赵到县医院去检查，做检查的妇科大夫是古城下放来的男大夫。后来，小赵又去复查了一次。老罗非要说小赵和那个大夫有麻搭（注：问题）。”郑贵似乎很知道内情。

“她去检查，没告诉老罗?”周伊波显出对这件事不理解。

郑贵说:“机关里有人说，主意还是老罗出的，老罗正在跑调动，他想找借口把小赵甩了，一个人走起来利索!”

“他确实有这种智慧，有这种可能!”周伊波的话里带着讥讽，他觉得这位老同学城府很深，心术不正。

周伊波、黄山芸在基层卫生单位待了这段时间，虽然努力了、辛苦了，但是，许多疑难病、需要做手术的病，还是束手无策，甚至不少常见病、多发病都难以对付。他们想起了难产死去的产妇，也想起曾经在老柴手下当过副县长、因肝癌去世的老牛，想起他生前说过的“单是能把农村的烂红眼治好了，就功德无量”！大学毕业前，校园中流行着“金眼科、银外科”的说法。在医院实习时，他们对眼科都特别感兴趣，特别希望将来能成为一名眼科专家，这样，他们在去县卫生局销假时，就请求领导再批给他们两周时间，到县医院请教专家，观看眼科手术。姜局长很满意他们按时回来，当即说:“学习也是为了更好地工作，去吧去吧!”

第十一章

孩子留在秦都，周伊波、黄山芸利利落落回到漩水湾。离开一个月，漩水卫生院里一切照旧。邝景申院长出出进进还是一身酒气，王明利药师站在中药房柜台后边埋头抓药，梁晨风老先生在自己宿舍里安静地把脉开处方，陆雪飞在西药房无所事事，石琦大夫、郭廓穿着白大褂坐在诊疗室聊天，毛锐房门紧锁不见踪影。就连去厕所路上一块挡路的石头，都没有丝毫挪动。每周两个下午停业关门、上山修大寨田的规定雷打不动。邝景申隔三岔五还要召开会议传达上级文件及抓阶级斗争、抓农业生产的经验套路。他说，县委已经下了几轮通知，要求各区从区级机关抽人，分批分期整顿农村基层党组织。这里的一切都不同于古城，也不同于江阳县城。他俩这次回到漩水湾，感觉到的反差相当大。

让周伊波、黄山芸欣喜不已的是，田大地主持的小型水电站工程进度不断加快，在钻山挖洞时，竟然还挖出了优质煤炭。田大地就近囤积了一大堆，等着周伊波从古城回来后也去背几篓。另外，尚厚德、薛勤谨在中学里自编教材，改革教学方法，受到丁书记的表扬和师生的爱戴。

周伊波、黄山芸低落的情绪，又受到鼓舞。俩人下决心抓紧没有孩子拖累的这段时光，努力钻研业务，提高诊疗水平。黄山芸从当月工资中拿钱去邮局订了《中华内科》《中华外科》《中华儿科》杂志，想孩子的时候就读杂志看医书，强迫自己把心收住，聚精会神地琢磨在县城观摩的几个手术方法。

周伊波一回到卫生所，就下乡进行眼科病普查，对可能治疗的患者进行分类登记，对通过简单手术就可能获得显著疗效的红眼病患者，动员他们到卫生院住院治疗。但是，他们都说，住到卫生院看病，花不起医药费、伙食费，还耽误农活和家里的事儿。

黄山芸和周伊波商量，初夏季节是流行病最少的季节，来医院看病的人不多，与其坐在诊疗室聊天，不如下乡逐户逐队对选好的眼病患者诊治。医院里没有制定收费标准，只把成本收回就行了，争取把花莲公社“红烂眼看太阳，一手遮天”的现象减到最低。

这天，周伊波、黄山芸二人走过一片开着紫花的胡豆地和绿油油的水稻田，高兴地看见水沟边长满了盛开的金针花。再往前走，在一片缓坡地上长满花椒树，花椒树丛中几只山羊看见生人，抬起头“咩咩”叫了几声。一条小溪流顺坡而下，流过石头台阶。他们拾级而上，就到了谢家屋子。这家男主人不足三十岁，患“乱箭射珠”多年，眼疼、红肿，天天泪流不止。近半年多，视力明显下降，强光下不敢睁眼，出门走路几次险些跌到深沟里。这是周伊波动员“割双眼皮”的第一例病人。

在这家石瓦屋侧边有个挂着草帘的矮房，周伊波提醒妻子进这种厕所，要先上台阶后上缸，木缸上搭着两条石瓦，蹲上去要特别小心。他们刚一转身，这家一条小黄狗就从窗台下懒洋洋地爬起来，朝他们吼叫起来。男女主人忙从屋里走出迎接两位大夫。他们已把院子扫得干干净净，粪土都堆到了墙角。黄山芸注意到，尽管院外绿树成荫，小院子里却没有一棵大树，没有一块阴凉地。在阳光照射下，根本无法支床做手术。他们走进屋子，墙壁黑黢黢的，一头黑猪拴在墙角的桩子上呼噜呼噜叫着，从小窗射进一束亮光照在锅台上，然而床头上的光线却非常暗淡。

黄山芸琢磨着：“这该怎么办？”

周伊波跟随她的脚步，朝屋里屋外仔细看了一遍，确实没有找到适合做手术的地方，他为自己的粗心和考虑不周而内疚。

这时，黄山芸眼睛一亮：“这样吧，把门板卸下来，支在门槛上，光线合适，也晒不着太阳。”

患者手脸都洗得很干净，静静地躺在门板上，手术由黄山芸主刀，周伊波担当助手。从戴口罩、手套、铺巾到打麻药、切开皮肤、睑板，一步步完全按在学校学的、在县医院又仔细观摩过的操作程序进行。眼看在切口上再缝几针手术就结束了，俩人都感到十分满意。正在此时，一只公鸡在院外受到那条小黄狗驱赶，飞奔院内，惊叫着扑扑棱棱地从患者和大夫头顶飞跃而过落进屋里，随之阵风席卷，灰尘扑面而来。黄山芸慌乱地喊叫：“糟糕，伤口感染了咋办？赶快把它抓住！”

屋内女主人闻声立即去抓大公鸡，吓得公鸡又一次从门板上方惊叫着飞出去。周伊波让门外一个大孩子站在远处挡着，再不能有任何干扰。黄山芸用酒精棉球在老谢眼皮上擦了又擦，最后小心翼翼地如同绣花一样把切口缝合，敷上消毒纱布，用胶布粘贴。

术后，女主人把早已准备好的饭菜端到当屋小桌，两个孩子未等大人发话，就已经拿起筷子夹菜，黑黑的小手和筷子头一起伸进菜汤，小手抬起时汤再顺着筷子倒流向前臂。

走出谢家小院，黄山芸有意问周伊波：“你在乡下经常吃这样的农家饭？”

“是呀！”周伊波肯定地回答。

“不觉得恶心？”

周伊波装作不在意的样子，笑道：“有了劳动人民的思想感情，就不觉得了！”

“你算了吧！别为不良习惯辩护！”

“饿极了，谁还顾得了这习惯那习惯？”

“人和人不一样，我可不是脏的、臭的、啥都能吃！”

“活人可不能让尿憋死！你急着尿的时候，不也得去体会‘人上缸’的滋味？”

“我憋回去了，回去再说！”

周伊波和黄山芸都为在简易条件下做了第一例纠正内翻倒睫的手术而

高兴，边走边说笑。周伊波朝谢家小院回头望望，即景编了个小诗朗诵起来：

屋前花椒树一片，屋后半坡橘子园。草帘遮掩如厕处，木缸顶上任方便。

门里猪羊声声唤，门外小院跑黄犬。金针盛开荆棘路，清泉细流下稻田。

贺文书虽很少下乡，却天天接触社员，经常听到赞扬周大夫的话。他对这个年轻的外乡人很满意，一见周伊波就问："申请书写好没有？"

周伊波不想让贺文书再催了，他搭了个夜工，按照在大学参加党课小组学的基本理论和书写模式，又一次写了入党申请书，第二天一上班，就交给了贺文书。

没出三天，周伊波就被通知去参加公社机关党支部的组织发展会议。他在会上说："未曾想过入党能给自己带来什么额外好处，也许入了党麻烦事儿会更多，还得努力克服消极情绪，安心在山区工作。"他在说此话时，还想到，这些年有多少党员干部被称为资产阶级、地主阶级在党内的代理人。就连自己这样的小小老百姓，前几年还有人说是反革命狗崽子在团内的代言人。父亲早就训诫过儿子"君子不党"，可如今，自己被潮流推着往前走，走哪儿算哪儿吧，力争做个好人就是了。

公社里的与会者，对他的话都从大公无私方面理解，没有人听出来他的真实想法。会后贺文书告诉他："现在只等公社党委、漩水区委审批了。一批下来，你就有了正式名分，就是一名党员了。"

本来花莲公社就是漩水区的一部分，漩水区卫生院对花莲公社卫生所有业务指导责任。周伊波除过拉上黄山芸和自己一起下乡治疗红眼病外，也不时叫妻子到自己的辖区内为妇女患者检查治疗妇科病，为产妇接生。然而，由于他们是夫妻关系，在邝景申和其他人眼里，黄山芸经常往花莲公社地段跑，只是为给丈夫帮忙，缺乏大局意识。

一天，邝景申突然翻脸，阻止黄山芸再去花莲公社继续做内翻倒睫矫正手术："没有人看病，也在卫生院待着，不要有事儿没事儿总往花莲跑！"

黄山芸一听就上了火："什么叫'有事儿没事儿'？现在卫生院不忙，那边的病人不愿过来，我过去帮帮有啥不可？"

"这里才是你的工作单位！"

"毛锐一天到晚不在卫生院，去哪个公社，去做什么，你问过吗？"

"当然问过！"邝景申脱口以坚定的口气答。

"那你说说她现在到哪儿了？"黄山芸追着问个究竟。

邝景申迟迟回答不上。黄山芸出门径直去了花莲，那里还有她约好的病人。

邝景申很生气，挪动几步对着中药房喊："光头，毛锐这几天干啥去了？"

王明利、石琦大夫、陆雪飞都走出房间，在大厅里起哄："前天跟你去捞鱼，只见你回来，她掉河里了吧？"

邝景申板着脸对着王明利的耳朵轻声说："她这个破鞋，不是去找何建功要钱，就是睡到养猪场了！"

王明利摸摸光头没有言声，大家也都不再说什么，各自散去。

一段时间以来，周伊波的右脚前掌只要踩着硬东西就疼得钻心。他自己和黄山芸都用手按摩过，发现疼痛处的皮肤成了一块硬瘢，旁边还有三个坚硬如石的钉状物深扎在肉里。他让郭廓、石琦看，一个说是鸡眼，一个说是胼胝体，无论什么诊断，都是因为扁平的脚掌与硬物摩擦过多所致。他们建议他少走些路，每晚用热水泡脚，然后用刀片慢慢将厚皮往下削，再用尖刀把硬钉从肉里剜出来。山芸小心翼翼地为伊波又刮又挖，然而，病根不仅没有除去，反而被她刮出了血。周伊波不能不去上班，有病家请照样出诊。没过几天，他的脚掌就肿了起来，疼痛愈加严重。黄山芸打电话请教县医院皮肤科大夫，县上大夫说："皮肤科的病，往往看似简单，而误诊误治的不在少数。医生的经验很重要，得亲眼看了才能对症处理。"

周伊波和黄山芸向邝景申请假："我们上县几天，看看脚病，脚疼得走不成路了！”

邝景申坚决不允：“脚上的病有啥要紧？太娇气了！再说，你们几个大学生，连个脚丫子都看不了？”

黄山芸一听邝景申的话就又来了气：“他从小长个平板脚，本不适合走长路。如今，天天攀爬，脚都肿了，给谁诉过苦？要是在这儿能治，谁傻了还要走一百里路到县城？他不是实在忍不住，才不会请假！”

“小周，你自己去吧，看个脚丫子还得爱人陪着？”邝景申不打算再卡周伊波，他虽在卫生院领工资，毕竟还受公社管。

“他可能得做手术，术后脚不能走路，吃饭、上厕所都成问题，我得陪几天！”黄山芸陈述自己请假的理由。

“有困难，自己克服！这里贫下中农的命更重要，你得坚守岗位，你的假我不批！”邝景申以一院之长的口气蛮横地说。

黄山芸不再与他较劲，索性绕过他直接给区委丁书记打电话，说明原委。丁书记二话没说，批了她一周假。

在县医院皮肤科，一位老大夫仔细检查了周伊波的病脚，说他的脚掌上不仅有一块坚硬的胼胝体，还有两个像硬钉一样扎进肉里的鸡眼和一个嵌在骨头缝里的跖疣（注：俗名瘊子）。长成这样子，有日月了。如今，靠抹点药，用刀片刮，根本解决不了问题。在这所县医院，唯一的办法是开刀，切掉病变组织。以后穿厚底鞋，少走长路，减少摩擦。

县医院里没有皮肤科病床，周伊波被安排在外科一张床位上。手术不大，耗时不短。术后，待在病床等待伤口长好拆线。白天，黄山芸陪在跟前。到了晚上，她就去县武装部找文泞泞聊天，和文妈妈住在一起。

周伊波手术后第三天，郑贵就到县医院来看他，并且还打电话告诉了县茶厂的魏军定、防疫站的侯承强。他们闻讯都赶到医院来和周伊波、黄山芸见面。

又过了两天，魏军定一大早就来到周伊波床头。他左右看看，欲言又止，神色有些紧张。

周伊波和黄山芸都觉得蹊跷，问他：“怎么啦，老魏？”

他沉默了一阵后，小声问周伊波：“你能下地吗？想和你们到院子里说儿句话！”

“能啊，快拆线了。”周伊波边说，边把腿挪到床边。

魏军定和黄山芸扶着周伊波穿好鞋，慢慢离开病房。

在院子里，魏军定带着神秘和惶恐告诉俩好朋友：“听说，今儿上午要抓郑贵，事儿挺大的！”

周伊波吓了一跳：“啥事儿？谁抓他？”

魏军定犹豫了一下，如实地把自己听到的，都说给了周伊波和黄山芸：“听说他是‘五一六’分子，县军管组要抓他，隔离审查！”

周伊波觉得在深山沟里抓“五一六”分子，听起来就很怪诞：“这是唱的哪出戏呀？”

“有一段时间了，中央要打一场深挖‘五一六’的人民战争，布下了天罗地网。县上各单位天天开会，查动向，找线索。”魏军定耐心地向来自偏远乡镇的好友解释。

“咱这儿哪来的这种分子？”周伊波还是不能理解，觉得县上的机关是没事儿找事儿。他以前听说，‘五一六’发生在北京，其他地方的人，连边都沾不上。

黄山芸也不相信郑贵这样根红苗正的人能和反对毛主席、反对周总理的事儿联系在一起，插话说：

“他可是北京大机关下来的转业军人，父亲还是个大脑脑！”

“哎呀，你算说对了，听说北京这两年抓‘五一六’，就是在干部子弟里抓。”魏军定觉得这俩人都跟不上形势。

尽管黄山芸看到过一茬茬一批批一直被称为“革命干部”的人变成了“黑帮”，他们的子女也被打入另册，但在她内心深处仍然认为出身黑的人和由红变黑的人不同，入的另册也相异。出身黑的人，黑色是恒定的，而由红变黑的，黑色是暂时的。对郑贵来说，不会有多大的事儿。

魏军定见这俩人似乎不太相信自己的话，就着急起来：“我是来告诉你们，可能很快要抄家，前几天我到医院来，黄姐不是说和他岳母住在一起？赶快离开，别给自己添麻烦！”

黄山芸一听抄家就急了：“凭什么抄家？你这消息可靠吗？”

“侯承强听他站长说的，站长和政工组组长都是康安老乡，跟一家人一样，消息绝对可靠。案子很大，黄姐赶快搬出去。如果没有合适地方，就搬到我们那边，厂里有空地方！”魏军定说得很急迫，也很诚恳。

黄山芸没等他说完，转头就往武装部跑。她知道什么叫抄家，大学里多少老师的家被抄过，就连本班同学张信平的家都被抄过，自己家也险些被抄。被抄家的人苦不堪言。她必须把这个消息告诉文泞泞，让她有所准备，也得让文妈妈先离开那个大院，别让她看见了，再受刺激。

文泞泞静静地坐在自己的办公室里，手里拿着一本《毛主席语录》随意翻着，一见黄山芸气喘吁吁地进门，顺手放下，微笑地对她说：

“山芸，你得另外找住处了。”

黄山芸已经明白了她的意思：“我刚听说要抓老郑，还要来抄家。我是怕文妈妈受刺激。”

“没谁正式通知我，我也是刚听到小道消息。这些年，我妈见多了，没事儿！”文泞泞看不出有任何慌乱和紧张。

黄山芸看到文泞泞的神情和听了她的话，心里安稳许多：“那我就再陪文妈妈几天，等伊波一拆线，就回去了。”她是想让文泞泞知道，她现在也不怕事儿，和以前不同。

“那可不行！赶快去拿你的包包离开，越快越好，好在你俩都不是郑贵的同学，不然还不知谁牵连谁。”文泞泞忽然严肃起来。她心里还在翻腾着教育局赵春碧的话，停顿了片刻，她还是把一个多小时前听到的事儿说给了老同学：

这天上午，郑贵一从办公室被带走，赵春碧就离开教育局，到外边找了一部电话约文泞泞到汉江边上见面。赵春碧很内疚，因为她心里清楚，郑贵要是被戴上“五一六”分子的帽子，肯定丈夫罗紫丰难脱干系，也与自己以前在丈夫跟前说些局里的事情有关。有一次罗紫丰和郎学仁在她家里，嘴巴对着耳朵嘀嘀咕咕。尽管声音很低，她还是能听个大概。她听出来，丈夫把郑贵闲聊时说过的一些话，都学给了郎学仁，比如北京有人说，周总理对中央文革有意见，毛主席不信任周总理，等等。郎学仁认为，郑贵、文泞泞转业刚到江阳，就被原单位传唤回去一趟，俩人肯定都是漏网的“五一六”分子。俩人还都懂外语，也许还是苏修特务、台湾特务呢。赵春碧在大学里曾经被谣言陷害过，她警告丈夫，不可靠的事儿一定不能乱传，特别不能给别人扣屎盆子。罗紫丰不但不听，还把她臭骂了一顿，说她对郑贵有“意思”。

黄山芸回到县医院，魏军定已经回厂了，他留话说，两位好朋友在县城无论遇到什么困难都要告诉他，他一定协助解决。

周伊波听了妻子的述说后，即让妻子立即去给他办理出院手续，心想：“脚疼算得了什么？更何况病灶已经处理过，伤口已用线缝上。等长好了，自己拆线就是。”

山芸扶着伊波慢慢离开这个险恶的县城。俩人默默地走着，心里都觉得非常压抑，似乎空气中有某种毒物正在侵害他们的神经，浑身剧疼。此时，只有用眼泪才能让受伤的神经得以修复，让疼痛缓解。俩人来到一个没有人过往的坡地坐下，面对汉江一阵号啕大哭。说不清是为什么，是委屈还是无助，是为自己、为亲人还是为朋友？俩人谁也不说什么，只是哭个不停，哭够了站起来，相互搀扶着在崎岖的山道上慢慢往漩水湾走。

整整走了两天，比任何一次走路都艰难。回到家里，周伊波的右脚从脚掌肿到脚面。

一天上午，刚起床不久，黄山芸就接到区委皮干事的通知，让她早饭后叫上周伊波到区委一趟。

周伊波在公社听说，他的入党申请经公社党委讨论通过，已经报到区委。他猜想，很可能与此事有关，即对黄山芸说：

“我的入党申请就要批了，在区党委研究审批前，一般都要找申请人及家属谈话。”

“你别想得太美了，什么事儿你顺利过？”黄山芸看到丈夫得意的样子，当即泼了他一头凉水。

俩人一进区委大门，华秘书就从房间出来，平静地说：“会议室里有人等着。”

一踏进会议室门，皮干事身边的两个人立即放下茶杯，起身打招呼：“两位医生好！”

黄山芸朝他们扫了一眼，只见一瘦一胖，一高一矮，都是一脸疲惫。她没有认出对方是谁，平着脸朝他们点点头，就近坐在了门边的椅子上。周伊波第一眼就认出来对面矮瘦些、长着鹰钩鼻、面相凶恶的中年人是古城解放门饮食中心店革委会的，另一个年龄更大些的壮汉是父亲所在解放门饭店“井冈红旗”的头头，正是他们组织批斗关押父亲，这俩人都和自己面对面发生过冲突，后来他们还把父亲的黑材料送到医学院，败坏自己的声誉。他做梦都没有想到他们会跋山涉水来到这个交通闭塞的深山沟，顿时脸上泛出一股杀气，拳头猛地握紧。然而，此时已不是当学生那阵子了，他还是把火硬压了下来，死死地坐在椅子上没有动弹，也没有张嘴说话。

“我叫王黑子，他叫权为元，和你父亲一个单位，负责你父亲的专案，好像咱们见过。”王黑子自我介绍道。

“这是他俩的介绍信，希望你支持他们的工作!”皮干事把一张公函递到周伊波手里，起身对王黑子、权为元说：“你们慢慢谈!”说罢离开。显然他对俩陌生人的来意很清楚，也懂得外调程序和接待省城来客的礼仪。

公函上用钢笔字写了密密麻麻几行：“江阳县卫生局：由古城医学院分配到贵局所属医院工作的周伊波，是我单位职工周三铸的长子。周三铸因严重政治历史问题被立案审查。为早日结案，现介绍王黑子、权为元两位同志（中共党员）前往贵局与周伊波医生面谈，进一步调查其父周三铸的有关反动言行。请予协助，此致敬礼！古城解放门饮食中心店革命委员会（印）”

周伊波注意到，在公函上端空白处，姜正宗局长歪歪扭扭批了几个大字“请漩水区革委会协助”，后边盖了县卫生局公章。

周伊波心里清楚来者不善，几年了，他们置父亲于死地的证据还没到手，还要继续整下去。记得父亲说过：“没有的东西，打死我也不会承认，说假话对不起组织，也对不起后代。”这伙蠢猪还不死心，还抱着一线希望到江阳来讹诈儿子，即使不能得手，也要搅起一股臭气，让儿子不得好过。周伊波知道他们先去了卫生局，姜局长把他们当球踢，在深山沟里又滚了两天才来到漩水湾。周伊波嘿嘿一声冷笑，把介绍信递到黄山芸手里，死盯着对面两个进入自己领地的“野物”，静等着他们发声。

王黑子朝权为元努努嘴，权为元朝他摆摆手，他就先开口了：“我们在古城听说你们回去过一趟，没来得及见面。这里领导告诉我们，你们经过农场锻炼改造，医生当得不错。为了你们有更好的前途，希望你们以党和国家利益为重，配合我们，把你父亲的问题说清楚。”

王黑子刚停顿下来，权为元就盯着周伊波接上话：“周三铸是你的父亲，血缘关系变不了，但是政治上可以划清界限。你们不可能听不到他在家里说反动话，也不可能不知道他和台湾来的人是怎么联系的。你岳父在台湾到底是干什么的？知道多少，说多少，问题说清楚了，案就结了，我们也就不再追究了。”他声调出奇的柔和。

周伊波觉得他们的讹诈手段落后了好几年，在“文革”初期，省委工作队一进古城医学院就用逼供信和设套利诱的方式抓反革命，起初自己被吓得一身冷汗，被蒙得一头雾水。如今，谁再来这一套，会让人觉得他特别笨，特别好笑。他清清嗓子，略微提高了声调说：

“让我给你们编一套我父亲的反动言行？我父亲在家脾气不好，经常打骂孩子，但他是教育我们学好，长大了当个老实人，绝不能说瞎话，不能栽赃陷害别人。你们死了心吧，我不会坑害自己的父亲！我岳父在哪儿，连我爱人都说不清，我能说什么？”

黄山芸已经想起来，公爹当年被关押在解放门饮食中心店，七八岁的小弟弟去给他送换洗衣服，就是被这伙人关在那里揭发父亲的问题，不让回家。婆婆让伊波和她去找。那时，这个王黑子像一只看门狗，凶恶至极，一见面就吓得她不敢吭气。此时，她虽生气，也知道对方刁钻、狠毒，却已不紧张，毕竟这里不是解放门，她只是想对他们表达强烈不满：

“我的生父早失踪了，死活不知。我连他长什么样都不知道，我公公哪有那么大本事，还能联系上我生父？多年前，山东军区对我爷爷说，他在台湾。你们如果对他有兴趣，直接去山东军区打听。如果你们有台湾派特务和周三铸联系的线索，早该去举报，可不能让特务跑了，这可是立大功的机会。”

王黑子很尴尬，只好转移话题，对着周伊波问道：“好，你不说台湾的，说古城的也行，周三铸和国民党靳团长那个大老婆是怎么认识的?”

“什么靳团长那个大老婆?你把话说清楚!”周伊波被他问蒙了，怒气冲冲地问。

“你应该不会忘记吧，就是你的干娘，先改嫁给华山老道，老道畏罪自杀后，又去腐蚀工人阶级，改嫁给东门里一个老工人。”王黑子早就把周家的老底翻了个底朝天，凡是能牵连上的，都往一起连，只是没有连上有斤两的东西而已。这是他针对周伊波的又一个突破口。

一经提醒，一个可怜、无助、善良老太太的样子，立即在周伊波脑海中浮现出来。这些年那个孤老婆活得多不容易，确实听父亲说过，她的前夫丢下她跑了台湾，那不是和山芸母亲的命运一样悲惨吗?和这样的人认识又算是什么大问题?他懒得再和他们说什么。周伊波沉默片刻后，还是说了一句：

“你们回去问我小弟弟吧，听说他往郭大姨家跑得最勤，干娘也叫得最响。”

鹰钩鼻王黑子和壮汉权为元坐汽车在秦岭里转了两三天，好不容易到了江阳，又连滚带爬才来到漩水，已经后悔跑这趟外调。此时，刚和周伊波、黄山芸交手，就碰了硬钉子，他们预感到无论耗费多长时间，都得不到想要的东西，终了也是汉江里抓鱼，两手空。王黑子无奈地带着威胁的口气说：

“你们不想揭发，不愿划清界限，也不勉强。走到哪里都是共产党和劳动人民的天下，有人会继续教育你们。就这样吧!”

权为元早就把笔记本收起来装进了提包。

回到家里，周伊波若有所思地问黄山芸：“你说，他们咋这么大劲头?他们紧追不舍，似乎不搞得你家破人亡、粉身碎骨绝不罢休，到底是为啥?”

黄山芸没有迟疑地回答：“一是上面的政策，二是这些人的心坏。”

“还有没有三?咱爸在食堂里当保管，死认真，就连他们当领导的想占点小便宜都不行，他不论场合，谁搞歪门邪道就和谁翻脸。难道跟个人脾气没关系?”周伊波深究着父亲背运的原因。

黄山芸敏感地觉出来，周伊波话里有话，也是在提醒自己，说话做事不能太直截了当。其实，她已经意识到，坚持正确原则，不“事不关己高高挂起”，不明哲保身，这些话都很好听，可在现实生活中行不通。唯一可行的是先管好自己。

这场“省城来人外调”过后，周伊波、黄山芸都清楚地感觉到了卫生院和漩水湾街上人们的异样眼神。

王黑子和权为元离开漩水湾不到一星期，区委就通知周伊波去一趟，这次没让黄山芸一起去。华秘书陪着皮干事坐在王黑子、权为元坐过的位置上，皮干事又一次问了外调人员问过的问题，周伊波做了同样的回答。而后，皮干事严肃地对周伊波说：

“周大夫，其实，你岳父在台湾的事儿，我在县上就知道，罗紫丰同志对你很了解。区委没有通过你的入党申请。大家肯定了你对共产党和贫下中农的感情，能为群众服务不怕苦，灵魂深处闹革命。但是，一来你对党的认识还不够深刻，二来你的家庭和社会关系很特殊。这样的家庭背景和社会关系，要解决组织问题得有特殊贡献，要经省委常委会研究批准。一般情况下，按内部有关文件和政策规定，你不仅不能入党，而且还是内控对象。”

华秘书听到皮干事这番讲话，不由得笑了起来，笑罢说道：“我上中学时听老师讲，鲁迅非常向往共产党，可是毛主席不批，说他留在党外比入党贡献更大。其实做一个党外布尔什维克更自由，只是没有名分。要是让我再有一次选择，我宁愿做一个党外人士。”

周伊波觉得自己这事儿和鲁迅入不入党搭不上弦，不知道华秘书是在说笑话，还是宽慰自己。自认识华秘书后，一直觉得他少年老成，圆通随和，不像皮干事那么一本正经。其实，在申请加入共产党这件事上，周伊波在入大学不久就已经受过刺激，“文革”开始后，再没有产生过入党的冲动和奢望。要不是贺文书催促，自己绝不会主动写申请。他随即平静地说出内心深处的两句话：

“我并不想拉大旗作虎皮，无论入不入党，做不做布尔什维克，我都要努力做一个好人，当个好医生。”

县卫生局韩会计根据上级文件精神，通知各区卫生院“自查自纠财务管理方面存在的问题，会计和出纳必须分开，由两个人兼管”。

邝景申自到漩水湾上任卫生院院长后，大权独揽，为了用钱方便，自己把出纳和会计都当上。后来，他把会计账交给王明利兼任。王明利接手的本来就是一本糊涂账，管着管着就越来越糊涂。他怕经济上犯错误，曾几次给韩会计打电话“请教”，想借机推卸责任，并让县上知道邝景申在漩水湾浑水摸鱼。韩会计说，要不是因为路途遥远，她早派人下来查账了。近一年来，邝景申让王明利把账交给石琦管。石琦接手后，查看了以前的部分发票，发现有给局长买藤椅和腊肉的，还有给本单位伙食上买羊买猪的。石琦记得，去年过春节，伙食上只吃过一次羊肉，还是自己出钱买的，什么时候吃过两只羊两头猪？石琦把发现的问题，不仅告诉了丈夫郭廓，而且也说给了黄山芸听。黄山芸听后特别气愤，她忘记了自己和周伊波之间的相互提醒，把心里的话脱口说了出来：

“他太不像话，在卫生院里一手遮天！你说，连订医学杂志都没钱，他倒可以买羊、买猪、买藤椅送礼，他买啥子都能报销。再开会，让他给大家说清楚！”

在政治学习会上，刚读完报纸，石琦就主动向大家汇报卫生院的账目，然后征求大家意见。起先大家面面相觑都不发言，沉默一阵后，黄山芸突然高声说：

“请出纳、会计给大家解释一下，什么能报销，什么不能报销？报销后，东西怎么验收，怎么保管？”

邝景申一听就火了，立即借题发挥，转移视线：“给你点阳光，你就疯长！你先给大家说说，‘五一六’分子咋跑到漩水湾来看病的？小周到县里看脚，你为啥非得陪上？为啥要住在‘五一六’分子家里？你们在一起都聊了些啥？政治问题与几张发票问题相比，啥子轻啥子重？咱今天的会，该先谈啥子？”

“邝院长，你敢说县征兵办的文干事是‘五一六’吗？她爱人确实正接受审查，可还没做结论呀！即使郑贵是‘五一六’，难道文干事非得也是？她来漩水湾搞征兵，顺便请梁先生看病，见见我这个老同学，难道还要经过你批准？周伊波连路都走不成了，上县看病没人陪行吗？可你就是不同意，我只好去找丁书记批。到县城后，我晚上和文干事的母亲住在一起。在一起聊些啥，要向你汇报吗？你说清楚，谁有政治问题？你用公款给自己买东西，只是几张发票问题吗？”黄山芸一气之下，反戈一击，直点邝景申的要害。

王明利在地上敲敲自己的烟袋锅，低着头咕哝着：“花公款给自己办事儿，那就叫贪污！”

石琦生气地说：“我回头也得给韩会计打电话，问清楚什么能走账，什么不能。多年来，总是一本糊涂账！”她知道黄山芸是为自己说话，惹恼了邝景申。

陆雪飞没有发言，她把杯子里的水几口喝完，端起茶杯回屋续水。黄山芸见状心里很不舒服。

晚上周伊波回到家里，黄山芸给他说起白天会上的事儿。

他想了想说：“也许郑贵的事儿从县城传到了漩水区上，连你和文妈妈住在一起他们都知道了。老邝和小陆肯定从皮干事、华秘书那里听到了什么。小陆本是个胆小怕事的妮子。”

第二天，刚吃罢早饭，肖姨就急匆匆地走进卫生院，大声喊叫：“黄大夫，黄大夫！”

黄山芸正在诊疗室擦桌子，闻声立即走出，笑问：“肖姨，什么事儿，看把你急的？”

“咋不急？你快去看看吧！对门金聋子媳妇生孩子，都要出来了，疼得直喊叫，金聋子去喊我帮忙。我有么法？只得来喊你！”肖姨气喘吁吁地说。

黄山芸忙取出红十字皮箱和肖姨走出院门。

此时，陆雪飞也从后边跟了上来，边走边说：“昨天金聋子在下街碰见我，让我给黄大夫带话，请你给他媳妇查查。聋子媳妇还是我一个远房亲戚，我把这事儿忘了。现在没病人取药，我跟过去看看。”

进到金聋子家，黄山芸一看，娃儿已经生在了床上。邻居屠婆婆正准备拿剪刀剪断脐带，一看黄大夫站到了跟前，就马上停手，出了口长气，说：

“毛大夫找不见，怕别的大夫请不动，聋子非让我过来，人老了，手直哆嗦！”

陆雪飞大声解释，表达歉意：“不是黄大夫不来，是我忘记告诉她了！”

肖姨笑道：“你也是！年轻轻的，咋这么大忘性？是不是害相思病了？”她的话中带有不满。其实，她并不知陆雪飞正在和华秘书谈恋爱。

她们在说话间，黄山芸已经把脐带剪断，做了消毒、包扎，用消毒纱布擦拭了小婴儿的口腔，拍打了几下足板，清脆的哭声和满屋的笑声混合在一起。

然而，黄山芸发现产妇的产道还在不断流血。她即刻检查胎盘、胎膜，剥离完好。而从腹部检查，子宫底还很高，也比较软，忙对陆雪飞说：“子宫收缩不好，你赶快回去取支麦角来，得尽快把血止住。”

小陆出门走了，黄山芸不停地在产妇的肚子上从上往下慢慢地为她按摩子宫，促其回缩，以压迫出血。但是，效果并不显著。离卫生院只有一二百米的距离，药房又是小陆自己管，估摸应该回来了，却迟迟不见人影。黄山芸心急如焚，索性自己跑回去一趟。

“小陆，药哪？”黄山芸一看小陆正坐在春凳上和华秘书聊天，气得脸立刻沉了下来。

小陆忙说：“在这儿！”

华秘书也转身对黄大夫微笑，笑容中略带尴尬。

黄山芸一把抓过麦角出门往金聋子家跑。进门二话不说，先把装药的安瓿（注：小玻璃瓶）口敲破，吸进针管给产妇用上。不大一会儿，宫底就回缩入盆，从产道流出的血明显减少。

黄山芸给产妇量过血压，数了脉搏，观察新生儿一切正常，给产妇的家人和肖姨叮咛了注意事项，才离开。她刚走进卫生院大门，小陆就从药房出来接药箱。黄山芸侧身把药箱甩了一下，并不领情，还气呼呼地说道：

“人命关天的事儿，你都不放在心上，你俩有什么重要的话非得在这几分钟里说？你不要以为有个大红伞遮着，什么都可以不在乎！”

黄山芸的话堵得陆雪飞什么都说不出来，转身进药房哭了起来。

吃下午饭的时候，黄山芸见厨房门边放了个大铁桶，里边装着邝景申的战利品，黄鳝、泥鳅，是他用大半夜加一早上时间从稻田和池塘抓到的，十几条草鱼是他在漩水河里撒了鱼腾精后捞的。他让炊事员万老婆子在晚饭后，给大家分了。这段时间，卫生院里不安宁，多数时间是他和大家闹矛盾，领导和群众本来就是一对矛盾；少数时间，群众之间也闹矛盾，发生无原则纠纷。他逐渐明白，光靠压制和训斥来解决问题不行，只要不是敌我矛盾，还要靠学习中央文件提高思想觉悟来解决，有些矛盾得用请客送礼、和稀泥来化解。

黄山芸端了一碗苞谷糊糊回到阁楼上。吃罢饭，她没有去送碗，也没有领取院长的“关心鱼”。她还在为小陆的事儿生气，也觉得邝景申很无聊，一天到晚不干正事儿，把卫生院搞成家天下，动不动还想借题发挥整人，黔驴技穷时，再装装可怜，搞点小恩小惠“联络感情”。正想着、气着，就听见楼板上响起沉重的脚步声，由远及近到了门边。邝景申瓮声瓮气地喊：

“黄大夫，把你的鱼端来了，别家的都领走了。”

“你拿回去吧，没人吃，也做不成！”黄山芸没出门，声调很冷淡。

邝景申没有再说什么，把装鱼的大碗放在门边，就下楼了。

待楼道里静下来，黄山芸出门看见一个大碗里装着两条死黄鳝，就端起来下楼。她在邝景申门口停顿片刻，又端出卫生院，过马路进对面小院，放回伙房的铁桶边。

一周后，一天早饭前卫生院例行政治学习。学习县委文件——《以批修整风为纲，整顿后进社队班子，推动江阳县农业学大寨运动》。邝景申一边念文件，一边刻意突出其中的某些重要观点。

在座的人交头接耳说话，起初都不太在意他念的内容和想解读些什么。直到他说“要从各单位抽调人员下乡驻队，漩水卫生院也要抽人参加整组”，大家才安静下来，都在猜被抽调的人可能是谁，应该是位男同志或党员同志。然而，谁都没有想到，被抽调的人竟然是一位女同志，也不是党员同志，而是黄山芸。

黄山芸觉得太离奇了，不相信这个抽调是真的：“下乡驻队整顿党组织，我又不是党员，党里的事儿和农村政策我都不懂，怎么会抽我去？”

“这次叫毛泽东思想宣传队，抽调的人可以不是党员。‘文化大革命’整党内走资派，难道不是党员就不参加运动？咱卫生院里就数你思想觉悟高，区委已决定让你参加。”邝景申终于抓住了给黄山芸穿小鞋的机会。

“其实，学习毛泽东思想、领会上级精神，我看你老邝比黄大夫好，邝景申不就是邝精神？从革命精神和阶级觉悟衡量，抽调你最合适。再说你身强力壮的，又看不了病，你不去让黄大夫去，太不合适！”王明利管中药房，炮制中药非他莫属，他心脏有病，老婆是漩水湾当地人，有家族支持，内心清楚凭谁都拿他没法子，所以敢对邝景申捏软柿子的做法表达不满。

石琦、陆雪飞和郭廓也都说，卫生院里这么缺大夫，特别是没有外科、妇产科擅长些的大夫，应该给区上领导说，卫生院就别抽调人了。

“各单位都不抽人，毛泽东思想还宣传不宣传？学大寨运动还搞不搞？派人是政治任务，去不去是政治态度问题。这事是皮干事、华秘书具体负责，人也是他们定的，别给我在这儿说这么多！”邝景申把大话说罢，蛮横地宣布：“散会！”

一散会，陆雪飞就给华秘书打电话，问他们是如何抽调人的。华秘书告诉她，原则上是区委向各公社和区级单位下达指标，各单位报被抽调的人名。区上对文化程度高的医生、教师、职工参加整组和宣传毛泽东思想，十分高兴和热烈欢迎。本期整组人员名单经区委开会批准，已汇总上报县委，整组是一项非常重要的政治任务，县委在组织性纪律性方面有明确要求，定下来的人没有非常特殊的缘由，不予变更。陆雪飞听了这一情况，觉得已没有改变的可能，叮咛华秘书在分小组分地点时，对黄大夫给些照顾。她把这些情况转告给黄山芸，一再表示，这事纯粹是邝景申一手所为，她不想让黄山芸误认为是她和华秘书与邝景申狼狈为奸。

周伊波回到家里听说这件事后，一直沉默不语。他在农场劳动期间被抽调下乡参加过流感防治，到花莲卫生所后经常下乡出诊、防疫，偶尔还在农村过夜。每次下乡回来，身上都要带回虱子，山芸都要把衣服先用开水烫过，再到河坝漂洗。饿肚子的事就更不待说。他清楚地知道，对一个女同志来说，除过这些困难外，还有安全和应对农村陈规陋习的问题。但是，谁敢抗拒不去？老邝把话撂下，“去不去是政治态度问题”。从陆雪飞那里还获悉了县委的态度和要求。他非常为妻子担忧，却又不能替代她。

山芸端上一杯茶水放在丈夫面前，她微笑的表情让伊波更加辛酸。她也坐下来，平静地说：

“天无绝人之路，还是以前说过的那句话，人家能过，咱也能过。只有一年时间，咬咬牙就挨过去了。”

伊波想起了在乔婆婆家立柜上的那副“时间是金钱”“时间在当下”的对联。乔兰兰的爸爸曾用这副对联激励过自己，可是时间没有给他希望，他没有看到当下和未来路在何方，后来他上吊了。如今时间是否还在当下，前途是否还在脚下？他很怀疑。但他更清楚，此时此刻绝不能让妻子失望，绝不能让她有走这条路的念头。他接过妻子的话，给她说起这两年来家庭生活的变迁：自己的小家独立了，能挣钱养活自己了；在行医中业务水平有了不小提高；姨夫结束刑期能回家了；自己可爱的孩子能上幼儿园，在城里过生活。他鼓励妻子一定要像她自己说过的那样，“人家能过，咱也能过”。到时候，无论分在哪个队，他都会经常去看她。

俩人不知不觉聊到后半夜。

第二天早上周伊波到卫生所前，先去贺文书办公室把这段时间身边发生的事儿说给他听。他听后，就邝景申的所作所为和黄山芸对此的反应，推心置腹地说了自己的看法：“权在他手里，他是上级任命的，人家当然信他。他贪污的是公家的钱，也没拿你的，贪污到一定程度，自然有公检法来管他，你们惹他干啥？你一来到花莲我就告诉过你，在这小地方要少管闲事儿。你们不知道江阳县哪里水深哪里水浅，没有听我的劝告，吃了亏不是？告诉黄大夫，到了乡下也是一样，少发言少说话，多干活多看病，谁还能说她啥？”

黄山芸被安排在花莲宣传队第一小组，组长是区委华秘书，副组长是猴山公社的曹副书记，组员还有花莲公社彭干事和花莲卫生所的赤脚医生张茶花。他们一年的任务分三个阶段，分别在七一大队、金星大队和松岭大队完成，根据实际情况和区委要求，每月不定期返回区委集中学习总结两到三天。

在七一大队，华秘书通过彭干事安排黄山芸和张茶花住在大队小学，她们和陈大翠老师住在一间房里。陈老师让学生从教室里搬了几张不摇晃的桌子，在墙边为两位大夫临时支起床铺，摊开了她们自带的被褥。

每天早晨，她们按生产队的安排或去坡上修田，或下地干其他农活。干到半上午，随机安排到农家吃饭。轮上富裕些的，饭菜就丰盛一些；轮上困难户，就得和家里老少一样将就。谁家有头疼脑热、小伤小病就临时处理了。如果药品缺少，就开处方让患者自己到街上买，不然，就给周大夫带话让他到病家一趟帮忙解决。吃罢晚饭，宣传队遵照上级指示，把大队小队干部集中在大队部读文件学报纸，让队长、支书检查交代问题，互相检举揭发问题。会一开半夜，散会后，黄山芸和张茶花打着手电，拖着沉重的脚步沿着小路慢慢地往小学走。

在花莲宣传队第一小组内，彭干事是最了解下情的。在他的鼓动下，社员们在大会上强烈要求吴队长交代他和儿媳妇扒灰（注：通奸）的问题。当天晚上，儿媳妇就跑到漩水河边找深潭自杀，被截了回来。

当各路宣传队第一次返回区委集中开会、交流总结经验时，丁书记在大会上对花莲宣传队第一小组的工作提出严厉批评。他再次强调，按中央领导同志指示，农村的男女关系问题不算问题，再说谁能拿出证据？不能抓芝麻丢西瓜，干扰阶级斗争的大方向。

花莲公社七一大队整组结束时，老班子的人都躺倒了，换了新支书新队长，那里的山河将由新班子带领群众重安排。

天气逐渐变冷，花莲宣传队第一小组转入第二阶段，进驻松岭大队。华秘书反复向队上干部强调一定要把两个女同志安排好。还告诉他们，这位黄大夫和花莲公社周大夫是两夫妻，都是来自古城的大学生。凡认识周大夫的，都拉近了和黄大夫的距离。住在山坳坳山洞里的老孙，听说抢救过他媳妇的黄大夫来驻队，想起了在卫生院那一夜，黄大夫如同亲人般陪着他和孩子哭，一直感动着，见人就说："黄大夫是大好人！"

黄山芸和张茶花到了松岭大队，没想到被安排住在陈大翠老师的妹妹陈小翠家里。自小翠的丈夫方初亮死后，再没人计较这个小寡妇的家庭成分。通常，凡有区上和公社干部来到松岭，队上都安排她来接待。陈小翠听说黄大夫还在她姐姐屋里住了几个月，不由得就想和黄大夫多说话。陈小翠告诉她，乔兰兰死后，队上人都恨公社彭干事，他几个月都没敢上松岭。他这次来，脸上灰溜溜的，一点光彩没有，肯定得早点滚蛋。

整组的规程没变，但这个大队自然条件、群众的生活条件比七一大队相差太远。曹支书自媳妇去世痛苦了一段时间后，刚刚提起精神引领群众学大寨修梯田。可是，说来也怪，老天爷总和他过不去，每修好一段，就来一次暴雨，洪水把田坎上的石头冲得滚进沟里，什么都留不下。几个小队都有人往汉中跑，高山梁上的几户人家只剩下老头、老婆。宣传队问："年轻人到哪里去了？"队上干部都说："不知道！"

晚上，松岭山上已经霜冻，寒风呼呼吹起，不少农户家里还有人打赤脚，穿着带窟窿、吊絮絮的线衣和单裤，而宣传队的人大都穿上绒衣、毛衣。

黄山芸坐在大队部房子中央的火塘后边，燃烧的松木棒、漆树枝发出噼噼啪啪的响声，黑暗中红光闪闪，刺鼻的卷烟味和带异香的松焦油味混在一起，呛得她连声咳嗽，她不得不起身，挪坐到门边通风处。

这天晚上，天上没有月亮，也没有星光，四周黑黢黢的。她和小张又是打着手电，拖着沉重的步子缓缓往外走。她忽然看见两盏灯样的亮光，由远而近，停止在大约五十米开外处。她不由自主地抬高手电筒，朝"两盏灯"照过去。她在读中学时听家住农村的同学说过，晚上路过坟地时能看到磷火，于是，问小张道：

"你看，是不是鬼火？"

小张抬头向远处扫了一眼，马上紧张起来，小声说："手电别关，别说话！"她也举起手电，不停地闪动。

俩人停在原地，让手电朝着前方不停地闪光。随着一阵草木被踩踏的声音远去，"两盏灯"也消失了。小张松了口气，告诉黄大夫，刚才碰见豹子了。一般它只是在人烟稀少的山林里出没，到农家附近，那是太饿了，才来寻觅家畜。野物也怕人，你不惹它它不惹你。它发现这地方有人注意它，一般不会再返回来。小张在山里长大，对山里的事知道得多，有她做伴，黄山芸似乎觉得身边有个保镖，胆子大了不少。

路遇豹子后，除过精神有些紧张外，山芸又生出新毛病。开始，她只是觉得脸庞和双前臂都有些发胀、发痒。过了几天，脸庞和双前臂出现红肿胀痛和小水泡。张茶花见她双眼肿得只剩下一条细缝，就劝她请假回卫生院诊治。黄山芸以前最怕蚊子咬，一旦咬过，总要肿上十天半月，不能消退。她不愿让别人说自己太娇气，既然来了就要坚持到底。但以前从未出现过这种情况，显然不像因蚊虫叮咬引起，也不像是吃了野菜中毒。于是，她向两个组长请假回卫生院两天。驻队后，队员们白天都跟着社员干活，晚上又都在暗淡的光线下开会。很少有人注意两位女同志有什么变化。这次，在她请假时，才注意到她的变化，都吃了一惊。彭干事安慰道：

“黄大姐，我知道你这是漆疮，吃漆籽油、漆树烟子熏都可能犯病。公社贺文书犯过，打针吃药过后，很快就好了。他现在很少下乡！”

“你看，彭干事成彭大夫了，比黄大夫还行！”华秘书夸奖道。

妻子回家看病，脸肿得像发面馍，前臂皮肤绷得圆鼓鼓的，而身子骨上完全是一层皮，走起路来无精打采。

周伊波早就知道松岭大队有很多家徒四壁、经常揭不开锅的人家。能吃上口饭的人，炒菜时也是用漆蜡块在锅里划拉两圈，菜园里长不出菜毛毛时就摘几把野菜下锅。公社和区上干部另有吃小灶的门路，她只能一根筋地按队上安排去干活、去吃饭。

黄山芸前两次回来集中学习，都能在区上吃几顿好饭。这次回来看病，周伊波想给她改善生活，可是在街上什么好吃的都买不上。他从报纸上知道，山外的农村政府放开养猪政策，不少地方实现了“一人一猪，一亩一猪”。但江阳没有这回事儿，漩水湾街上除过肖姨和屠婆婆两家各养了一头山地猪外，很少有人养猪。街上见不到有农民卖活猪和鲜猪肉的，就连卖腊肉的也见不上。郭廓听到周伊波嘟囔，就建议他到上街头坡上的养猪场看看，他说：“场长川狗子从九道梁背后过来多年，是个养猪能手。

上交任务完成后，他们有点自主权。街上有些人，包括卫生院毛锐，都在他跟前有面子，经常能买到新鲜肉。”

从上街头越过一个石坎，沿着一条弯弯曲曲的排水沟拾级而上，在一棵粗壮的枇杷树旁向左拐进十来米，就是养猪场的大门。周伊波一跨进养猪场门楼，两侧墙壁上的标语赫然映入眼帘，左侧是：“一头猪就是一个小型有机化肥工厂。而且猪又有肉，又有鬃，又有皮，又有骨，又有内脏（可以做制药原料），我们何乐而不为呢？”他想：“是呀，我们何乐而不为呢？”回过头再看对面墙上，清晰地写着：“节约粮食问题，要十分抓紧，按人定量，忙时多吃，闲时少吃，忙时吃干，闲时半干半稀，杂以番薯、青菜、萝卜、瓜豆、芋头之类。此事一定要抓紧。”他已几次见过相同的标语。这才明白，江阳县山大沟深，为适应缺粮的特殊情况，无论是解决人的吃饭问题，还是养猪问题，都得因地制宜，给猪喂食也要定量、定时、定干稀、定饲料品种。

一走进猪场大院，就看见了猪圈，听见了猪的呼噜声，他估计这里猪的存栏数也不过二十来头。食槽边一个工人正在拌料，另一个工人挑着一对藤条筐，正准备担土垫圈。周伊波向挑担者打问场长在哪里办公，他朝猪圈后边的几间房子指指，默默地走出场门。

因为第一次来猪场，不知场长是个什么样的人物，他不能像当地人那样一进门就满院子呼喊，得慢慢往前走。近处的几间房门都锁着，只有顶头的一间房门半掩着。不等走到门口，就听见门里传出粗野的笑声：

“哈哈，你今天是来拿人肉换猪肉！”

周伊波探头从门缝向里一看，只见毛锐和一个鲁智深一样的大汉横躺在门对面临窗的大床上，俩人拉来扯去，好似在农村坡地上打情骂俏，全然不在意外边有无动静。

毛锐浪声浪气地说：“你个背时的，不知道占了多少人的便宜！”

周伊波吃了一惊，做贼般急忙往后缩，待走远了才加快脚步走出养猪场大门。

回到家里他把在猪场里见到的一幕说给妻子听，山芸听罢，气愤地说：“真丢人，一辈子不吃肉也不能干这事儿！”

俩人正在屋里悄悄说话，忽然听见有人敲门，马上把话收住。周伊波把门打开，竟然是毛锐提着一大块肉站在那里，一看见她就觉得讨厌，想说："你快拿回去，我这儿没人肉给你换！"但出于礼貌他还是硬憋了回去。

毛锐一看门开了，硬挤进去和黄山芸说话。她说，她知道这一年黄大夫有多苦，知道这个苦差事本来可能落到她头上，但一来是黄大夫得罪了老邝，二来是这个畜生在她身上有企图。自己虽然又躲过去了，内心却很歉疚。她恨邝景申，多年来他一直像恶魔般纠缠她。在别人眼里她是个少廉寡耻的女人，却不知道她的苦楚和无奈。她说，她也知好歹。自黄大夫和周大夫来后，她看到了两个正正派派的人，两个人都那么硬气，从来不拍领导马屁，不向邝景申低头，手拉着手挺着腰杆走。她敬重两个年轻人，看到黄大夫手脸肿着，身体瘦了一大圈，心里特别难受，让黄山芸无论如何把这块肉收下，这是她的一点心意。她说："这肉虽不洁净，总比邝景申送的臭鱼烂虾好，在漩水湾活得都不容易，一个女人活在漩水湾更难。我没有办法表达心意！"

黄山芸见毛锐说话时满眶热泪，从未见到她有这样的神情，认定她是掏心窝子说话，觉得再不收下，就会让她无地自容。黄山芸推开周伊波，接过毛锐手里这块鲜肉，说了声："谢谢，那我就不客气了！"

毛锐擦干两眼泪水，转身出门。

日子一天天过去，随着全区社会主义教育运动的深入，农村房前屋后种瓜种豆的、喂猪养鸡、砍柴卖菜的越来越少，资本主义尾巴基本割净，"农业学大寨""以粮为纲"的指示深入到全体社员心中，也落实在挖茶园、修梯田的行动上。漩水湾街道原先五天一次的集市冷冷清清，赶场的人寥寥无几。

然而，经过几个月寒冷的冬季，开春后到街上卖门窗、檩条板皮的人多起来，他们大多来自高山村落。

一天下午，区上召开紧急会议，向各单位通报情况，漩水区在花莲公社松岭、金星等高山大队，以及省界附近的九道梁、猴山两个公社出现严重春荒，一些社员因饥饿而出现干瘦浮肿，死亡人数不断上升，个别地方的灾情比1961年还严重。灾情引起了省地县各级领导的严重关切，要求各区派调查队实地查看灾情。

周伊波和田大地都被抽调参加九道梁调查队，平时俩人上下班都是相背而行，一个去指挥水电站施工，一个到卫生所和乡间看病。为避臭老九聚会之嫌，他们很久没有相聚。这次一见面，田大地就打开了话匣子，他告诉周伊波水电站的水轮发电机已安装好、调试好，等汛期蓄水达到标度，漩水湾就有电了；皮干事从县城下放到漩水湾，是因郎学仁听信罗紫丰几句谣言与他翻脸；农场劳动的大学生再分配时，罗紫丰也力主把周伊波等人分配到漩水湾；罗紫丰对地委柴书记说，他和医学院来的同学都是好朋友，都有袍泽之谊；皮干事说，罗紫丰是他见过的最狡诈最滑头的男人；他来后才知道分到漩水湾的大学生，根本和老罗不是一路人。

调查队经过猴山公社时，周伊波和田大地只和姚新宇、吴芳芹在公社卫生所匆匆打了个照面就继续赶路。

夕阳西下时，他们到了九道梁。太美了，清澈的溪流，哗哗的水声，黄昏里远处的小石桥，近前一排老屋上方几缕炊烟。溪流边和院坝里老树的粗干壮枝宛如一条条屈背弯腰的苍龙，尽管还没有一片春叶，却也在随风起舞。几只乌鸦在树枝间哇哇鸣叫，一群小燕子在屋边俯冲跃起，院坝里没有人迹，迟到的春天带着秋天般的萧瑟。他从来没有见过这种冷艳景致和这么静谧的处所。他想起了中学时代学过的两句元曲：“枯藤老树昏鸦，小桥流水人家。”他似乎忘记了此行的目的是来调查春荒。一阵晚风钻进周伊波的衣领和袖口，他脊背感觉到酸疼湿冷，田大地催促他起步前行。

走不远，来到了一个小学，有人接待和安排他们吃住。一位五十来岁的老师，听说周伊波是大夫，就找他看病。看病当中，周伊波夸赞九道梁迷人的景色：

“初来乍到，仿佛进入仙境，让人心旷神怡。”

这位老师一听就直摇头：“哪是仙境啊，你再往上面走走，等返回时咱们再聊。”

第二天，调查队兵分四路从不同方向上山，周伊波这一路有一位九道梁公社副书记陪同。他们离开小学，刚拐了两个弯，就看见路边有几间大煞风景的破房，都没有门窗，端头一间甚至连房顶都没有，石瓦和土块遍地，坯墙几近倒塌。一位面带倦容的老妇人在院坝的石头上用棒槌敲击着草根，一个瘦弱的老公公手持木棒缓缓地在一个大木缸里不停地擂捣着什么，周伊波上前亲切地问道：

“伯娘，你这是砸啥子？”

“蕨根！”老妇人抬头看了周伊波一眼，有气无力地说。

周伊波问身边田大地：“蕨根是啥？”

田大地朝远处看看，沉默着向前走了几步，然后指指阴坡边上一堆杂草说：“那些向上挺着，叶子长得像羽毛的，就是蕨草，它的根茎里有少量淀粉。砸碎了放在水里，取沉淀物煮汤充饥。修电站的民工，有不少人都吃过蕨根，甚至连树皮都吃过。你说，这些年风调雨顺，为啥还有这么多人饿饭？真是怪事！”

几个人继续往上走。和低山社队不同，这里听不见狗叫，不怕狗咬，无论哪家农户，没人养猪，院坝里连鸡都见不上。听见外边动静，出来观望的人个个面无表情，傻呆呆地站着，有的皮包骨头，有的颜面浮肿，眼睑犹如晚蚕。忽然，一个拄棍的老人摇晃了两下，棍子从手里撒开，一头摔倒在地上。

“饿昏了！”有人喊。

周伊波赶忙过去掐了老人的人中和合谷后，他睁开了眼睛。

周伊波打开药箱，取出一支50%葡萄糖敲开，给老人倒进嘴里。接着，又让家里人端来半碗开水，再敲开一支葡萄糖倒入碗里，慢慢喂老人喝进去。

老人慢慢坐起来，不安地说：“我没有钱给大夫！”

周伊波忙解释：“人民政府为人民，不让饿死人，治病政府出钱！”

“谢谢，要不是大夫和政府在跟前，我今天也过界去找孙娃子了！”

他身旁的公社副书记觉得周伊波的话不合政策，纠正道：“党的政策是按劳取酬，不劳九道梁动者不得食，没有说过不让饿死人。”

被救醒的老人再次说：“感谢人民政府，感谢毛主席派来医生！”

田大地在区上多次听说，这个公社的干部有一种报喜不报忧的作风，总喜欢把调门唱得很高，总说九道梁上年年丰收，绝不吃国家的返销粮。丁书记调来漩水后，批评过两次。这年，刚一开春，区上就派人上去，发现问题后立即给县上写报告，县上已经决定给九道梁划拨返销粮。还没等到粮食运达，几十口人相继跨进鬼门关。

田大地愤怒地说："你敢说九道梁上死的人都是懒汉？都不爱劳动？把群众生活搞成这样，还好意思说这话？死了人，你们公社干部是有责任的！"

"我们有什么责任？上面咋说下面咋干，上面说'先治坡后治窝，先修田后生活，不能只看眼前不看未来'。我们老老实实照办，出现这种局面的也不只九道梁，你说怪谁？"九道梁公社副书记觉得自己是政策的捍卫者，和田大地对着吵了起来。

田大地对周伊波说："老周，咱不用跟他说那么多，咱看到什么，回去就汇报什么。你看到严重营养不良的，就给开证明。丁书记相信你，你一张证明，就可以到供销社领四两白糖、二两油，账先记上。"田大地在区上成了丁书记的得力助手，很多区社干部都知道，这让他说话很有底气。

一路走到梁顶，又从梁上走下，他们看到许多社员连走路的力气都没有，腿脚水肿，手指压下去，皮下的凹坑长时间弹不起来，有的黑皮紧包着骨头，就像个活着的木乃伊，路边天天都有堆起的新坟。周伊波眼花缭乱、头昏脑涨，透心凉的瑟瑟山风让他浑身发麻，脑子里浮现出了毛主席的两句诗词"千村薜荔人遗矢，万户萧疏鬼唱歌"。他心里悲伤难受，走回小学门口，不想再去找那位老师聊，还再聊什么？在农场劳动锻炼那阵子，他和山芸觉得没有太多苦恼，是因为有古城学校、家里更苦的经历。此时此刻，和住在九道梁上啼饥号寒的乡亲比，他只觉得自己住在漩水湾、每日都有两顿饭吃，算是人上人了。

张茶花与黄山芸在乡下一起生活了将近一年时间。她除过向黄大夫请教一些医疗卫生知识外，也问她些在城里上大学的事儿。俩人劳动休息时，她抓紧时间问长问短；晚上回陈小翠家的路上，她问东问西；回到住处只要不睡觉，她就和小翠继续问，特别是问城里人怎样生活。她们似乎觉得黄大夫无所不知无所不晓。小翠虽是农村长大，但以前从母亲和初亮那里听到过一些山外的事。这段时间，从黄大夫这里知道了山外更多事，经常在感叹：“黄大夫命可真好，在大城市生活，就像在天堂里！”临后，张茶花听说国家前几年就开始从工厂、农村、部队招生上大学，只要成分好出身好，单位推荐意见好，有初中文化程度，不用考试就可以上大学。她觉得，自己看到了上天堂的路。自此，每当回区上集中学习，她一见到区上、公社的领导，就死缠活缠：“党员是我，贫下中农是我，妇女队长是我，赤脚医生还是我，虽然初中没上完，可照样宣传毛泽东思想。我想上大学，想上医学院，完全够条件。”她让区革委会拿到招生名额时，一定要首先留给她。终于，有一天，有人带话给张茶花，说公社贺文书让她回去一趟。

贺文书在办公室里抽一口卷烟，吐一口唾沫，有气无力地说：“张茶花同志，组织上把好机会给了你，我小儿子是高中生，可是他没有你幸运，政治条件不如你。参军不够条件，上大学也不够条件。大家推荐你去，考试只是个形式，你知道，前两年只要有名额，说你行你就行，行了就走人。可是前两年没给咱这儿分名额。”他还告诉小张，这次招生不同于往年，地区把指标分到各县，要求县上再往下分到区上。县上只组织审查资格和初试。初试考语、数、理、化和无产阶级专政下继续革命的理论。

张茶花知道，这次推荐她上大学，皮干事起了很大作用，而且也知道他原先的领导是现任教育局局长。于是，她又请他给教育局打电话摸底。局里人回话说，等张茶花到县城后，找个中学老师辅导两次，就差不多了。据说初试试题非常简单，复试也只是和大学派来的招生人员见个面，说几句话。

离初试的时间还有半个月，张茶花接到区革委会要求她从宣传队撤离，到县城迎接工农兵学员入学考试的通知。

张茶花离开后，黄山芸感到更孤独了，好在这期整组已经进入尾声，如果下期不再抽调，总结会开罢就可以返回本单位了。

黄山芸回到漩水湾，与周伊波见面商量的第一件事，就是把小铁丁接回来。离开一年，每当想起孩子，内心就有一种酸楚。前年，在秦都家里趁孩子不注意，偷偷跑开那一幕，一直刻在山芸脑海中。为了腾出时间提高业务，不仅自己和孩子都经受着离别之苦，而且也给茹芝姨增添了麻烦。然而，回江阳后，却并不能如愿以偿。父母是孩子的第一教师，在孩子成长的关键期，母子面对面交流，对孩子的精神和心理发育，对智力和知识早期启蒙，都十分必要，养育孩子是父母不可推卸的责任。

征得周伊波同意，山芸给茹芝姨和妹妹山芋写了封信。

山芋几年前到江阳来过，接到姐姐来信后，从乡下回到秦都。她和茹芝姨商量，准备带铁丁先到康安，再乘船到江阳。茹芝姨让她带着方方一起去，一来路上与她做伴，二来让他到艰苦山区受点锻炼和教育。半年前，方方和他初中的几个同学，在乡下因肚子饿，偷捉了老乡跑到庄稼地的两只鸡，拿到野坡下土窑里烧烤，被老乡发现。别人都咬定方方是主谋，派出所来人把他拘留了几天。此后，伤心的母亲从未放松对二儿子的教育。

周伊波接到茹芝姨发来的电报后，即向贺文书汇报自己准备去康安接铁丁的事，并请贺文书和肖姨商量，铁丁来后还请她帮忙照管。

贺文书说：“张茶花已经接到古城医学院的录取通知书，要求她近期去康安分校报到。你也许知道月亮滩大队张支书是他爹，老张是个好人。你别看这姑娘嘴上哇哇哇，恐怕出了门东西南北都分不清，长这么大都没出过远门。张支书对我说过两回，让帮她找个同路的。这不刚好，你去康安时，把茶花带上。你肖姨那儿没问题，小丁丁那个光葫芦走后，她经常念叨，想不够。”

周伊波根据电报和江阳至康安的航船班次，与张茶花在月亮滩医疗站会合，一起上路。

第十二章

周伊波与张茶花从平顶寨赶上船，顺流而下。在船上，张茶花看到汉江边的公路上行进中的长拖车，就问周伊波道：

“周大夫，你看那是不是火车？”

周伊波扫了一眼道：“火车比它长多了，那是汽车。见了火车，你只要看一眼就认得了。”

张茶花东张张、西望望。这是她第一次乘机动船，也是第一次走出漩河口。船到了康安，张茶花背着行囊上岸，走走停停。她看见大街小巷经常有竖着耳朵、比大狗狗还大的畜生，与人一起拉着个木车车，就指着问：

“周大夫，你看，那是不是马马儿？”

周伊波哈哈笑了起来。他没有想到看起来聪明伶俐的女孩子，竟然连驴和马都不认识。平时只知道她没有数理化基础，想不到也这么没有见识，实在担心她怎么去接受高等教育。

张茶花一看周伊波笑话她，就有些生气，回嘴道：“有么子好笑的？你不知道江阳只有牛羊猪？没进过城没上过大学，才请教你。”

周伊波已经意识到自己的笑声里有些自大的味道，伤了小张的自尊：“好！

好！不懂就问，才能进步。这是驴，马比它大，样子也有差别。”他想起来在漩水听到的一个传说：很久以前曾经有南方的商人带着马队翻过巴山到江阳采购茶叶，在回去的路上驮着茶叶包的马匹大都栽下了深沟渊潭，自此，再没有马队到江阳来。后来，江阳人大多不知马是啥样，也不认识骡和驴。

他和张茶花按地址找到医学院康安分校，见到接待老师，不费多少时间就把一切安排停当。临别时，张茶花激动地握着周伊波的手说：“爹亲娘亲不如毛主席亲！”

周伊波赶到长途汽车站后，等了一个多小时，终于等来了电报上写的古城班车。然而，车上的旅客都下完了，还没有见到铁丁和俩大人。他向司机打听，司机告诉他，有两男一女带了个发烧呕吐的小男孩在前一站下了车。

“两男一女带了个发烧呕吐的小男孩”，会是他们吗？他们应是一男一女带个小孩。正待细问，后边又过来一趟班车。车门刚开，就有人下车在路边大声喊：

“伊波哥！伊波哥！”

周伊波迎过去一看，正是方方，他还是穿着多年前的一件蓝色毛背心，手里提件棕色外衣，急得满头大汗。

“咋回事儿？”周伊波看了方方一眼，又急切地朝车门望。

“哥！”方方急得一时说不出话来。

周伊波看见没人再下车了，紧张起来：“人呢？”

“住，住院了！”方方情绪已经放缓，喘了口气说。

“咋回事？你慢点说，把话说清楚！”伊波急着想知道究竟。

方方慢慢说道：“铁丁今早一上车就吐，吐了三姐一身。后来前排一个人，让吐到他的大茶缸里，还拿出体温表给铁丁量体温，一路照顾。娃又吐又烧，一路没吃东西，精神不好，三姐不知咋办。车到一个叫五里镇的地方，这个人说，那里医院有他的同学，就一起下了车。在医院里一见到大夫，三姐就让我坐车过来找你。”

周伊波和方方坐公共汽车赶到五里镇医院，铁丁已经挂上吊针，山芋坐在病床边发愣。周伊波近前轻声叫了声：

“山芋！”

山芋一转头看见姐夫，忙起身苦笑着说：“哥，我正担心方方找不见你！孩子吐了一路，眼睛困得都睁不开了，还在问：‘爸爸咋还不来？’”

周伊波摸摸孩子的额头，俯在铁丁头边仔细端详。孩子紧闭双眼，眼窝有些凹陷，嘴唇干裂，但呼吸平稳。他又直起身看看吊瓶上液体的刻度和点滴速度。看罢，长长地出了口气。他已经心中有数：“孩子有些脱水，瓶子吊上就不怕了。”停顿了一会儿，问道：“你俩还没吃饭吧？”

方方抢着答道：“只要铁丁没事，俺们吃不吃都是小事！”

山芋一扫脸上愁云：“我不想吃！”她想让姐夫早点知道是谁帮了她，“真是巧了，车上有个姓胡的，是个大夫，一路上多亏他帮助。听说他也在江阳工作，还认识你和二姐。这儿给铁丁看病的大夫，也说认识你俩。铁丁把肚里的东西吐光了，人都蔫了，把我急哭了，他们都劝我别太紧张！”

“胡大夫呢？”周伊波判断姓胡的同学可能是胡德逊。

“他们走了一阵，去吃饭了！”

“你和方方也去外边找个饭馆吃点东西，我在这儿守着。”

山芋和方方正要出门，胡德逊端着一大盘包子，呼啸着从外边进来：“先吃点垫垫！”他把盘子递给山芋，一见周伊波，就开始解释他的来头及他与铁丁的机缘：“真是太巧了，我回家看老父亲回来，和黄姐的妹妹坐一趟车。这小子刚生下来，就是我把他从卫生院抱回农场的，这次又让我碰上，又抱了一回。”

周伊波忙接话：“真得好好谢谢！”

“谢啥？都是自己人。还有个老伙计哪，在这儿当大夫，这包子就是她蒸的，猜猜看？”胡德逊眨着他狡黠的小眼睛。

周伊波奇怪地问：“谁呀？还称老伙计？”

“猜猜！串联时和你在一个长征队，暗恋过你还是高塬？”

“胡说啥，可别乱开玩笑！弟弟妹妹都在跟前。”周伊波知道胡德逊说话大大咧咧，根本不想猜。他示意山芋、方方快吃包子：“先垫垫，再到外边买点。”

“饭店就在汽车站跟前，一会儿咱们一起走，不会耽误。”胡德逊摆手阻挡，继续盯着周伊波问：

“想起了吧？”

“哎呀，你说的是赵艳丽！她分在这儿？”周伊波看着胡德逊的眼神，知道猜对了，感到意外和惊喜，低声说，“她和杜卓华连公鸡母鸡踏蛋都不懂，还知道个暗恋？”周伊波想起来步行串联路上的一件事儿。有一次杜卓华看见公鸡踏在母鸡身上，就走出队列干预，还口口声声说“太不公平”。赵艳丽不表赞同，和她争论起来，争论的焦点是鸡群里有没有地主和贫农，有没有阶级和阶级斗争。最后的结论是“鸡有鸡事儿，人有人事儿”。她们幼稚可笑的一幕，在周伊波脑海里留下了深刻印象。

胡德逊苦笑着说：“她俩都是装傻，啥不懂？像我这样家庭背景的人，再露骨表示，人家也只当你是只公鸡！”

周伊波听懂了胡德逊的意思，肯定他追过人家，没追上，就又问了一句：“她俩现在都有对象了？”

胡德逊凑近周伊波说：“杜卓华经过解放军农场锻炼，再分配到咱学校附属医院，一分去就结了婚，还没有小孩，爱人是公检法部门的。赵艳丽也有了，也在古城。伊波，你说人家咋能看上咱这类人？咱能给人家带来啥？”

周伊波和这个学弟很对脾气，要不是山芋还在农村插队，胡德逊又在这大山里工作，他和山芸早就为他们牵线了，于是关切地问道：

“你还没对上象？”

胡德逊答：“调回去再说吧，那边已经找到接收单位，我回江阳磨他们，让他们放我走！”

“虹桥卫生院几个大夫都好吗？”周伊波想起了王芬娟、张冠亚、何建功。

“都挺好，老何还找了个小媳妇，年轻他十岁，是个离过婚的，不会生孩子。”

周伊波觉得胡德逊说话不着调：“年轻女人，你咋知道人家不会生孩子！”

“当然知道，她已经结扎了！家里成分不好，生过个女娃，她男人还非得再要个男娃，她不想再为剥削阶级生孝子贤孙，就去找张冠亚、王芬娟，让给她结扎了。她男人很生气，非要赶她出门，就离了。”

胡德逊与周伊波闲聊中，在不经意间告诉了周伊波两件比何大夫再婚更重要的事儿：场友魏军定被调到县政法组办公室当副主任，大有上升势头；郑贵在拘留所关押了一年多，不明不白地被释放了。现在传说关押他的原因，主要不是“五一六”问题，而是和赵春碧的男女关系问题。罗紫丰说，赵春碧生的孩子不是他的，他在古城检查过，患无精症。然而，别人搭眼一看，那孩子的眉眼和他罗紫丰一模一样。现在，郑贵和他爱人又都调回北京了。周伊波觉得，这些年，政策从天上降下来，落到一些人身上的是甘露，落到另一些人身上的是冰雹。

周伊波和胡德逊说话时，黄山芋退到后边暗处，不住地打量着胡德逊。她觉得自己心里的对象，虽没有固定标准，但像胡德逊这样的就挺好。她已经知道，他就在姐姐生铁丁的那个卫生院工作。

胡德逊连夜找车赶往康安，他还要为调动的事儿一级一级找关系。

赵艳丽已经到病房见过周伊波，感慨他当爹了，像个中年汉子，甚至像个农民，变化太大了。周伊波对她表达了谢意，她与在学校的模样神情相比，变化不大。

周伊波和黄山芋换着在病房里照看铁丁。起初，铁丁一醒来就要找那个帮他治病的叔叔，而对眼前这个人却说：“我不认识你，你走开!”周伊波一年多不见儿子，看见儿子能说会道，长高了一大截，心里充满幸福和对茹芝姨的感激。周伊波一再对儿子说“我是爸爸”，可他就是不认。后来，山芋和方方都告诉孩子：“他就是你爸爸，来接你去见妈妈!”铁丁这才愿意和伊波搭话。

在五里镇住了三天，周伊波带着姐弟二人及铁丁乘汽车到康安市区，在街上买了路上充饥的点心，再乘上水船到漩河口。在平顶寨吃过饭，买了两个竹背篓，开始了六十里山路的跋涉。

铁丁听说要去找妈妈，乖乖地坐在背篓里让爸爸背着，山芋跟在后边不住地夸他在汽车上特别听话，想大小便了，不到停车点就硬是忍着、憋着。

方方看见一群群山雀从草丛中冲天而起，听见小树林里传出美妙动听的鸟叫，高兴地说："秦都要有这么多鸟，撒网捉了能卖多少钱呀？"他瞥见路边坡地上长着大大小小的南瓜，又说："我去摘几个背上，你们那边的人不是经常饿肚子？"

周伊波一听火就上来了："方方，不是我一见面就吵你，怎么能想起来偷东西？你在乡下，贫下中农咋教育你的？"

"谁教育谁呀？俺那地方，农民一个比一个贼，总想占知青的便宜，他们和知青对着干。'严重的问题是教育农民'，这是毛主席说的。"方方根本不怕姐夫发火，不温不火地回敬。

他的谬理让周伊波更加生气："你咋教育农民？把人家的鸡偷去宰了？人家再把你抓走关几天？"

"咱是软柿子，别人干的事儿都往咱身上推。邻村的学生，晚上把农民的羊牵走，拉到野地里杀掉烤着吃。农民发现了，连屁都不敢放。为啥？一来是农民先欺负学生；二来牵羊的这帮家伙都是些痞子，打起架来不怕死。再说这些学生的家庭，不是有人在省武工队，就是有人在市革委会。农民一看这势头，惹不起人家，就算了。"方方不服气地嘟囔。

"偷鸡摸狗的事儿，你总是跟着他们干了，干了坏事还有理？以后哇，人家干你别跟着，离远点！你看看这儿的知青，干农活都得爬到半山上，休息的时候还得小心高处滚石头。别身在福中不知福！"周伊波知道，茹芝姨让方方到大山里走一趟，就是想让他受些启发，多些感悟，能换个角度认识社会，克服掉消极情绪。

虽然，伊波在康安五里镇给漩水卫生院打过电话，让山芸知道因孩子路途生病，比预计到家的时间晚几天，让她别着急。可是，山芸照样每天下午都要走到花莲桥，坐在条凳上等到天擦黑才返回漩水湾。

这天，伊波和山芋、方方三人带着孩子沿着小路顺河而上，走走歇歇。在月亮滩医疗站，覃先生让老伴把几个人接到家里休息吃饭，帮着喂了孩子。张支书闻讯赶到覃家，听了周大夫述说女儿到康安后的情况，非常高兴，不住感谢，非要背起背篓送他们一程。一送二十多里，眼看快到了花莲桥，才放下背篓回转。

黄山芸终于在花莲桥上与亲人们相遇。她叫了一声铁丁，孩子站在地上只犹豫片刻就扑向妈妈的怀里。山芸激动得两眼泪花，使劲抱着儿子亲。

周伊波笑骂道："臭小子，见到妈妈到底不一样！"

方方和伊波住在楼上原先张茶花住过的半间库房里。每天一吃罢早饭，山芸就让方方跟着伊波到花莲卫生所，如有人喊出诊，就带他一起下乡。伊波已经带他下乡几次，看完病，病家如果非要留下吃饭，就按两人份掏出三角钱、一斤粮票压在桌上。如果离吃饭时间还早，常有病家往吊罐下的热灰里塞进两个苞谷棒，烤熟了给他们吃。晚上一回到家，方方就喊叫腰酸腿疼，一提起吃饭的事儿，就说"想吐"。他说，那些给他端饭的农妇手都是黑乎乎的，有的刚拌过猪食，手往围裙上一擦，就去盛饭；递给他的筷子都是先夹在胳肢窝里擦一把，再抽出来；吃饭的时候鸡、猪都在他身边转圈。吃罢饭，他尽量不去上厕所。从未见过这么脏的厕所，连撒尿都得从石台阶上到木缸，蹲在木缸的石板上拉屎，屎尿汤汤溅一屁股。

每次伊波一听罢，就说他缺乏劳动人民的思想感情。

而山芸则对伊波的说法深表不满，替方方反击他："你也太一本正经了点，在你眼里能忍饥耐饿就是劳动人民的好品质？不怕脏喜欢臭也是劳动人民的好品质？"在松岭大队整组一年，她天天和农民泡在一起，家家户户摆脱不了"人上缸、猪抱桩"的卫生环境（注：人从木缸上的石板缝里大小便，猪拴在木头桩上喂养），就算有些文化的陈小翠家也都是这样，她忍无可忍。

伊波觉得山芸说话死不中听，一听表弟诉苦就心软，他先冲着方方说："不是让你来锻炼和体会山里人的生活吗？既然怕脏怕累，哪都不要去了！"转脸又对着山芸发气，"你们去松岭整组，咋连个厕所都整不好？越整越穷。整得人都跑洋县去了！"

"你别瞎说，谁跑洋县了？"山芸觉得伊波是故意找碴儿，把对表弟的教育问题，引申到宣传队在农村的工作问题上。

周伊波开始把语气放缓：“这种事儿，我还敢造谣，曹支书家坎上，方老大家的儿媳妇，姓寇的，撇下男人走了。”

黄山芸刚离开那里不久，对那个大队的情况很熟悉：“那个叫寇金秋的？是她吗?!”

“就是她！她男人叫方国宝，样子总像没睡醒，俩人认识才七天，没有领证就‘感情’了三回。还能搞错?”

“没听说她要走哇！队上还有比她家更困难的，除过她，还有没有?”黄山芸觉得有些意外。

“还有那个陈小翠，你在她家还住了几个月，宣传队刚撤走，她就跟着别人跑洋县去了。”

“这些都是谁告诉你的?”

“松岭的社员，还有曹支书，他们都在说，洋县那边的人把红嘴巴的鹤、黑眼窝的熊都当成宝物敬，哪像咱这地方，把社员当麂子打，把队干部当地主斗。”周伊波把听到的事儿，都说给了妻子。

其实，黄山芸心里清楚，在松岭大队整顿领导班子，起早贪黑地忙活几个月，不但对改善群众生活没有起到好作用，而且还让松岭大队的人对政府的距离感增大。只是她没有想到，在这个闭塞的地方竟然有人敢往外逃。她叹了口气，平静地说：

“唉，群众实在太穷了，宣传队在他们跟前本没有威信，加上还有个彭干事。”

“也不全是因为穷，高山穷队有人往外跑，低山上口粮问题不严重的人家，比如七一大队吴队长那个儿媳妇，你上环时见的那个白脸婆，公公挨批后她也跑了。公社说，往外跑的人都是‘破坏农业学大寨，给社会主义教育运动抹黑’，抓回来一律判刑。去汉中抓人的，已经出发了。”周伊波为陈小翠和白脸婆捏了把汗。

在漩水湾待了十天，方方说了几次要回秦都，山芸看铁丁已经重新适应了肖姨，也就同意山芋和方方回去。伊波把他们送到平顶寨，看着他们上了去康安的船。

铁丁乐意到肖姨婆婆家，是因为他喜欢她家的小黑猪，小黑猪很机灵，摇头摆尾地拱来拱去。他也喜欢邻居屠婆婆家的白母猪，白母猪走起路来肚皮底下两排红乳头晃来晃去，一窝小猪崽围在身旁，边跑边哼着叫着，只要白母猪一倒在房檐下，小猪崽就争先恐后地扑上去，趴在母猪的怀里叼起奶头死死咬着不放，老母猪张开四蹄，哼哼唧唧。铁丁在秦都棉纺厂大院里从没见过猪，更没见过小猪吃奶。他很羡慕小猪，不记得自己吃过奶。他和妈妈分开一年多，自回到妈妈身边的第一个晚上，就紧紧地抱着妈妈睡觉，生怕再把他送回秦都。

周伊波看到这样的场景，故意逗他："铁丁，你看小猪总拱到妈妈怀里，好看吗？"

"不好看！"

"那你为啥每天都要和小猪一样，钻到妈妈怀里，影响妈妈休息？"

"小猪吃妈妈的奶，我又不吃。老猪哼哼，妈妈又不哼哼！"

一到晚上，铁丁除过妈妈谁都不要，山芸被传唤接生，总得把他背上。到了产妇家也不睡觉，非得等妈妈忙完，再背上他回家，上床后钻到妈妈怀里静静入睡。

这天，铁丁到肖姨家后，突然问："肖姨婆婆，你知道娃儿是咋生出来的？"

肖姨惊讶地看着他，这么个小娃子，怎么能提出大人的问题，忍着笑问："我不知道，你知道吗？"

铁丁得意地说："我知道，娃儿的妈妈边哭边喊，后来一用劲，娃儿就从妈妈肚子里爬出来，娃儿肚子上有个绳绳，连着他妈妈的屁股，我妈妈给他剪断，娃儿疼得直哭！"

肖姨听完，笑得前仰后合，出门见了屠家婆婆就兴高采烈地说："你说，这个小丁丁真是个小人精，他咋看得那么仔细，说得那么清楚，连女人生娃都知道。"

下午山芸到肖姨家接铁丁时，肖姨边赞赏边抱怨："你看这小人，多好的记性，以后可别带他出诊了，半夜有接生的，把他留给周大夫。你们有学问，教他认认字，算算术，将来准有大出息。"

自肖姨提醒后，一有空，山芸就开始注意儿子的启蒙教育。这天晚上，伊波还没从花莲回家，山芸就拉下蚊帐，脱了外衣，躺在床上教儿子说儿歌。山芸搜索枯肠把适合儿子的全教给他，诸如“我在马路边拾到一分钱，交到警察叔叔手里边”“大吊车真厉害，成吨的钢铁，它轻轻地一抓就起来”之类。

铁丁一听完，就问个不停：“小朋友把钱交给警察叔叔，那他再交给谁？他自己留着咋办？”“我长大了要开大吊车，不知道能不能把妈妈吊回秦都去见姥姥和舅舅？”

后来，山芸又开始说谜语让他猜：“麻屋子，红帐子，里面睡了个白胖子。你猜？”

铁丁停顿了片刻，就喊起来：“是妈妈！”

山芸纠正他道：“是花生！”

“我就说是妈妈！麻屋子是蚊帐吧，红帐子是你的汗衫吧，最里面是个白胖子吧！”

“好了，好了，咱们再背乘法歌！”

铁丁只背了两句就连连打哈欠，闭上了眼睛，在喃喃的自言自语中很快睡着了。

第二天上午，刚吃罢早饭，肖姨就来卫生院接铁丁，迎面碰见毛锐，看见她两眼肿泡泡的，脸色发黄，连招呼都没打就离开了。肖姨站在楼梯口喊：

“小丁丁，婆婆来接你走！”

铁丁一听见，“咚咚咚咚”几步就跑到了楼梯口，嘴里喊着“肖姨婆婆”。

黄山芸在后边警告：“慢点走，小心摔跤！”

“下楼过细！”肖姨抬头望，也在喊叫。

“小心”“过细”话音刚落，铁丁一脚踏空，顺着楼梯滚了下来，边滚边惊恐哭叫。

肖姨“哎呀”一声，赶快扑过去，趴在楼梯上，伸手把铁丁接住。

黄山芸紧跟着疾步下楼，上气不接下气地说：“快把我吓死了，你说，外边连个护栏扶手都没有，要是直着摔下来，还不得摔个头破血流！”

石琦和女儿俊俊都从房子出来，石琦一看是一场虚惊，就认真地说道："说了几年，从俊俊刚会走，说到她上学，总说没有钱。修个护栏能花几个钱，就是不修，往县上送礼就有钱。"

"人没有受伤就好，回头咱自己想办法！"黄山芸庆幸孩子没出大问题，也知道石琦是在抱怨邝景申。

小铁丁一看见俊俊，便想起了她在院子里背的乘法歌和妈妈教的不一样。他对山芸说：

"妈妈，你教我的乘法歌，没有'嗷嗷'，和俊俊姐姐说的不一样！"

俊俊骄傲地又背起来："一一得一、嗷嗷，二二得四、嗷嗷嗷！"边背边朝脊背上打节拍，好像背着娃儿一样。

铁丁跟着她学说在漩水湾一带流行的"嗷嗷乘法歌"，山芸在旁边乐得直笑。

"俊俊，今天是星期天，你不上学，就和丁丁一起跟着肖婆婆到街上玩吧！"石琦对俊俊说。

"咱走吧，卫生院该上班了！"肖姨带着两个孩子出了大门。

一出门，屠家的白母猪又在街上领着一群猪娃巡游。铁丁停下来盯着老母猪一走一甩的奶子看。

肖姨晓得如果此时硬叫着他走，可能会把他气哭，他有兴趣的事很专注，也很愿意别人关注。肖姨于是停下来，边看着白猪，边问俊俊：

"刚才听你背乘法歌，学过乘法了？"

"我除法都学了！"俊俊不屑地回答。

"好，那让我给你出一道乘法题，看你能不能算出来！"肖姨眨眨眼，带着微笑说。

"那你就出吧！"俊俊爽快地迎接肖姨婆婆的挑战。

肖姨咳嗽了一声，开始说出她的算术题："就拿这头母猪来说吧，'一头母猪十二个奶，走起路来甩三甩，一次走了一百单八步，问你一共多少甩'？"这是肖姨年轻时跟了老贺后，老贺给她出的难题，逗着她玩。她现在只记得算出来的数很吉祥，有三个八，具体多少记不得了，也算不清了。

俊俊不高兴地说："这是应用题，要连着乘两次，我得回去慢慢算。"

铁丁以赞赏的口气说："肖姨婆婆，你真棒，能出这么难的题，我回去问妈妈，看她会不会算？"

肖姨看着俊俊一筹莫展的样子，一个聪明伶俐的小丫头被她难住了，脸上露出得意的微笑。她和孩子们在一起，觉得自己少了很多烦恼，变得年轻了。

不大一会儿，在俊俊和铁丁跟前就围拢了一大堆小朋友，多数是蓬头垢面、赤脚露膀的。

肖姨和孩子们玩了一阵，正觉得一直没个大人说话，就看见毛锐从下街上来，脸上的浮肿已经消退。肖姨听说她最近老往养猪场跑，就故意指着铁丁找话说：

"她毛姨，你看这娃儿怪不怪，也喜欢猪，猪一吃奶他就盯着看。"

"铁丁，走，跟毛姨去猪场看猪，那里有一大群猪。"毛锐不去细品肖姨的话到底有什么意思，她不怕别人说闲话。她喜欢铁丁，和黄大夫、周大夫都没有过节儿。

她一喊，铁丁就高兴地跟她走了。

肖姨看毛锐走远了，骂了一句："骚货，不知羞耻！"转身回家。

毛锐带铁丁进到猪场，一个挑担工人一见她进来，就对一个添猪料的工人说："场长说，'要学会喂，懂交配，才能把这个行当干好'，你咋总学不会呢？"

添猪料的工人斜眼瞅瞅毛锐，对着圈里一条黑色大个母猪骂道："你个挨刀的，游手好闲，啥料都抢，就知道抢！"

黑母猪用头把身边另一只小些的同类拱开，津津有味地嚼着槽食，一会儿发出吧嗒声，一会儿发出哼唧声，似乎在回答他："过了今天，我还有明天吗？"

毛锐对铁丁说："你就在这儿看吧，全是猪，想看哪个看哪个。毛姨一会儿过来，带你回去。"

铁丁兴高采烈地像是进了古城动物园。他一个猪圈一个猪圈挨着看，看过来看过去，看着看着就厌烦了。他问添猪料的工人：

“叔叔，毛姨去哪儿了？”

添猪料的工人和气地对铁丁说：“你顺着那排房子向里走，到最后一间房子看看，别乱喊，那边的猪在睡觉，别吓着他们了！”

当走到最后一间房子时，他从半掩的门缝里，看见一个腿上长毛的胖叔叔，如同猪崽在母猪怀里一样，在毛姨怀里拱来拱去，毛姨也和母猪一样不停地哼哼。

铁丁推开门进到房间里，拉着毛锐的一条腿喊叫着：“毛姨，咱回家吧！”

毛锐不知所措，边把敞开的衣服系上，边提高声调说：“不是让你等着吗？谁让你进来的？”

铁丁已经被吓哭了，边哭边说：“那边的叔叔让我进来找你，我想回家！”

“叔叔让我给他看病，刚才毛姨正给他看病。你出去可别乱说，听清了没有？”毛锐降低了声调，脸上露出笑容。

“听清了，毛姨给叔叔接生！”铁丁啜泣着说。

毛锐收住笑容，纠正他：“啥都不要说了，别提毛姨的事儿！”

“我要回家！”铁丁又哇哇地哭叫起来。

回到卫生院，铁丁“哇”的一声哭叫，扑向山芸的怀抱，不肯抬头。

“这是咋啦？你看，刚才石姨让人给楼梯钉了护栏，就这还得小心！”山芸以为铁丁想起早上从楼梯滚下来的事儿触景生情，又害怕了，就摸摸儿子的头，朝着毛锐笑笑，“这娃胆小，没事儿。”

毛锐尴尬地解释道：“带他去养猪场看猪，一只猪到他跟前闻了闻，可能也把他吓着了！”

“好了，好了，你又爱它又怕它，近不得远不得。以后咱手里拿根棍儿，它再敢贴近，就使劲敲它。”山芸耐心哄着儿子，示意毛锐别在意。

黄山芸对铁丁说的话，让毛锐心里翻腾：她没想到何建功那么无情无义，面对面说好的，俩人都不再找了，他却找了个小媳妇；邝景申在县城欺负老何，到了漩水湾还不时骚扰自己，恨死人又无奈；猪场这个川狗子，虽说脾气暴，可一直把自己当亲人，放言谁再敢欺负毛大夫，就用杀猪刀说话，可是和他见面，说不上几句，他就往人身上贴。跟这俩公猪相处，手里真得拿根棍子，使劲敲。

从那一天开始，铁丁不再对猪感兴趣，见了在街上巡游的母猪，他不再看它摆动着的红奶头，更不想看它躺倒在地上的样子。肖姨稍不注意，他就跟着小朋友下到河坝里戏水。这样的事发生了两三次，肖姨不得不让山芸知道："你看，多危险呀，再朝里边走不远，就是个深潭。"山芸除过狠狠教训儿子外，心里也产生了更多担心和对肖姨的不满："孩子大了，腿长长了，漩水湾虽不大，可危险不少，得操心呀！"

一天，薛勤谨从小学过来看病，山芸就把自己对肖姨的意见说给她听。薛勤谨听罢，略有沉思，然后说：

"我们学校有几个老师的孩子，比铁丁大不了多少，都插在一年级跟班上课，权当放在托儿所。到了上学年龄，重新报名注册就是了。"

"这能行吗？"山芸觉得这样做不合规定，也给老师添麻烦。

薛勤谨看出了山芸的担心，笑道："只要你愿意，学校那边的工作我来做，几句话的事儿。再说，他们也有求着你的时候。"

肖姨听说了薛老师这个建议后，一再说她不为挣钱，只为给两位大夫帮忙，现在，铁丁跑得快了，她也很怕出事儿，力劝山芸采纳。

离开学还有一段时间，黄山芸想让铁丁从进入小学的第一天起，就喜欢看书认字。为了增加他的阅读兴趣，也为了让他知道天外有天，从小树立远大抱负，就从邮电所给他借回来了五月期和六月期的《人民画报》。她一页页边翻边给他讲解。在六月期的画报《幸福的儿童》栏目中，有一群佩戴红领巾、穿着白衬衣蓝裤子或花裙子的小朋友在湖面划船，他们笑逐颜开；还有些小男孩在大街上穿着背带裤、小皮鞋；小女孩扎着蝴蝶结，穿着艳丽服饰，手持鲜花挥舞。铁丁一直注视着这些画面，不让妈妈把手移开。沉默一阵后，他发出了和年龄不相称的议论：

"妈妈，我说漩水湾的孩子不幸福！"

黄山芸听见铁丁说出这样政治性很强的负面评价，吓了一大跳。在成人世界里，只能就衣服说新旧，就饭菜说香臭，哪敢笼统地说一个地方一群人生活不幸福。"我们一天天好起来，敌人一天天烂下去"，新社会人民越过越幸福，这是中国人民一致的语言、共同的心声。而这小子从小就乱说乱动、不知深浅，长大了怎么得了。“你可把妈妈吓死了！”黄山芸不由得惊出一身冷汗，比铁丁从楼梯上滚下来时冷汗还多。心想，“这么大个娃，咋知道幸福不幸福？”于是，她试探着问他：

“他们咋不幸福？”

“漩水湾的娃儿，没有鞋子穿，都打赤脚，衣服又烂又脏。”铁丁说出自己的道理。

山芸严肃地对儿子说：“以后出去不能这样说。咱这地方的小朋友同样幸福。你看，他们能吃上酸浆粑，能吃上梅李子，城里孩子吃不上吧？你在漩水湾街上能看见老母猪、小猪崽，在城里看不见吧？各有各的幸福！记住，照妈妈的话说。”山芸心里很难受，她知道孩子说的是真话，可是社会上和自己家里已经有那么多人因说真话而背时，真话是不能随便说的。她必须让孩子从小开始把嘴管住，及早纠正孩子妄加议论的毛病。

周伊波回到家里，山芸与他商量以后教育孩子的对策。出乎山芸的意料，伊波说：

“由着他吧，咱只能管着自己的嘴，不能把孩子的嘴封住，不能限制孩子问问题。他还小，不能跟做石膏像一样，用模子扣。”

山芸生气地说：“你这样惯孩子，是对他的将来不负责任，长大又是个爱惹是生非的角儿！”

伊波也生气了：“你说话注意点，怎么又是一个，还有哪个？你想说他爷爷是吧？”

“我可不敢说他爷爷，我说我姨夫还不行？”山芸本来心里想的“爱惹是生非的角儿”是姨家一个、婆家一个，一看伊波生气了，即刻改口。她也知道，公公这几年的遭遇是伊波心里的一个痛点。

俩人正在气头上，听见石琦大夫在楼下喊：“黄大夫，接电话！县上来的！”

黄山芸急忙下楼走到厅堂门口的木架边，拿起电话，对方是潘凤。她所在的县防疫站和卫生局连在一起，经常联合办公，除领导外，普通职工都住在一个院内。潘凤说，给漩水湾打电话比任何一个区都难，白天总占线，只好晚上打。她说，县上要召开计划生育工作会，研究布置下阶段的计划生育工作。姜局长和袁站长听说黄大夫很能干，指定黄山芸去参加会议。山芸一听即刻回答：

“我去不了，我们卫生院的计生专干是毛锐大夫。再说，我还带着孩子，孩子刚上学，老周在公社上班，很不方便。”

潘凤说：“这些困难领导都想到了，姜局长说，他对你很信任，说你很有培养前途，把孩子带上吧，带过来可以带到会场，我也可以帮着照看！”

“说得好轻松，走九十里路呀！这么容易走，卫生局哪个领导来过？多少年了，连局领导的影子都没有见过。我不需要他信任！”黄山芸说完就把电话挂了。也许见过她的、没见过她的都说她能干，也许都不是坏意，但在黄山芸的感觉，这又是那只黑手操纵下出台的坏招。

又到了桂花飘香的季节，两棵不大的桂树早伴露、晚伴霜，在秋风中摇摆。周伊波每当路过铁匠家门口，看着满目翠绿中一簇簇一朵朵豆瓣大的小黄花，就停下来享受这沁人心脾的淡雅清香。他几年来每日行色匆匆，多少足迹留在山林小路上和沟壑溪流边。如同花被叶拥着，自己的生活、自己的命运和这里的山民尽管没有融合在一起，却联系在一起。自己又有多少美梦，如同飘落的桂花随着昼夜不息的漩河流去。在山民们的眼里，外来的医生都拿着国家工资，每月有定量口粮，都是活在天堂之上。在周伊波心里，还是觉得自己和何建功大夫不一样，和王明利、邝景申也不一样，他并不甘心一直在这深山小镇过这样的日子。妻子更是了，自上大学起就心高气傲，羡慕院长胡宗传在二三十岁就当了博士，留学日本、德国，羡慕他的研究生盛北莉提着白鼠笼子在科教大楼里出出进进。可是命运是抗拒不了的，命运让两个年轻人结合在一起，又一起走到深山里，在这里想多干点事儿，想随遇而安，却总是逆势难安。在这个没有章法、没有王法的圈子里，遇到好人是运气，遇到刁蛮的顶头上司，哪怕只有一个，就该你背时，也许背时的还有你的子孙。每当想到郑贵被抓又被放，就一面为他抱不平，一面为他高兴。而如今，听说他和文泞泞忽如云烟般飘然而去，又让他产生一种失落和惆怅的情绪。

临近冬季，县革委会决定，漩水区这年不搞农田水利建设，集中劳力修公路，从漩水湾修三十公里到猴山，再从猴山往虹桥方向修二十公里接县际公路。

全区已经从五个公社抽调了五千民兵，在这些人中，有半数参加过襄渝铁路建设，他们按民兵团、营、连建制，在这条线上找合适的地方安营扎寨。

区革委会让邝景申从全区卫生队伍中，抽调国家干部和赤脚医生各四名，组建两个卫生室，全力为这一中心任务服务。姚新宇、吴芳芹从猴山公社卫生所抽出来，配上两个赤脚医生，组建了一个卫生室负责上段。

黄山芸和周伊波同样接到抽调通知，让他们也配上两个赤脚医生，再组建一个卫生室负责下段。

黄山芸知道这次抽调她，还是邝景申的主意，就去找他说："孩子要上学，我去修路有困难！"

邝景申以毋庸置辩的口气回答："公家的事再小都是大事，个人的事再大都是小事，再说都知道你的孩子不到上学年龄，到学校去就不是上学。不抽你去，让谁去？"

周伊波接着也去找了邝景申申诉困难："邝院长，你看天已经冷了，孩子身体弱，从古城来时，路上才折腾了两天就发烧住院。再说，黄山芸已经下乡一年多，身体到现在还没恢复。能不能换别人去？"

"这是黄大夫让你来说的吧？告诉你，这是区委'压倒一切的中心任务'，是修通向共产主义的幸福路！这么重要的政治任务，你们还要推三阻四？你不听党的话，只听老婆的话？"邝景申很不耐烦，他习惯于在说话时把自己的意愿和党的奋斗目标结合在一起，用大话压人。

周伊波继续想着对策，如果自己有充分理由不去，他老邝还能让黄山芸独自带着孩子去？于是又申辩道：

"花莲的工作，我也离不开。几个队上都有老病号，需要连续观察治疗。去修公路的主要是青壮年，一般在他们身上最常发生外伤和伤风感冒，不会太复杂。卫生院、卫生所哪个去不行？"

邝景申被缠得恼羞成怒了，他粗鲁地说："你以为花莲没有你，那里农民就不活了。不要找借口！没有狗屎也能种菜！"

“你才是狗屎，卫生院就是让你这摊狗屎糟践了！这么重要的任务你怎么不去?”周伊波一听邝景申骂人，也火了，立即回敬了他一句，掉头就走。

也正是这一句话，表明了他和黄山芸再不会向老邝求情和申诉，这是活人的尊严。他们知道，如果硬是不去，那就把区上、公社干部以及卫生院的同事都得罪了。思前想后，再苦再累，他们都要挺着腰杆往前走，带着孩子去执行这项“压倒一切的中心任务”。

周伊波对黄山芸苦笑着说:“我耳边又一次响起了‘毛主席的战士最听党的话’。”

黄山芸苦笑着纠正道:“人家是上面一声令下，就唱起歌儿，‘打起背包就出发’！你是和领导吵了架，吵不赢才走的，不要给自己脸上贴金!”

行李由民工背着，一家三口空身子向九道梁方向行进了三十多里，穿过一条峡谷来到一个缓坡地。在半坡的平坝子上，有一所有七八间平房、一座小阁楼的山村小学。按区公路建设指挥部的要求，学校腾出阁楼，下面一层作为指挥部用，其中一间作为两位大夫的工作室和宿舍；阁楼上作为直属连民工宿舍，给他们安排的两位赤脚医生助手，平时就和其他民工一起住在阁楼地铺上。这所小学的学生上课和老师办公，都被挤到平房里。

一条小河从卫生室窗后哗哗流过，流水声掩盖了早早晚晚民工的排尿声，白日里“红小兵志气大，敢把圣人踩脚下……”的读书声琅琅入耳。到了夜里，窗内油灯闪闪，窗外漆黑一团；头顶的阁楼上脚步声踢腾作响，桌凳搬动声咚咚哐哐，住在楼下的两位大夫长夜难眠。

每天民兵上工时，黄山芸带着孩子在卫生室留守，周伊波就背着药箱到工地上巡诊。由于一直都没有大事故和严重伤情发生，工作倒也轻松，俩人都觉得并不比在原单位上班劳累。

在新开出的公路边一劈石崖的下面，有一间缺门少窗的大房子。周伊波进去看见一侧摆了个大铁锅，相对的另一侧摞着半墙高的硝酸铵化肥和用蛇皮袋装着的硫黄。出门不远，见有民工肩扛背驮着白色大包往这边走。他正在纳闷这些东西的用项，突然间，从远处传来轰轰隆隆的炮声和杂乱的石块落地声。大地震动过后，扛包的人里有两个放下货件，朝周伊波叫：

“周大哥!”“周大夫!”

周伊波待他们用衣服擦了脸上的汗和粉尘，才认出来一个是贺文书的小儿子贺鸿运，一个是松岭大队的方国宝。周伊波一见方国宝就想起了她媳妇抛下他跑洋县的事儿，心想：认识七天，“感情”了三回，就办理结婚手续，感情基础还是不牢靠啊。于是先问他道：

“国宝，你妈现在还好?”

“托周大夫的福，她还硬朗！鸡命，天天刨食吃呗!”国宝看了大夫一眼，又腼腆地低头看看手心。

周伊波转而亲切地问肖姨的小儿子：“鸿运，你妈舍得让你来修路?”

“哪由得了她啊!”鸿运以不屑的口气说，他是母亲惯出来的，在家里母亲越对他好，他对她越不在意。

周伊波朝房子里望望，又看看他们脚边，问：“你们用这干么子?”

“配炸药！开山全凭它了!”贺鸿运说起话来口气很大，俨然像个专家，指指身旁的民工说，“我教他们配！在学校上化学课，老师教过。再看看从交通局领来的材料，就掌握了!”

国宝和以前看到的神情有很大不同，看起来灵醒不少，他说：“我们还把配好的炸药送到各连，有的连队只会打炮眼，不会填塞，我俩还负责教他们。”

周伊波一听配炸药、送炸药，还当老师教民工填塞，再看看从身旁过去的老实巴交的农工，心里很是不安，不住叮咛他们：“可得小心点，安全第一!”

循着规划出的线路往前走，一路上彩旗飘飘，无数的杏黄旗在帐篷外和工地上迎风招展，上面写着民兵团的名号和连队的序号，有的则借用了解放军英雄团英雄连的名号。高处重要的作业面上都响着叮叮当当的铁锤击打钢钎的声音，低处泥堆石砟旁，有人手提箩筐，有人挥动铲锹，还有人用架子车往沟里推土，气氛热火朝天。工地上虽没有推土机、压路机等大型机械，从开挖出的路面来看，照样能与虹桥农场前的那段相比。漩水区的干部都知道，修这条路是区上丁书记争取到的。解放后几十年，全区没有一条车道，羊肠小道连大牲口都不敢走。丁书记听从农技干部的建议，说服县领导给政策，让他们同意暂时不修大寨田，先修这条路。尽管国家不投资，县财政局只给少量经费支持，漩水区的干部群众也都非常感谢党的英明决策。特别是感谢丁书记为老百姓办了件大好事，只是没有给他唱“呼儿嗨哟”。

当周伊波巡诊结束转回，刚走到存放化肥的库房门口时，远处就传来一声接一声轰鸣，大地被震得颤抖。

周伊波每次从营地巡诊回来，总要走上山梁远望一阵，激情满怀地赞叹在云海下的群山中，蚁民们与苍天大地抗争的这一杰作。两个半月过去了，除几个隘口险峻之处外，毛路初具规模，各路段基本连接起来。

直属连的民工下午放工一回到小学，总要先集合在操场上唱一段“日落西山红霞飞，战士打靶把营归……”在连长指挥下交替轮番呼喊两遍“下定决心——不怕牺牲——排除万难——去争取胜利”和“公路修到江阳县——拼了性命也心甘”的口号。然后才下河洗脸，拿碗进大灶盛饭。周伊波觉得他们的军事化素养，比两年前参加征兵体检的青年要高很多。

黄山芸已经把剪刀、镊子、止血钳、纱布、方巾等高压消毒，正在擦拭木架和查看常用药品的放置位置和存量。铁丁被指挥部办公室华秘书、田大地几个人叫去玩了。周伊波正待山芸闲下来与她说说自己出诊的见闻，突然，从窗外传来一阵凄厉的喊声：“大夫，救人！”“大夫，救命！”

黄山芸和周伊波马上跑出房门。

随着一阵喧嚣，一群人抬着两副担架进入院中放下。担架上的人都用棉被盖着，前一个被子盖在颈部以下，脸上被灰土糊了一层，左侧被边一片血污。后一个全身都盖着，被头浸了一片血迹。

黄山芸和周伊波分别站在前后两副担架边，揭开被子查看。民工们七嘴八舌地抢着介绍受伤经过：几个配炸药的趁民工休息，带着受潮的炸药到工地，打算用少量炸药测试效能。这俩人分别上到两个打好的炮眼处填塞炸药，准备填完后，一点着炮捻就躲起来，让其他人远远观察爆破情况。可是，点火后一直不响，他们以为是哑炮，就近前准备拔除引信。未承想，刚到跟前就一声巨响。

周伊波将被子一揭开，便看清楚躺着的人脑壳只剩下半个。他下意识地用听诊器听听心跳，用手摸摸脉搏，即刻边盖被子边对担架旁的人说：

“他不行了，脑壳烂了！赶快救前边的！”此时，他才注意到担架旁的人都是他在炸药库房门前见过的年轻人，离他最近的是松岭大队曹支书和方老二。他们告诉他，脑壳炸掉半个的是方国宝，前边那个是贺鸿运。

“大夫，救救国宝吧！”担架旁的人一片哭声，苦苦哀求。

周伊波解释道：“不行了，半个脑壳没了，得赶快救前边那个！”

“大夫，你摸，心还是热的！”一个年轻人拉着周伊波的手，伸进被窝。

周伊波边摸边解释：“这是体温留下的，心子早不跳了，心死了、脑壳没了，人就死了！”他抽回手臂，赶忙到前边给山芸帮忙。

“三个手指没了，创面已经压住了，你赶快把糖盐水吊上，再清创缝合！”山芸的手紧紧握着贺鸿运的前臂，给周伊波下达紧急任务。

周伊波进屋拿了消毒用品、输液器具和葡萄糖盐水，迅速在伤员的右前臂输进液体，又协助妻子给伤者做了清创缝合包扎。

用了将近两个小时，终于把贺鸿运的伤手处理完毕。伤员除过轻声呻吟，没有喊叫，也没有说话。周伊波给他测了血压脉搏，都在正常范围。

黄山芸拿了一块纱布，蘸了温开水，轻轻地把伤者脸上糊的灰土擦拭掉。此时，贺鸿运睁开了双眼，微微带笑，说了声：

“我还活着，谢谢黄姐、周哥！”

民工们哭着把死人和伤员抬出小学大门。黄山芸、周伊波满眶热泪看着他们走远。

元旦过后，仍然冰天雪地。指挥部无论年节还是平时伙食，都比卫生院的好，比民工大灶上的更好。然而，黄山芸整日不想吃饭，乏困无力，眼冒金星，测量血压总是低于正常值，只见她一天天消瘦。周伊波认为，她在农村待了一年多，全身患漆疮很长时间，气血亏损严重，一直没能调养过来。他告诉华秘书和田大地，想送她回漩水湾请梁晨风老先生开个方子，抓些中药，再带到指挥部来，边服药边工作。

田大地听罢，对华秘书说：“虽然咱们在一起对脾气，但该走就让人家走，到哪儿都是上班。卫生院那么多人，为什么就不能换换？是你给丁书记说还是我说？老邝、老郭、老王，还有你那口子，他们怎么不可以来？”

“找个好日子，你们走吧，让邝景申带个人来，话由我来说！”华秘书已经和陆雪飞确定了恋爱关系，对卫生院和区上两头的情况他都熟，作为指挥部的负责人，他能拍板决定放人。

准备返回漩水湾的前一天，广播里出人意料地传来周恩来总理去世的噩耗，在周伊波和黄山芸心里，周总理是一棵参天大树，是他们做人的楷模，是国家和人民的希望。这个噩耗，让他们觉得如天塌一般。此时，他们愈加迫切希望早点回到漩水湾，在那里，报纸就算迟来几天，总还有得看，他们希望知道更多关于总理去世的报道和国家的变化。

周伊波已经打听到，回漩水湾如果不走原路，从小学背后向上走，过茶园后翻一座大山，可以省一半路，能早半天到家。

第二天大清早，天虽阴冷，却没有下雪。一家三口吃了提前准备好的早饭，山芸领着铁丁，伊波背着装衣物的背篓上路了。到茶园的一段路不算太陡，坑洼不平的山石也让覆盖冰雪的小道不算太滑。然而北风扑面而来，树梢哗哗作响，尽管出门时给孩子穿上了棉袄，裹上了围巾，还戴上了手套，但铁丁的脸还是被冻得发紫。在周伊波和黄山芸心里，前一天广播里的哀乐还在回荡，哀乐生出的凉气和着潮湿的朔风，让他们寒彻骨髓。待他们护着孩子缓慢地爬到山顶时，铁丁不停地喊：“爸爸我冷，妈妈我饿！”可是在这荒山秃岭上，没有房舍没有人烟，除过杂乱的灌木丛和乱葬坟，连棵大树都没有。周伊波觉得，此时此刻也许整个世界上都没人知道这三个渺小的人物在哪里，也不会有谁真正理会他们会在哪里。此时，他觉得，在苍茫大地上，他和妻儿，就如同几只快要冻僵的鸟雀，是那么的单薄无力，那么的孤独无助，如果此时此刻从灌木丛中走出和人类同样饥饿的野狼山豹，可以想象，顷刻间三个人都会变成它们的一顿美餐。他和妻子必须赶快带儿子离开这里。他们继续艰难地往前走，又走了几里路才站到了山顶北麓边缘。在那里，能远远望见临着漩水河有一堆一排的石瓦房。然而，脚下的山势非常陡，还有冰雪覆盖，见不到一条小路。天已经晚了，让人毛骨悚然的那片灌木丛，还有茶园上的一堆堆乱葬坟都已经穿过了，还能再折返吗？往后退的危险并不比往前走小。伊波与山芸商量，选一个坡度小些的地方，把背篓口用树枝封住甩下去，让它自己滚；为了安全，用带子把孩子绑在大人脊背上，大人坐在地上慢慢往下溜。就这样，山芸在前边溜着探路，把背篓往下踢，让它滚动；伊波背着铁丁，半蹲半坐跟在后边。三四百米的一段陡坡，三个人用了一个多小时才滑下来，终于走上通向漩水湾的正道。到卫生院时，大人孩子都精疲力竭了。

梁晨风老先生紧闭双目仔细地给山芸诊脉，脉诊过后看了舌象，吞吞吐吐道："从脉象看很严重，但从整体看虚亏只能算中等程度！"他做诊断的口气不坚定，犹豫片刻后，说，"让我再看看脉象！"他又闭目仔细把脉。这次把脉过后，他高兴地笑了起来："黄大夫，有喜了，好好注意调养，不要累着。"

"我胃口不好，怎么没想到是这事儿？这个冤家，一个都养活不了，还能再要一个？回头让毛大夫给我刮了！"黄山芸没有走出梁老先生的门就不安地说道。

梁老先生劝道："生两个也符合政策，一个是养，两个也是养。孩子有个伴多好。在农村，一家三个四个都不嫌多。"

"梁先生，别看我们拿工资，论带孩子，在漩水湾比农村困难大。"黄山芸苦笑着回答。

梁老先生像是山芸家的一位老人，不厌其烦地继续劝说："你比毛大夫小吧？"他看黄山芸点点头，接着说，"她属蛇，今年是龙年，对她有冲撞，只要你不属蛇，生个龙子能给你带来祥瑞之气！从八卦和天象看，今年事事生变。"

"多谢梁先生吉言，在大城市里可不敢这么说。只要政策允许，我回去和周大夫商量商量。"黄山芸觉得梁老先生虽医术高明，但思想陈旧迂腐，对他诊病之外的话，全不放在心上。

毛锐从外边回来，听说黄山芸有事儿找她，赶忙上楼。她一直觉得黄大夫这几年，替她顶了许多事儿，减少了她许多麻烦和责任，总想回报点什么，却总无用武之地。这次，她一见着黄山芸就热情地说：

“只要我能办到的，你就尽管言传。”

黄山芸一说想请她为自己刮宫，话音刚落，毛锐就接话：“没问题，随叫随到！如果你改变主意，想再要一个，到时候接生的事儿就包到我身上。月子里吃的猪蹄、鸡蛋也包在我身上。”她说话时很动容。

黄山芸已经被她说动了。实际上女人心里的母爱都是相通的，一旦知道一个小生命在自己体内扎了根，就会把他视为自己生命的延续和身体最值得珍爱、呵护的一部分。无论此时此刻自己处于何种境地，欣慰喜悦之情都会油然而生，如果不是迫不得已，绝不会让处在萌芽状态的生命轻易结束。再说，来到这穷乡僻壤，上边无腿可抱，丈夫又干不了吹吹拍拍那些事儿，猴年马月才能离开漩水湾？在江阳的生活经历，让她对男女平等有深刻的理解和体会，那就是“男人干的，女人一样干；男人不干的，让女人去干”。身边有个奶娃儿，算是个护身符，以免总被人揪着不放。再说，铁丁长大了，正如他奶奶说的，打架还得有个抱腿的。她想通了，决定再要一个。国家规定生两个刚好，外人无权反对，伊波也不会不同意。如果真有毛锐全力帮助，在漩水卫生院生个孩子算不上大事儿。再说，不在这儿生，还能到哪儿生呢？她已经有了怀着铁丁从县城走到虹桥农场的痛苦体验，由于在路途中的颠簸，致使胎儿在宫腔内活动异常，险些在生产中要了母子的命。她很难想象再有一次这样的折腾。等伊波回到家里，山芸述说了梁老先生的诊断意见。他听后说：

“这里人都知道，梁老先生把脉诊断怀孕十拿九稳。”

山芸表示她的心动了，想把这个孩子要上。

伊波知道这是个意外，并没有心理准备，沉思了一阵，最后心事重重地说：“这事儿，受苦的是你，要不要凭你吧。”

“你多虚伪，你想要，还要我来说。”山芸微笑着和伊波斗嘴。说到受苦，又让她想起了贺鸿运受伤的事儿：“我明天去肖姨家看看鸿运，受那么大的痛苦，都不吭声。”

伊波接道：“我还没来得及告诉你，贺文书说，鸿运从公路上抬回来后，郭大夫、石大夫给他换过几次药，伤口快长好了。鸿运说：‘等身体恢复了，还去配炸药，少了几个指头照样干革命。自己有了配制炸药的经验，要是再换人，可能和方国宝差不多，遇到危险不知道躲闪。’肖姨哭了几次，哭鸿运成了残疾，将来找媳妇都困难。”

“太倔强了，他也真有股劲，自己都成这样子了，还五十步笑百步，当然方国宝更可怜，他妈妈也一大把年纪了！”山芸由衷地佩服这个小青年和那些民工，心里为他们和家里人难过。

黄山芸吃了梁老先生几服中药后体力渐好。这一年从春到夏，风调雨顺，街上赶场时人也多了起来。区上和公社多数干部明里说不让农民上街卖东西发展资本主义，不让街道职工在街上买东西支持资本主义，而内心里却在默许和纵容。只有区上皮干事和漩水公社两三个领导还在较真，每逢赶场时都要出来看看，阻止属于统购统销的粮食、肉食、禽蛋之类的东西买卖。一次周伊波刚从农民手里买了十来个鸡蛋，就被皮干事喝住。

周伊波即刻问这个农民：“你家啥成分？”

农民战战兢兢地答：“下中农！”

周伊波接着对农民说：“皮干事对贫下中农有阶级感情，知道贫下中农生活困难，养鸡下蛋拿到街上来，不过是挣点零花钱，我买几个鸡蛋也是为给孩子补充点营养，都不是搞投机倒把，革命鸡不生反革命蛋，对吧？”说完，给农民付了钱，把皮干事看看，拿着鸡蛋扭头走了。

皮干事这些人，对卫生院的大夫在街上支持资本主义无可奈何，后来也是睁只眼闭只眼。

盛夏两场暴雨，造成刚刚修通的漩水—虹桥公路几处大塌方，然而多数险峻地带都经受住了考验。漩水河及其上游的各条支流水位大幅上涨，山上经常滚落石头。黄山芸每日都为走在出诊路上的周伊波担心。这天，花莲的彭干事来找梁先生开药方，等着拣药时，走过去和黄大夫打招呼，对她说，前两天他在队上一户人家门口，远远看见周大夫在花莲沟里准备过河，眼看沟底水在上涨，坡上的水就跟一条黄龙一样往下冲。他使劲向周大夫喊：“水太急，过不得！”可周大夫似乎听不见，硬是撑着个竹竿蹚了过去。

这话让黄山芸更是紧张不安，晚上丈夫一回到家，她就使劲数落，可伊波却说：

“小彭也太夸张了，没有那么厉害。有个孩子发烧两三天了，不赶过去怕出问题。”

再有一个月就到了预产期，周伊波和黄山芸商量给孩子起名的事，黄山芸说，她给孩子起名叫铁丝，无论男孩女孩都叫这个名字。伊波觉得挺好，既和铁丁重了一个字，又在功用上相辅相成、刚柔相济。

这天，山芸又去请梁大夫把脉看胎气。看完后，梁老先生笑道：“又是个男孩，贺喜！”接着眉头微微皱起，叹道，“你将来生产，不一定能指靠得上毛大夫，她说不定出事儿了，人多日不见了。”

“出事儿了？啥事儿？不是下雨那几天她还打着伞在院子里走动？”黄山芸十分惊讶。

梁老先生轻轻“嘿嘿”两声，小心翼翼地说：“我也是听别人说的，还不肯定，县公安局都来人了。”

周伊波晚上从花莲卫生所回来，黄山芸先把梁老先生说的话都告诉给了丈夫。沉默一阵后，她又自言自语道：

“你说怪不怪，唐山出了大事儿，北京周总理、朱老总逝世，咱这深山里也是大雨大水，毛锐该不会也出大事儿吧？”

周伊波听罢，心里有些忐忑，仍然心存侥幸地说：“她这个人行踪不定，心事重重，出门经常给谁都不说。”

“梁老先生一般不主动说闲话，这次说话和平时不一样。毛锐这人太不检点，莫非让猪场的人怎么着了？”山芸把心里的疑惑说了出来。

“那个杀猪的莽汉，像个李逵。和他在一起鬼混，能有好结果？”周伊波知道毛锐平日的处世为人，也为她担心起来。

就在黄山芸和周伊波谈论毛锐失踪的当晚，县公安局三个人和区委皮干事一起来到卫生院，他们撬开毛锐的房子仔细检查、拍照，并分别和邝景申、郭廓、石琦、王明利谈话，做笔录。

几天后，毛锐跳崖自杀的消息在漩水湾不胫而走。有的说因为邮电所给她送去一封女儿在古城出车祸死亡的电报；有的说因她前夫何建功在虹桥街再婚，让她受了刺激；还有的人说因养猪场场长川狗子的老婆从四川来，把她按在床上狠劲打了一顿；更有甚者说是有人把她从山崖顶推下去摔死了。

毛锐的死，让卫生院里笼罩了一层肃杀凄凉的气氛，来院看病的人也少了。大夫们上班时争抢着迟来几天的《参考消息》，只有在这份报上，不时能看到有别于“两报一刊”的文章。一吃过下午饭，各自离开工作室，默默地回自家宿舍，有病人呼喊时才走出屋门。

这天下午，周伊波从花莲回到卫生院家里，刚和山芸谈了几句在公社听到的关于毛锐之死的小道消息，邝景申就在楼口喊叫：“周大夫、黄大夫，有客人，出来迎迎！”

周伊波正在诧异，哪来的客人让邝景申这么操心？走到楼口，向下一看，原来是农场的场友魏军定，正摸着楼梯扶手和老邝寒暄。老魏一见老朋友真出门迎接他，忙抬腿跨步上了楼。

“你这房子咋连顶棚都没有？”魏军定坐定，抬头看看透空的石瓦。他觉得这两口子在漩水湾当医生，住房连在虹桥农场当农工时都不如，和自己在县城就更不能比了。

周伊波笑答：“没顶棚凉快，就是到冬天有点不舒服。一年比一年习惯，已经皮了！”

“孩子呢？”魏军定问。

“在楼下，和石大夫的小孩玩。”山芸说。

“来你们这儿一趟可真不容易，翻一道山又一道山，除过乘两次渡船，记不清过了多少座桥，比从县城到虹桥农场还艰难。”魏军定已经几年没有走过这么远的路了，老朋友的生活环境让他不可思议。

“跋涉一趟要脱上一层皮，所以县老爷都不来。听说你高就了，这时候来这儿有何贵干？”周伊波一见到魏军定就猜到了几分，故意问道。

魏军定告诉两位场友，县政法组接到漩水区报案：在松岭一个悬崖下发现一具女尸。他主动要求和搞刑侦的两个同志过来，也是想顺便看看几个老朋友。现在案子已经破了，卫生院毛锐大夫是跳崖自杀，没有他杀的征象。尽管这个案子已经没有悬疑，也没有值得保密的情节。他还是叮咛，他们之间关着门说的事儿不外传。他说，在毛锐自杀前两天的傍晚，邝景申作为卫生院的负责人找毛锐谈过话，让她好好上班，上班时间不要去不该去的地方，考虑群众影响。据郭廓大夫和石琦大夫讲，他们的房间和石琦的房间隔墙透窗，隐隐约约能听见邝景申与毛锐的谈话和争吵。毛锐说，她即使和猪睡觉，都不让邝景申碰一指头。老邝多年来，一直想占毛锐的便宜，始终未能得逞。后来他知道了毛锐和从四川请来的养猪能手有不轨行为，就到区上向老皮检举，说这个被称为场长的养猪能手，多次奸淫妇女。老皮即让漩水公社武装干部带人把这个叫川狗子的抓去审问。川狗子不承认强奸，只承认和漩水湾街上几个妇女有男女关系，包括毛锐，她们都是自动上门，都为了吃肉。后来，川狗子的媳妇突然来漩水湾，打了毛锐两次，接着老皮就派民兵把他押送回四川。从毛锐抽屉里确实找到了孩子出车祸身亡的电报纸和她的遗书。遗书上写："孩子死了，男人离了，川狗子走了，这世道见不上几个好人，没有人待见我，活着还有啥意思。"从涉案人的言行来看，都没有直接刑事责任。她走了，个人解脱了。但作为一个有经验的大夫离去，会给这方土地的卫生工作带来很大损失。

黄山芸一声不响地听完，始终没有吭气。过了好长时间，她终于抬起头来，两眼眶里盈满泪水。

周伊波叹道："人啊，一定得活明白，别人作践你，轻视你，把你当狗屎，你得自强自重，硬硬邦邦地活着。"

老魏没再接话，转而又说到自己在康安见柴书记的事儿。他从茶叶机械厂调到政法组，还是老柴向县上领导提议的。柴书记问起在农场锻炼过的每个同学。

老魏说，他到政法组后对郑贵那个案子的情况才有所了解。郑贵、文泞泞下放到江阳与他们在北京军事机关的派性有关。来江阳后，被当作"五一六"分子审查关押一年多，这既与原单位的派性有牵连，也与江阳有人诬告直接相关。主要诬告者是从政工组调到教育局当局长的郎学仁，还有一个则是医学院分来的罗紫丰。罗紫丰硬说，郑贵在教育局和他老婆搞关系，赵春碧生的那个孩子是和郑贵搞出来的。别人都看那个孩子和老罗如同一个模子扣出来的，可他非要说孩子是郑贵的。机关干部和杀猪匠不同，只要涉及男女作风问题和贪污盗窃问题，那就彻底臭了，这是郑贵的又一条罪状。据教育局的人后来说，是赵春碧几次去郑贵办公室诉苦，告诉郑贵老罗在家借故对她施暴。郑贵见到罗紫丰，直率地批评过他，说他“不应该造谣生事，污蔑别人，甚至把自己的老婆都搭进去。打老婆的人很粗野，是门背后的霸王”。这样，老罗和狼外婆就合伙把郑贵送进了拘留所。不久，罗紫丰就把赵春碧甩了。离婚后他被借调到康安革委会搞宣传。

郑贵和文泞泞离开江阳时，对几个人都说过：“罗紫丰是个很坏的男人。”不过，这种人以后还能往上爬，因为他有特殊能耐，能够领悟和实践“不说假话办不成大事”的次高指示。

老魏说到最后，突然想起什么：“对了，郑贵和文泞泞临行前还和我聊起过他在北京的亲属：郑贵的父亲是解放军的一个高级将领，以前和国民党军人打过交道，说他们有些人很爱国，在历史上还是有功绩的。邓小平重新主政后，国家对解放台湾的政策有调整，主要精神是除过加强国防，立足于打大仗外，还要加强统战攻势，从敌人内部分化瓦解。要不是因为周总理去世，后来发生‘天安门事件’，可能国家会有新气象。他让转告你们：‘别泄气，臭老九总有香的一天，黄姐的家庭情况未必是坏事。’”

魏军定一席话，让黄山芸和周伊波心潮澎湃。老友相见一聊两个多小时仍意犹未尽。三人一同下楼，黄山芸从石琦大夫房中叫出玩兴正浓的铁丁，与军定叔叔见面、告别。

送走好友，周伊波、黄山芸领着儿子正待上楼，被郭廓喊住，递给他们三封刚从邮电所取回的信件。

第十三章

山芸一次收到三封信，回屋在灯下先看了封皮，顺手递给伊波：“山芋一封，伊燕一封，山东老家一封。你先看!”她整理床铺，招呼铁丁脱衣睡觉。

伊波拆开信封，抽出信纸，把三封信迅速浏览一遍。看罢信忙凑到山芸耳边，轻声总结山芋、伊燕来信的主要内容：

“山芋和伊燕向我们报喜，山芋被招到了西宝机床厂了。胡德逊调回西宝县后，还主动给她写信联系。伊燕被推荐到兰州大学水利系读书，但父亲听说后坚决反对，说她‘修了这么多年水库，西宝峡工程还没结束，就又去学习修水库，学几年出来，还不知再去哪个峡’，父亲的话，让她很犹豫。另外一件大事是伊鹃不顾父母反对，和那个叫楚清的结了婚。”

山芸很为三个妹妹高兴：山芋和伊燕下乡几年，招工的机会总是失之交臂，这次终于能回城工作学习，不再让人操心了；伊鹃的婚姻毕竟是她自己的选择，结婚是人生的一件大事，也是一件喜事。她看铁丁已进入深睡眠状态，就坐起来说：

“招工、上学、结婚全都是喜讯，喜讯频传!”接着又问，“老家的信是谁写的?”

伊波收住笑，把信递给山芸："是你姑写的，不是喜讯！她说，你以前寄回去的几次零用钱都收到了。最近，爷爷有病，镇上医院说需用盘尼西林，整个县上都买不到。让你赶快买几盒寄回去。"

山芸边看信边抱怨："盘尼西林！那么开化的地方连青霉素都买不到？太不可思议！明天我在卫生院买几盒先寄回去。你说，我这个姑，还算个读书人，怎么连爷爷是啥病都不说，咱想当个参谋都当不了。我明天就给她们写回信，你给古城家里也写封信吧，我一起寄！"

伊波立即拿出纸笔给父母写信，一是劝父亲把眼光放远，不要阻止伊燕上大学，也不要再为伊鹃恋爱、结婚生气。什么时代了，个人的终身大事自己还不能做主？二是向父母报告，他们的第二个孙子快出生了。只是信写到这里伊波就想起生铁丁的场面，心里又担忧和烦恼起来。他曾经和山芸商量，让她提前到县医院去生，但山芸表示尽可能就地解决问题。一是因为路途跋涉太艰难；二是她这次在怀孕期间没有坐飞机、汽车和长途颠簸，胎动不剧烈，没有异常情况；三是在漩水能解决问题。那时，毛锐还没出事儿。现在靠谁呢？伊波停下笔，突然和山芸急起来：

"我说，你这人现在变得太执拗，生娃的事儿你咋就不在乎？你说就地解决，毛锐没了，谁给你解决？总不能让屠婆婆来给你接吧？"

山芸心里已经有数，她和伊波开玩笑说："我不会让屠婆婆接，也不会让你给我接！你别发愁了，有人！"

"你让谁接？"伊波已经把卫生院的大夫想了一遍，再没有一个人能达到毛锐的技术水平。

山芸轻松地笑答："吴芳芹！这几年人家在猴山上独当一面，主要搞妇产科。在工地上经常听到民工赞扬她。"

伊波想了想，脸上现出笑容："行，我怎么没想到小吴，她很有长进，听说还培养了一批接生员。现在路修宽了，两三个小时就能赶过来！"一想到能找吴芳芹为山芸接生，他心里的一块石头顿时落地。

这年初秋，黄山芸在漩水卫生院生下一个健康男婴。吴芳芹阿姨把他一接到人世，就喊起周铁丝的大名，父母则亲切地叫他小丝丝。吴芳芹回猴山公社后，白天里肖姨几次来卫生院照看山芸，隔几天还带些汤汤水水的，帮她下奶。

小丝丝还没有满月，满街道就被一片悲哀的气氛笼罩。各单位的门前都挂起了“沉痛悼念伟大领袖毛泽东主席”的横幅和挽联；区委大院、漩水公社门楼上的五星红旗向下移动了少半竹竿；街道上各单位凡是腿脚能走动的男女老少，都按区革委会安排到区委大院的灵堂悼念。

丁书记和区委主要领导，天天早上都在哀乐声中先站在围着黑纱的毛主席巨幅画像前带头祭拜，每人说一遍带有个人成长经历的悼词。丁书记拿着一片白纸对着巨幅画像念道：“毛主席呀毛主席，你把革命从一个胜利引向另一个胜利，你把劳苦大众从万恶的旧社会带到幸福的新中国。你让我一个泥腿子放牛娃穿上鞋，成了一名革命干部，当上农场场长，又当上区委书记。我决不忘记您老人家的恩情，沿着您开创的革命道路继续进步。您老人家永远活在我心里，毛主席永垂不朽!”皮干事则弯着腰杆紧闭双眼，哭泣着说：“毛主席呀毛主席，我在部队时看到小报上说，您老人家五脏六腑都像年轻人一样健康，您七十多岁还能横渡长江，专家说您能活到二百岁，能让金色阳光照亮五洲四海。可是，您的心为我们操碎了，天底下千千万万从苦海里爬出来的人咋能不伤心？我家世世代代不是石匠就是木匠，没有一个人走出过大山。到了我这辈上，家里弟兄俩都当上了威武雄壮、有文化、有觉悟的革命军人，才能坐车骑马走天下。复员后，我先后为两级革委会的政权建设，为无产阶级专政下继续革命，发挥了顶梁柱的作用。今后，我一定遵循您老人家的教导，举旗抓纲，继承您老人家的革命遗志，积极投入农业学大寨、工业学大庆、全国人民学解放军的运动，为山区建设出大力流大汗。”

这天，田大地和华秘书都从工地返回区上参加祭奠，二人和参加祭奠的群众一样，左臂戴黑袖章，胸前别小白花，在毛主席像前恭恭敬敬地三鞠躬后离开。周伊波闻讯到区上和他们见面，把这一切都看在眼里。待他们二人走到院子中间，就迎上去打招呼：

“你俩咋不说一段?”

田大地冷冷地说：“他们哪像是悼念毛主席，听起来倒像是在悼念自己!”

“老皮好不容易逮个机会，自我介绍一番，给自己打打气。丁书记的那一套，肯定是老皮写好，他拿着念呗！”华秘书把话挑明了说。

周伊波没有再说什么，他知道自己的社会关系、家庭背景和别人不一样，入大学以来的经历，让他知道什么话别人可以说自己不能说；什么话可以放开说，什么话得挑着说。郑贵在江阳的一段背时经历，又一次强化了他的认知，让他看到山里和城里一样，照样有人患狂犬病。

周伊波每天都把报纸拿回家里仔细揣摩，关注着毛主席去世后地球怎么转。他注意到，这些日子，漩水湾只是泛起了一阵不大的涟漪，乡间百姓依然日出而作日落而息，街上的铺面还是在同样时间开门关门。

日子一天天过去，小丝丝在世间生活不到两个月，天气就开始转凉。然而，秋空朗朗桂花飘香，花莲公社对面坡地上一片碧绿，生机盎然。

周伊波出诊经过七一小学，他又听见教室里传来歌声，细听是电影《闪闪的红星》插曲：“夜半三更哟，盼天明；寒冬腊月哟，盼春风……”他没有机会看这部电影，只在广播里听到过，觉得旋律优美、歌词动人。多年以来，冬天的家是那么寒冷，春天的院子土地板结，自己何尝不是在盼天明盼春风，盼“岭上开遍哟映山红”。他想起陈大翠老师，一直默默地在这山头上耕耘，带着学生唱歌，她在盼什么？还有她的妹妹陈小翠，如今去了哪里？生活有起色吗？

未料想没过多少日子，蓦然间从报纸上广播里传来了粉碎“四人帮”的消息。几天来周伊波和黄山芸兴奋不已。由于夜间成夜聊天，白天里眼皮都肿了起来，走起路来有些晕乎。他们不知道地火是怎么燃烧起来的，不知道龙蛇经历了怎样一场恶斗，但终究是巨龙飞腾起来，中国翻开了新的一页。尽管，太阳还是照样沿着原有的轨迹升起落下，每日吃饭、上班、睡觉没有变化，但人们仿佛觉得一团压在心头的乌云被驱散了。

当年冬月，经过一年多的浴血奋战，几十里漩水—虹桥公路终于在崇山峻岭里被开凿出来。通车仪式刚过几天，区委书记丁德福和农技员田大地等人就接到调令赴县城工作：丁德福任副县长，分管农业和民政工作；田大地任县农林局副局长；龙亦华调县民政局任科员。当月下旬，丁德福一行在锣鼓声中，告别欢送的人群，乘坐县革委会派来的客货两用车，沿着由他们领导和指挥修成的幸福路离开了漩水湾。周伊波和黄山芸为田大地、龙亦华时来运转高兴和祝福，大家都清楚地知道他们是漩水湾的功臣，他们不仅能吃苦而且有智慧，干出了惊天动地的事业，理应受到上级的重视和提拔。只是漩水湾又走了个好领导和两个好朋友，心里似乎少了些支撑。周伊波想到自己，一个无能力干大事的人，只能在深山沟里继续干下去，一步一个脚印慢慢把两个孩子养大，为他们创造前途。

在新的一年仲春，山崖上的老鸹蒜刚开了几枝，岭上还没有见到映山红的时候，发生了一件令他们猝不及想的事：漩水区革委会和漩水区卫生院接到县革委会政工组和卫生局联合通知："调黄山芸、周伊波到县卫校当教师。"

几个月前，卫生院的人都听说了县上为培训"用得上留得住"的医务人员，在离县城三十里的大坪区新建起一所两年制卫生学校，县卫生局还让各公社从赤脚医生中推荐学员。卫校虽不在县城，却是在离康安市最近、地势最平、公路最宽的大坪区。大家都知道那里从未发生过饥荒，四季有炭火做饭取暖。周伊波、黄山芸清楚地记得，当年在农场劳动锻炼后，杨槐和任佳对分配到大坪煤矿当保健医生很满意。

院长邝景申在会上给大家传达"通知"时，嫉妒地说："我在江阳过的桥都比他们走的路多，在漩水湾待的时间比他们多好几年，凭什么先调他们不调我？"

郭廓羡慕地对周伊波说："我们离家几千里，请调报告打了好几回，总说下个月就批下来，可就是批不下来。你们默不作声，调令就到了手！"

"这是咋回事儿？"王明利觉得莫名其妙，他认为外乡人来漩水，都应该和他一样在这里落户扎根。

周伊波微笑着重复王明利的话："这是咋回事儿？"他和黄山芸确实和大家一样不知道是咋回事儿，不敢相信在他们身上能发生让邝景申既不愿意又无可奈何的事儿。

邝景申气呼呼地对周伊波说："我要有权力，肯定扣住你俩不让走。我原以为是老姜瞎胡闹，问他：'怎么连个招呼都不打，就调我的人？'他让我去问政工组，我敢去问？你们的办法可真大，上边有人还装糊涂！"

“随你说吧，若真是把你先调走了，也许我们还不走了！”周伊波严肃地碰撞了老邝一句。

郭廓看周伊波收起了笑容，就转移了话题：“卫生院医生本来就缺，死了一个再走两个，接下来恐怕拉不开栓了！”他最关心的是接下来谁负责计划生育和妇产科病人；再就是还得有个能经常出诊走远路的，自从松岭大队支书绑架他之后，他一听说出诊，就犹如惊弓之鸟。

“调吴芳芹、姚新宇来！我已经和局里、区上都商量过了！离了狗屎照样种菜！”邝景申憋不住，又迸出一句惯用粗话。

周伊波和黄山芸都没有再搭理他，心想，无论调到哪里，只要远离邝景申这堆“狗屎”就好。会一结束，俩人就转身离开。回到屋里，俩人又议起这件蹊跷事，想起了魏军定来漩水时说过的话，猜想最大的可能是柴书记给县上打了招呼。他对在虹桥农场锻炼过的这批大学生，一直没有忘记。

多年后他们才知道，柴书记那时仍然认为医学院毕业生在基层卫生单位工作是最好的安排。据说，他们的这次调动，起因于和他们素不相识的县武装部李青山副政委的关照。他在省上参加对台工作会议时，从省委统战部得知，有位分到江阳县的古城医学院毕业生，父亲在台湾军界任要职。按上级新的政策精神，从人道和统战的角度考虑，对于统战对象在生活上、工作上应当给予适当关照。这样，黄山芸、周伊波的这次调动，是在新形势下县委落实党的统战政策、加强对外宣传的一个具体行动。

1977 年春节刚过，田大地副局长在县城安排了一部客货两用车，装上为水电站发电机采购的急用配件，让司机把东西运到漩水湾之后，再把卫生院两位大夫安全送到大坪卫校。

周伊波、黄山芸在漩水湾生活了七个年头，真要离开了，还是有那么多的留恋和不舍。街上和卫生院不少人都出来送行，肖姨、乔家婆婆、梁老先生、石琦、陆雪飞、薛勤谨眼眶里饱含热泪。肖姨难受地说：“等小丁丁、小丝丝长大了，让孩子回来看看我！”

黄山芸点点头，泪水“扑嗒扑嗒”直往下掉，她手里紧紧地抱着丝丝，周伊波拉着丁丁的手从车窗里伸出来，向大家挥动着依依惜别。

蒿河从大坪镇后街流过，再从江阳—康安公路桥下穿过，一路向东南方向流淌三四十里，最终汇入汉江。在河的南侧，有大片宽阔的缓坡地，从蒿河岸边到高山脚下大约有五六里宽。高山峡谷的流水顺坡而下，浇灌坡上的茶园和梯田，也为半坡上新建的卫生学校师生提供饮用水。多余的清水再与污水混合一起流向坡底，汇入蒿河。卫校近二十间平房，都是铁道兵机械维修连迁走后留下的，黄泥巴干打垒的墙壁，油毛毡平铺在房顶。四间原先用作维修机械的大房子，改为八十余名男女学生的宿舍和教室，门口钉上“一班”“二班”“男生宿舍”“女生宿舍”的木牌子，桌椅、床铺都是用当地收购的板材由学生自己动手做成的。教师及职工住房，原先是连队干部、战士的宿舍及办公室，和学生宿舍相比只是在油毛毡下多了一层纸糊在竹架上的顶棚。在定编的十名教职工中，五名教西医，两名教中医，每名教师至少教三门课，包括基础课和临床课。除周伊波、黄山芸外，其他教师也都来自基层卫生单位，包括与他们分别数年的场友杨槐、任佳，他俩从大坪煤矿卫生室就近换岗来当教师；负责教务、行政管理的冯老师和后勤管理的武老师是从古城卫校下放江阳的干部，江阳卫校获准成立与他们多次向县委建议分不开。另外，经过当地公社批准，还从附近请了两个社员为大灶做饭。师生共同生活学习在一个比篮球场稍大点的院子里。

周伊波、黄山芸都觉得这项工作非常适合自己。他们在基层卫生单位工作了几年，知道乡村的卫生条件和农民的健康状况，晓得前来接受培训的赤脚医生需要补充哪些知识。尽管还没有教学大纲、教学计划，他们也能预估培训结束时学员应达到的要求和标准，能够恰当地选取教科书和备课内容。从教学相长的角度来说，在教学过程中自己的专业理论也会相应提高，求知的渴望可以得到一定程度的满足。而且，在这里没有邝景申那样无时无刻不在算计别人的领导。冯老师在制订教学计划时，充分征求教师意见，根据当地具体情况制订教学计划；对于开课门类、教学课时及教学方法、考核方法先由任课教师提议，大家评议通过就可以试行。互相之间没有掣肘，每个人努力做好分内的事就可以了。在业余时间，可以给孩子做小锅饭，到街上买菜买鸡蛋，没人说是“搞个人享乐，支持资本主义”。

炊事员樊嫂的婆婆答应帮黄山芸照看丝丝，樊嫂的女儿、儿子都在蒿河小学上学，周伊波领着丁丁到这所小学报了名，正式进入一年级。他每天跟樊嫂的孩子结伴上学。周伊波、黄山芸二人从来没有这么释怀，这么欢快，决心在这里施展身手，安居乐业。

杨槐将大坪卫校与大坪煤矿卫生室相比，觉得各有优劣，对卫校的前景没有周伊波、黄山芸那么乐观。杨槐对周伊波说：

“要不是任佳见异思迁，我才不想到卫校来呢！一个临时成立的单位，寿命有多长还不清楚。地方这么窄狭，既没有实验室，也没有教具和教学挂图，更没有阅览室图书馆，哪像个学校？一个老师要带几门课，热蒸现卖都来不及呀！这种油毛毡房，到了夏天你再看，像个蒸笼。学校周围到处是稻田污水，天一黑蚊子蠓子就把你围了，恨不得把人吃了。到冬天烧炉子，这儿的石炭与大坪矿上出的化灰炭不同，黑石头倒进炉膛，黄石头从下面扒出来，满屋子硫黄气，能把人呛死！”

周伊波不能不相信杨槐说的话。在江阳县，大坪、蒿河不算最好，然而，还能有比漩水湾更差的地方吗？他不在意地对杨槐说：

“你也是才调来，咋知道这么多事儿？”

“江阳县，豆大点地方，哪处好哪处差，谁不知道？走着瞧！”杨槐一直认为只有自己眼观六路耳听八方，而周伊波和黄山芸一贯迂腐，看问题如雾里看花、盲目乐观。

不由周伊波、黄山芸不信，没过几天，意想不到的麻烦就开始折腾他们，尽管杨槐点到的问题还未来临。

每晚刚熄灯睡下，房子里成群的老鼠就开始作怪。它们一会儿在放着碗筷的窗台边唧唧叫，一会儿又把桌上的瓶瓶罐罐撞翻。更有肆无忌惮者，当黄山芸刚抱着小丝丝入眠，几个毛茸茸的家伙就爬到了头边，让她一惊。当灯光重新亮起，周伊波拿起小棍敲敲打打，它们就四散而逃，不见踪影。灯灭后，周伊波不得不手持小棍在暗夜中守卫着床铺，一有动静就与它们交战。这些狡猾的窃贼，似乎有意与这家人作对，它们地上的战斗失利后，就又爬上顶棚，在上面跑来跑去，犹如跑马，让人不堪其扰。

每天清晨师生按钟声起床跑操，周伊波总是刚跑两圈就气喘吁吁。他原以为只自己的房子里有鼠辈们作乱，岂不知鼠害已经波及卫校各个角落，严重影响了师生的正常生活和教学活动，早操时杨槐和任佳以及不少女生也都是刚跑一两圈，就脱队歇息，未等上课就哈欠连连。全校师生不得不紧急动员起来，采用鼠药、鼠夹、鼠胶等综合性严打措施，深入开展爱校灭鼠运动。经过一个月的较量，这些鼠辈的嚣张气焰才明显收敛。

明媚的春光，让黄山芸激情涌动。每天一早她急急忙忙把丝丝送到樊婆婆家，又急急忙忙回到卫校开始备课上课。她担负解剖学、生理学和内科学三门课的教学。在上课时，她将医学基础知识和诊治疾病的临床知识前后联系，交叉渗透，经常针对一个主要脏器，讲解它的解剖、生理，再结合农村常见的内科病例，介绍发病机制、诊治要点。为了给学生一个直观印象，她除自己绘制脏器的解剖挂图外，还让武老师在为大灶采购猪肉时，买些内脏回来，先为学生做解剖示教，然后再拿到灶房。课后，学生有问题随时可以进到老师屋里问，即使老师在屋里做家务、喂孩子，都无妨师生讨论问题。

周伊波担负组织学、微生物学和传染病学的讲授，他在讲解中也注意结合实际，试图深入浅出，用最少的课时，讲最必须的内容。然而，他跳跃式的教学方法，往往让学生囫囵吞枣，不时闹出笑话。他在讲消毒灭菌时，对学生说，现在讲阶级斗争无处不有处处有，实际上细菌、病毒这些肉眼看不见的微小生物，在地球上真正是无处不有处处有。某些微生物可以引起疾病，我们要像树立阶级斗争的观念一样，树立无菌观念，通过消毒灭菌的方法，阻断传播媒介，防止微生物进入体内和污染物品、环境。他还向学生讲了物理、化学两类主要的消毒灭菌方法。他觉得学生应该听懂了。然而，待他对学生考核时，有将近一半的学生对无菌的概念似懂非懂。有的学生学着他的样子，绘声绘色地说：“病菌和阶级敌人一样看不见摸不着，好的细菌能让面发酵，能做甜酒、泡菜，做了好事和雷锋一样不留名。但是，消毒灭菌时，好的细菌和坏的细菌都会被消灭，就像我们搞阶级斗争和无产阶级专政一样，在消灭阶级敌人时把好人连带了，同样不可避免。”周伊波一听就急了：“这是我给你们教的吗？我给你们举例子只说一句，你们就发挥这么多！”接下来他再听学生回答消毒灭菌方法的具体应用，就更加觉得自己的教学完全失败。他问：“人体皮肤消毒用什么方法？”几个学生异口同声地答：“高压蒸汽灭菌法！”他生气地反问：“好好想想，是吃蒸肉吗？”接着又问，“病房和手术室如何消毒？”有的学生答：“煮沸法！”还有的学生答：“火烧法！”周伊波听了学生的回答后低下了头，他不再反问学生“房子怎么煮怎么烧”，他开始反思自己，意识到学生患了“消化不良”，问题源于自己忘记了学生的基础，一厢情愿地给学生灌输。

为了改进教学方法，周伊波分别旁听了几次黄山芸、任佳和其他几位老师的授课，回到家里又进一步与妻子研讨、总结。终于，他的课也受到学生的欢迎，教学进入正轨。慢慢与学生熟识了，他发现这些学生的文化基础参差不齐，从小学文化到高中文化的都有，有几个学生还特别灵光特别勤奋，上课时抢答问题很少出错，课后去问老师的问题也很有深度和新意。连很少说别人好话的杨槐都说：“有些农村学娃子，比咱城里人头脑还聪明，动手能力还强。”他在猪肉皮上给学生做切开、缝合的示教，这些学生一看就会，而且刀功和缝合技巧一点不比老师差。有几个人平时手上总是拿着一条细线，一有时间就挂在树枝上练习打结，动作越来越娴熟。

工作有了起色，生活中的干扰却接踵而来，让黄山芸和周伊波不得不分心。一天，丁丁放学回家对爸妈说：

“俺们教室漏雨，班主任老师让每人带一大块石瓦去，不然，不准再去上学！”

周伊波一听就把脸板了起来：“这儿不是漩水湾，我到哪儿去给你找石瓦？”

丁丁快要哭了：“那你去给我买！”

“乖乖，到哪儿买呀？你爸想买都找不着地方，你说咋办？”黄山芸觉得这些老师净给家长出难题。

丁丁学着老师说话的口气：“不管咋办，交不了石瓦就别上学！”

正在这时候，一个学生来家问问题，听见了俩老师和孩子的对话，就转身走了。不大一会儿，他就从外边拿了块石瓦回来，对黄老师说：“咱们灶房是队上的老房子，椽子上都要铺石瓦，我见房后放着几块替换的。”

这次小学让学生交石瓦的问题，就这样解决了。

又过了几天，丁丁又回来说：“学校要盖猪圈，让带油毛毡去，每人两米以上。不然，就待在家里！”

周伊波不住叹息，无奈地说：“可笑！我从小学上到大学，没有听说过老师给学生要东西，要石瓦，要油毛毡！接下来，说不定还要木料、被褥！”

“伊波，别这么说。农村学校和城镇的不同，代课老师不容易，他们没有工资，生活问题全靠队上和学生家长解决，就和讨饭的一样，很难为情。你以前下乡到小学去过，应该知道。”黄山芸劝止丈夫在孩子跟前埋怨老师，说完出门去了樊婆婆家。她每天接送丝丝时，见到过樊家屋檐下堆放着几捆油毛毡。心想，即使她两个孙子有缴纳任务，也用不完，可以买她们一块。她向樊婆婆说明来意后，樊婆婆说：“这些都是铁道兵走时留下来的，拿一块去吧，可别说买！”

丁丁生性活泼、淘气，爱说爱动，上下课从前门进出教室到操场，都是蹦蹦跳跳。一天，下课铃刚响，他就高叫一声：“冲啊！”跑出后门。教室后门口一条小路通向厕所，小路边不足两米宽就是一条一人多深的水沟。由于脚底碎石滑动，丁丁一头栽到沟底，使劲哭叫。待几个高年级同学把他拉上来时，左脸已被石头划破，满脸是血，伤口周围肿起。班主任老师闻声，急忙回自己房子找了一块干净毛巾，出来为她按住伤口，生气地数落着：“这么宽的路，怎么别人不摔？”

樊婆婆的大孙子急忙跑出小学，去卫校告诉铁丁的妈妈。

班主任老师一见家长赶来，立即控诉和声讨这个不安分的孩子。她说：“前几天，老师们正在挖地种菜，他突然跑过去问问题，抡起来的镢头离脑壳就差一拇指……这次摔伤，也完全因他自己冒失。”

黄山芸没有责怪班主任，也没有批评孩子，只是接手捂着丁丁脸上的毛巾，带着他下坡，来到卫校校医室。她去掉丁丁脸上的毛巾，查看伤情。只见他左侧颧骨附近一个大约 1.5 厘米长的伤口还在渗血，整个左侧面颊明显肿胀。此时，周伊波也走进校医室，贴近丁丁的脸庞查看，除过外伤，他们判断骨膜下可能也有血肿。俩人紧急商议后，先对丁丁的伤口消毒和注射麻药，再用小针细线缝合裂开的皮肤。孩子知道自己闯了祸，哭了两声就止住了。黄山芸在缝合伤口时，手一直打战。

祸不单行，三天后近午，黄山芸去樊婆婆家给小丝丝喂罢奶，刚回到家正准备第二天的课，樊婆婆的邻居就跑到卫校来说："小丝丝站在婆婆的腿上玩，婆婆的胳膊一阵麻木，没有抓紧他，他向后一倒，脑壳就磕在了箱子角上，起了个大包。"

黄山芸一听，就赶紧随邻居出门，边走边问："孩子昏迷了吗？"

邻居答："没有，只是哭闹！"

未进樊家的小院，山芸就听见丝丝沙哑的哭声。一进堂屋门，丝丝就委屈地向妈妈怀里扑。樊婆婆指指孩子后脑勺，不住地责怪自己：

"黄老师，你看我这么不中用，把孩子磕成这样！"

小丝丝仍在哭闹，后脑勺侧边已经肿起一个鸡蛋大的血包，黄山芸用指头轻轻按压了几下，没有感觉到颅骨有特殊的变化，心想："幸亏孩子身体轻、骨头软！"她初步判断是头皮血肿，没有大碍。

"没关系，伯娘！男孩子经摔打，长得结实！"她感念樊婆婆年近七旬了，还愿意帮她照看孩子，话语中没有任何责怪。

她回去对伊波伤心地述说自己的感受，伊波看着刚过半岁的小儿子哭一阵睡一阵，心里也难免不安。他知道做母亲的心里更难受，就安慰妻子道：

"既来之则安之，兵来将挡，水来土掩，小孩子受一点皮肉之苦，长大了坚强！前进道路上总会有新问题。"

山芸料到伊波此时会这样劝他，心里不悦："你这个冷血的，就会唱高调！头上的事儿，咱还是慎重点，带孩子去大坪卫生院拍个片子看看吧！"

大坪卫生院比漩水卫生院诊治条件好很多，X 光机早已到位使用。丝丝的 X 光片显示，血肿部位颅骨有凹陷性骨折，此外，卫生院同人还添加了轻度脑震荡的诊断，没有做特殊处理，只是让他们"进一步观察、细心护理"。

借着给孩子诊病，周伊波、黄山芸与大坪卫生院的大夫都认识了。黄山芸经过药房时，听见药剂师对其他病人说："这是四环素……"她突然想起来，姑姑让她给爷爷买盘尼西林治病的事，不知寄到山东老家后，爷爷现在好些没有，应再给他买些药寄回去。于是，她就买了些消炎药，顺路到邮局寄走。

没过多少日子，姑姑将黄山芸寄去的邮件退回，附信告诉她："你爷爷患前列腺癌已去世月余。"

山芸手捧着退回的药品伤心不已，她脑海中浮现出爷爷慈祥的面容，想起了小时候和爷爷在一起的一幕幕情景。可怜的爷爷，临去世几个孙女都不在跟前，也没能再见独生儿子一面。

入夏以后，山里隔三岔五下雨。一天半夜，突然雷电交加，大风把房顶的油毛毡一张张掀开，大雨倾盆而下。房子里从地面到床铺积了厚厚一层水。黄山芸怀里抱着丝丝，身旁站着丁丁，两个孩子冻得直打哆嗦。周伊波和几个老师落汤鸡般站在院子里，看着泥水从山上和沟渠里汹涌而来，非常焦急地商量对策。很快冯老师就向学生宣布：

"带着最急需的东西往高处撤，到小学集中。"

几个同学走近黄山芸身边，抱起两个孩子急切地问："黄老师，带什么东西？"

黄山芸不假思索地回答："窗台上放的尿布！"说完用钢精盆遮着丝丝的脸，与学生一起夺路上山。

师生们在蒿河大队小学里躲到天亮，等雨住、水流减缓，才返回卫校。卫校的校园和房舍里满是黄泥浆和积水，屋顶大多裸露。师生们紧急动员，在房顶、院坝、屋里屋外拿着工具，挥动着手臂，进行清理和修复。

县卫校师生奋力战胜自然灾害，自力更生重建校舍，在最短的时间内恢复教学秩序，事迹十分感人，很快传到县卫生局。一天，潘风从局里给冯老师打电话通知，姜局长近日将前往卫校视察、慰问师生，陪同局长的是即将上任卫校校长的邝景申，实际上是局长带着邝校长赴任。冯老师对卫生局派来校长非常高兴，这段时间他不仅负责教务，而且把学生管理、行政管理的工作都承担了，扮演了临时校长的角色。一个年近花甲的人，身心疲惫，他希望正式校长的到来，可以给他松绑，腾出时间全面规划和安排教学工作；还能弥补自己工作上的一个弱项——不善于去卫生局争取领导支持，他一直相信“群众是真正的英雄”，可多数人心里都清楚：“上级领导的大力支持才是事业成功的关键，无论走到哪里还不都是领导说了算?”

冯老师在来卫校前曾多次和潘凤打过交道，彼此以师生相待，于是询问道：“邝校长是何方神圣?”他以前既没有见过、也没有听人说过这位校长。

潘凤只能告诉冯老师她了解的一般情况，特别提及邝景申调到卫校的原因是他在漩水湾时间长了，与老婆分居两地，俩人一直闹离婚，有两次还闹到了卫生局。他想调到县城，可哪个单位都不要。局长说，那就调他到大坪卫校吧，每星期都可以回家。至于他的为人，问问周伊波、黄山芸就知道了。

冯老师知道，这个县多年来，管人事的缺乏人情味，专门制造“牛郎织女”。如今，在拨乱反正的新形势下，姜局长在改善下属家庭关系方面迈出了一大步，很值得称赞。

冯老师到周伊波、黄山芸家里，告诉他们这个大好消息。

黄山芸一听就头大了：“这个鬼，他咋阴魂不散?脚跟脚从漩水跟到大坪。”

“不是冤家不聚首，我不信他还能有多大能耐，别怕!”周伊波为妻子壮胆。

冯老师见他俩的表情、听他俩的语调不对劲，问道：“咋回事?你们不谋?”

黄山芸直截了当地说：“防着他点，这家伙为人不好!”

“你不要先灌输，让冯老师自己去接触去体会。”周伊波阻止妻子再往下说，他不愿意把与老邝的恶劣关系暴露在新环境，他还记着毛主席的“反对自由主义”。

姜正宗带着邝景申来了，在全校师生面前宣布了他的任命状，接着姜局长挨个到每个教职工屋里走访。当他走进周伊波、黄山芸二人的宿舍时，看到房子里干干净净、整整齐齐。

“小黄，我对你早有所闻，今天才第一次见啊，与小周见过几次了，他还算是我的学生！”姜局长微笑着说。

黄山芸把当年的新茶泡好，礼貌地放在局长面前。一听局长对她“早有所闻”，就想起她拒绝上县开会的那件事，在电话里她对潘风说了难听话，也说了领导的坏话，说他们很少下基层，没有哪个局长到过漩水湾，于是带着歉意说：

“多有冒犯！”

姜局长摇摇他的光脑袋：“以前的事儿无论大小，都随着‘四人帮’倒台不再提了。”在他心里不仅窝着黄山芸指责领导不下基层的小事儿，而且确实还藏着另外一件大事儿。这件事儿是从查看黄山芸档案得知的。随即他把话题一转，“冯老师和学生们都反映，你教学认真、深入浅出。小周的嘴笨些。总的说来，你俩都不错！”

周伊波想到自己调来大坪是局长亲批的，即心怀感激地说：“姜老师，今午就在我家吃饭吧？”

“不了，老邝让灶房添了两个人的，就和学生们一起啦！”姜正宗起身，随和地说。

周伊波随着起身，又补充一句：“姜老师，让山芸给你烙煎饼，记得你也是山东人。”

一听烙煎饼和山东人，姜正宗即刻停住脚步，用山东土话说：“奇好，那可得尝尝，回头过来！”

在已经摆放好床铺、桌椅的校长宿舍里，另外放了一张方桌和四把靠背椅，四荤四素的大盘菜和一瓶西凤酒已经摆上桌。邝景申一见姜局长走出周家屋门，就迎上去拉他进了自己的新房，随后又出门招呼冯老师和武会计过去陪领导。

卫校成立后，这是局长第一次光临，也是卫校第一次请客。冯老师进门说了几句欢迎局长指导和为校长接风之类的话，碰了一次杯就客气地说自己“对酒过敏”，告辞出门。几分钟后，武会计也说自己“不胜酒力”离席。

姜局长吃罢酒席，晕晕乎乎地站在院子里把夹在牙缝里的鸡肉丝抠出来，掏出手绢擦手。周伊波隔窗看见，即把他又请进屋。姜局长看见迎面小桌上的盘子上已经放进去一摞刚摊好的煎饼，搪瓷碗里放满了炒土豆丝和碎豇豆角，没等坐下就先说了一串赞美词：

“真香啊！都说黄老师课教得好，孩子带得好，现在看来饭也做得不错！”

黄山芸边往煎饼里卷菜，边自谦地说：“课学着教，俩孩子都没带好，就这饼子是跟着我姥姥学的，还是家乡的味道。”她边说边把卷好的煎饼递到姜正宗手里。

“饼子是地道的山东味，你说话也还带山东味，说‘我姥姥’三个字是原汁原味，你姨夫叫闫泰岭？”姜正宗脱口而出，带着酒劲问道。

黄山芸已经听周伊波说过，姜正宗原是古城胜利中学的校长，是把姨夫定成右派和反革命分子的主谋。只要他翻阅档案，就能知道自己和姨夫的亲戚关系。所以，对他的问话，没觉得惊奇：

“是的，姨夫也算是养父吧！”

姜正宗关切地说：“哦，调你出漩水湾的时候，看档案才知道你和我的老同事有亲属关系。在那个年代，受了不少委屈吧？”

“你是说我，还是说我姨夫？”黄山芸听茹芝姨说过胜利中学一些事，觉得姨夫的案子有些蹊跷，只是以前不敢说也不敢问。

姜正宗的话语显得严肃起来：“当然是问你受他多少牵连，受多少委屈。你姨夫的事儿，是因为他自己说话做事太鲁莽，不存在委屈问题。”

“一言难尽，几句话也说不清。局长，你前些年当胜利中学校长，学生造反时整过你吗？”黄山芸反过来对局长表示关心。

“哎呀，搞‘文化大革命’，哪个单位的领导能逃脱？你没做过的事，非说你做过，屎尿盆子硬往头上扣。日伪统治时期，我当八路军的地下交通员和鬼子打过交道，那些学生非要说我当过汉奸。刚调来江阳时，还背着黑锅。”姜局长的话，一触到痛处就多了。

黄山芸感慨道：“我看你局长当得还挺好！”

“群众运动嘛，毛主席发动的，‘四人帮’把他老人家的‘经’念歪了。一个老党员，要一切向前看，我有这个觉悟！你姨夫现在怎样，还关着？”姜正宗在来大坪前，决定不问黄山芸家里的事儿，不知不觉地话就到了嘴边。也许这件事儿，一直积压在他内心深处，不翻腾上来觉得憋得难受。

“我分到江阳那年，他刑期才满，现在还戴着‘帽子’在就业农场劳动。每月二十元，一年可以回家几趟，每次三天。”山芸把知道的关于姨夫的情况，向他介绍。

他低着头轻声说：“二十元，可真不多！他和我资历差不多，文化比我高。1956 年刚分到胜利中学就拿九十多元了。人这辈子，前边的路是黑的！”

周伊波一直听着他们谈话，此时才插了一句：“毛主席说，道路是曲折的，前途是光明的，账都算到‘四人帮’头上。姜老师快吃！”他拿起筷子夹了一块煎饼，递到姜正宗手里。

邝景申到卫校后，果然和在漩水湾时大不一样，他不懂教学，不过问日常教学活动；他不再下河摸鱼捞虾，也没听说在外边喝得烂醉回来。然而，旧有的意识和习惯能翻生出新花样，一是经常站在蒿河桥头拦车回县城，偶尔还租辆空车到大坪煤矿满载煤炭运到县城；二是经常在宿舍里给两三个年岁大些的女生“辅导中医”，与她们一起做小锅饭。不到两个月时间，冯老师和武会计已经难以容忍了。冯老师的主要针对点是，作为一名领导和教师，怎么能经常关起门与女同学一起做小锅饭呢？武会计的主要针对点是，作为学校领导，怎么能一而再、再而三买了煤炭给县卫生局和其他单位运，再从卫校给煤矿上转账？卫生局给卫校下拨的经费原本很有限，业务费不仅没有因邝校长的到来而大幅度增加，反而因支出的增加而显著减少。

邝景申对帮他做小锅饭的女生悄悄说：“黄老师、周老师省上有人，调到卫校来靠权力，我调到卫校是靠给上边送礼。无论谁，单靠自己努力是行不通的。”他回想起来自己在漩水湾时的喝酒闲聊、摸鱼捞虾，觉得那简直是小打小闹。到了大坪，他发现，用煤炭做钓饵“钓大鱼”，才是条好门路，不但能“墙外损失墙内补”，而且还能大捞一把。他不曾想到，他在屋里说的话，即使是对与他有特殊关系的人说的，也照样能传出去。冯老师把自己亲眼看到的和从同学那里听到的关于邝景申的问题，统统反映到了县革委会政工组，政工组让卫生局组织调查和处理。

县卫生局派人到卫校，针对冯老师反映邝景申的问题进行调查。当问到杨槐和两个中医老师时，他们都说："不知道！""知不道！"而周伊波则是如实地把所见所闻告诉了调查人员。

这年暑假，伊波和山芸本计划带着两个孩子回古城探亲，可临走前，天又下了一场大雨，从广播里和公路客运售票处几次传来康安—江阳、古城—康安公路多处塌方的消息。几个月过去了，丁丁左脸还没有完全消肿，每天还坚持热敷。这样，他们就只有待在学校里照看孩子，提前准备下学期的教案。

一天下午杨槐和任佳来到他们门前，任佳从黄山芸手里接过小丝丝，领着他边学走路边到灶房一侧的沙坑里做"打罗罗"游戏。黄山芸和小丁丁也跟了过去。任佳的大手牵着丝丝的小手，坐在沙堆里前后推拉。黄山芸在旁边说着小曲："打罗罗、磨面面，磨好回家做饭饭。什么饭？鸡蛋面！谁擀面？老王三！谁烧火？拙老婆。咯嗒嗒、咯嗒嗒，煮了一锅糊涂面，煮了一锅糊涂面！"大人和孩子都高兴得大笑不止。

在屋子这边，杨槐抽着烟很神秘地对周伊波说："卫校可能办不下去了！"

周伊波很惊讶，对杨槐这个"包打听"的话半信半疑："才招了两期还不到两年，就寿终正寝了？"

"上面有'指示'、有'精神'，老姜让老邝去康安再通融通融。他已经走了，依我看，去也是白去！"杨槐仍然一副神秘的样子。

周伊波有些耐不住了："你别吞吞吐吐，把话说完，你咋知道的？"

杨槐咂了口烟，沉思片刻，告诉周伊波他的消息来自更高层："我刚去了趟康安，见过罗紫丰，他现在是地委朱书记的秘书。他说：'江阳县没有经过上级批准就办卫校，师资、校园、房舍、资金都不够条件，还不误人子弟？学生毕业走出校门，还不草菅人命？这或许是朱书记的看法，老柴是分管文教卫生的副书记，他不这样看，僵持着。"

“万一卫校不办了，你俩到哪儿去?”周伊波不安地问。

杨槐满不在乎地说：“此处不留爷，自有留爷处。卫校散伙了，我和任佳先回煤矿卫生室待着，再联系调回老家。”

周伊波不知道将来到哪里去，但总觉得又有一次选择的机会，尽管不能像杨槐那样调回老家，却可以再次躲开邝景申这样的“二流子”，说不定还能调到工作条件生活条件更好些的县医院。

他等山芸带着丝丝回来后，把杨槐的话说给她听，和她交换意见，山芸也有同样的想法。

一个秋高气爽的下午，冯老师邀周伊波领着小丝丝一起到蒿河边散步。俩人边散步边逗着丝丝玩，不时地交换着对未来和前途的看法。冯老师说，无论卫校是长寿的还是短命的，他在这儿一天，就要坚守一天，与邝景申的违纪行为斗争一天。他们不知不觉地走过了公路桥，走进大坪街，在邮电所取回一摞卫校的报纸，报纸到这里尽管比古城和康安迟一两天，却是比到漩水湾要早三四天。

返回卫校后，周伊波把丝丝交到山芸手里，问了一句：“丁丁呢?”

山芸回话：“任佳领出去玩了!”

周伊波拿起报纸翻看，看着看着，一则重要的消息让周伊波喜不自禁：“山芸，上个月中央召开了招生工作会，以后上大学不再搞推荐，得凭本事考！最近各大学开始发布招生简章，本科招生报名，有条件的大学还可以招收研究生，在考生的条件里，没有提家庭出身。你可以让山芋试试!”

黄山芸牵着丝丝朝报纸扫了一眼，平淡地说：“她年龄不行了，生日刚过。”停顿了片刻，又说：“三十岁的人了，还没结婚，刚参加工作。就算能上大学，胡德逊还能等她四年？再说，毕业了，重新分配工作能比现在好?”

周伊波遗憾地说：“别人迎来明媚春天，她还是萧瑟秋风。她这个年龄的人，比咱们还晦气!”他又盯着报纸逐字逐句看关于大学研究生招生的章程，然后对黄山芸说：“这个卫校半死不活，咱也得想想下一步。如今研究生招生，既没提家庭出身，也没提年龄要求。如果咱古城医学院招生，你考不考？”

黄山芸早已心灰意冷，觉得周伊波明知故问：“这把年纪了，你该问问自己考不考。我晚上带孩子，白天上班，还得给孩子做顿饭，天天累得要死。要不是来卫校，书本上的那套早还给老师了。啥叫研究生，你懂吗？你以为那么简单？人家是招人才，在全国全省能招几个？轮得上咱？”

“我肯定轮不上，不做这梦。可你基础扎实，心境高，不是一入大学你就羡慕那个叫盛北莉的研究生吗？”

“啥子盛北莉呀？”

“就是胡宗传院长招收的那个大个子女生，每天早上咱们在校园里碰见她，拎着个老鼠笼。”

“啊，想起来了。她从动物园领动物去实验室。”

“要是有机会，你连想都不敢想？”周伊波对妻子很了解，清楚她内心深处希望的火苗并没有真正熄灭，“心境高时无碍物”，一旦燃烧起来，仍有爆发力。

黄山芸有愿望却没有自信：“咱许多同学，早就回到大城市大医院了，身边又没有拖累，比咱条件好得多，咱能跟人家比？”她心里希望的火苗缺乏助燃剂。

“回到大城市的未必想考研究生，人家真想考，优势也在临床，你不和人家争临床还不行？”周伊波耐心地针对山芸提出的问题进行对比分析，充当“火苗助燃剂”。

“就算拼基础，咱能比别人强多少？这些年基础学科发展到啥程度，咱们一无所知。再说，考研究生还能不考外语？十多年了，连个字母都没再碰过。不要‘墓地里唱歌走夜路’了！”黄山芸觉得周伊波是傻胆大，自我壮胆。

周伊波知道妻子虽然在反驳他，但实际上也还在思考，就继续争辩道：“咱耽误了十多年，难道别人一直坐在图书馆里？咱现在来卫校，有教科书、参考书，多少人连这个条件都没有。”

“算了，算了！你再别提这事，再别‘打着鸭子上架’让我难受。有本事，你去考，我丢不起那人！”黄山芸觉得这个话题让她心烦意乱，想赶快回避开。她看周伊波似乎还想说什么，就立即强硬地制止道：“我说了，不要再提这事儿好不好？不许说了！”

周伊波知道，这个话题虽然止住了，但山芸脑子里绝不可能不想，她放不下。他一定要支持妻子圆研究生的梦，梦圆了，孩子也能跟着母亲出山。至于自己，学习工作总慢半拍，但勤以补拙，笨鸟先飞，只要努力，将来未必没有机会。

日子过得很快，转眼寒假来临。周伊波想和妻子带着两个孩子回古城家里过年，顺便再到书店买些参考书和医学英语教科书，自己原来用过的，早当成废纸卖了。他把自己的想法告诉了冯老师。冯老师每年冬夏都回古城，知道路上的状况，建议道：“天寒地冻的，带着两个孩子翻秦岭，太危险。带孩子上路，必须天好路好。你想买的书，我到街上书店转转，如有卖的，就给你们带回来。再到医学院找熟人问问，要一份招生简章。”他非常理解和支持周伊波的想法。冯老师和杨槐、任佳认识得更早些，也更多地向他们传达过一些山外信息，但他们觉得自己在大学里只上了一年课，基础太薄，没有积极响应。

冯老师在古城南院门古旧书店买了两本医学英语书，但是没有拿到古城医学院的研究生招生简章，古城医学院的首届研究生招生工作尚未准备好，推迟一年。

第二年，在一个春光明媚的早上，从中央人民广播电台里传来全国科学大会召开的消息。几天后，他们又在广播里听到了国家科学院院长郭沫若在全国科学大会闭幕式上的书面讲话。没过两天，冯老师就从邮电所取回报纸，给周伊波送了一份《康安日报》。周伊波与黄山芸一起阅读了全部四个版面上关于全国科学大会在北京召开的报道，把郭沫若的讲话大声念了一遍。郭沫若说：“老一代科学家向往着国家昌盛，民族复兴，科学文化繁荣。但是，在那黑暗的岁月里，哪里有科学的地位，又哪里有科学家的出路？万恶的‘四人帮’对科学工作者百般摧残，横加迫害，妄图把我们的祖国拉回到愚昧、落后、黑暗的旧社会去。”他祝愿科学工作者奋发图强，革命加拼命，勇攀世界科学高峰；祝愿青年人努力培育革命理想，切实学好现代科学技术，以勤奋学习为光荣，以不求上进为可耻。他讲话的最后一段，让这两个年轻人觉得这个老人似乎就站在面前，用他垂暮的声音在费劲地讴歌春天、召唤未来：“这是科学的春天，是人民的春天，同时也是自己的春天，自己应该张开双臂，热烈地拥抱这个春天。从现在起到2000年只有二十二年了，时间就是生命，时间就是速度，时间就是力量。趁你们年富力强时，为人民做出更多的贡献吧！”

郭沫若的名字，在中国近代的读书人中有几人不知？对他说好说歹的都大有人在。但是，无论对他的学识和人品如何评价，都肯定他是个聪明人，是个阅历和社会经验丰富、善于观察政治风云变幻的大人物。无论如何，他晚年的这段话是发自肺腑的，是真言善言。这篇文章，让周伊波、黄山芸激动不已，他们读了一遍又一遍，从讲话中看到了国家发展的前景，看到了自己的前途，明白了自己的命运和国家的命运紧密地联系在一起，以前命运困厄起因于国运危难，如今时代变了，自己一定要尽匹夫之责再拼搏一把。

黄山芸心中的希望之火终于燃起，她写信告诉远在黑龙江的姐姐山蓁，她准备报考北京医学院的研究生，如果姐姐在北京有朋友同学，请帮着要一份招生简章寄到江阳卫校。为了增加考取的可能性，周伊波、黄山芸商定，这年只山芸一人报考，伊波尽量保证她的业余时间用于复习。

自此以后，黄山芸在接送丝丝往返樊婆婆家的路上，总是边走边背诵英语单词，晚上待两个孩子睡觉后，就让周伊波对她提问检测。

收到从北京寄来的招生简章后，她按时到县教育局、卫生局办理了报名和审批手续。一回到卫校就进入临战状态，抓紧一切可利用的时间复习初试要求的基础课、专业课和政治课。

5月的晨光照在汉江岸边的江阳县城，此时，一位两个孩子的妈妈正和八九个男青年一同坐在县教育局布置好的第一届研究生招生考场。县委、县教育局的领导和监考人员在考场内外向考生们默默地行注目礼，悄悄地审视着他们的一举一动。

在卫校里，妈妈进城赶考的两个夜晚，小丝丝阵阵“妈妈，要妈妈”的哭喊声，搅得许多师生难以入眠。周伊波把他抱在怀里，不停地晃动着、哄着，直到他哭累了停住了，父子俩才一起闭着眼睛在床上窝一阵。

黄山芸一考完试，没有在县城停留就立即乘车往家赶，她放心不下两个孩子。周伊波一见妻子，就想知道她考得怎样。然而，黄山芸只说："我尽心了，心安理得了。你要赶着鸭子上架，我能不上？上不去，咱俩就都安宁了。"她的口气，像是考砸了。

一个月的教学，让大家都把黄山芸考研的事遗忘了。她觉得自己不过是把锈迹斑斑的刀，拿出来磨了磨，逞了一次能，如此而已。生活又回归正常，孩子和古城老人的事重新上升为家中大事。爷爷奶奶来信说想见见孙子，丁丁上学了，丝丝会走会跑了，他们都见不着。几年了，周伊波知道父亲一直病歪歪的，每到假期临近就归心似箭。这个学期刚把课结束，一考完试就去买了回古城的汽车票。

他们带着两个孩子，坐了一天半汽车折腾到古城，回到阔别的茅屋。爷爷奶奶见到两个可爱的孙子，搂在怀里不停地亲。黄山芸见状，急得给周伊波做手势，让爷爷奶奶把口漱干净再亲孩子。

刚回家三天，一封电报送到茅屋门前，是江阳县教育局赵春碧发来的，电报说："北医来函'黄山芸初试通过，要求于7月20日前持通知书和有关手续去参加复试'。速回江阳领取通知书，办理相关手续！"

她心中又一次点燃希望之火。可是，当她看到重病在床的公爹，看到小叔子伊涛已经上高中了还不把学习放在心上，而婆母早上起来，做好早饭吃罢，还得再把午饭做好才去上班，茅屋似乎坐落在一个大牛车上转不起来，她的情绪就又发生了变化：

"就算考上了，孩子咋办？我能把他俩都带到北京去？肯定不行！寄放到哪儿？这边家里，秦都那边？茹芝姨已帮带了一年丁丁，咋好意思再放那里？"

周伊波没有考虑那么长远，对未来虽心里没数，却不想让妻子中途停下来："车到山前必有路，先回去办手续吧，复试完了再说。你走后，我再和爸妈商量商量。"

黄山芸又坐了一天半汽车到了康安，连夜转乘襄渝线上刚开通试运行的火车，预计到江阳县城四小时车程。未曾料想，一上火车，天就下起倾盆大雨。火车开到离江阳县五十多里处，铁道边山体塌方，大堆山石泥土滑入道轨，火车只得在隧道里停了下来。到江阳去的旅客都下了车，有几个人拿着手电走出山洞。山芸跟在他们后边，借着微弱的手电灯光绕过塌方，又进入前边的涵洞，再从隧道出来走上大桥……整整走了一夜，天亮后才走到了县城。

她在教育局取到通知书，填了审批表，请领导签字、盖章，半天之内就办完了赴京复试的手续。然而，去康安的火车不知何时能够开通；经过大坪到康安的公路也因暴雨中断，要修通至少得五六天时间。眼看复试的时间临近，如果不能按时赶到，这趟辛苦就白费了。她心里非常焦急，县上知道这件事的同学、朋友也都为她着急。正在此时，场友龙亦华从民政局到县委招待所找她，一见面就让她赶快把提包拿上，一起往县革委会门口跑。县革委会门前，一辆吉普车已经发动，丁副县长接紧急通知，要赶到康安参加抗洪救灾会议。

黄山芸搭乘了丁副县长的便车，绕过大塌方和大坪，走小路颠颠簸簸到了康安。从康安乘车，又在路途上度过将近两天才回到古城。在家里没多停留，当天就买了去北京的火车票。她坐在火车上，脑海里又浮现出当年去北京串联的情景。毛主席接见红卫兵的当天，自己和几位家庭出身不好的同学，被红卫兵驱逐出京。他们担心“狗崽子”威胁毛主席的安全。而如今，自己是应召到北京复试，她心中充满自豪和对未来的无限憧憬。

黄山芸在北医招待所住下后，见到同房间前来应试的一位山东籍女医生拿了一本新版的专业教科书，就请求人家，在她睡觉和外出吃饭时借着翻翻。山芸废寝忘食地快速阅读了新版教科书的一些重要章节，死记硬背了许多补充内容。

然而，复试题并没有涉及新教科书的补充内容。考官老师从考察研究能力出发，让考生设计一个生理实验，说明一个神经系统的问题。

她在复试前，从未思考和复习过与基础实验相关的问题，到卫校任教后，由于学生没有条件上实验课，自己也从来不准备实验课内容。黄山芸在北京的复试以失败告终。

在复试后，她得知自己初试的专业课成绩、基础课成绩和英语成绩都较其他考生好。虽然这次考研失败，但这番经历让她提高了自信心。

黄山芋听说二姐去北京复试的喜讯后，调整了换休假，赶回古城。在山芸去北京复试后，全家人都认为她肯定能被录取，将要去北京上学了，开始考虑今后的困难和解决的方案。山芋向伊波和他的父母表示，无论自己近期结婚与否，都可以把小丁丁接到西宝市，让他在机床厂子弟学校上学。待二姐一切走向正轨后，再让丁丁回到母亲身边。

周妈不太赞同山芋的想法："一个姑娘家，还没结婚就带个孩子，咋行？困难再大，俺们当爷爷奶奶的也得想法子！"在周妈心里，为支持儿子、儿媳改变命运，对孙子的安置已经做了盘算。邻居康大娘自从儿子在江阳修路牺牲后，十分孤单。她见了别人家的小孩无论男女都稀罕，总要逗着玩一阵。周妈想让她白天帮着照看丝丝，让丁丁放学回来在康家搭伙吃饭。自己下班后，再把俩孙子接回家。伊涛一直吵吵不想上大学，如果不考大学，高中毕业和肄业没有区别。他想让妈妈提前退休，接妈的班挣钱。妈妈有退休金，自己可以挣工资，不再吃闲饭。这样，家庭收入不减少，妈妈还可以给哥哥看孩子。

山芸返回古城后，告知大家考研失败，坚持自己继续带孩子。关于孩子安置问题的议论，就此作罢。

邝景申经常去江阳和康安"开会"，大家都以为他是去办理卫校继续开办的认证和批准书，而他回校后总闭口不说开会内容，也无人问及。1978 年国庆节前，邝景申又去康安出差，而这次去了十几天还不见返校。卫生局电话通知冯老师再次临时负责卫校工作。

杨槐又一次神神秘秘地告诉周伊波："从县城传来小道消息，邝景申出事儿了。"

原来邝景申这次"出差"，在康安一下汽车就看见了离开家乡数年的花莲公社松岭大队的陈小翠，他近前板着脸叫了她的名字。陈小翠吓了一跳，迟疑片刻想起来他是姐姐大翠的老相好，就求他回去后别声张。而他却变得更加严厉，还警告她说，私自外逃属于破坏农业学大寨行为，区上一直在寻找外逃人员的行踪。漩水区和花莲公社有指示，凡看见这些外逃者，一定要报告当地政府，把他们抓起来遣送回家。陈小翠一听更加惊慌，忙向他赔笑献媚，并请他到自己服务的旅店去"吃饭"。邝景申在旅店与陈小翠发生性关系时，被公安人员按在床上，戴上手铐押到拘留所。他在那里砸了九天石炭后，康安公安局通知江阳县去领人。邝景申被领回县城，县革委会政工组结合群众以前对他的各种举报，撤销了他的卫校校长职务，给予留党察看处分，调防疫站降级使用。

不久，县卫生局正式向卫校下发通知："按照上级文件精神停止继续招收新生，现有在校学生按原办学宗旨完成教学计划，毕业后返回选送区社，安排至医疗卫生机构工作，并可按中专学历参加招工考试，考试合格者转为国家正式职工。"

在校学生听到文件后，个个兴高采烈。卫校不再办了，将来他们也会成为稀缺人才，而且卫生局明文规定可以给他们安排到医疗卫生机构工作。有几个在县城上过高中的大龄卫校生，还准备报考医学院校继续深造。

冯老师打电话问卫生局："学生毕业后，教职工怎么办？"

潘凤转达正副两位局长的话："就几个人的事儿，在本县范围内就地消化，可以自谋出路，由卫生局下通知。"

周伊波和黄山芸感受到了十一届三中全会的阳光，第一次听到领导下达可以自己联系单位的话，顿时觉得人生的道路变宽了，前途明亮了。

不久，报纸上登出招生广告，古城医学院将于当年11月在汉中、延安设立考点，从老五届毕业的大学生中招考进修生。如被录取，就可以返回学校，经"加工回炉"后，留校任教。

冯老师听朋友说，这是古城医学院为了解决师资青黄不接的问题，经教育部和卫生部批准，采取的一项临时性措施，机不可失，时不再来。

黄山芸有了第一次考研的经历，已经信心十足，她毫不犹豫地报了名，并反过来鼓励周伊波争取这次机会。

11月的一天，他们把两个孩子托付给樊婆婆一家，一起到汉中赶考应试。返回后，只等了半个多月，黄山芸就接到了母校的录取通知书。

黄山芸告别樊婆婆一家和卫校老师，从大坪坐上直达古城的班车，带着两个孩子回到古城。

回古城后，山芸接受了妹妹山芋的请求，让铁丁跟着小姨去了西宝市。关于铁丝的安置，山芸也同意了婆母的想法，暂时让康大娘白天帮着照看，晚上把他接回家，由奶奶带着睡觉。等一切就绪了，再重新考虑。

周伊波刚送走妻儿就接到县卫生局通知，卫校师生全部参加地方性甲状腺肿的普查和防治工作，要求教师带领学生在实践中学习。周伊波和杨槐带领一个组约二十名学生，又来到漩水湾。在那里，姚新宇和郭廓大夫已经把一切准备工作做好。卫校师生一到达，立即安排他们下乡普查和发放药物，筛查出来适宜手术治疗的病人，再带到卫生院进行手术切除。漩水卫生院除原先的病房外，又在伙房下边腾出两间库房安放了几张病床。术后病人在卫校师生的护理下，在病床上躺一两天，即回家休息，一周左右再返回拆线。经过三个多月的突击奋战，这个组在漩水区排查了百分之八十的生产队，为近五十名患者做了手术，无重大事故发生，圆满完成任务。

周伊波到了漩水湾，就像回到阔别已久的家乡一样，在工作之余，不仅在卫生院里楼上楼下走走看看，到各位大夫护士家里坐坐聊聊，还去了花莲公社大院几趟。漩水湾和花莲桥的熟人一见他，都要问黄大夫和两个孩子的情况。他们都为黄山芸考上进修生而由衷高兴。石琦和吴芳芹对他说，这两年，卫生局给卫生院下拨的经费有所增加；区上换了一批干部，华秘书升任区委副书记，是全县最年轻的区级干部，一年前和陆雪飞结了婚。他到卫生院来就是回家，要家庭幸福就得关心卫生院发展，在枕头边就能解决卫生院的问题。邝景申调离后，姚新宇、吴芳芹和郭廓的工作热情空前高涨。卫生院的X光机开始运转，常规化验和常见急诊外科、妇产科手术都开展了起来。如果近期不能调回老家，大家都愿意在漩水湾继续待下去。等卫校学生毕业分来后，他们再考虑调离的事儿。

周伊波还去看望了乔家婆婆、肖姨一家。乔婆婆插队的小闺女已经招工在供销社上班，生活有了改善。肖姨和贺文书告诉他，他们的小儿子贺鸿运大难不死，尽管失去三个手指，留下伤疤，却能在养伤期间复习功课，参加招生考试，已经考上汉中师范学院化学系，成了一名大学生。

周伊波带着学生返校后，学生的教学计划基本完成。卫校的寿命已经进入晚期，而卫校的大部分教师，还没找到合适出路。周伊波清楚，此时面临着一次关乎自己和家庭前途的重要抉择，考上研究生是最好的出路，妻子、孩子、父母都在眼巴巴地期待着。他经过总结“回炉考试”失败的教训，开始准备报考研究生。

一天，魏军定给周伊波打来电话，悄悄对周伊波说：“潘凤告诉党晓春，老姜局长在局里说，老邝一调到卫校，你就和老冯、老武合起来整他。老冯告老邝的黑状，你站出来支持。去调查的人问情况，别人都说‘知不道’‘不知道’，就你说‘知道’。姜局长说你们几个‘吃卫生局的饭砸卫生局的锅，给领导脸上抹黑。现在老邝倒了，你们几个都高兴了，不要高兴得太早’！老姜听说你要考研究生，他叮咛办公室的人，都不要给你盖章。他这人记仇，记起仇来‘千年结个死疙瘩’，你要注意回避他，别硬顶！”

周伊波感觉到了压力，他把魏军定的话说给冯老师。冯老师听了很生气：“老邝违法乱纪，老姜还一直庇护他，俩人狼狈为奸！不过，你年轻，为前途还得注意点策略。我快退休了，才不怕他！”

1979 年 5 月，古城医学院发布了硕士研究生招生简章，周伊波得知后动身去江阳。为避免报名的事儿化作泡影，从教育局领了报名表后，他依照魏军定的叮咛，按照潘凤告诉的时间，去局里找到副局长签名盖章，完成了报名手续。

7 月中旬，黄山芸、周伊波分别在古城和江阳参加研究生考试。

在江阳县，考试的这两天，教育局考场中笼罩着如临大敌般的紧张气氛。

周伊波脑海中波涛翻滚，双眼凝视着试题，手指在答卷上急促地移动。当他交上最后一份考卷时，几乎要虚脱了。

考完试后，黄山芸立即给周伊波打电话询问他考试的情况。

几个月来精神和身体的煎熬，让他筋疲力尽。他声低气微，没有任何激情：“我只能这样了，考不上也不再考了！”

“你发挥得咋样？不会的题多不多？”黄山芸理解他此时的状态，但还是急切地想知道他的自我感觉。

周伊波慢条斯理地答：“还可以吧！我说不清答对多少答错多少，每道题都答了，没落下的。”

“你估计英语能得多少分？”黄山芸问。

周伊波答："七八十分吧！"

"你吹吧，你！"黄山芸在电话里笑出声来，笑罢又问，"专业课和基础课呢？"

"都是七八十分，也许还要高点。"

周伊波的回答又惹来妻子一阵笑："你使劲吹吧，我各门课能考七十分就不错了，你在大山沟里，有问题没人问，还能考那么高？我不信，真是夜郎自大！"

"我哪里知道老师咋打分？你让我估，我就这样估。算了，不说了！"周伊波平静地结束了他和黄山芸的通话。

一个月后，周伊波在卫校收到了古城医学院发来的录取通知书。这次是他给黄山芸打电话，他自豪地说：

"我考上了，被录取了！"

妻子在电话中情不自禁地哭了起来："伊波，我为你骄傲！"

后来，黄山芸从周伊波报考专业的导师处得知，他在本专业十几名考生中名列前茅，比在校回炉的考生成绩还好。但是，他的英语才六十多分，比自己预估的少十多分。黄山芸已经知道，她的成绩在本专业的考生中，也是名列前茅。

不久，报纸上登出当年全国报考研究生的人数大约 468.5 万，录取 28.4 万，录取率 6.1%。江阳县教育局通讯员向《康安日报》投稿："江阳卫校两名教师双双考上研究生……"

周伊波走出卫校的大门，看到一朵彩云缓缓地在蒿河上空飘移，他不知道云将飘向何方。他沿着蒿河的堤坝缓步徘徊着，脑海中浮出一串诗句：

风浪里同驾一条船，暴雨中同遮一把伞。
羊肠道上你拉我我推你，跋涉闯关。
大山脚下你走疾我行缓，不弃不嫌。
同饮一壶粗茶，同吃一锅淡饭，
你推我让苦酒盅盅心里甜。
小屋暗油灯亮多少期盼……

尾　声

周伊波考回古城医学院，父亲一见到他，就让他去找解放饭店革委会主任权为元问问，为什么还不给他做结论，他到底是什么罪，为什么叫他反革命分子，一次又一次批斗他关押他。

周伊波找到王黑子和权为元，告诉他们自己的来意。这俩人都没有变化，回答问题的语句虽有不同，但意思一样，大意是：你父亲的案子拖得时间长，说明工作慎重。在运动中不轻易放过一个坏人，也不轻易冤枉一个好人。革命群众运动天然合理，挨批斗的过程就是鉴别的过程。想问为什么，去找毛主席！

周伊波回去把这话转告父亲，他气得说不出一句话，只用拳头擂床板。

家里父亲重病在床；弟弟伊涛接母亲的班在工厂上班早出晚归；母亲既照顾老伴又照顾小孙子非常辛劳；而山芋在新工作岗位刚稳定下来，正在筹备与胡德逊结婚。这一切让山芸觉得，伊波从山里回来了，已经到了把两个孩子接到身边的时候，困难应当由自己来克服。伊波同意山芸的想法。但是，母亲坚决不同意他们带走铁丝，担心他们顾不过来。他们经请示院方后，先搬离集体宿舍，在医学院附近农村寻租了一间民房，把铁丁安排到附属小学上课。

回古城三个月，迎来元旦，伊波山芸带着铁丁回环城北路的家看望老人。一家老小都围着沉疴在身的周三铸。他让老伴把大立柜里挂着的狐皮大衣拿出来，断断续续对长子说：“你给我买的皮子，熟过做成大衣，没机会穿了，给你留个念想，再没有值钱东西了。把两个孙子给我培养好！”说完就闭上了双眼。

伊波强忍着泪水，紧握着父亲的手不丢开。山芸哭泣着把丁丁、丝丝从床边拉到套间。伊燕、伊鹃扑到父亲身上号啕大哭。

母亲呆坐在桌边的木椅上无声无泪。伊涛边哭边把哥哥从床边拉到母亲身边。

伊鹃一直没有听到哥哥的哭声，反身朝着伊波吼叫：“你咋不哭，你是傻还是恨？我知道你恨爸爸，你小时候他打你最多！”

柳枝起身打了小女儿一个耳光。

父亲下葬后，周伊波回到农村小家，只觉头昏乏力、不思饮食、倒床不起。三天过去了，仍不见好转。这可急坏了山芸。她带他去医院检查，医生只说他身体很虚弱，没有查出大病。

一周后，周伊波慢慢起床，他独自一人转到一个荒僻处坐下哭泣。他想到几十年来父亲不知吃了多少苦，他遭遇过战乱、灾荒，特别是近十多年来受到无端陷害和折磨。人生一世草木一秋，为啥有的人命如沙尘不如蝼蚁，而有的人却如龙似凤那么威严那么神圣？自己当儿子的，刚回到父亲身边，他就走了，情何以堪？

古城医学院第一届硕士研究生总计三十五位，主要是来自大西北的老五届医学生，少数来自东部地区。大家的经历大同小异，都经过岁月砥砺，都珍惜生命重塑的难得机遇。让周伊波和黄山芸特别欣喜的是，在这群人中有大学同学宋婵婵、顾衣锦、苏莘莘和车飞轮。老同学见面，难免要叙叙家常，谈谈进入社会后的经历，回忆大学时代生活。黄山芸每当别人提起大学岁月时，刻印在她脑子里的痛苦场景就又浮现出来，欢快的笑声戛然而止。

苏莘莘已经感知黄山芸的情绪变化，毕业后她对往事经过多次反思，这天她终于有机会表达自己的愧疚：

“山芸，我当年太幼稚，对你抱有偏见，话语中多有伤害，很对不起，请原谅!”

黄山芸听到她诚挚的道歉，感动得顿时两眶热泪：“那时候，谁抗得住？咱都是受害者。国家可不敢再发疯了，可不敢‘过七八年再折腾一次’!”

当年以“老子大名自来红”著称的车飞轮，很不赞同苏莘莘的道歉，他并不认为当年的政治路线是极“左”，也不认为当年对黑五类同学侮辱谩骂有多大错误。当年的大民主、大字报等让他“欲与天公试比高”。而如今，“生儿打洞的老鼠们”也能当研究生，让他一见就不舒服，莫说道歉了。他一听到老同学扎堆谈过去，就立刻撤离。

宋婵婵为见到这么多老同学而高兴：“咱班考上研究生的比例这么高，我看和咱班改学英语有关。”情况确实如此，俄语班的同学，很难跨过研究生入学的英语考试。

令周伊波、黄山芸二人惊奇赞叹不已的一件事是，在研究生同学中还有一张熟悉的面孔：前几年在江阳被推荐上医学院（康安分校）的赤脚医生张茶花，毕业留校后又考上了解剖学专业的研究生。

无论属于何专业，三十几个人都有几门相同的基础课，都在一个教室里上。周伊波和黄山芸早晨离家一进入学校大门，就形同陌路，即使在教室里上课也不坐在一起。而到了午饭和晚饭时，就再在饭堂里重聚，带着铁丁在一个饭桌吃饭聊天。

周伊波户口转回了古城，但并不是古城医学院的正式职工。按国家政策规定，工资还得由江阳卫生局发，由老同学潘凤领出后代寄。尽管姜正宗局长阻止不了发放，也阻止不了代领，却总是借故刁难、推迟发放，在办公室说了几次“吃我的饭，干别人的活”。后来，他在县医院工作的女儿想到古城大医院进修，因找不到接收单位和进修指标而无法成行，女儿一回家就缠着爸爸想办法。姜局长无奈之下，硬着头皮给周伊波写了封信，信的第一句话是：“伊波同志，我对你充满了深厚的无产阶级感情……”

周伊波借助临床专业的研究生同学，先找接收单位，再找负责进修的管理干部要进修指标，终于落实了局长女儿的进修问题。自此，他和黄山芸每人每月五十二元工资，即能够按时收到。

曾经与妻子一起分到江阳、后来与妻子离婚后调到康安地委、当上地委书记秘书的罗紫丰，一天突然到学校来看望几位考上研究生的老同学。他热情洋溢地告知老同学，他又调到了省委宣传部，升任为一名副处级干部。他经常宣讲毛泽东思想与邓小平理论的同一性以及马列主义的发展观，还有一系列“关于自然界生存竞争与人类社会阶级斗争法则相关性”的研究成果。他一再强调，“文化大革命”有它的合理性，不能完全否定。他还回顾了共同走过的峥嵘岁月，希望老同学今后对他的工作给予大力支持。老同学们和他没有争论，只是投之以鄙夷的眼神。这样的干部竟然被选入省级宣传部门，如果还有一些进入更高的党政机构，他们将以什么指导思想工作？由此周伊波对国家的未来增加了几分忧虑。

黄山芸只有星期天才能回环城北路家里看看，小丝丝一见她总要问：“妈妈，什么时候接我到医学院？”

山芸总是回答：“妈妈一答辩完，马上就接你过去！”她把学位论文答辩，简称为答辩。

小丝丝和奶奶都记住了，只要丝丝妈妈“大便”完了，马上就接他过去。可是丝丝妈妈为什么“大便”这么费劲，祖孙俩谁都搞不明白。

伊涛参加工作后，母亲让他回原籍将祖屋变卖了，回来后将茅草屋改造成带阁楼的砖瓦房。尽管住宿条件改善了，但由于离学校很远，山芸和伊波还是很少回家住，学习任务实在太紧。

时间进入到读研三年的最后一个寒假。周伊波和黄山芸的学位论文初稿已经完成。然而，刚过了元旦就囊中羞涩了，每月百元出头的工资，除过交房租、买饭票、买日常生活用品外，毫无结余。春节该咋过？还能向母亲和弟弟伸手？人总得有点自尊。

周伊波想起父亲留给自己的纪念品——狐皮大衣，这是家里除房子外最值钱的财产。他把它拿到解放路寄卖所。寄卖所的收货员验货后标价三百元，告诉他卖出后再扣除三十元手续费。周伊波表示同意后，收货员将皮大衣悬挂在高墙上，为他开写收条。

周伊波每天下午去寄卖所门口扫一眼，连着三天皮大衣还挂在那里。再过几天寄卖所就要关门过年了，周伊波有些心慌。到了第四天，皮大衣终于不见了。周伊波先是一喜，接着眼泪就在眼眶里打转，父亲留给自己的纪念品也永别了，父亲只留在自己心里。他擦干泪水进店办理了手续，拿着二百七十元回家过年。

经过八年的牢狱生活，继续戴着“现行反革命分子”帽子在劳教农场改造七年、离家十五年的闫泰岭恢复自由，回家待业。在家里，他总是把帽檐压得很低，呆坐在房内一隅默不作声。三个儿子都对他视而不见，仿佛他是寄居家中的外人。黄山芸在秦都与这个“灾星”见面时，同样觉得很陌生，她费劲找话，生硬地和他打招呼：

“姨夫，你这几年身体还好？”

他嗫嚅地答：“还好！”

周伊波也在审视他，他两颊凹陷，眉毛几乎脱光，头发花白，看起来像是还俗的老尼姑，五十岁的人没有一点大男人气息。想不来他就是当年穿着白大褂、气宇轩昂的闫校医。

“你犯了啥事儿被关监狱？”周伊波带着好奇和这怪人聊起来。

“他们说我是中国右派党成员。”闫泰岭一双疲惫的眼睛带着惊恐和悲哀，慢慢抬起头看了一眼这个第一次见面的外甥女婿，感觉他并无恶意。

周伊波在他怯懦的回话中，听出了另外的味道，便追问道：“他们说你是反动组织成员，你到底是不是？”

“不是，我是摘帽右派，连右派分子都不是。”闫泰岭说话的声音大了些。

周伊波不解地问：“中国右派党是什么时候成立的？”

“不知道，我被捕前从没有听说过！”闫泰岭想起来，他在十多年前被审讯时，“政府”还让他交代“组织纲领”“活动方式”，起初他都是回答“不知道”。

周伊波感到很奇怪：“你不知道，没有听说过，怎么就当上‘右派党’成员？”

闫泰岭沉默不语，他不敢再往下说，尽管是很近的亲属，也听妻子葛茹芝介绍过伊波的处世为人，但他还是不敢对这个并不熟悉的年轻人多说话，不敢说自己被饿过、被打过，在审讯中警察说：“只要你承认了，按上指头印，就可以回家了。”自己照办了。但是，自此就再不能回家，十多年没有和家里亲人见过一次面。

周伊波经过在大学和江阳十多年的折腾，他已经确信共产党不是铁板一块，党的干部并不都是伟大光荣正确的，有些人掌握了公权力，并不为人民服务，甚至有意无意地干危害老百姓的事儿。他确信古今中外都会有冤假错案。他也知道，在共产党的十一届三中全会后，不少在“文革”期间蒙冤受屈的干部，又得以平反。于是，他对姨夫说：

“你如果有冤情，为什么不向上面提出申诉，请他们复查？”

姨夫一听就直摇头：“那可不敢，冤不冤都坐够了，再申诉，申不赢还得加罪，再坐进去就出不来了。”

山芸在一边听着，此时插话道：“只要是事实，你没有乱编没有造谣，当然要申诉。别人敢，你为啥不敢？为了给你自己摘掉帽子，也为了下一代不再背上反革命狗崽子的黑锅，你有冤情就应当申诉！”

“让我想想！”禁锢着闫泰岭多年的精神枷锁开始松动。

周伊波以前有过多次为父亲写申诉材料的经历，他进一步为姨夫鼓劲：“你如果想好了，申诉材料写出来，我帮你加工整理！”

自此，闫泰岭开始了他漫长的申诉之路。最终，由于“中国右派党”这个反动组织在古城乃至全国根本不存在，闫泰岭“中国右派党”成员的名头也纯属子虚乌有，而知案不报和为反革命组织提供经费等其他罪名不攻自破。他的申诉材料被中央一位领导看到，冤案终于得以彻底平反。闫泰岭恢复公职回到胜利中学，恢复原级别工资，发放困难补助金三百元。姨夫哭着把困难补助金交到妻子茹芝手里：

“我见到一个难友，他当过大干部，人家补了几十万。我就补这点，交给你吧！”

茹芝很知足：“你平反了，孩子们不再跟你受牵连，这就够了！”

山芸接着说：“伊波他爸生前挨了多少打、受了多少罪，可他解放前是替国民党打日本，没有为建立新中国做贡献，别说给他补钱，去世前连领导一句好听话都没有听到！姨夫，你该知足了！”

“闺女，我喝过人尿、吃过猪食，背砖把脊背磨出血，我能给谁说？我冤啊，十五年只赔我三百元！”姨夫大喊大哭，全家人从来没见过他如此失态，都惊呆了。

几年后，闫泰岭和葛茹芝退休时，根据他们参加过淮海战役的经历，都享受离休干部待遇，给他们发离休金的工作人员称呼他们老革命。

20 世纪 80 年代，台湾回归祖国成为新的历史时期三大政治任务之一。黄山芸作为古城医学院知名度很高的台属，受聘为省青年联合会（省青联）常委。每到重要的节庆日，省委统战部、省政协、省青联都要举行座谈会，请与会人员畅谈自己在社会主义大家庭里的幸福生活和成长经历。黄山芸不止一次地表达她对共产党和人民政府的感激之情：她在中学、大学都享受过人民助学金；能和劳动人民的子弟坐在一个教室里上课，一个锅里吃饭；粉碎“四人帮”后党的“重在表现”政策在自己身上得到落实，考研政审中没有因为“反动家庭和逃台国民党军官父亲”而再受株连。学校党组织还向她明确表示，她的政治前途只与个人表现相关，个人的政治面貌是黑脸还是红脸，只取决于自己在人生舞台上的化装和表演，而与家庭出身和父辈的政治面貌无关。

在清明节，她应邀参加了各界人士到黄帝陵祭祖活动，听到了许多前所未闻的政治术语和情感表达，如“大陆人民和台湾同胞都是炎黄子孙，有血浓于水的感情”。在中秋节，她应邀参加全国台胞台属赴厦门参加“月是故乡明”的赏月活动，述说对台湾亲人的思念。参加活动的成员遥望金门岛，向对岸同胞发出亲热的呼唤：“归来吧，亲人！归来吧，游子！两岸一家亲啊！”

在厦门她与久别的老同学文泞泞又一次不期而遇，泞泞是对台工作部门的成员，是台胞台属联谊活动的组织者之一。她亲切地问山芸：

“如果你父亲现在就站在金门的海岸边，你想见他吗？”

对黄山芸来说，以前听到这样的问话，她会觉得是不怀好意，是个陷阱。如今，出自老同学和领导之口，她觉得是启发诱导，但她的回答没有改变：

“不想！对他没感情！我只是盼望祖国早点统一，按领导安排出趟公差！”

后来，黄山芸还参加了接待从台湾来大陆参观访问的著名歌手以及驾驶美制飞机飞回大陆的国民党年轻军官，让他们看到生活在祖国大陆的台湾国民党军官的后人茁壮成长，在政治上生活上没有受到歧视，热切地盼望海峡两岸的亲人团聚。

到了辛亥革命纪念日，她应邀进入市政大厅与头面人物一起颂扬辛亥革命的历史贡献，追思孙中山先生的光辉业绩。在官方大人物权威性的讲话中，她第一次知道国民党不全是反动派，孙中山和他的一些战友也很伟大，国民党三个字并非是反动和腐朽的代名词。

黄山芸让周伊波帮她从报纸杂志上搜集了几篇参考文章，带着酝酿良久的感情，书写了一份给父亲的公开信。她在信中叙述了家庭的变迁，自己茁壮成长的经历，以及现在家庭的幸福生活。她的这封信在中国人民解放军福建前线广播电台和中央人民广播电台对台湾广播的节目中播出。她并不认为她的信件和谈话在海峡对岸的父亲真能知晓，更不会想到自己及姐姐山蓁的“茁壮成长”，会株连父亲被台湾情治部门数次调查，并受到严重伤害。

古城医学院第一届研究生除个别学员因身体原因中途退学外，都在导师指导下完成了几门课程的学习和一项专题研究，写出研究论文并通过答辩。毕业后，大部分人留校做教师；少数人分配至省外大学和研究机构。宋婵婵通过出国考试去美国留学。张茶花在导师升任副校长后，离开教研室出任人事处副处长兼工会主席。黄山芸在周伊波的支持下，又报考了胡宗传院长的博士研究生，被录取后开始新的征程。

在报纸和电视新闻中几次出现黄山芸参加统战宣传活动的报道后，她的行踪受到外界关注。

新学期开始后，学校从统战工作考虑，破例分给黄山芸、周伊波一间带有阳台的宿舍，这间宿舍在一套二居室的单元房中。另一居室属于另一位老教师。两家合用灶房和卫生间。

在老师和同学眼中，黄山芸由黑色变成红色。车飞轮当面酸溜溜地说："你现在穿上了革命的外衣，脸都比过去白了!"

黄山芸平静地回答："我还是我，只是你一直戴着有色眼镜看我!"

周伊波通过出国英语水平考试，被选送出国进修访问一年。

黄山芸继续攻读博士学位，身边两个孩子一个上小学，一个放托儿所。尽管异常辛苦劳累，她还是坚持着，硬挺着。

一天，远在甘肃兰州的学友桂小芹突然回到古城，约着和她见面。两个好朋友久别重逢，彼此都感觉对方像换了个人似的，身上都焕发出一种枯木逢春的生命力。桂小芹告诉黄山芸，她毕业分配到兰州徐家湾地段医院，两年后被调到市医院工作。在那里自己全心全意为患者服务，医德和技术受到群众广泛赞誉，与省上领导层也广结善缘。一次一个重症肺炎患儿，在她管辖的病床上住了十多天，终获痊愈。患儿出院后，孩子的奶奶，一位曾在省上公检法部门担任领导职务的离休老人，周末带着孙子拜访救命恩人。桂小芹在闲聊中提起自己的父亲，解放初期从古城铁路电务段调到郑州铁路局，不久在镇反运动中被处决。被处决之前，没有听说他有任何劣迹。处决后，母亲没有收到过公家的正式通告和相关材料。只是亲友从郑州同事那里听说"他是潜伏特务，破坏抗美援朝"。当时，哥哥姐姐尚小，母亲吓得什么都不敢再问。自此，全家老少一直在反革命分子的阴影里生活。这位老人听后，让她写好申诉材料，帮她转递给郑州公检法部门的一位老朋友，争取将申诉正式立案。

相关部门复查档案，走访健在的同事。几个月后，桂小芹父亲的一桩沉积数十年的旧案真相大白。实际上，桂小芹的父亲桂工程师是一位敬业正直的工程技术人员，在抗美援朝时期的一次火车相撞事故中以身殉职。在后来的事故调查和责任追究中，有人提出管理中的问题，但完全排除桂工程师的责任。由于处于军事斗争的敏感时期，这件意外事故没有对外报道，后来以讹传讹，竟然成了桂工程师与一桩特务案件相关而被镇压。这次复查后，省检察院和铁路局将结果书面告知了桂小芹。她终于摘掉了戴在头上几十年的反革命家属帽子。她可以挺起腰杆说话了，也可以为敬业正直的父亲骄傲了。

桂小芹和黄山芸喜极而泣，抱头痛哭。哭罢，黄山芸对桂小芹说：“咱们的变化，应该让孙雅、车飞轮一伙人知道，咱们的血也是红的，不比他们差！”

桂小芹平静地说：“不去比了，永远比不成。听说孙雅分到包头矿山医院后，工作粗心马虎，极端不负责任，在那里结婚又离婚，家庭关系、群众关系都很紧张。前不久，她到美国去继承生父的遗产。她早知道生父的下落，但长期以革干子女自居，反过来还整咱们，一直到大学毕业前才露了马脚。你说，咱和她咋比？”

周伊波到美国后，一直没有忽视妻子和茹芝姨托付的寻亲任务。在进修学习之余，他把在古城翻拍加洗的老照片分装在几个信封中。老照片上有山芸的爷爷奶奶和母亲，也有稚气十足的童年山蓁和山芸。他给不知下落的岳父写了封简信，把自己个人和家庭情况做了一般性介绍，复印后也分装在有老照片的信封里。每当他听说有台湾来的留学生返家，就拜托他们帮着查询这位籍贯山东、有名有姓的老军人。

一个晴朗的早上，学院里一位黑人职员一见周伊波，老远就喊叫他。周伊波记得，刚到美国与这个人初遇时，他就好奇地说：“中国我不熟悉，但知道中国字就像鸡爪。”周伊波以为他是挑衅，就回敬道：“你们的字就像马撒尿留下的痕迹。”还拿手比画着马边走边撒尿的样子，逗得这位黑人职员乐得快要跳起来。自此，俩人一见面就打招呼。这次，他手里拿着一封信，信封上贴着一张“中华民国”邮票，在寄出的地址后还缀写着“黄缄”。

这次轮到周伊波高兴得快要跳起来了。他打开信封，一页工整潇洒的钢笔字呈现在眼前。

果然是音尘断绝几十年的老岳父来信。他首先感谢周伊波让他知道了别后数十年家中所发生的一些事情，接着叙写了自己收到家书的心情和身体状况，还说他已退休多年，只希望平平静静地安度风烛残年。他说，不知道大陆这个善变的社会，明天又将如何？他提出，不要再继续联系，不然对彼此都有害无益，最后无奈地表示：“时代悲剧，造化弄人，夫复何言，纸短情殷，只有祈求神的保佑。”信纸里还夹了一张他的近照。

周伊波从岳父的信中看出了他对大陆亲人的深情，但也看到他对祖国大陆心存疑虑。周伊波感到奇怪，失散多年的亲人之间建立联系，于情于理都没什么说的，何言“有害无益”？

周伊波并不知道，此时，由于他在留学生中毫不掩饰地表露“现在中国的改革开放政策好，台湾和大陆一定要统一，海峡两岸的亲人一定要团圆”，已经被人说成“大陆派来搞统战的”，而且，由台湾留学生谬传到他们的情治部门。

周伊波把岳父的信和照片转寄给山芸。山芸拆信，一位既陌生又似曾相识的老人出现在她面前。她不敢相信，照片上的人竟然就是与自己分离近四十年的老父亲。她端详着这个带着爷爷和奶奶遗传特征的脸庞，眼泪止不住往下淌。她感谢伊波转来这封价值千金的家书。她怎能不把这个喜讯传给家中各位亲人？又怎能不给老父亲回封信呢？他都活到这把年纪了，还担心什么呢？反正自己没有那么多顾虑。

自此，山芸、山蓁和山芋接连通过周伊波向台北寄去家信，向父亲汇报自己的家庭生活和思念之情。但是，父亲一直没有再回信。

暑假期间，黄山芸带着两个孩子到北京迎接分别一年的亲人回国，并告诉伊波自己的课题研究走入死胡同。因为没有创新思路，仪器设备陈旧，耄耋之年的导师胡宗传教授无力指导，她不得不提出终止学业、放弃攻博。但学校领导考虑到对学校和胡教授的影响，坚决不予批准，建议她自行联系国外单位，出国合作研究，出成果后两家分享，作为国际合作联合培养博士生，将来回国答辩。

她把孩子交给伊波，恋恋不舍地赴美国合作研究。在此期间，台湾开放国民党老兵回大陆探亲，两岸开通了电话、邮寄业务。

山芸在美国又给台湾的父亲写信，征询他何时能返回故里，祭奠故去的亲人，与家中亲人团聚。但是，依旧未得回音。

山蓁在黑龙江托返乡探亲的一位老兵带信，向父亲征询同样一个问题。不久，山蓁收到父亲从台北发出的回信。他在信中表示，回乡是他多年来最大的祈盼。四十年的离乱，离别后所发生的一切，是一场时代悲剧，他已没有勇气去想、去说。当得知三个女儿皆健在，而且成家立业，简直不可想象，真是感谢神的保佑和祖先的荫庇！

然而，让山蓁不可想象的是，父亲说，他多次收到过山芸在大陆和美国给他写的信，就是不想回信。因为山芸和伊波太使他痛心和失望。山芸他们“要生存，争出头”，从 60 年代起多次对他施加伤害。无论在实质上，还是在心灵上都让他感到那么深痛，让他做出很大牺牲。作为长辈，并不特别怨恨他们。所以，伊波在美的第一封来信，他还是尽量回复了。不料他们竟然罔顾他信中所嘱，继续多次寄信、转信，加给他无比困扰。他怀疑在所谓“亲情”的背后，隐藏着什么。对于山蓁所提探亲团聚一事，他希望在有生之年，父女以会亲方式能见上一面。但是，要等到一切情况合适的时候。

同样内容的信件，父亲也写给了山芋，并在信中附了给闫泰岭、葛茹芝夫妇的感谢信。山芋读信后，对父亲言及山芸、伊波伤害他的事，同样感到莫名其妙，即把信先转给伊波看过，才转交姨母姨夫。大家读过，都为山芸、伊波抱不平。山芋愤愤然道：

“二姐在家里关心别人最多、贡献最大，偏偏遭他指责，他凭什么？这么多年，他对家里做了什么？”

于是，她给大姐山蓁通了长途电话，叙说了她的想法：“如果他这样对待二姐，将来就是有机会见面团聚，我也免了。”

之后，山蓁、山芋分别向父亲寄信，表明态度。

山芸终于用了近两年时间，在美国完成合作研究回国。她在机场见到伊波的第一面，就觉出来他心里似乎藏着什么，缺少久别重逢的欢快。她朝孩子和伊波仔细看了一遍，判断身体都没问题，又把家里其他人的身体情况问了一遍，也都没大问题，就把心放下一大半。后来，她终于知道伊波是因为来自台湾的两封信而不高兴，于是劝道：“我以为多大的事儿惹你不高兴呢，原来是因为他误会咱。咱这半辈子让人误会得还少？还不活了？随便吧，谁愿意咋想就咋想，他咋想咋说是他的事儿，咱也没做亏心事儿，还用得着不高兴？”

在伊波不满三岁时，父亲周三铸一担两筐、携妻带崽从河南老家逃难到古城，投奔先期落户的老乡许剑佩。后来许剑佩和周三铸一起在火车站上扛包，在解放门饭店当服务员。“文革”中许剑佩被批斗致死。其胞妹许花佩解放前跟着丈夫去了台湾（在小说《古城驼铃》中有描述）。台湾解严后，许花佩借道香港返乡寻亲。

第一次来古城，许花佩情绪激动、神色紧张，在北顺城巷过来过去到处寻觅。由于时过境迁、人海茫茫，虽辛苦劳累数日，终究打听不到亲人下落。知情人把她比成啼血杜鹃，叹道：“远走天涯，总把故土牵挂，回家看看行期定在仲夏。白天与青草为伴，歇在树下。三更起，在老宅上盘旋，低飞寻查。声声呼唤：‘我寻我哥，我寻我哥！’嗓音已经嘶哑。早醒的人，见她红嘴带血，脱了毛发。明知她在问啥，可是不忍告诉，阿哥埋在山洼。”

她回台后仍不甘心，第二年春暖花开时节，她又一次来到古城，辗转打听到周家的住处，见到伊波的母亲柳枝。老姐妹俩见面后，悲悲切切地述说了几十年的变迁和离别之情。柳枝带她分别到靳郭氏、许剑佩和周三铸的墓地祭拜，还把她介绍给长子、儿媳。许花佩已经从柳枝处得知黄山芸的父亲也是台湾军界人士，在与山芸交谈中，她听到了一个熟悉的名字，原来山芸的父亲竟是自己丈夫曾经的一位长官，真是又惊又喜。许花佩说：“这么好的闺女，别和你爸记气，他一定是受人猜忌陷害，活得不容易！”她告诉山芸，“在台湾，国民党一登岛就设立了‘戡乱时期’检举‘共谍’奖金。媒体经常有调查局破获共谍潜伏案件和军法处‘整肃匪谍、查处乱党’的报道，战功赫赫的军人突然就从人间消失了，海峡两岸都有冤死的鬼。隔海相望的这些人，无论身在大陆还是身在台湾，都是世上最难熬、最痛苦的生灵。能活到今天，真得感谢上苍！”说到最后，许花佩笑着对黄山芸说：“写封信吧，我给你带过去。他要是再说难听话，我就告诉他，这个闺女我认了，咱再不理他！”

黄山芸给父亲写了封长信，介绍了她与带信人的关系；详细述说了自己的成长经历以及与爷爷、奶奶、母亲、姐妹在一起度过的岁月；后来，母亲病故，跟着姥姥，领着妹妹来到古城姨家，在姨母的支持下，靠艰苦奋斗读完高中、考上大学。此间，自顾不暇，连回山东老家看望爷爷奶奶都很难，怎么有工夫有闲心去伤害“神不知鬼不觉”的父亲？近年来，参加了一些统战宣传活动，在活动中只是讲述自己的成长经历，对失散几十年的父亲表达思念之情，怎么就能伤害一个连战火硝烟都不惧怕的老军人？统战宣传是大陆千千万万关心国家统一大业的人都积极参加的活动，从未听说过谁参加了宣传活动，他在台湾的亲人就会受到伤害。相反，好多下落不明的台胞台属通过这一渠道获取信息，与大陆亲人建立了联系，离散的家庭成员或在香港，或在美国团聚。山芸说：“因为我们姐妹三人一直想得到你的音讯，所以当收到伊波从美国转寄回来你的照片和第一封信，看着那既陌生又熟悉的面孔时，才悲喜交集泣不成声，心想自己终于有了真正的父亲，而不是像前半生那样，父亲只是留在自己的想象中。奶奶、爷爷和妈妈苦苦等盼了几十年，却未能等来你的丝毫音讯。我懂他们的心，我有责任把家中的一切告诉你。这就是我的全部感情，这就是想与你保持联系的动机。如果你能理解这种感情，你就不会认为给你寄信和托人捎信，是过分之举。我万万没有想到，我的这片真情得到的却是你的当头一棒，被你误解，被你臭骂。你问我和伊波在亲情的背后隐藏着什么，我倒要问问父亲，你认为我们会隐藏什么？一个父亲如此对待失散四十年的女儿，这父亲的内心里隐藏着什么？几十年人生路，多少痛苦，多少坎坷，做父亲的没有给过我一丝温暖和关怀。我终于长大成人了，终于有能力有机会找到了自己的父亲，可他却如此对待他的女儿，这使我百思不得其解。我自认为，在妈妈跟前我尽了一个做女儿的孝心；在妹妹跟前，我尽了几乎是做母亲的责任；姨家的三个孩子，哪个不认为我是他们的亲姐姐；我没有能力给爷爷、奶奶、姥姥养老送终，可我一直记挂着他们，在他们需要的时候尽我的微薄之力；茹芝姨抚养了我们，让我们枯木逢春，姨的恩德我们一直铭记在心，我和山芋把女儿般的孝心奉献给她，我们勤奋上进自律自爱，姨也因我们而欣慰和自豪。无论在极端艰难的环境中，或是在走向顺利的时刻，我和伊波从来都是堂堂正正地做人，从来没有也绝不可能以损害别人利益换取自己的好处。我不求得到每个人的理解，但却希望得到亲人们的理解。父亲对我的误解，是蒙在我心中的一片阴云，我希望能尽早将它驱散。当然，我可能会有不对之处至今尚不明白，此信可能也会有不当之处，恳请你能予以指正。”

除过这封信外，山芸还让许花佩阿姨给父亲带去一个小礼品：一幅竹编“人生如戏”画轴。

时间不长，山芸收到了父亲寄自台北的回信。他说：“从许花佩女士带来的信及她的口中，得知你拥有崇高的学位、远大的前程、美满的家庭和聪慧的孩子，似此集各项幸福于一身者，以你当时环境，实属得来不易。深盼今后要心存恕道，知福惜福，善尽医者济世爱人之天职。我确信你从小到大受了不少苦楚，但近半世纪的中国人，不论老一辈及中青代，哪一个不是从血泪中走过来的？更有多少人颠沛流离，多少人伦为饿殍！怨天？怨命？怨谁呢？至于你对尊长们的孝行，乃是为人子者应行的孝道，也是你应尽的责任，唯求个人心安而已。关于你我之间，并未存有误解，只有对你多年屡次统战行为的不满。然而《圣经》上说，‘神爱世人，宽恕敌人’，又何况父女？因此，我不愿再提这痛心往事。尤其年前大病之后，万念俱灰，一无所求，但愿平平静静地了此残生。所带画轴一幅，乍见似曾相识，细审产自台湾，天涯回归，是否巧合？我很不苟同‘人生如戏’的论调。因为人生本是真真切切、有血有泪的严肃历程，怎能以戏视之？”

自此以后，山芸与父亲之间的冰雪开始消融。黄父基于健康和其他原因，向大陆三个女儿发出赴香港会面的邀请。

经过办理两岸官方、半官方所要求的复杂手续，终于在香港实现了父女离散四十四年后的“历史性会面”。

回到古城后，山芸如同演示幻灯片般，向伊波描绘了与父亲在香港会面的几个特别片段：

姐妹三人先期到达预订的宾馆，因为劳累，山蓁让山芸到街上随意买些小食品带回宾馆。待山芸转回宾馆时，见山蓁、山芋站在宾馆大厅的柜台边，身边还站着一对七八十岁的老者。老先生身着咖啡色夹克，灰黑色长裤，深棕色皮鞋，架势就像学校里穿着考究的老教授。山芸在照片上见过他，即上前打招呼：“你是我爸？”黄父转脸平静地看了她一眼，道：“你是山芸！这是你母亲。”山芸看看旁边的继母，平淡地叫了声“妈妈”，继母向她微笑点头。山芸觉得，他们的骨肉重逢，与影视上见到的镜头完全不同，没有哭泣没有欢笑，也没有握手没有拥抱，更没有跪拜。住进各自房间后，继母到三姐妹房内叮咛，休息后按约定时间到他们房间聊天，聊天时不要讲不愉快的事，特别不要讲山东老家已故亲人的事，父亲血压高，担心他受刺激发生意外。

这样一来，山芸本想问父亲究竟是怎么受到伤害、受到什么伤害的，也不能问了。

当天下午，姐妹三人按约定时间到了父母房间。刚一坐下父亲就问："你们告诉我，谁叫孔祥冬？我记得你姑家的孩子不叫这个名字。"三姐妹面面相觑，没有人回答。父亲又问了一遍，很急切地想得到答案，似乎问清楚这个问题是他到香港会亲的一大要务。在接下来的谈话中，三姐妹向父亲介绍了她们所知道的孔祥冬（《古城驼铃》中的一位大学毕业生，山蓁的同学）。从父亲那里，她们也才知道孔祥冬等人曾多次以亲属名义给台湾当局和民间机构写信，打探黄×将军的家庭地址。打听到后，先以亲属名义编造大陆亲人状况，邮寄信件搅动他的思想情绪。继之，又以自己到国外进修，以及大陆亲戚婚丧嫁娶的名义向他索要钱财。黄将军不清楚这些人与女儿、女婿是何种关系。三姐妹听后异常震惊和愤怒。原来有人利用了两岸骨肉分离音信不通的悲剧，造谣行骗，制造家庭内部的仇恨。

父女把事情的原委搞清楚后，似乎从困扰中解脱，感情迅速升华。黄父在平静中声音略有颤抖：

"你们带着孩子们的照片吗？拿过来看看！"

继母和蔼地让姐妹们回自己的房间取照片。

三姐妹取回相册放在父亲身边。黄父戴上花镜一本本仔细翻阅。他看完三本相册后，高兴地说：

"我这一辈子只有女儿没有儿子，可我一点没有觉得遗憾和不好，一点这样的想法都没有。尤其是这次，我见到了你们几个，听到你们讲话和介绍情况，我觉得你们都是大陆上常说的女强人。不过，在家里要当贤妻良母。"

黄父又说："我真是万万没有想到哇，像你们这种情况，在那么困难的境遇里长大，还如此之良善。多亏你姨的栽培照应，真不容易，一定要好好对她！”

山芸觉得虽然见面了，误会消除了，但她对父亲的历史和政治态度还是不了解，于是问道：

“爸爸，你对大陆现在的政策怎么看？”

黄父很爽朗地回答：“很好啊，中国的改革开放政策在世界上很得人心！”

“你看两岸还会打仗吗？”山蓁也向父亲提出问题。

黄父的表情有些凝重：“都是骨肉同胞，打了那么多年，还打什么呀？不过，一时半会儿也统一不了！”

“爸爸，你那个时候为什么要参军上军校？”山芸很想了解一些父亲的经历，民谚说“好男不当兵”，父亲还是独生子，怎么想着去当兵？

黄父陷入沉思和回忆，停顿片刻后严肃地说：“认识你姥爷后，受他影响，要保卫家乡，赶走日本人！”

“那你和日本人打过仗吗？”山芋也想问一个问题。

继母听到两个女儿接连问了两个敏感的问题，紧张地看了老伴一眼，立即阻止道：“这是他忌讳的话题。你爸退役后的信条是‘百战归来不谈兵，万壑寻幽本养性’，他心脏不好。”

黄将军尽管一直遮掩着自己脑海中的刀光剑影，却不愿让小女儿失面子，还是回答了：“我从军校毕业后和日本人打的第一仗在沧州，接着是临沂保卫战，很惨烈，不说了，都过去了！”

三姐妹怕父亲伤感，都不再问什么。

父女在香港又待了三天，在一起逛街和在海洋公园游玩。在山芸心里这是她平生第一次由爸爸带着走走看看，当孩子。最后，他们一起去天坛大佛祭拜，这是黄父在台湾列入香港之行计划的一件重要事项，在这里他默默地把想说的话都告诉了佛祖。

分别的时间到了，三个女儿先期离开，两位老人在电梯口平静地与她们告别，仍然没有握手，没有拥抱，脸上只有淡淡的微笑。

然而，电梯刚一下落，戎马一生的老将军没有等回到房间，就放声号啕大哭，难以自已。

山蓁、山芸、山芋三姐妹几乎在同一天收到来自台湾的家信。黄父在信中说："当你们接读此信时，可能我已永离尘寰、与世长辞了。生老病死乃人生必经历程，吾人既难获永生之术，就应当以平常心视之，不必悲伤难过。"接着他将其身后事，做了交代。他说，"我生于时代剧变之世，一生劳碌寥有建树，死后即将眼角膜捐出聊表心意。生前最厌繁文缛节，故丧事一切从简，不发讣、不设祭、不开吊，遗体火化后葬于东部深海。"信中还预告，在他病故后，不通知山蓁、山芸、山芋三姐妹前去奔丧，以免路途跋涉，也减少台湾家人在悲伤忙乱之际的劳累。

中秋时节，风雨无常。是日，台风登陆台北，狂风大作，暴雨倾盆。黄父在厅堂内缓步踱来踱去，然后站立在贴着地图的墙前。他想看看台湾离故乡到底有多远，还想找找在大陆的三个女儿生活的地方。为看仔细，他让保姆去卧室取他的老花镜。待保姆转回来，他已仰面倒地，不省人事。

黄父安详、无痛苦地离开了人世。在他的骨灰盒边摆放着两枚抗日勋章和几束鲜花，遗像前放着 块木质名牌和简短的生平简介：故黄 × 中将祖籍鲁北，书香门第家道殷实，幼向往军旅，及长入黄埔军校……曾任……因秉性刚正不善交际，退役后遂万壑寻幽临溪垂钓，简朴淡泊怡然自得，家庭和乐后辈成才，将军九三高龄而终此生，无憾矣。

在万家灯火的晚上，在两岸同胞品尝月饼、期盼团圆的时刻，黄山芸站在窗前，饱含两眶热泪，失神地望着被残云隐映的朦胧月色。她刚刚接过台湾继母的电话，得知父亲因脑溢血不治亡故的噩耗。

因血缘而结的生命，由遗传而成的脾性，无不与父亲相关；女儿前半生的命运与父亲纠缠不清。对山芸而言，父亲一直是遥远的，即使有过会亲的机会，在她心里仍是陌生的、神秘的，父亲的故事已经带进了东海深处。

黄山芸遥望南天为父亲祈祷，眼前朦朦胧胧地浮现出一个老人的脸庞。她回味着与父亲在香港见面时的一幕幕场景，又想起了他说过的一句话："认识你姥爷后，受他影响，要保卫家乡，赶走日本人，才去报考黄埔军校。"

姥爷究竟是个什么样的人呢？山芸以前从茹芝姨那里听说过，姥爷是民族资本家，早年留学日本，回国后在潍坊建立印染厂，在日本侵华占领潍坊时被日本人打死。因茹芝当年太小，详细情况记不清了。山芸打算利用暑假时间，回山东做一次寻根之旅。

在姥爷的老家，乡亲们和姥爷的至亲，向她讲述了几十年前几乎被湮没的一段家史和在抗战年代姥爷壮烈牺牲的经过：

“葛永和当年从齐鲁工学院毕业后，回潍坊集资办学兴教，宣传爱国思想，支持有抱负、想作为的年轻人到大都市上大学考军校。他还怀抱实业救国之心与几个实业家共同创办了当地首家印染厂。之后，他两赴日本考察和采购设备，扩大生产规模，几年时间让印染厂名震华北。抗日战争爆发后，他慷慨出资购办枪支弹药，支援地方抗日武装。不久，他又毅然带领亲属和部分有志抗战的机械工人，加入地方抗日武装。后来在执行一次秘密任务时，不幸被日伪军包围。他佯称商人，但其真实身份被汉奸指认。日寇逼他投降，为其侵华服务。而他凛然面对、大义怒斥，遂壮烈牺牲在日寇的刺刀之下。日伪还将其潍县故居焚烧一空。”葛永和的英勇事迹曾登载于抗战时期当地报纸和地方志，在民间口口相传。

姨母葛茹芝医生八十六岁病故。原供职单位上下人众对其在长期的医疗卫生工作中忠于职守、耐心认真为患者服务的精神给予了高度评价，对其任劳任怨、为人谦和友善的品质给予赞誉。在丈夫蒙受不白之冤的长期岁月里，她承受巨大精神和经济压力，扛起家庭生活重担，为老人养老送终，抚养三个幼子成家立业，尤其敬佩她将山东老家两个失去父母的外甥女接来古城家中，含辛茹苦地将她们培养成才。

葛家、黄家三代，在漫长的人生历程中，父亲与女儿是血亲却天各一方，互不相知，家史中留下多少谜团，永远不得破解。

往事虽如过眼烟云模糊不清，仔细回味却仍是血浓于水，情重如山。

后　记

20世纪60年代入学、1966年至1970年五年间毕业并分配的大学生，被称为“老五届”。“老五届”受过系统的文化知识教育，亲历“文化大革命”的全过程，并且绝大部分人毕业后被分配到社会的基层，在那里摸爬滚打，与工农群众同甘苦共患难，经受艰苦生活的锻炼和时代风雨的洗礼。就总体而言，这批人清楚社会底层的真实状况，了解半个多世纪以来中国的发展历程，经受过极“左”路线的危害及切肤之痛，对不能搞假大空、不能再折腾有深刻认识。特殊的经历和自身优势，使他们对国家的发展有强烈使命感，对改善劳苦大众的生存状况富有责任感，能够“不用扬鞭自奋蹄”，他们中的大多数必然成为改革开放大潮的弄潮儿和社会发展的有力推手。

生老病死的自然法则，又不能不让“老五届”逐渐退出历史舞台。然而，从历史舞台上退出，并非在历史长河中湮没，“老五届”的时代形象，定当存留在历史的画卷之中。

1970年夏，作为一名“老五届”医学生，我与一批和自己经历相仿的同学——一批长期生活在大都市和平原地区的同学，一起被分配到秦巴山区一个交通闭塞、贫穷落后的小县工作，在那里经风雨见世面，迈出职业生涯的第一步。八九个春秋，花开花落，我们在弯弯的山道上顽强攀爬留下足迹，相扶相携留下身影；在劳动锻炼和基层工作中，与当地老百姓从“两张皮”到吃饭劳动在一起，泪水汗水洒一起。在共度危难中，大学生们接地气知天理，同学朋友、亲人爱人相濡以沫，不离不弃。在岁月的磨砺中友情更真挚，爱情更深沉。渐渐地，那里的月缺月圆、草木枯荣与我们相系相牵；巴山汉水既是我们重新奋起的出发点，也是在尔后岁月中思考与追梦的基本参照点。

十年前，我有了更多属于自己的时间。由于长期养成的思维方式和性格特征，伴随着生理性的怀旧情绪，又引发出阵阵“青春躁动”，希冀把留在脑海中的生活浪花以小说形式写出来，与同辈人交流、分享，希冀把经历过的时代与环境讲给自己的晚辈，让他们多些历史的认知和对未来的思考，并激励他们为社会的进步努力学习工作。

然而，作为一个大半生以医学教育为职业的教师，意欲涉足隔行隔山的文学领域，实现在文学的大花园中增添一朵小花的梦想，诚如雏鸟学唱、黄鸭习水，在初试中几番走调变样。后在多位挚友的鞭策鼓励下，先用了三年时间，写了一本近五十万字的小说初稿，记述了以黄山芸、周伊波为代表的“老五届”医学生的在校经历。这份初稿暂名《断云依水》，有幸得到原陕西省作协副主席莫伸先生、西安文联副主席商子秦先生等多位名家的鼓励和指教。他们在对书稿内容的真实性给予充分肯定的基础上，也对写作方法和写作技巧提出中肯的指导和修改意见。

2008 年年底，小说终稿更名为《古城驼铃》，在中国国际文化出版社出版。《古城驼铃》出版后，受到一些与小说主人公有着同样冷暖人生的读者的厚爱和肯定，进而增强了笔者的写作信心。于是，又开始收集资料，继续构思和书写主人公走出校门后近十年间的生存状态和命运跌宕。笔者在书写第二本小说的过程中，又一次得到现任陕西省社科院文学研究所所长莫伸先生、西安电影制片厂编辑部董希慧主任满腔热情的扶持和细致入微的斧正。这本小说的终稿定名为《漩水湾》。

《漩水湾》与《古城驼铃》一样，尽管许多素材来自道听途说，并非传记文学，但是小说所涉及的社会大背景却是真实的。也许经历过那个时代的读者，在阅读中能够与笔者一起又呼吸到那个时代的空气，甚至还能够从书中寻找到自己的身影。

在《漩水湾》即将出版之际，笔者谨向挚爱的、全身心支持我写作的老伴，向悉心指导和鼓励我创作的莫伸先生、董希慧女士以及出版社编辑，向关心拙作出版的挚友们及西安交通大学的老师同事，表达诚挚的谢忱，敬请读者批评指正。

寒　江

2015 年 2 月于西安